百花洲文艺出版社
BAIHUAZHOU LITERATURE AND ART PUBLISHING HOUSE

目录

画骨香·下

第三卷·八重樱

十里笙歌轻欢场，寂寞烟花一世凉。

——八重樱

第一章

樱妖绯悠闲

在水路辗转了十几天，将近深夜，他们才回到明月居。

几个月不见，明月居里的景致萧条了许多，树木枯黄，簌簌地向下掉着叶子，莲池内的荷花已经凋谢，只剩下几截荷叶梗子孤零零地矗立在水面之上，一派初冬景象。

云皎和云初末绕过碧莲池子，很快就来到了庭院，他们望着前方的情景顿了脚步，不约而同地对视了一眼，不远处的屋檐下挂着十几盏大红灯笼，在晚风中轻轻摇曳着，微弱的光影倒映在水池中，晕出了一片绯红，一幅诡异而又美丽的景象。

他们向前走了几步，小心翼翼地警惕观察着四周，几乎是同时，目光锁定在屋顶之上，昏暗的夜色中，依稀可以看到那里躺着一个女子。

云皎顿时心生诧异，莫不是趁他们不在，有人闯进明月居里来了？转念一想又觉得不对，明月居的结界与云初末紧密相连，若是有人强行破除结界，他不可能会不知道，除非这个女子与云初末有着某种关联，结界感受不到自己受到威胁，于是就主动放她进来了。

她正想着，忽然听到一阵轻笑声，回荡在寂静的午夜里，像是清脆悦耳的银铃，再次抬眸看去时，只见那个女子已经坐起了身，悠然慵懒地靠在屋顶的屋脊上，单手撑着头，默默地注视着他们微笑，准确一点说，是注视着云初末微笑。

她的身侧顿时升起血红的灵力，在夜空中凝聚成十几只赤红的蝴蝶，翩然飞舞在她的周围，像是新生的婴孩眷恋自己的母亲，雀跃而又亲昵，然而下一刻，又像是受到了某些指引般，在夜空中迅速地成长变大，露出湿热血腥的獠牙，疯狂地朝他们扑了过来。

云皎激灵了一下，连忙躲在云初末的身后，只见云初末不紧不慢地挥手，几道流紫的光辉划破夜空，将那些蝴蝶瞬间撕成了两半，最终消逝在黑暗中。

那女子掩袖轻轻笑了，足尖轻点翩然掠下屋顶，轻盈的身姿落在他们面前，她伸手在云初末的脸上捏了一下，语气似是在抱怨道："开个玩笑嘛，干什么这么认真？"

云皎瞪大了眼睛，要知道，过去的一百多年里，无论是遇到多么强大的妖魔鬼怪，都没有一个胆敢上前捏云初末的脸，当然人家只是来明月居画骨重生的，也没有那个闲心和雅致去捏他的脸，可是……连她都不敢的好不好？

云皎以一种近于崇拜的目光望着这个女子，透过昏暗的灯火，这才看清了她的容貌。

这女子身着一袭赤红的衣裙，她的容颜妖冶诡艳，眸光潋滟倒映着月色的幽凉，及腰长发仅用几支黑羽绾着，无论从哪个角度，无论怎么看，都有种惊心动魄的美丽。此时她的视线紧紧锁定着云初末，红唇嫣然荡开在午夜中，邪恶妖艳，宛若悄然绽放的勾人心魄的罂粟。

云初末与她对视了一会儿，立即扭头道："此人多半有病，不用理她！"说着，绕过那个女子，拉着云皎就往屋子里走。

那女子的身形一闪，翩然挡在了他们的面前，她望着云初末的眼神里充满了委屈和哀怨，很是无辜地嘟着嘴："长离，见到姐姐竟然都不知道问候一声吗？"

她的身上泛着幽香，冷冽阴寒，却又沁人心脾，发间的黑羽依次错开，妖艳之中又有几分尊贵孤冷的味道。云皎望着她很是吃惊，她能明显地感觉到这个女子是灵，而且是一个修为很高的灵，不过令她感到吃惊的不是这个——

云初末，有姐姐？

云初末这个人，向来不懂得怜香惜玉，即使对方是他的姐姐也不例外，他望着那个女子的目光疏冷，没有一点亲昵的样子，就连语气也很不好："是谁放你出来的？"

那女子扑哧一声笑了，声音像是静静划过潭水的轻羽，美丽的容颜蛊惑而妖魅，偏偏又带着孩子气的天真。她的双手背在身后，微微仰起脸像是撒娇般："你猜？"

云初末眯了眯眼睛，注视着眼前的女子，竟有些警惕的意味："在我动手之前，你是怎么出来的，现在就怎么回去。"

看到弟弟竟然一点儿都不在乎自己，这女子撇了撇嘴，神情越发凄楚动人，不过好在从前受到的冷遇太多，她很快就从消沉中恢复过来，并且极有效率地注意到云初末身边的云皎，一双漂亮的眼睛差点放光："咦，好有趣的小丫头呢，是留作食物吃的吗？"

说话间，她的手已经朝云皎伸了过去，云初末眼疾手快地把云皎拉在身后，挺身挡在前面，他的脸色沉郁，连语气都阴寒了不少："阴旎婳，你看起来急着想死呢！"

阴旎婳又撇了撇嘴，讪讪地缩回手，板着脸似乎很不高兴："长离，你这样护着一个小丫头，让我这个做姐姐的，好生吃醋呢！"

云初末的神情在夜色中有些晦暗不明，他的语气疏冷，越发地警惕且充满敌意："我再问一遍，是谁放你出来的？"

阴旎婳轻轻笑了，似是沾沾自喜般："这个啊，是我自己出来的啊，你们都不在，留下我一个人多孤单。"

云皎小心翼翼地探出脑袋，虽然还是很害怕，不过念在对方是云初末的姐姐，她的心里稍微宽慰了一些，灵动的大眼睛扑闪扑闪的，好奇地打量着眼前的女子，突然发现对方也在漫不经心地含笑看着她，又连忙受惊地缩了回去，心中小鹿乱撞，生怕这个灵会把她当作食物吃掉了。

阴旎婳顷刻被她逗笑了，她的语气悠然而慵懒："小丫头，你不要害怕，我方才是同你玩的，嗯……长离可以给我做证，我从来都不吃人的，只会跟他们做好朋友。"

云皎讪讪地哦了一声，战战兢兢地问道："姐姐，你要不要进屋说话呀？我们可以坐下来喝喝茶，聊聊天，顺便谈谈人生。"

阴婉婳手指抵着下巴，很认真地思考了这个建议，紧接着又摇了摇头，不晓得有多么遗憾："不了，我一会儿就要走了。"她顿了顿，看向云初末的眼里在笑，像是讨好一般，"我知道在人类的世界里，不请自来是不礼貌的，所以我在屋外等了你一个多月。"

云初末面无表情地扯了扯唇角："所以？"

阴婉婳再度受到了冷遇，她很是委屈地撇了撇嘴，伸手搂住云初末的脖子，软语嗫嚅着："你都不会想念我吗？我可是你的姐姐！"

面对姐姐的刻意讨好，云初末的表现很是淡定，他的语气不变："在我动手之前，把你的手拿开，否则左手慢了左手断，右手慢了右手少一半。"

阴婉婳迅速地把手缩了回去，哀怨不满地注视着云初末，忽然想到自己此行的目的，又轻轻地笑了起来："我来，是要恭贺你一件好事。"

云初末面无表情，语气很干脆："说。"

阴婉婳不紧不慢地捋着鬓边的发丝，悠然道："我路过妖林的时候，听说绯悠闲那个女人正在到处追杀你，嗯……应该很快就会到这里来了。"

云皎一呆，望着阴婉婳差点惊掉了下巴，弟弟被人追杀，这是值得恭贺的好事？这位确定是亲姐姐？只听云初末冷哼了一声，阴阳怪气地答："还真是值得恭贺呢！"

云皎很是消沉地叹了口气，顿时觉得无比汗颜，嗯，还真是亲姐姐。

阴婉婳还想上前去捏云初末的脸，但一想到他刚才的威胁，又很识相地缩了回去，只是掩面做出哭泣的样子，痛不欲生道："绯悠闲那个女人修为这样高强，我怎么放心让你一个人，若是你出了意外，我这个当姐姐的，以后可如何活得下去？"

云初末闻言冷哼道："口是心非。"

话音刚落，果然见阴婉婳欢天喜地地笑了起来，她注视着云初末，漫不经心地轻念着："好啊，那我就期待你被绯悠闲杀掉的那天，到时候，姐姐一定会给你报仇的。"

云初末斜了她一眼，没有吭声，拉着云皎迈步往屋子里走，而庭院里，红衣女子望着他们远去的背影，诡艳妖娆地轻笑着，潋滟的眼眸中却清冷分明，赤红的灵力肆虐，她的身形悄然消失在夜色中，很快不见了踪影。

阴旎婳的到来，并没有打破明月居里的平静，他们还是一如往日那般生活，丝毫没有因为云初末将要被谁追杀而扰乱了现在的安宁。

回家的感觉优哉游哉，至少云皎不用风餐露宿，为生活质量发愁，连觉也睡得特别香甜，于是第二天清晨，她精神抖擞地去云初末的房间，见太阳都已经变得金灿灿，他居然还没有起床，便恨铁不成钢地上前叫他："云初末，现在都什么时辰了，你居然还不起来！"

她伸手撩开床帐，只见云初末迷迷糊糊地从被褥中钻出来，眼睛眯成了一条小缝看她，又懒洋洋地缩了回去，顺势翻身打了一个呵欠，背对着她语气闷闷地道："不要！"

其实云初末一直有赖床的毛病，在过去的那么多年里，云皎每天都要花费大把力气与他的瞌睡虫做斗争，不然他准能从五更鸡鸣睡到日上三竿，再拖拉到太阳西沉才肯慢吞吞地爬起来，可怜兮兮地到厨房里找东西吃，倘若一个姑娘家有这个特征，人家还会觉得可爱，可是他这个活了不知道多少年的，也不知道是妖怪还是邪魔的大浑蛋，当真让人有种想要揍扁他的冲动。

云皎倾过身去，伸手去拽他的被子，企图把他闹起来，不料云初末反手一揽，把被子紧紧抱在怀里，还很有先见之明地伸出一条腿，死死压住了被褥的另一头，精神困顿地打了一个呵欠，侧躺在床榻上睡得雷打不动，任她使出吃奶的劲儿也拉不动分毫。

见他还不愿意起来，云皎索性直接跪在床榻上，用力摇啊摇，探出脑袋去喊他："云初末云初末，你还要不要吃饭了？"

云初末无意识地皱了皱眉，随即翻了个身，躺在床榻上望着云皎，语气定定地道："有没有不用起床、不用洗漱就可以吃的饭？"

云皎听此，立即愤愤地指责道："我看你还是饿着比较好！"

她气呼呼往后挪着，准备从床榻上退下去，不料某人却很恶劣地挥开她支撑身体的手，她只觉得天旋地转，眼前突然一花，那个某人瞬间就把她压在了身下，阴柔精致的眉眼映在眼前，还带着若有若无戏谑的笑意，伸手抚上了她的脸："眼前就有一个。"

想起昨天晚上阴婉婳的话，云皎大惊失色，手指哆哆嗦嗦地去推云初末，委屈祈求的声音都快哭了："云初末，我可以给你做饭，给你洗衣服，还能帮你施法，替你煎药，我可以做那么多事情，你可不可以不要吃我……"

云初末一怔，他的笑容在脸上瞬间荡开，金灿灿的，跟朵太阳花儿似的，手指轻轻划过云皎的脸颊，似乎没好气道："你想到哪里去了？"

他站起身，顺手拿过架子上的衣袍，便迈步朝着外室走去了，云皎也赶忙站起来，屁颠屁颠地跟上他的脚步，神色严肃，好像在说什么了不得的大事般："可是昨天晚上，那个……那个姐姐说我是食物！"

云初末闻言顿住了脚步，他转头看向了云皎，沉默了片刻："不是。"

听到他的话，云皎顿时优越感十足，并且得寸进尺、蹬鼻子上脸地问："那我是什么？"

注视着她喜气洋洋的脸，以及满怀期待的讨好表情，云初末默默斟酌了一会儿，还是忍不住出言打击："显然，你只是宠物。"说完，一脸坏笑地迈步离开了，肩膀笑得一抖一抖的，看上去要多猥琐就有多猥琐。

云皎怔在原地，片刻后反应过来，简直气到想跺脚："你你你……云初末你给我站住！"

云初末迈过门槛的脚一顿，他的唇角勾起暖暖的笑意，细不可闻地说了一句："笨蛋……"

眼前是卖相极好的粥和热气腾腾的芙蓉包子，云初末已经洗漱完毕，迈步来到庭院的石桌边，掀了掀衣摆，气定神闲地坐下来喝粥。隐约感觉到有个视线在注视着自己，他将手里的碗移开了一些，正对上云皎直勾勾的眼神，没好气道："干吗？"

云皎双手撑着脑袋，正望着云初末失神，忽然听到他的询问，不由得激灵了一下，眼珠一转，露出最讨人喜欢的笑脸："云初末，你觉得今天这个粥怎么样？"

云初末淡淡地瞥了一眼，看向她点点头："很好。"

闻言，云皎沾沾自喜了好一会儿，有些心虚地问：“你确定是很好，而不是非常好吗？”

见到云初末逐渐深沉的表情，她立即坐直了，小身板临危不乱，神情甚是严肃：“我说着玩的，你一点也不用在意，真的！”

云初末没好气地斜了她一眼，将碗搁在桌子上，伸手捏过一个包子，刚吃了几口，又觉得某个视线在注视着自己，他叹了口气，索性把包子扔了回去，拿出手帕细致地擦了擦手指，又顺势掀了掀衣摆，摆出“我要和你谈谈”的姿势，看向云皎问道：“你到底想说什么？”

“嗯？”云皎再次回过神来，对上云初末的目光，水灵灵的大眼睛很无辜，“没有啊，我没有什么要跟你说的。”

“云皎！”云初末的神色俨然，连语气都威严了不少。

云皎立即心虚地低下了头，差点伸出小手抱脑袋，低声嗫嚅着：“我我我……我是想问你……这个包子好不好吃！”斩钉截铁地扔下这么一句，云皎轻轻呼了一口气，她抬头看向云初末，露出了天真可爱的笑脸，但见对方一动不动地注视着她，显然不相信她的话。

她默默地注视着云初末，水灵灵的大眼睛眨啊眨的，与云初末对视了良久，终于还是败下阵来，很是苦恼地撑着头，微微嘟着嘴：“好吧好吧，其实我是想问你关于那位姐姐的事情。”

云初末叹了口气，伸手在她的头上敲了一记，没好气道：“你拐弯抹角这半天，就是为了这个？”

云皎的眼眸清澈，笑得很讨人喜欢：“人家比较委婉嘛！”

云初末注视着她，脸上憋着笑意，凉凉道：“是吗？”

云皎很不服气地嘟着嘴，闷闷地嘀咕道：“而且就算我问了，你也不一定会告诉我，我为什么还要问！”

云初末跷着二郎腿，气定神闲中又痞气十足，不咸不淡地道：“你说什么？”

“啊——”云皎傻傻回过神，对上云初末清冷的目光，连忙道，“我说云初末你温柔可爱又可亲，修为又高，待人也很好……”

云初末不可忍受地闭了闭眼睛，拎着衣摆站起来要走，云皎眼疾手快拉住他的衣袖，抬头看向云初末，迟疑了一会儿：“昨晚那个姐姐……是灵吧？”

云初末闻言，缓缓坐了下来。他将折扇拿在手里把玩，虽然现在已是初冬，早就用不到扇子，但关键时刻拿在手里，还能当作打击某人的“武器”，省事又省力，他漫不经心地点了点头，算是默认了这件事。

云皎绞尽脑汁想了一会儿，试探地问道：“那个姐姐，真的是你的姐姐？”

云初末淡淡瞥了她一眼，完全不知道她想说什么，面无表情地思索了一会儿，才不冷不热地回答道：“算是吧。”

云皎听此，赶紧挪了挪位子，在他的旁边坐下来，伸手拉住他的衣袖：“什么叫算是吧，难道还有可能不是？”

云初末斜睨了她一眼，甚是嫌弃地拿着扇子把她的手噼里啪啦地敲下去，他侧身挪了一个位子，与云皎划清界限，漫不经心说道：“我们是在一个地方创生的，她比我早，自然算是我的姐姐。”

云皎顿时双眼放光，既然那个女子是灵，而且是云初末的姐姐，也就是说，云初末的原身也是灵，可是同时她又很疑惑，既然她能看出阴婉婳的原身，为什么就不能看出云初末的呢？她看向云初末，近于讨好般：“那你的原身是什么？也是灵吗？”

云初末打量了她一会儿，露出若有所思的神情，他懒洋洋地打了一个呵欠，语气很恶劣：“我为什么要告诉你？”

云皎很生气，云皎很愤怒，不服气地指责道：“是你说只要我问，就什么都告诉我的！”

云初末已经站起身来，吃饱喝足后十分舒坦地伸了伸懒腰，同时漫不经心地回答：“我不记得自己曾经这样说过。”

“你你你……”云皎简直气得想跺脚，她要站起身来，又被对方拿着扇子给按了下去，云初末的折扇压住她的肩膀，微微倾着身体，对上云皎无辜水灵的大眼睛：“从今天起，一天只准问三个问题，回不回答看我心情，不然……”

他顿了顿，脸上露出了些许笑意，折扇挑着云皎的下巴，居高临下地望着她：“我就把你的舌头割下来。”

云皎立即识相地捂住了自己的嘴巴，纯良无辜的大眼睛瞪着他，不情不愿的表情里满是幽怨和委屈，偏偏这副模样又显得十分可爱，让人忍不住想要再欺负一番。

云初末的唇角噙着笑意，果然伸手捏了捏云皎的脸颊，微凉的手指轻轻划了过去，宠溺的语气里带着些许无可奈何："笨蛋……"

他说完，便打着呵欠摇头晃脑地走了，留下云皎坐在石桌边，身形惨淡，背影凄凉，被他的最后一句话打击得体无完肤，她很不服气地哼了一声，安静地坐了一会儿，还是觉得很生气，又咬牙切齿地跺了跺脚。

早已走了很远的云初末，下意识地回头望了一眼，果然见到云皎气到跳脚的模样，清冷疏离的容颜里，顷刻绽放出温暖的笑容，像是三月里的阳光，温暖和煦，让天地都失去了颜色。

万物生灵，皆以精元为本，魂力固守三魂七魄注入血肉之躯，便成就了生命，然而在这世间，有一种东西却是例外，他们没有精元，没有魂魄，仅是一缕思想和灵力组合的灵体，因此不具有正常的生命，无法经历生死，更无法堕入轮回，这种东西便是灵。

上古传闻，洪荒时期，天力浓郁异常，一草一木皆有可能修炼成仙魔妖邪，甚至有些死物，因为常年经受天力的滋养，不知不觉中有了感情和智慧，思想与灵力长期融合，就很有可能从中孕育出灵，不过这种灵只能寄宿在孕育它的物件中，倘若那个物件损坏或者毁灭了，它也会跟着受到不同程度的损伤，甚至会永远消亡，阴旎婳便是这样的灵，而云初末，也很有可能。

这些天，困扰云皎的总共有两个问题，且这两个问题迟迟得不到答案，竟让她有种茶饭不思、郁郁寡欢的消沉感。云初末的原身十有八九是灵，虽然他不说，她大致也能猜得出来，倒是另有一件事，若是不打探清楚，她晚上睡觉都不能安稳。

阴旎婳那日说，有个叫绯悠闲的女人正在追杀云初末，而且对方还修为高强，很有可能会置云初末于死地，云初末当时并没有否认，想来应该是真的了。

于是，云皎很郁闷，云皎很担忧，绯悠闲是谁？和云初末有着怎样的仇恨？她真的有可能杀死云初末吗？

她在房间里绞尽脑汁地想了好久，最终觉悟到自己就算想破脑袋也不会有任何进展，若要得到答案，还得从云初末那边下功夫，想到前两日门口大街上飞来几只野鸡，被她很好运地捉住一只，又想到几个时辰前，卖菜的大妈送给她一把蘑菇，于是云皎很有效率地走到厨房，将野鸡剁剁做了一锅鲜嫩肥美的野鸡炖蘑菇，屁颠屁颠地端去云初末的书房。

此时，云初末正在书房里看书，暖阳透过窗户洒在他的身上，皎白的素衣折射出的光芒，映得侧脸越发清俊白皙，犹若白玉雕琢一般。

云皎端着砂锅，小心翼翼地放在书房的木桌上，见云初末正斜靠在椅背上，偏着头专心致志地看书，于是蹑手蹑脚地从后面接近，打算吓他一下。

她走了几步，在距离云初末不远的地方，刚想抬手朝他扑上去，就听见云初末不咸不淡的声音："做什么？"

他的视线没有离开书本，却轻易地揭穿了她的小心思，云皎微微嘟着嘴，显得有些失望，闷闷地哦了一声："我炖了野鸡和蘑菇，你要不要过来吃？"

云初末不甚在意地笑了笑，装模作样地又翻了书页，气定神闲地语气道："如果某人可以端到我面前来，说不定我会勉强尝一尝。"

云皎恨得牙痒痒，没好气道："让你这么勉强，真是不好意思哦。"

云初末调整了一下坐姿，整个人清闲地靠在后面的梨花木椅上，眼眸望着她似乎在笑，煞有介事道："自家人，不用客气。"

云皎细不可闻地哼了一声，转身往木桌边走去，她小心翼翼给他盛了一碗，当真端到云初末的面前来，蹲下趴在他的腿上，看着云初末拿着汤勺轻荡，抿唇喝了一口，满怀期待地问："怎么样？"

云初末点点头："还不错。"他把碗搁在书案上，单手撑着下巴，居高临下地注视着她，"说吧，这次又想问什么事情？"

云皎顿时心虚，连忙摇手道："没有没有，就是看到你最近辛苦，所以特意炖来给你补身体的。"

云初末若有所思地点了点头，脸上带着笑意轻飘飘地道："没想到你这么有心。"

云皎顿时露出讨喜的笑容，眼睛一眨一眨的，无辜又可爱："其实我不仅有心，还有很多优点，你以后会慢慢发现的。”

得寸进尺、蹬鼻子上脸的人最是可恶，而云皎更是这些人中的典型，云初末注视着她沾沾自喜的小脸，终于忍不住打击：“我刚才只是随便说说，你可以不用放在心上。”

云皎立即被打击得抬不起头来，她很是消沉委屈地哦了一声，嘟着嘴闷闷道：“我刚才也是随便说说，你也不必放在心上。”

云初末很是受用地点头，保持着单手支颐的姿势未变，十分淡定地道：“你若是没有别的事，我要看书了。”

云皎蹲在他的身边，仰头看着他，眼珠一转趁机道：“云初末，我突然想到一件事。”

云初末打了一个呵欠，言简意赅：“说。”

云皎露出很讨人喜欢的笑脸，眼睛弯弯像月牙：“你觉不觉得明月居的结界需要加固一下，万一有什么……特别的人闯进来，就不好了。”

云初末漫不经心地嗯了一声，语气淡淡地道：“你觉得这个特别的人，会是谁呢？”

云皎手指抵着下巴，小心翼翼地试探道：“比如你以前得罪了什么人，人家正在千里迢迢地赶来追杀之类的。”

她顿了顿，觉得刚才那句话说得有些不妥，听起来好像云初末很不受待见、很被动似的，于是话锋一转，斩钉截铁道：“自然，以你的品行和修为，是不会得罪什么人，也不怕什么人来追杀你的，不过正所谓明枪易躲，暗箭难防，像我们这种正派的人，是不屑于与那等小人纠缠恶斗的……”

她吧嗒吧嗒说一大堆，无非是想把云初末夸成天上有、地下无、英明神武、顶天立地的大英雄，而且大英雄是从来不会与那等小人计较的，然后她不仅可以劝说云初末把结界的力量加强，还能趁机问关于绯悠闲的事，过渡自然、衔接有序，丝毫看不出拍马屁和套话的嫌疑。

云初末注视着她，良久才道：“其实，你是想来问绯悠闲的事吧。”

云皎的身子一歪，连忙扶住他的腿稳住了，她下意识地摸了摸脸皮，露出最纯良无辜的表情：“有吗，如果你那么想说的话，我是不会介意的。”

云初末的唇角带笑，难得很好脾气地配合她："你说得没错，我真的特别想告诉你。"

云皎的手肘搁在他的腿上，单手撑着下巴，满怀期待地道："那你姑且说说看，我在这儿听着呢！"

云初末顿时笑了，忍不住伸手捏了捏她的鼻子，没好气道："你啊，就知道口是心非。到底要到什么时候，才能将你这好拍马屁，见人说人话，见鬼说鬼话的毛病改改？"

云皎连忙摇头："没有没有，刚才那些绝对是我的肺腑之言！云初末你看你修为很好，为人很好，关键还很……"她还没有说完，就被一个威严的声音打断了："好了。"

云初末微微蹙着眉，神色俨然地望着她，表情有些严肃："你到底还要不要听？"

"要！"云皎立即挺直了腰板，听云初末说起了关于绯悠闲的过往。

绯悠闲是妖，亘古时期活过来的妖，一直住在雪域的深渊之下，因不耐雪域中的凄寒孤冷，所以经常跑到人间四处游玩，一百多年前，她在位于楚国的青楼里当花魁，偶然邂逅了齐国的质子沈阙，不知怎么，两个人就搅和在一起，而且爱得轰轰烈烈、死去活来，当妖怪的向来长寿，没那么容易丢掉小命，所以最后是那位齐国的质子死掉了。

云皎疑惑，抬起头询问云初末："这和她追杀你，有关系吗？"

云初末郑重地点了点头，回答得甚是认真："还是有的。"他顿了顿，言简意赅道，"那位齐国的质子……是我杀的。"

"什么？"云皎顿时站起身来，目瞪口呆地望着云初末，手指哆嗦地指着他，"你你你……"

云初末的表情有些幽怨，慢悠悠地补充了一句："从某种意义上来说……"

云皎将他的话前后斟酌了一遍，总结问道："这么说，你不是故意的了？"

云初末坐直了身体，将折扇拿在手里，气定神闲道："从某种意义上来说，也算故意的。"

"你你你……"云皎气得说不出话来，虽然知道云初末向来没有怜悯之心，对于人类更是厌恶至极，但应该也不至于到草菅人命的地步，而且更重要的是，人家现在都快打到家门口了，她在这里紧张兮兮，急得像热锅上的蚂蚁，他却一点该有的反应都没有！

云皎愤怒地瞪着他，哼了一声："我看你还是被人家追杀好了！"说完，气呼呼地走出去，刚离开没两步，又愤愤地折返回来，把木桌上的野鸡炖蘑菇也端走了。

云初末注视着她远去的背影，阴阳怪气地哼了一声，不紧不慢地展开手里的折扇，脸上倒没有什么被人追杀的紧张之色，反而气定神闲地跷起了二郎腿，幽幽地埋怨道："也不知道是为了谁……"

时近冬至，天气日益寒冷，莲池内的锦鲤都懒洋洋地潜在水底，不大愿意露面了，云初末却是很有兴致，顶着瑟瑟的寒风坐在亭阁里跟自己下棋，他的左手边放着一本闲书，右手边还有一个小火炉，上面焙着香醇的美酒，白色的雾气袅袅萦绕，在庭院里氤氲着清冽的气息。

由于一连十几天都未见到有人来找明月居的麻烦，云皎渐渐放下心来，很快就将绯悠闲这件事抛到了九霄云外，她趴在亭阁的栏杆边，不时往莲池里抛几颗花生米，企图以这种方式引诱锦鲤出来，不过好像收效甚微，不由得郁闷道："云初末，现在水面还没有结冰，它们总是躲在水底，会不会饿死？"

云初末轻飘飘地瞥了她一眼，唇角泛着笑意："这么担心的话，我把你丢下去……"

"阿嚏——"还没有说完，就偏过头打了一个喷嚏，他伸手拿过石桌边放着的手帕，捂在脸上皱了皱眉。

云皎转过身望着他，不知道怎么回事，云初末这些天总是忍不住想打喷嚏，现在是冬日，百花凋谢，明月居里连个花骨朵儿都没有，自然是不会有花粉的，想到此，她就更是奇怪，疑惑地问："云初末，你莫不是伤寒了吧？"

从先前的猜测来看，云初末的原身是灵，连正常的生命都没有，若是真的得了伤寒，这件事绝对是灵族的一大耻辱，想到这里，她不由得咧了咧嘴，一副满怀期待、幸灾乐祸的表情。

云初末拿着手帕捂在脸上，由于刚打完喷嚏，所以眼睛红红的，他皱眉瞥了云皎一眼，没好气道："你何时见过我伤寒了？"

希望顿时变成失望，云皎很是消沉地哦了一声，趴回去再接再厉地扔花生米。不过像打喷嚏这样的小事，她即使再无聊，也不至于总是念着放在心上，所以云皎很快就开始为自己的粗心大意而懊悔饮恨了。

那是一个无所事事的午后，想到酒窖里的酒已经快没有了，为了避免云初末又像讨债鬼、催命符似的来烦她，云皎很有先见之明地揣了几两银子，打算去隔壁街上买酒。

那条街位于长安城最繁华的地段，就连夜晚都是人声鼎沸、商贩云集的，大白天更是不用多说，可是就在她买酒出来的时候，抬眼一看整条街居然都被冰雪覆盖，再回头时，方才买酒的商铺也被凝固在冰雪中了。

云皎大惊失色，一时间忘记了反应，怔怔地迈步行走在其中，只见那些行人身上均落满了雪花，眼睛一眨都不眨地站在原地，路边某个卖鱼的大叔手里掂着菜刀，而他准备宰杀的那条鱼，则保持着跃出的姿势静止在半空，竟像是被某种奇异的力量凝固住一般。

云皎小心翼翼放轻了步子，下意识地向四周搜寻着，就在走到街角的时候，望着不远处的奇异景象，不由得瞪大了眼睛。

那是一株巨大的花树，上面开满了粉艳的花，花朵之间彼此簇拥成束，像是天际瑰丽烂漫翻涌着的云霞，树下落英缤纷，细碎的花瓣随风轻舞飘荡，落在地面铺成厚厚的一层，微风拂过，在空气中留下淡淡的、舒心的芳香。

不知道为什么，那棵树好像有着某种魔力一般，吸引着她不知不觉地走了过去，待走近了，云皎这才发现层层花丛之下，一个女子正坐在树上，静静地望着她微笑。

长裙曳地，像是云纱般轻盈透明，她的上身穿着月白的短衫，银发倾泻在肩头、随意垂在腰际，白皙的面容犹若冰雪雕琢般，晶莹剔透，就连唇瓣都没有什么血色，淡漠凉薄，绝尘临仙，不似生在人间，令人见了就不由得打上一个寒战。

飘舞的雪花落在颈间，顷刻化成刺骨的冰水，云皎顿时回神，连忙往后退了好几步，直到这时，她才想起了云初末的死对头，眼前这个女子就是绯悠闲吧。

见那女子一动不动，只是坐在树上注视着自己，云皎顿时有些心虚，她小心翼翼地挪着脚步，想趁那人不注意赶紧溜回明月居，走了好几步都没见那人有何反应，心中不由得大喜，朝着明月居的方向拔腿就跑，然而几乎是瞬间，身后突然传来一阵阴寒的气息，这气息中还夹杂着冷冽的幽香，沁人心脾，却令她止不住瑟瑟发抖。

云皎很清楚地感到那个女子翩然飞落在自己身边，白玉雕琢般的手轻轻揽住了她的腰身，整个人都腾空飞了起来，两边的景致不断向后退着，那个女子被风撩起的银发轻轻荡着，美丽动人，些许发丝拂过她的脸颊，亦是彻骨冰凉。

“想要逃走吗？”绯悠闲终于开口，平静的语气淡漠而凉薄，夹杂着对于人类的嘲讽和不屑。

云皎顿时激灵了一下，赶忙道：“姐姐姐姐，你抓错人了，我根本就不认识你！”

绯悠闲轻轻哼了一声，周围顿时泛起淡淡的冷香，她的语气不带丝毫感情：“你不认识我，我可是认识你呢，或者说……认识你身后的那个人。”

此时云皎已经被绯悠闲抓回到树下，身体被灵力紧紧束缚着根本没有逃跑的可能，见身份暴露，她叹了口气：“你想把我怎么样？”

绯悠闲的脸上带着悠然的笑意，冰凉的手指缓缓覆上她的脸颊：“你说呢？”

云皎心中早就变成一团乱麻，回想起自己居然擅自离开明月居，做出这等自投罗网的傻事，简直后悔得想撞墙，想要云初末及时赶来是不大可能了，关键时刻还得靠自己，于是她牙一咬、眼一闭，扑通一声跪倒在绯悠闲的脚下，痛哭流涕道：“姐姐，冤有头债有主，你要找的人是云初末，抓无辜的我来做什么？”

绯悠闲一愣，显然没想到云初末身边的人居然这样没骨气，片刻之后，她轻轻地笑了，冰凉的手指挑起云皎的下巴，缓缓道：“明月居外面的结界我没有办法打开，不过只要有你在我手上，还怕他不来吗？”

云皎连忙摇头，极力辩解道：“不不不，姐姐，我是被他抓去当奴才的，只能没日没夜干活做苦力，那个人才不会在意我呢！你还是发发善心把我放了吧，我家里还有八十岁的奶奶和七岁的弟弟，其实我早就想逃出他的魔掌了……”

绯悠闲站直了身子，居高临下地注视着云皎，意外地挑眉：“你这么恨他？”

云皎立即坚定地点头，愤怒道：“何止是恨啊，简直想喝他的血，吃他的肉呢！他他他……他就是一个人面兽心的畜生啊！”

“哦？”绯悠闲的语气漫不经心，淡淡地问，“他怎么人面兽心了？”

云皎闻言，顿时看到了逃跑的希望，她往绯悠闲的脚边跪了跪，声泪俱下地控诉道：“姐姐你不知道，他在外面抓了好些女孩子，强迫我们给他当奴才，没日没夜干活，哦，不仅如此，他还有虐待人的癖好，动不动就要割人家的舌头，还要把人活活打死！”

她顿了顿，小心翼翼地抬头看了绯悠闲一眼，可怜兮兮地撇了撇嘴，委屈哽咽道：“与我同行的那些女孩子，都差不多被他虐待死了，现在只剩下我一个人了……”

绯悠闲静静地注视着她，语气依旧很清淡：“没想到你竟这样可怜……”

云皎小鸡啄米般点头，差点对着绯悠闲摇尾巴：“姐姐长得那么美，人又温柔，心肠肯定也很好，就把无辜可爱又可怜的我放了吧，云初末就在明月居里，你的修为这样高，一定可以找他报仇的，我做梦都会祝愿姐姐你早日大仇得报，旗开得胜！”

她的表情无辜，灵动的大眼睛里简直可以溢出水来，小心翼翼地盯着绯悠闲，小身板缩成一团，看上去又小又软，和寻常的凡人女子没有什么区别。

看着面前的小姑娘，绯悠闲缓缓笑了：“你方才说，与你同行的那些女子全都被他杀了，只剩下你一个，看来那个人对你很不一般……”

云皎顿时一愣，脑中的某根弦触动了一下，立即斩钉截铁道；“不是这样的！”她的神情凄楚，撇着的小嘴委屈至极，“他他他……他之所以会留着我，是因为非常讨厌我，想要把我慢慢折磨死啊啊啊……”

现在生死大权掌握在别人手中，她已沦为刀俎下的鱼肉，云皎单是想想就觉得好凄凉，为自己的一条小命担忧不已，居然真的眼泪哗哗地哭出声来：“姐姐，你看我这么惨，还要照顾家里的奶奶，就大发善心赶快放了我吧，我和奶奶一定感激你的恩情！”

绯悠闲的神情冰冷，颀长优雅的身姿立在樱花树下，超凡脱俗中带着几分孤冷的气质："既然他这么讨厌你，一定不忍心让你死掉，我若是抓了你，说不定他会跟出来把你救回去，那样我就有机会了。"

云皎的泪水还在眼眶里打转，听到绯悠闲的话顿时呆住了。这是什么情况，妖怪的想法都是这样奇怪的吗？是谁说的讨厌一个人，就会冒着生命危险去救她的啊，简直……胡说八道！

这是一片古老的森林，光线昏暗，到处都布满了永恒不变的腐朽气息，湿冷的枯叶在地上铺了厚厚的一层，树枝盘根错节遮掩了天空，层层雾霭弥漫在森林中，像是轻纱屏障笼罩在树木之间，不时从远方未知的角落还传来几声奇异的兽鸣。

云皎被突然袭来的寒气激得一颤，瞬间从睡梦中惊醒过来，再次看向周围的时候，恍惚发现这里已经不是人界。此处的光线虽弱，树木却生长得极为茂盛，浓翠的枝叶上凝着阴寒的水珠，不时从上面滴落下来，击打在灌木丛中发出簌簌的声响，路边的草木中，淡绿的光点成群结队地飞舞，像是人间的萤火虫，却泛着星星点点的灵力之光，低矮的草丛中不时传来异动，循声望去的时候，只能看到迅速窜去的野兽的尾巴。

"你看起来睡得很不错呢。"耳畔传来冰冷的声音，云皎惊奇地发现自己怎么倒过来了，再定了定神，这才知道自己现在是被人扛着，入眼处是银白如缎的发丝，贴着这个人像是靠着冰块一般，全身上下都冰凉酸痛，她微微沉吟，想必现在扛着自己的人是绯悠闲了。

她连忙动了一下，语气温软："姐姐姐姐，其实我的体力很好，可以下来自己走，你不用这么费力的。"

绯悠闲的脚步仅顿了一下，又恍若未闻地继续向前走，紧接着听见云皎讨好地道："姐姐姐姐，我只是一个手无缚鸡之力的小姑娘，即使你把我放下来了，我也不会逃走的，再说了，就算我逃走了，你也能很快把我抓回来，我为什么要做这么无聊的事情呀！"

绯悠闲思考了一下，觉得她说得有理，于是停住脚步把云皎放了下来，神情一如既往地冷漠，美丽的容颜像是将要结冰一般。

云皎终于从“冰块”上得到解脱，不由得长呼了一口气，还扭了扭胳膊，活动活动筋骨，血液随着动作顷刻传遍全身，让她温暖了不少，她小心翼翼地瞧了绯悠闲一眼，屁颠屁颠地凑上去，跟人家套近乎道：“姐姐，你饿不饿，我们要不要停下来吃点东西……”

这个提议对于云皎而言，简直是一箭双雕，一来能表现出她善良体贴的一面，让绯悠闲对她放下敌意，暂时留她一条性命；二来还能在路上尽可能地拖延时间，没准儿云初末很快就能追上来了。不过对方显然不太能接受她的“善良体贴”，冷冰冰的眼神望了她一眼，警示的意味十分明显。

云皎激灵了一下，赶忙道：“自然，妖是不会觉着饿的，特别是像姐姐你这样修为高的妖，更是不可能……”

绯悠闲冷哼了一声，一声不吭地迈步向前走，云皎见此连忙跟上她的脚步，嘴巴一刻也没闲着，吧嗒吧嗒地说了半晌，最后拍马屁道：“姐姐，你看你长得那么美，应该多笑一笑才是啊，这样才能让你看起来更和蔼可亲！”

绯悠闲被她吵得头疼，只觉得耳边嗡嗡作响，终于不可忍受地顿住了脚步，淡漠的目光看向了云皎，语气亦是生冷：“我为什么要看起来和蔼可亲？”

“呃……”云皎语塞了一下，她本来想说这样会更加讨人喜欢，不过想到对方的心上人被云初末杀了，这种时候她还是不要哪壶不开提哪壶，不知死活去刺激绯悠闲的好，于是她绞尽脑汁地思索了片刻，灵光一现道：“这样能让你看起来心情很好！”

云皎觉得她的这一句简直是神来之笔，如果绯悠闲再问她为什么要看起来心情很好，那时候她就可以回答这样能让她看起来更加和蔼可亲，无论怎么问，她的答案总不会出错，也不会涉及什么不该提起的事，想到这个，云皎甚至在心里窃喜，她真是太机智能干了！

不过绯悠闲显然没她那么无聊，只是冷淡地哼了一声：“怪不得长离想把你的舌头割掉，我现在也想得很呢！”云皎听此，顿时被打击得抬不起头来，她真的这么讨人嫌、惹人厌吗？果然妖怪和灵都不能理解人类的可爱，要知道前些天有好多人都夸她温柔可亲呢！

树林里铺着一层厚厚的落叶，走上去软绵绵的，几乎都感受不到地面的存在，绯悠闲是修为高强的妖怪，自然没觉得什么，倒是云皎比较痛苦，一不小心掉进深坑里，半个身体都陷落在树叶中，扑腾老半天才能挣扎出来，衣衫脑袋上，甚至嘴巴里都是泥土和烂树叶。

她的脸快皱成了苦瓜，一边吐着嘴里的泥土，一边软着语气祈求道："姐姐，我走不动了，我们可不可以休息一下？"

绯悠闲缓缓顿住了脚步，她转过身注视着云皎，唇角泛着冰冷的笑意："这里到晚上会有野兽出没，你若是那么想当它们的食物，就尽管待着好了。"

云皎听此立即站直了，向绯悠闲露出了讨好乖巧的表情："好像又不累了呢！姐姐，我看我们还是快点赶路吧，你看天都快黑了……"

绯悠闲面无表情地扯了扯唇角，斜斜地瞥了她一眼，迈着步子继续向前了。跟在后头的云皎很是消沉地耷拉着脑袋，她紧紧拧着眉毛思索，心里凄苦惨淡，不晓得云初末知不知道她被抓了，万一当她跑出去玩不放在心上，那可就糟了，等等，他现在不会在睡懒觉吧！

意识到这点，云皎大惊失色，慌忙跑了两步，向绯悠闲道："姐姐姐姐……"

绯悠闲叹了口气，语气里还能勉强保持着冷静："你又想说什么？"

云皎手指抵着唇瓣，小心翼翼地嗫嚅着："你有没有想过，万一云初末不知道我被抓来了，你岂不是要白跑一趟？带着作为人类的我回去，还得费心养着我，哦，说不定到时候还得保护我。"

"这个好办，"绯悠闲的语气甚是清闲，似是漫不经心般，"如果七日之内他没有找来，我就会把你杀掉，扔进雪域里喂雪雕。"

听到绯悠闲的话，云皎只感觉一道闪电从头顶劈到了她的脚指头，她站在原地，凄凄惨惨地发愣了一会儿，跌跌撞撞地跟上绯悠闲的脚步，连忙道："姐姐姐姐，其实养我不用那么麻烦的，我一点都不挑食，什么都可以吃，哦，我还会做很多事情，可以照顾你，关键我修为高啊，能够保护自己，必要的时候还能帮你打架！"

绯悠闲斜斜地瞥了她一眼："你不是说自己手无缚鸡之力，需要我保护吗？"

“呃……”云皎一时说不出话来，她的神情讪讪的，有些心虚，“我谦虚嘛，我们人类最谦虚了，很多时候都不暴露自己有多厉害的……”

绯悠闲闻言，冷冷地哼了一声，似乎是嘲讽不屑般：“你们人类最是虚伪，残忍至极，甚至连同伴都不放过！”

云皎一愣，脑中的某根弦突然触动了一下，按照云初末的说法，绯悠闲曾经喜欢过人类，所以对于其他人类也该爱屋及乌、保持善意才是，为何听着她的语气和这番话，好像很痛恨人类似的？

绯悠闲到底恨不恨人类，这可是关乎她性命的大事，于是云皎立即拟好了对策，跟在她身边旁敲侧击地问：“姐姐，你曾经见过人类吗？”

绯悠闲发出冷笑声，微微抬起了自己的手，似乎在端详着：“不仅见过，这双手还曾沾染过他们的鲜血，你想不想知道他们都怎么了？”

云皎立即摇头，语气坚定道：“我一点都不想知道！”

绯悠闲的目光中似是敛着飞雪，银发在夜晚里泛着淡淡的光华，她的语气依旧很冷淡：“人类阴险狡诈，忘恩负义，有时候为了满足自己的私欲，便不顾及他人的死活。”

“也不全是吧！”云皎到底也算是人类的一分子，纵然向来没有原则和节操，此番听到一个妖怪居然这样贬低自己及自己的同类，多少都会有些不满，不过好在她还记得自己的生死已被掌握在这个妖怪手中，所以语气又立即软了不少，“还有很多人是善良的，就像你们妖怪，有好的妖，也有坏的妖。”

绯悠闲的神情静静的，不屑地冷哼了一声：“有吗，至少我没有见到。”

云皎只恨不得举手大叫，天底下最善良、最温柔可亲的人就站在她的面前，她却很恶劣地要把人家杀掉喂雪雕！她郁闷纠结了好一会儿，微微嘟着嘴，不乐意地反驳道：“那你喜欢的那个人呢？他也是阴险狡诈、忘恩负义的人吗？”

话刚说完，她差点闪了自己的舌头，一股懊悔饮恨的感觉顿时冲上了脑门，云皎现在都想哭了，她到底在胡说八道些什么啊！

绯悠闲清冷的眼眸闪过晦暗不明的神色，顷刻就消失不见了，她的神情淡淡的，看不出丝毫的破绽和感情，良久之后才缓缓说道：“他，和你们是不一样的。”

绯悠闲喜欢的那个人，到底哪里不一样，云皎还没有那种不知死活的勇气接着往下问。不过从现在的情形来看，如果云初末七天之内没有找来的话，她一定会被绯悠闲杀掉喂雪雕的，所以云皎除了不遗余力地溜须拍马，尽力保住自己的性命之外，只求云初末在这种时候千万别掉链子，万一她历经生死煎熬的这几天，被他一不小心给睡过去了，不仅云初末会觉得愧疚，她就算死了也会阴魂不散的。

她低下头紧紧蹙眉，暗自腹诽要不要沿途留下些印记，好让云初末找来时节省一点时间，正走着突然撞到一个后背，再抬头时发现绯悠闲已经站住了，不由得疑惑问："姐姐，怎么了？"

她顺着绯悠闲的视线看去，顿时双眼放光，仿佛看到了逃生的希望，前方路口正向她们走过来的人，一袭赤红的衣衫，如瀑的长发被黑色的羽毛绾着垂至腰间，容颜妖冶诡艳，气质颠倒众生，只是走路的动作有些慵懒散漫，不是阴婉婳又是何人？

她掩饰着心中的狂喜，还不动声色地往前挪了挪，站在特别显眼的位置，好让阴婉婳注意到自己，不过阴婉婳的眼神似乎没有她想象中的好，竟然恍若未见地从她面前走了过去。

云皎目瞪口呆地望着阴婉婳，只见她很迟钝地发现了路旁注视着自己的绯悠闲，手指抵着下巴，似乎很有兴趣的样子："咦，你不是那个……要杀掉我弟弟的小妖怪？"

绯悠闲显然也是认识阴婉婳的，听到这番话，却意外地没有多少警惕，好像算准了眼前这位不是爱管闲事的主儿，还很冷淡地哼了一声："真没想到，还能见到你，阴婉婳。"

"嗯……"阴婉婳的声音慵懒又低沉，她的容颜妖娆，红唇微启，嫣然轻笑着，"是呀，我也没想到还能再见到你，还记得我的上一个主人，是被你杀掉的呢！"

绯悠闲目不转睛地注视着阴婉婳："所以，你是来报仇的？"

阴婉婳听此，摇了摇头，摄人心魄的美艳中，偏偏带着孩子气的天真，似是炫耀般："我现在又有主人了，所以不会找你报仇了。"

“是吗，”绯悠闲的语气很冷淡，面无表情地道，“我真是为你的新主人感到难过。”

阴婉婳听此，倒是一点儿都不生气，居然附和地点头：“我觉得也是。”

被忽视的云皎偏过头，凄然惨淡地打量着身边对话的两位，心中顿时敬佩不已，人家果然是活了几千几万年的妖怪和灵，连普通的对话都那么高深莫测，让人如坠云里雾里，什么都听不明白。

她正想着，忽然又听阴婉婳问：“我要去找我的主人，你见过他吗？”

绯悠闲的神情不变，语气很直接：“没有。”

阴婉婳听到这样的回答，不由得撇了撇嘴，显得很是不乐意：“什么嘛，我都还没有告诉你，人家的主人是谁呢！”

绯悠闲皱了皱眉，语气里带着些许威严和疏离：“你自己的主人，都不知道去了哪里吗？”

阴婉婳顿时显得很受打击，整个人都消沉了下来，很不高兴地哼了一声，嘴硬地辩道：“主人只是在同我玩闹，现在我要去找主人了！”

云皎一见她要走，连忙从胡思乱想中挣扎出来，大喝一声：“姐姐——”

绯悠闲警示的目光立即扫向了她，云皎激灵了一下，小身板下意识地往后缩了缩，有些惧怕地看向了阴婉婳，但见阴婉婳顿住脚步，转身偏过头打量了她一会儿，惊奇地笑了：“小丫头，原来是你。”

云皎满头黑线：“……没错，就是我。”

阴婉婳缓步走到她的跟前来，向周围打量着：“你为何会在这里，咦……长离呢？”

云皎只想叹气，看现在这情形，但凡有点智商的人都能看出来她是被抓住当人质的吧？噢，她怎么忘了，阴婉婳是灵，不是人来着。她不动声色地背过身子，拼命朝阴婉婳使眼色，示意她将自己救出去，嘴上却说着：“姐姐，你可不可以去找云初末，就说绯悠闲姐姐要找他报仇，让他来妖林赴战？”

阴婉婳看了一会儿，大致知晓了她的深层意思，手指轻轻抵着唇瓣，顿时笑了：“其实你是想让我救你出去吧？不行哦，我要去找主人了，现在不想跟人打架。”

云皎的身子歪了一下，双腿发软差点没站住，顿时感觉背后如有锋芒，被人冷飕飕的目光盯得死死的，她委屈苦恼地撇了撇嘴，恨不能跺脚大骂，这都什么人啊？她真的是云初末的姐姐？

云皎正消沉着，又听阴婏嫱转过身对绯悠闲笑道：“这个小丫头，长离可是在意得很呢，你抓了她，长离一定不会放过你的。”

云皎瞬间感觉后背的凉气又加重了几分，她认命地捂了捂脸，无力道：“姐姐，你不是要去找主人吗，还是快点去吧，不然他可就走远了！”

“哎呀！”阴婏嫱顿时意识到自己的正事，欢天喜地地在云皎脸上捏了一把，“你不说我倒是忘了，嗯……等长离被这小妖怪杀掉的那天，记得要通知姐姐哦，姐姐一定会替他报仇的！”

云皎面无表情地扯了扯唇角，很不是滋味：“……我替云初末谢谢你哦。”

目送阴婏嫱走远，云皎只感觉一座阴寒的冰山正在向自己接近，她连忙转身后退了几步，立即惊恐地瞪大了眼睛：“先说好，你说过七天之内不杀我的，我若是死了，你这辈子都别想见到云初末！”

绯悠闲打量着云皎，仿佛周身的气氛也被她凝固了起来，声音疏离而阴寒：“我早说了人类都是一些阴险狡诈、忘恩负义之徒，难为了长离还曾为你不顾一切、豁出性命。”

云皎顿时一愣，绯悠闲早就知道她在说谎，只是一直没有戳穿而已，可是这句话到底是什么意思，什么叫长离还曾为她不顾一切、豁出性命？难道他们一百多年前见过面？

她在思考这些的时候，绯悠闲已经迈步走远了，云皎连忙跟在她的身边，露出最讨人喜欢的笑脸，厚着脸皮套近乎：“姐姐姐姐，你以前曾经见过我吗？”

绯悠闲的面色很冷，冰雪雕琢般：“不知道。”

云皎再接再厉，试探地问：“你以前跟云初末，就是那个长离打过架？”

绯悠闲的神情未变，依旧那么孤冷：“不知道。”

“……”云皎微微嘟着嘴，气得差点跳脚，多说一句话又有什么关系！绯悠闲这个人，不对，这个妖，看起来一点都不和蔼可亲！

她愤怒地跟在绯悠闲身后，一步都不敢放松，要知道这座妖林里到处都是野兽，现在天气渐暗，她甚至都能听到野兽低沉隐忍的喘息声，想到自己现在的处境，云皎只能默默叹气，作为一个人行走在妖林中，这简直和一个肉包子被扔进狗群里没什么分别。

同时她又很疑惑，阴婋婳和云初末到底是什么关系？明明说是姐弟，为什么看起来没有一点姐弟的情分在里面，而且从他们的举止言行中，隐隐约约感觉好像很微妙、很诡异。像是这天底下最亲近，也最疏离的存在，他们既在意着彼此，又一点都不在意彼此，虽说云初末和阴婋婳是灵，和人类不属于同一个物种，但在感情方面应该差不了多少才对。

还记得云初末见到阴婋婳时，第一句话就是“是谁放你出来的”，结果被阴婋婳东拉西扯地糊弄了过去，那时候她就在想，难道阴婋婳曾经被关押在什么地方？那么云初末呢？也是从那个地方逃出来的吗？

想到这里，云皎的思绪顿了一下，刚刚阴婋婳说要去找自己的主人，她……莫不是剑灵吧？

上古魔剑，长离未离，得之，生可以睥睨天下，死则永生坠入修罗地狱。

恍惚之中，洪荒时期流传下来的传说，此时就回荡在她的脑海中，万年之前的神魔大战，那个时代的英雄与传奇都已掩藏在历史的风沙中，没有人再记得他们的奇迹与神话，然而却有这样一句话，穿过时光的阻隔，一代代地流传了下来，没有人真正见过长离剑的模样，也没再听过有谁得到长离剑的消息，但那柄毁天灭地的霸道之剑，却在传说中被人们铭记了万年。

云皎的心里有些发颤，可是想起云初末一脸恶劣猥琐的模样，又觉得不大可能，他怎么可能是长离剑灵呢？洪荒远古的霸道之剑，毁天灭地的长离剑灵，应该是像银时月那样尊贵优雅的人物才是，怎么可能是云初末那种让人恨不能一掌拍扁的死模样！

穿过妖林，云皎站在一处悬崖上，望着眼前的景象露出了不可思议的表情，妖界与人界果然有着很大的不同，身后还是郁郁葱葱的树林，然而几丈之外的悬崖下，便是广袤无垠的冰天雪地，放眼望去，银装素裹的世界似乎没有边际一般，在微弱的光线下泛着浅蓝的光辉，雪域上方盘旋着几只皎白的雪雕，矫健优美的身姿掠过长空，不时还发出几声凄厉尖锐的嘶鸣。

云皎下意识地往后退了几步，微微嘟着嘴：“姐姐，这里这么高，跳下去一定会摔死的。”

绯悠闲面无表情，语气很冷淡：“不跳，我现在就把你打死。”

云皎激灵了一下，顿时站直了：“姐姐姐姐，我看我们还是快点跳吧，你看后面有好多野狼追来了。”

绯悠闲冷淡地瞥了她一眼，随即转过了身子，面对丛林中跟出来的野狼，绝世冷艳的容颜里泛出冰冷的笑意，她没有说话，却不紧不慢地向前走了几步，那些正在垂涎喘息着的野狼，被她周身阴寒的气息所震慑，都不约而同地往后退了退。

她的银发在昏暗阴沉的夜色里泛着淡淡的白光，玉骨凝脂般的皮肤晶莹剔透，像是遗世独立的神女，右手边溢出艳粉的灵力之光，缓缓地化出一把长剑来。

面对修为如此之高的妖怪，那些野狼只是忌惮地往后退了退，最终贪婪战胜了恐惧，齐齐地朝着绯悠闲扑了过来，妖林中的野狼凶猛异常，非人类世界的野兽所能比拟，然而绯悠闲却没有使用妖力，只凭着剑法跟那些野狼对战，她的裙摆翻飞，在长空中画出优美的弧线，冷冽的剑锋毫不留情地刺穿了野狼的咽喉，猛然一划，便在地上留下一串温热的血腥。

云皎只是站在悬崖边，注视着绯悠闲和野狼对战，不由得心生疑惑，以绯悠闲的修为，带着她飞过这片树林是轻而易举的事情，为什么偏要费那么大力气走过来？而且看绯悠闲面对这么多野狼都不肯使用妖力的情景，竟像是在忌惮着什么。

她疑惑地打量着面前沉郁的森林，除了感觉比人界的森林茂盛了一些、阴寒了一些，也没有什么值得奇怪的地方。看着看着，她就渐渐地瞪大了眼睛，望着森林上方淡紫的气息，一时间惊讶得说不出话来。

这片隐藏着无数妖怪的森林，居然被一股魔气紧紧包围着，淡紫的气息像是一道天然的屏障，笼罩在妖林上空，偶有一些墨色的飞禽匆匆掠过妖林，全都掩饰了周身的妖力，似乎怕惊醒了什么可怕的东西一般，扑闪着翅膀极力冲出那道魔气。

云皎下意识地望向了正在打斗中的绯悠闲，默默在心里念着，能让绯悠闲忌惮的东西，到底是什么呢？

绯悠闲剑花如雨，剑锋冷冽地划过夜空，银发随着动作带起的风势微微飘着，衬着绝世冷艳的容颜，像是在跳一支优雅的舞蹈，云皎不由得看呆了，连一只妖狼潜伏走近自己都没有发现。

耳边传来野兽的低吼声，云皎的身体一僵，卡着脖子转头看向了那只妖狼，瞳孔顿时一缩，她跌跌撞撞地往后退了几步，声音听起来都快哭了，忙不迭地喊道："姐姐姐姐……"

可惜绯悠闲现在正在酣战，根本没有心思搭理她，那只妖狼阴狠地嘶吼了一声，纵身朝着云皎扑了过去，云皎手忙脚乱地闪了一下，脚下一时不稳，居然不争气地腿软跌坐在地上，还没来得及站起来，又见那只妖狼敏捷地折返回来，一闪就到了她的面前，还伸出腥热的鼻子仔细嗅闻着她的身体。

云皎瞪大了眼睛，跟前方这双阴寒的冷眸对视，鼻尖几乎与妖狼贴在了一起，她惊悚地往后挪了挪，手脚胡乱扑腾着，吓得屁滚尿流地从地上爬起来，朝着绯悠闲飞速跑了过去："姐姐姐姐，快救我呀……"

那只妖狼紧随在她的身后，从悬崖左边包抄了过去，显然想要把她和绯悠闲分开，云皎见此，生生地刹住了脚步，又连滚带爬地往后逃命了，但是由于冲的速度太快，导致她跑到悬崖边上没有收住脚，就这么直接地跳了下去。

耳边传来呼啸的风声，阴寒的气息穿透薄衫侵袭着她的身体，后背由于直面寒风酸冷生疼不已，云皎忍不住连打了好几个寒战，急速地往下坠着，望着面前迅速闪过的冰川，只感觉眼前一阵发花，头一歪，很不争气地晕了过去。

再次醒来的时候，周围的光线亮了许多，脸颊冰冷僵硬到麻木，云皎艰难地睁开眼睛，发现自己正趴在雪地里，她连忙爬了起来，上下摸了摸自己的身体，发现并没有受伤，不由得长呼了一口气，下意识地看向了不远处的身影。

此时绯悠闲正站在冰川边，皎白的衣裙高贵华美，衬着银发像是满月里的梨花，悄然绽放在冰川雪地之渊，雪域的风轻轻划过，撩起了细长的发丝，隐约露出冰肌玉骨般的容颜，她微微仰起头，望着冰川之间掠过的雪雕，神情孤冷，却是有着颠倒众生的风华。

云皎小心翼翼地接近，低声嗫嚅了一句：“姐姐……”

绯悠闲没有回头看她，声音却清冷分明：“看不出来你招惹是非的本事很不小呢！”

云皎顿时被打击得抬不起头来，虽然她的脸皮一向很厚，但是被妖狼追到跳崖这种事，委实令人觉得脸上无光，她讪讪地捏了捏衣角，垂死挣扎地反驳道：“明明是那些是非总是来招惹我，我只是最近比较倒霉而已！”

“你说什么？”绯悠闲侧过身，冷淡地瞥了她一眼。

云皎立即站直了，连忙伸手捂住嘴巴，水灵灵的大眼睛注视着绯悠闲：“姐姐，你说的一点错都没有，我一定会反思忏悔，绝对不会再给你招惹来一点是非！”

绯悠闲又面无表情地转了过去，云皎无辜的小表情顿时变成了苦瓜，她委屈地摸了摸自己的肚子，觉得里面空空的，不由得嘟起了嘴，显得很是消沉。自从被绯悠闲抓来到现在，她连一滴水都没有喝上，更别说是食物了，哦，在妖林的时候，倒是吃了不少的泥土和烂树叶！

于是，云皎开始陷入天人交战的状态，以她现在作为人质的身份来看，绯悠闲应该会替她寻找食物，至少要保证云初末没来之前，她不会因为挨饿而死掉，可是她刚刚做了一件蠢事，让对方以为她的存在只会招惹来是非，若是这时候再麻烦人家给自己找食物，绯悠闲肯定会更加坚定这个想法，搞不好为了省事现在就把她杀掉。

她站在绯悠闲的身后，暗自腹诽了好久，挨饿的滋味当真不好忍受，于是云皎沉了沉心，决定即使要死也该做个饱死鬼，她又小心翼翼地挪着步子向绯悠闲接近，但下一刻就被对方阴冷的目光给定住了，小身板不由得惧怕地往后缩了缩，不乐意地嘟着嘴：“姐姐，我饿了。”

绯悠闲看了她好久，才面无表情地转身走了，云皎消沉地耷拉着脑袋，默默跟在她的身后，没过多久就绕过冰山凸出的一角，转弯来到一片空地上，她这才发现原来冰川的底下还建着一处木屋，木屋前方是一株巨大的八重樱，在银装素裹的冰川之中盛开着艳粉的花朵，细碎的花瓣伴着飞舞的雪花飘落在地上，纷纷扬扬，煞是好看。

云皎突然想起来妖林中的事，不由得脱口道：“姐姐……”

绯悠闲顿住脚步，却没有回头看她，一动不动地站在雪地里，身姿冷艳。云皎手指轻轻抵着唇瓣，迟疑地问道：“那片妖林……很危险吗？”

绯悠闲脸上泛着冷淡的笑意，语气也冰冷得让人打战：“你是在担心长离？”

“没有没有没有……”云皎连忙摆手，笑得很是谄媚，“我现在都自身难保了，还关心他做什么？”

绯悠闲细不可闻地哼了一声，似乎又在讽刺人类的自私和忘恩负义：“你说得没错，那片妖林确实很危险，没有哪只妖敢使用妖力从那里飞过。”

云皎顿时一愣，她想起先前阴媠婳曾说过自己在妖林听说有人要追杀云初末，这么说就连阴媠婳那样强大的灵都不敢从妖林里飞跃过去，可见笼罩着妖林的那股魔气确实很厉害，而那股魔气的主人，更是一个不好惹的角色。

那么，如果云初末真的循着气息找到雪域来的话，说不定会惊动妖林里的魔物，甚至有可能会恶战一场。而且，以云初末向来没头没脑的作风，这种情况是极有可能发生的。想到这里，云皎在心里着急不已，绯悠闲的修为已经很厉害了，如果是这样的话，云初末就真的有危险了。

一座木屋建在广袤无垠的雪地之上，在席卷的风雪中矗立着孤独的身影，孱弱而单薄。云皎跟着绯悠闲的脚步走过去，发现这里居然有人类曾经生活过的痕迹，只是年代久远，房子已经被冰雪覆盖住，只能看出大致的轮廓。

绯悠闲缓步走着，周身泛起艳粉的灵力，如同游走的小蛇般在半空中盘旋，伴随着她的脚步，那些紧封的冰雪逐渐开始融化，倾倒的房屋也自动修整，原本狼藉破旧的废房转眼间便成了一座精致的木屋，门前的八重樱花依旧艳丽地盛开着，在寒风中飘荡着细碎的花瓣，落在雪地里，冰凉而又凄美。

绯悠闲把她带进屋子之后，又一声不吭地出去了，由于连续奔波了许久，云皎现在疲乏至极，见房间内有一张软榻，便慢吞吞地走过去侧躺在上面休息，外面冰天雪地，但是屋里却是温暖如春，云皎稍微想了想，觉得应该是绯悠闲施法所致，于是也没做深思，昏昏沉沉很快就陷入了梦乡。

过了许久之后，就在云皎梦到自己抱着一条大鱼流口水的时候，绯悠闲再次推门而入，突然灌进来的冷风令云皎激灵了一下，她赶忙从软榻上弹坐起来，见到来人是绯悠闲，又讪讪地站起身，向她走近了几步：“姐姐，你回来啦。”

绯悠闲将几条鱼随手扔在地上，语气冷淡淡地道：“这里没有别的东西，想要活命，就把它吃掉。”

云皎望着地上胡乱扑腾的活鱼，顿时瞳孔一缩，手指哆嗦地指着它们，不可置信道：“你你你……你就给我吃这个？”

绯悠闲依旧面无表情，像是冰雪雕塑般冷冷地说：“吃不吃，是你的事，若是在长离赶来之前，你先饿死了，这就不能怪我了。”

“你你你……你太残忍了！”云皎顿时不乐意地嘟起了嘴，苦大仇深地望着地上的鱼，愤愤地哼了一声，同时郁闷地心想，早知道就在梦里梦到吃红绕肉丸子好了！

她拧巴着眉毛蹲下身来，小心翼翼地捏起鱼的尾巴，完全找不到可以下口的地方，闻到鱼腥味，不由得干呕了一下，赶紧将那条小鱼随手丢开，回到软榻上趴着生闷气。

解决饥饿最好的办法就是睡觉，睡着了就什么感觉都没有了，于是云皎辗转反侧，努力说服自己睡着，可惜越是想睡着，就越是不容易睡着，她折腾了好一会儿，又坐起身来，苦恼地拍了拍床板，在心里埋怨云初末怎么还没来，又无可奈何地倒下去睡觉了。

绯悠闲伫立在门口，她的眼神清冷阴寒似是敛着风雪，见云皎趴在软榻上打滚苦恼，似是嘲讽般轻哼了一声，用细不可闻的声音道：“真没想到，你也有今天……”

云皎辗转反侧折腾了好一会儿，最后实在饿得没有力气了，整个人虚弱消沉地趴着，一边凄惨地想自己可能真的要饿死了，一边在心里殷切盼望着云初末的到来，想着想着，居然渐渐地睡着了。

再次醒来的时候，已经是第二天的下午，睡梦中依稀闻到香味，云皎猛的一下从软榻上坐起来，四处嗅闻了好一会儿，最终目光定在桌子上的烤鱼上，脸上顿时绽放出太阳花一样的光芒，她连忙冲了过去，抱着烤鱼欢天喜地地吃了起来，甚至满怀感激和凄惨地想，这绝对是她这辈子吃过的最好吃的鱼！

不远处的绯悠闲面无表情地注视着云皎，见她狼吞虎咽、惨不忍睹的吃相，不由得皱了皱眉，完全看不下去转过了身。

云皎填饱了肚子，仰天长长地呼了口气，还很舒服地伸了伸懒腰，她看向了站在门外的绯悠闲，手指抵着唇瓣若有所思，虽然这只妖怪看起来比较冷淡，脾气也很恶劣，不过整体来看还算不错，想到这里，她的眼珠一转，顿时觉得自己原来还有希望，于是跌跌撞撞地站起来，冲到绯悠闲的身边："姐姐姐姐……"

绯悠闲连个目光都没有给她，更没有跟她说话，云皎微微嘟着嘴，表情讪讪地道："我是来谢你的，不会给你招惹麻烦的。"

绯悠闲依旧没有说话，但也没有制止她说话，于是云皎再接再厉地接近她："姐姐，其实你没有那么讨厌人类吧？"

她露出沾沾自喜的表情："人类的世界繁华热闹，有那么多好玩的东西，而且人类很友善，他们懂得爱人……"

绯悠闲听着她的话，细不可闻地冷哼了一声，语气生硬："一个双手沾满血腥的人，竟也会跟我说什么'爱人'，真是可笑……"

云皎一愣，奇怪地看向了绯悠闲，不明白对方是什么意思："你说什么？"

绯悠闲不紧不慢地转过身，缓步向云皎走近："长离没有跟你说吗？一百多年前，这里曾经发生过的事情，一切都是因为你……"

云皎被她的气势逼迫，不由自主地往后退了退，下意识地问："什么事情？我从来都没有来过这里。"

绯悠闲依旧逼近，连神情都冷肃了不少："是我不对，盗走了他的东西，即使被他杀死也是活该，可是……他却杀死了我最爱的那个人，那个无辜的人，我曾答应过他，把他送回故乡去，结果却连累他送了命……"

云皎心中大骇，觉察到绯悠闲的异样，同时被她的话震慑惊呆。绯悠闲已经死了，而且是云初末杀的！如果真是这样的话，那么绯悠闲现在只是一个魂魄，可是她却死活都看不出眼前这个魂魄和妖有什么分别，这便是强大妖怪的能力吗？

回想起最初见到银时月的场景，那时候她也没能看出银时月的形体，这样算下来，眼前的这个妖怪，生前的修为竟和银时月不相上下！那么，杀死了这样强

大妖怪的云初末，他……到底厉害到何种程度？

云皎突然觉得心里发慌，一个长久以来都被她刻意回避的问题，渐渐萦上了她的脑海。

上古魔剑，长离未离，得之，生则可以睥睨天下，死则永生坠入修罗地狱。

其实她早就该有所怀疑，有那么多人，那么多事，不断提醒着她关于云初末的真实身份，可是她却偏偏不敢相信，那柄身负诅咒的凶煞之剑，背负着滔滔的血海冤仇，手起剑落之间，便是百里焦土，生灵涂炭，甚至都有可能将整个天地覆灭，所以，她所认识的云初末怎么可能会是长离剑呢？

可是回想起过去的一百多年，云初末无论是笑着的、怒着的，还是清冷孤绝的，她从来都未真正看清过他，她看不到真正的他，正如看不到他那一袭皎白衣衫上沾染着的斑斑血迹，以及那双白皙修长的手指上，被他夺取残害的千万条性命和人生。

然而，又有什么关系呢？对她而言，那个人始终都是云初末啊。

即使他曾经是谁，又曾经做过什么事，都已经被掩藏在时光之中，终有一天不会再有人提起，这个世上已经没有长离剑，也不再会有什么长离剑灵，云初末只是云初末，是那个会嬉笑怒骂逗着她，被她恨得牙痒的云初末。

她恍惚想起了阴婗婳，那个自称是云初末姐姐的灵，这么多年都销声匿迹，现在又出来做什么呢？想到这里，云皎下意识地握紧了手指，因为她感到未来的某一天，云初末将不再是她的云初末，他会变成另外一个完全陌生的人，跟随他的姐姐消失在人世间，回到属于他的地方去。

前来报复一百多年前仇怨的妖怪，以及那位自云初末创生时起，就成为他姐姐的剑灵，隐隐地，她感到最近发生的事情，都在把他们朝着往日的时光推去，她不愿看到作为长离剑灵的云初末，因为他们还有大把的时间可以一起过，为什么非要把目光放在从前的恩怨里，反倒让现世的人不得好活？

绯悠闲静静地注视着云皎，清冷绝艳的容颜里看不出一丝表情，她缓步向云皎接近："看来长离确实没有跟你说起过一百多年前的事，想跟我一起看吗？"

云皎在她的逼近中后退，抬眸愤怒地看着她："不要，我一点也不想知道！"

“是吗，那真是可惜了。”绯悠闲淡淡地说着，她的语气清淡，“因为在那里，或许能让你看到不一样的长离……”

她的手搭在了云皎的肩膀上，阴寒的气息穿过薄衫侵袭着云皎的身体，云皎只觉眼前一片模糊，昏沉之中似乎看到了很多人，来来往往地穿梭在长街上。她最终疲惫地合上了眼睛，身体一歪昏睡了过去，绯悠闲伸手扶住了她，绝世清冷的容颜里，又勾出冰冷的笑意。

第二章

繁华笙歌落

人间三月，街道上还纷纷扬扬地飘着杨花，一行华贵的辇车停在了燕雀楼门口。

燕雀楼是楚国最有名的青楼，说它有名倒不是因为它的规格多么宏大，而是有着天下第一美人头衔的绯悠闲以一文钱的价格将自己卖进了燕雀楼中。

绯悠闲到底有多美，见过她的人都会对此保持沉默，因为对他们而言，世间再好的语言，用来形容她的冷艳都算是亵渎。还有传闻说，向来蛮横贪色、飞扬跋扈的王司徒家的公子曾经带着一群人闯进燕雀楼中，想要仗着自家老爹的势力强抢美人入府，但是在见到绯悠闲之后，又老老实实、呆呆傻傻地回去了。

自此之后，这位王司徒家的公子便每日守在燕雀楼中，不砸东西不骂人，只是静静地坐在角落里，只求能再见绯悠闲一面。后来曾有人好奇问过这位纨绔贵公子，当初为什么没有把绯悠闲抢入府中，王大公子将那人毒打了一顿，只丢下了一句："这样的美人，岂是我们这等俗人所能染指的？"

绯悠闲是大家的，这件事是整个楚国都心照不宣的，于是这位绝世风华的美人，被人们众星拱月捧在燕雀楼里，就连万人之上的楚王，都不敢对她乱动什么心思。

做美人做到尽人皆知也就够了，倘若能达到只可远观而不可亵玩的地步，那么这个美人当真是举世无双、冠绝天下了。

于是这天，楚王的第三个儿子公子湛特意驾临燕雀楼，打算寻机会一睹美人的风采。

燕雀楼中，小厮事先铺好了红毯，众人恭恭敬敬地跪在两边，公子湛下了马车后，摇着扇子大摇大摆地走了进去，护卫皆跟在他的身后，寸步不离地守着他，而他的旁边还另有一个人，神情淡然，走路的姿势不卑不亢，衣着打扮倒也算得上华美。

“子羡，今日本公子带你去见一见，什么才是真正的美人！”公子湛在前头笑得满面春风，缓缓合上了折扇，拿在手中轻敲了两下，侧首对他旁边的沈阙道。

子羡，即沈阙的表字，楚国人都知道，公子湛的性情向来不拘小节、豪爽大方，是以连这位齐国来的质子都能成为他的入幕好友，两个人经常结伴游玩，可称得上是形影不离，相互之间更是以表字相称，如此不避异国之嫌，也不怕在朝堂上惹人非议。

沈阙一袭素色的衣衫，衣襟处绣着银线的麒麟，淡黄外袍的腰间横着一块美玉，举止间带着王室的气质与风范，模样亦是风流绝艳，儒雅非凡，此刻听到公子湛近于放肆无礼的话，他只是淡淡地笑了笑，不动声色地撇了撇嘴，对这位好友颇有些无可奈何的意味。

五年前楚国与齐国大战，齐国战败，作为齐国国君的小儿子沈阙被送到楚国当质子，原以为凄风苦雨，归乡之日遥遥无期，没想到却在这里认识了公子湛，也因为公子湛的多加照拂，他在楚国的生活并没有太艰难，只是每当回想起故土时，难免会有些许思乡的情绪。

公子湛向来喜好结交朋友，今日好不容易出来游玩，自然要叫上一大帮人来吃喝玩乐，那些人大多是国都大臣富商家的公子，一听说公子湛在燕雀楼设宴，早就三五成群地赶来了，嬉笑怒骂玩闹之时，见到公子湛和沈阙走过来，均起身走到酒案边施礼。

公子湛笑嘻嘻地摆手，让他们随意落座，自己撩袍迈步走到首座上先喝了一杯水酒，而沈阙则坐在他右手边的酒案旁，注视着眼前的这一番繁花似锦，不由得想起了昔日齐国的王宫，淡然的笑意中隐约流露出落寞的伤情。

这是一个宽阔的场地，楚国的达官贵人们多会在此举办宴会，装饰奢华典雅，地面皆由梨花木铺就，中央建有一座歌舞高台，从高台上方引出十几道软锦红绫，场地周围栽植着数株杏花，微风拂来，皎白的落花飘零满地，竟连风中都氤氲着淡淡的清香气息。

良辰兼具美景，赏心亦能悦目，众人聚在一起吟诗作赋，推杯把盏之间时光过得倒是挺快，眼见着太阳西垂，天色逐渐阴暗了下来，燕雀楼中转眼掌起了大红的灯笼，昏暗的光线中，十几个身姿优美的舞姬身着盛装，纤纤玉手提着精致的宫灯，结队登台为众人献舞，美人如花，舞若朝阳，在静谧的夜色中更是平添了几分情调。

公子湛早就有些醉意，笑吟吟地望着台上的舞姬，笑容灿烂如花，眸中却依旧冷静分明，而沈阙仅是抿了几杯清酒，漫不经心地朝着台上扫了几眼，亦是没有多少兴致，他们两个均是出身王族，从小见过的美人千千万，青楼的这些货色，自然是看不上的。

倒是那些大臣富商家的公子，酒过三巡，言行之中未免会有些冒失，不时拍案大笑，扯着嗓子叫嚷着，也不怕冲撞公子湛的大驾，还有人晃晃悠悠地拎着酒壶，在酒案之间穿梭游走，与同伴推杯把盏的同时，眼睛迷离地望着台上，连手里的酒倾洒出来都不知道。

一舞之后，舞姬们纷纷退下了高台，配乐的琴弦陡然转折，回荡在夜空中竟有些傲骨铮铮的寒意，公子湛不由得颤了一下，昏沉的头脑顿时清醒了大半，那些醉酒的人也都安静下来，不约而同地望向了不远处的阁楼中，那里似乎有什么值得期待的事物吸引着他们的心神。

杏花依旧纷纷扬扬地飘荡着，一个女子从阁楼中翩然跃出，轻盈的脚尖踏花而来，衣带翻飞，恍若九天的神女缓缓坠落在高台之上，她身着一袭银灰的衣裙，柔美的身姿立在台上，淡然的目光扫过台下的众人，银白的发丝随风纷飞，衬着绝世冷艳的容颜，像是这世间最华贵优雅的风景。

很快，她的视线就定在了不远处的沈阙身上，被这个人周身月白风轻的宁和之气吸引，不由得对他多看了几眼，越看就越觉得有趣，连望着人家的目光都热切了许多，她从未见过如此纯净的魂魄，无欲无求、无悲无喜，像是冰雪一样无瑕，甚至魂力上都隐约泛着宁和的白光。

对于妖怪而言，人类的魂魄便是他们梦寐以求的盛宴，越是纯净，对他们的诱惑力就越大，此番见到沈阙，就连绯悠闲这样强大的妖怪，都不由得心中一动。

在一阵惊呼声中，绯悠闲纵身飞起，翩然落在了沈阙的酒案之上，以一种优雅绝艳的姿势半跪着，偏过头居高临下地注视着沈阙，身体微微向前倾着，微凉的手指挑起了他的下颌，冰凉的笑意里似是开玩笑般，不紧不慢地问道："这位公子，卖身吗？"

她的话一说出，周围的贵公子们都跟着笑了起来，甚至还有人高喊道："齐国世子可不是你能买得起的，若是姑娘想要的话，在下倒是愿意把自己交给你。"

周围的异动，绯悠闲恍若未闻，目光静静地注视着沈阙，好像这世间只有他一人能入得了她的眼，语气有些清冷："我想和你单独在一起，可以吗？"

沈阙望着她的容颜，一时间有些愣神，迟疑了一会儿，缓缓地点了点头。

得到他的回答，绯悠闲笑了，冰冷的容颜绽放在夜色里，像是清丽的雪莲花，她从酒案上走下来，白皙柔美的手指缓缓覆住了沈阙的手，不紧不慢地走在前方带路，深情款款地回眸，一路牵着他朝阁楼走了过去。

那些贵公子被眼前这一幕惊住，一时间说不出话来，就连酒劲都清醒了不少，目瞪口呆地望着那对离开的身影，迷离的脑海中还回荡着方才见到的倩影，良久才有人失声道："方才那位……莫不就是绯悠闲吧？"

一经提醒，大家终于恍悟过来，再看沈阙和绯悠闲，他们早已经走进了阁楼，哪里还能见到美人的身影？天下闻名的大美人就这样生生错过，许多人都在唉声叹气，惋惜不已，一边为自己可惜，一边又在艳羡沈阙的好福气。

公子湛倒是不甚在意，漫不经心地瞥了一眼阁楼，他单手撑着下颌，懒洋洋地打了一个呵欠，折扇不紧不慢地轻摇着，幽幽地说了一句："子羡还真是有艳福呢！"

此时的高阁之内，绯悠闲牵着沈阙一路走到了木桌前，深情款款，温存迷醉的气息回荡在黑暗中，她按着他的肩膀，推着他坐了下来，冰凉的手指缓缓覆上了他的侧脸，唇边不动声色地勾起危险的弧度，望着沈阙纯净完美的魂魄，尽是热切的贪婪。

然而，面对美人的投怀送抱，沈阙却没那么懂得情调，他慌忙退后站了起来，神情之间亦是不知所措的局促。

绯悠闲蹙了蹙眉，清冷的目光看向了他："你难道不喜欢我？"

沈阙向她深深地作了一个揖，老老实实地答："圣人有言，非礼勿视，非礼勿听，非礼勿言，非礼勿动，姑娘容貌出众，实在是世间罕见，但在下对姑娘绝无冒犯之意。"

这些话说得甚是书生气，绯悠闲不由得被他勾起了些许兴趣，偏着头注视着他，挑眉道："那你随我来做什么？"

沈阙又向她施了一礼，神情间当真没有半点非分之想："方才在下的朋友出言唐突了姑娘，沈阙在此向姑娘赔礼致歉，还请姑娘不要放在心上。"

绯悠闲一愣，回想起方才的情景，不由得心中暖了一下，她的目光静静地打量着沈阙，良久才道："你叫沈阙？"

沈阙又向她施了一礼，不紧不慢地答："是。"

望着他严谨谦恭的模样，绯悠闲不由得笑了，她转身坐在木桌旁，眸光潋滟地望着他："你这书呆子好生无趣，这样来来回回地施礼，不会觉得累吗？"

沈阙刚要施礼的动作一卡，不由得也跟着笑了，点头附和道："姑娘说得是。"

绯悠闲懒洋洋地撑着下巴，看着他问道："楚国尚武，我见过的人大都豪爽，可是你看起来不像是楚国人。"

沈阙又点头，缓缓道："姑娘猜得不错，在下来自齐国。"

绯悠闲经过这么一点拨，这才想起了方才某位混账的话，眼前这个人是齐国送到楚国的质子，说难听点，就是齐国押在楚国的人质，没人管，没人问，也没有多少地位和自由，若是日后两国之间出了任何的问题，第一个便是拿他开刀。

想到这里，绯悠闲对这个人竟生出隐隐的同情来，她用淡淡的语气问道："你为什么而来？"

沈阙为难了一下，齐国和楚国的那一战，世上恐怕没有人不知道，他来楚国当质子这件事，恐怕也没几个人不知道，不过他一向温润如玉好脾气，用清浅的声音答道："五年前，齐国在与楚国的大战中落败，按照两国的约定，齐国是要送一位质子来楚国的。"

他说这些话的时候，没有丝毫的怨恨和不满，像是寻常的谈话一般，绯悠闲不由得皱起了眉，连声音都阴寒了不少："我的意思是，为什么是你？"

沈阙会意，缓缓地笑了："这个啊，王兄要辅助父王处理政务，王弟尚且年幼，所以只剩下我了。"

听到他的话，绯悠闲一阵沉默，她在人间流浪的时间不长，但也知道齐王总共有八个儿子，符合条件的也绝非沈阙一人，大致是齐王觉得这个儿子的性格太懦弱善良了一点，即使留在国内也没有什么用处，便索性把他打发到楚国来了吧。

再看沈阙，一脸云淡风轻的样子，似乎并没有把这件事放在心上，只有灵魂如此纯净之人，才能做到这般开怀和大度，可惜他的良善生在了权力倾轧的王室，就变成了他悲哀人生的根源。

绯悠闲静静地注视着他，渐渐地，想要吃掉他灵魂的心思也不见了，良久之后，才轻着语气问了一句："你不会想家吗？"

沈阙一怔，他的眉目中隐约有些黯然，五年前，他独身离开故土，来到了举目无亲的楚国，当质子的日子不好过，作为齐国的质子更加不好过，因为齐楚之战，楚国损失了数万的兵将，由此可见楚国人有多么痛恨齐国了，若不是有公子湛在，他早就已经死了。

明知自己仅是齐国送到楚国的赎罪者，他的心中并无任何怨言，只是五年未曾回到故国了，不知道国都的杨花是不是开得像楚国这样好，不知道父王母后和王兄王弟们，有没有像他心心念念地牵挂着他们一样，偶尔也会想起他。

沈阙摇了摇头，语气淡淡道："还有十年，我就可以回家了。"

绯悠闲缓缓蹙起了眉，望着眼前这个纯洁善良的人，竟会生出怜悯和不忍，十年，对于妖怪而言，不过弹指一挥间，可是人的一生，匆匆忙忙，恍若蜉蝣般朝夕渐浅，又有多少个十年呢？

她细不可闻地哼了一声，似乎在嘲笑，又似乎在悲哀："你可以走了。"

沈阙哎了一声，向绯悠闲施了一礼："姑娘保重。"

他走出了几步，又顿了下来，缓缓转过了身，迟疑地问道："姑娘为何要留在此处？"

绯悠闲挑了挑眉，自己都朝不保夕了，他居然还有闲心来管别人的事？她的手指慢悠悠地捋着鬓边的银发，淡淡地说道："我曾问过一人，这世上最繁华热闹的地方是哪里。"

沈阙的神情中闪出疑惑之色，不明所以地问："然后呢？"

绯悠闲看了他一眼，微微偏着头："然后那人问我，什么才算是繁华和热闹。"

她顿了顿，望着沈阙的眼眸中似乎带着笑意："我告诉他，每天都能见到不同的人，看到不一样的故事，可以让我不至于感到孤独，这就是繁华和热闹了。那个人说这里可以给我答案，于是我便来了。"

沈阙听到这样的回答，顿时有些哭笑不得，他还是第一次见到一个女子，因为这样的原因甘愿卖身青楼，而且对方还是有着天下第一美人之称的绯悠闲。他沉默了一会儿，开口说道："姑娘，人的孤独只来源于自己的内心，如果内心是空无的，即使身处在多么热闹的环境中，他都是孤独的。"

绯悠闲听着他的话，陷入了片刻失神，似乎在仔细思考着什么，之后倏忽笑了，她站了起来，朝沈阙走近："你说得不错，我在燕雀楼里这么多年，每天都能见到不同的人，看着不同的故事，却还是从始至终感到孤独。"

她顿了顿，眼帘低垂着，伸手覆在了自己的心口，又看向了沈阙："所以，我可以把你放在里面吗？"

沈阙一呆，有些不知所措，连忙道："姑娘，不是这样的，值得你放在心里的那个人，应该是姑娘深爱的人才是。"

绯悠闲静静地注视着他，缓缓开口问道："那你的心里，可曾有过什么人？"

沈阙点了点头，俊美的容颜里似乎有些浅淡的笑意："人生在这个世上，有亲人、有朋友，我心里牵挂着的人，便是他们了。"

“那……”绯悠闲迟疑了一下，并没有人类女性的羞涩与矜持，她抬眸看向沈阙，“深爱的人呢？”

沈阙一愣，有些不好意思地笑了笑：“这个……还真是没有遇到呢。”

绯悠闲脸上绽放出笑意，像是悄然开放的雪莲花，她转过了身，细不可闻地说了句：“或许，你已经遇到了呢。”

正沉思间，又听沈阙试探地问道：“不知姑娘日后有何打算，一直留在此处吗？”

绯悠闲闻言看向了他，她的眼眸里倒映着沈阙的身影：“不，我想要的已经得到了答案，是时候离开了。”

沈阙只是点了点头，微微一笑：“那么姑娘，有缘再会吧。”

他向绯悠闲躬身施了一礼，便转身朝着阁楼下走去了，清浅淡然的身影犹如静水照花，纯净的灵魂在夜色中亦泛着圣洁的光辉，不时有妖邪鬼物隐身环绕在他的周围，均对着他的灵魂双眼放光，直流口水，甚至还有妖邪企图扑上去分食一口，不过均被那道光辉阻拦回去，根本无法近身。

这是上天赐予良善之人的庇护，让他们不至于因为灵魂太过纯净，而死在妖邪和鬼物的手中，不过这种光辉只能阻拦修为一般的妖邪，对于高强一些的妖邪是没有办法的。

绯悠闲注视着他的背影，手中艳粉的灵力溢出，顷刻注入沈阙的体内，在他的后背留下了一道妖怪的印记，这样一来，那些垂涎沈阙的妖邪看到，便会知道沈阙是她绯悠闲看上的人，相信三界之内，还没有哪个妖怪和鬼物，敢动被她留下印记的人。

绯悠闲站在阁楼的暗处，望着沈阙的身影，浅淡地笑着：“我们还会再见的。”她的身侧泛起点点灵力之光，顷刻便消失在阁楼之中。

绯悠闲说得果然没错，自燕雀楼匆匆一别，她与沈阙当真很快就再见了。

楚王年事已高，一直处于危病之中，前两日突然传公子湛进宫拜见，两个人在寝宫内不知道说了些什么，直到深夜才有人看到公子湛脸色不太好地走出来，第二天晚上楚王便病逝了，朝政大权落在了太子殿下的手中，而公子湛竟一夜之间成了众矢之的。

太子刚刚登基，朝中就有许多大臣上书说公子湛私下里结党营私，图谋不轨，甚至还有人猜测楚王是公子湛害死的，原因是楚王临死前只见过公子湛一人。

事实真相到底如何，其实大家都心知肚明，楚王生前最是疼爱公子湛，甚至曾有许多次动过另立太子的念头，因此只要有公子湛在，太子殿下这国君的位子终究坐得不太舒坦，现在公子湛没了楚王当靠山，如同一只丧家之犬，朝中的那些大臣自然乐意去当墙头草，帮助新君拔去这颗碍事的眼中钉。

于是，弹劾公子湛意图谋反的奏折像雪花一般，纷纷飘向了新君的龙案，新任的国君办起事来毫不含糊，先是抄家，随后将一干人等打入天牢，甚至还未等到会审，便将公子湛以谋反的罪名判处绞刑，尸体挂在墙头用以威慑意图不轨的人，公子湛的家眷奴仆尽数发配边关，连平时交好的朋友都受到牵连，沈阙便是其中一个。

那时他听到公子湛被杀的消息，心知太子殿下也不会放过他，于是趁夜逃出了楚国国都，打算回到自己的故乡齐国，可惜事情败露，引来一大堆人马追杀，他被逼到一处悬崖上，想到与其被俘受辱，还不如大丈夫高风亮节一把，于是纵身一跃从悬崖上跳下，打算追随挚友而去。

不过自古英雄都有上天相助，即使跳崖也有可能会挂到树枝、坠个湖什么的，可能是沈阙自小娇生惯养，上天不忍心让树枝烂石子刮破了他的细皮嫩肉，于是派来绯悠闲接住了他。

再次看到绯悠闲，被吓得脸色发白的沈阙，又见她毫不费力地带着自己从万丈悬崖上稳稳落下，一张小俊脸不由得又白几分，他跌坐在地上惊恐地往后退了退：“你你……”

绯悠闲的容颜绝美，一袭银发散落在腰间，像是圣洁的神女：“我？我怎么了？”她不紧不慢地俯身接近他，凉薄无色的唇边染着些许笑意，望着沈阙的目光亦是暖暖的，似乎被他的恐惧逗乐了一般。

沈阙呆呆地望着她，迟钝地回过神，连忙摇了摇头。

绯悠闲的眼睛眯了眯，语气里带着威严：“你在怕我？”

沈阙赶紧摇头，声音听起来呆呆的：“姑娘救了我，在下应该感谢姑娘才是。”

绯悠闲眸中敛着笑意，不紧不慢地问他：“你们凡人都很怕妖怪，你不怕我吗？”

沈阙坐在地上，迟疑了一会儿，方道：“在下觉得，妖有妖道，人有人道，世间万物，仅是道不同而已，没有必要谁害怕谁。”

对于这样的回答，绯悠闲倒是有些意外，她俯下了身子，冰凉的手指挑起沈阙的下颌，用危险的语气威胁道：“你不怕我吃了你吗？”

沈阙一愣，随即又摇了摇头，老实巴交地回答：“姑娘若是想吃我，早就已经动手了，刚才更不会救下我。”

绯悠闲站直了身子，她的手背在身后，声音清凉孤冷，似乎没好气地揶揄道：“我只是不吃死去的东西罢了，谁要救你了？”

沈阙闻言，脸色白了又白，他下意识地握住了自己的衣袖，想了片刻，才小心翼翼地试探问道：“姑娘，在下听说妖怪吃人是要遭天谴的，姑娘何必为了在下毁了一身的修行？”

绯悠闲一时语塞，同时又觉得哭笑不得，这个人到底知不知道自己现在是什么样的处境？都快被人吃了，居然还有闲心关注什么天谴和修行。她皱了皱眉，没好气地说道：“是谁告诉你的，妖怪吃人要遭天谴了？”

沈阙一呆，讪讪地回答：“早先听说书人这样说的，戏里也是这样演的。”

绯悠闲微微勾唇，漫不经心地说道：“你们人类也会吃鸡鸭鱼肉，有遭过天谴的吗？”

沈阙若有所思地想了一会儿，才木然地点头：“姑娘说得极是。”

又傻又呆的回答，顷刻把绯悠闲逗笑了，她背过了身子，故作威严道：“你还坐在地上做什么，等人家来抓你吗？”

沈阙这才发现自己一直坐在地上，他尴尬地哦了一声，不紧不慢地站了起来，拍了拍自己身上的灰尘，然后就听绯悠闲淡淡的声音，带着些许埋怨般：“你这呆子……”

远方传来嘈杂声，一队人马急速朝他们这边赶了过来，马蹄声落，携着冷冽的杀气荡起滚滚红尘，看样子应该是楚国的铁骑，赶到悬崖下查看沈阙到底死没死。

沈阙也很快认出了他们，他下意识地往后退了几步，想要转身逃跑，但见到绯悠闲站在原地一动不动，他也忍着害怕停住了脚步，望着那些人来势汹汹的模样，到底还是有些忌惮和恐惧的。

不待那些人接近，绯悠闲的手中化出一把长剑，轻盈的身姿飞跃而起，翩然落在他们的面前，绝世冷艳的身姿像是雪域之上优雅飞翔的雪雕，她的神情孤冷，却没有任何杀气，右手持剑，淡淡的声音轻念着："你们，想杀他？"

为首的几个人不约而同地相视了一眼，他们显然是不认识绯悠闲的，只是出于本能的反应，意识到眼前这个女人是阻止他们完成任务的人，于是毫不留情地挥了挥手，那些身着墨色衣袍的黑甲骑兵便将绯悠闲包围起来，举着手里的刀剑齐齐地向她砍了过去。

绯悠闲细不可闻地冷哼了一声，似是在嘲讽作为人类的无知和自不量力，她的身体优雅地转了一圈，银发随着动作划过长空，冷剑的锋芒发出铮铮的颤音，一道气流以她为中心向外扩散，那些落下来的刀剑还未触及她半分，便已折断飞向了半空，而那些想要刺杀她的人，则被无形的气流划破了脖颈，尸体倒飞出去摔在了几丈之外的地上。

一系列动作，不过眨眼之间，那些楚国引以为傲的黑甲骑兵便被她轻易地斩落下马，剩下的那三个首领心中大骇，望着眼前的银发女子，脸上尽是惊恐："你……你是什么人？"

绯悠闲颀长的身姿静静立在原地，声音冷淡而疏离："人类一向肮脏软弱，我怎么可能会和你们一样？"

那三个人一听这话，吓得差点从马背上摔下来，不待绯悠闲动手，连忙策马向来时的方向逃去，绯悠闲清冷的目光注视着他们远去的背影，神情中并没有丝毫变化，只是淡淡地扯出一丝冷笑："想要逃走吗？"

她刚想动手，就被跌跌撞撞冲过来的沈阙拉住了，目睹绯悠闲一下子杀了那么多人，他的心中满是惊骇，望着地上的死尸和血迹，很是心痛："你你你……你怎么把他们全都杀了？"

绯悠闲不解地瞥了他一眼："他们要来杀你，你还为他们感到难过？"

沈阙的靴子上沾染着血迹，周身的气质却依旧纯净无瑕，他皱着眉痛惜道："他们只是奉命行事，不是故意要杀我的，姑娘把他们赶走就是了，何必非要取他们的性命？"

被指责的绯悠闲脸色有些阴郁，广袖一甩将沈阙挥开，语气威严而疏冷："难怪你父王要把你送到楚国，与其在齐国被人害死，还不如来楚国帮他们挡灾！"

这话说得有点重，沈阙像是被人从头到脚浇了一盆凉水，他怔怔地站在原地，就在这个时候，绯悠闲将手中的长剑挥出，剑锋划过长空，瞬间斩掉了远方两个人的脑袋，余下的那个人见此，更是吓得面如土灰，鞭打着马匹发疯一样地逃命。

见绯悠闲还想下手，沈阙赶紧回神，死死地拉住了她，儒雅的神情里竟然有着无所畏惧的倔强和坚持："不管我为什么来此，你都不能杀他们，他们是无辜的！"

绯悠闲注视着他的脸，唇角勾起危险和残忍的笑意说："他们无不无辜，关我何事？"她抬起了手，一股艳粉的灵力化成一支光箭，迅速地冲向远方射中了那个人的心口。

沈阙看到那个人跌下了马，沉沉蹙眉，转过头愤怒地望着她："你……"

绯悠闲露出得意的微笑，她背过了身子，负气地威胁道："再敢多说一句，我就把你吃掉！"

这个威胁果然很管用，沈阙欲言又止，挣扎了一会儿，最终还是不情不愿地沉默了下来，他瞥了那些死尸一眼，细不可闻、闷闷不乐地哼了一声。

沈阙跟着绯悠闲走了，来到绯悠闲生活的那片雪域，楚国那些人知道他逃脱，必然会在前往齐国的路上设下重重关卡，若是他们发现那些骑兵的尸体，恐怕会更加紧密地搜查，因此现在绝不是他回国的好时机，但是如果再留在楚国，早晚都会被人发现，所以他斟酌再三，还是觉得跟着绯悠闲会比较安全，虽然这姑娘几次三番想要吃掉他。

傍晚时分，夕阳染红了半边天，银装素裹的雪域也在晚霞的映射中显出淡淡的绯红，沈阙坐在冰川雪崖的边上，他抱膝撑着头，一动不动，只是静静地注视着高空中翱翔的雪雕，身姿看起来有些落寞和孤独。

绯悠闲站在不远处，望着他的背影微微蹙起了眉，她从未见过灵魂如此纯净的人，就算被背叛，即使被追杀，还保持着一颗无比善良的内心，甚至居然为那些追杀他的人求情难过。她迟疑了一下，迈步走了过去："你在做什么？"

沈阙抬头看了她一眼，连忙站起身，向她作揖施礼道："姑娘。"

绯悠闲对人类的繁文缛节是极其厌恶的，她冷淡地瞥了沈阙一眼，嫌弃和不耐的神色十分明显："你再这么麻烦，小心我吃了你。"

沈阙施礼的动作一僵，眼前这姑娘的性情当真让人捉摸不透，他也不知道自己到底错在了哪里，惹得人家动不动就威胁说要吃了自己，所以觉得有些不知所措，不知道该怎么跟绯悠闲相处比较好，不过他还是老老实实地点头，呆呆地回答："是，姑娘。"

他顿了顿，想起绯悠闲方才问的话，他似乎还没有回答，于是连忙补充道："我是在想姑娘你说得没错，父王可能确实是因为我无用，所以才把我送到楚国来的。"

绯悠闲注视着他，微微挑眉："所以？"

沈阙摇了摇头，竟像是在苦笑着："都是我自己不好，不过闲来无事想想罢了，还能有什么所以呢？"

看到对方这么没用，绯悠闲又皱眉，她的脸色甚至有些沉郁："你就没有想过要去争、去抢，那些本该属于你的东西，你难道没有想过终有一天要把它们都拿回来？"

沈阙一愣，显然不太明白绯悠闲的意思，他不明所以地摇头："这世上除了性命之外，没有什么东西是属于我的，我也没有什么想要得到的东西，又该去争、去抢些什么呢？"

他顿了顿，垂下了眼帘："圣人曾经有'舍生取义'之说，所以有时候，连这条性命都有可能不是我的。"

绯悠闲感觉自己莫名地有些怒气，妖怪向来自私自利，为达目的不择手段，所以她与沈阙之间，当真是两个极端，她负气地转过身，带起寒风一阵，用冷厉的声音说道："你别跟我说什么圣人，不过一群愚蠢的人罢了，说了一些混账话，专门糊弄像你这样的书呆子！”

她侧了侧目，又问道：“你的朋友都死了，难道就没想过要报仇？”

沈阙又摇头，老老实实地回答：“阿湛不愿见到兄弟阋墙、王城血流遍地的场景，所以才会拒绝楚王另立太子的决定，倘若我为了报仇，枉费了他的这一番苦心，只怕日后死了都无法再去见他，我现在……只想让他死得体面一些。”

想起那个挂在城墙上的公子湛，绯悠闲不由得冷笑：“一群呆子！”

听到这样的评价，沈阙并不在意，傻傻地笑了几下，又不好意思地低下了头，试探地问道：“姑娘，我可以求你一件事吗？”

绯悠闲漫不经心地瞥了他一眼，回答倒是十分干脆：“什么事？”

想起好友，沈阙的眉目中到底有些哀伤，他的声音很轻柔，似是祈求一般：“姑娘可否帮我把阿湛的尸体带回来，我想在这里好好安葬他。”

绯悠闲虽然讨厌沈阙这般软弱的模样，不过最终还是答应了，她离开雪域再次前往楚国国都，没到半日就回来了，与她一起回来的，还有公子湛的尸首。沈阙将公子湛安葬在雪域的山崖上，坐在好友的坟前发了好久的呆，不过从他月白风清的气质上看，似乎并没有多少悲痛。

绯悠闲不由得皱眉，眼前这个人到底是怎么回事，即使面对好友的尸体，也不会觉得难过吗？在她看来，人类的感情最是脆弱，倘若失去了什么重要的东西，便会呼天抢地，要死要活，然而在沈阙的身上，她完全看不到这一点。

她正怔神着，忽然听到沈阙静静地开口：“人生在这个世上，不过匆匆数十年，是个人都会死的，阿湛做了自己想做的事情，我应该为他感到高兴才是。”

绯悠闲哼了一声，很恶劣地开口：“你说是个人都会死，那我现在就把你吃掉，想来你也不会有什么怨言。”

沈阙微微抬起头，精致清俊的眉目映衬着夕阳，越发显得柔和平静，他看着她暖暖地笑了，被这个看起来很冷淡的妖怪出言威胁了好几次，却没有一次付诸实施，即使沈阙再呆，也能觉察出绯悠闲并不想要吃他，只是看不惯他的某些言行，想要恐吓教训他一下罢了。

片刻之后，他转过头看着公子湛的新坟，淡淡地说着：“身体发肤，受之父母，若是轻易放弃，不仅会对不起我自己，还对不起生我养我的父王和母后。不过，有时候若是为了成全大义，舍生忘死，倒是不枉来人世间走这一遭。”

绯悠闲皱眉，觉得沈阙的话根本听不下去，用生硬的声音问：“人类都有欲望，你难道就没有想要过的生活吗？”

沈阙一阵沉默，片刻之后才笑了笑，温雅答道：“有啊，小时候经常想若我不是生在王族，就能天天见到父王和母后了；少年时，想我如果不是生在王族，兄弟之间的关系可能会比现在亲和许多，至于现在……已经发生的事情无法改变，即使再怎么设想也都是虚妄罢了，若是能在这乱世中，安静平和地过完一生，也算值得了。”

绯悠闲的目光微凉，注视着沈阙的身影慢慢问：“你以后，有什么打算？”

沈阙斟酌了一会儿，才回答道：“楚王驾崩，太子殿下在不久之后，一定会对齐国用兵的。”

绯悠闲蹙了蹙眉，不可置信地问：“你要回齐国？”

沈阙的身份是质子，不到约定的时限便不能回齐国，现在更是被人诬陷与公子湛意图谋反，正被楚国通缉追杀，若是此时回到齐国，不仅会给楚国攻打齐国提供借口，说不定，齐王为了保住自己的江山，反倒会把沈阙主动献出去，到时候沈阙即使想逃，也来不及了。

沈阙点了点头，不紧不慢地答道：“父王现在恐怕还不知道楚国的情况，我在楚国待了五年，多少对他们有些了解，此番回去之后，兴许能帮到父王。”

听到这么天真的打算，绯悠闲不由得冷笑：“恐怕你的那位父王，将来会令你失望。”

沈阙一愣，这样的可能性他自然也想到了，于是黯然地垂下了头：“我本来就是质子，是不该离开楚国的，若是将来父王为了保全齐国，把我献出去，我也不会有什么怨言的。”

他顿了顿，抬头看向了绯悠闲：“姑娘，你可以把我送回齐国吗？”

绯悠闲听着他的话，缓缓侧过了身子，她的神情冰冷艳丽，银发在晚风中微微飘着，细不可闻地哼了一声：“既然你这么想回去送死的话，我倒一点都不介意。”

沈阙闻言笑了，朝着绯悠闲不紧不慢地点头施礼：“多谢姑娘。”

绯悠闲侧对着他，居高临下地瞥了沈阙一眼，神情之中虽有嘲讽和不屑，却也隐约带着怜悯和敬佩，只有灵魂如此纯净之人，才能做到这般无欲无求的境界，即使她身为妖怪，也不免会为这样的人动容，她转身迈步走向了木屋，只留给沈阙一个清艳孤绝的背影。

不过绯悠闲答应给沈阙办的事情，终究没能实现，在她找到沈阙不久之前，曾经在妖林遇到过一个剑灵，当时垂涎于那个剑灵耗费万年修为凝结成的精元，在其修为损耗昏迷之时，她趁机将那枚精元盗走，并且带着它逃回了雪域。

精元对于妖怪来说，是比人类的魂魄还要有用的珍宝，更何况这枚精元还是那个剑灵耗费万年修为凝聚而成的。她知道那个剑灵的修为绝对在自己之上，不过一下子耗费了万年的修为之后，她很自信那个剑灵不敢再轻易跑到雪域来找她的麻烦，可是没想到为了夺回精元，当真有人不知死活地追来，而且看他周身的气势，他不仅要取回精元，还要杀掉胆大妄为盗走精元的她。

雪域万丈冰渊之上，浅灰的天空静静飘着雪花，一个男子伫立在山崖之上，遥望着远方的那座木屋，阴柔精致的容颜里慢慢泛起漠然冰冷的微笑，他身着一袭深紫的衣袍，淡金的团龙锦绣在墨纱的笼罩下若隐若现，紫金冠饰束着长发，乌墨的长发依稀透着深紫，从中引出的淡金流苏顺着未绾的长发倾泻而下，身后的衣摆轻纱被寒风撩起，发出猎猎的声响，整个人看起来威严而又华贵。

“没想到，你居然真的敢来。”绯悠闲觉察到他的气息，从远处的平地上飞跃而起，翩然落在了他的对面，注视着这个男子的神情冷冽非凡，警觉敌意的氛围十分明显。

这个男子的神情冰冷，眼神中充满了不屑与嘲讽，他的语气轻浅而平静：“把我的东西还给我，或许，我能让你死得痛快一些。”

绯悠闲微微蹙起了眉，她能感觉到对方身上滔天的煞气，那是一种令她都不寒而栗的气势与尊贵，从她创生开始，纵观三界数万年，从来都没有遇到过这样的对手，也从来都未听说过有这号人物的存在，她现在只知道，眼前这个对手是一个剑灵，还是一个极有可能把她杀死的剑灵。

她冰冷地一笑，绝美的容颜里绽放出阴毒和嘲讽：“连阴婝婳都败在了我的手里，你确定自己比她强？”

对方却意外地哦了一声，神情之间似乎有些不屑："你觉得那个不靠谱的女人和我有什么可比的吗？还是在你看来，她已是你所能企及的极限？"

他顿了顿，幽深的眼眸里蕴含着潋滟的流光，语气慵懒而又傲气："更何况她会输给你，那是因为她想输，而不是你能赢。"

绯悠闲听此，心中不由得惊了一下，三大创世灵剑的阴旎婳，在他的口中竟然被贬损得不值一提，眼前这个男子，究竟是什么身份？为什么他的语气听起来竟像是与阴旎婳相识？

不过不管对方是什么人，她都有把握能够取胜，要知道这个剑灵为了凝聚精元，刚刚消耗了万年的修为，即使他曾经有多么厉害，也绝对经不起这样的折损。她的手中缓缓化出一柄长剑来，清冷孤绝地指着他："想要夺回精元的话，就要看你有多少本事了！"

这剑灵细不可闻地轻哼了一声，他的身姿优雅清俊，立在雪地中像是睥睨众生的王，雪花落在了他的墨发上，气势威严而尊贵，无形中便能令人感到压抑和胆寒。

他没有说话，淡漠的目光注视着绯悠闲，广袖掩着的右手微微一侧，深紫的光辉萦绕，从中缓缓化出一柄长剑来，通体墨黑又带着阴鸷妖异的流紫，墨色的煞气缭绕在剑身上，隐约可辨上面古朴典雅的纹络，一股奇异的力量瞬间充斥着整个空间，似是来自洪荒远古，最为深沉原始的呼唤。

绯悠闲望着他瞪大了眼睛，她不认识眼前这个男子，可是，她认识他手中的那柄魔剑。

上古魔剑，长离未离，得之，生可以睥睨天下，死则永生坠入修罗地狱。

传说中，那柄可以毁天灭地的霸道之剑，竟然就这么直接地出现在她的面前，她注视着它，仰望着它，无比清晰地感受到萦绕在它周身的王者气息，心中竟不由自主地生出崇敬和拜服的信念，仿佛下一刻就要匍匐在它的面前，心甘情愿地俯首膜拜。

她勉强定了定心神，不可置信地看向了那人："你……你是长离？"

长离的唇边泛起冰凉的微笑，望着她的神情一如既往地淡漠："真荣幸，你能够认出我。"

绯悠闲的心中大骇，望着面前的长离一时间说不出话来，先前她只知道那柄霸道的长离剑，却不认识附身在魔剑之上的长离剑灵，因为在过去的数万年中，长离剑灵很少在世间现身，那些曾经得到它的人，或是叱咤三界，或是甘愿隐匿，都没能逃脱坠入修罗地狱的命运，而作为剑灵的长离，目睹了一个又一个主人的死亡，竟毫无悲痛怜悯，也从未现身保护。

传闻中仅有的一次现身，便是在万年之前的神魔大战里，那时候大魔女战姝妤辅佐魔王向天神发起进攻，为了获得足以与大天神临渊匹敌的力量，她不顾诅咒强行解封长离剑，也凭着这柄魔剑，几乎毁灭了大半个天地，最后天神临渊战死，而战姝妤也因伤重身亡，堕落的灵魂坠入冥海，注定要永生遭受无休无止的劫难。

神魔大战时，她正藏身在雪域之中，也因此避过了那场浩劫，只听说战姝妤死后，长离剑便不知所终，有人说它被重新封印回混沌之井，也有人说它在那场大战里被毁灭折断，没想到万年之后的今天，长离剑竟再一次现身人世间。

她忌惮地看着长离，心中渐渐升起一丝疑惑，像他这样从远古活过来的剑灵，早就该无悲无悯，无欲无求，何以会损耗自己万年的修为，仅仅是为了凝聚出一枚人类的精元？

精元是万物生命之根源，由天地自然衍生而来，若眼前这位不是长离剑灵的话，纵使他修为多么强大，也是无法凝聚出精元来的。这种东西对于没有魂魄的灵来说一无是处，然而却是妖魔鬼怪争相抢夺的宝物，因为吃下一枚精元便可增长数十年的修为，长离剑灵凝聚的这枚精元，积聚了他万年的修为，倘若被她吃下了，对于修为的助益何止是数十年？

绯悠闲打定注意，即使这个人是长离剑灵又如何，她连阴媲婳都能打败，更何况是刚刚失去了万年修为，尚未恢复的长离。想到此，她开口道：“我不明白，精元对你来说毫无作用，既然这样，倒还不如便宜了我。”

长离细不可闻地冷哼了一声，周身的气势清冷逼人，不咸不淡地开口：“我为何要便宜你？”

“你……”面对他的疏离和拒绝，绯悠闲有些恼怒，却还是阴毒诡艳地笑了，“你现在根本不是我的对手，不过强弩之末，凭着长离剑做做样子罢了。”

长离的唇角不动声色地勾起一抹幽凉，语气依旧波澜不惊：“是吗，那你就看着好了。”

话音刚落，长剑划过长空，冷冽的剑势携着漫天的飞雪向绯悠闲直冲过去，绯悠闲也不敢怠慢，连忙轻身飞起，落在山崖的另一边。与此同时，剧烈的爆裂声传来，方才站的位置瞬间裂开了一道巨大的深壑，烟尘弥漫，碎石还飘荡在半空中尚未落下，长离便已发起了下一轮的进攻。

煞气滚滚的魔剑朝着绯悠闲压了下来，绯悠闲沉着架剑去挡，与同样飞来的长离对峙在漫天的飞雪里，刀剑金革声此起彼伏，两道身影在山崖之间来回穿梭，剑势的力量击打在山崖上，发出剧烈的声响，转眼间雪域已有几座山崖裂开，轰隆隆地向下掉着碎石，动荡的余威还在蔓延，雪崩之势朝着崖下的平原滚滚而去，浩浩荡荡像是千军万马奔腾一般。

绯悠闲预料得没错，一下子失去了万年修为的长离，还没能从元气大伤的损耗中恢复过来，每一个剑招看上去来势汹汹，但总有点心有余而力不足，因此他们纠缠打斗了数百招，还未能分出胜负，和疲乏虚弱的长离不同，绯悠闲刚刚获得精元，原就深厚的修为突飞猛涨，因此从目前的局势来看，再接着打下去，只怕长离会死在她的手上。

他们的身体静止在半空中，寒风撩起了衣摆轻纱，发出猎猎的声响，绯悠闲饶有兴致地望着长离，唇边染着冰冷的笑意：“你看样子很在乎这枚精元呢，竟然不顾自己的生死，也要把它从我这里夺回。”

长离的眼眸中氤氲着彻骨的幽凉，苍白俊美的容颜如玉雕琢，他细不可闻地轻哼了一声，依旧高傲孤冷：“区区一个杂碎妖怪而已，还想取我的性命吗？”

他的声音平静而威严，紫色的衣袍随风翻飞，冠饰之下束着的长发寒凉如墨，却也带着依稀的深紫，淡金的流苏顺着墨发垂下，他紧紧地握着手里的长剑，白皙的手指衬着金线流云的深紫衣袖，显得更加清贵决然，即使现在身处下风，即使面对的是一个修为强大的妖怪，却依旧波澜不惊，没有一丝一毫的惊惧和慌乱。

绯悠闲的脸色沉郁，她冷冷地注视着长离，使出全力向他攻了过去，冰冷生硬的声音道：“那你就试试看吧！”

长离横手划出一道剑光，双方力量相撞，瞬间在雪域里掀起数十道雪柱，巨大的声响震动到数里之外，那片遥远的妖林中，一下子惊起无数只仓皇出逃的妖怪。

绯悠闲和长离的身姿静止在半空中，被掀起的雪柱又轰隆隆地坠下，在地面上荡起数丈的冰雾雪沙，十几道雪柱落下的瞬间，两个人眼疾手快均向对方挥剑而去，刀剑声此起彼伏，阴灰的长空不时划过几道流紫的光辉，像是敏捷游走的小蛇，顷刻都消逝隐退在长空里。

他们打斗的声音惊起了妖林中的生灵，无数个妖怪凄惨喊叫着飞出，极力想要远离这个是非之地，密密麻麻的妖怪拥挤成黑压压的一片，一时间竟遮掩了天空。

绯悠闲突然想到正在木屋中的沈阙，不由得一时失神，被长离重创了一剑，在半空中倒退了好几步，脚步紊乱地落在了最近的那座山峰，殷红的鲜血从伤口溢出，染红了皎白的衣裙，她的眉目冷冽，死死盯着长离，绝美的容颜里顷刻流露出滔天的杀气。

绯悠闲在心中焦急，沈阙如今还在木屋里，突然跑出来的妖怪四处逃散，躲得哪里都是，万一沈阙不小心碰上了它们，后果简直不堪设想。

长离持剑缓缓地落在了她的对面，脸上一如既往地冰玉雕琢，他清浅的声音淡淡开口：“你似乎很难集中精力呢，需要我帮忙吗？”

绯悠闲还未开口，就见他的长剑猛然一挥，流紫的剑光携着滔天的煞气向那群妖怪冲了过去，顷刻间，无数妖怪组成的群体震荡了一下，凄然惨烈的声音不绝入耳，残骸肉片纷纷掉落下来，湿热的血迹染红了雪域深渊，甚至相隔甚远的他们都能闻得到令人作呕的血腥，天空瞬间恢复了清明，只有些许血雾飘荡在妖林之上，映得天际绯红。

“你……”绯悠闲的脸色惨白，虽然妖怪一向残忍，对待同类亦是毫不留情，然而面对这样的杀戮，不震惊痛心那是不可能的。

长离的神情悠然，唇边泛着冰冷的微笑：“我不喜欢我的对手在战斗时，心里却还想着别的事情，因为那样即使我杀了他们，也不会觉得痛快。”

他顿了顿，阴柔精致的眉眼中幽凉而又温柔，清浅的声音慢慢道：“要怪，就怪你不该盗走我的东西，也怪它们不该与你同族。”

绯悠闲震惊地望着他，心里生出一阵恶寒，仅仅是因为她盗走了他的精元，仅仅是因为那些妖怪与她同族，他便赶尽杀绝，血洗了整片妖林，这样强硬、毫不留情的手段，恐怕只有最原始纯粹的创世之剑才能做到。

虽然她也是远古时期创生的妖怪，但修为及生存的时间和长离是完全没有办法比的，这也必然导致在某些方面，作为大妖怪的残忍终究比不上长离剑灵的决绝，或许换句话来说，对于长离而言，他从不知道什么才是残忍，因为残忍这个词的本身，就是没有意义的。

上古传闻，天地创立之始，赤水女铸就三大创世之剑，妖剑阴婉，神剑阳炎和魔剑长离，又借助三大灵剑的力量创造了世间万物，由于这三柄灵剑的力量太过强大，万一被居心叵测的人得到，必将会给天地带来灭顶之灾，于是赤水女对这三把灵剑分别下了永远也解不开的诅咒，并将它们封印在混沌之井。

这便是长离剑的由来，也注定了他这悲哀而又传奇的一生，三界之中，没有任何生灵的地位可以比他更为崇高，也没有什么力量能够比他更为纯粹，天地与他合一，万物以他为始，所以无论他做了什么，也无论他变成什么样子，都无法去辨别究竟是对还是错，正如天谴之力顷刻覆灭万千生灵，长离剑灵也理所当然主宰着他们的生死。

或许是因为他的力量太过强大，或许是由于他的渊源太过古老，没有人对这样的安排表示过怀疑，在三界六道甚至是绯悠闲自己看来，创世之剑是他们共同的信仰和根源，在创世灵剑的面前，他们不过是一群永远也长不大、成不了气候的杂物，尽管她曾杀死过拥有阴婉剑的妖怪，也算间接地打败了剑灵阴婉婳。

现在再回想起当初的情景，恐怕长离剑灵说的是对的，她之所以会赢，仅仅是由于阴婉婳想输，因为在她和那只妖怪对战时，作为剑灵的阴婉婳并未现身保护自己的主人。

从现在的情况来看，长离是不可能放过她的，想要从他的手中活命，唯一的可能便是趁他现在修为折损，拼尽全力把他杀掉。

绯悠闲拿出了十二分的精神来对付他，握着长剑的手下意识地收紧，方才被长离剑划破的伤口在妖力的修复下已经消失无痕，她缓缓地闭上了眼睛，以意念控制的灵力幻化出无数艳粉的花瓣，长剑挥出，花瓣如刀急速朝着长离飞了过去。

长离也不怠慢，剑锋划过长空，在空中结出一个透明的结界，将那些花瓣尽数挡了回去。他纵身飞跃而起，落在山崖的另一边，还未站稳脚步，抬眼见绯悠闲的花瓣又向自己飞来，不由得蹙了蹙眉，再次躲避过去。

绯悠闲不由得诧异，她觉察出长离似乎不太敢接触那些花瓣，甚至在这样的攻势中有些躲避的趋势，她的心中一动，灵力幻化出更多的八重樱花，从四面八方将长离紧紧地包围了起来，长离并没有像先前那样反击，只顾结出结界去阻拦那些花瓣的靠近，一时间竟真的被花阵给困住了，他的身体静止在半空中，望着四周包围自己的花瓣紧紧蹙眉，似乎极其厌恶，清俊的脸阴郁得可以滴出水来，强大的灵力以他为中心扩大了一圈，随即将那些花瓣震飞出去。

他落在地上，没有趁机攻击绯悠闲，反倒偏过头不受控制地打起喷嚏来，看到天下至霸的长离剑灵居然是这副模样，绯悠闲顿时有些无语。

长离剑灵，怕花粉？

确定了这一点，她觉得自己的胜算又大了许多，身侧顿时又泛起无数的花瓣，掩护在自己周围，持剑向长离刺去。长离见此，不悦地皱眉，沉着气纵身跃起，躲过了她的剑势和花瓣，竟然真的没有与她碰硬。

不过他不是每一次都能躲过去的，漫天的花瓣倾撒而下，总有一些能够碰触到他，周围的花粉越来越多，长离的脸色也越来越差，他冷哼了一声，丢下对自己穷追猛打的绯悠闲，反而向那间木屋飞去，绯悠闲见此，心中大惊，也连忙跟随其后，顺势掷出了自己手里的长剑，在长离侧身躲避的同时，她快行一步，挡在了木屋的前面。

此时，长剑又回到她的手中，绯悠闲剑指长离，语气冷硬："长离，这是我们之间的恩怨，不要连累别人。"

长离颀长的身姿伫立在雪地中，终于没有花粉扰他，因此脸色又恢复了最初的冰冷傲慢："你敢盗走我的东西，就该有此觉悟。"

听到他的话，绯悠闲不动声色地蹙起了眉，语气阴鸷而森寒："你敢……"

长离单手持剑，阴柔精致的容颜里看不出一丝一毫的怜悯，不咸不淡地倾吐道："我为何不敢？"

见他想要对沈阙不利，绯悠闲先发制人，企图将他逼退到远处的山崖上去，长离却不紧不慢地躲避着，寻找机会向那间木屋靠近，他的脸上由始至终都保持着漫不经心的微笑，似是在嘲讽绯悠闲现在的方寸大乱。

"真不错呢，妖怪居然也有想要保护的人类。"他温凉的声音响在了绯悠闲的耳边，波澜不惊中又带着尊贵崇高的气势，绯悠闲刚刚化解了一个剑招，紧接着又听他道，"我说过了，我不喜欢对手在战斗时，心里却想着别的事情。"

剑锋一划，木屋顷刻被削掉了一个角，断木的碎屑纷纷扬扬地落着，绯悠闲的心中大急，集中所有的精神，更加奋力地向长离攻去，此时沈阙听到外面的动静已经从屋内出来了，见到不远处战斗的两个人，一时间愣在当场，忘记了反应。

"哦？"长离的俊眉微挑，声音寒凉如冰，唇边染着些许邪魅，"是他吗？"

他的身姿一闪，绕过绯悠闲向木屋飞了过去，绯悠闲急忙以意念驱使灵力，木屋旁边的八重樱受到牵引，无数花瓣集聚起来，阻挡了长离的去路。长离果然忌惮地避了回来，翩然的身姿落在平地上，绯悠闲趁机阻挡在木屋前，侧首对沈阙道："快走！"

沈阙呆呆地看着他们，迟疑地说道："可是……"

"可是什么！"绯悠闲骤然转身，长剑往沈阙脚下的雪地上一划，顿时划出了一道深壑，声音冷冽而威严，"你若不走，我现在就把你杀掉！"沈阙被这一击吓得倒退了几步，看了看长离，又看了看绯悠闲，最终跌跌撞撞地离开了。

长离一手持剑，脸上保持着冰冷的微笑："真不错呢，即使死了，也要保全这个人，你以为他逃得掉吗？"

没有了后顾之忧，绯悠闲顿时轻松了不少，她不紧不慢地握着长剑，指着对面的长离："该死的那个人，应该是你。"

雪域的雪还在下着，云层低垂着缭绕在山崖之间，到处都是一片苍茫荒芜的景致，对战的两人一动不动，微风撩起了他们的衣衫，握着剑柄的手苍白如冰，周围的气氛冰冷寂静，只能听到衣摆翻飞的猎猎声。

长离静默地注视着绯悠闲，唇边逐渐泛起冷淡的笑意，颀长的身姿优雅而又华贵，漫不经心的神情间似乎并没有把对方放在心上，然而下一刻，流光潋滟的眼眸陡然变得冷厉，刹那间时光都恍若停顿一般，就连漫天飞舞的雪花都静止在半空中，唯美而又静谧。

他的身形一闪而过，与此同时，魔剑携着杀气向绯悠闲砍了过去，绯悠闲也不怠慢，横剑用力挡住了他的攻势，两剑相交，双眸紧对，周围的气氛瞬间跌落至冰点，紧张急促如摇摇欲坠的万丈冰渊。

雪雕盘旋在长空之上，发出凄厉尖锐的鸣叫声，纯白优雅的身姿翩然掠过山崖，又敏捷迅速地朝天穹直击而去，翱翔在天地与冰川之间，像是在为这场殊死相搏助威呐喊。

金戈破阵，肆虐的灵力不断交织，像是闪烁在长空之上的电闪雷鸣，两道身影在雪域之间穿梭，剑锋交映划过的声音阴寒刺耳，招式也越发急促阴狠，不断相碰的灵力，在冰渊上掀起一道又一道雪柱，战至现在，长离和绯悠闲的脸色均沉郁如冰，他们心里都清楚，若是此时一招落败，便是永远也无法挽回的满盘皆输。

绯悠闲硬接了长离一招，她的身形刚刚顿住，就见不远处的半空里，长离携剑向她直冲过来，身遭肆虐的灵力爆破长空，气势滔天恍若下一刻要将天地毁灭。

绯悠闲沉沉蹙眉，伫立在雪地上闭目催动灵力，再次睁开双目之时，一抹殷红的血煞之气瞬间充斥在眸中，刹那间赋予在长剑上的灵力达到顶峰，她缓缓地抬起了头，绝世冷艳的容颜里绽放出阴毒妖冶的神情，面对着长离孤注一掷的奋力一击，她双手握紧了长剑，使出全身力气硬生生地接了下来。

巨大的灵力相碰，在宇内引出一阵动荡的旋风，他们两个都被反噬之力震飞出去，紊乱的脚步落在地上倒退了好几丈，绯悠闲的唇边染着血红，脸色苍白地捂着胸口，将快要喷涌而出的血腥咽了下去。

“噗——”不远处的长离半跪在地上，拄着长剑喷出一口鲜血，狼狈的身形在风雪中微微喘息着。

绯悠闲冷哼了一声：“你现在根本不是我的对手，再打下去也只是送死而已。”

长离半跪在地上，墨发挡住了他苍白虚弱的脸，方才那一击，他使出全力几乎玉石俱焚，也因此受到了极重的反噬之力，现在连五脏六腑都跟着疼了起来，然而握着剑柄的手指却不动声色地收紧，唇边由于染着血迹，显得更加妖异诡艳，他的声音幽凉如墨：“是吗……”

绯悠闲闻言不由得蹙了蹙眉，只见长离的身侧泛起缭绕的煞气，在暗紫的衣袍下更是诡异动人，他缓缓地抬起了头，不紧不慢地站了起来，冷淡疏离的目光注视着绯悠闲，手中的长离剑逐渐消隐了身形，像是与他合为一体一般，原本漆黑如墨的眼眸中，竟在一瞬间变成了紫色。

面对这样的长离，绯悠闲下意识地倒退了几步，满心惊惧：“你……你竟为了一枚精元，显现出魔剑原身！”

妖魔灵物在化出原形的时候，灵力亦会达到顶峰，只不过一旦现出原身，便会失去人的意识，和野兽没有分别，眼中只剩下血腥和战争，甚至会不受控制地去征伐杀戮，直到筋疲力尽累死为止，因此，若不是遇到了足以威胁性命的危险，没有哪一个妖魔和灵物愿意显现出自己的原身。

而眼前的长离剑灵，他有着毁天灭地的力量，甚至可以主宰万物的生死，却为了一枚小小的精元，不惜化出魔剑的原身，不惜将自己，将整个天地都置于万劫不复的危险之中。

长离的身侧缭绕着墨色的煞气，像是从上古以来，死于长离剑下的冤魂一般，紫色的眼眸流光潋滟，冰冷幽凉如一泓寂静的深潭，他缓步向绯悠闲接近，神情热切而残忍，仿佛在渴望着将敌人毁灭那一刻的来临。

他的容颜俊美阴柔，在煞气之下更是显得妖异诡艳，缓步向绯悠闲接近的同时，喃喃的声音轻念着：“把她，还给我……”

绯悠闲一愣，面容间显得不可置信，化出原身的长离剑灵，竟然还保持着一丝理智，这究竟是因为他的修为太过强大，还是这个人在他心目中的位置太沉重？她在长离的威逼中不住向后退着，下意识地问：“谁？那个人是谁？”

长离没有回答，紫色的眼眸沉郁如冰，身侧的阴寒之气顿时翻涌而来，依旧平静地念着：“把她，还给我……”

绯悠闲心中大惊，在这种时候，她绝对不是长离剑的对手，再拖下去恐怕连性命都要葬送在他手上，于是她打定主意，长剑虚划一招，纵身向后飞去打算逃走。

不过她到底小看了长离，因为面对她的攻势，长离一动都未动，剑光触及他身体的瞬间，顿时消散在空气中，没有任何的损伤和影响。而正打算逃走的绯悠闲，刚飞出几步，面前突然出现数十道虚剑，直直地向她刺了过来。

绯悠闲一惊，连忙飞身向后退去，长剑挥舞将那些虚剑打落，脚步杂乱地在地上倒退了好几步，见此情景，长离腾空而起，身侧顿时又出现数十道虚剑，灵力化成的虚剑排成剑阵，泰山压顶一般朝着绯悠闲压了下去。

绯悠闲猝不及防，数十道虚剑直直地贯穿了她的身体，她不堪忍受痛苦，禁不住仰天长啸了一声，鲜血喷涌而出，染红了她的衣裙，银发随风肆意飘散，她虚弱地倒在地上，唇边染着血迹，身后的雪地被浸得殷红。

长离的眼眸中平静无波，完全看不到一点怜悯和心软，他缓缓伸手，灵力紧紧地束缚着绯悠闲，将她禁锢在半空中，随后又狠狠地摔出了几丈之外，受着重伤的绯悠闲经过这么一摔，脸色又苍白了几分，趴在地上虚弱地喘息着，抬眼又见到长离精致尊贵的紫靴。

他的手中泛出一道灵力，朝着绯悠闲挥了出去，灵力化成的剑光立即在绯悠闲身上留下一道深深的伤痕，绯悠闲身上满是血污，绝美的容颜在血色中显得凄楚决然，他却还在继续，仿佛故意折磨她一般，剑光毫不留情地划过，在她身上留下一道道纵横交错的剑痕。

“把精元交出来，或许，我能让你死得痛快一些。”化出原身的长离轻轻地念着，与此同时，他身侧的煞气正在逐渐收敛，在右手边幻化出一柄长剑，眸色恢复原先的幽黑冰凉，神情亦是清明了许多。

“姑娘，姑娘……”不远处传来呼唤声，绯悠闲一愣，不可置信地偏过头看去，只见已经逃走的沈阙居然又折返了回来，望见受着重伤的绯悠闲，他怔了一下，慌慌张张地朝她跑了过去。

长离轻哼了一声，悠然地道：“我说了吧，他逃不掉的。”

沈阙走到绯悠闲的身边，蹲下身去扶她：“姑娘，你怎么样？”

绯悠闲还未从错愕中回过神来，望着他喃喃道：“你……”

沈阙的眉目清俊，一副书生的模样，看上去有些傻里傻气，他望着受伤的绯悠闲，眼眸中的神情又坚定了几分：“大丈夫有所为，有所不为，姑娘既然肯舍命相救，沈阙就不能为一己性命苟且偷生。”

绯悠闲的神情怔然，呆呆地看着眼前的这个人，清冷的面容间满是不可置信。从前的记忆中，人类是一群软弱无能的生灵，为了自己的利益，便不会顾及他人的死活，她从一早就知道沈阙和他们不同，从燕雀楼里的第一次相遇开始，她便知道这个人身上有着不同于旁人的纯净和善良，没想到如今大祸临头，从他的身上，她还能看到他的勇敢和坚强。

沈阙扶着绯悠闲站了起来，他将绯悠闲护在身后，面对这个强大的对手，心里虽然还是有些恐惧，然而神情中却勉强保持着镇定：“你若是想杀她，今日就从我的尸体上踏过去！”

长离的表情依旧是慵懒不屑的，细不可闻地轻哼了一声：“软弱的人类，也想阻止我吗？”

沈阙望着长离，坚定的语气丝毫不容退缩：“明知不可为而为之，这便是作为人类的坚强，难道不是吗？”

长离的神情依旧冰冷而嘲讽，他慢慢地道：“你看起来……着急着想死呢！”抬手一挥，流紫的灵力将沈阙打飞了出去，重重地摔在了雪地之上。

“沈阙……”绯悠闲见此心中一紧，她冷冷地看向了长离，手中顿时化出了一柄长剑，阴寒的语气近于暴怒：“长离，我不许你伤他！”

她横剑攻了过去，长离的剑辉一划，双方的灵力相碰，在雪地上顿时炸起一道道雪柱，长离的神情由始至终悠然，虽然先前受着重伤，却丝毫不落下风，绯悠闲的攻击很快就显现出了颓势，一时不察被长离的剑势击中，弃剑倒飞了出去，摔在了沈阙的不远处。

“姑娘……”沈阙强撑着支起身，他的唇角挂着血迹，踉跄着脚步向绯悠闲走近。

长离的目光注视着沈阙，又冷淡淡地哼了一声，似乎在嘲讽身为人类的不自量力，浅紫的灵力束缚着受伤的沈阙，将他朝旁边的雪地上摔了出去，沈阙沉闷地哼了一声，肋骨处传来断裂的声响，忍不住又吐了一口鲜血，原就惨白的脸色又白了几分。

长离缓步朝他们接近，尊贵的紫靴映入绯悠闲的视线，她的心渐渐陷入了绝望，绯悠闲的思绪大乱，仓皇思索片刻，抬头对长离道：“我把精元还给你，你饶他一命。”

长离的唇角泛起细不可闻的轻哼，声音清淡而疏离：“你有资格与我谈条件吗？”

沈阙趴在地上垂死挣扎，虽然奄奄一息，神情却依旧倔强而坚定，他爬到长离的脚下，死死地抱住了对方前进的脚，用虚弱无力的声音道：“姑娘，你快走啊……”

长离微微蹙眉，清俊的神情中似乎在嫌弃这个人的血污与肮脏，他用力朝着沈阙踢了一脚，沈阙又飞了出去，摔在绯悠闲的面前，他闷哼了一声，从唇齿间不断溢出血来。

绯悠闲忍着伤势向他爬了过去，她将沈阙抱在怀中：“沈阙……”

腥热的血涌上喉间，沈阙止不住咳了几声，虚弱无力地道：“姑……姑娘，不必觉得难过，沈阙今日殒命于此，为姑娘心甘情愿。”

绯悠闲顷刻愣住，她注视着沈阙苍白的容颜，良久之后，怔怔地将他抱在怀里，埋首在他的颈间缓缓落下泪来。沈阙又虚弱地轻咳了几声，微微喘息着，最终无力地偏过了头，冰凉的手沉沉地垂了下去。

觉察到沈阙已经没有了气息，绯悠闲慌乱地扳过他的脸：“沈阙，沈阙……”

然而对方却无声地躺在她的怀抱中，始终没有回应她一句，绯悠闲痛苦地合目，用苦涩的声音吼道：“长离，是你杀了他，这个人他是无辜的……”

长离细不可闻地冷哼了一声：“妖怪，你看起来似乎很痛苦呢！”

绯悠闲抬起头来，望着眼前的那个剑灵，几乎咬着牙道：“长离，你到底有没有心？”

她将沈阙的尸体慢慢放在地上，持剑朝着长离刺了过去，长离颀长的身姿伫立着，见她一剑刺来，居然丝毫没有躲避，反而主动迎上了她的剑锋，长剑刺入了他的身体，溢出殷红的血迹，绯悠闲的脸色由于震惊变得苍白，目睹着长剑贯穿了他的心口，而这个剑灵还在不紧不慢地向前走着。

他的神情冰冷而阴寒，喃喃地轻念着："心？那是什么东西？或许曾经是有的，从她死去的那天起，我的心就已经跟着死了。"

他的手猛然用力，顷刻贯穿了绯悠闲的身体，从中扯出一团蠕动的血肉，神情间却没有一丝怜悯，甚至残忍地露出微笑："我找了她一万年，整整一万年……你现在明白了吧，被你夺去希望的我，究竟是一种怎样的感觉？"

绯悠闲瞪大了眼睛，由于心脏被他生生地摘去，所以脸色惨白得像是一张纸，她紧紧地抓着长离的手臂，细长的指甲刺入了他的血肉，然而长离却丝毫感觉不到疼痛般，手上泛起灵力，从绯悠闲的身体里取出一枚淡金的精元，然后面无表情地将她推开。

他的墨发上落着雪花，苍白俊美的容颜如玉雕琢，将那枚精元小心收好，踉跄着迈步打算离开，可惜身体上的伤实在太重了，他只走了几步就失力跪倒在雪地中，虚弱地轻咳了几声，唇边溢出鲜血，缓缓地倒了下来。

沈阙和绯悠闲的尸体冰冷僵硬，躺在他的不远处，空气中还弥漫着令人作呕的血腥，他平躺在雪地里，眸光淡淡地望着阴灰的天空，神情落寞而孤独，在纷飞的大雪中，逐渐扯出一个苍茫苦涩的微笑。

雪花唯美地坠落在天地之间，墨发和衣服上都落满了雪花，他却毫不在意，一动不动地躺在那里，筋疲力尽虚弱地喘息着。冷风灌入喉间，他无力轻咳着，静静地望着天空，幽凉的目光里泛起点点温柔的神色，随后缓缓地闭上了眼睛，喃喃地轻念着："姝好，姝好……"

第三章

迤逦泼茶香

木屋之中，云皎缓缓地睁开了眼睛，她望着房顶发了一会儿呆，下一刻，受惊般慌忙弹坐了起来，上下摸了摸自己的身体，发现没有损伤，不由得长呼了一口气。

“你醒了？”耳畔传来冰凉入骨的声音，她激灵了一下，下意识地循声望去，看到站在门口的绯悠闲，顿时露出了最可爱的笑脸：“姐姐，早啊。”

见到她这副模样，绯悠闲皱了皱眉，冰凉的目光打量着她，似乎在考虑着什么，云皎小心翼翼地瞥了她一眼，顿时转过头，坐在床榻上讪讪地捏了捏衣角，回想起在梦境里看到的场景，她现在更是有些心虚，在心里咚咚地打着小鼓。

如果她在梦里看到的都是真的话，那么绯悠闲肯定恨死了云初末，恨屋及乌，连带着她也得跟着倒霉，说不定还没等到云初末赶来，绯悠闲就迫不及待地把她杀死了。

意识到这点，云皎大惊失色，又转着脖子看向了绯悠闲，但见对方迈步朝她走了过来，她下意识地往床榻里挪了挪，小身板缩成一团，警惕地问：“你要做什么！”

绯悠闲冰凉的手指扣住了她的下巴，依旧清冷地打量着云皎，她不信在看到那些事情之后，这个小姑娘会无动于衷，不过绯悠闲显然考虑失策，因为云皎现在完全在担忧自己的小命，哪里还会有什么闲心去管梦境里的事情？

见到绯悠闲目不转睛地盯着自己，云皎顿时从心虚转成了心绪大乱，她慌忙从床榻上跳下来，扑通一声跪在地上，可怜巴巴地抱起了绯悠闲的大腿，痛哭流涕道：“姐姐姐姐，冤有头债有主，你去找云初末吧，把可怜无辜又可爱的我放了吧！”

绯悠闲又皱眉，把眼前这个溜须拍马跪地求饶的小姑娘，与回忆里的那个人对比了一番，顿时觉得惨不忍睹，她站在原地一动不动，出言教训道：“你现在怎么变得如此没骨气？”

云皎顿时被打击得抬不起头来，她消沉郁结地撇了撇嘴，秋风扫落叶，满地凄凉，小心翼翼地嗫嚅了一句：“姐姐，我一向这么没骨气的……”

“你……”绯悠闲气得说不出话来，见到对方发怒，云皎又立即垂下头，一副小孩子做错事等待惩罚的模样。

绯悠闲想了一会儿，自言自语道：“难道长离找错了人？”

云皎的耳朵最尖，闻言抬起头奇怪地问：“姐姐，你说什么？”被绯悠闲阴冷的目光瞪了一眼，她又赶紧识相地耷拉下脑袋，伸手捂住自己的嘴巴，“姐姐，我不会说话了。”

绯悠闲又打量了她一会儿，越发觉得不对，于是拎起云皎的衣领：“你跟我过来。”

云皎大惊失色，难道绯悠闲现在等不及了，还是想先折磨她一顿解恨？她的手脚胡乱扑腾着，抱着绯悠闲的大腿痛哭流涕：“姐姐姐姐，我知道错了，你不要杀我……”

绯悠闲被她从底下抱住大腿，试探地迈了几步，把云皎拖出几尺远，见她还不肯松手，不由得皱了皱眉：“你再不松开，我现在就杀了你！”

云皎立即松开她的腿，眼泪哗哗地抬头望着她，坐在地上像是可怜巴巴的小狗，绯悠闲淡漠地注视着她，试探地问道：“我问你，你是从何时跟着长离的？”

云皎微微嘟着嘴，大眼睛里还含着泪花，委屈至极地摇了摇头，示意绯悠闲她不知道，正所谓知己知彼，百战不殆，现在她还不知道绯悠闲问这个问题有什么意图，胡乱回答的话，说不定会给自己带来杀身之祸，这样做岂不是自寻死路？

绯悠闲再次询问："长离有没有跟你提起过什么特别的人？"云皎做出绞尽脑汁的样子，仔细回想了一番，又无辜可怜地摇了摇头。

绯悠闲不由得皱眉，冷声教训她："你怎么什么都不知道？"

云皎闻言瞪大了眼睛，立即扑到绯悠闲的跟前，眼泪哗哗差点摇尾巴："姐姐姐，我错了，我我我……我想起来了！"

她斩钉截铁地冒出来这么一句，仰着头祈求地望着绯悠闲，小心翼翼地嗫嚅道："云初末曾经让我去找张员外家的儿子……"

绯悠闲一愣，冰冷绝艳的容颜里闪过一丝莫名其妙："那是谁？"

云皎老老实实地跪在地上，小脸委屈得像苦瓜："明月居对面街上有家土财主的儿子，去年刚抢了一位姑娘成亲，今年又娶了三个小妾。"她顿了顿，讪讪地说，"云初末让我去问他，若是一个男子愿意娶一个女子，究竟是为了什么。"

"你……"绯悠闲见她说话前言不搭后语，脸色骤然阴冷了许多，还向前走了一步。

云皎望着她走出的那一步，顿时瞪大了眼睛，赶紧又抱住她："姐姐姐姐，我就只记得这么多了嘛……"

绯悠闲不可忍受地闭上了眼睛，极力隐忍着怒气："罢了。"

云皎一听，差点乐得竖起了耳朵，将要露出笑脸的时候，又听绯悠闲说了一句："到底是真是假，到妖林里一试便知。"

云皎的笑容顿时僵硬在脸上了，就在她愣神之时，绯悠闲已经拎着她的衣领，一路拖着向妖林走去，厚厚的积雪上，被云皎的身体拖出了一道长长的痕迹，她手忙脚乱地扑腾着，痛哭流涕地求饶："姐姐姐姐，你放了我吧，我发誓以后再也不跟着云初末了，我一定弃暗投明，洗心革面，重新做人！"

绯悠闲一阵头疼，耳边嗡嗡响个不停，她顿住脚步，警示地看了云皎一眼："再多说一句，我就把你的舌头割掉！"

云皎立即捂住了自己的嘴巴，可怜巴巴、眼泪哗哗地望着绯悠闲，小心翼翼地建议道："姐姐，其实我自己也可以走的，你不用费那么大力气。"被绯悠闲又警示地看了一眼，她连忙补充道，"我保证不逃！"

绯悠闲不可忍受地闭了闭眼睛，松手把她放下来，云皎顿时趴在了雪地里，又很坚强不屈地站了起来，趁对方还没回过神，前一刻还信誓旦旦说不会逃跑的某人，立即抓住时机朝着雪域的悬崖边跑去，一边跑着还回头不服气地说道："你自己去吧，我才不要去送死呢！"

绯悠闲站在原地一动未动，她的视线随着云皎移动，恍惚闪过一丝疑惑，只见云皎迅速地跑到悬崖边，前一刻还沾沾自喜地仰着笑脸，转过头见到下面的万丈冰渊，立即惊恐地瞪大了眼睛，连忙刹住脚步，可惜她冲得速度太快，雪地里的路又太滑，又一次朝着冰渊跳了下去。

"姐姐，救我……"冰渊下传来云皎凄然惨烈的求救声，绯悠闲不紧不慢地迈着步子，走到悬崖边上，目光冰冷地望着坠落的云皎，丝毫没有搭救的意思。

云皎在半空中手忙脚忙地挣扎着，好让自己坠落得慢一些，为绯悠闲争取时间下来救她，但见到上面的那一个身影，一动不动地站在悬崖边上，似乎打算袖手旁观，她害怕委屈得都快哭了，心想着这下完了，没被绯悠闲扔到妖林中喂妖狼，却掉进雪域底下喂雪雕，怎么样都逃脱不掉当食物的命运！

她认命地闭上了眼睛，不满地埋怨："都怪你，云初末……"

话音刚落，她就被人揽过了腰身，小心轻柔地抱进了怀里，呼吸间尽是熟悉好闻的幽香，她赶紧睁开眼睛，立即见到云初末阴柔精致的脸近在眼前，云皎欢天喜地地动了几下，感动得都快哭了："云初末云初末，我就知道你会来的……"

刚刚逃过危险就过来闹他，云初末的眼眸里尽是宠溺的笑意，语气故意挑了一下："哦？那你刚才在怪我什么？"

云皎立即想起自己刚才的混账话，连忙改口："没有没有，主要还是想念你的名字！"

云初末忍不住低笑出声，又没好气地斜了她一眼，不过也没有拆穿她的意思，他们一起飞跃到了悬崖之上，云初末的面容里敛着潋滟的笑意，不紧不慢地说道："小皎似乎瘦了许多，当真是受苦了。"

云皎立即坚定地点头，愤怒地控诉道："何止是受苦，我我……我最近过得简直惨绝人寰！"

现在有了靠山，她不满地瞥了绯悠闲一眼，又迅速地转向云初末，吧嗒吧嗒地说了一大堆，旁征博引，添油加醋，誓死要把绯悠闲说成一个蛇蝎心肠、恶毒无比的妖，而她就是在这么艰苦卓绝的环境中，与绯悠闲斗智斗勇，好不容易才保住了一条小命。

绯悠闲不可忍受地闭上了眼睛，背着手侧过了身体，倒是云初末很有兴致，笑吟吟地听她绘声绘色地说了一堆，丝毫没有打断她的意思。最后绯悠闲终于受不了转过了身，声音孤冷生硬："长离，我有话要对你说，可否移步？"

云初末这才将目光转到绯悠闲身上，仇人相见，他们之间的氛围却平静得有些诡异，甚至面对绯悠闲的请求，云初末不紧不慢地点头，清淡地回答："好啊。"

云皎的小身板顿时僵住了，望着一前一后离开的两个人，可怜巴巴地嘟起了嘴，他们不是应该打上一架吗？再战上几百个回合，直杀到惊天地，泣鬼神，最后不是你死，就是我亡？

见到现在情景，她很是消沉地耷拉着脑袋，与此同时，一个很严重的问题跳进了她的脑海，云皎下意识地捂住了自己的嘴巴，望着绯悠闲和云初末甚是客气的身影，立即惊恐地心想，她刚才没说错什么吧？

雪域深渊的木屋中，云皎坐在门口，不时回头看一下屋子，但见里面仍是毫无反应，她不由得郁闷地撑起了头，望着外面飘摇的雪花发呆。

已经整整半个时辰了，云初末和绯悠闲在里面谈论事情，都没有将要出来的迹象，也听不到打斗的声音，回想起自己从前说过的混账话，她的表情又消沉了许多，讪讪地耷拉着脑袋，觉得有些心虚，她又坐了一会儿，还是没有等到云初末出来，不由得大大地哼了一声。

说什么，说什么，有什么好说的！云初末难道就不担心她吗？要知道这个地方距离妖林那么近，万一她胡乱跑时遇到了妖怪，被生吞活剥吃掉了，云初末以后可就见不到她了！

好吧好吧，就算云初末真的一点儿都不在乎她，可是他难道就不担心明月居里的那些锦鲤吗？现在正是冬天，如果没有人在家里喂食，它们一定会饿死的！还有那几株瘦梅，从初春时就开始病恹恹的，她不在的时候，云初末肯定不会理会它们，也不知道现在好了没有！

想到这里，云皎再也坐不下去，她气哼哼地站起身来，脚步生风地朝木屋走去，抬手将要敲门的瞬间，又硬生生地忍住没有敲下去，委屈地耷拉着脑袋，闷闷不乐地走了回去。

回想起自己曾经说过云初末怎么人面兽心地虐待她，她又想怎么剥皮抽筋、喝血食肉地报复他，以及向绯悠闲信誓旦旦地保证过以后要怎么弃暗投明，重新做人……云皎很是苦恼地捂住了自己的脑袋，委屈至极地撇了撇嘴，云初末怎么还不出来，难道真的一点都不在意她会被妖怪吃掉吗？

而此时的木屋里，云初末正懒洋洋地靠在木桌旁，被绯悠闲冰冷的目光直勾勾地注视了半个时辰，那张万年不变的厚脸皮上仍旧没有什么异色，见对方丝毫没有要开口的意思，他漫不经心地打了一个呵欠，垂下眼皮一副精神困顿的样子。

良久之后，绯悠闲冷冷开口："你该知道，我找你来是为什么事情。"

云初末又打了一个呵欠，同时舒服地伸了伸懒腰："很抱歉，我不知道。"

听到他这样的回答，绯悠闲的脸色沉郁了许多："一百年前，被你杀死的那个人，他是无辜的。"

云初末惊了一下，故作疑惑问："有这事，我怎么不记得？"

对上绯悠闲想要杀人的目光，又拿着折扇敲了敲自己的唇瓣，懒洋洋道："死在我手里的人多了，若是每个都记得，那么我现在已经死了。"他顿了顿，满不在乎继续道，"记的东西太多，累死的。"

"你……"绯悠闲恨得咬牙切齿，周围的气氛顿时下降到冰点。

云初末见此情景，立即对她露出一个春光灿烂的笑脸，阴柔精致的脸颊划过一抹算计："我知道有一种方法，能够令那个人复活，这要看你怎么选择了。"

绯悠闲冷哼了一声，显得十分不屑："你以为我不知道吗，幻梦长空之境只是长离剑中的一个异域，纵使我愿意献出灵魂，也无法改变宿命的结果。"

小心思被拆穿，云初末很不是滋味地扯了扯唇角："忘了告诉你，其实那个人他是不该死的。”

“你说什么？”绯悠闲的神情一滞，连望着云初末的目光都阴寒了许多。

云初末的折扇在手中转了一圈，很是耐心地解释道：“还不明白吗？你和那个人之间的变数是我，倘若你当初没有盗走我的东西，你和他都不会死在我手上。”

绯悠闲有些震惊，过了片刻，她才试探地问：“如果真的如此，我与他的结局将会如何？”

云初末的折扇一转，双手负在后面，侧身看向了妖林的方向，向来玩世不恭的神情难得有些认真：“那片妖林里的东西，你知道是什么吧？”

绯悠闲听此大惊，不由得失语道：“这怎么可能，我与他毫无瓜葛……”

云初末不甚在意地笑了，用淡淡的声音道：“你是与他毫无瓜葛，不过那个人却与你们妖界联系甚密，谁能想到呢？妖王拼尽全力封印的尸骸，居然在万年之后还会苏醒过来，并且依靠吸食的妖力逐渐强大自己，甚至准备冲破封印，将当初的那场灾难重新带到人间来。”

绯悠闲一时间愣住了，她没有参加神魔大战，不过她却是知道那片妖林里封印的到底是什么东西，万魔之王凌帝襄，没有人知道他是何时创生，也没有人知道他是从哪里来，他就像一个从天而降的恶魔，只为将灾难和噩梦带给三界生灵，万年之前，便是他联合大魔女战姝好向天界发动进攻，举手投足间几乎毁灭了大半个天地。

后来魔界将爪牙伸向妖界，妖王与凌帝襄大战了七天七夜，最终与他同归于尽，并将其封印于妖林之中，没想到一百多年前，被封印的尸骸竟渐渐有苏醒的迹象，魔气笼罩了整片妖林，将周围身负妖力的妖怪统统吸食干净了，如今的凌帝襄已经足够强大，终有一日会破除封印而出。

想到这里，她带着审慎的眼光打量着云初末，怀疑道：“当初你与他也算是半个同盟，他复活重生，对你来说难道不是更好吗？”

云初末细不可闻地轻哼了一声，缓缓说道：“长离剑只听从主人的命令，至于其他的人，与我并没有关系。”他顿了顿，又继续道，“更何况神魔大战已经结束，现在不是很好吗？谁会愿意打破平衡，去追溯万年之前的事情？”

绯悠闲见他如此回答，下意识地问道："你打算怎么做？"

万魔之王凌帝襄即将苏醒，到时候势必又会引来三界的动荡，身为创世灵剑的长离不会不理吧？毕竟这片天地还是他的天地，无论他再怎么冷漠绝情，甚至对自己的主人都未曾在意保护过，也不可能真正做到袖手旁观，任凭凌帝襄将万物生灵再次推向万劫不复的毁灭之地。

想到此，她愣了一下，一百多年前，消失已久的长离剑灵忽然现世，而且不惜消耗自己万年的修为去凝聚人类的精元，这么说，凌帝襄的苏醒，其实是和那个人有关吗？她看向了云初末，目光中带着几分冰冷和警惕，似乎在等候对方的回答。

然而云初末只是漫不经心地抚着衣袖，整个人显得慵懒至极："该怎么做，这是你们的事情，我脱离三界已久，并不想去管没有必要的闲事。"

对于这样的回答，绯悠闲不由得觉得可笑，万物之源的创世灵剑，连天地从某种意义上来说都是他的，他居然说自己脱离三界已久？闲事？只要是发生在这个世上的事，不论过去，现在，抑或是将来，对于长离剑灵来说，永远都不可能是闲事。

她微微顿首，声音一如既往地生硬："你敢说，凌帝襄的苏醒，和你没有关系吗？"

云初末闻言淡淡瞥了她一眼，语气听起来有些孤傲："他醒，或是不醒，三界亡，或是不亡，与我有何关系？我只是做自己想做之事，便是为此付上巨大的代价，哪怕天地都因此毁灭，只要我在意的那个人还是好好的，那么我所做的一切，就是值得的。"

绯悠闲望着他，一时间惊愕得说不出话来，她有些哑然，不知所措地说："你……可你是长离剑灵。"

云初末细不可闻地轻哼了一声，语气依旧漫不经心，却隐约有些苍茫和孤独："那又如何呢？就因为我曾是创世灵剑，便要不顾自己及所爱之人的死活，去阻止可能发生的灾难吗？没有哪个人从一出生就注定着牺牲，人人都有追逐美好的权利，我为何不能？"

他顿了顿，慢慢垂下眼帘，似乎在确认着什么："这个世上，已经没有什么长离剑灵了，旁人要牺牲自己，要成全所谓的大义，那是他们的事，我只想苟安于人世间，陪伴心里的那个人，长长久久地活着……若是有一天，你们眼中所谓的灾祸，会危及我想要守护的那个人，长离剑必会呼啸而出，纵使同归于尽，也绝不会给人伤害她的机会。"

屋中的气氛静静的，绯悠闲怔怔地注视着云初末，恍惚觉得他与从前有什么不同了，她沉默了片刻，缓缓开口："你为何会跟我说这些？"

云初末看了她一眼，微微笑了，他的神情若有所思："也许，我们是一样的吧。"

上古时期的那场大战，无论九重天上的神族，幽冥之渊的魔族，还是密林之中的妖族，但凡和那件事有点牵连者，无不是重伤陨灭，或是沉睡消隐。因此能够在这个天地间，遇到那个时代活过来的生灵，不管对方是同伴，还是仇敌，都会有种难以言明的羁绊。

听到云初末的话，绯悠闲的神情有一瞬间的触动，然而语气里却依旧波澜不惊："你该知道，只要有长离剑在，关于你的争斗就永无止息。"

上古魔剑，长离未离，得之即可以叱咤三界，就算死后坠入修罗地狱又如何？还不是有人争先恐后，费尽心机地要去抢夺？自己本身就是一个灾难，又如何能在动荡不安的局势中，保护那个人的安好？

云初末闻言静默了片刻，轻轻道："若真到了那时，我会带着长离剑回到混沌之井。"

想要封印自己吗？绯悠闲细不可闻地轻哼了一声，语气生冷："想必你已见过阴姽婳了。"

云初末自然明白她话中的意思，清俊的唇角泛起些许自负傲慢的笑意，他侧过了头，看着绯悠闲不紧不慢道："你看起来似乎不太了解我们，只要灵剑自己不愿意被解封，就没有人可以强迫我们，阴姽之所以会出现，是因为她想，而不是有谁让她出现。"

想起阴姽婳，绯悠闲忌惮地皱了皱眉，警惕地问："她为什么而来，为了杀我吗？"

云初末不甚在意地笑了，云淡风轻地回答："谁知道呢？或许是为了我，或许是为了妖林中被封印的东西，总归不会来杀你，阴旎婳虽会维护主人，不过既然已经放任不管了，说明她已不在乎那个人的生死，更不会来为他报仇。”

他顿了顿，似是嘲讽般轻哼了一声：“要知道，阴旎可是我们中最有怜悯之心的灵剑呢！”

对于这样的说法，绯悠闲没有反驳，当初得到阴旎剑的那个妖怪确实是无恶不作，为了获得强大的力量，不惜四处残害无辜的人类，最后居然把杀戮的矛头指向了妖族同伴，如果不是那个妖怪自寻死路，跑到雪域来挑战她的话，她自然也不会管这样的闲事，不过想起数年前的那场大战，身为剑灵的阴旎婳确实没有现身保护自己的主人。

疑惑被解开，绯悠闲对云初末放下了警惕之心，于是最后问道：“告诉我，沈阙的宿命是什么？”

见绯悠闲终于被自己说动，云初末的俊脸上露出了胜利的笑容，小眼神晶亮到放光：“我曾用轮回石查探过他的宿命，若非牵扯到当年的那件事，他会被终生囚禁在齐国王宫，虽然郁郁寡欢，倒也可以安安稳稳度过一生。”

他顿了顿，话锋一转道：“不过……既然事情已经发生，你与他的命轮皆因我被破坏，能出力的，我会尽力去弥补，为他追求一个好的结果，只是幻梦长空之境里发生的事情，终究不是我所能控制的，若是不如人愿，你也不要怪我。”

绯悠闲望着他，顷刻明白了云初末的话，倘若当初她没有盗取长离的精元，也没有跟他发生那一场大战，她最后会被妖林中的凌帝襄杀死，成为组成他的一缕力量，而沈阙亦能逃脱齐国与楚国的兵乱，终其一生被囚禁在王宫内，安度余生。

可是现在，他们的命轮因长离被毁，如果她肯献出自己的灵魂，在幻梦长空之境里，或许她还能搏一搏，试着改变沈阙命途多舛的人生。想到此，她的眸光微动，向来清冷的神情中有些欣喜和释然，像他那样美好的人，理应有一个美好的结局，倘若宿命不仁，非要降祸于他的话，便由她来为他争取一个好的过程和结果。

她还记得沈阙曾经说过的话，他说人的孤独只来源于自己的内心，如果内心是空无的，即使身处在多么热闹的环境中，他都是孤独的。

她没有告诉沈阙，其实对于妖怪也一样，她从创生时起，孤单地活过了数万年，看了无数遍春暖花开，又看了无数的雁去冬来，茫茫天地间，那些人类以为永恒的东西，对她而言，只是从心间缓缓流过的一段漫长的岁月。

金钗沽酒，塞上雄鹰，她走遍天涯，踏过海角，却终究无法让自己的心安定下来，红尘滚滚，辗转千万年，足以让桑田变成好几次沧海，又能让沧海变回好几次桑田，寻寻觅觅之中，她却始终感到孤独，不知自己该前往何处，也不记得自己曾经到过何方，直到有一天，她遇到了那个温暖美好的他。

在过去的一百多年中，她发现自己总是想起沈阙，想起他走在自己身边温雅的身影，以及阻止她伤害人类时倔强的神情，她很想有那么一个人陪伴在自己身边，很想再一次见到沈阙跟他说说话，后来她遇到了一缕孤魂，那个人化成的鬼魂告诉她，这种情绪叫作思念。

这是思念吗？

或许是吧。

没有谁能在那般坚定倔强的维护中，始终保持一颗冰冷僵硬的心，明明只是一个人，脆弱易折，甚至她动一动手指就能让他死无数回，明明只是一个呆子，读了几本破书，就以为找到此生此世最为挚真的信仰，并且为此不惜献出生命。人类，是她讨厌的人类，人，是她讨厌的那种人，可是不知道为什么，她就莫名其妙地记住了，再也忘不掉了。

想她这一生，也算是活得轰轰烈烈，甚至三界内至今还在流传着她的传奇，可是那些事每当回想起来，她却总是提不起精神，说到底，打败谁，成为谁，这些终究都不是她想要的，她心里渴望着的，不过是能有那么一个人，陪伴在自己的身边罢了。

还记得曾有一回，她走到穷乡僻壤的山林，一个人女人给她递了一碗水，她看着那个女人洗衣煮饭，忙来忙去，竟生出一丝异样的感觉，倘若她不是妖怪，或许也将会拥有这样的人生，辛苦操劳，丑陋而短暂，却也因此过得平和而安宁。

世人常常追求所谓的长生不老，殊不知，一个人活得久了，也会累的。

永恒生命带来的，是另一番困扰和执念，她从来都不知道自己生命的价值，好像天地把她创生出来，那么她便活着，天地没有把她创生出来，那她也无所谓，有很多事，即使不做，也没有什么影响，即使做了，也没有什么意义，因为眼前这小小的一寸时光，相较于未来的千万年而言，不过沧海一粟，反正总会在岁月里消失抚平的。

可是现在，她为自己的生命找到了一个意义，那便是用这灰白的魂魄，换来沈阙灿烂辉煌的一生。

这样值得吗?

应该是值得的，至少她是这样想的。

绯悠闲沉默了良久，缓缓开口："念在你我相识一场，答应我一件事。"

云初末点点头，很是干脆："你说。"

绯悠闲看向了云初末，她的神情平静而柔和："我知道若是利用长空之境更改过去的话，会令你受到反噬，不过……我希望这一世的沈阙，别再那么善良了。"

云初末思考了一会儿，答应道："好吧，我先准备一些东西，三日之后，再为你画骨重生。"

绯悠闲默默颔首，算是答应了下来，在云初末迈步朝门外走的时候，又开口唤住了他："长离……"她垂下眼帘微微笑了，不紧不慢地说着，"或许我该叫你另一个名字，不管如何，谢谢你，现在的你和从前，当真有很大的不同。"

云初末背对着她，神情间有一瞬间的停滞和恍惚，很快又伸着懒腰打了一个呵欠："以前的事，我已经不大记得了，也希望你……不要再跟云皎提起。"

目送他打开门走出木屋，绯悠闲细不可闻地轻哼了一声，时间当真能改变许多东西，连天下霸道的长离剑都已有了牵挂，那么神话也将不再是神话。

云初末走到木屋外，垂眼见到云皎靠在门口角落里睡着，她的身体下意识地缩成了一团，看上去又小又软，可爱至极，他不由得勾唇笑了笑，蹑手蹑脚地接近，凑到跟前喊了一声："小皎！"

云皎吓得激灵了一下，立马从幸福的美梦中惊醒过来："啊？谁啊！"

抬眼见到云初末一脸坏笑的表情，她简直气得要跺脚，水汪汪的眼睛瞪着他，愤怒地指责道："你做什么！"

云初末伸出手勾了一下她的唇角，漫不经心地看了一眼，立即嫌弃地蹭了蹭她的衣襟，嘁嘴道："你居然还流口水，啧啧。"

云皎顿时不乐意地大哼了一声，扯过云初末的衣摆往自己脸上胡乱擦了擦，引得云初末一下子跳了起来，很夸张地往后退了一步尖叫着："哎呀，死云皎！你又来糟蹋我的衣服，看我不打死你！"

云皎愤怒地大哼了一声，立即扭过头，双手撑着脑袋郁闷地生气，这世上有哪个姑娘整天被人嘲笑打击，被人当奴才使，还时不时地担惊受累拍马屁？她的人生怎么被她过成这个样子，单是想想就觉得好凄凉！

云初末掸了掸自己的衣摆，侧首见到云皎一脸消沉的模样，不由得挑了挑眉，坐到了她的旁边，试探地喊了一句："小皎？"云皎不乐意地嘟着嘴，又负气哼了一声，依旧撑着头不愿意理他。

云初末看着她独自生闷气的样子，顿时忍不住笑了，侧身撞了她一下："云小皎。"

正在思考人生大事的云小皎，差点被他刚才那一下子撞趴在地上，她转过头，绷着脸没好气地回应："干吗？！"

云初末单手撑着太阳穴，偏头注视着云皎，懒洋洋地问："最近有没有想我？"

云皎扭过头，只留给他一个后脑勺，闷闷地回答："我为什么要想你？"

云初末挑了挑眉，扳过她的脸，微凉的手指勾着云皎的下颌，目光如炬地望着她："真的没有？"

云皎有些心虚地扯了扯唇角，讪讪回答："没有。"

"这样啊……"云初末意味深长地说了一句，作势要起身，"那我走了，你自己留在此处，想来也不会遇到什么危险。"

云皎一愣，脑中的某根弦触动了一下，她赶紧抱住云初末的腰身，死缠烂打地拖着不让他起来，连声求饶道："云初末云初末，我知道错了……"

云初末脸上带着得意的笑意，挑着声音："哦？我怎么不知道你哪里错了？"

云皎委屈地撇了撇嘴，眼睛里似乎还噙着泪花，小心翼翼地嗫嚅着："其实，是有那么一点想的……"

云初末意味深长地哦了一声，啧啧惋惜道："原来就那么一点……"说完，又作势要起来。

见对方还是要把她丢下，云皎整个人都扑在他的身上，飞快地改口："不是不是，是很多……云初末我真的好想你啊……"

她说想念的瞬间，云初末的脸上荡开了最灿烂的笑容，他垂首望着云皎，似乎有些失神，喃喃地轻念着："其实，我也很想你。"

"嗯？"云皎的耳朵最尖，还以为自己听错了，从他的怀抱里爬起来，水灵灵的大眼睛好奇地看着他，"你说什么？"

云初末顿时回神，他的唇角勾了勾，伸手宠溺地刮了一下她的鼻尖："你饿不饿？"

云皎一听说这个，小脸顿时皱成了苦瓜，看起来要多委屈有多委屈，好像十几年没吃过饭似的，嘟着嘴凄惨地回答："饿！"

这句话说得倒是真的，她自从被绯悠闲抓来至今，只吃了一顿烤鱼，其他的时间都是在睡觉，一连几天没有进食，肠子饿得都快打结了，难怪连云初末都说她瘦了。

云初末露出温柔的笑意，一只手搭在云皎的肩膀上，把她揽了起来："走，带你去吃饭。"

云皎差点双眼放光，欢天喜地的同时，还不忘趁机建议道："云初末，我知道这里的烤鱼特别好吃……"

云初末脸上的笑意瞬间荡开，斜斜地瞥了她一眼，温言回答："好啊，那等我们离开时，记得多抓一些，回家继续吃。"

云皎闻言慢慢顿住了脚步，迟疑地问道："云初末，我们现在……不走吗？"

一开始她以为绯悠闲把她抓来，是为了找云初末报仇，可是看两个人相见时客气的场景，似乎并不是这样，既然绯悠闲已经把云初末引来雪域，却没有为沈阙报仇，那么剩下的就只有一种可能了。

云初末自从为银时月画骨重生之后，身体便因天谴和反噬之力受到重创，虽说后来得到了霍斩言的灵珠，使得伤势恢复了不少，但已经不能再和从前相比，想当初银时月的一缕魂魄就让他伤重如此，绯悠闲生前的修为和银时月不相上下，现在还保持着完整的魂魄，想也不用想就知道反噬之力会有多严重了。

云皎想到此，顿时吓得心惊肉跳，她下意识地拉住了云初末的手，语气里竟然带着祈求：“我们走吧，云初末，我们现在就回去吧。”

云初末一愣，垂眸看了看云皎拉着自己的手，神情中有些许晦暗不明，片刻之后，他抬眼注视着云皎，温柔暖暖地笑了，伸出另一只手抚摸她的头：“别怕，等这里的事情办完了，我们就回家。”

“可是……”云皎欲言又止，心里总是感觉空落落的，眉目间已经掩不住担忧和害怕的神色。

面对云皎的迟疑，云初末恍若未见，故作轻松地一把揽过她的肩膀，举止恶劣地把云皎搂在怀里，笑得满面春风道：“我现在也有点饿了呢，你说的那种烤起来很好吃的鱼，到底在哪里呢？”

云皎顿时不服气地嘟起嘴，不乐意地白了他一眼：“抓来的鱼只能留给我吃，你想都不要想！”

云初末笑得妖娆无比，斜斜地瞥了她一眼，故作吃惊道：“哦……原来你能吃这么多！”

“那是当然啦！”云皎一想起最近这段时间遭受的非人待遇，就忍不住气得跺脚，“你试试一连几天只吃两条烤鱼，几片树叶，哦，还有好多灰土！”

云初末忍着笑，惋惜地啧啧了几声，立即附和道：“你真是受苦了。”

被同情的云皎小脸皱得像苦瓜，一发不可收拾地以为自己遭受了三界内最惨绝人寰的对待，神情消沉凄楚，嘴巴嘟得可以挂油瓶，同时还在愤愤地想，绯悠闲这个可恶又可恨的妖，居然这么对待一个可爱又可怜的小姑娘，简直……太气人了！

一个时辰后，云初末把刚烤好的鱼翻了个身，看了一眼狼吞虎咽全然不在乎吃相的云皎，不由得微微笑了，没好气地打击道：“你到底是有多饿？”

被云皎愤怒地瞪了一眼之后，他很识相地收回了视线，专心致志地烤鱼去了，片刻之后，慢条斯理地问：“小皎，那个女人……绯悠闲有没有跟你说什么特别的事情？”

云皎吃鱼的动作一顿，抬起头：“什么特别的事情？”

听到这样的回答，云初末这才放下心来，握拳轻咳了一声：“没，没什么。”

云皎甚是嫌弃地撇了撇嘴，看云初末的眼神就像是在看专挖人祖坟的盗墓贼，她把剩下的鱼骨头随手丢开，小心翼翼地凑到云初末的跟前，目光如炬地盯着他：“云初末，你是不是做过什么亏心事？”

云初末一愣，下意识地抬手敲了一下她的头，无比恶劣地坏笑着：“我做什么亏心事，也比不上你这个前世女山贼。”

“你你你……”见他又提起了自己前世是女山贼的事情，云皎气得咬牙切齿，愤愤地吼道，“我才不是女山贼！”

云初末单手撑着下巴，漫不经心地嗯了一声：“你不是女山贼是什么，难道是女强盗？”

云皎气得说不出话来，郁闷地抱着自己的膝盖，盯着金黄香嫩的烤鱼，嘟着嘴消沉地问：“云初末，如果我的前世是那么坏的人的话，你当初为什么要收留我？”

云初末一阵静默，没好气地白了她一眼：“我早说过了，当初是你抱着我的腿，死乞白赖求着我收留你的，嗯……大致是因为我比较善良，所以不计前嫌地救你一命了。”

某人的话简直恶劣到无耻，这世上怎么会有云初末这么厚脸皮的人，云皎只觉得完全听不下去，连忙插嘴道：“你的鱼烤好了没有！”

云初末露出吓呆的表情，拉长了声音：“都吃这么多了，你还吃啊？”

“当然啦！”云皎一把夺过插鱼的树枝，狠狠嗅了一下，欢天喜地地吃了起来。

云初末嫌弃地撇了撇嘴，转头注视着面前的火光，用淡淡的声音开口：“云皎，你还记不记得自己曾经说过的话？”

云皎还在专心啃鱼，闻言抬起头，瞪着水灵灵的大眼睛：“什么话？”

云初末自嘲地扯了扯唇角，黯然垂下了眼帘，缓缓摇头：“算了。”

约定之期已到，今日便是云初末给绯悠闲画骨重生的日子，云皎心里还是有些担忧，见云初末迈步正要走进木屋，她下意识伸手拉住了他的衣袖，用迟疑的语气道：“云初末……”

云初末的脚步一顿，看着她微微笑了，眼眸中波光潋滟，像是敛着一泓深沉的秋水，他随手揉了揉云皎的脑袋：“不会有事的，乖乖在这里等我。”

他说完就迈着步子走进木屋了，留下云皎注视着紧闭的木门，身形萧索，久久都不能回神，雪域的寒风刺骨冰凉，渗进屋檐的雪花落在颈间，云皎忍不住打了一个寒战，又看了一眼木屋，见外围已被云初末用术法封印住，根本听不到里面的动静。

她这才在门口坐了下来，双手撑着下巴，神情之间全然见不到前两日的嬉皮笑脸，更多的是微不可察的落寞与哀伤。明明知道会受伤，为什么还要逆天而行呢？

这个问题，她始终没有勇气去问云初末，因为即使问了，他也不会认真跟她说，不过是东拉西扯，最后把这样的话题跳过去，再不然就是乱说一通，把她气到跺脚不愿意理他，他也因此落得清静，除此之外，或许就连她自己都不愿意去面对那个可能的答案吧。

许多年以前，在她不知道的那片赤红的花海中，一个紫衣尊贵的男子深情拥抱着怀里的女子，清俊的眉目悲痛而哀伤，他在喃喃轻念着她的名字，神情之间竟是那般珍惜，可是那个女子还是死了，与她一起埋藏的还有关于魔剑长离的过往，以及他们曾经一同走过的时光。

姝妤……姝妤……明月居中悄然划过百年，她从不知道原来自己与云初末之间还有另一个人的存在，即使那个人已经死去了许多年，即使那个人已经消散在天地间，他却还是那么深，那么痛地把人家放在心里。为什么不告诉她呢？为什么不跟她提起呢？在长离与姝妤的故事里，她到底只是一个路人罢了，或许，连当路人的资格都没有。

心？那是什么东西？或许曾经是有的，从她死去的那天起，我的心就已经跟着死了。

在梦境里，她看到了不一样的云初末，残忍嗜杀，甚至连她都会感到害怕，原来这么多年，云初末便是这样过来的，那一刻，她只觉得心痛，可是又不知道该做些什么才能宽慰他的心，那个人死了，他的心也跟着一起死了，要该怎么努力，才能令已经死去的心重新感受到她的存在，和这世间的脉脉温情？

她想起在过去的很多时候，云初末总是站在阁楼的雕窗旁，注视着夕阳发呆，身姿落寞而孤独，全然不是他平时恶劣使坏的模样。那时的他，在想些什么呢？那位死在他怀中的姑娘，还是那天的花海中，染红天际的似血的残阳？

世人常常会说哀莫大于心死，她从不知道那是一种怎样的感觉，最多不过就像云初末这样，保持着渺茫的希望，却又要一次次面对失去挚爱的悲伤。

他不惜损耗万年的修为来凝聚精元，后来更是为了夺回被绯悠闲抢走的精元，几经生死，差点赔上了性命，现在呢？一次次地替人画骨重生，一次次地承受重创，在获取灵魂和自己的安危之间，他竟毫不犹豫地选择了前者。

有时候，她真是羡慕那个叫作姝好的女子，看着云初末重伤昏迷时低声呢喃的模样，那一刻，简直羡慕到嫉妒。

可是云初末又知不知道呢？在他为姝好出生入死的时候，一直有个人陪伴在他的身边，会看到他受伤掉眼泪，会望着他承受天谴和反噬担惊受怕，她只是云皎，一个身份不明、前尘不知的人，因他的一时好心收养有幸保持年轻的容貌，甚至又何其有幸，云初末能允许她陪伴在自己的身边。

悠悠百年，她不知道云初末在自己心目中究竟占据着怎样的位置，不过她却是知道，至少他受伤，她会难过，他不见，她会着急，若是有天他死了，或许她会像绯悠闲一样，走遍天涯海角，等到走累了，不想再流浪下去，她的生命也该就此终止了。

可是对于云初末而言，她又是什么呢？每当遭遇危险，看到云初末赶来救她的时候，她就会莫名地感到欢喜，她是那样害怕自己被云初末丢下，在这个世间，她只认识云初末一人，也从来只在乎他一个，这份唯一在云初末看来还是不够沉重吧，他的世界还有另一个人的支撑，即使没有她又会怎么样？只要还有一丝希望在，他就永远都不会停下自己的脚步。

雪域的风渐紧，乌云密布爬上了天空，茫茫天地之间，滚滚的浓云像是要朝着木屋这边直压下来，乌云掩映的长空之上，依稀可以听到沉闷的雷声，云皎的心头一跳，连忙站起来跑到屋前的空地上，仰头望着四周突变的异象，俏丽的脸上瞬间变得煞白。

倘若是在明月居里，云初末至少还有结界的保护，而且长安街上到处都是人，即使会有天谴也不会太过严重，可是在毫无人迹的妖界雪域中，这里的天谴和当初毁灭银时月的雷电之劫相比，竟然相差无几。

一声巨响撕裂了长空，云皎不由得瞪大了眼睛，呆呆地望着一道雷电从天空直引到木屋上，木屋外已被云初末用灵力护住，薄薄的一层灵力看起来脆弱无比，却将那道雷电生生地挡了回去，在强大的毁灭力量之下，木屋竟然没有丝毫损坏，只是外层的灵力不受控制地轻荡了几下，随即又恢复了原本的稳定。

云皎心里害怕，望着乌云密布的天空，寒风强劲，裹着冰雪呼啸而来，像是凛冽的刀剑割痛了她的脸颊，天谴还在继续，雷电不断地袭击着木屋，恍若要将木屋里那个逆天而行的人顷刻化为灰末一般，守护的灵力每遭受攻击便紊乱一次，眼见着天谴的力量越来越强，雷电袭击的次数也越来越频繁，那道灵力仿佛受到某些指引般，瞬间向外扩增了一圈。

大雨倾盆而下，浅紫的灵力像是易碎的水泡在风雨中飘摇，天谴的力量撕裂长空，电闪雷鸣，不断地攻击着脆弱的灵力层，仿佛下一刻就能将它倾轧劈碎，云皎的心绪大乱，不知道该做些什么才能让天谴之力削弱一点，就在仓皇无措之时，一个念头忽然跳进了她的脑海里。

天谴之力不会殃及无辜的人类，如果她愿意以身体为云初末挡下天罚的话，说不定能为他减少一些痛苦，想到这里，云皎不带迟疑地走向了木屋，因外围被灵力包裹着，所以她根本进不去，只能以人类之躯拥抱着正被雷电攻击的灵力层，这就像将自己的血肉之躯直接置于天谴之下。

这个办法果然可行，在她接触到灵力层的瞬间，天谴之力便小了许多，不过加注在灵力层上的力量，也通过灵力攻击着她的身体，一阵阵剧烈的疼痛让云皎的脸色煞白，就像将血肉身躯寸寸撕裂了一般，她很不争气地流下了泪水，不可忍受的痛苦令她哽咽出声，她很害怕，很想躲在云初末的身后，可是现在，她却找不到他。

守护木屋的灵力和云初末紧密相连，所以云皎能清晰地感受到他的痛苦，反噬和天谴之力早已达到他能承受的顶峰，透过连接的意念，她看到绯悠闲的身体泛着淡淡的白光，白光之中蓬勃的生机肆意流窜，而云初末勉强支撑着虚弱的身体，为那具泥塑的身躯不断输送着灵力，阴柔精致的脸在灵力的光亮中惨白耀眼，却依旧那么清俊逼人，温柔绝艳。

感受到云皎的存在，正在施法的云初末一愣，意识到她正在做些什么，向来温和的神情突然变得暴怒："云皎，让开！"

云皎死死地拥抱着灵力层，在大雨中倔强而又决然，带着哭腔："我不！"

云初末沉沉蹙眉，所施法术正是到了紧要关头，若是此时分心，必将会遭到更严重猛烈的反噬，他强忍着疼痛以意念控制一道灵力，朝着外面的云皎打了过去，云皎只觉得一股压抑的力量向自己直扑过来，还未来得及反应就被推了出去，飞身摔倒在木屋前的雪地之上。

与此同时，回应给云初末的反噬之力陡然增强，在他的胸口沉痛一击，云初末承受不住喷出一口鲜血，森白的手指微微颤抖，依旧勉强撑着精神给绯悠闲输送灵力。

云皎趴在雪地上，望着再度被雷电猛烈袭击的木屋，她艰难向前爬了几下，放声大哭："云初末，云初末……"

不知过了多久，大雨终于停了下来，天谴所带来的雷电也逐渐失去了踪影，天空开始变得清明，只能听到偶尔来自远方的闷雷声。云皎下意识地抬起头，看到守护木屋的灵力终于达到枯竭的尽头，发出啪的一声轻响，破碎在寒风的轻拂中。

她赶忙从雪地里爬起来，朝着木屋冲了过去，此时的木屋一片狼藉，桌椅板凳的碎片散落满地，而云初末被先前的那道反噬之力震飞出去，身体撞到墙壁摔倒在角落里，唇角流出血迹，素白的衣袍上染着血污，斑斑点点，像是冬日里悄然绽放的红梅。

云皎连忙跑了过去，小心翼翼地把他抱在怀里，见云初末的双目轻轻合着，偏着头靠在她的肩上，似乎陷入了昏迷，她更是担忧害怕，带着哭腔哽咽唤了一句："云初末……"

云初末没有回应，白皙精致的脸上没有一点血色，呼吸浅淡而无力，像是一吹即散的薄雾轻纱，他的身体冰凉，细腻修长的手指如玉雕琢，从银线流云的衣袖中无力地垂出来，虚弱而又苍白。

四周寂静得可怕，即使隔着墙壁也能听到外面寒风的呼啸声，云皎下意识地把云初末往自己怀抱里揽了揽，脸颊贴着他冰凉的侧脸，低低地哽咽出声："云初末，你不要吓我……快起来啊……"

良久之后，怀里的人轻轻动了一下，紧接着她听到虚弱无力的声音，明明已经伤得这样重，却还带着玩世不恭的调笑声："我都伤成……咳……这样了，你还要我怎么起来……"

云皎听到他的回应，心中瞬间填满了欢喜，她放开云初末，焦急地捧着他的脸："云初末云初末，你醒了？"

云初末的脸色苍白，精神恹恹的，他注视着云皎的脸庞，陷入了一阵失神，片刻之后才缓缓伸出手去，替她擦去了挂在腮边的泪珠，清俊的唇角勾起淡淡的笑意，喃喃地说："云皎，真好……"

云皎不由得皱眉，一想到他竟然不顾生死，将自己置于危险的境地中，现在又来说这样没来由的胡话，脸色立即沉郁了下来，向来温软的语气也生冷了几分："受这样重的伤，居然还能活着，是挺好！"

云初末闻言缓缓笑了，苍白阴柔的容颜显得更加凄楚苦涩，他沉静地垂下了眼帘，失力靠在她的身上，语气虚弱无力几乎细不可闻，他的表情怔怔的，似乎在回想着什么，平静的眼眸里没有一丝波澜，只顾喃喃地说着："云皎，没想到你还会在意我……"

云皎愣了一下，下意识地偏过头去看云初末的脸，见他直勾勾地盯着一个方向，迷离的眼神里没有一丝光亮，便只当他是伤得太重，喃喃自语地说胡话，她架起云初末的胳膊，让他整个人都靠在自己身上，无可奈何地叹了口气："起来，我扶你到那边去。"

她把云初末扶了起来，走到木屋的软榻边让他躺了下来，由于软枕和锦被都被震飞，不知道掉到哪里去了，所以云皎坐在软榻的一旁，让他靠着自己的身体，或许这样能令云初末感到舒服一些。

一下子承受了这样厉害的天谴和反噬，云初末果然伤得很重，精神恹恹地靠着她，很快就陷入了昏睡，但是没过多久又惊醒过来，迟疑地打量着视线所及的房间，虚弱地轻咳一声，声音听起来没什么力气："云皎，这是哪里……"

云皎揽着他的肩膀，尽量保持着云初末的体温，用轻轻的语气提醒他："你忘了，这里是雪域，你刚刚才为绯悠闲画骨重生。"

云初末慢慢垂下了眼帘，脸色依旧苍白平静，他沉吟片刻，恍惚想起了方才发生的事情，于是淡淡地嗯了一声，不住地呢喃道："我有些累了，等我睡醒了，就带你回家。"

云皎抱着他，脸颊贴着他冰凉的侧脸，轻轻地回答："好，我就在这里等着，你不要睡太久。"

云初末虚弱地轻咳了一声，缓缓点了点头，身子往后一顿，靠在云皎的怀抱里，门外的雪纷纷扬扬地下着，广袤无垠的天地间，只能听得到呼啸狂卷的寒风声，云初末这期间醒过好几次，不过他现在身负重伤，连脑子也糊涂了许多，每次都要问这个地方是哪里，好在经过云皎一次次提醒，他总算记得自己正身处雪域中，然后又沉沉地睡了过去。

他仅睡了一会儿，又睁开了眼睛，冰凉的身体下意识地动了一下，动作牵扯到内伤，好像五脏六腑都被撕裂了一般，他轻咳了一声，虚弱的声音问道："云皎，现在什么时辰了……"

云皎静坐了许久，只觉得全身僵硬酸冷，却一动都不敢动，她抱着云初末，耐心回答："你才睡去不久，再睡一会儿吧。"她顿了顿，把云初末冰凉的手指拢在手心，细致地揉搓着，试图给他一些温暖，继续安抚说道，"这里很安全，不会有事的。"

云初末淡淡嗯了一声，靠在她的怀抱里，却没有再闭上眼睛，云皎感觉到他的清醒，担忧地蹙了蹙眉，用轻轻的声音问："你不想睡了吗？"

云初末虚弱地点头，勉强撑着精神，垂首注视着云皎淡绿的衣裙，又露出一个安心温暖的微笑，他不动声色地收紧手指，将云皎的手轻轻握住："云皎，同我说会儿话吧。"

云皎想了片刻，小心翼翼地问道："云初末，你觉得今年的长安会不会下雪？"

云初末没好气地闭了闭眼，语气却很是清淡："长安哪一年没有下雪了？"

云皎微微嘟起了嘴，不服气地嗫嚅着："我是说，会不会下很大很大的雪。"

云初末的目光幽凉，如玉雕琢的脸上平静如水，他沉默片刻，淡淡地说："应该会吧。"

云皎顿时来了精神，水灵灵的眼睛晶亮无比，她偏过头看着云初末，露出最讨人喜欢的无辜表情，像撒娇一般："那到时候，你陪我堆雪人好不好？"

云初末闻言缓缓笑了，无可奈何地叹了口气："你也算不小了，怎么还如此喜欢这些小孩子的玩意儿？"

"好不好吗？"云皎轻轻地蹭了他一下，很是委屈地控诉道，"以前小的时候，你也没有陪我堆过雪人啊。"

云初末的神情疲倦，却好像很享受现在的情景，所以强打着精神与云皎说话，听她这样委屈不满地抱怨自己，他的笑容顿时在眉眼间荡开："好啊。"

见他答应，云皎立即露出一个欢天喜地的表情，沾沾自喜地试探问道："你说的是真的？"

云初末轻咳了一声，没好气地道："我何时骗过你了？"

云皎连忙改口道："没有没有，云初末你向来一言既出，驷马难追，我听说凡间有个人叫季布的，最是遵守承诺讲信用，显然他和你一比，简直就差太远了！"

云初末顷刻被她逗笑了，若不是现在有伤在身，早就拿起折扇敲在她的脑袋上，他的呼吸温浅，无可奈何地叹息着："你啊，就知道口是心非。"

"哪有！"信誉惹人怀疑，尊严被人践踏，云皎垂死挣扎，极力地辩解道，"这绝对是我的肺腑之言！"

经她这么一闹，云初末紧绷的思绪顿时放松了不少，他打了一个呵欠："我再睡一会儿，你记得叫醒我。"

云皎轻轻嗯了一声，小心翼翼调整坐姿，让他躺得更舒服一些，云初末的呼吸轻浅，熟睡之中的模样温暖好看，此刻他躺在她的怀里，没有丝毫防备，云皎低下头看了云初末一会儿，又若有所思地看向了门外。

因云初末重伤，暂时还无法回到明月居，他们便在绯悠闲的木屋中住了下来，云皎忙活了几天，终于把狼藉混乱的房间整理干净，还在屋子里找到一些人类用的器皿，想来是当年沈阙住在这里的时候所留，现在正好可以用来做饭。

雪域里除了冰河中的鱼，也没有其他可以用的食材，云初末的精神一直不好，吃的东西也是少之又少，看起来还要耽搁很长时间，好在妖林中的妖怪都不怎么朝这里来，不然以她和云初末现在的情况，一只小小的山妖精魅就有可能令他们陷入困境。

这天，云皎端着刚刚炖好的鱼汤走进木屋，见云初末靠在软榻上失神，不知在想些什么，她迈步走了过去，试探地问："云初末，你的伤好些了吗？"

云初末回过神，望着她淡淡地笑了一下，随即将目光看向了云皎手里端着的碗，又轻咳道："我不觉着饿，以后只管做你自己的就好，不必端给我。"

云皎很不乐意地撇了撇嘴，走到床沿边坐了下来，撇着鱼汤上面的油花，给他盛了一勺递到唇边："你不吃饭的话怎么可能会好？告诉你，这锅鱼汤我可是炖了两三个时辰呢，你今天必须喝完它！"

云初末迟疑了一下，还是抿嘴喝了下去，又斜斜地瞥了她一眼，没好气道："你那么有本事的话，先喝完它给我看看？"

云皎顿时心虚，讪讪辩驳道："哎呀哎呀，我今天吃饱了嘛！剩下的那些全部都是给你留着的。"

云初末不甚在意地笑了，望着她撒娇耍赖的模样，苍白虚弱的面容有了些暖意，仿佛又在失神回想着什么，隔了良久才淡淡道："以后不许再做傻事了，天谴之力，岂是你能承受得了的？"

听他提起前几日的事，云皎消沉地耷拉着脑袋，低声嗫嚅道："我害怕你受伤嘛，要知道万一你有事，我也逃不了。"

云初末目光平静地注视着她，眼眸中沉寂幽凉如水，不知道为什么，每当这种时候云皎就会感觉他特别温柔，一点也不像他平时的样子，好像完全换了一个人，他顺势靠在软枕上，语气甚是清淡："只要你没事，我就不会有事。"

云皎一呆，水灵灵的大眼睛望着云初末，显然听不懂话里的意思，云初末顿时意识到自己说错了话，尴尬地握拳轻咳了一声，慢慢解释道："我是说，如果你出事，我也不会好过。”

这样的解释越描越黑，还不如不解释的好，云初末有些挫败，默默叹了口气，神情之间似乎在懊恼自己的胡说八道，云皎敏锐地觉察到他的尴尬，作为把“拍云初末的马屁”作为第一要务的她，立即端起鱼汤，忙不迭地转移话题：“再吃一些吧，若是凉了就不好了。”

云初末见她没有反应，心里果然放松了不少，他甚是疲惫地摇了摇头，闭目道：“先拿开吧，我现在还吃不下。”

炖了好几个时辰的鱼汤，对方却没有胃口和心思，云皎挫败消沉地哦了一声，闷闷地站起身，刚走到门口，抬眼就见一道人影正朝木屋这边走过来，朦胧的雪色中，只能看到一袭赤红的衣裙，在银装素裹的雪地里显得极为晃眼，她顿住脚步，等这个人走近了，才看清楚来人的面容。

黑色的羽毛绾着墨发，妖异诡艳之中，偏偏又带着清冷决然的尊贵与慵懒，曼妙优雅的身姿不紧不慢地走在大雪中，雪花落在墨发上融化成细密的水珠，她却好像浑不在意一般，依旧步调不变地前行着，不时还精神恹恹地伸手打着呵欠。

云皎顿时瞪大了眼睛，望着这个人的身影似乎看到了希望，她连忙迎上去，用甜甜的声音轻唤道：“姐姐姐姐……”

阴婉婳停住脚步，偏头打量着向自己跑过来的人，顷刻惊奇地笑了：“咦？小丫头，又是你……”

她朝雪域四周望了望，疑惑地问：“长离呢？他不在此处吗？”

听她提起云初末，云皎欣喜的小脸顿时黯然成苦瓜，嘟着嘴道：“云初末现在受了重伤，姐姐，你有办法帮他吗？”

原本以为阴婉婳的性情虽然古怪，但是对云初末也算是有些情义，这样简单的请求她应该不会拒绝，没想到阴婉婳立刻侧过身，仰着头负气一般：“不要！不懂得尊敬姐姐的弟弟，死了才好呢！”

云皎一阵头疼，连忙劝慰道：“没有啊，云初末其实还是很……在意你的。”

阴婉婳闻言立即转过身，显然被这句话所取悦，望着云皎的目光晶亮，凑过来试探地问道："真的吗？可是……我觉得他好像更在意你呢！"

云皎连忙摆手，笑嘻嘻地回答："怎么会呢！我只是他的婢女，你可是云初末的姐姐呢，我们两个之间，他当然是更在意你一些了。"

她顿了顿，斟酌思考了一下，话锋陡转："不对，不是一些，是很多才是！"

阴姽婳手指地抵着下巴，若有所思，似乎在很认真地思考云皎的话，片刻之后，露出沾沾自喜的笑容："说得也是，长离他一向最在意我。"

云皎默默呼了口气，想要哄好这位不靠谱的姐姐还真是不容易，她趁机建议道："姐姐姐姐，你现在可以去看云初末了吧？再晚一些，他可就真的没命了！"

然而阴姽婳似乎没有那么着急，反而用审慎的目光打量着云皎，慢慢道："若想要我救他的话，不如我们做笔交易如何？"

想到这个剑灵曾经把自己看作食物，云皎立即警觉地退后了一步，绷着脸色："你要干吗？！"

阴姽婳倏忽笑了，倾身捏了一下云皎的脸颊，嘟着嘴不乐意地道："这么害怕做什么，我又不会吃了你。"

云皎干巴巴地笑了两声："不好意思啊，我还真是怕呢！"

阴姽婳手指抵着唇瓣，似乎在考虑交换的条件："嗯……想要我救长离的话，那你把自己的性命交给我好了。"

"什么！"云皎激灵了一下，又往后退了两步，斩钉截铁道，"我才不要！"

阴姽婳轻飘飘地瞥了她一眼，慵懒地打了一个呵欠："这样啊，我现在就去把长离杀掉。"说着，还真迈步向前走了几步。

"姐姐！"云皎一声断喝喊住了她，小身板泄气地缩了缩，表情显得很是委屈，"可不可以换一个条件啊？"

阴姽婳的精神困顿，全然看不出担忧弟弟的神情来，漫不经心地答："没有别的条件了，你也不必担心，反正我现在又不会要你的命，或许哪天我高兴了，一不小心就把这件事给忘了。不过……你若是不答应的话，我可能真的会把你和长离都杀掉哦。”

面对阴婉婳的威胁，云皎露出最天真可爱的笑脸，不遗余力地拍马屁道：“姐姐，你看你长得那么美，修为也很高，一定笑口常开，青春永在！”

阴婉婳轻轻地笑了一声，又捏了一下她的脸：“你倒是会说话啊。”

首次得到阴婉婳的夸奖，云皎还懂得谦虚：“哪里哪里，这都是我的肺腑之言！”

她正说着，抬眼见到阴婉婳脸上的神情逐渐阴沉了下来，不由得也跟着紧张道：“怎么了？”

阴婉婳转头看向云皎，沉色问：“长离在哪里？”

对于阴婉婳的反应，云皎有点摸不着头脑，她顺势一指：“就在这间木屋里啊，不然还能在哪里？”话还没有说完，她只觉得眼前恍惚一花，随即听到巨大的碎裂的声响，一道赤红的身影翩然冲进木屋中，还将木屋的大门撞碎了好几块，一时间碎木与尘土飞扬。

云皎见此情景，不由得仰天叹了口气，很是苦恼地捂了捂脸，显然对阴婉婳这个总是不靠谱的人不太信任，不晓得把云初末交给她，到底是好还是不好。

木屋中，云初末看着突然出现的阴婉婳，又瞥了一眼被她撞坏的木门，愣了片刻，漫不经心地收回目光：“一会儿记得把门修好。”

再一次被自己的弟弟嫌弃，阴婉婳的表情要多委屈有多委屈，她注视着云初末的目光满是疼惜，翘起兰花指以长袖掩着自己的俊脸：“长离，你居然把自己弄成这个样子，让作为姐姐的我，好心疼呢！”

云初末冷冷地哼了一声，神情间淡漠而疏离：“是吗，可是在我看来，你好像很失望呢！”

他的话刚说完，阴婉婳立即换上了欢天喜地的表情，笑嘻嘻的眉目间又有些不好意思：“还真是无趣呢，居然被你看出来了。”

一只脚踏进房间的云皎听到这番对话，动作顿时僵住了，呆呆地望着这对诡异的姐弟，一时间不知道该说些什么好。上古时期活过来的人，都是这个样子的吗？

云初末和阴婉婳注视着彼此，双方对峙的局面很紧张，云皎呆呆地站在门口，望着气氛不对的两个人不知道该如何是好，虽然她认识阴婉婳的时间不长，但是隐约能感觉到云初末对自己的这位姐姐似乎有些忌惮和警觉，而阴婉婳对待云初末，时而好得不得了，时而又会莫名其妙地冷漠疏离。她稍微思索了一下，觉得大致是这两个人活得时间太长，所以感情才会有着不同于常人的微妙。

云初末面无表情地看向了云皎，语气清淡："云皎，你先出去。"云皎迟钝地啊了一声，看向云初末，又看了看阴婉婳，闷闷地哦了一声，转身走出房间。

见云皎离开，云初末才把目光转向阴婉婳，警惕地问："你来做什么？"

"这个啊……"阴婉婳的容颜里绽放出最明艳的浅笑，眼波流连婉转地望着云初末，"听说你受伤了，我来救你啊。"

云初末冷冷地哼了一声，别过头："不需要。"

见到心爱的弟弟居然这样拒绝自己，阴婉婳的神情凄楚决然，低垂的眼帘看起来都快要哭了，不紧不慢道："你现在怎么变得如此绝情，再怎么说你我也曾相伴数万年，你连自己的姐姐都信不过吗？"

云初末的脸色苍白，因为重伤所以整个人看起来都虚弱无比，然而对待阴婉婳的态度却由始至终是冷淡和强硬，他的声音温和，却也带着隐隐的威严："不管你出来的目的是什么，我警告你，离我们远一点，不然……我一定毁了你。"

阴婉婳意味深长地哦了一声，慢慢道："这个'我们'里，也包括那个小丫头吗？"

她伸手把玩着自己的墨发，唇角勾起嫣然美艳的笑意，然而眉目之中却没有一丝一毫怜悯与温情，像是一位给予启示的神女："长离，混沌之井才是我们命定的归宿，你居然为了一个小丫头抛弃了我们，姐姐还真是不开心呢！"

云初末听到此，望着阴婉婳的神情又多了几分忌惮，试探地猜测道："你为什么而来？想把我和阳炎带回去吗？"

不待阴婉婳回答，他首先冷笑了起来，声音清淡疏离："命定？什么是命定？我长离的命从来容不得别人做主。"

阴婉婳闻言蹙起了眉，看上去似乎在教训不听话的弟弟："你难道忘了赤水的诅咒？再留恋世间只会带来无穷无尽的灾难，除非三大灵剑同时被封印于混沌之井，否则我们身上的争斗和诅咒将永远无法停止，长离，你想让我们连同天地一起覆灭吗？”

天地创立之始，赤水借助三大灵剑的力量制造万物之后，由于担忧灵剑之力会危害世间，于是分别对它们下了永远也解不开的诅咒，除非三大灵剑齐聚被封印于混沌之井，否则三界的争斗将会永无止息，而关于灵剑的悲剧和噩梦也将不断重演，直到天地崩塌，万物毁去，到时候灵剑自然也就不复存在了。

这是一个极为恶毒的规定，但是却很有效地遏制了灵剑对于世间的影响，那些追求原始力量的人在打灵剑的主意之前，也要好好想一想可能会带来的后果，得到灵剑只为强大自身，然后在世间闯荡出一番功业，可是倘若连性命和天地都没有了，所有的牺牲和追求也就没有了意义，至少除了万年前的大魔女战姝好和天神临渊，还没有人愿意付出失去性命和毁灭天地这样的代价。

云初末的脸色冰冷，语气波澜不惊，听不出丝毫的感情：“我早已脱离三界，世间万物与我何干？既然赤水这般在意天地人间，当初就不该立下这样的诅咒，以为我会为了所谓的苍生，甘愿被封印在混沌之井吗？凭什么？”

阴娓嫋听着他的话有些愣神，神剑阳炎、妖剑阴娓和魔剑长离，虽创生于同一个地方，由同一个人铸就出来，然而性情却是大不相同，长离一直是他们中最深沉寡言的，甚至可以附身在魔剑中几万年都不曾现身，他对万物生灵，哪怕是自己的主人都没有什么怜悯之心。

在过去的许多年中，没有人知道他的内心，就连相伴万年的他们都不知道他在乎什么，喜欢什么，或许就连铸就了创世灵剑的赤水都不知道，附身于长离剑中的剑灵到底是怎样的一个存在，甚至她曾经想，或许对于长离来说，没有喜欢，也没有不喜欢，他从不曾在意过任何东西，所以无论发生了什么，对他来说都是无关紧要的事情。

然而现在面对这样的云初末，让她在恍惚之间仿佛触摸到了真正的长离，平静如水的外表下，掩藏的其实是一颗狂妄反叛的心，他不甘承受宿命的诅咒与束缚，即使鱼死网破也不要听从赤水的安排，天地有情，赋予万物以生命，身为万物之源的创世灵剑，又何尝不是万物的一种，为何偏偏要他们永生永世地封印在混沌之井？

一个人的生命与千万人相比，并没有什么区别，世人常常会牺牲小我来成全大局，殊不知这样的设定本身就是不公平的，他们是创世灵剑，是万物之源，然后呢？这就意味着他们要为了所谓的天下苍生，心甘情愿地被封印在黑暗深渊吗？

可是天意却还是如此安排了，不由分说，也容不得他们反抗，千千万万年之中，诅咒从未止息，就像围绕着创世灵剑的争斗从未停止，没有人告诉他们该如何才能终止自己身上的悲惨与厄运，也没有人告诉他们这诸多的痛苦与噩梦，究竟源于何处，因为从他们创生开始，便已注定了这样沉重而绝望的结局。

凭什么，凭什么呢？凭着赤水的一番苦心安排，凭着命轮的一句天道如此，木欣欣以向荣，泉涓涓而始流，这是属于万物的美好，不是他们的，创世灵剑，生来便负有毁天灭地的力量，也因此只能被封印在冰凉荒芜的幽暗深渊，这是宿命残酷无情的选择，要么以这种形式的死亡，换来某种意义上的生存，要么轰轰烈烈地活着，最后带着天地与万物一同迈向死亡。

阴姽婳微微蹙眉，用沉重的声音开口："即使你有不满，即使你不甘，那又能怎样呢？长离，不要再执迷不悟，妄图与天命相抗。"

云初末依旧没有看她，神情孤傲而清冷："天命，有人相信的那才叫天命，我从不知道什么是天命，你想被封印，你想拯救苍生，那是你的事，与我并没有什么关系。"

阴姽婳的目光冰凉，几乎带着怒意般道："我们是一起的……"

云初末细不可闻地轻哼了一声，清淡的语气里没有什么感情："从很多年以前就不是了，或者说，从我们创生的那天开始，就注定我与你们不同。"

见长离一意孤行，阴姽婳的脸色沉郁了不少，长离剑不愿回到混沌之井，这就意味着她也将得不到安宁，她冷着声音道："就算你不在意自己，那战姝好呢？逆天而行，你以为真的可以更改宿命？她注定永生永世要在地狱中受苦，即使是你，也不可能拯救。"

听到阴姽婳提起战姝好，云初末眸中的厉色一闪而过，素白的身形瞬间闪到阴姽婳的面前，带起冷风一阵，虽然身受重伤，动作却依旧敏捷迅速，他的手臂抵在阴姽婳的颈间，狠厉的力道将阴姽婳抵在背后的墙壁上，低沉的声音阴寒而威严："我警告过你，不要接近她，否则我一定毁了你。"

阴婉婳静静注视着云初末，幽静的眼眸中倒映着他的身影，片刻后扑哧一声笑了，伸手轻轻捏了一下他的脸颊，很是不乐意道：“这么生气做什么？我又不会把她怎么样……”

云初末微微蹙眉，显然对这位非敌非友的姐姐有些无可奈何，他警惕地打量阴婉婳片刻，随后才慢慢地放下了手，伤痛由于方才猛烈的动作又严重了几分，他的脸色苍白如雪，侧过身虚弱地轻咳了几声，连气息都紊乱了一些。

阴婉婳见此情景，顿时心疼得不行，诡艳的容颜里偏偏带着孩子气的清澈与天真，微微嘟着嘴：“看吧，不听姐姐的话，可是会吃亏的哦。”

云初末又咳嗽了几声，皱眉瞪了她一眼，没好气地说道：“你闭嘴！”

阴婉婳立即伸出手指覆在了自己的唇瓣上，委屈凄惨的模样就像一个无辜的小孩，见云初末艰难地移着步子走到软榻边，她趁机说道：“你伤得这样重，我来为你疗伤吧。”

云初末蜷着一条腿靠在软榻上，有气无力地闭目养神，听到阴婉婳的建议，语气淡漠地拒绝道：“不用。”他刚刚说完，只觉得身体一僵，顿时心中懊悔，居然一时大意遭到阴婉婳的暗算，现在连动都动不了了。

阴婉婳翩然走到他的跟前，倾身望着自己的杰作，得意扬扬地笑了，微凉的手指又在云初末的俊脸上捏了一把，轻笑着道：“我的弟弟还真是可爱呢，不过就是调皮了一些，这样快就忘记姐姐说的话了吗？不听姐姐的话，可是会受苦的哦。”

云初末沉沉蹙眉，绷着的一张俊脸阴寒如冰，声音更是冷得令人发抖：“阴婉婳，等我复原之后，一定砍了你的手。”

“哎呀，你怎么可以对姐姐这样凶……”阴婉婳委屈得都快要哭了，又不知死活地在他脸上捏了一把，心满意足地站直了身体，她往后退了两步，与此同时，屋内瞬间泛起赤红的灵力，地上的碎木受到驱引逐渐集聚起来，被她撞坏的两扇门很快就恢复了原样。

昏暗的房间内，阴婉婳的周围泛起赤红的气息，萦绕在她的身侧像是寂静燃烧的烈火，她的眸中闪过一抹阴狠的红芒，不紧不慢地抬起了手，来自亘古时期纯粹的力量源源不断地输送到云初末的体内，流紫和赤红的灵力缠绕纠结，丝丝缕缕地游走在半空中，屋外的云皎仰头看到了这一幕，不知不觉地怔住了神。

三天后，云皎默默地接近软榻上僵坐着的人，小心翼翼试探问：“云初末，你现在还动不了吗？”

云初末的脸色已经沉郁到极点，绷着的神情跟臭鸡蛋似的，用定定的语气答：“你说呢？”

云皎很不是滋味地扯了扯唇角，当日求阴娩婳过来为云初末疗伤，没想到这位不靠谱的大姐临走之前居然忘了把他放开，导致云初末保持着这个姿势坐了三天，到现在还无法活动身体。想到这里，她偷偷地瞅着云初末的侧脸，讪讪的心虚中又有些幸灾乐祸，这还是她第一次见到云初末狼狈挫败的样子呢，真是……太有成就感了！

觉察到云皎的小心思，云初末斜斜地瞥了她一眼，语气很不好：“你看起来好像很高兴呢！”

云皎连忙摆手，立即道：“没有没有，云初末你真是受苦了，看你现在的样子，我真是痛定思痛，痛不欲生！”

觉悟到现在正是她表现温柔体贴的好时机，云皎揉了揉两边的脸颊，把即将绽放的笑容硬生生地憋了回去，深深呼了一口气，做出痛心疾首的样子坐到云初末跟前，水灵灵的大眼睛仰望着他，露出最纯真无辜的表情：“云初末，你的身体酸不酸？”

云初末注视她的目光幽凉，随后闭上眼睛完全无视她的好意，不屑地冷哼了一声，沉着气不愿意理她，云皎顿时消沉了下来，用温软的语气嗫嚅道：“好嘛好嘛，都是我不好，我不该把阴娩婳找来的。”

她顿了顿，眼珠地狡黠一转，迟疑道：“其实你现在这个样子也很好呀，至少身上的伤已经痊愈了……”正说着，不安分的小手就朝云初末伸了过去，要知道自从看到阴娩婳捏过云初末的脸之后，她就一直梦寐以求眼巴巴地盼着能有这样的机会，可惜若是在平时的话，别说捏他的脸，就是不小心碰到云初末一下，他都会无比嫌弃地拿折扇砸她，现在好不容易等到虎落平阳、咸鱼翻身的一天，她当然要抓住时机为自己报仇雪耻了。

感觉到某个小小的身影正在向自己靠近，云初末又斜了她一眼，语气甚是恶劣："你干吗？"

云皎的手顿了一下，偏着头很认真地回答："云初末，你脸上有蚊子，我现在就帮你打下来。"

云初末收回目光，对身边这个笨蛋已经懒得鄙夷了，他挑了挑眉，阴阳怪气地调侃道："雪域里居然有蚊子，啧啧，真是吓死人了。"

"呃……"云皎语塞了一下，顿时被打击得抬不起头来，懊恼饮恨差点咬掉自己的舌头，她话锋一转，厚着脸皮立即改口，"我看错了，原来是灰尘！"

说着，又小心翼翼地倾着身体，鼓起勇气朝着云初末的脸上伸过去，云初末一动不动，眼神顺着她的手指移动，语气阴寒威胁道："你若是敢碰我，我就把你打死。"

"哎呀，是真的有灰尘嘛！"云皎很不乐意地嘟着嘴，单纯无辜的表情要多委屈有多委屈，在威胁和重压之下，小身板依旧坚强不屈地向云初末接近，望着他近在咫尺的俊脸双眼放光，极力掩着欢喜的模样，就差流口水了。

反正他现在又不能动，有没有灰尘只有她知道，即使将来云初末发觉自己被骗，没有证据也不能把她怎么样，相反，如果可以趁现在欺压虐待一下云初末，她一定做梦都能笑醒，想到这里，云皎心里狂喜，就差叉腰仰天大笑三声。

云皎沾沾自喜地打着自己的小算盘，然而她的手还没有碰到云初末，下一刻就被人死死地钳住，她的笑容顿时僵在脸上，下意识地看了自己的手腕一眼，又愣愣地转头看向恢复正常的云初末，顿时露出惊恐的表情，立即扑到他的身边，手忙脚乱地抱着他的腰，痛哭流涕道："云初末云初末，我错了，你不要打我……"

云初末的身姿华贵优雅，皎白的衣袂顺着姿势倾落下来，此时此刻，远远瞧着还真像一个风流绝艳的贵公子，他轻飘飘地瞥了云皎一眼，鄙夷的神情中又带着若有若无的笑意，故意挑着声音道："哦？我怎么不知道你错哪里了？"

云皎的心绪大乱，绞尽脑汁地为自己辩解："我我我……我也不知道！"

幸好在全都招供之前，她及时想到了借口，露出最讨人喜欢的笑脸，故作吃惊道："咦？好像又没有了呢，方才明明看到你脸上有灰尘的……"

她顿了顿，很有自知之明地跪直了身体，讨好地给云初末捶腿，趁机转移话题道："云初末云初末，你累不累？"

云初末阴阳怪气地哼了一下，显然没有被她糊弄过去，他顺势靠在软榻上，语气里带着玩味调侃："居然还想打我的脸，云皎，你的胆子可真是越来越大了。"

云皎很无辜，云皎很气愤，立即斩钉截铁地辩解："哪有，我明明只是想捏一下！"她说过之后立刻呆了，连忙捂着自己的嘴巴缩了下去，表情讪讪的，完全神游在外。

云初末意味深长地哦了一声，微凉的手指挑起她的下颌，阴柔精致的容颜露出亲和善良的笑容，纯净美好的模样就像一朵盛放的雪莲花："原来是这样啊……"

想到云初末先前要打死她的威胁，云皎顿时眼泪哗哗，可怜巴巴地望着他，无辜委屈地撇了撇嘴，小声嗫嚅道："就一下下……"

云初末挑着眉，学着她的语气："就一下下下下也不可以。"

云皎饱受打击地耷拉下脑袋，凄惨如长街飘零的落叶，乖乖地回答："我知道了。"

云初末又居高临下地瞥了她一眼，傲娇鄙夷地轻哼了一声，不紧不慢地站起身，舒服畅快地打了一个呵欠，迈步就要往外走，云皎见此，屁颠屁颠地跟在他的身边，凑到跟前问："云初末云初末，你要去哪里？"

云初末的脸色立即臭了下来，语气冰冷："阴旎婳这个死女人，我一定要砍了她的手！"

云皎被这苦大仇深的气势惊得抖了一抖，连忙道："已经过去三天了，想必她早已走远，依我看，我们现在应该去看一看绯悠闲和沈阙怎么样了。"

云初末的伤刚好，能不能打过阴旎婳还是未知数，若是到时候云初末不幸败在了阴旎婳的手下，他自己的性命难保不说，还得连累她一起倒霉，正所谓好汉不吃眼前亏，她虽然只是一个温柔体贴的弱女子，但也深知这其中的道理，天知道阴旎婳不靠谱起来会做出什么丧心病狂、惨绝人寰的事情？

云初末闻言顿住了脚步，想了片刻，若有所思地点了点头："也是。"

云皎顿时露出欢天喜地的表情，笑嘻嘻地拉住他的衣袖："那我们快点走吧，没准儿在长空之境里，沈阙和绯悠闲已经遇上了呢！”

云初末斜了她一眼，懒洋洋地打着呵欠，把自己的衣袖一寸一寸地从她手里抽出来，漫不经心地打击道：“我说过要带你进去了吗？他们能不能遇见，关你什么事？”

云皎气得直跺脚，看着云初末这要死不活的傲娇模样，特别想抓过来痛扁一顿，好在她还记得双方力量悬殊，要她去痛扁云初末，这种情况无异于鸡蛋碰石头，于是她极有智慧地想到了最有用且最常用的方法，不依不饶地抱着云初末的胳膊，使劲地撒娇来回摇着：“云初末云初末……”

云初末一阵头疼，立即露出了无比嫌弃的表情，却还是忍不住笑了，伸手敲了一下她的头，语气里尽是宠溺：“仅这一次，下一次就不管用了。”

云皎立即坚定地点头，就差举着小手向他发誓，然而心里却在很不服气地腹诽，把云初末这个人从头到脚都鄙视了一遍，每次都说是最后一次，可是明明每次都很管用，果然云初末才是最口是心非的那一个。

木屋之中，云初末颀长的身姿伫立着，他的双手负在背后，一副云淡风轻、风流绝艳的好模样，他没有动，甚至都没见到他施法，面前的空间里就出现一道奇异的细痕，仿佛把空气生生撕裂了一般，随后细痕越来越大，不消片刻就扩张成一面与人齐高的平镜，平面之上泛着淡金的光芒，依稀间还能看到来来往往的人群。

云初末不紧不慢地迈着步子走进了光亮之中，云皎也连忙跟上他的脚步，身体没入的瞬间，异域的平面也跟着越缩越小，最后完全消失了踪影，木屋又恢复了从前的平静，好像从没有人来过一般，周围冰冷寂寥，唯有屋外的寒风呼啸不止，大雪依旧纷纷扬扬地飘落着，无言的美，永恒而静谧。

第四章

江山日暮远

燕雀楼中，笙歌已起，齐国的公子沈阙出使楚国，楚王年事已高，且患有重病在身，于是把招呼来使的事宜全权交给了太子。

公子沈阙是齐王的第五个儿子，文采绝艳，武功更是斐然，深得齐王的喜爱，未及弱冠便被封邑土地，称为翌王殿下，而且此人在齐国朝廷上的势力盘根错节，实力和心智更是深不可测，自从齐楚大战之后，两国的关系日益改善，现在楚国内忧外患，太子殿下的地位更是岌岌可危，所以对于这位来自齐国的公子，楚国太子可是花了十二分的心思去拉拢。

“翌王，请。”楚国太子端起酒杯，对沈阙亲和地邀请。

沈阙此时坐在楚国太子右边的酒案旁，一袭华美的衣衫衬得整个人尊贵无比，他的身边站着两位护卫，缓缓地端起了面前的酒杯，不紧不慢地回应道：“请。”

楚国太子放下酒杯，倾身说道：“翌王此番来到楚国，可一定要多住上几日，本宫也好尽一尽地主之谊。”

沈阙闻言，漫不经心地笑了，他顺手把酒杯搁在桌子上，声音听起来温雅淡漠，却是严谨慎微，滴水不漏：“楚国地方富饶秀美，民风淳朴挚真，太子殿下诚意相邀，沈阙本该答应才是，不过此番出使贵国，是为王弟而来，父王嘱咐在身，不敢有所怠慢。”

沈阙的王弟公子昭是齐王的第八个儿子，几年前齐楚大战，齐国战败，楚国要求齐国质押一位公子，齐王无法，只能忍痛将自己的小儿子送到楚国国都，转眼之间，已经过了五年，现在齐楚两国的关系修好，思念幼子的齐王这才派遣沈阙前来，试图把公子昭迎接回去。

太子见他这般虚与委蛇的模样，心知在这种场合下，沈阙不愿与他过多交往，于是故作温和大度地笑道：“今晚设宴，只是为翌王接风洗尘，其他的事，还是要留给父王定夺。”

楚国今年春旱，田间的麦苗病恹恹的不知道枯死了多少，地方各处都在闹饥荒，国内的财政更是不堪负累，虽说齐楚两国的关系已经没有从前那么僵，但是作为毗邻之国，他们还是不得不小心，所以对于公子昭，楚国现在是不想放，也不敢放。

沈阙倒是不在意，正襟危坐的样子尊贵华然，旁边的侍姬为他添了酒，他不紧不慢地端起酒杯，回敬了楚国太子，也算是礼尚往来。

夜晚的燕雀楼，杏花纷纷扬扬地飘着，几枚花瓣落在了他的衣摆上，沈阙垂首轻拂下去，只觉得一曲终了，先前奢靡浮华的调子陡然一转，曲意冷冽煞寒，竟令人不寒而栗，他下意识地抬头望去，只见高台之上已经站着一位女子。

她的身姿曼妙，白皙的容颜在月光下吹弹可破，犹若冰雪一般，银发垂至腰间，仅用简单的银钗束发，银灰的衣裙高贵华美，舞姿亦是绝世惊艳。

周围一片寂静，大家都愣愣地望着高台上起舞的女子，就连楚国的太子殿下都折服在她的美貌之下，沈阙收回目光，环视了众人一眼，唇边浮现出若有若无的冰冷笑意，他遣退了身旁伺候的侍姬，自斟自酌地饮酒，一派优雅闲适。

伴随着一阵惊呼，绯悠闲飞跃而起，衣裙上的丝带随风飘着，她的脚步轻点，翩然落在了沈阙的面前，曼妙的舞姿倒映在他的眼前，像是绽放在午夜里皎洁的花儿，容颜冰寒冷艳，绝世临仙，正如百年前一般。

这是沈阙，她心心念念着的沈阙，虽然时隔百年，她却能清楚地记着他的眉眼，她用灵魂换取一切重新来过，这一世，不会再有黯然离别故国的质子，也不会再有雪域深渊里那场绝望的离别，是她央求长离更改沈阙的性情，让他不要再如此善良，所以从他的身上，她只能看到污浊灰暗的贪婪，以及阴毒入骨的算计与恶念。

这又有什么关系呢？这样的沈阙才是她想要的模样，善良，在权力倾轧的王室中，只会成为他痛苦和不幸的根源；心软，只会让他在未来的道路上，风雨飘摇，任人摆布。

上一世的沈阙有着太多的无可奈何，阔别自己的亲人与故土，只身来到恶浪滔天的楚国，陷在阴谋和算计之中，艰难挣扎脱身不得，甚至在死前都没能回到故国，她答应沈阙要把他送回齐国的，这一世，就算死，也要弥补一百年前留下的遗憾。

她注视着沈阙，心中有千千万万的欣喜和深情，欲语还休，却在脉脉的眉眼中不经意流露出对他的思念与怀想，一百年，对于妖怪而言，不过弹指一挥间，她却觉得如此漫长，与沈阙站立在生死两岸，凝望着他一如往昔的身影与容颜，竟有种岁月荒芜、时光苍老的疲惫感。

轻舞的霓裳落在沈阙的面前，又听到一阵惊呼，这位来自齐国的公子已经拉住她的缎带，眼眸中蕴含着幽深的笑意，手上微微用力，绯悠闲优雅地转了一圈，翩然落在了他的怀里。

燕雀楼的众人一副惊呆的表情，望着不远处的一对璧人说不出话来，绯悠闲的美貌在整个楚国，乃至天下都是独一无二的，她的冷淡和绝情更是举世闻名，然而这位绝世的美人似乎对翌王殿下特别有兴趣，好像茫茫人海中，一眼就看到了这位风度翩翩、儒雅深沉的公子。

沈阙将绯悠闲打横抱了起来，精致好看的眉眼中带着漫不经心的笑意，他绕过酒案走了几步，对楚国太子颔首道："太子殿下，先失陪了。"

此时，楚国的太子手里还拎着酒壶，美酒倾洒出来都不知道，完全被眼前的景象惊呆，神游在外，他听到沈阙的话，连忙回神地点了点头。

众人目送沈阙抱着他们的第一美人，不紧不慢地走上了阁楼，纷纷交头接耳地议论着，楚国多少权贵思之不得的大美人，居然被齐国公子这样轻易得手，而且两个人还没有任何的言语交流，当真让他们不知道该说什么好了。

阁楼之中，沈阙把绯悠闲放在床榻上，倾身向她接近，细不可闻地轻哼了一声，用清淡的语气道：“早听闻楚国第一美人，今日一见，果然名不虚传。”

绯悠闲怔怔地望着沈阙，他的容颜依旧，可是声音却变了，不再是从前傻里傻气的模样，眼神也变了，幽深阴冷，让人一眼都望不到边。

沈阙的手指覆上了她的肩膀，绯悠闲随着他的动作缓缓地躺了下来，望着眼前的男子，注视着他幽凉的眸光，竟有些胆怯和不确定，迟疑地问道：“你……喜欢我吗？”

沈阙一愣，随即露出晦暗不明的笑容，他的唇角勾着，显得冰寒而绝情：“不，我只是喜欢得到别人都得不到的东西。”

这话说得倒是实在，而且这么多年来，他也是这样做的，绯悠闲对他来说，不过是一件漂亮的东西而已，与他摆在寝殿内那只独一无二的花瓶并没有区别，他不曾把她放在心上，更不会喜欢她。

寂静的阁楼中，黑暗悄然蔓延，只能听到衣物落地的细碎声，沈阙目光清冷地注视着眼前的女子，缓缓伸手抚了一下她的侧脸，又细不可闻地轻哼了一声，似乎在嘲讽世人都得不到的东西，却被他轻而易举地握在手中，甚至神情间，还有索然无味的淡漠和疏离。

他低首吻上了绯悠闲的侧脸，细碎的吻从鬓边一直蔓延到颈间，绯悠闲下意识地握住了手指，寂静缠绵之中，她闭上了双眼，感受着沈阙并不温情的亲吻，身体微微颤抖。

这是她爱着的人，所以她愿意以真心和身体来交付，然而这个人，却已经不记得他们的从前，她看不到他的真心，甚至连虚情假意，他都懒得敷衍给她。

夜晚的风冰凉入骨，透过未关的雕窗轻拂床帐，然而纱帐内却是另一番旖旎情景，绯悠闲只觉得痛，下意识地抱住了沈阙的背，眼角的泪水却不知不觉地落了下来。

沈阙的动作一顿，撑着身体居高临下地望着她，低沉嘶哑的声音微微挑着：“哭了？”

绯悠闲没有回答，只是静静地注视着他，黑暗之中，他的眼眸阴沉如水，比夜色更加幽深冰凉，在这场欢情之中，他由始至终保持着冷静和漠然，清俊的容颜越发动人，然而精致俊逸的眉眼中，全然见不到一丝情动的迹象。

她的手缓缓抚上了沈阙的侧脸，冰冷的触感令沈阙不适地蹙了蹙眉，然后听她喃喃地唤了一句："沈阙……"

沈阙不明所以地看着她，在齐国，除了父王和母后之外，还没有人敢直呼他的名字，可惜王室规矩，能够喊他名字的那两个人从来只会称呼他的封号，时间久了，连他自己都差点忘记这个名字了。

对于绯悠闲的冒犯，他不甚在意地勾唇一笑，细碎的吻继续在她的耳畔流连，带着些许动情："再叫一次，我喜欢你叫这个名字……"

绯悠闲成为沈阙的侍妾，是在他们相遇的第二天，因沈阙留在楚国还有政务，所以她也搬进了行馆之中，与沈阙住在一起。

楚国的第一美人被齐国的公子沈阙收为侍妾，这个消息还没到两天就传得沸沸扬扬，街头巷尾无不在议论着这件事，众人惊愕之余，也在好奇这位公子沈阙究竟有何能耐，居然能让他们的大美人刮目相看，但见太子殿下送礼的马车一辆连着一辆，越过长街驶向别馆，大家也能猜到几分，想必这位公子的背景甚是不简单。

这天一大早，绯悠闲坐在铜镜前，侍女小心翼翼地为她梳妆，沈阙走了过来，从对他施礼的侍女手中拿过木梳，用温凉的声音缓缓道："我来。"

绯悠闲见到他并没有起身施礼，只是默默地望着铜镜中的身影，他的身形模糊不清，一如现在的沈阙，她也看不大懂，她知道沈阙是喜欢她的，不然也不会冒着风险把她收为侍妾，然而这种喜欢，究竟是出于真心，还是仅仅喜欢得到她的感觉，两者相较之间，她还是宁愿相信后者多一些。

妖怪没有凡人时常自欺的软弱，他们的内心更加冰冷坚硬，所以会少去很多烦恼和痛苦，她并不要求沈阙能喜欢上她，因为她知道，即便在上一世，沈阙都不一定是喜欢她的，他之所以会豁出性命救她，仅仅是因为自己心里所谓的信念，而不是因为爱。

侍女们纷纷退了下去，沈阙拿着紫檀木梳子，倾身俯在她的颈边，望着铜镜中倒映的美丽身影，微微勾唇："在这里还住得惯吗？"

绯悠闲静默地点了点头，又听沈阙道："再过些时日，我便带你回齐国去，你愿意跟我走吗？"

绯悠闲有些惊讶，迟疑片刻还是道：“我……可以吗？”

沈阙轻笑了一声，顺势靠在梳妆台上，语气里亦是漫不经心：“只要我想，只要你愿意，又有什么不可以？”

他顿了顿，清俊的容颜显得有些阴冷，不紧不慢地道：“或者说，你已是我的人，不管愿不愿意，都容不得你。”

绯悠闲手里握着一支银钗，听到沈阙的话，下意识地收紧了手指，现在的沈阙和她从前认识的那个人完全不同，她还没有适应这样的变故，良久才低头垂下了眼帘，容颜如雪，更加清丽冷艳，用黯然的语气道：“我是楚国人，没有办法跟你回到齐国的。”

沈阙闻言，一种异样的感觉划过心间，其实他跟绯悠闲萍水相逢，不过是一场露水情缘，决定把她收为侍妾，并且带回齐国，只是他不愿意让自己的东西以后被别人染指罢了，或许将来哪一天，等他厌倦了这位第一美人，就会把她打发到看不到的角落，即使如此，他也不会让第二个人得到她。

然而眼前这个女人，拥有着颠倒众生的容貌，本就是不同寻常的人，对他的态度就更是奇怪，她从不向他施礼，也从不取悦讨好他，甚至胆敢在大庭广众之下，直接称呼他的名字，他一直以为，围绕在自己身边的人都是有着各种各样的目的，可是绯悠闲的目的，他却始终都猜不透，看不懂。

而且隐隐地，他感到这个人距离自己竟是如此之近，从第一次相见开始，她的目光就莫名其妙地在他身上停留，他能清楚地感觉到，在她的眼中，他不是翌王殿下，也不是齐国的公子，仅是沈阙，一个堂堂正正的人，沈阙。

他的手指抬起绯悠闲的下颌，眸中的神色晦暗不明，连语气都有些不确定：“你以前……见过我吗？”

绯悠闲的目光平静，眸中倒映着的沈阙的身影如潭水般清冷，见过吗？自然是见过的……

一百年前，那个傻里傻气的书生，对她说着什么非礼勿视，非礼勿动，不知死活地妄图拦住长离的脚步，甚至在死去的那一刻，心中也是无悲无痛，没有任何怨恨及遗憾的，如今那么多年过去了，透过他现在清俊的眉眼，她恍惚还能看到那个灿烂温暖的笑脸，那是她此生见过的，最为高贵美好的灵魂。

面对沈阙的疑问，她摇了摇头，语气波澜不惊："没有。"

沈阙也不再追问下去，漫不经心地嗯了一声，伸手撩起了她的一缕发丝，拿在手中把玩梳理着："等会儿要去公子湛那里赴宴，你随我一起。"

他的动作不见得有多温柔，微凉的手指穿过银发，却令人莫名地感到舒服，绯悠闲顺从地点了点头，心中却在想着另一件事情。

公子湛先前是沈阙的挚友，然而在幻梦长空之境中，沈阙质子的身份已被公子昭代替，这样一来，他和公子湛的关系将来会如何发展，就不得而知了。她虽然是妖，且从不过问朝政，然而从太子殿下这些天对沈阙的态度来看，他是铁了心要与沈阙结成同盟，只是不知沈阙会如何选择。

她正想着，却被突如其来的喧闹声打乱了思绪，一个少年大大咧咧地跑到屋内，惊喜喊道："王兄！"

沈阙梳发的手一顿，转过身微微笑了："王弟，你来了。"

绯悠闲顺着他的目光看去，来人十二三岁模样，眉目间与沈阙有几分相像，他的皮肤白皙，衣着华贵，举止虽然冒失了一点，但依旧掩不住作为王室皇子的风范。

公子昭掀开珠帘走到内室，见到绯悠闲一愣，片刻后看向沈阙问道："王兄，这位姐姐就是你前几日遇到的大美人吗？"

沈阙并没有否认，只是不动声色地把梳子放回桌上，语气甚是清淡："你先出去，我与王弟有话要说。"

绯悠闲站起身，朝着沈阙和公子昭颔首示意，随即不紧不慢地走出了房间，脚步迈出门槛的时候，就听公子昭很是不乐意地抱怨道："王兄，你怎么才来啊，居然五年都不来看我！"

她的身子顿了一下，微微侧首，又听沈阙带着笑意，声音听起来温柔和缓，却也有些淡漠疏离："我这不是来了吗？父王十分想念你，遣我来迎你回去。"

绯悠闲不作迟疑，迈步离开了房间，她走到行馆的花园中坐了下来，旁边种着几株花树，正在往下纷纷地掉着花瓣，飘落在衣袂和裙摆上，竟有种如在画中的超凡脱俗之感。

远处的竹林边有两个人打打闹闹地走过来，男的一袭素白的衣衫，一手拎着旁边小姑娘的衣领，另一只手拿着折扇朝她的脑袋上猛敲，虽然看上去气势汹汹，不过见那小姑娘手忙脚乱、假哭求饶的样子，应该力道不大。

她细不可闻地哼了一声，这两个人，倒还真是有趣。

待他们走近了，云初末不受控制地打了几个喷嚏，他皱眉瞥了一眼旁边的花树，一副很不爽的样子，云皎顿时对着绯悠闲露出眼泪哗哗的表情，奋力挣扎想要从云初末的手中逃出去，委屈地求助道："姐姐姐姐，你快救救我，云初末他要打死我啊啊啊……"

云初末拎着衣领把她拽了回来，轻飘飘地斜了她一眼，又在云皎的脑袋上敲了一下，收回折扇慢条斯理道："你再废话，我现在就打死你。"

云皎立即捂住自己的嘴巴，愤怒地瞪了云初末一眼，把头扭到一边不说话了，可怜巴巴的神情里满是仇怨，自从云初末的伤好了以后，对她的态度越来越差，现在在外人面前更是连一点面子都不留给她，即使是她的脸皮再厚，也是要尊严的好不好？回想这几天遭遇的非人虐待，简直是气死人了！

云初末完全不知道自己错在哪里，直接忽视云皎的愤怒和不满，对绯悠闲说道："我来是为提醒你，那个人的性情已经改变，日后会发生何事，已不在我的控制之内。"

绯悠闲稍怔了片刻，才默然颔首，淡淡道："多谢。"

云初末交代完自己想说的话之后，又面无表情地拎起云皎转身往回走，云皎见此连忙扑腾着挣扎，差点痛哭流涕地求饶："云初末云初末，你温柔善良又体贴，是不会跟可怜可爱又无辜的我计较的对不对？"

云初末的脸色阴沉得像是臭鸡蛋，语气却很是平静："你不是说我温柔吗？来，我们找个安静的地方，让你慢慢见识我的温柔。"

"我才不要！"已经被拎出老远的云皎愤怒地吼出声，语气十分坚定，甚是坚强不屈。

云初末的脚步顿了一下，他鄙夷地瞥了一眼云皎，凉凉道："你刚才说什么，我没听清楚。"

云皎不满地撇了撇嘴，她死缠烂打地抱上了云初末的腰，整个人都趴在他的身上，委屈祈求道："你就原谅我一下下吧，我下次真的再也不会说错话了，要知道我一向温柔体贴善解人意，一直忠心耿耿地跟着你，费心尽力地照顾你，给你做饭，帮你施法，哦，最近还一直给你煎药……”

云初末不可忍受地闭了闭眼睛，直接迈步向前走，把云皎连拖带拽地带走了。

绯悠闲望着他们的身影，冰冷的容颜里勾出些许笑意，用喃喃的声音轻念道：“这样也不错呢，长离。”

公子湛的府邸外，两辆华贵的马车缓缓停了下来。公子昭首先从后面的马车上跳下来，屁颠屁颠地走到前面那辆马车旁，凑过去喊道：“王兄王兄，王府已经到了。”

沈阙这才不紧不慢地伸手撩起了车帘，在地上站稳，挥了挥衣袖，又听公子昭不乐意地道：“王兄好生偏心，现在有了王嫂，居然都不愿与王弟同车了。”

绯悠闲清冷的容颜向来面无表情，一袭银发泛着淡淡的紫，在傍晚的夕阳下显得有些诡异，她安静地站在沈阙的身旁，听到公子昭的话，一点反应都没有。

其实绯悠闲只算得上是沈阙的侍妾，自然担不上公子昭“王嫂”的称呼，不过对于这样的琐事，沈阙自然不会放在心上，更不会费神纠正，只是疏疏冷冷地答了一句：“进去吧。”

公子昭见他这般不咸不淡的模样，有些受打击，他从七岁就被送到楚国来，在这个地方举目无亲，已经有五年没有见过自己的家人，此次见到王兄，当然会格外兴奋一些了。

其实对于这位王兄，他心里还是有些害怕的，生在王室中的孩子，即使年龄再小，也会懂得一些明争暗斗，他深知，这位五皇兄更是明争暗斗里的典型。由于心里想着事情，所以他的脚步慢了不少，绯悠闲跟在沈阙的身后，路过公子昭的身边，脸色依旧冰冷，却偏过头对他冷淡地说了一句：“走吧。”

公子昭立即抬起头，对着绯悠闲露出灿烂明媚的笑脸，坚定地嗯了一声，屁颠屁颠地跟上了自家王兄的脚步。

公子湛喜好结交朋友，此番邀请沈阙来赴宴，自然是少不了那群王公子弟的，王府的庭院中，光是酒案就摆了上百桌，众人推杯换盏，一副繁华喧闹的场景。

望着眼前的景象，绯悠闲不由得想起一百年前的燕雀楼，那时候也像现在这般，只可惜没过多久公子湛就死了，树倒猢狲散，那些王公子弟，与楚太子政见不合者，均被抄家或是流放，更有甚者，被诬陷为与公子湛密谋造反，落得个满门抄斩的下场，匆匆百年，弹指一挥间，人间却早已物是人非，不似当年。

她下意识地侧首看向了身边的沈阙，只见他静默地端坐在酒案旁，对眼前的景象不知道是喜欢，还是不喜欢，这么多年在王室中历练，他早已练就了喜怒不形于色的本事，然而在不动声色打量着酒宴上的人的同时，流光潋滟的眼眸中恍惚划过一抹算计之色。

觉察到绯悠闲的目光，他的神情一怔，随即露出了懒洋洋的笑意，单手撑着头，侧身伸手替她理了理有些凌乱的发丝，动作闲适自然，丝毫觉不出尴尬来，落在旁人眼中，还以为他们是情意缱绻的新婚燕尔。

“翌王殿下还真是会怜香惜玉呢！”不远处传来些许不悦的声音，众人循声望去，只见一个墨衣男子在护卫的簇拥下走了过来，脸色阴沉地瞥了沈阙一眼，似乎对这位齐国公子很是不满。

公子湛连忙从首座上站起来，迎接上去道：“臣弟参见王兄。”

来人正是楚国太子，这些天他为了结交沈阙，一连送了好几辆马车的珍宝，可惜沈阙似乎不太通人情，只收了一支凤钗，又把其他的东西尽数退了回去，作为楚国堂堂的太子，他在沈阙这里坐了冷板凳，而公子湛却邀请沈阙入府赴宴，还一邀一个准儿，怎能不令他心生忌惮？

楚王早就有另立太子的打算，公子湛更是他的头号大敌，见到沈阙似乎有意与公子湛交好，所以他一听到消息就急忙赶来了。

楚太子的脸色有些阴沉，看了一眼沈阙，目光又在沈阙旁边的绯悠闲身上顿了一下，才转向公子湛阴阳怪气道：“王弟在府中设宴，居然都不邀请王兄，此番情由，还真是让人猜不透呢！”

公子湛听到他的话，心知太子是在暗指自己结党营私、图谋不轨，他连忙解释道：“父王正值病中，王兄朝政繁忙，臣弟不敢前去叨扰王兄。”

由始至终，沈阙都没有说话，别人家的兄弟阋墙与他并没有什么关系，且这件事关乎楚国的朝政，他更不会明着去蹚这一场浑水，倒是公子昭，自宴会开始就不知道溜到哪里去了，到现在还见不到人影。

宴会上平白多了一个人，而且是一个十分讨厌的人，原本欢乐的气氛陡然肃清了不少，众人皆谨言慎行地喝着闷酒，埋着头不敢吭声，楚太子阴毒的目光一遍遍扫过前来赴宴的客人，好像要把公子湛的这些爪牙全都刻进脑子里似的，这个举动令宴会的氛围又紧张了不少，甚至有人在喝酒的同时，还不忘哆哆嗦嗦地去抹额头上的冷汗。

沈阙只觉得好笑，唇边泛着清淡的笑意，不紧不慢地抿了一口清酒，再放下酒杯时，就见公子昭偷偷摸摸地溜了回来，小心翼翼地挪到自己的酒案旁，做贼似的迅速抓过一只烧鸡，自以为没人发现揣在衣摆下，又行色匆匆地退出去了。

沈阙的目光跟随他一直到庭院的拱门旁，直到公子昭的身影屁颠屁颠地消失在视线中，才慢慢地收了回来，又听楚国太子带着一些醉意道："今日良辰美景，翌王……不知可否请你的侍妾献舞一场啊……"

这句话说出，四周一阵寂静，众人都把目光看向了沈阙，太子殿下的为人本就肆意妄行，如今酒醉嘴上更是连个把门的都没有，绯悠闲现今已是沈阙的侍妾，让她在大庭广众之下献舞，岂非是在打齐国公子的脸？

沈阙淡淡地瞥了楚太子一眼，见对方倾身靠在酒案上，蒙眬迷醉的眼神望着绯悠闲，举止之间都带着醉态，他不甚在意地勾了勾唇，不紧不慢地端起面前的酒杯，并着手指闲适自在地一饮而尽，连客套的回答都没给上一句。

"沈阙！"楚太子见他居然无视自己，不由得大怒，连着这些天在沈阙那里受的憋屈，正好借此时机一下子都发泄了出来，他猛力拍案而起，指着沈阙破口大骂，"本宫在问你，你到底有没有听到本宫说话？"

公子湛见此，生怕楚太子醉酒误事，口无遮拦地得罪了齐国来的贵宾，于是连忙站起身走到自家王兄身旁，低声劝慰道："王兄，你还是少说一句吧……"

他不劝还好，见到自己的死敌居然敢来指责自己，楚太子的火气更大，立即抽出腰间的佩剑，一把将公子湛推开，气冲冲地向沈阙走过来，剑锋横在沈阙的颈间，身体摇晃着道："你不过是个亲王，本宫可是楚国的太子！本宫要你死，你就别想活着回齐国！"

他的话音刚落，只觉得迎面扑来一阵寒风，一道白色的身影瞬间闪过，冰凉的手指卡住他的脖子，直到他的后背撞上了一面木制的屏风，后背的痛楚令他顿时清醒了不少，瞪大了眼睛望着面前的女子，惊恐道：“你……你……”

绯悠闲的面容阴冷，注视着楚太子的眸色里没有一丝波澜：“你方才说……想要谁死？”

众人见此情景都变了脸色，连沈阙都愣了片刻，绯悠闲的性格一向冷若冰霜，如此对待地位崇高的楚太子也不算奇怪，可是奇怪的是，她居然是为了维护沈阙，而且方才那一瞬间的诡异身法，实在匪夷所思，一个出身青楼的女子居然会有这样的身手。

楚太子吓得脸色发白，连声叫嚷道：“护驾，护驾！”那些随侍的护卫这才从震惊中回过神来，纷纷拔出刀剑如临大敌地包围着绯悠闲，护卫王府的兵将也都架起弓弩，一时间，庭院中的气氛跌落至冰点。

就在这时，沈阙不紧不慢地站了起来，用漫不经心的语气道：“闲儿不过是跟太子殿下开个玩笑罢了，殿下又何必如此兴师动众？”

听到这个说法，众人都保持沉默，刚才绯悠闲那一击绝非是在开玩笑，而是真真切切地想要置太子于死地，不过到底是太子殿下先冒犯了绯悠闲，还胡说八道对沈阙不敬，双方均有过错，他们也不好追究什么。

公子湛见沈阙已经做出让步，也连忙道：“既然如此，请绯姑娘先放开王兄吧。”

绯悠闲仍是脸色阴沉地望着楚太子，手上的力道一点都没有放松，沈阙迈步走到那些弓弩的前面，向她微微伸出手：“闲儿，我累了，陪我回去吧。”

绯悠闲又警惕地看了一眼楚太子，这才把他放开，转身迈步向沈阙走过来，她迟疑了片刻，将手递到他的手上，转身见到那些指着他们的弓弩皱了皱眉，若是方才沈阙没有挡在前面，说不定等她放开了楚太子，那些弩箭就会立刻朝她射过来，沈阙这是在将自己置于危险中，用自己的命来换得她的安全。

想到这里，她下意识地抬头看向了沈阙，见他的容色冷淡，向公子湛拱手道：“多谢公子款待，本王先告辞了。”公子湛自是拱手回礼，众人的目光注视着沈阙和绯悠闲，目送他们离开了庭院。

王府的后花园中，云皎耷拉着腿坐在莲池旁，津津有味地啃着鸡腿，脚下的空地上已经扔了一堆骨头，她的旁边还坐着一个少年，十二三岁模样，身穿明黄的衣袍，头上还戴着八宝紫金冠，容貌俊俏英气，看上去华贵尊崇无比，不是偷偷溜出宴会的公子昭又是何人？

公子昭侧首注视着她，清澈水灵的眼睛眨呀眨的，看到云皎狼吞虎咽的吃相，顿时被这种饿汉的气势所震撼，心里没来由地对她升起几分敬佩，见她啃完鸡腿，又立即送上一块手帕。

云皎接过手帕，往脸上胡乱抹了一把，仰天长叹了一声，顺便打了一个饱嗝，心满意足地感慨：“吃饱的感觉，太舒服了。”

公子昭听她这样说，惊奇地问：“姐姐姐姐，你难道都吃不上饭吗？”

云皎转过头瞅着他，片刻之后又转了回去，小身板立即消沉地软了下来，用闷闷不乐的语气道：“是啊，你都不知道我们家公子有多恶劣，特别难伺候，平时不给我饭吃也就算了，居然还打我……”

她神色凄楚地撇了撇嘴，显得十分委屈：“我就是受不了他，所以才冒死逃出来，离家出走的……”这句话说得倒是真的，一个时辰前，她兴冲冲地端着一锅滚烫的地锅鸡，没想到脚下一软，那锅香喷喷飘着油和红辣椒的地锅鸡，目标明确、且丝毫不差地全都倒在了云初末那洁白无瑕的衣衫上，在云初末只顾着鬼哭狼嚎地喊痛，还没来得及打死她之前，云皎很有先见之明地脚底抹油，溜之大吉了。

意识到自己有好长时间没吃饭，于是她十分凄凉地沿着长街闲逛，正巧碰上王府设宴，她循着香味跟到了后花园里，又很凑巧地遇见了一个闷闷不乐对着莲池发呆的小孩，双方攀谈之下，这小孩自告奋勇说可以帮她找到吃的，现在肚子是填饱了，但是一想到云初末满世界追杀她的情景，云皎的小身板都不由得跟着抖了一抖。

公子昭见她这副心虚害怕的模样，心中顿时充满了同情，与此同时，还在暗暗地腹诽，到底是什么样残忍恶劣的人，居然忍心虐待这么善良可爱的姐姐！想到此，他往云皎旁边挪了挪，眨着清澈无比的眼睛问道：“那你以后有什么打算，有可以住的地方吗？”

云皎一怔，反复地想了想，顿时意识到自己真是太失算了，以她这么多年闯祸挨打的经验来看，想让云初末消气还得需要四五天，可是她先前只顾着逃命，连银子都没有带，这四五天的住宿和膳食问题，对她这个弱女子来说，还真是一个问题。

她小心翼翼地打量着坐在自己身边的少年，从冠饰一直移动到脚尖，全身上下的行头都很精致华美，就差把“我很有钱”四个大字顶在脑门上了，云皎的眼珠一转，脸上的神情又立即惨痛了几分，她摇了摇头，可怜巴巴地耷拉着脑袋都快哭了：“没有，我从小就被人卖给公子，没有可以依靠的人，若是实在活不下去，就只能回去求公子了。”

“啊……”公子昭闻言张大了嘴巴，长这么大还从未听过这么惨绝人寰的故事，他傻里傻气地抓了抓脑袋，“可是你们家公子这么坏，姐姐你若是回去了，岂不是又要被他虐待？”

想到这个，云皎简直满心凄凉，就算过几天云初末的气消了，她回去时还是免不了一顿惩罚，就在她为自己的未来忧虑之时，一个念头忽然钻进了她的脑海：云初末该不会一气之下，丢下她回明月居了吧？

云皎立即站了起来，愣愣地望着对面一株柳树发呆，在幻梦长空之境里，只有云初末能够自由进出，若是云初末真的把她丢在这里，她就只能永远活在过去中了。想到这里，云皎大惊失色，手忙脚乱地跨过莲池的石栏，还不忘侧首道：“小孩，谢谢你，我该走了。”

公子昭见她这般心急火燎的模样，连忙拉住她：“姐姐姐姐，我不是小孩，你要去哪里？”

云皎心里着急，偏偏被他拉着脱身不得，气得都快哭了，连声嚷道：“我我我……我要去找我们家公子啊！”

公子昭闻言立即站了起来，死死拉住云皎不肯放手：“他对你那么坏，你怎么可以回去送死？”

“不不不……”云皎的脑袋摇成了拨浪鼓，急忙道，“圣人说过，别人虐我千百遍，我待别人如初恋，这是大爱！”

公子昭皱了皱眉，压根就忽略了云皎的这句混账话是出自哪位圣人之口，只是劝慰道：“圣人也说过，君子不与小人为伍，姐姐，你家公子这么坏，你怎么可以再羊入虎口？”

云皎着急得都快哭了，这是谁家的小屁孩啊！既然软的不行，那就直接来硬的好了！她的脸色一绷，从衣袖里掏出一把匕首来，连刀子都没从鞘中抽出，抵在公子昭的颈间，水灵灵的大眼睛与他对视，充满了威胁和危险：“小孩，把我放开！”

公子昭垂眸看了一眼刀鞘，摇了摇头：“不放。”

云皎气得跺脚，她还是第一次见到这么呆的小屁孩，简直跟……跟木头一样！她愤怒地瞪着公子昭，伸手拎住他的衣领，语气定定地吼道：“你到底放不放？”

公子昭被这招河东狮吼震住了，片刻后回过神，非但没有放开她，而且抓得更紧了一些，傻里傻气道：“不放。”

云皎很生气，云皎很愤怒，扑通一声跪在公子昭的脚边，痛不欲生地大哭：“我们家公子性命垂危，正需要我回去照顾呢，求求你行行好，快点放我回去吧！”

公子昭一呆，倾身跪在她的身边，面露难色：“可是你不是说他虐待你，所以你才逃出来的吗？”

云皎一时语塞，片刻后讪讪地答道：“我现在想通了，即使他打我骂我还不给我饭吃，这些完全不用放在心上，其实我们公子不犯病的时候，对我还是很好的。”

公子昭心里满是同情，往云皎身旁跪了跪：“我知道有一种病叫作失心疯，犯起病来连最亲近的人都会伤害。”

云皎立即坚定地点头，小表情里也充满了肯定：“没错，我们家公子就是失心疯！”

公子昭微微仰头想象了一下，又连忙看向云皎：“没想到你家公子都这样了，姐姐你还那么忠心耿耿地照顾他。”

云皎摸了摸脸皮，流露出些许沾沾自喜，若有所思地点头道：“是吗，大概是我比较善良吧，大家都说我比较善良。”

公子昭点了点头，接下来又继续道：“我的别馆里有御医，你家公子病得这么重，不若我们把他接到别馆里诊治吧。”

云皎激灵了一下，立即心虚地跳了起来：“啊啊啊，不用麻烦啦……”

公子昭跟着她站起来，神情真挚：“你我相识一场，也算是朋友，一点都不麻烦的。”

云皎的心里发苦，忍不住撇了撇嘴，如果云初末知道自己被说成是……失心疯，她一定会很麻烦的。想到此，她看向了公子昭：“小孩，你叫什么名字？”

公子昭从八岁就被送来楚国当质子，还从来都没有小姑娘主动找他搭话，眼前这个小姑娘活泼可爱，长得也美，居然还问他的名字，他不好意思地挠了挠头：“我不叫小孩，你叫我沈恪就行了。”

云皎简直想仰天大笑三声，明明就是十二三岁的小屁孩，在她这个活了一百年的……咳，小姑娘面前，简直不要太嫩了。她的表情严肃，神情认真：“好的，小孩，你看你背后的那个人是谁，好像是来找你的。”

公子昭对于那句“小孩”显然很不满，他不乐意地噘着嘴转过身，刚刚落稳脚跟，屁股上就传来剧烈的疼痛，有人在后面暗算踹了他一脚，公子昭的身体不受控制地飞了出去，华丽丽地落进了莲池里。

霎时间，溅起的水花有几尺高，他在莲池里扑腾了好一会儿，都没能爬上岸来，还被莲池里的水草缠住了手脚，公子昭的衣服湿漉漉的，头上明晃晃地顶着几株莲叶，他垂首望着自己现在狼狈的模样欲哭无泪，显得十分消沉，现在这位姐姐肯定以为他又蠢又笨，以后都不愿意跟他玩耍了。

他看向岸边的云皎，眼睛里氤氲着雾气，委屈地嘟着嘴：“姐姐姐姐，现在该怎么办呀？”

云皎立即挺直了腰杆，连忙自告奋勇道：“我这就去找人救你，你先在这里等我，千万不要走开！”

说着，急匆匆、手忙脚乱地向花园后门跑了，逃跑的时候还不忘回头侦察了几眼，公子昭顿时被打击得心事惨淡，那个方向明明是离开王府的路，这个姐姐果真以为他又蠢又笨，再也不愿意理他了。

夜晚的别馆，侍女和护卫都被沈阙遣退了下去，偌大的内室仅有他们两个人，红烛高照，琉璃的宫灯染得光线有些模糊不清，绯悠闲坐在铜镜前，望着镜中的身影，欲言又止地沉默了下来，不由得在心中懊恼，今日在王府中发生的事情，不知道会不会给他带来麻烦。

沈阙靠在梳妆台上，一言不发地为她取下了发髻上的银钗，微凉的手指穿过银发碰触到绯悠闲的侧脸，她忍不住打了一个寒战，又在沈阙的注视中收敛了异色，沈阙顿住了手，眼眸漆黑如墨，声音却很温柔："怎么了？"

绯悠闲沉默了片刻，垂下了头："抱歉……"

沈阙静静地注视着镜中的她，流光潋滟的眸光越发幽凉，他细不可闻地哼了一声，用淡淡的声音问道："为什么要道歉呢？"

绯悠闲不动声色地握住手指，语气中勉强克制着惊惶："我不该挟持太子的，给你惹了不必要的麻烦。"

沈阙闻言扑哧笑了一下，他俯下身子，在绯悠闲的侧脸上轻轻亲了一下，低沉温柔的声音在她的耳边道："不，我很高兴。"

他拿过一只锦盒，塞进了绯悠闲的手里，随即从后面拥抱着她："打开看看，喜欢吗？"

绯悠闲缓缓打开了锦盒，一支镶玉点翠的凤钗映入眼帘，她的视线一顿，正在思考时，就听到沈阙喃喃道："本想一起退给楚太子的，不过感觉应该很适合你，所以才留了下来。"

他伸手把那支凤钗拿了过来，声音低沉如水："我帮你戴上。"

绯悠闲静静地注视着铜镜中的身影，片刻之后，缓缓问道："沈阙，你……喜欢我吗？"

沈阙的手一顿，语气甚是平淡："怎么想起问这个？"

凤钗绾着发髻，果然很适合她的银发，沈阙按着她的肩膀，转身与她对视，微凉的手指不紧不慢地钩住她的下颔，唇角荡起些许邪魅的笑意："聪明的女人从来都不会问这个问题，聪明的男人也从不会给出绝对的答案。"

绯悠闲注视着他的容颜，片刻后垂下了眼帘："我明白了。"

沈阙细不可闻地轻哼了一声，他的神情阴寒冰冷，没有一丝温情，挑着绯悠闲的下颔，俯身在她的唇上试探地亲吻，在她的耳边慢慢说道："聪明的女人也不会明白太多事情，现实与真相太残酷，若是把什么都看清了，就不好玩了。"

他侧首在她的耳边轻吻了一下，揽着她的身体，急促的吻向下蔓延，不知为何，此情此景，绯悠闲只觉得害怕，她下意识地往后退了一步，觉察到她的抗拒和疏离，沈阙的脸色阴沉了许多，微微蹙眉：“怎么了？”

绯悠闲站在那里一动不动，怔怔地望着眼前的男人，一时间说不出话来，她总觉得自己身边的人不是沈阙，良久之后，她才试探地开口：“楚太子和公子湛，你打算选择谁？”

沈阙不明所以地抬眸，他顺势靠在了梳妆台上，漫不经心地问：“你怎么会问这个？”

绯悠闲摇了摇头：“我只是随便问一下，你不想回答，就算了。”

沈阙的唇角勾起一抹笑意，他缓缓伸手撩起了她的一缕发丝，不紧不慢地说道：“这是楚国的事，与我并没有关系，我也不想去管。”

他顿了顿，恍然大悟地哦了一声：“我忘了，你是楚国人，自然会比我上心一些。”

绯悠闲到底是妖怪，没有听懂他这句话里的深层意思，于是也没多放在心上，从沈阙这些天的态度来看，似乎有意冷落楚太子，反倒跟公子湛走得近一些，如今又在王府里与楚太子发生了不愉快的事情，想必沈阙选择扶持公子湛的概率大一些。

她正想着，又听沈阙道：“你觉得我会选谁？或者说，如果可能的话，你希望我选谁？”

绯悠闲闻言抬头看他，她不明白沈阙为什么要跟她说这些，于是摇了摇头：“我不知道。”

沈阙高深莫测的眼眸注视着她，静静地问：“若是你说的话，我都会照做呢？”

绯悠闲一愣，不明所以地问：“为什么？”

沈阙笑得有些冰凉，手指缓缓地挑着她的下颌，语气淡淡道：“一个男人为他宠爱的女人，做力所能及的事情，还需要理由吗？”

绯悠闲对上他的目光，不知道他说这句话是出于真心还是假意，她沉默片刻，还是道：“如果可以，我希望你能选择楚太子。”

沈阙挑了挑眉，意味深长地哦了一声，循循善诱地问："为什么？"

绯悠闲侧过头，在上一世里，是楚太子取得了楚国的江山，虽然她不知道楚国与齐国后来怎么样了，但是公子湛之死，是上天注定的宿命，这一世也不例外，她不希望沈阙因为选错了人，而给自己带来无穷无尽的祸患，虽然这样做有些对不住公子湛，但是只要能让沈阙安全，她也顾不得这么多了。

面对沈阙的问题，她淡淡地回答："感觉吧。"

沈阙扑哧一声笑了，不知道对于这样的说法是赞同还是不赞同，只是抬起了她的脸，俯身轻吻了一下，随即慢慢加深了少许，辗转流连的吻炫目而温柔，就在她差一点沦陷下去的时候，他又惩罚性地在她的唇瓣上咬了一下，绯悠闲微微蹙眉，紧接着听到他在耳边呢喃道："你又忘了，我说过女人是不该明白太多事的。"

这样的低语，像是缠绵之中的情话，令人还未来得及细想，就沉沦在缱绻的情动之中，他揽着绯悠闲的腰身，将她抵在梳妆台上，微凉的手指不轻不重地抚摸着她的银发，闭目的神情清俊而温柔，令人忍不住沉溺其中。

纱帐之中，绯悠闲注视着枕边熟睡的人，沉默良久，向他缓缓伸出手，冰凉的手指还未触及他的眉间，就被沈阙握住了手腕，再望去时，沈阙已经睁开了眼睛。

他用含笑的眼睛看着她，像是在望着一个心爱的姑娘："不要碰我，你的手很凉。"

绯悠闲哦了一声，刚想要缩回来，又被沈阙捉住了，他把她的手指拢在手心里，轻轻地亲吻了一下，又放在唇边细腻耐心地呵着，似是随口淡淡道："母后说，手脚冰凉的姑娘，一定受过不少的苦。"

绯悠闲眉目间闪过一丝诧异，她倒是第一次听到这样的说法，她是妖怪，连血液都是冰冷的，更别说手脚了，不过沈阙的母亲到底是齐国王后，怎么会说出这样的话来?

沈阙大致看出了她的疑惑，神情间淡淡道："母后会同我们说这些话，这并不奇怪，王宫的生活你可能不懂，一入宫门便是几十年的春秋，平日里能见到的也就那么几个人，王室礼仪忌讳颇多，母后除了时常会督促我们学业之外，能说的，也就那么几句话了。”

绯悠闲静静地望着他，听他叙述齐国王宫里的事情，恍惚之间，仿佛看到了真实的沈阙，那是她不曾出现时，沈阙和别人在一起的样子。

还有不到三个月的时间，她就会死了，灵魂被幻梦长空之境吞噬，从此以后，三界之内不会再有绯悠闲，沈阙还会不会记得她呢？在他与亲族家人设宴团聚之时，看到那些翩然舞动的霓裳，会不会有那么一刻，恍惚回忆起她的身影？

在他的人生里，以后还会出现许多许多的人，可是对她而言，他却是千山暮雪、生死相许守护的唯一，江山日暮远，离魂梦里长，或许他们之间，对于沈阙来说，仅是一场意外的邂逅而已。

楚王驾崩，接下来发生的事大多如百年前那般，公子湛因涉嫌谋反被杀，全家老小被发配边关，他的尸首也被挂在城墙之上，残破的身躯随着北风瑟瑟摇曳，像是一片即将飘零的黄叶，威慑着刚刚失去君主的楚国民众。

与公子湛交好的王公子弟，也因太子党的极力弹劾而获罪，抄家的抄家，流放的流放，还有几位公子湛的亲近之臣，均以谋反的罪名被满门抄斩，一时间国都的百姓人心惶惶，大臣们更是战战兢兢，生怕新任的国君把麻烦找到自己头上。

公子昭前几日不慎落水，又不幸得了伤寒，沈阙前往行宫探病，只剩下绯悠闲一人留在别馆里，她轻易撇下了跟随自己的两个侍女，趁着夜色悄然离开别馆，来到了楚国国都的城门下。

此时已近深夜，三月的气温还有些寒凉，远方的天空上笼罩着深紫的浓雾，阴寒的城墙在昏暗灯火的映衬下，显得更加诡异，守卫城池的兵将正靠着城墙昏昏欲睡，压根就没有心思去巡查周围的情况。

绯悠闲毫不费力地跃过了城墙，她的动作轻缓，没有惊动任何人，缓步走到城墙底下，平静淡漠地看着公子湛的尸首，神情间没有一丝悲痛和怜悯，若不是为了沈阙，她是不会管这样的闲事的。

她飞身跃起，将公子湛的尸首取了下来，由于尸体已经悬挂了好几天，所以有着浓浓的尸臭味，绯悠闲面无表情地看了一眼身后的城门，见那上面的兵将还在拄着长矛昏睡，于是不紧不慢地迈着步子向城郊的山林里走去。

她把公子湛埋在了当初与沈阙重逢的悬崖下，返回别馆的时候，时间已经过了三更，见寝殿门口的灯火已经湮熄，没有人在的迹象，她暗自思忖，沈阙今晚大概留在公子昭的行馆里，并没有回来，想到这里，她放轻步子走了进去。

没想到绕过屏风走到内室时，抬眼就见到了负手站在窗边的沈阙，他的旁边是一盏仙鹤展翅的青铜宫灯，在宁和古朴的灯火下，俊逸的身形坚韧不拔，墨色的衣袍上绣着金色的麒麟，整个人都显得英武而威严，与记忆中的那个傻里傻气的书生，实在难以重合在一起。

绯悠闲愣了一下，脚步顿在屏风边，望着沈阙静默不言，不知道为什么，想起门口那两盏熄灭的宫灯，她总感觉沈阙是在特意等她回来。

沈阙觉察到她的动静，侧过首对她微微笑了，向她不紧不慢地伸出了手，声音儒雅："为什么站在那里？过来……"

绯悠闲的步子稍顿了一会儿，迟疑心虚地迈步走过去，沈阙牵住她的手微微用力，直接把她拉进了怀里，他从后面拥抱着她，似乎很有兴致一般，在她的耳边轻轻呢喃："去哪儿了，害得我好找。"

绯悠闲沉默了一下，静静回答："燕雀楼，回去拿落下的东西。"

以她对沈阙的了解，他是没有那个耐心再追问下去的，果不其然，沈阙只是淡淡地嗯了一声，漫不经心道："现在楚国时局混乱，没有要紧事的话，不要乱跑。"

他抱着绯悠闲的力道收紧了一些，下颌懒洋洋地搁在她的肩上，侧首亲吻了她一下，似乎觉察到某些异样，他突然停了下来，微微皱眉，疑惑地问道："什么味道？"

绯悠闲陡然想起自己身上的尸臭味，冰冷的容颜里闪过一抹异色，她很快镇定了下来，云淡风轻地道："现在街上到处都是死人，兴许是在外面待久了吧。"

沈阙没再说什么，摸索着拢住她的双手，仿佛在给她暖手，淡淡地吩咐："再过不久，我与王弟就要回齐国了，你收拾一下。"

绯悠闲微微蹙眉，以楚太子从前的态度来看，似乎是不愿放公子昭回国的，毕竟楚国连遭旱灾，国力已经大不如从前，若是此时不抓住把柄牵制齐国的话，很有可能会招来兵患，为什么这回会突然转变态度，如此痛快地答应释放公子昭回去?

虽然沈阙没有说，但是她隐约能感觉到楚太子此次诛杀公子湛一派，之所以会那么顺利，有很大一部分原因是来自沈阙的暗中支持，想到这里，一个念头渐渐升上了她的心间，会不会是沈阙与楚太子达成了某些约定，他帮楚太子得到江山，楚太子助他完成使命，这样双方互利的好事，楚太子很有可能会答应的。

其实楚太子和公子湛两个人，旁人一眼看去，就知道谁长谁短，楚太子蛮横暴戾，只会意气用事，逞一时英雄，而公子湛素有贤德的盛名，在谋略治国方面也很出众，就连楚王都几次三番地想重立太子，只可惜公子湛这个人，圣贤书读得多了，脑子也跟着坏掉了，非要讲究什么嫡子承袭王位的传统，白白丢掉自己的性命，还连累了朋友。

沈阙很有可能一开始就决定扶持太子，毕竟留着这样的敌人，无论对他，还是对齐国都是一件好事，先前之所以会故意与公子湛交好，不过是想刺激楚太子早点杀掉他的心腹大患罢了。

绯悠闲正在想着这些事情，一时间陷入了沉默，良久得不到她的回应，沈阙缓缓放开了她，猛然转过她的身子，将绯悠闲用力抵在雕窗上，伸手擒住她的下颌，动作有些蛮横阴狠，眸中也冷厉了不少："怎么，你不愿意？"

绯悠闲注视着他的眸光，不知道为什么，那一瞬间她竟然有些心虚，她摇了摇头，还是道："我是楚国人，是不能到齐国去的。"

齐楚两国的关系，向来波涛暗涌，表面看上去已经风平浪静，实际双方都在等待时机，将几年前的那场大战继续下去，若是此时沈阙将她带回齐国，并且以侍妾的身份留在府中，势必会给他带来不必要的麻烦，还有不到三个月，她就要魂飞魄散了，在余下的时间里，她宁愿暗中守护在沈阙背后。

沈阙的神色有些晦暗不明，不知道是怒而不言，还是真的不在乎，他猛然俯身吻了她一阵，动作蛮横而急促，似是在发泄自己的怒意，随后幽凉的声音附在她的耳畔，唇角上扬说道："我给过你机会，是你自己没有抓住。"

绯悠闲的神情一怔，她感到沈阙的这句话，似乎在冥冥之中暗示着什么，沈阙用力推着把她放开，转过身走向床榻，刚走了几步又顿住，侧首吩咐道："这几日不用侍寝，滚回自己的房间睡。”

绯悠闲抬头看他，注视着他的背影落寞失神，他在生气吗？为了什么生气呢？这次她并没有听话，反而迈步走了过去，从后面轻轻拥住了他，良久之后，喃喃地声音又问起了那个早已问过许多次的问题：“沈阙，你喜欢我吗？”

沈阙的视线侧了一下，语气很不好：“不喜欢！”

得到这样的回答，绯悠闲缓缓笑了，像是撒娇的语气：“你骗人，你明明就是喜欢我的，不然……也不会这样生气。”

她顿了顿，神情之间显得落寞而孤独，声音依旧清淡：“当了这么长时间的人，我总算懂得一些人的道理，你喜欢我，只是不愿意爱我罢了。”

喜欢是什么，爱又是什么呢？她记得从前听过一个故事，一个小沙弥在寺院的后花园里养了许多花儿，每日辛勤浇水，期盼着花开的那天，后来花儿真的开了，美丽芬芳，寺中人看着都很欢喜，后来这些花儿却被前来拜佛的香客们给摘了去，前者是爱，后者是喜欢，因为爱，所以保护，因为喜欢，所以占有。

她在人世中辗转流落了数万年，渐渐地领悟了凡人的感情，爱，意味着赋予对方伤害自己的权利，恨不能把一颗心都掏出来呈到人家面前，倘若爱一个人，便只会把她呵护在手心，怎会忍心肆意伤害？可是世人大多只看得到自己喜欢的东西，出发点在于自己，也只为使自己获得欢愉。

她的存在之于沈阙，只能达到喜欢的程度吧，要知道自从更改命途之后，他的性格便是自私自利的，那样贪婪的一个人，整天把自己掩藏在安全的地方，又怎么会愿意抛却自己，更在乎另外一个人？

沈阙听着她的话，微微皱起了眉，却又嘲讽地轻哼了一声：“要怎么想，那是你的事。”

他拉着绯悠闲的手，朝着床榻走了几步：“出去吧。”

绯悠闲看了他一会儿，最终默默地转身走了，她走出了寝殿，站在玉阶前仰望着天际的星辰，容颜如雪，在夜色里泛着宁和的白光，银发轻拂下，显得落寞而孤独。

而寝殿内的沈阙，望着绯悠闲离去的方向凝神良久，他的眼眸中氤氲着晦暗不明的神色，似乎在盘算着什么，又不动声色地收紧了手指。

楚王驾崩，朝政尽数落于太子之手，公子湛死后，楚国更是没有人敢站出来与其抗衡，于是一股打击异己的狂潮席卷了楚国王都，街头的兵将一下子多出了好几倍，随处可见捉拿逆犯的护卫兵，大街上遍地狼藉，百姓们战战兢兢地躲在家中，听着外面的金革马蹄声不敢露面。

绯悠闲站在别馆的庭院中，望着对面的风景，脸色沉郁如冰，前几日楚太子召见沈阙，说是有事相商，到现在几天过去了，依旧不见沈阙归来的踪影，也全然听不到关于他的任何消息。

想起那日得罪楚太子之事，她缓缓皱起了眉，会不会是楚太子记恨当日之仇，趁机把沈阙给扣押下来了？想到此，她闭上双目以意念驱动灵力，身体化成一团淡粉的花瓣朝着王宫飞去，刚要出别馆就被人拦了下来，流紫的光辉紧紧地束缚着她，她被迫落在地上幻出了人形，抬眼便见云初末站在了自己的面前，由于心中着急，她的语气冷厉了不少：“长离，让开！”

云初末云淡风轻地负着手：“绯悠闲，不要怪我没有提醒你，此去王宫，你会凶多吉少。”

绯悠闲听此一愣，不可置信地问：“你说什么？”

云初末侧过了身子，显然是不愿意再透露下去，他的面容清俊，语气里总带着些许的漫不经心：“该提醒的，我已经提醒过了，再多的话我也不会多说，你好自为之。”

听他这样说，绯悠闲的心中更是着急，莫不是沈阙真的出事了？否则长离是不会说出这样的话的，她正想着，又听云初末忽然道：“你见过云皎没有？”

绯悠闲这才注意到他的身边少了一个人，她冷淡淡地轻哼了一声，显得嘲讽又不屑：“你的人，我怎么会知道？”

云初末的脸色有些臭，沉郁得像是腌制了八百年的臭鸡蛋，想起那个犯下大错居然还敢逃跑的死云皎，神情又严峻了不少，一道流紫的光辉划过，瞬间消失在庭院中。

绯悠闲见此也不怠慢，她向前走了两步，正想趁此机会前往王宫查探究竟时，一个侍女远远地走了过来，来到跟前向她施了一礼：“夫人，翌王殿下派人接您入宫。”

绯悠闲不明所以地打量着她，不解地问：“沈阙？”

这个侍女自她搬到行馆就一直在身边伺候，深知绯悠闲向来只会称呼沈阙的名字，所以神情间并没有多少奇怪，恭恭敬敬地回答：“是。”

绯悠闲向她走近了几步，试探地问：“他……现在可否平安？”

侍女微微地笑了：“殿下既已遣人送信来，自然是安全的。”

听到这样的回答，绯悠闲的心中一阵疑惑，她想起了长离的警告，若是此时前往王宫的话，她很有可能凶多吉少，可是她实在想不明白，既然沈阙现在安好，她怎么会遇到什么危险？不待多想，她颔首问道：“那些人在哪里？”

侍女走在前头带路，很快就来到了别馆的门口，一辆马车就等在门口的树荫下，绯悠闲斟酌再三，还是走进了马车中，沈阙究竟是否安全，她要亲眼看到才能心安。

楚国的王宫有一道洪武门，高大的宫门像是一扇屏障，阻隔了王宫与外界的生活，过了这道洪武门，马车是不能进去的，所以绯悠闲只能下来步行，但是奇怪的是，宫门外并没有前来为她引路的内侍或者宫女，绯悠闲心中诧异，还是迈步走了进去。

四周并没有守护的侍卫，寂静回荡在高墙之内，空荡荡的有些诡异，绯悠闲走在漫长的宫道上，刚走进宫门没有多久，身后传来吱呀的关门声，洪武门居然关了！

一种不好的预感萦上心来，她顿时警惕了起来，小心翼翼地迈着步子，细密观察着四周，待走到洪武门的中央时，她停下了脚步，缓缓闭上了双目，微微仰着头，感受着来自四面八方的人类的气息，以及不断回应着她的铮铮的杀气。

绯悠闲立即睁开了眼睛，她的脸色一变，连忙转身要逃，可惜下一刻四周的城墙上瞬间出现严阵以待的兵将，数千弓弩齐齐地对准了她，将洪武门围得水泄不通，就算插翅也难以逃脱。

绯悠闲的脚步顿住了，她站在原地一动不动，良久之后才听到身后传来击掌声，这声音在寂静的城阙之间回荡，绵远而悠长，她下意识地回过身，看到站在城墙上的那人，心神一阵恍惚，不由得怔住了神。

沈阙站在遥远的城墙上，他们之间只有森寒的铁箭和不断呼啸的狂风，他的身姿依旧清俊优雅，唇角勾着冷冷的笑意，不紧不慢地道：“绯姑娘还不算太笨，可惜似乎已经晚了。”

绯悠闲静静地注视着他，不可置信地后退了一步：“怎……怎么会……”

就在她震惊地望着沈阙之时，对方笑如春风，向楚太子施了一礼：“为了表示我的诚意，这份见面礼如何？”

听到他的话，绯悠闲的心中陡然一凉，她依旧静静地注视着城墙上的那个人，怪不得长离会说，此次王宫一行，她会凶多吉少，可是念及沈阙的安危，她还是不管不顾地来了，到头来却是她在乎的这个人，亲手将她推向了死地。

为什么，为什么呢？她一动不动地站在原地，遥望着城阙上的那个人，很想开口问他一声，可是喉间艰涩，像是针刺一般疼痛，即使他就站在她的面前，即使他没有距离她那么遥远，她也问不出口了。

一百多年前，他曾为救她丢掉了性命，一百年后，就用她的性命，来换取他安稳的人生，她以为改变了沈阙的性格，能让他在皇室权力的倾轧中获得新生，可是她却忘了，倘若没有了那个人的善良，没有了怜悯之心，那么沈阙，也将不会再是沈阙了。

那个傻里傻气的书生，总是有着灿烂温暖的笑容，他关心着身边的每一个人，甚至对于自己的仇人，都存有一颗善意之心；而眼前的这个人，他所拥有的，仅是对于权力的贪婪，没有人会比他更为残忍，更为决绝，也没有人会比他更为冷漠无情了。

她看到万千铁箭向自己扑了过来，黑压压的一片遮掩了天空，她站在洪武门的中央，仰头望着它们一动不动，神情落寞而孤独，好像从恍惚的记忆中，看到了沈阙昔日的身影，体内荡开一阵奇异的灵力之波，那些即将落地的铁箭，以一种诡异唯美的方式凝固在半空。

城墙上的人们顿时大吃了一惊，望着眼前的景象，不可置信地瞪大了眼睛，人类的软弱无能，立即在妖怪的强大中显现出了原形。

细细碎碎的议论声不绝于耳，那些兵将震惊地望着城墙下的女子，一时间忘记了反应，在异族生灵的面前，他们想到的只有逃跑，然而迫于朝廷的压力，始终不敢迈出去一步，只能怔怔地站在原地，也没有接下来的进攻。

绯悠闲的身体缓缓升腾在半空，皎白的衣裙随风发出猎猎声，银发翩然轻舞，泛着淡淡的清华，荡起的裙摆像正在盛放的雪莲花，她的身侧泛起无数艳粉的樱花，灵力控制着那些铁箭慢慢反转，指向了那些企图取她性命的人。

此时此刻，楚太子吓得连连退后，拉过身边的人挡在自己的前面，自己手足无措地钻到了桌子底下，饶是沈阙都脸色一变，他的神情沉郁如冰，一动不动地站在那里，望着飘荡在半空与自己对视的绯悠闲。

绯悠闲微微用力，以意念控制着铁箭划破长空，齐齐地反射了回去，霎时间洪武门的城墙上几乎插满了铁箭，箭尾在余力下轻颤，发出铮铮的声响，却没有伤害那个人分毫，阴暗的天空灰蒙蒙的，很快泛起了乌云，墨黑的云海不断翻滚，很快遮掩了天空，冷冽的狂风不止，卷起尘土漫天飞扬。

绯悠闲的身姿静止在半空中，静静地凝望着沈阙的模样，企图从他的眉眼中看出一丝感触，除了震惊和恐惧之外，对她没有一点点的温情，她的身体泛着隽永宁和的光辉，衬着一袭银发显得冰冷而高贵，望着沈阙的眼睛见到他沉郁如冰的神情后，原本的热切渐渐化作了一片冰凉，先前施用强大的灵力导致她的身体开始破裂，灵力幻化成的花瓣不断从身体中飘荡出来，她蹙了一下眉，翩然坠落在地上，半跪着身体吐出一口鲜血。

身体的裂痕不断扩大，从衣物中蔓延到脖颈，每一寸肌肤都感到撕裂的痛苦，她捂着胸口勉强地站了起来，冷冰的目光定定地望着城墙上的那道身影，缓缓迈步朝他走了过去。

“快！快！杀了她！”楚太子不知何时冒了出来，见绯悠闲正在接近，大惊失色，不由得高声喊道。

只听见此起彼伏的弓弦声，铁箭再一次划破长空向她扑了过来，这一次，绯悠闲已经没有力量再去撑起结界了，她飞跃而起，在半空中闪躲着从四面射来的铁箭，身上仍是被划出了几道触目惊心的血口，她翩然落在了城墙上，紧紧地抓着沈阙的肩膀，怔怔地望着他，城墙上的人们纷纷吓得后退，弯弓拉箭如临大敌地对着她。

“为什么……”绯悠闲的脸色苍白，虚弱无力如一张白纸，她抓着沈阙的肩膀，全身都因疼痛而颤抖，不受控制的妖力掀起一阵阵狂风，她的眸中闪过一抹血红，指甲由于妖化变得尖锐修长，刺入了沈阙的血肉之中。

沈阙没有回答，绯悠闲依旧凝望着他，她的唇边挂着一道血迹，衬着冰冷的容颜，显得绝美而凄艳，她的神情恍惚，喃喃地问：“沈阙，你……爱过我吗？”

沈阙的脸色沉郁如冰，肩膀被她的指甲抓出伤口，不断地向外渗出血迹，他却依旧面无表情，丝毫感受不到疼痛般地道：“没有。”

绯悠闲的泪水无声滑落，她的唇角慢慢扯出了一丝苦涩，继续试探地问：“沈阙，你……喜欢过我吗？”

沈阙定定地注视着她的容颜，望着她苍白而沾满血污的模样，向来清冷的眼眸中终于闪现出了异样的感情，然而声音始终冰冷而绝情：“那么，你有喜欢过我吗？”

他向前走近了一步，冷冽威严的语气听起来竟像是逼问：“你心里的那个人是谁，跟我在一起的时候，又在想着谁，如果我说喜欢的话，那么……你有喜欢过我吗？”

不知道为什么，他们的每一次接近，明明她的眼中看到的是他，心心念念喊着的也是他的名字，可是他却总是觉得陌生，好像穿越到时光的另一头，她心里真正爱着的，是另外一个人。

那个人是谁，跟她有什么关系，既然心中所爱为他人，为什么又要来招惹他？每当想起这些，心里就莫名升起怒气和惊慌，这种感情连他自己都觉得可笑，区区一个青楼女子罢了，地位低贱还不如地上的蝼蚁，就算顶着天下第一美人的头衔又如何？就算他不要了，又能如何？

偏偏看到她的目光，她注视着自己的目光，让他感到自己好像仅是一个替代品，她不曾爱过他，不曾喜欢过他，也不曾在意过他，可是他沈阙是什么人，高傲如他，岂能被人如此轻视？既然已经招惹了他，既然已经做了他的人，别说身体，就连内心也只能是他的，他不允许她的背叛和异心，宁愿亲手把她毁掉，也不要她的心中还想着别的什么人。

绯悠闲听到他的话，稍怔了片刻，随即缓缓地笑了起来，喃喃地道：“你说得没错，我……由始至终都不曾喜欢过你的。”

她心里一直想着的，是那个温暖善良的书生，始终爱着的，是那个异国飘摇的质子……可是这些，都在幻梦长空之境中，最终归于无痕，是她杀死了自己最爱的那个人，是她改变了他，将沈阙推向了毁灭之地，从决定画骨重生的那一刻起，沈阙，就再也不是她爱着的那个沈阙了……

绯悠闲笑得有些凄凉，她慢慢向沈阙接近，注视着他英俊的眉眼，仿佛从他的脸上，还能看到昔日那温暖的容颜，冰凉的声音低笑了几声，语气淡淡地道："你……抱一抱我吧。"

沈阙居然真的抱住了她，片刻之后，绯悠闲皱眉闷哼了一声，唇角涌出血迹，她的全身轻颤，却还是紧紧地拥抱着沈阙，仿佛在拥抱着一百年前那个善良的质子，他们的脚边滴答滴答地落着血珠，溅落在她和沈阙的中间，触目惊心地悲凉。

绯悠闲的脸上被泪水打湿，她勉强撑着身体，侧首接近沈阙的耳边，艰难地轻念着："沈……沈阙……沈阙……"一字字，一声声，带着无限的怀恋和不舍，仿佛穿过时光，对那个书生质子最为深情地低喃。

沈阙怔了一下，仿佛受到了某些触动，他的脸上尽是不可置信的神情，依稀的记忆中，好像也曾听到过这么刻骨铭心的呼唤，岁月的轮回洗刷了他的从前，却抹不掉深植于灵魂的眷恋，在他未知的时光里，一定有那么一个人，曾经这样称呼过他。

他还未回过神，绯悠闲猛然推了他一把，沈阙往后退了几步，下意识地朝她伸出手去，右手与她擦衣而过，他的手上还染着她的鲜血，那把他亲手刺入的匕首还留在她的腹中，可是他却眼睁睁地看着她的身体像是断了线的风筝，从城楼坠落下去。

阴冷的风，撩起了她的衣衫，银发肆意飘舞，即使现在浑身血污，狼狈不堪，却依旧美得惊心动魄，她的身体终于开始崩塌，向外飘散着灵力之光，艳粉的灵力幻化出轻灵的花瓣，像是漫天飘零的雪花，绯悠闲重重地摔在了城楼下，她一动不动，望着眼前的一角天空怔住了神。

她想起了和沈阙最初相见时，那个傻傻的、温暖人心的笑容，以及他局促的、害羞的一举一动，那个读书坏掉脑子的笨蛋，还在跟她说着什么非礼勿视、非礼勿闻的大道理，还在看到她杀人之后，倔强不屈地与她争辩，还在被她训斥之后，独自坐在夕阳下落寞地哀伤。

沈阙会不会怪她呢？是她抹杀了那样的他，幻梦长空之境里，她失去了灵魂，失去了曾经的沈阙，过去今生经历过一遍，她这才明白，她真正爱着的那个人，再也找不到了，即使现在她死了，还无法与他重逢，再也无法回到他的身边。

云初末和云皎最终来晚了一步，他们站在城楼之下，望着漫天飘零的八重樱花，不远处的空地上躺着一枚发钗，云皎迈步走了过去，蹲下身拾在手里，望着那枚发钗发呆，陷入了良久的沉默之中。

城楼上的兵将见到他们，又如临大敌地架起了弓弩，云初末站在云皎的身边，缓缓转身环视了一圈，阴柔精致的面容间收敛着冰冷和对于人类的嘲讽不屑，即使身处在这样千钧一发危险的环境中，他的神情中依旧见不到一丝慌乱，全然不把这些人放在眼里。

片刻之后，他走到云皎的面前，蹲下身摸了摸她的头，不由得无奈叹了口气，温声细语地轻哄着："好了，我们该走了。"

他的原身是灵，而绯悠闲是妖，即使灵族和妖族的关系向来亲密，他也没有难过成云皎这个样子，在他看来，反正这个妖怪迟早都会死的，早一点，晚一点，又有什么区别？想到此，他甚至斜斜地鄙视了云皎一眼，不知道前些天声泪俱下控诉绯悠闲虐待自己的人是谁。

云皎的心情很是惨淡，她知道绯悠闲即使今日没死，三个月后还是会被长空之境吞噬，但是现在的结局实在令人难以接受，她做梦都没有想到，画骨重生，从头再来的最后，居然是沈阙杀死了绯悠闲，他们之间还有好多时间没有度过，还有好多遗憾没来得及弥补，却已招致这样悲惨的结局。

想到此，她抬头看向云初末："云初末，你说她这样做……值得吗？"

云初末弯了弯唇角，难得认真地答："她觉得值得，就是值得的吧。"

他们站了起来，迈步朝洪武门走去，城上的弓箭随着他们的脚步移动，生怕会出现什么乱子似的，经过绯悠闲先前的那一击，他们已经很确定这两个也不是好对付的人，所以他们宁愿眼睁睁地看着这两个人离开，城楼之上，沈阙望着那两道远去的身影，英俊的脸庞上似乎有些怅然若失的神情，他垂下头注视着自己沾满鲜血的手，又是一阵心神恍惚。

“今日多亏翌王，否则我等的性命都要被这妖怪害去了。”楚太子不知何时从桌子底下钻了出来，对着沈阙客套道。

沈阙勉强地一笑，向他回礼道：“此次计划能够成功，还是得益于国君你的安排。”

楚太子冷哼了一声：“真是没想到，王弟，哦不，是十恶不赦的罪人楚湛竟然勾结妖孽，险些颠覆了我楚国数十年的基业，不过幸亏翌王你发现及时，朕才能得以肃清余党，铲除妖邪。”

沈阙的神情还是恍惚，直到楚太子拍着他的肩膀道：“翌王尽管放心，今日你肯诛杀自己的宠妾，也算是拿出了十分的诚意，朕与你的约定就此达成，等你回到齐国取得王位之后，以后的天下将会是我们两个人的。”

沈阙回过神来，对他微微颔首，淡淡地笑道：“国君说得是。”

第五章
皎皎月中天

离开幻梦长空之境已经两个多月，长安依旧没能下起雪来，莲池上结着厚厚的冰层，云皎小心翼翼地走上去，居然都没有踩破冰面，她的手里拿着一把匕首，挪着步子向池子的中央移动。

云初末倚靠在亭阁的木栏边，单手支颐悠然地望着她，脸上含着温柔的笑意：“你小心一些，别把冰面踩塌了。”

云皎扭过头白了他一眼，没好气地反驳：“才不会呢，我最近都瘦了。”

她蹲了下来，拿着手里的匕首敲砸着冰面，嘴里还在念叨着：“云初末，把冰面凿开的话，这些锦鲤就不会憋死了吧。”

云初末挑了挑眉，颇有些戏谑的意味：“你何时开始关心这些东西了？”

云皎有些不服气，顿时觉得云初末对自己的印象误会得太深，她微微嘟着嘴：“我一向很关心它们的，又小又软又很可爱。”

云初末单手撑着下巴，冬日的阳光有些刺眼，所以他的眼睛微微眯着，整个人都看起来懒洋洋的，似是漫不经心地道：“是吃起来又小又软吧，以为我不知道吗，嗯？”

云皎顿时被打击得抬不起头来，她跌坐在冰面上，回想起云初末受伤的时候，由于缺少银子，生活难以维系，她是背着他煮过几条锦鲤的，她有些心虚，讪讪地说道："好啦，我发誓以后都不会再碰你的锦鲤了。"

她从冰面上起身，埋头专心致志地凿冰块，很快就在莲池中央开出了一个盆口大的冰洞，再站起身时，脚下突然一滑，身体顺势往后倾去，正好靠进了一个怀抱里，云初末不知何时已经走下亭阁，站在云皎的身后连忙扶住了她，等两人稳住了身形，才无可奈何地捏了捏她的鼻子，没好气道："你啊，早说了要小心一些……"

他放开云皎，在新凿的冰洞旁蹲下来，伸出手去捞水里的冰块，修长的手指白皙如玉，被冷水冻得微微泛红，却难得很有耐心。云皎凑到他的身边，水灵灵的大眼睛注视着他，不明所以地问："云初末，你在做什么？"

云初末将手里的冰块丢开，又开始打捞，语气很清淡："若是留着这些碎冰，洞口很快又会被封住的，你不知道吗？"

云皎心虚地耷拉下脑袋，她还真的不知道……正消沉着，她的眼珠忽然一转，顿时觉得这是她拍马屁的好时机，于是立即抓住机会，不遗余力地赞叹道："云初末你真厉害，不但人长得好看，修为很高，就连学识也这样渊博！"

云初末轻飘飘地看了她一眼，脸上泛起清俊的笑意："是吗，我有这么好？"

"当然啦！"云皎一副大义凛然的模样，小身板迎风而立，表情要多坚定有多坚定。

云初末漫不经心地嗯了一声，偏过头注视着她，很好脾气地问了一句："还有呢？"

云皎一呆，绞尽脑汁地思索道："还有英俊威武、风流倜傥、神采飞扬、一表人才、蕙质兰心……"

她吧嗒吧嗒地说了一大堆，几乎把自己所学的成语全都搬过来赞美云初末，力图把对方说成三界之内最英明神武、绝世不凡的剑灵，最后直到把云初末说到不忍再听，没好气地闭了闭目，伸手在她头上敲了一下："好了！"

云皎立即委屈地停住了，望着云初末嗫嚅道："是你让我说的……"

云初末又忍不住叹了口气，恨铁不成钢地揉了揉太阳穴："我是让你说真心的话，还有，蕙质兰心是用来形容我的吗，嗯？"

云皎稍愣了片刻，很有自知之明地捂住了自己的嘴巴，可怜巴巴地望着他：“云初末，我再也不会说话了。”

云初末又斜斜地看了她一眼，阴柔精致的面容里，含着若有若无的笑意和宠溺，他静默了片刻，突然倾身向云皎咋呼道：“你每次都这样说！”

“啊——”云皎被吓了一跳，身体下意识地后仰，一屁股坐在了冰面上，再抬头时，始作俑者已经站起身，望着她狼狈的样子笑得满面春风，肩膀一抖一抖的，要多猥琐有多猥琐。

云皎气得直想打滚，愤怒地吼道：“云初末！”

云初末立即收敛了笑，煞有介事地清了清嗓子，表情里带着些许严肃：“我在呢，云皎。”

“你你你……”云皎更是气得头晕，手指颤抖地指着他，“你怎么可以这样无耻！”

云初末微微挑眉，居高临下地藐视她：“你忘了，你方才还夸我风流倜傥，文采飞扬呢！”

云皎只觉得一阵心塞，一股眩晕感在脑袋里旋转了几圈，搬起石头砸自己的脚，偏偏气得说不出话来，她咬牙切齿了好一阵儿，愤怒地扭过头，懊恼饮恨地坐在冰面上，双膝并拢，脑袋搁在手臂间，噘着嘴闷闷地不说话。

云初末试探地打量了她一眼，见着云皎生气愤怒的模样，阴柔精致的眉眼中敛着宠溺的神色，他微微抿着唇，放轻了声音：“好了，不要闹了，赶快站起来。”

云皎一动不动，也不愿意理他，听到云初末的话，细不可闻地轻哼了一声，立即扭过头，给他留了一个坚强不屈的背影。

云初末站在她的身边，语气有些威严：“云皎，你是想让我亲自动手吗？”还未等云皎开口说话，他就绕到了云皎的身后，伸手拎着她的衣领，在冰面上拖呀拖地走了老远。

“呀呀呀……”云皎手忙脚乱地稳住身形，愤怒地喊道，“云初末，你这个浑蛋！”

云初末的脚步顿住了，偏过头冷冷地注视着她，面无表情地问：“你说什么？”

“我说……”云皎立即停了下来，抬头望着云初末的模样，小身板凄惨无比地缩了缩，委屈至极地嘟着嘴，“云皎，你真是一个浑蛋……”

云初末立即被她这句话给逗笑了，松开了拎着她的手，漫不经心地道：“我数到三，再不站起来……”

还没有说完，云皎就生龙活虎地站起来了，还屁颠屁颠地凑到他的跟前：“云初末，你午饭想吃些什么？我觉得这个时候炖人参鸡汤最好了，你觉得怎么样？”

云初末扯了扯唇角，语气定定地道：“云皎，你每天除了吃，难道就想不到别的事情可做了？”

云皎一呆，顿时意识到自己现在是被嫌弃了，可是过去那么多年，云初末只教过她法术和武功，琴棋书画什么的完全不沾边，刺绣什么的更是想都不用想，总不能让她闲下来的时候就打拳吧？

她的手指抵着唇瓣若有所思，可怜巴巴地瞄了云初末一眼，试探地道：“我……我还会给花浇水……”

云初末看了看满院衰柳枯杨的情景，默默叹了口气，语重心长地摸了摸云皎的头：“你还是回去做饭吧。”

他说完后转身就走，留下云皎饱受打击地垂下了头，心情凄凄惨惨戚戚，然而正在凄惨之时，她忽然想到了一事，连忙跟上云初末的脚步：“云初末云初末……”

由于冰面太滑，她一下子滑出了老远，幸好云初末及时伸手拉住了她，另一只手高高地扬起，眼见就要敲上她的头，云皎激灵了一下，立即挡住了自己的脸，一副生怕挨打的模样：“云初末，我错了，我真的错了，其实我就是想问问……沈阙现在怎么样了？”

云初末无可奈何地看她，他把手放下来：“怎么想起问这个？”

“这个啊……”云皎犹豫了一下，表情里有些迷茫，“我实在想不通，沈阙怎么会杀掉绯悠闲呢？”一开始她以为是绯悠闲在宴会上得罪了楚太子，沈阙为了与楚太子结盟，向他表示自己的诚意，所以才狠心出卖了绯悠闲。可是后来想想又觉得似乎不是，沈阙先前对待绯悠闲并没有那么绝情，而且即使要出卖她，也不会拖延到那个时候。

云初末负起了手，语气淡淡地道：“到底是为什么，很难想吗？”

云皎惊奇地望着他：“你知道？”

云初末并不着急着回答，他拉着云皎走到岸边，在平地上站稳了脚步，才不紧不慢地道：“沈阙从一开始就不相信她，所以一直派人暗中监视，绯悠闲当日冲动挟持了太子，后来更是被人看到她盗走公子湛的尸体，你说沈阙会怎么想？”

云皎沉思了片刻，看向云初末：“你是说……沈阙怀疑绯悠闲是公子湛派来的细作？”

云初末默默颔首，又漫不经心地道：“这件事已经结束，答应给绯悠闲的条件，我们也已经做到，他怎么想，与我们并没有关系。”

他正说着，就见云皎不动声色地拉住了自己的衣袖，纯良无辜的表情望着他，云初末低头看了一眼她的手，又对上云皎的目光，微微皱起了眉，语气不太好：“你干吗？莫不是又要多管闲事吧？”

云皎小心翼翼地伸出了一根手指，试探地嗫嚅道：“云初末，真的就这一次……”

沈阙与楚太子联盟，不过是为了夺取齐国的君主之位，可惜如意算盘打得很好，怎奈上天不给机会，让他的心血全都付诸流水，楚国遭逢旱灾，各地都闹起了灾荒，楚太子本就不得人心，刚刚继位不思赈灾救民，反而肆意妄为，大开杀戒，甚至将自己的亲弟弟迫害致死，正所谓哪里有压迫，哪里就有反抗，沈阙做梦都没有想到，在他企图联合楚国发动兵变之时，楚国居然发生了内乱。

一股反抗楚国暴政的势力在偏远的山村滋生暗长，趁楚太子决定出兵援助沈阙，国内时局动荡之时，反军振臂一呼，立即引起了八方响应，原本数百人的叛军，竟在短短十几天内发展到数万，楚太子焦头烂额，大军与反贼纠缠斡旋根本脱身不得，更不可能派兵赶赴前线支援沈阙。失去了楚太子支持的沈阙，很快就被齐王镇压下来，以谋逆罪行被打入天牢之中，从起初发动兵变，到最后兵败被俘，不过短短一个月的时间。

再次进入幻梦长空之境，沈阙已在天牢中被关押了数天，齐国的朝堂上分为两派，一是坚持沈阙身犯谋逆之罪，罪大恶极，理应按照律法处以斩刑，二是认为沈阙虽然触犯了律法，但念起早些年对朝廷和百姓的功绩，功过相抵，可以免他一死。

其实明眼人都清楚，齐王虽然痛心沈阙谋乱一事，到底还是不忍心杀他的，要知道在八个皇子之中，唯独沈阙是最优秀绝艳的，朝臣们嗅闻到国君的这一想法，也都纷纷放松了弹劾的力度，于是沈阙最终被囚禁于王宫废弃的宫殿之中。

当云皎和云初末再次找到他的时候，沈阙正靠在宫殿门口的木柱上闭目养神，得知绯悠闲与自己的过往之后，他只是愣了片刻，又缓缓地笑了起来："你们以为我会觉得愧疚，那个女人……终究是她负了我。"

不知道为什么，听他说话的那一刻，云皎竟能很清楚地感知到他现在的心境，纵使绯悠闲在过去的时光里喜欢他又如何，那也只是喜欢过去的他而已，心高气傲如沈阙，又怎能忍受自己作为一个替代品，活在别人已经设计好的人生里?

她想起当日在城墙之上，面对绯悠闲的质问，沈阙也问出了同样的问题，其实沈阙对于绯悠闲还是有一些真心的吧，只是这一切都不重要了，绯悠闲已经死了，关于她的一切也已经湮灭在幻梦长空之境中，不论他曾经是否喜欢，绯悠闲都不会再知道了。

她把绯悠闲的那支凤钗留给了沈阙，最后跟着云初末离开，原以为一切顺利，不承想走在大街上的时候，居然遇到了公子昭，当时云皎正在云初末的身边不遗余力地大献殷勤，就见熙熙攘攘的大街上，一个十二三岁的少年火急火燎地向他们跑过来，欢呼雀跃地招手喊道："姐姐，姐姐……"

大街上无论打杂的，还是卖艺的，纷纷转过头以一种怪异的目光看着云皎，云皎的动作一僵，顺手捞起旁边摊子上的一个糖人，淡定地扭头对云初末道："云初末，你觉得这个糖人怎么样？我觉得它栩栩如生，香气诱人，特别是这只脚，简直出神入化，肯定很好吃！"

云初末点头嗯了一声，漫不经心地附和道："你觉得好就好。"这样一番对话下来，后续的效果果然不错，大街上的人们又把头转过去，各自做自己的事情去了，云皎把糖人放回原位，长长地呼了一口气。

此时，公子昭已经跌跌撞撞地冲到她的面前，激动道：“姐姐姐姐，我终于找到你了！”

云皎吓得往后一跳，双手交叉，做出防卫敌对的样子：“小孩，你要干吗？！”

见到自己心爱的姐姐居然防备自己，公子昭很是凄凉，心想莫不是当日在王府中自己的蠢相给人家留下了不好的印象，他撇了撇嘴，显得委屈至极：“姐姐，我还不知道你的名字呢！”

旁边的云初末上下打量了几眼，意外地挑了挑眉，冷不丁地插了一句：“云皎，这是谁？”

云皎顿时耷拉下脑袋，回想不久前她因为闯祸逃命，一不小心遇上了沈恪，又一不小心跟人家说云初末是失心疯的事，她总觉得内心凄凉，讪讪地站在一边，闷声不吭地保持沉默，同时还在犹豫着，她要不要假装不认识这个人呢？干脆狠揍一顿，然后拉着云初末扬长而去吧？

她还没有说话，公子昭就很惊奇地看向了她：“原来你叫云皎，咦？这位就是你家公子吗？”

云皎脑中的某根弦顿时一紧，连忙捂住了他的嘴巴，另一手啪啪地拍着公子昭的肩膀，仰天大笑道：“真是好久不见了，令堂可还好，兄长有没有高中，姐妹有没有嫁人呀？”

公子昭艰难地扯下了她的手，用水汪汪的大眼睛注视着她，很是可怜巴巴：“父王和母后为王兄的事情整日忧心，王兄前段时间被打入天牢，至于皇姐……早在三年前就出塞和亲了，几个月前染病去世了。”

云皎的笑容顿时僵在了脸上，还没笑完的声音生生地卡在了喉间，呆住的表情噎了一下，幽幽地叹了口气，淡定地感慨：“还真是命途多舛的一家人……”

她正说着，忽然顿住了，惊奇地望向公子昭，几乎尖叫道：“你是齐国王族？”大街上原本已经恢复平静，又被她这一嗓子吼乱了，不少百姓聚集在周围，对着他们指指点点，似乎在怀疑公子昭的身份，也在暗暗议论着他们是何人。

云初末不可忍受地揉了揉太阳穴，顿时觉得千万年来积攒的脸面，都快给云皎丢尽了，他一把扯过云皎的衣领，阴沉着脸把她往人少的地方拖，公子昭见此，连忙屁颠屁颠地跟在后面，还扯着嗓子喊："你你你……你放肆，快把姐姐放开！"

云初末忽然顿住脚步，冷冷的目光扫向云皎，语气很不好："让这小鬼闭嘴！"

云皎立即站直了身体，笑眯眯地看向了公子昭，软声软语地安慰道："你不要紧张，公子这是在跟我玩呢！你看，现在都快午时了，王宫也该传膳了，你还是快快回去吃饭吧！"

美食对于公子昭的诱惑力，显然不及这位可爱的姐姐，他委屈地嘟着嘴，一声不响地跟在后面，颇有不到黄河心不死、不见棺材不落泪的坚决。

云初末把云皎拖到城外的柳树下，见到跟屁虫似的公子昭，不爽地皱了皱眉，偏过头看着云皎，语气很恶劣："他看起来很想找死呢！"

云皎顿时激灵了一下，连忙道："啊啊啊……云初末，佛家常说救人一命，胜造七级浮屠，放人一条生路，简直比浮屠还浮屠。"

她挣开了云初末的拉扯，悄悄挪到公子昭的身边，向他拼命斜眼，放低了声音道："你快走啊，他真的会把你杀掉的……"

公子昭果然惧怕地往后缩了缩，但是一想到自己是男子汉，不由得硬了几分胆气，立即把云皎揽在身后，挺直了腰板对峙云初末，坚强不屈道："姐姐，你别怕，这里是齐国，我来保护你！"

云皎简直想哭，伸手认命地往脑门上一拍，心里一片凄然惨淡，抬眼就见云初末含着笑向他们走过来，阴柔精致的眉目中尽是温柔，春色灿烂跟朵太阳花似的，流光潋滟差点晃花了人眼。

见云初末接近，公子昭多少有些胆怯，手忙脚乱地拔出了自己的匕首，声音哆嗦着："你你你……你要干吗？告诉你，这里是齐国的地界，我若是出事了，你肯定吃不了兜着走！"

云初末还在接近，一张俊脸上挂着迷死人的微笑，手指却按得咯咯直响，他的语气很轻柔，跟说家常话似的："我一般不喜欢跟小鬼计较，可是总有一些目中无人的小鬼，让人忍不住想要拿来练手。”

望着两个人一脸惊恐的样子，云初末逐渐收敛了笑容，脸色很阴沉：“云皎，是你自己过来，还是要我过去？”

云皎闻言，立即识相地拨开公子昭，屁颠屁颠地凑到云初末身边，可怜巴巴地仰望着他：“云初末，我现在好累，我们回去吧，好不好？”

云初末还未说话，就听公子昭一声断喝：“不可以——”

被云初末冷冷地瞪了一眼之后，他惧怕地缩了缩，低声嗫嚅道：“姐姐，这位公子不是有失心疯吗，你跟着他回去肯定又会受苦的……”

云初末又立即把目光投向了云皎，对方已经被公子昭方才的话劈得外焦里嫩，身体晃了一晃，凄惨荒凉地站在原地，人事不知。

云皎默默叹了口气，事已至此，她也不好再说些什么，纵使今天被云初末打死，那也没有什么好难过的，大不了十八年后又是一个弱女子。

她慢慢抬头对上了云初末的目光，觉得对方看着她的模样恶狠狠的，她委屈可怜地撇了撇嘴，立即扑倒在他的脚边，要死要活地抱上了云初末的大腿：“云初末，我错了，我真的错了，这个真的不是我说的啊啊啊……”

云初末居高临下地望着她，脸上的笑容很好看，他慢慢抚上云皎的脸，不紧不慢地说道：“失心疯？真不错呢，难为你能想到这点……”

云皎立即抱住了自己的脑袋，小身板缩在云初末的脚边，看上去又小又软，微微嘟着嘴祈求道：“云初末，你留着我的话，我可以给你做饭，帮你浇花，哦，冬天到了，我还可以给你暖床，总之打死我，以后就再也找不到像我这样的了。”

云初末闻言优雅闲适地负着手，云淡风轻地嗯了一声：“我现在一点都不想打死你，来，我们找个地方慢慢说。”

旧恨未除，又添新仇，想到这个，云皎差点都吓哭了，她手脚扑腾着站起来，立即抓住了公子昭的衣袖：“大侠，你路见不平，一定要拔刀相助，快救救我啊……”

云初末的脸色更臭，一把扯过云皎的衣领，死命往后拽着，眼见就要把她带走，云皎和公子昭紧紧拉着手，死活都不肯分开，云初末沉着气，冷冷的目光扫向公子昭，眼神威严地眯了眯："小鬼，你看起来很想被砍掉手呢！"

话音刚落，公子昭立即把云皎的手松开了，眼见着心爱的姐姐被越拖越远，他泫然欲泣，依依不舍地跟了几步，云初末觉察到他的动静，猛然回过头，眼神很犀利："再跟过来的话，我就砍了你的脚！"

公子昭又立即顿住了脚步，可怜巴巴地望着云皎，朝她挥了挥手："姐姐，你保重，我一定会去救你的！"

云皎眼泪哗哗，挣扎着朝公子昭伸手："你一定要快一点，我会等着你的……"

云初末不可忍受地闭了闭眼睛，冷着脸看向云皎，语气阴寒："你再敢多说一句，我现在就把你的舌头割掉！"

云皎立即不说话了，讪讪地捂住自己的嘴巴，这次的事情，再加上上次她把地锅鸡倒在云初末的身上，云初末一定会打死她的，想想自己这一百多年来的人生，除了云初末，和那个该死的盗墓贼，就只有公子昭一个好朋友，面对如此生离死别的场景，她的心情还真是异常惨痛！

想到此，她斜着眼睛瞅了瞅公子昭，又在云初末威严的注视下，默默地把视线收了回来，云初末阴沉着脸，冷哼了一声，拽着她的衣领愤愤地走远了。

寂月梧桐，清冷地挂在枝头，飞檐回角，在夜色中静谧而又狰狞，云皎捧着刚洗净晾干的衣物，准备送到云初末的房间，抬眼见不远处的屋顶上坐着一个人，一袭皎白的衣衫，拎着手中的酒壶默默浅酌着。

她走下长廊，把衣物顺手放在庭院的石桌上，朝着那个人走了几步，很容易就能辨识出正在对月饮酒的人是云初末，此刻他的身上染着月华，白皙的脸如玉雕琢，脉脉伤情中又有些孤独的清冷。

云皎顿步在月桂树后，望着云初末有些失神，幻梦长空之境里，沈阙最终被幽闭在王宫中，自从知道了那些真相，他就一直沉默寡言，他们最后一次去看望沈阙的时候，偌大的宫殿里只有他一个人，外面清清冷冷地掉着枯叶，沈阙靠在宫殿的一角木栏边，握着手里的那支发钗，望着满院的寒叶发呆。

从长空之境里出来，云初末的心情也不大好，似乎是在纠结着沈阙的结局，这也是她不能理解的地方，云初末念在与绯悠闲的交情，虽然对沈阙有些怜悯之心，总不该伤心成这个样子才对，想当初绯悠闲魂飞魄散的时候，他都没有那么难过。

既然不是在同情有着这样结局的人，那就是在纠结这个结局本身，宿命里的沈阙注定要被幽闭在王宫内，郁郁寡欢而死，云初末一直以为，一百年前他改变了绯悠闲和沈阙的结局，纵使命运由天定，总该会有些不同，可是匆匆百年，幻梦长空之境里走一遭，一切都像是绕了一个圈，终于又回到了原点。

有时候，她甚至想，云初末先前之所以不顾重伤帮助绯悠闲，或许不是为了得到她的灵魂，其实他真正的目的，是想借助此次的事情，验证一下宿命是否真的不可更改，可惜长空之境给予的答案，显然并不是他想要的，所以现在才会如此黯然神伤。

云初末曾说过，霍斩言是他见过最聪明的人，因为他比任何人都看得通透，想得明白，选择以那种方式来结束自己的人生，也在无声无息之中，祭奠他与萧萧之间的感情。相比下来，不论银时月，还是绯悠闲，他们以灵魂换来的，不过是又一场绝望的离别，除了他们自己，什么都没有改变。

那么，云初末又在忧心什么呢？他想改变谁的命运？抑或掌握着谁的人生？她正默默地想着，忽然听到云初末的声音：“躲躲藏藏，站在那里做什么？”

云皎立即回过神，顺着屋檐下的梯子爬到了云初末的身边，小心翼翼地凑到他的面前，探究地打量了他几眼，试探地问：“云初末，你的心情不好吗？”

云初末随手把酒壶放到一边，单手撑着头，含笑望着她：“你又知道了？”

云皎不服气地撇了撇嘴，似是撒娇道：“那是当然啦，告诉你，我这一百年可不是白活的，只要看到你的一小截手指头，就知道你在想什么。”

云初末依旧悠然地望着她，神情有些恍惚：“那你说说看，我现在在想些什么？”

云皎闻言一呆，她总不能说云初末是在为不能更改宿命而苦恼吧，要知道再顺着这个话题说下去，她的那些小秘密以及云初末的心事都会被抖出来，她绞尽脑汁地斟酌了一会儿，脑门忽然一亮：“院子里的梅花病恹恹的，到现在还不肯开花，是不是长虫子了？”

云初末闻言，静静地笑了，这笑容里似乎有些苦涩的意味，他伸手捏了捏云皎的鼻子，宠溺温和道："现在还没到时候，你见过谁家的梅花是在腊月之前开花的？"

云皎讪讪地哦了一声，她想了一下，趁机问道："既然不是这个，那你在想什么？"

云初末的唇角泛着暖暖的笑意，他望着云皎，幽静的眼眸中含着潋滟的温柔，轻声道："你不是说，只要看到我的一小截手指头，就知道我在想些什么吗？再猜猜看啊？"

云皎双手撑着脑袋，很不乐意地嘟起了嘴，闷闷道："我才不要猜！"

云初末细不可闻地轻笑了一声，无可奈何地叹了口气："我心里想的，你怎么可能会知道……你啊，就知道口是心非。"

"哪有！"信誉被质疑，人格被鄙视，云皎很是愤怒，立即放下了手，"我明明就知道！"

她轻飘飘地瞥了云初末一眼，沾沾自喜地继续道："我们忙活了这么多天，都没能改变沈阙的宿命，反倒阴错阳差把他推向了命定的结局，以你的性情虽然表面没什么，其实心里早就很生气了吧。"

云初末沉默了一阵儿，没好气地回答："谁告诉你，我在想这个的？"

云皎已经完全听不进去任何话，摇头晃脑地解说："正所谓偷鸡不成蚀把米，赔了夫人又折兵，云初末其实我特别能理解你，要是我受了这么重的伤，结果却什么都没做成，肯定早就气死了……"

云初末不可忍受地揉了揉太阳穴，语气很不好地唤道："云皎！"

"在！"云皎看向云初末，立即识相地捂住自己的嘴巴，水灵灵的大眼睛望着他，要多无辜有多无辜。

云初末阴柔精致的眉目中有些威严，沉着气："我只是在想，该如何才能让你听话一些。"

云皎顿时觉得受到天大的委屈，她耷拉着脸，讪讪地辩驳："云初末，我一向都很乖……"

云初末忍不住在她头上敲了一记，皱了皱眉："先前的事情我就不计较了，你自己数一数，最近两个月到底做了多少蠢事，居然还敢跟我说你很乖？"

他顿了顿，伸手转过云皎的身体面对着自己，用审慎的眼光打量着她："还有那个小鬼，我有没有说过外面很危险，一个活在过去的人，你同他牵扯些什么？"

云皎的表情很委屈，微微嘟着嘴，在云初末的教训中耷拉下脑袋，心情惨淡无比，她低低地嗫嚅着："对不起……"

云初末看了她半晌，转过身，叹了口气："算了……"

他刚转过身，云皎立即凑到他的身边，大眼睛眨呀眨的，把他的神情仔仔细细地看了个遍，觉察到某人的动静，云初末偏过头对着她的探究，语气有些恶劣："干吗？"

云皎目光如炬，像是发现了某个真相："云初末，你是不是觉得我很麻烦，很讨厌我？"

云初末面无表情地转过头，闷闷地道："没有。"

"真的没有？"云皎又探究地打量着他，恨不能连云初末的一根头发丝都仔细观察好几遍。

云初末抬手敲了一下她的头，微微皱眉："我讨不讨厌你，你自己难道感觉不到吗？我明明……"

他说到这里突然顿住了，云皎的双眼放光，好奇心驱使之下，她又往云初末身边凑了凑，再接再厉地套话："明明什么？"

月光西移，洒在她的脸上竟有种惊心动魄的美，眼眸潋滟清澈，似是敛着三千秋水，她静静地望着云初末，似笑非笑的脸上还带着一贯沾沾自喜的小聪明，他们距离不过几寸，甚至呼吸之间都能听到对方的心跳声。

云皎顿觉有些不妥，心慌意乱地刚要退回去，然而下一刻就被云初末按住了头，紧接着，细细密密的吻落了下来，望着眼前阴柔精致的眉眼，云皎瞪大了眼睛，云初末的吻很轻，蜻蜓点水般认真地吻着，并没有再深入，却在她的心里掀起了惊涛骇浪，云皎只觉得腿软，啪的一声坐在了瓦片上，同时也离开了云初末的束缚，她的心里扑通扑通地乱跳，看着云初末一时间怔住了神。

云初末顿时回过神，尴尬地转过身坐回去，握拳轻咳了一声："云皎，我……"

他皱了皱眉，神情似乎有些懊恼，立即看向云皎，语气很恶劣：“谁让你凑过来的！”

云皎一呆，差点气得跳脚，声音颤抖着：“云初末，你你你……”

不待她说完，某人就气呼呼地站起来，顺着屋檐干脆利落地飞下去了，走路的姿势一颠一颠的，看那背影很是愤怒懊恼，好像是他被人占了便宜似的，飞快地躲到自己的房间里，啪的一声关上了房门。

云皎气得想要打滚，一股愤怒感从胸口冲到大脑，又从大脑直烧到脚指头，她恨得咬牙切齿，坐在屋顶捶胸顿足了好一会儿，极有效率地拾起一块瓦片，正义凛然地站了起来，冲着他大吼：“云初末，你这个浑蛋！”

只听得啪的一声，瓦片砸到了对面的屋顶上，很快又没了声，黑暗的房间内，云初末背靠着门，听着云皎鬼哭狼嚎的动静，微微侧首，不知不觉地抬起手指，轻轻地覆上了自己的唇瓣。

半夜时分，云皎已经陷入了沉睡，她的房门被人轻轻推开，月色透过狭缝在地上拉长了光辉，紧接着，一道人影小心翼翼地闪进了房间。

云初末放轻了步子，蹑手蹑脚地向内室接近，绕过鲤鱼戏莲的轻纱屏风，顿步在梨木床榻前，缓缓伸手撩开了她的床帐，果然见云皎抱着自己的被子，大半个后背露在外面还睡得昏天暗地、人事不知，不知道在梦里见到了什么，每隔片刻还露出傻兮兮的笑容。

云初末忍不住勾唇，动作放得极轻，俯下身把她的身体放平，扯好被子，又把她的手放了进去，忙活了好一阵儿，才在床的边沿坐下来，望着睡梦中的云皎一阵失神。

时近腊月，北风刮得正紧，吹打在窗户上发出簌簌的声音，外室的烛火不时跳动几下，透过轻纱屏风，在内室中晕出淡黄羸弱的光，云初末静静端坐了许久，不紧不慢地倾过身去，一只手撑在软枕旁，居高临下地凝视着睡梦中的那个人，好像她的一颦一笑，哪怕是最细微的表情都要刻印在脑海里。

昏暗的光影下，云皎睡得很沉，此时她终于从天马行空的梦境里解脱出来，呼吸浅淡绵长，连面容都是少有的安静与宁和。云初末慢慢伸出手去，在她的鼻尖上轻轻刮了一下，阴柔精致的眉眼中尽是温柔和宠溺，想起不久前的那个吻，手指又不动声色地覆上了她的唇瓣，轻柔试探地摩擦着。

望着望着，云初末的神情莫名变得哀伤，落寞的身影在寂静中显得有些悲凉，右手怜惜地在云皎的脸上抚了一下，又无力地垂在她的长发上，只觉得她的发间柔软温暖，让人忍不住想俯身抱一抱她，他的俊眉微微皱着，白皙的面容清俊温雅，用柔和的声音轻念着："我在想什么，你怎么会明白呢？"

他的手指微收，注视着云皎的容颜，喃喃地重复了一句："你永远……都不会明白的……"

微凉的长发顺着他的动作倾落下来，与云皎的发丝缠绕在一起，云初末的动作一顿，小心翼翼地把自己的发丝分出来，挥手斩断了那几根解不开的发结，站直了身体准备离开，然而下一刻，云皎忽然翻了个身，依赖地抱住了他的手，睡梦中低低地呢喃着："云初末……"

云初末一愣，即将站起的身体又坐了回去，眼眸中似乎闪烁着潋滟的流光，神情里既有欣喜又有不可置信，轻着声音试探问道："你说什么？"

房间内一片寂静，等了良久，始终都没有听到云皎再开口，她一直抱着他的手，表情幸福而安宁，身体蜷缩成一团，看上去又小又软，很是可爱。

云初末无言笑了一下，苦涩在唇边蔓延，恍惚的神情落寞而苍茫："你怎么会叫我的名字呢？可是……我明明听到了的……"

手被云皎死死抱着，他试探地动了动，差点把云皎弄醒都没能挣脱，云初末有些懊恼，侧首看了看云皎，特别想抬手把她敲晕过去，他无可奈何地叹了口气，只得靠在床榻边闭目养神，但愿等她抱够了，能早些放开他，没想到这一等，竟然倒头睡着了。

第二天清晨，云皎从幸福的美梦中睁开眼睛，望着睡在自己面前的人，她的表情一呆，瞳孔一缩，怔怔地眨了眨眼睛，很快又镇定下来，语气很是平静："云初末。"

云初末无意识地皱了皱眉，懒洋洋地嗯了一声，又沉沉地睡了过去。见他不醒，云皎伸手推了推他的肩膀，淡定地喊了一句："云初末。"

云初末长长地打了一个呵欠，他一直都有赖床的毛病，看这乱糟糟的头发就知道他昨晚睡得有多不好了，沉睡中感觉到有人在推他，还以为又是云皎过来叫他起床，所以他连眼睛都没有睁开，凭着感觉伸手拍了一下，含糊不清地抱怨："小皎，别闹……"

云皎阴沉着脸色扯了扯唇角，侧躺在床榻里面默默藐视着他，眼前这个叫作云初末的浑蛋，昨晚很恶劣地亲了她，没有道歉不说，今早还莫名其妙地睡在了她的身边，好吧好吧，就算她心胸宽广，为人大方，可以完全不计较这些，但是身为始作俑者的某人，要不要睡得这么心安理得、理直气壮？

就在云皎暗自腹诽的时候，云初末混沌的神思终于逐渐清醒过来，隐约中越发觉得不对劲，他立即睁开眼睛，看到对面的云皎，表情怔了片刻，很冷静地问："你怎么会在这里？"

云皎银牙咬得咯咯响，只恨不得大叫，她拼命隐忍着怒气，立刻露出最讨人喜欢的笑脸，跟朵太阳花儿似的："是啊，我怎么会在这里，好像昨晚睡觉走错地方了呢！"

云初末脸上的神情没有丝毫破绽，漫不经心地哦了一声，还很淡定地翻了个身："那麻烦你现在出去，顺便把门关上。"

看到对方这么淡定，云皎立即不淡定了，她从床上坐起来，对着他的背影气得直挥拳头，愤愤吼道："云初末，你给我起来！"

云初末转过身，静静地注视了一会儿，突然笑了起来，好看的眉眼霎时间恍若百花盛开，春光灿烂，他意味深长地哦了一声，悠然道："我搞错了，这里是你的房间。"

云皎强忍着一巴掌拍死他的冲动，水灵灵的大眼睛瞪着云初末，无辜的表情中还带着滔天的气愤，依照从前一系列的事件来看，再接着发展下去，眼前这位小姑娘势必会跟他冷战，云初末见此情景，不紧不慢地坐起身，一只手撑着身体，另一只手使坏捏了捏她的脸，用宠溺的语气哄道："怎么了？是谁惹我们家云小皎生气了？"

云皎顿时噎得说不出话来，怒火在胸口熊熊燃烧，偏偏冲着他发泄不出来，这世上怎么会有云初末这样脸皮厚的人？她恶狠狠地剜了云初末一眼，大大地哼了一声，直接倒在床上，背对着他不说话。

见战术失效，云初末很不是滋味地扯了扯唇角，倾身覆过去，摇了摇她的肩膀："云皎？"

这回云皎是真的生气了，无论他怎么叫都没有反应，完全无视某人的刻意讨好，直接扯过被子蒙住头，死活不愿意理他。云初末挑了挑眉，突然发神经地笑了起来，嘴巴越来越恶劣："你该不会是害羞了吧？啧啧，云小皎啊云小皎，以前都没有发现，你居然还有这心思……"

云皎沉着气，心知现在理会他，只能助长云初末嚣张的气焰，所以她咬着牙，好不容易才勉强克制住把他踹下去的冲动，隔着被子吼道："滚出去，我不要跟你说话！"

云初末顷刻荡起明媚的笑意，他坐在云皎的身边，轻飘飘地斜了她一眼，语气有些戏谑："哎，我们以前又不是没在一起睡过，你到底在纠结什么？"

云皎把头捂在被子里，听到他的话，又气得想要撞墙，虽然他们以前是在一起睡过，那也是她很小的时候好不好？现在她都长这么大了，当真是……羞死人了！她愤愤地噘着嘴，气呼呼地暗自腹诽，云初末这个人，一点都不懂得怜香惜玉！

见云皎还不吭声，云初末偏过头注意着她的动静，试探地碰了碰她："其实我昨晚想要道歉来着，没想到你已经睡了，我也跟着一起睡着了。"

听他这样说，云皎的愤怒总算缓和了一些，虽然云初末一向比较可恶，不过看在他真心实意道歉的分儿上，她就稍微原谅他一些好了。于是她心情很不美好地起身，十分嫌弃地瞟了云初末一眼，阴阳怪气地问："道什么歉？"

她说这话，完全是想让云初末顺着她的意思，诚诚恳恳地跟她说声对不起，哪怕是觉得不好意思也行啊，反正只要让她觉得自己昨天晚上没有白白被亲，事后还被人气呼呼丢下，简直丢尽了她作为弱女子的脸面就行。没想到云初末一愣，鄙夷地望着她："你昨晚亲了我，难道不应该跟我说声抱歉吗？"

"你你你……"云皎气得差点哭了，愤怒地反驳，"明明是你亲的我！"

云初末已经懒得鄙视她了，他傲慢地靠在床榻上，漫不经心地道："是你非要凑过来，怎么能怪得了我？啧啧，怎么想都是我吃亏……"

他立即看向了云皎，阴柔精致的脸上很是受伤，一副不知道损失了多少贞洁的模样，想了一会儿，叹了口气，甚是惋惜道："算了，再亲一下，算是对我的补偿。”

见到云初末接近，云皎吓得连连后退，眼一闭，腿一伸，只听得一声哀号，紧接着传来沉闷的落地声，再睁开眼时，云初末已经被她踹到了床下，一张俊脸皱成了苦瓜，捂着自己的胳膊打滚喊疼。

见此情景，云皎立即走了过去，淡定地拉起他的脚腕，朝着门外拖了出去，直到把这只千年祸害扔到门外，她才啪的一声关上了房门，任凭云初末在外面猛拍门板，她偏着头，十分解气地哼了一声：“活该！”

云初末已经心神俱疲，云初末已近精神崩溃，云皎这段时间不知道怎么回事，居然突发奇想地迷上了琴棋书画，在拉断了无数根琴弦，掀翻了几十个棋盘，又撕了一堆书画之后，她终于把目光转向了笛子，于是饱经“天魔琴音”蹂躏的云初末，又不得不接受新一轮惨无人道的“洗礼”。

一天十二个时辰，他至少有四个时辰要对着云皎的笛音，还有两三个时辰，声音不停地在脑子里转啊转的，剩下的时间即使睡着了，也能从听见云皎吹笛子的噩梦中惊醒过来，搞得他现在精神恍惚，日渐消瘦，度日如年。

更为重要的是，云皎现在只顾着练习吹笛子，连准备膳食的心情都没有了，于是在吃到三颗石子、六根草叶、十天米粥之后，他终于决定跟云皎好好探讨一下人生……

明月居中，云初末躲在一棵月桂树后，他的手里还拿着一丛树叶遮挡着脸，远远地看见目标正站在莲池边准备吹笛子，一阵轻风拂过，淡绿的衣袂微微飘着，一幅遗世独立、绝尘临仙的美好画卷。

云初末刚迈开几步，突然听到一阵“驴叫”的声音，他吓得连树叶都丢了，连忙捂住耳朵躲回了树后，强忍着内心的凄凉和悲痛，他仰天长叹，驻足欣赏了好一会儿，见云皎终于吹完一曲，笛子顺势转了一圈插在腰间，走到亭阁的石桌边准备喝茶，他也赶紧抓住机会走了过去。

云初末背着手，走路的姿势一颠一颠的，脚步如风来到亭阁里，装作欣赏美景的模样，微微感慨：“哎呀，今日天气甚好，不知可否邀请佳人与我一起出游啊？”

云皎淡定地喝了一口茶，隔了许久才哦了一声：“你说的是我？”

云初末的脸色立即臭了下来，这个院子里除了她，还有别的佳人吗？不过，为了耳根清净，生活幸福，他，忍……

云初末的脸上顿时绽放出最灿烂的笑容，在温暖的阳光下差点晃花了人眼，他挨着云皎坐了下来，单手支颐，含情脉脉地注视着云皎：“皎，在家里闷了这么久，你想不想出去走走？”

云皎面无表情地瞥了他一眼，闷闷道：“不想。”

她顿了顿，作势要抽出腰间的笛子：“你若是觉得闷，我可以吹笛子给你听啊。”

云初末的瞳孔一缩，感觉头皮都开始发麻，连忙按住了她的手：“女侠，且慢！”

对上云皎的目光，他的表情讪讪的，语气有些迟疑，侧头看向了桌子上喝剩的半杯水，立即端起来殷勤地送到云皎面前：“你不是渴了吗？先喝杯茶缓缓……”

对于云初末的突然转变，云皎表示有些怀疑，她低头看了一眼杯子，试探地问道：“这水里……你下了毒？”

云初末立即摇头，连忙道：“那是绿林好汉擅长做的事，我哪有那本事！”同时在心里默默流泪，下毒啊下毒，他怎么就没想到呢！直接下药把云皎迷晕了，躺上十天半个月的，岂不是更省事？

云皎放心地接过杯子，云初末又立即往她旁边凑了凑，试探地问道：“小皎，你看这都快过年了，我们是不是应该准备一些年货了？”

想起过年，云皎微微嘟着嘴，以往每次过年，云初末都不愿意陪她，说什么不想把时间浪费在人类无聊的活动中，不但如此，他还不许她包饺子，云初末对于饺子的怨念简直比花粉还重，已经达到每闻必吐，每吃必晕的程度。

既然人家那么不喜欢，她又何必费力不讨好，于是云皎很不乐意地耷拉着脸，表情有些阴沉：“你不是不喜欢过年吗？我怎么敢拿这种无聊的事情来麻烦你？”

云初末闻言，仰天干巴巴地笑了几声，咬牙切齿道：“怎么会觉得无聊呢，人类的节日最是有趣了！你想啊，大街上人山人海，见到好玩的东西，就算挤不动，把脑袋削尖了、挤掉鞋也得往里钻，转一圈下来，白衣服也能给你蹭黑了，多热闹啊！”

见到云皎逐渐探究怀疑的目光，他立即意识到自己的失误，伸出手指抵住自己的唇瓣，片刻之后，吐了吐舌头，讪讪地道：“呃……这也算好玩的一种吧。”反正只要不让他再听到云皎的笛音，就是把他拉到大街上跳舞都没有关系……

云皎的表情有些凄惨，一副泫然欲泣的模样，可怜巴巴地望着云初末，默默地问：“云初末，我吹的笛音是不是特别难听？”

云初末一呆，流光潋滟的眼眸转了一圈，顿时一掌拍在了云皎的肩膀上，阴柔精致的眉目笑得很好看：“怎么会呢！”他的笑容像是太阳花，可惜灿烂的背后还藏着一层阴影，只是“特别难听”这种程度的话，他还费那么大劲做什么？

受到鼓励的云皎立即双眼放光，片刻后又黯然下来，消沉地耷拉着脑袋，迟疑道：“可是……最近莲池里的鱼漂上来好多……”

云初末淡定地轻咳了两声，单手撑着下巴，悠然地安慰道：“你要知道，现在天气越来越冷了，在水底待久了，它们也想露出来晒晒太阳的。”

云皎手指抵着下巴，认真思考了一番，若有所思地点头：“你说得很对。”

云初末对着她笑了一笑，抬手拎起茶壶给自己倒了杯水，喝茶的同时，眼睛还斜了斜水面上翻白肚的锦鲤，又是一阵感慨兼心虚。

云皎的双手撑着头，水灵灵的大眼睛注视着他，满怀期待地问：“云初末，你觉得我吹的笛子怎么样？”

云初末的手不受控制地抖了几下，杯子里的水颤巍巍地溅出来几滴，他不紧不慢地把杯子放回去，握拳轻咳了一声，简短地点评：“闻所未闻，惊世骇俗。”

云皎受到夸奖很是高兴，摸了摸自己的脸，显得有些不好意思：“是吗，原来我这么厉害……”

她沾沾自喜地看向云初末，顿时觉得眼前这个长得很好看的男子，就是她寻寻觅觅、高山流水的知音，她立即拉住了云初末的衣袖，满怀感激道：“没想到你这么了解我，为了表示我的感谢，我现在就为你吹奏一曲。”

云初末的身子歪了一下，差点从凳子上栽下去，他惊骇地咳了几声，又立即端过杯子塞到云皎的手上：“来，说了这么多话，你一定很渴吧？”

由于刚刚喝过茶，所以云皎现在一点也不渴，但是为了不让“知音”失望，她还是象征性地抿了一口，随后把杯子放回去，吧嗒吧嗒地说道：“云初末，你以前说的真是太对了，我现在才发现原来除了下厨和浇花之外，我还可以做很多事情，比如这个笛子，它简直就是为了我才被制作出来的……”

紧接着，她很有兴致地跟“知音”分享了自己学习笛子的心得，并且明确坚决地表示要把这一生都奉献给吹笛子的大业，云初末听得有些愣神，回想起自己前段时间说的混账话，顿时觉得满心凄凉。

在云皎滔滔不绝的话还没一去不复返之前，他及时地拦住了云皎的思路，语重心长道：“年轻人，你这个想法很不好啊。”

云皎不明所以地反问：“我这可都是自己亲身体悟的大智慧，哪里不好了？”

云初末掀了掀衣摆，一副忧心家国天下的表情，徐徐道：“做事情贵在专一，从一而终，你怎么可以为了吹笛子，就把自己先前做的事情给放弃掉了呢？”

云皎有些不太明白他的话，疑惑地抓了抓脑袋：“可是……你先前还嫌弃我除了会下厨，别的方面一无是处呢！”

云初末面无表情地扯了扯唇角，淡定道：“显然，是你误会了我的意思。”

他又往云皎的身旁坐了坐，继续道：“我先前之所以会那样说，是为了让你能够认清生命的真谛和人生的意义……”

见到云皎迷惑的表情，他的手一拦，又抢过话接着说：“听不听得懂没关系，你只要记住，下厨浇花是你的本分，无论如何也要做好它，吹笛子什么的，只能算是兴趣，偶尔为之还可以，若是时常花费时间在上面，就是不务正业！”

云皎若有所思地想了一会儿，恍然大悟地点头，同时望着云初末的眼神充满了崇拜，肃然起敬道：“云初末，没想到你懂得还真多……”

云初末跷着二郎腿，温和优雅中又带着十足的纨绔风流，他摆了摆手，很是谦虚：“好说，好说。”

云皎紧接着又疑问道："如果我的本分是下厨和浇花的话，那云初末你的本分是什么？"

云初末刚刚端起一杯茶水，他的手一顿，总不能说他的本分就是看着她下厨浇花吧？他眯着眼睛看向了云皎，笑得有些猥琐："我的本分……就是看着你长大。"

他摸了摸云皎的头，又道："还有吹笛子，来，把笛子交给我，去做饭吧。"云皎傻傻地哦了一声，连忙把腰间的笛子交到他手上，屁颠屁颠地下去做饭了。

亭阁内，云初末喝了一口茶，仰天叹了口气，微微感慨："哦，好渴。"

时近过年，家家都在准备年货，长安街上人群来往，一片繁华热闹的景象。

熙熙攘攘的大街上，这边的舞狮刚刚登上高椅，衔出一副吉祥的对联，引得众人纷纷叫好，那边的杂耍大汉就扔下铁锤，张口吞下一柄长剑，看得人冷汗森森，卖东西的小商贩们扯着嗓子叫卖，声音跌宕起伏，错落有致，倒也不失为一道别样的风景。

云皎蹦蹦跳跳地走在前头，转身看向那个精神萎靡跟在后面，懒洋洋打呵欠的人，不由得嘟起嘴抱怨："哎呀，云初末，你快一点呀！"

云初末手里拿着一支玉笛，边上还佩着金丝缠绕的玉坠，绕过拥挤的人群，又漫不经心地打了一个呵欠，走到云皎身边没好气道："你自己出来买就是了，为什么还要拉上我？"

云皎闻言，立即扯着他的衣袖往回拖："走，回家我吹笛子给你听。"

"等等！"云初末玉笛一横，及时拦住了云皎即将"犯罪"的脚步，他迅速地转头往四周看了看，指着不远处的灯笼架子道，"你看，那里是做什么的？看起来好有趣……"说着，反手拉着云皎的手腕，拖着拽着硬生生地把她拉走了。

卖灯笼的商贩是个年近古稀的老汉，由于还有很长时间才能到元宵佳节，灯笼卖得不好，所以他很有商业头脑地卖起了纸伞，云皎撑起一把油纸伞，纸伞的一角绘着牡丹雀鸟，看上去精巧秀致，她连忙转过身献宝道："云初末，你看，我还从来都没见过在纸伞上作画儿的人呢！"

云初末态度傲慢地瞅了一眼，又拿起另一把撑开，见上面画着点点梅花，赤红的花瓣点缀在雪白的油纸上，更是平添了几分诗意，他斜斜地瞥着云皎，阴恻恻地打击道：“显然，我的这把比较好看。”

云皎顿时不乐意地嘟起了嘴，还未说话时，伞面移开了一些，从缝隙中远远看到一人，正在不紧不慢地朝着这边走来。那人一袭赤红的长裙，容颜绝世美艳，墨色的长发垂至腰间，诡艳之间又带着说不出的尊贵和清冷，就像一个刚入世的小孩子，饶有兴致地打量着周围的东西，不时看到有趣的，还欢天喜地地拿在手中把玩一番，她的出现引起了不小的轰动，大家的目光都被吸引了过去，还有几个宵小之徒跟在她的身后色迷迷地看。

云初末也注意到了阴媲婳，原本清俊的面容立即变得很臭，视线死死地盯着那道人影，仿佛下一刻就要把阴媲婳千刀万剐了一般。

云皎小心翼翼地看了看云初末的神色，不由得扯了扯唇角，在雪域深渊里，由于阴媲婳一时疏忽，害得云初末干巴巴地受苦好几天，当时若不是她及时拦住，云初末早就找阴媲婳大战一场了，哦，那时候他还说一定要砍了阴媲婳的手。

显然阴媲婳丝毫没有意识到自己的危险处境，拿起路边摊子上的一枚银钗，对着自己的发髻比画着，又摇了摇头，很是失望地放了回去，她刚想转身离开，就被尾随其后的几个地痞拦住了去路，其中一个矮瘦麻子眯着眼睛，看着阴媲婳差点流口水：“小美人儿，要去哪儿呀，不然我们哥儿几个送送你？”

一般而言，正常的姑娘家遭遇这种搭讪，一定会埋首羞涩地快步离开，不过阴媲婳到底不是正常的姑娘，面对对方的调戏，她的手指抵着下巴若有所思，表情显得很纯良：“小美人儿？你说的是我吗？”

见对方没有害怕地跑开，反而很有兴致地回话，那几个地痞就更是来劲儿了，几个人围绕着阴媲婳贪婪地打量着，那个矮瘦麻子咽了咽口水，笑眯眯地道：“是啊，美人儿，你可真美，看得小爷我心里直痒痒……”

阴媲婳显得很沮丧，微微翘着兰花指，以云袖掩面，神情间凄楚决然：“既然我长得美，长离和阳炎为什么不喜欢我……”

矮瘦麻子按捺不住对她动手动脚，用猥琐的声音道：“他们不喜欢你，有我们哥儿几个喜欢你啊！”其他几个地痞见此纷纷附和，他们也不甘落后，均是大着胆子伸出手去。

云皎收起纸伞，试探地看向了云初末："云初末，怎么办？"阴媇婳再怎么说也算是他的姐姐，自己的姐姐当街被人调戏，是个人都会生气发怒的吧？哦，她忘记了，云初末和阴媇婳是灵，不是人来着。

云初末果然无动于衷，他把纸伞随手放回去，懒洋洋地打了一个呵欠，语气闷闷的，转身就要走："我看起来很闲？管她做什么？"

"不是啊……"云皎顿时哭笑不得，拉住云初末的衣袖不让他走，"阴媇婳又不懂人间的事情，万一被人占了便宜怎么办？"

云初末的唇角抽了抽，依旧面无表情："你实在……太小看她了。"

果然，话音刚落，就听见几声杀猪般的惨号声，云皎下意识地回头看去，只见那几个地痞的手上起了红肿的脓包，不断地扩大炸开，向外冒着恶臭的血水，几双手迅速溃烂，那血肉模糊的景象实在惨不忍睹。

看热闹的人群纷纷围了过去，对着在地上打滚的那几个人指指点点，听着偶尔传过来的声音，似乎都在唾弃他们坏事做得太多，连上天都看不下去应着报应了，阴媇婳像是受了惊吓，楚楚可怜地躲在一边，见聚集的人越来越多，她找准机会不动声色地挤了出来，很有兴致地拍了拍自己的手，感慨地呼了口气，一副事不关己的模样。

云皎顿时惊呆，她发现云初末的这位姐姐，每次遇到都能带给她不一样的惊喜兼惊吓，她现在都不知道该说些什么好了。

由于人们都挤去看热闹了，他们身边一下子冷清了许多，阴媇婳很快就发现了云皎，又很迅速地看到了云皎旁边的那道背影，她屁颠屁颠地跑到云初末的面前，伸手揉着他的俊脸，美艳的表情中显得很是无辜，几乎要哭出来："长离，姐姐差点就被欺负了，人类真的好可怕……"

云皎在心里默默叹了口气，干巴巴呵呵了两声，是姐姐你比较可怕才对吧？

她正想着，目光忽然一顿，顿时吓得目瞪口呆，云初末右手里拿着的玉笛已经幻化成一把大刀，丝毫不留情面地向阴媇婳的手腕砍去，好在阴媇婳的身手比较敏捷，翩然转了一圈躲了过去，可怜巴巴地嘟着嘴，一副泫然欲泣的模样："长离，你怎么可以这样对姐姐，姐姐真的好伤心……"

云初末不可忍受地闭了闭目，牙缝里挤出阴寒的声音："阴旎婳，你看起来着急着想死呢！"

话音刚落，阴旎婳果然咯咯地笑出声来，她翘着兰花指，身姿曼妙美艳，用埋怨的语气道："开个玩笑嘛，干什么这么认真？"

云初末望着阴旎婳亦是充满了戒备，毫不客气："你又回来做什么？"

阴旎婳的眼睛眨得很无辜，含情脉脉地望着云初末："做姐姐的想念弟弟，难道不应该来看一看他吗？"

她顿了顿，忽然想到了什么，声音意味深长地勾了一下："我想起来了，长离，我这次来，是有一件好事要告诉你。"

云皎听她这样说，不由得噎了一下，水灵灵的大眼睛看着阴旎婳，心里默默地想，该不会又是谁要来追杀云初末吧？

果不其然，阴旎婳手指绕着自己的发丝，慢悠悠地道："听说阳炎回来了，他要来杀你。"

云皎淡定地轻咳了两声，见云初末不动声色地皱了皱眉，望着阴旎婳道："你见过他？"

阴旎婳摇了摇头，神情显得很郁闷："阳炎似乎很不愿意见我这个姐姐呢，一直都在躲着我！"

云初末冷哼了一声，阴阳怪气地打击道："是吗，不只是他，其实我也很不想见到你呢！"

阴旎婳的心情顿时凄凄惨惨戚戚，云皎不由得叹气，对眼前这位美丽剑灵生出了些许同情，有这么不听话的弟弟，阴旎婳也是挺可怜的，她往街头瞅了瞅，见一队官兵正朝这边赶来，想必是为了刚才那几个地痞的事，为避免招惹不必要的是非，她连忙建议道："姐姐姐姐，你看官兵来了，我们还是快点离开吧。"

阴旎婳不明所以地看向云皎，天真无邪地问："官兵是什么？可以当作食物吗？"

云皎立即气得咬牙切齿，难怪云初末很不想见到阴旎婳，连她这个温柔可爱的弱女子，都很不想搭理她了呢！

云初末本就不耐烦的俊脸，露出懒得鄙夷的神情，立即拉过云皎的手腕，快步向前拖着："我们走，不用理她！"

被嫌弃的阴旎婳可怜巴巴地站在大街上，望着弟弟生气走开的背影，一脸无辜兼受伤，细不可闻地哼了一声，不满地嗫嚅道："真是不温柔的弟弟呢……"

他们来到城郊的密林中，由于天气干冷，林中的草木都已经枯萎凋零，落叶在地上铺成厚厚的一层，云初末站在大树之下，云皎小心翼翼地陪在他的身边，而阴旎婳就站在离他们不远的地方，寒叶簌簌地飘落，双方对峙的氛围有点压抑和紧张。

良久之后，阴旎婳对云皎露出迷人的微笑，软着语气道："小丫头，你过来，我有话想要对你说。"

云皎立即往云初末身后躲了躲，只露出脑袋警惕道："你要干吗？"

见对方这么不信任自己，阴旎婳的表情很委屈，不乐意地嘟嘴："我看起来很不怀好意吗？还是你忘了，我们在雪域中说的话？"

经她提醒，云皎这才陡然想起几个月前在雪域里的那场交易，更加不敢接近阴旎婳，她很识相地躲在了云初末的身后，嘴硬抵赖道："什么雪域，我我……我什么都不记得了！"

云初末本就有些忌惮阴旎婳，现在听到这样的对话，他的脸色不由得阴沉了许多，语气也很不好："你跟她……说什么了？"

"哎呀，你怎么可以这样怀疑自己的姐姐……"阴旎婳的表情很无辜，很是不乐意地哼了一声，又看向云皎道，"小丫头，若是我想对你不利，早就下手了，何必要等到现在？"

云皎闻言，顿时陷入了天人交战之中，按说从前阴旎婳是有很多机会对她下手的，而她和云初末现在还活得好好的，可见阴旎婳并不想对他们不利，可是眼前这位不靠谱的大姐，行事向来诡异多端，天知道她一时兴起想要对他们做出什么惨绝人寰的事情？

她斟酌了片刻，做出一个折中的回应："你想对我说什么？"

阴旎婳妖艳的容颜里绽放出勾人心魄的微笑，她静静注视着云皎，眼眸里却是一片清冷，嫣然的红唇倾吐道："关于阳炎……"

云初末立即蹙起了眉，连脸色都阴沉了许多，几乎咬牙道："你敢！"

阴姽婳轻哼了一声，显得很生气："我只是想告诉她找到阳炎的线索，不该说的话，一句也不会说，你这么紧张做什么？"

云初末沉默了下来，微微低着头似乎在沉思些什么，从他的神情中，云皎可以判断，阴姽婳口中的这位绝不是简单的人物，回想当初云初末听说绯悠闲追杀自己的时候，他的表现很是漫不经心，似乎从来都没有把那位曾经重伤自己，甚至差点把他杀死的妖怪放在眼里，然而现在，面对云初末的深思，她的心里也跟着紧张起来。

她斟酌了一会儿，犹豫吞吐道："这种事……你跟云初末说就好了，为什么是我？"

阴姽婳的脸色很臭，双手背在身后侧过身子，摆出傲慢不满的神情，仰头轻哼了一声："不听话的弟弟，我才不想理他呢！"

云皎又是一呆，望着两个人之间的诡异气氛，她默默叹了口气，迟疑片刻，还是朝着阴姽婳走了过去，她站在阴姽婳的面前，老老实实地等着对方接下来的话，没想到阴姽婳突然扯住她的手腕，云皎不受控制地踉跄了一下，等再次回过神时，一柄阴寒的匕首已经抵在了她的颈间。

云初末站在原地一动未动，目光死死地盯着阴姽婳，脸上的表情却很平静："阴姽婳，你在做什么？"

阴姽婳银铃般的轻笑声响在了云皎的耳畔，语气听起来甚是悠然："把长离剑交出来，不然我一定杀了她。"

云皎被阴姽婳挟持着，奇怪的是，在这生死关头，她居然一点都不害怕，可能是见多了对方不靠谱的模样，只当阴姽婳是在同他们玩闹，她满头黑线地扯了扯唇角，忍不住揶揄道："姐姐，你不是说不会对我下手吗？"

"咦……"阴姽婳的声音意味深长地勾了一下，疑惑地反问，"我有这么说过吗？"

她顿了顿，靠近云皎的耳边，轻轻地念着："长离没有教过你吗？越是美丽的女子，就越是容易骗人……"

云皎的心里顿时五味杂陈，目光复杂地看向云初末，从小到大，云初末只教过她除了他以外的漂亮男人都不是好东西，至于女子，倒还真没有教过。

云初末的神情阴寒如冰，眼神威严地眯了眯，掩在广袖中的手逐渐收紧：“阴旎婳，你看起来似乎忘记了我说过的话，需要我提醒你吗？”

阴旎婳闻言，匕首又靠近了云皎几分，十分不满地大哼了一声：“你果然还是最在意她的，姐姐真的很吃醋呢！”

觉察到对方不是在开玩笑，云皎这才真正紧张起来，匕首离她的颈间只有两寸，她的冷汗森森，颤着声音说道：“姐姐姐姐，你的手不要抖啊啊啊啊……”

阴旎婳扑哧笑了一声，又挨近云皎的耳边，轻轻说道：“我说过，我不会伤害人类的，只会跟他们做朋友。”

想起刚才的那几个地痞，云皎满心凄惨，她撇了撇嘴，十分委屈道：“姐姐，你这样很累吧，来，匕首我来替你拿着吧……”

阴旎婳的手臂把她勒得更紧，清冷美艳的眼眸看向云初末：“究竟是选她，还是要留着那把剑，你可以自己选。”

云初末狭长的俊眉微微蹙起，依旧盯着阴旎婳一动不动：“我比较想知道，你夺剑的目的是什么？”

阴旎婳的语气悠然，似是在说家常话一般：“这个啊，其实告诉你也无妨，我的主人想要斩杀妖林中的怪物，你知道凌帝襄的修为有多厉害，身为深爱主人的剑灵，我怎么可能看着自己的主人去送死？”

云初末面无表情，继续试探问：“你的主人……是谁？”

阴旎婳右手握着匕首，左手按着云皎的肩膀，朝云初末身后努了努嘴：“我的主人，可不就是他吗？”

云皎闻言，下意识地朝云初末的身后望去，一时间竟愣住了神。远处的密林中有道身影正朝这边走来，那是一只强大的妖怪，或许是身在人界的关系，他的服饰与凡人贵族并没有什么区别，腰间挂着两把佩剑，一柄看上去比较陈旧，剑鞘上已经伤痕累累，但外层裹着的深紫色蛇皮依旧完整如新，另一柄通体赤红，即使相隔甚远，也能感受到它滔天的气势和阴寒之息，想必就是阴旎婳附身的那柄妖剑了。

待他走近一些，云皎方才看清楚这个妖怪的面容，他就像是刚从万丈雪渊下苏醒的英俊少年，墨蓝的长发以冠饰束着，额间曼妙的紫堇花印记华贵而清俊，自上古以来，无论妖魔还是仙神，均是如玉雕琢的好模样，而眼前这位，即使身处在千千万万个妖怪之中，也能轻而易举被分辨出来，不只是因为他的容貌，还因为他周身的气势，一种睥睨天下的王者气势。

他的容色淡淡，走路的步调不紧不慢，似乎特意为他们而来，又好像只是路过一般，他顿步在不远处，望着阴婏婳微微蹙起了眉，用清清冷冷的声音问：“你在做什么？”

阴婏婳立即对他露出了无比灿烂的笑脸，低首恭敬地答：“凤祉殿下，请再给我一点时间，很快我将为您得到那柄天下霸道的至尊之剑。”

云皎不由得心想，阴婏婳此次回来的目的，莫不就是为了夺取长离剑吧？眼前这个妖怪修为高强，甚至连大妖怪绯悠闲都可能不是他的对手，能够让阴婏婳这样的剑灵都俯首听令，必然大有来头，回想起阴婏婳对此人的称呼，她的心头一跳，这个妖怪该不会就是妖族的王吧？

阴婏婳本身的修为就很高，如今再加上一个凤祉，实力就更是不可估测，她现在落在敌方手里，倘若云初末不肯交出长离剑，把她一个人丢下走掉，自然是百利而无一害的好办法，可若云初末与他们动手，势必会陷入一场苦战，到底是弃剑还是弃人，或是冒着风险与对方大战一场，这还要看云初末自己的选择。

面对身边的两大强敌，云初末只沉默了片刻，掩在素袖中的手侧了一下，一把长剑缓缓地幻化出来，他的身姿清冷，神情疏离，持剑指着凤祉慢慢道：“动手吧。”

凤祉冷峻的眼眸注视着云初末，周围的气氛仿佛一下子坠入了冰点，大战一触即发，然而片刻之后，他的视线又从云初末的身上移开，绷着的脸色阴沉如冰，他只是清清淡淡地瞥了阴婏婳一眼，连句话都没有多说，竟然直接迈步离开了。

“殿下……”阴婏婳顿时慌神，她的语气听起来像是在请求原谅，“阴婏婳只想夺取长离剑，为主人分忧……”

凤祉顿步在不远处，细不可闻地轻哼了一声，语气依旧很平淡：“不需要。”

他只说了这么一句，就继续迈步离开了，留下阴婏婳瞬间愣在当场，片刻之后，她怔怔地放开了云皎，手指抵着下巴，意味深长地咦了一声，看向云初末嫣然笑着道：“长离，比起你，主人看起来更喜欢我呢！”

已经走了很远的凤祉突然顿步，不动声色抽出腰间的那把赤红长剑，连同剑鞘握在手里，他侧了一下手，只见剑身似是脉搏般震动了一下，阴婉婳哎呀一声就消失了踪影，再看那柄妖剑，周围萦绕着赤红的气息，刚才还在沾沾自喜炫耀的剑灵，顷刻被自己的主人强行封回了剑身之中。

凤祉收回了自己的视线，不紧不慢地把长剑插回腰间，他迈着步子朝密林深处走去。背影沉俊而优雅，很快就消失在苍茫的雾色里。

云皎见此走到云初末的身边，喃喃地问：“云初末，她不会有事吧？”

云初末手中闪过流紫的灵力，长剑瞬间又幻化成玉笛，他漫不经心地轻哼了一声，打着呵欠往回走，语气听起来有些闷闷的：“管她呢！”

经阴婉婳这么一闹，他们的年货没有置办好不说，至少还得有好几个月不能出门，好在明月居中的存粮比较多，他们不用担心最基本的生存问题，等到官府把长安街翻个底朝天，也找不到犯案者的线索，自然就不会再那么上心，他们的生活也能恢复正常了。不过，有一件事却是压在云皎的心头，若是始终解不开疑惑，她肯定会被自己的好奇心折磨疯掉。

云初末的原身是长离剑，如果阴婉婳真的是他姐姐的话，那么她到底有着怎样的背景，他们之间又有着怎样的纠葛，还有那个叫阳炎的人，为什么要来杀掉云初末？难道他也跟绯悠闲一样，曾经跟云初末结下了深仇大恨吗？

带着这样的疑问，她从盒子里拿出两样东西，一样是轮回石，另一样是一枚玉佩，轮回石是云初末作为坠子送给她的，而这枚玉佩，是她当日被阴婉婳挟持时，趁机从她的身上摘下来的，云初末把轮回石上关于自己的记载全都抹去了，自然无法直接查清他的过往，不过她可以从阴婉婳的身上找到答案。

云皎小心翼翼地关好门窗，趁着夜深人静，云初末已经熟睡，她走到房间的木桌旁，对着轮回石悄悄施法，按照以往的经验，施法之后的轮回石应该会泛出淡金色的光芒，然后在半空中投下关于过去的虚影，然而这次，轮回石的反应有些吓人，金色的光芒几乎耀亮了夜色，房间里的桌椅木架都跟着颤抖起来，珠帘轻纱在狂风中来回摇晃。

云皎的心头一跳，连忙施法想让轮回石停下来，可惜为时已晚，轮回石上环绕着金色的灵力，似乎在极力保护着自己，肆虐的灵力掀翻了木桌，又震飞了椅子，摆满古玩玉器的书架砰的一声砸碎在地上，狂风怒吼不止，一时间，云皎的房内碎片与桌椅齐飞。

云皎吓得脸色发白，连忙捂着脑袋，没头苍蝇一样到处乱钻，不知道该往哪里躲，慌忙混乱之间，只听见砰的一声巨响，她的房门被人踹开，又听到云初末暴怒的声音："云皎，你都做了些什么！"

他伸手把云皎从地上捞起来，按住她的头紧紧护在怀里，另一只手瞬间泛起流紫的灵力，灵力紧紧地束缚着飘荡在半空的轮回石，很快轮回石上的光芒就湮灭了下来，伴随着噼里啪啦的落地声，轮回石也被收回云初末的手中，触感温润平滑，和普通的卵石差不多，片刻之后，原本已经消停的轮回石突然发出咔嚓一声脆响，这枚天地至宝身上居然裂开了几道淡金的缝隙。

云初末目光平静地望着自己手里的天地至宝，平滑的石身上，那几道裂痕更是触目惊心，轮回石已经坏成这个样子，不知道要修复到何时才能使用。

云皎从云初末的怀里默默退出来，小心翼翼地瞥了一眼轮回石，低着头嗫嚅道："对不起……"

云初末淡淡的目光看向她，语气仍是很平静："有没有伤到哪里？"

云皎怀着满心愧疚，讪讪地垂着头，眼里氤氲着泪花，微微噘着嘴，听到云初末的问话，她摇了摇头，示意他自己没有受伤。

云初末这才放下心来，他握紧手指把轮回石收了回去，挑了挑眉，阴阳怪气地调侃："小皎，我发现你闯祸的本事可真是不小呢！听说朝廷正在跟蛮夷打仗，我是不是应该把你送到敌方军营里，也好为朝廷出一份力？"

云皎顿时被打击得抬不起头来，氤氲在眼里的泪花泫然欲泣，嘟着嘴凄然惨淡地道："对不起……"

云初末没好气地白了她一眼，无可奈何地叹了口气："算了。"

由于自己的房间已经成了一片狼藉，云皎只好跟着云初末去他的房间睡，刚刚做过一件蠢事，这件蠢事还招致了大祸患，虽然云初末没有责怪她，云皎的心里到底是不好受的，走在路上一直耷拉着头，不敢跟云初末说话，甚至都不敢再抬头看他。

云初末伸手推开房门，刚在屋子里站稳，后背就被某人的脑门撞了一下，那个某人顿时醒过神来，像是受惊的小白兔连忙倒退了几步，讪讪地耷拉着脑袋，为自己又做了一件蠢事懊恼不已。

见此情景，云初末缓缓笑了，轻着语气道：“我又没有打你，你为什么这样怕我？”

云皎撇了撇嘴，低声嗫嚅道：“你心里想打……”

云初末更是忍不住想笑，阴柔精致的眉眼中掩着宠溺和温柔，他走近几步，用微凉的手指抬起云皎的下颌，仔仔细细地瞧着她的脸，语气悠然地道：“原先以为你的脸皮很厚，没想到……也有知道羞愧的时候。”

云皎简直气得想跺脚，但是刚做了许多蠢事，心里不由得又没了底气，面对云初末的恶劣嘲讽，她没什么攻击力地反驳：“我才没有脸皮很厚，我我……我一向很懂得害羞！”

云初末的唇角噙着笑意，越发显得清俊温柔，他伸手捏了捏云皎的脸，无可奈何地叹气：“你啊，到底要到什么时候才不那么口是心非？”云皎又垂下了头，在心里暗暗腹诽着，她才没有口是心非！

白皙的脸上挂着泪痕，沾着灰尘像是脏兮兮的花猫，灵动的眼眸里还有泪花在打转，看上去甚是可怜，云初末忍着心里的笑意，拿出手帕抬起云皎的脸，温柔细致地给她擦着，似是漫不经心道：“这么晚了，拿轮回石出来做什么？”

云皎一阵哑然，张了张口，却偏偏说不出话来。原本她是想借助轮回石来查探阴姽婳的过往，从而多打探一些关于云初末的消息，可是没想到这颗该死的轮回石这么没出息，居然承受不住裂开了，不仅如此，她还莫名其妙地激发了轮回石的灵力，把自己的房间砸了个稀巴烂，现在想想可真是后悔，悔得肠子青到发紫！

云初末见她沉默，不动声色地勾了勾唇，用淡淡的语气道：“没有关系，等你想说的时候，再告诉我吧。”

经过一番擦拭，云皎的脸终于干净了许多，不过那张手帕却脏得不忍直视了。云初末嫌弃地撇了撇嘴，拎着手帕的一角在云皎的面前晃悠，嘴巴很恶劣地打击道：“啧啧，看到没有，你居然脏成这样，真是不敢相信！”

云皎倏忽被他逗笑了，先前压在心头的阴霾也晴朗了许多，她不乐意地嘟起嘴，一把抢过手帕愤愤道：“我明天给你洗就是了，真小气！”

云初末居高临下地打量着她，阴柔的眼眸中敛着沉静和温柔，他拍了拍云皎的头，懒洋洋地打了一个呵欠：“好了，很晚了，快睡吧。”

他的手揽过云皎的肩，打着呵欠朝床榻那边走去，云皎一阵恍惚，虽说她是云初末拉扯长大的，以前还曾当过一段时间师徒，可是她与云初末之间的关系总是有些奇怪，长辈与晚辈吗？不是，兄妹或是朋友吗？似乎也不是，明明就在身边，却像天际一样遥远，她看不懂他，猜不透他，却贪恋着他给予的温暖。

人世间匆匆百年，相处只在朝夕之间，时光可以把刻骨的思念磨成灰，也可以把平淡的点滴聚成海，不知不觉中，原来她对云初末的在乎已经那样深，那云初末呢？风风雨雨一起走过的岁月，可曾在他那颗已经死去的心上刻下哪怕一抹痕迹？

床帐之内，云皎心情忐忑地躺在里面，感受着云初末清浅的呼吸，心里居然有些茫然和慌张。轮回石曾经一直被置于幽冥之畔，虽然云初末没有提起过得到它的过程，但是她也知道这其中的艰险曲折，就是这样珍贵的宝物，被她不小心毁成这个样子，云初末连句责备的话都没有说，先前被阴姽婳挟持，只要他把她丢下，就什么事都不会有，可是他却持剑选择了一场没有多少胜算的大战。

她曾一时糊涂企图放狐妖逃出幻梦长空之境，若非是云初末出手相救，她早就死在了长空之境里，在江月楼中，她被怨灵折磨得要死要活，自暴自弃致使怨灵趁机钻入了灵魂，也是云初末及时赶到……回想过去的种种，每当遇到危险时，他总是将自己置于危险的境地，来保护她的周全。

以前她总是说，她看不懂云初末，可是无论是笑着的他，还是发怒的他，抑或是站在阁楼的窗前，对着夕阳黯然神伤的他，总是与她这般亲近的，云初末从未怀疑过她，虽然总是打击她的口是心非，可是她说过的每一句话，他都是深信不疑的。

可是她呢？因为云初末的一点过往，就开始犹豫踟蹰，装傻充愣让云初末以为自己真的什么都不知道，甚至还背着云初末查探他的过去，轮回石为什么被毁，他不会猜不出来吧？可是他却说，他可以等，等到她想告诉他的那天……

云皎有些心慌，她翻过了身，透过内室昏暗的光线，望着云初末阴柔精致的侧脸，良久之后才试探地唤了一声："云初末，你睡了吗？"

隔了很久，云初末都没有回应，就在云皎差点以为他睡着的时候，他才静静地答了一句："没有。"

云皎只觉得紧张，她下意识地握紧了手里的被褥，小心翼翼地试探道："我今天……本是想查探阴旎婳的过往的……"

黑暗之中，云初末似乎勾了勾唇，用清淡的语气道："还有呢？"

云皎心里更是发慌，面对着云初末根本就没有办法说下去，她翻身平躺在床榻上，注视着床帐上泛着的微光，长呼了一口气，让自己的声音听起来更平静一些："云初末，你是长离剑灵吗？"

一直以来，这件事情就像是隔在他们之间的纱纸，她不知道云初末是否晓得她已经知道了这个秘密，或许云初末也想确定她是否已经确定了自己心中的疑惑，阴旎婳的出现，把这层纱纸捅破了，他想继续瞒着已经不可能，她想继续装傻也没有了意义，所以现在，由她来把这层纱纸彻底撕掉，或许会更好。

云初末沉默了一下，他转头注视着云皎的侧脸，声音听起来犹豫而试探："如果……是呢？"

云皎见他没有否认，侧首看了他一眼，微微嘟着嘴，满不在乎地道："是就是了，还要有什么如果？"

云初末的眼眸里倏忽闪过一丝光芒，很快又黯淡了下去，他慢慢收回了视线，似乎是在悲凉地笑着："云皎，有很多事情你都不知道，即使我说了，你也未必会懂，即使懂了，也未必能接受。如果有天，你发现我不再是我，你也不是这个你，你会怎么做？"

云皎不太懂他的话，却也隐约能明白他大致的意思，她看了云初末一眼，带着一贯沾沾自喜的小聪明："其实那天在雪域深渊里，你问过我的话，我事后回想了很久，才终于想起你要说的是什么，当日在船上我就已经告诉过你了，人死了，灵就散了，纵使还能轮回转世，也不再是从前的那个人，所以如果我是那个女子的话，一定会把那个人忘得干干净净，好好过完这一生……"

她顿了顿，又开始嘟着嘴，显得有些不乐意："即使我的前世是个无恶不作的女山贼，那也没有什么好纠结的，从前的那个人已经死了，关于她的一切也该随之结束，现在在你面前的只是云皎，不然你以为会是谁？"

云初末轻轻笑了一下，又听云皎很认真地道："云初末，不管你从前是谁，做过什么事情，那些都已经过去了，难道我们现在过得不好吗？为什么要揪着过去的事情不放？"

在她说这些话的时候，云初末已经缓缓起身，单手撑着头躺在她的身边，居高临下地注视着她，神情间似乎有些触动，云皎被他这样注视，不由得心里咚咚打鼓，表情讪讪的，连说话都开始打结："我我……我们从前就很好，以后也这样吧……"

她的话刚说完，云初末倏忽俯下身抱住了她，他侧首躺在云皎的胸口上，听着她鲜活有力的心跳声，原先由于身份被揭穿而灰冷下来的心，逐渐变得温暖起来，他的唇角泛起欣喜和苦涩的微笑，用温柔艰涩的声音缓缓开口道："好啊，从前什么样，以后也会什么样，我们之间不会有任何改变。"

他闭了闭目，感受着身边的这个人，喃喃自语道："云皎，真好……"

和云初末贴得这样近，云皎更是紧张，她的心跳越发紊乱，羞愧焦急得想撞墙，不知道云初末听到她这怪异的心跳声，会作何感想？她一动也不敢动，后背僵直得有些发酸，低着声音抱怨道："可是你怎么可以瞒得我这样苦，我们在一起这么长时间，至少也该告诉我才是……"

云初末不动声色地勾唇，依旧是温柔的声音："你方才不是说不要揪着过去的事情不放，难道都是说谎话哄骗我的？"

她说了这么多，云初末居然就只记住这一句，云皎有些气愤，她立即反驳："我才没有骗你！不过你瞒了我这么久，总该有些交代才是！"

云初末撑起身子注视她，语气甚是平淡："你想听真话，还是假话？"

"当然是真话了，假话我听来做什么？"云皎不假思索地道，竖起了耳朵听他的解释。

云初末只沉默了片刻，十分简短地答："怕吓到你。"

云皎立即变得愤怒，很是不乐意："我才不是那么没出息的，你看我现在知道了你的身份，连点反应都没有！”

云初末淡淡地嗯了一声，语气温和：“除了弄坏轮回石，又砸了自己的房间，确实没有其他特别的反应。”

听他这样说，云皎顿时被打击得说不出话，云初末总能准确捏住她的七寸，前一刻还阳光明媚，活蹦乱跳，他只消说几句听起来不痛不痒的话，就能让她在瞬间晴转多云，阴雨连绵，凄凄惨惨戚戚，她有些挫败，嘟着嘴问：“那假话呢？”

云初末的声音依旧不咸不淡的，听起来极为舒适安宁：“我太厉害了，被人发现身份的话，压力很大。”

“你你你……”云皎被他噎得语塞，咬牙切齿地指责道，“云初末，我发现你的脸皮实在是太厚了！”

云初末细不可闻地勾唇笑了，语气温柔得可以融化人心，他漫不经心道：“你现在才发现吗？”

某人这样无耻，云皎简直不能直视，她立即转过身去睡觉了，躺了片刻，还是觉得有点不甘心，又转了回来，发现云初末还在撑着头望着她发呆，不由得问道：“你在看什么？”

云初末的眼眸里敛着沉静的温柔，不紧不慢地倾吐道：“我在看……你能撑多久才会忍不住转身与我说话。”

云皎气得想跳脚，她不满地哼了一声，愤愤道：“我刚才说了这么多，你难道就没有什么话，想要对我说的吗？”

云初末沉默了片刻，才开口：“把你刚才的话再想一遍……”

见云皎斜了斜眼睛，想了一会儿，又重新看向他，云初末面不改色地继续道：“这些，就是我想对你说的。”

一股愤怒顿时燃烧在云皎的胸口，很快就冲昏了她的头脑，她在被窝里踹了云初末两脚，立即转过身独自生闷气去了。这世上怎么会有云初末这么可恶的人，简直……太气人了！

她正气呼呼地噘着嘴，又听到云初末在身后喊了她一声：“小皎……”

云皎没有转身，语气也不好：“干吗？！”

下一刻，云初末低身从后面抱住了她，他的手在她的腰间缓缓收紧，动作温柔轻缓，却在云皎的心里掀起了惊涛骇浪，触及他身体的一瞬间，心跳陡然停了一拍，她下意识地抓紧了被褥，紧接着听到他温雅浅淡的声音：“睡吧。”

呼吸声划过寂静的午夜，云皎默默地注视着眼前的床帐，很久之后才试探地唤了一声：“云初末……”

耳畔传来他含糊不清的应答声，云皎心满意足地笑了，小小的心里瞬间被幸福占满，其实此时此刻，她只是想叫他的名字而已。

第四卷 · 千秋雪

金戈铁马，江山如画，终抵不过她的笑靥如花。

——千秋雪

第一章

风情花月浓

闷在明月居的日子当真不好过，云初末房前的梅花都已经开了，长安还是没能落下雪来。

天气干冷，云初末躲在屋子里不愿意出来，整天对着棋盘跟自己下棋，再不然就是坐在书案前看书，茶水饭食全部由云皎端到他的面前，纵使被云皎愤愤不平地指责了许多次，他那张万年不变的厚脸皮仍然刀枪不入，无动于衷。

这天，云皎端着刚刚炖好的鸽子汤去他的房间，见云初末正站在书案前，临着笔墨似乎在描画些什么，她把鸽子汤放在桌子上，好奇地凑过去打量：“云初末，你在画什么？”

没想到云初末觉察到她的靠近，立即敏捷地把画收起来了，面无表情地看向她，语气很是平淡：“没什么。”

云皎不满地嘟起了嘴，看着云初末的目光充满了鄙夷，正所谓吃不到葡萄说葡萄酸，云皎更是这其中的典型，她愤愤地轻哼了一声，阴阳怪气道：“肯定没好事，我才不要看呢！”

转身迈步走到木桌前，掀开汤盆的盖子，霎时间鲜美的香味溢满了房间，云初末这时也跟了过来，闲适自然地端坐在一旁，端起碗刚要下口，忽然又顿了下来，他的唇角扯了扯，抬头注视着云皎：“哪里来的鸽子？”

云皎顿时心虚了下来，讪讪地耷拉着头，小心翼翼地道："我我我……我把隔壁邻居家的鸽子抓来了。"

自从阴婉婳在大街上伤了人，长安城一下子戒严了起来，连累他们好几天都没有办法出门，总是吃那些储存的粮食也没有办法，适当的时候也该换换口味，改善一下膳食。好在隔壁邻居不知道他们的存在，即使丢了鸽子，也只当是飞远了，并没有惹出不必要的事端。

云初末定定地望着云皎，幽凉沉静的眼眸似是敛着深水，直把云皎看得心里发毛，垂头丧气地准备迎接他的惩罚，就在她默默叹气之时，云初末迟钝地开口："隔壁家养了鸽子，你怎么不早说？"

云皎一呆，听明白他话里的意思，立即愤怒地指责："云初末，你怎么可以这样恶劣！"

云初末已经完全听不下去任何话，汤勺当当地敲着碗，嘴里轻快地念着："快吃饭，快吃饭，吃完饭我们抓鸽子……"

云皎恨得咬牙切齿，拼命忍住要掐死他的冲动，坐下来埋头闷声吃饭，耳边还能听到云初末吧嗒吧嗒地念着："我们该抓多少只比较好呢？红烧、辣炒、炖汤、哦……还有烤乳鸽……"

"云初末！"云皎再也忍受不了，吼了一句，抬眼见对方嘴里含着汤勺，瞪着眼睛可怜巴巴地望着她，她又瞬间软了下来，给他夹了几块鸽子肉，不忍心再去看他，"你你……你先吃完这些吧，其他的以后再说。"

他们闷头吃饭，房间里的气氛安静得有些尴尬，过了一会儿，云皎试探地开口："云初末，我的房间已经打扫干净了。"云初末的手一顿，漫不经心地哦了一声，对她的话恍若未闻，依旧埋着头津津有味地喝汤。

云皎有些挫败，自从她一不小心把自己的房间砸了之后，她就一直跟云初末住在一起，可是现在房间已经整理好了，若是一声不响地搬回去住，未免显得有些失礼，所以她刚才的话实际上是旁敲侧击地提醒云初末，她该搬回自己的房间睡了。

见收到的效果不大好，云皎斟酌词句该怎么说才能正确表达自己的意思，同时还不会让云初末感到自己被抛弃，她绞尽脑汁地想了一会儿，再接再厉地道：

“云初末，我该搬回去住了，这段时间跟你住在一起很开心。”

云初末的汤勺当啷一声落在了碗里，他面不改色地嗯了一声：“既然那么开心的话，就继续住着好了。”

云皎激灵了一下，连忙道：“不不不……”

见到云初末逐渐阴沉下来的脸，她的心里大乱，作为一个不遗余力拍马屁的弱女子，她当然不会让云初末觉得她之所以会搬回去，完全是因为他的问题，于是她痛心疾首地贬低自己：“云初末，我磨牙打呼噜踢被子，哦，半夜还会说梦话，跟我住在一起，真是辛苦你了。”

云初末单手悠然地撑着头，淡淡地嗯了一声：“我不会嫌弃你的。”

云皎简直恨到咬牙，方才那些话当然是她胡诌的，她除了会半夜把云初末踢醒，惹来他狠狠一顿修理之外，才没有那些乱七八糟的习惯！就在她愤愤地咬筷子时，云初末向她凑近了几分，幽凉温柔的眼眸注视着她，甚是含情脉脉：“皎，你觉不觉得最近的天气越来越冷了？”

云皎嘴巴里还咬着筷子，瞪着水灵灵的大眼睛与他对视，不知道云初末接下来要说什么，她想了一下，迟疑地点头。云初末的唇角勾起得逞的笑意，循循善诱地往下说：“你以前不是说，我留下你的话，你可以给我做饭，替我浇花，冬天到了，还可以给我暖床？”

云皎咬筷子的动作静止了下来，无辜可爱的眼睛注视着云初末，完全不记得自己是否真的说过这样的混账话，但见到云初末不容置疑的神情，她撇了撇嘴，试探地嗫嚅道：“我我……我也是随便一说，你可以不用当真的……”

云初末的脸色立即臭了下来，不动声色地挽着袖子：“这么说，你先前说的那些话是拿来哄我的了，既然你这么没用，我现在就把你打死！”

云皎激灵了一下，立即扑倒在云初末的脚边，小手死死抓着云初末的衣袖，痛心疾首地道：“云初末，我我……我刚才是开玩笑呢，你留着我，自然有很多用处的。”

云初末绷着脸色，十分简短：“比如？”

云皎消沉地耷拉着脑袋：“给你做饭。”

云初末挑了挑眉，语气未变：“还有？”

云皎委屈地嘟着嘴，含糊不清地嗫嚅道：“帮你浇花。”

云初末面无表情，立即又挽起袖子：“我现在就把你打死。”

“啊啊啊，不是啊……”云皎委屈得都快哭了，顿时觉得自己现在就像是戏文里被强抢的小民女，而云初末就是那个仗势欺人、专注迫害小民女的大坏蛋，她的小身板缩了缩，跪在他的脚边又小又软，很是不乐意地补充道，“我我……我还可以给你暖床……”

得到这个回答，云初末顿时心满意足地笑了，金灿灿的跟朵太阳花似的，微凉的手指抬起云皎的下颌，努了努嘴道：“这可是你的心里话，没有人强迫你吧？”

云皎立即坚定地摇头，厚着脸皮煞有介事道：“云初末，能够给你暖床真是我三生修来的福气，你看你……”

她又吧嗒吧嗒地说了一大堆，直把云初末说得唇角弯弯，连眉梢间都带着笑意，云皎见此情景，立即意识到现在是她拍马屁的好时机，她朝云初末身边跪了跪，趴在他的腿上，正说着突然见云初末的脸色一沉，她的心里也跟着发虚，讪讪地问：“怎么了？”

云初末失了一会儿神，淡淡的目光看向她：“有人来了。”

他们走出房间，刚迈下长廊就看到了不远处的那道身影，那是一个人的鬼魂，站在莲池边望着满池的枯叶衰荷失神，云皎和云初末相视了一眼，才迈步走了过去。云初末顿步在庭院中，颀长的身姿负手而立，朗朗声音开口：“阁下既然找到我的明月居，为何徘徊止步，不敢向前？”

站在莲池边的那人闻言，回过身看向他们，然后淡淡地笑了，声音听起来颇有涵养：“这里与在下曾经见过的一处莲池颇为相像，一时触景生情，还请房主不要见怪。”

云皎默默地站在云初末的身后，悄悄打量着来人，此人身着淡金服饰，胸口和衣袖处都绣着金线云龙，束发的饰物亦是黄金龙冠，她吃了一惊，不由得脱口而出：“你是皇族？”

对方只是清淡地笑了一下，并没有否认，倒是云初末紧接着开口：“早闻北朝泠涯皇子英雄盖世，当世无双，今日一见，果然不同凡响。”

云皎又瞪大了眼睛，惊奇的目光看向眼前那个男子，她是听过泠涯皇子的故事的，长安街上的戏曲班里，最不缺的就是前朝皇家贵族的传奇往事，传闻北朝老国君死后，留下泠涯与伯崖两位双胞胎皇子，老国君的弟弟休邑王欺皇子势弱，取而代之继承王位，泠涯皇子忍辱负重，最终杀掉休邑王拨乱反正，可惜天妒英雄，他还未来得及登上王位，就莫名其妙地死了。

这已是好几百年前的事了，如今的北朝已被邻国所灭，没想到它的国君却仍辗转流落在人世间，只是不知泠涯皇子找到明月居，究竟是何目的。

她正想着，就听泠涯不紧不慢地说道："听闻轮回石在阁下这里，不知在下可否借来一用？"

云初末闻言，漫不经心地轻笑了一阵，他侧过身，手指不紧不慢地抚着墨发，语气悠然道："凭什么？"

泠涯沉默了一会儿，缓缓说道："我知道北朝王室的宝藏在哪儿，若是阁下肯借给我轮回石，在下自当将藏宝图奉上。"

云皎一听说宝藏，脑中的弦顿时紧绷了起来，立即双眼放光地看向云初末，但见到云初末阴柔精致的侧脸，她又受挫地耷拉下脑袋，皱着眉撇了撇嘴，她怎么忘了，轮回石已经被她弄坏了，目前还在修复中，不知道要到什么时候才能修好。

传闻北朝被灭之前，那个末世的皇帝为避免自己心爱的宝贝被敌军掠走，于是在打仗的同时，还不忘把多年来积聚的财宝全都藏了起来，修筑藏宝地的工匠们事后全都被灭了口，如今时隔数十年，人世间虽流传着关于宝藏的传言，却没有人真正见到过，久而久之，连那个宝藏是否真的存在都成了迷。

泠涯身为北朝的皇子，鬼魂又在人世间徘徊了数百年，自然是知道宝藏的下落的，想到自己竟然一时糊涂，不仅弄坏了轮回石，还错过了这么一个大宝藏，云皎简直心痛如绞，眼前仿佛有一锭锭金元宝在飞，等伸手要去抓的时候，偏偏又调皮地飞走不见了踪影。

云初末斜斜地瞥了眼云皎眼冒红心的样子，又平静地看向泠涯："不好意思，我帮不了你。"

泠涯听此微微蹙眉，连声音都威严冷冽了许多："北朝数百年积聚下来的宝藏与你交换，难道你竟然不肯？”

云初末漫不经心地轻哼了一声，颀长的身姿优雅而温和，素白的衣袂上绣着银线流云，显得整个人纤尘不染：“我与你一样，并非此道中人，自然不会为俗物所累。”

泠涯一愣，显然没有看出眼前这位年轻贵公子不是人类，听云初末这样说，他更是奇怪，把视线投向了云皎，这个看起来不过十八岁的人类小姑娘，何以会跟着一个异类？

见泠涯正在打量自己，云皎的表情讪讪的，心虚地解释道：“不是云初末不帮你，那个轮回石……被我弄坏了……”她顿了顿，又立即道，“不知道你借用轮回石做什么？或许我们可以想别的办法？”

泠涯默默地垂下了首，神情淡漠始终，眉目间还有些寂寞和苍凉，他喃喃道：“我想……找一个人。”

他转过身走了几步，面对着明月居的莲池，好像要从这相似的景象里看到另一个人的身影，淡淡的语气道：“她说过她会等我的，可是当我再次回去的时候，听旁人说她已经走了，我找了很久，翻遍了北朝，连蛮夷之地都去过了，就是找不到她。”

泠涯的神情落寞，想来这些年寻觅思念的日子极为煎熬，云皎看着也不忍心，不由得出声劝慰道：“已经几百年了，那位姑娘也该投胎转世好几回了，你又何必执念于此？”

泠涯沉默了一会儿，看着她微微笑了：“我曾答应过她，等安定了北朝，就回去娶她，这个诺言还未完成，又如何让我放得下心？”

又是一段痴男怨女的心酸往事，云皎听到此低下头，黯然惋惜地叹了口气，倒是云初末的眼前一亮，仿佛看到了某些希望，露出老鹰捉小鸡的奸笑脸，立即迈着步子走向泠涯，热情大方地跟人家套近乎：“其实不瞒兄台，在下懂得一桩秘术，能够让死去的人复活重生，若是兄台有需要的话，在下还能送你回到过去，去弥补生前留下的遗憾。”

泠涯很是惊奇，欣喜地问：“此话当真！”

云初末露出不容置疑的表情，郑重地拍着他的肩膀：“自然当真！”

云皎看了看方才还很陌生的两人，已经勾肩搭背称兄道弟，意识到云初末将要做的事，她立即变得很是愤怒，指责道："云初末，你怎么可以这么无耻！"

云初末揽着泠涯的肩膀，连目光都没给她一个，继续诱导道："小孩子不用理她，来，我们进屋慢慢说。"留下云皎咬牙切齿气得直跺脚，那两个人你请我让地很快进了屋，云皎望着云初末的目光就差喷出火来，愤愤不平地挥了几下拳头，也气颠颠地跟了上去。

泠涯来到明月居的本意是为了借用轮回石，轮回石虽然已毁，若是修缮一段时间，还是可以使用的，云初末居然欺骗人家画骨重生，当真是猥琐恶劣加无耻！她很是不满地走进客厅，刚进屋就听云初末吩咐道："小皎，去沏壶茶来。"

"云初末你……"云皎气得咬牙切齿，恨不能扑上去把他胖揍一顿。

紧接着，云初末转过头对她露出春光灿烂的笑容，看上去要多温柔有多温柔，他的语气严肃地道："云小皎姑娘，请去沏壶茶来。"

云皎顿时心虚，仿佛听到了云初末来自心底的警告，不去就把她打死，胆敢捣乱就把她打死……云皎小心翼翼地瞥了泠涯一眼，迫于某人的压力又讪讪地收了回来，她耷拉下脑袋，默默走到桌子边拎起茶壶，很是消沉地迈步走出去了。

等再次回来的时候，云初末的话已经说得差不多了，泠涯的神情看上去沉静如水，并没有什么异色，云皎给泠涯倒了一杯茶，轻飘飘地瞥了一眼云初末手边的杯子，嘟着嘴轻哼了一声，直接把茶壶放在了桌子上，转过身在下座优哉游哉地吃点心。

云初末的手里拿着玉笛，不解地敲了敲桌沿，看向云皎道："这位姑娘，你身后两丈三尺远的地方，还坐着一个我呢。"

云皎背对着他，单手郁闷地撑着下巴，拉长了声音："没看到。"

云初末藐视了她一会儿，转过头对泠涯抱歉道："小孩子不懂事，让兄台见笑了。"

泠涯果然低首笑了一下，淡淡地道："世上儿女如兄台和姑娘这般者，能有几人？朝朝暮暮、吵吵闹闹之中，当真令人羡慕得紧。"

云初末点头回礼，皎白的衣衫纤尘不染，举止亦是优雅非凡："兄台与千姑娘的事迹才是感人肺腑，在下自当竭尽全力，兄台尽可放心。”

云皎的心头一跳，泠涯答应了？紧接着，又听见云初末吧嗒吧嗒地说了一大堆，无非是夸赞泠涯皇子是当世英雄，他的名字如雷贯耳，他的事迹举世闻名，特别是他和千姑娘的感情如何摄人心魄，好像如果泠涯不答应画骨重生，那就是对不起他“大英雄”的名号，以及辜负了千姑娘的一番深情般。

云皎愤怒地咬着点心，一块块色泽诱人的桂花糕，愣是被她看成了云初末的一张张厚脸皮，越往下越觉得听不下去，她干脆捂着耳朵，气颠颠地走回自己的房间。路过云初末的房间，她的脚步逐渐停了下来，他的房前种着几株红梅，每到下雪的时候，洁白的雪花落在赤色的花瓣上，像是冰清玉洁的美人儿，甚是好看动人。

云皎迈步走了过去，揪了一片梅花瓣，放在手心里仔细地端详着，她神情黯然，灵动活泼的大眼睛里隐约透露着落寞，若是在从前早就下雪了，可是今年的长安不知道怎么回事，一直拖延至今，都没能看到下雪的迹象，她还想和云初末堆雪人呢！

云初末说，愿意跟她像从前一样生活，从那天开始，他果然一如既往地跟她玩闹，惹她生气，逗她开心，他们之间并没有发生任何改变，在她沾沾自喜地以为可以永远这样下去时，却忽然发现，原来他们的从前里还包括给人画骨重生这一项，其实他的心里，到底还是放不下的。

那个叫作姝妤的女子，就那样死在他的怀抱里，如果换作是她，也是永远都忘不了的吧。

云皎黯然地垂下了眼帘，一滴眼泪从脸颊滑下落在手心的梅花瓣上，晕开淡淡的水痕，云皎一愣，望着那枚花瓣呆了许久，才面无表情地把它丢掉，在云初末的房里找到一把匕首，迈步朝莲池那边走去了。

这几天只顾着跟云初末玩闹吵架，她都忘了莲池里的锦鲤鱼，云皎拿着匕首小心翼翼地走到池子中央，不一会儿就凿开了一个冰洞，许是憋了太久，盆口大的冰洞边很快就聚集了好几条锦鲤鱼，有的绕着冰洞游来游去，还有几条露出头来，望着云皎悠然自得地吐泡泡。云皎小心翼翼地伸出手指，在其中一条的头上轻轻摸了一下，谁知这条锦鲤鱼受惊地划了一下水，其他的也都像见鬼一样逃掉了。

云皎愤愤地哼了一声，嘟着嘴抱怨：“我都说了，以后再也不会动你们了！”她拾起冰面上的匕首，颤颤巍巍地走到岸边，云初末不在身边，她就无所事事，见时间还尚早，于是云皎精神困顿地打着呵欠，走回自己的房间睡觉了。

傍晚时分，夕阳透过雕窗散落在内室的地面上，地面折射出的微光映在鲤鱼戏莲的屏风中央，晕开一片淡淡的绯红。云皎打着呵欠从睡梦中清醒过来，习惯性地露出傻兮兮的笑容，被褥里暖烘烘的极为舒服，她很是不满足地伸了伸懒腰，这才不情不愿地睁开眼睛，看到近在咫尺的俊脸顿时一愣，云初末不知何时躺在她的身边，幽凉晶亮的眼眸注视着她，若有所思的神情像是在盘算怎么卖小孩。

云皎慢慢收敛了呵欠，讪讪的表情里带着些许心虚，水灵灵的大眼睛与他对视良久，又默默地翻过了身，背对着云初末暗暗在心里腹诽，他什么时候来的，为什么她都没有发现？难道是因为先前没有给他好脸色看，所以现在找她算账来了？

正想着，就听见云初末在背后开口，用定定的语气道：“小皎，我发现你最近有点奇怪。”

云皎只觉得身体突然一僵，她微微嘟着嘴，声音听起来闷闷的：“哪里奇怪了？”

云初末单手撑着头，视线居高临下地落在了她的侧脸上，很是不信任地眯了眯眼睛：“你是不是又闯了什么祸不敢跟我说，还是在背地里做了对不起我的事情？”

云皎听此，立即转过身怒视他：“我才没有！”

“没有？”云初末挑了挑眉，微凉的手指擒住她的下颌，目光如炬地打量着她，“你有没有觉得，你最近有点想躲着我？”

“我我我……”云皎这才发现，每次云初末靠近的时候，她就会莫名其妙心慌，明明没有做对不住他的亏心事，却好像有什么秘密害怕被他发现一般，导致她自己都在怀疑是不是先前真的闯了祸，现在暂时想不起来，所以才那么没有底气。

她看着云初末的表情甚是纯良无辜，语气也柔软嗫嚅："……我没有。"

云初末盯着她的脸看了好一会儿，身子突然矮了几分，与云皎几乎就在方寸之间，唇角处勾着坏坏的笑意，再一次试探地询问："真的没有？"

云皎看着他靠近的俊脸，心里更是发慌，连忙扑腾着手脚从他压迫的气势中逃了出来，嘴硬地反驳："真的没有！"

云初末也跟着起身，不紧不慢地向她爬过去，云皎顿时瞪大了眼睛，吓得连连后退，直到后背抵在了床角，在云初末逐渐靠近的压迫气势中，她心虚地抱着膝盖缩成小小的一团，看上去又小又软，委屈害怕的表情像是被人欺负的小姑娘。

云初末倾身跪在被褥上，视线从底下打量着云皎垂下的脸，以及飘忽不定的眼神，挑眉试探地接近："还说没有？"

云皎羞愧地都快哭了，连她自己都开始觉得不正常，从前跟云初末打打闹闹，恨不能每天大战上八百回合，即使被他修理得再惨，也不带那么没出息的，可是现在云初末连话都没说上几句，她就紧张害怕成这个样子……难道是从前受到的虐待太多，以至于她现在成了惊弓之鸟？

云初末看着她的样子，细不可闻地轻哼了一声，慢慢接近："你个小没良心的，居然还想帮着外人，是不是要我再修理你一顿，你才会记住从前的教训？"

云皎顿时意识到自己的错误，原来云初末是在怪她试图阻拦冷涯画骨重生，本来嘛，若是再等上几个月，冷涯就能从轮回石里查探到心上人的下落，根本就不用奉献出自己的灵魂，云初末的这种做法，她当然不认同了！

不过既然冷涯已经答应了云初末的条件，她就不好再干涉什么，还是先保住自己的小命要紧，见云初末还在靠近，她激灵了一下，下意识地伸手去挡，连说话都不利索了："我我……我错了，我真的错了，你不要再过来啊啊啊……"

云初末一愣，难得地听一次话，停在她的身边，上下左右地打量着云皎："怎么了啊？你到底哪里不对劲儿了？"

云皎也觉得自己刚才有点反应过激，她讪讪地放下手，立即绷着神色看向了他，勉强保持着镇定："有……有吗？我明明就很正常。"说着，还很若无其事地伸手捋了捋发丝，以证明自己确实很正常。

云初末幽凉沉静的目光注视着她，片刻后冷不丁地问："云皎，你觉得我怎么样？"

云皎一呆，对着他的视线："还，还好。"

云初末的神色越发意味深长，继续问："你觉得我对你怎么样？"

云皎想了一下，综合所有不利和有利要素，关键时候还不忘拍云初末的马屁，以及让他意识到从前对她的态度有多过分，最终折中答道："还好。"

云初末单手撑着身体，另一只手缓缓擒住了她的下颌，扳过云皎的脸，探究的目光注视了良久，才扑哧一声笑了，顺势转身盘腿坐在床榻上，发神经似的笑个不停。

云皎本来就紧张，现在看他笑成这样，心里更是发虚，不由得愤怒地指责道："你笑什么！"

见云皎发怒，云初末立即识相地伸出手指抵住了自己的唇瓣，眉目间却还是强忍着温暖灿烂的笑意，他平复了一会儿，才终于收敛了忍不住发笑的心情，脸色一本正经，放下手不紧不慢地道："没什么，只是我发现了一件有趣的事情。"

云皎水灵灵的大眼睛注视着他，显得很是好奇，试探地问："什么事情？"

云初末侧过头又打量了她几眼，坏坏的表情怎么看怎么不怀好意，他漫不经心地转过来，悠闲自在地看着鲤鱼戏莲的屏风："皎，你觉不觉得这扇屏风应该换一换了？"

云皎又是一呆，不知道他怎么突然扯上这件事了，她也看了一眼屏风，迟疑道："这个是你去年给我画的啊，才用了不到一年。"

云初末的眼睛眯了眯，定定地注视着屏风："我现在又不喜欢鲤鱼戏莲了。"

云皎撇了撇嘴，揶揄地问："那你现在喜欢什么？"

云初末转头看向了她，不知道又在打什么坏主意，所以笑得有些猥琐："我现在比较喜欢鸳鸯戏水。"

云皎的表情里充满了鄙夷，鲤鱼戏莲和鸳鸯戏水不都差不多吗？她的思绪顿了顿，陡然意识到正事："你别想岔开话题，说，你刚才发现了什么事情？"

云初末不是滋味地扯了扯唇角，望着屏风的神情悠然自得，身姿优雅而慵懒："你那么想知道啊？"

听到云皎坚定地嗯了一声，他又慢悠悠地补充了一句："我不告诉你！"

"你你你……"云皎气得直想跺脚，立刻倾身朝他扑了过去，准备施展自己的撒娇黏人大法，不料云初末突然起身，害得她整个人扑倒在被褥上，云皎愤愤地拍打着床板，委屈地瞪着他指责，"云初末，你怎么可以这么狡猾啊啊啊……"

望着某人恼羞成怒的模样，云初末的眉梢瞬间荡开灿烂的笑意，映衬着绯色的晚霞显得越发清俊温柔，美得摄人心魄，他回身走了两步，微凉的手指挑衅般勾了一下云皎的脸颊："快去做饭，然后端到我的房里来。"

面对强权，云皎誓死抵抗，垂死挣扎："我不要！"

"你说什么？"云初末挑了挑眉，抱臂居高临下地藐视她，阴阳怪气道，"你看起来很想被打死呢！"

他顿了顿，作势要拉云皎起来："啧啧，正好我想吃烤人肉了，来，我们到厨房慢慢说。"

"啊啊啊，不要不要不要……"面对强权，云皎整个人像八爪鱼似的拽住自己的床，生拖硬拽怎么都拉不开，痛哭流涕地求饶，"云初末我错了，我真的错了，我再也不敢了……"

云初末这才满意地住手，手指敲着自己的唇瓣，想了一会儿，才掰着手指数道："我要吃蟹黄鲜菇、玉簪出鸡、夜合虾仁、清汤雪耳、鹿羚水鸭……嗯，暂时就这些，我想到再告诉你，你做不好，我就打死你。"

说完，他就迈步朝着门外走了，很嚣张地打了一个呵欠，又扭着脖子伸了伸懒腰，走出屋外的时候，身形迅速地闪到窗边，透过缝隙看到云皎正在床上气得打滚，他忍不住掩唇笑了，阴柔精致的眉眼中尽是宠溺和温柔，低低的声音轻念了一句："笨蛋。"

夕阳已经完全消逝在天边，只留下几道晚霞弥漫在即将到来的夜色中，万物都仿佛染上了些许醉意，让人看了就觉得欢愉。

云初末饶有兴致地顿步在自己的房门前，负手站在长廊边，远远地注视着那几株瘦梅，恍惚记起前段时间某人还在喋喋不休地抱怨，说这几株梅树生病不肯开花，没想到不知不觉间，竟已开得这般绚烂。

云初末用悠然的目光望着，良久之后，长长舒了口气，脸上依旧带着宁和的笑意——

不只是它们，他的花儿也快盛开了呢！

三天之后的月圆之夜，泠涯皇子准时来到了明月居，趁着云初末正在准备画骨重生的东西，云皎蹑手蹑脚地接近他。她端着重塑身体所需的泥土，走到庭院的石桌旁，面对着泠涯坐了下来，思前想后地犹豫道："其实……若是利用画骨重生之术回到过去，你的魂魄会被长空之境吞噬，永世都无法超生了。"

泠涯默默颔首，淡淡地回答："我知道。"

此情此景，与银时月当时来到明月居的时候何其相似，想起那个高贵美丽的邪魔，云皎的心绪凄然，低下头嗫嚅道："即使你得到了她的消息，也无法与她再续前缘，这样……值得吗？"

泠涯闻言，语气听起来甚是悲凉："我这一生都在权衡利弊，步步斟酌算计，可是到头来却发现，那些曾经无比渴望的东西其实都不是我想要的，什么是值得，什么又是不值得呢？现在想来，这世上原就没有所谓的对等平衡，心甘情愿就是值得，身不由己便是不值得了。"

他的神情平静，似在回想着什么："轮回转世固然会是新的开始，可是我并不想忘记她，甚至还想借此机会，与她在过去的时光里重逢……"

见他的心意已决，云皎也不再劝说下去，只是试探地问："有什么……我们可以帮忙的吗？"

泠涯沉默了一会儿，才抬头道："若是姑娘不介意的话，可否帮我跟着雪衣，我想知道她到底去了哪里？"

云皎点了点头，回答道："这个自然没有问题，只不过在长空之境里，你所做的事情要尽量与几百年前相符，若是有所更改的话，那位姑娘的归处也可能会因此改变。"

泠涯颔首算是答应了下来，他犹豫片刻，才淡淡道："其实在下不明白，姑娘身为人类，为何留在此处？"

云皎一愣，很是不解地问：“我从很小的时候就住在明月居，若是不留在这里，又该去哪里？”

泠涯的眸光淡淡，可能先前是人类的关系，所以对于云皎也保持着善意和好心：“三界之内，六道的生灵都有属于他生存的地方，姑娘既然是人类，自然就该回到人类的世界去。”

对于泠涯的说法，云皎显得有些不可置信，她从未想过要回到人类的世界去，现在的生活虽然有点奇怪，但是她每天都过得很开心，比外面的世人好过了不知道多少倍，而且云初末就在这里，她怎么可能会抛下他离开明月居？

心知泠涯是为了她好，所以云皎不甚在意地笑了笑：“你只会说我，你自己不也是眷恋人世不愿离去？我在明月居里生活了百年，见过千千万万个流落世间，与前世纠缠的鬼魂，说什么三界六道、万物生灵自有其归属，须知天地有情，生者可以死，死者可以生，规矩摆在那儿，遵不遵守还是要看我们自己的决定。”

泠涯听她说自己已经活过了百年，一开始还有些惊讶，但想到先前遇到的那位贵公子，便也了然地释怀，点了点头：“说得也是。”

想到自己居然说了这么一大段富有哲理的话，云皎的脸上带着一贯沾沾自喜的小聪明，对自己简直佩服得五体投地，她正得意着，又听泠涯不紧不慢地说道：“不知姑娘想过没有，若是你在乎的那个人终有一天会回到属于自己的地方去，到那时你该如何？”

云皎稍愣了片刻，语气有些支支吾吾的：“我我……我可能会去找他。”其实她也不知道自己到那时会做些什么，自从发现云初末的身份后，诸如此类的问题她想过许多次，若是有天云初末回到了属于灵的世界，留下她一个人守在明月居里，茕茕落落，也太过孤单，或者说，如果没有了云初末，她自己就完全活不下去。

“哦？泠涯兄以为……在下终有一天会去哪里？”身后传来戏谑清淡的声音，云初末迈着步子朝他们走了过来，他的俊眉微微挑着，脸上泛着慵懒散漫的笑意，然而眼眸中却是冷冽分明。

云皎跟随云初末多年，自然清楚他现在有点不高兴，连忙转移话题道：“云初末云初末，你看我找的这个土好不好？”

云初末漫不经心地瞥了一眼，神情清冷傲慢：“我觉得……不够好。”

云皎立即变得很愤怒，这种土可是她花了大功夫挖来的呢，她微微嘟着嘴，不乐意地哼了一声：“哪里不够好了，明明就很好！”

云初末用有些敌意的目光看向了泠涯，平淡地道：“这种黄土色泽均润，气味芬芳，不太符合泠涯兄的为人。”

他顿了顿，阴柔精致的容颜里泛起淡淡笑意，语气悠然地道：“像泠涯兄这种，就应该挖莲池里的烂草泥。”

“你你你……”云皎气得说不出话来，跟云初末认识了这么久，她第一次发现原来他还挺记仇。

泠涯倒是不怎么介意，他不紧不慢地站了起来，对云初末诚恳歉意道：“在下念及云姑娘的身份，不宜在妖魔鬼物之间生存，一时失言，还请云兄不要见怪。”

云初末绷着的脸色立即松动下来，优雅沉着地微笑：“泠涯兄客气了，东西我已准备好，这边请。”

他说着，又偏过头看向了云皎，似乎是被她那句“我可能会去找他”成功讨好，所以眼里带着潋滟婉转的笑意，连语气都温柔了不少：“小皎，记得准备消夜，端去我房里等着。”心知云初末又在故意把她支开，云皎不乐意地撇了撇嘴，闷闷地哦了一声，转身朝厨房走了。

她的消夜刚刚做到一半，就听见外面传来沉闷的雷声，不过泠涯生前到底是人，纵使已经有了几百年的修为，跟银时月和绯悠闲这种邪魔妖怪也是没法比的，因此替他画骨重生所带来的天谴之力很是低微，连明月居外的结界都没有什么大的震动，所以云皎一点儿也不担心，甚至还有兴致胡思乱想。

云初末刚才为什么会生气呢？是因为泠涯劝说她离开明月居吗？她沾沾自喜地想着，果然云初末平时装作对她一点儿也不在乎，其实都是假的，他不知道有多怕她会离开他呢！要知道她会做饭，还会浇花，冬天的时候还能给他暖床，这么贤良淑德、温柔体贴的弱女子，现在打着灯笼都很难找到。

于是贤良淑德的弱女子饶有兴致地做了四种消夜，哼着小曲儿一蹦一跳地送到云初末的房间，推开房门居然发现云初末已经坐在桌子旁等着了，她有些惊讶："这么快？"

云初末用幽凉沉静的目光看向她，用冷冷的语气道："我还以为，是明月居里没有水，你临时去挖井了呢！"

云皎顿时被他打击得抬不起头来，闷闷不乐地撇了撇嘴，虽说云初末对她没有表面上那么不在乎，可是偶尔说句好听的哄一哄她又有什么关系？她把消夜放到云初末的面前，单手撑着下巴，不冷不热地道："四种消夜随便选，都是你爱吃的。"

云初末意外地挑了挑眉，含着笑意的目光又看向了云皎，见到她闷闷不乐的模样，忍不住勾唇道："小皎？"

云皎偏过头，只留给他一个侧脸，依旧不冷不热的："干吗？"

云初末垂眸打量着桌子上的消夜，亲自挑出一碗端到她的身边放下："跟我一起吃消夜吧。"

云皎细不可闻地轻哼了一声，嘟着嘴："我不饿。"

云初末起身挪到她旁边的位子上，凑到她的跟前故作疑惑地问："咦，是谁惹我们家云小皎生气了？"

云皎被他逗得想笑，却还是拼命忍住，绷着脸色做出冷若冰霜的模样，闷闷地回答："没有。"

见云皎居然毫无反应，云初末继续厚颜无耻地套近乎："我知道了，难道是那个冷涯皇子？"

云皎立即变得很愤怒，放下手，扭过头，水灵灵的大眼睛怒视他："明明就是你！"

云初末伸出手指抵着自己的唇瓣，阴柔精致的俊脸显得很是无辜："我哪里又惹到你了？"

见到云皎气鼓鼓瞪他的样子，他连忙识相地改口："都是小生不好，无意惹恼了姑娘，不知要怎样做，姑娘才肯原谅小生呢？"

云皎憋着笑，单手悠然地撑着下巴，仰着头嘟嘴道："对我说句好听的话，我就原谅你。"

云初末很不是滋味地扯了扯唇角："……不会说好听的话。"

云皎立刻不满地大哼了一声："那夸一夸我总可以了吧？比如我的优点什么的……"

云初末意味深长地哦了一声，终于明白了她的意思，面不改色地道："你最大的优点，就是有我这么好的人陪在身边。"

"你你你……"云皎气得直跺脚，立即站起来往门外走。

"喂……"刚走了没两步就听见云初末悠然的声音，某人自在清闲地撑着下巴，不咸不淡地补充了一句，"那位姑娘，你走错方向了。"

第二章

韶光日月浅

十二月的北朝，天上纷纷扬扬下着大雪，山川草木皆披着一层银白，大雪封路的山谷中，数百个兵将护卫着一辆马车不紧不慢地前行着，过路人都知道，在北朝能够享此殊荣的皇亲国戚，除了掌握实权的休邑王之外，便只有那个空有地位的泠涯皇子了。

俗话说国不可一日无君，可是北国的朝廷却十年都等不来一个君主，原因是北朝的老国君驾崩后，身为皇长子的泠涯年纪尚小，朝政大权被他的皇叔休邑王夺去，为了堵住天下人的悠悠之口，洗脱自己窃国的污名，休邑王自封为摄政王，而把泠涯皇子立成了无限期的傀儡储君。

为了表示自己的忠心，休邑王还特意下了一封陈情诏书，痛哭流涕地写了好几千字，旁征博引，甚至把千古贤臣周公旦都扯出来了，大致的意思就是皇子的年纪尚小，还不能处理朝中大事，就由他这个做皇叔的代为管理朝政，等小皇子长大了，成为能够独当一面的国君，他这个摄政王也就可以隐退了。

可惜十年过去了，泠涯如今已及弱冠，休邑王却似乎忘记了自己当年的承诺，硬是把着摄政王的权力不肯退位，朝中大臣虽心有不满，却无一人敢直言上谏者，只能希望泠涯皇子忍辱负重，蓄积力量早日把皇位夺回，也好重整北朝十年来繁杂混乱的朝纲。

泠涯还有一个双胞胎弟弟唤作伯涯，两兄弟一武一文，一刚一柔，虽在休邑王明枪暗箭的迫害下，日子过得极为艰难，却终究没有让期待他们的臣民失望，内到朝廷三省六部，外至边关北塞军营，都安插了他们的羽翼势力，现在只要振臂一呼，诛杀反贼指日可待。

正好这些天边关贼寇四起，大队的响马洗劫集镇村庄，守卫边关的裴照将军沉着应对，不到半个月就将这些贼寇尽数剿杀干净，朝廷为了表彰裴照将军的功绩，特意加封他为上将军，泠涯更是借助这个机会，决定离开帝京前往边关与裴照会面。

马车内，泠涯的手里握着暖炉，身旁还围着纯白厚重的狐裘，环佩锦衣上用金线绣着麒麟，他靠在软榻上，悠然闲适地闭目养神。想起不久的将来，他和弟弟就能洗刷这些年在休邑王淫威下所承受的耻辱，他的神情越发热切，锦袖中的手用力收紧，唇角处逐渐勾起一抹阴冷的微笑。

马车忽然晃了一下，停在了路上，泠涯缓缓睁开眼睛，威严问道："默风，怎么回事？"

走在前头的秦默风遥望前方的路途，不由得蹙了蹙眉，他翻身下马，快步走到马车前跪下道："皇子殿下，不好了，前方的山石崩塌，道路都被阻住了。"

泠涯顺势靠在软榻上，不紧不慢道："派人清理干净就是了，不要耽误本王的行程。"

秦默风的手里拄着剑，低首领命答："是。"

他刚转身还没走出两步，突然听到马车里传出冷厉的声音："回来！"

秦默风还未来得及反应，一道冷箭破空而来，瞬间穿过马车的窗户，直直地朝泠涯射了过去，秦默风吓得面如土色，失声喊道："殿下——"

马车里，泠涯的身体猛然一侧，铁箭从他眼前两寸的地方穿了过去，险险地插在了后方的车身上，箭尾受到反弹的力道发出铮铮的颤音，他不待迟疑，干脆利落地抽出腰间的佩剑，撩开车帘走了出来。

此时的队伍严阵以待，几十个护卫严密守护在马车周围，秦默风由于受到惊吓，一时慌神居然都忘了向主子施礼，连忙走到泠涯的身旁，焦急问："皇子殿下，您没受伤吧？"

冷涯看了他一眼："默风，你是我挑选出来的人，本该比常人更能临危不乱才是，若是这点小风波都摆平不了的话，你这将领的位置也该换人了。"

秦默风听到他的话，立即意识到自己的失职，面带愧色地低首道："是，末将情急失态，请殿下恕罪。"

丛林之中，发出了簌簌的声响，几十个武功高强的黑衣人手持弯刀，飞速地向这边杀了过来，这些人训练有素，很快就将他们围在了中央，兵将们手持刀剑长矛，面对着杀气凛然的黑衣人，神情间充满了警觉和戒备，大雪纷飞地落下，阴冷的寒风呼啸在两队人中间。

秦默风守护在冷涯身边，望着这些黑衣人不由得皱起了眉，他也算是北朝数得上的高手，自然清楚这些人的实力，虽说是他们这边人多势众，但若真要动起手来，只怕他和将士们拼了性命，也无法保证冷涯皇子的安全。

他缓缓抽出了自己的佩剑，沉声问道："你们是什么人，胆敢阻拦皇子殿下的御驾？"

那些黑衣人一动不动，似乎都在等待着领头的吩咐，为首的黑衣人低沉沙哑地冷笑了一阵，刀锋指着冷涯，用阴毒的声音道："冷涯皇子，你的死期到了。"

一个副将挡在冷涯和秦默风的前面，侧首断喝道："将军保护殿下先走，我等断后！"

话音刚落，双方就动起手来，那些黑衣人的武功诡异毒辣，将前来阻拦的兵将杀死还不够，弯刀恍若游龙，只能看到一道道恍惚的白光，愣是把尸体砍成好十几段才肯罢休，鲜血淋淋的尸块倒在雪地里，触目惊心。

冷涯的英眉紧皱，手中握着长剑，跟秦默风一起突出包围，一队兵将护卫着他们朝深谷跑去，如今天气恶劣，道路都被冰雪覆盖，进入山谷的路更加不好走，他们很快就被那群黑衣人赶上，退无可退，只能咬牙拼着性命去抵抗，原本一百多人的队伍，转眼之间只剩下几十个伤兵，冷涯和秦默风的身上也负了几道剑伤。

面对如此险峻的局面，冷涯的神情中依然看不出一丝紊乱，他冷冷地轻哼了一声，语气冰寒而沉着："看来，皇叔这次是真的要取本王的性命了。"

他的手里握着长剑，华贵的长袍在寒风中轻轻荡起，面对向自己攻来的杀手，他的身体一侧，险险躲了过去，剑锋偏转，手起刀落间已斩杀三四个黑衣人，可惜他现在毕竟受着重伤，动作牵扯到伤口，汩汩地涌出鲜血，胸口的金线麒麟已被血迹浸湿，英武沉着的面容上亦是冷汗森森。

他们在打斗中不断向深谷中倒退着，此时保护泠涯的兵将只剩下不到十人，他们身上都负着重伤，泠涯的左肩中了一箭，伤口汩汩地流着鲜血，脸色因为剧痛变得惨白，他粗粗地喘息着，一边拼尽全力斩杀袭来的黑衣人，一边挥剑阻挡如雨的铁箭。

秦默风的右臂被砍了两刀，动作已经不像从前那样敏捷，突然，为首的黑衣人手臂架起弓弩，对着正在奋战的泠涯心口射了过去，秦默风大脑一片空白，朝着泠涯飞扑过去："殿下——"铁箭应声刺入了他的后背，两个人被冲击的力道带出去好几步，朝着万丈的悬崖直直地跌了下去。

几天后，泠涯从昏迷中清醒过来，脸颊传来冰凉的触感，他不适地皱了皱眉，勉强撑着精神动了一下，身上顿时传来阵阵剧痛，先前被弯刀砍伤的肩膀，在冰寒的天气里已经结痂，动作牵动到伤疤顷刻又裂出血来，他闷哼了一声，艰难地睁开了眼睛。

秦默风就躺在离他不远的地方，所幸从悬崖落下来的时候，他整个人平趴在雪地里，那支铁箭还好好地插在他的后背上，只是不知受了这么重的伤，他是不是还活着。

泠涯半跪着身体咬牙站了起来，朝秦默风走了过去，不小心被树根绊了一下，他失力扑倒在秦默风的面前，缓缓伸出手去试探他的鼻息，觉察到秦默风还有呼吸，他放心地呼了口气，不由得低笑道："你小子，倒是命大……"

他翻身瘫倒在雪地里不能动弹，先前射中左肩的铁箭，由于坠崖时被身体压到，又往血肉里刺进了许多，他疼得脸色发白，虚弱无力地咳嗽了几声，原本想前往边关和裴照回合，没想到休邑王如此胆大包天，竟敢在路上埋伏刺杀，现在落在这么一个杳无人烟的地方，所幸保住了一条小命，真不知道是该埋怨，还是该庆幸了。

冬天的树林一片寂静，耳畔依稀还能听到犬吠鸡鸣之声，想来此处不远的地方应该有村庄，秦默风虽然没死，但是身上的伤却是很重的，如果赶在天黑之前不能投宿人家的话，不仅是秦默风，连他的性命都很难保。冷涯休息了一会儿，总算恢复了一些体力，他跪倒在秦默风的身边，伸手把他扶了起来，艰难缓慢地迈着步子，朝树林里袅袅升起的炊烟走了过去。

这种偏远村庄，平时极少有外人来，冷涯生怕他和秦默风这副模样会吓坏村里人，招来不必要的祸端，所以他悄悄摸进了距离村子较为偏远的一家酒坊中，时间接近傍晚，酒坊中并没有客人，他扶着秦默风从后门溜进了小院，又被浓烈的酒香吸引到简陋破旧的土窖。

土窖里摆着各种各样的酒坛，中央还放置着由门板搭建成的平台，冷涯不作迟疑，连忙把秦默风平放上去，又摸索着找到半坛烈酒，咬牙撕开秦默风后背衣服的布料，趁着酒窖昏暗的灯火，这才看到秦默风的伤势比他想象中要严重很多，铁箭插得很深，伤口翻出的血肉已经溃烂，沿着箭身还化出恶臭深褐的血脓。

他不忍地转过了头，伸手握住了插在秦默风背后的铁箭，猛然用力拔了出来，也许是太疼的原因，秦默风嗷了一声清醒过来，又立即被冷涯紧紧捂住了嘴巴。过了一会儿，约莫着秦默风已经平复下来，冷涯这才松开了手，压低声音威严道：“不要出声。”

秦默风额上的冷汗如瀑，汗珠从额头滑下连成一道道水渍，他咬牙坚持道：“殿……殿下，您还好吧？”

冷涯斜斜地瞥了他一眼，没好气道：“比你好。”

紧接着，顺手拎起木板上那坛烈酒朝他的后背浇了下去，秦默风顿时瞪大了眼睛，额上由于强忍疼痛暴出青筋，脸色涨得通红，全身剧烈颤抖不已，他忍不住想叫出声，一想到冷涯皇子的命令，只得伸出手紧紧捂着自己的嘴巴，发出沉闷的低哼声。

冷涯生在皇宫，虽然没有实权，到底还是锦衣玉食长大的，怎么可能知道替人治伤这种事，所以在拔掉铁箭之后，他望着秦默风血肉模糊的后背沉默了半晌，迟疑道：“默风，你后背的肉都烂了，再这样下去的话，伤口可能会恶化，要不我把那些烂肉割下来吧？”

秦默风吓得激灵了一下，连忙道：“殿……殿下，不用了……”他在心里叫苦，早知道这样的话，还不如从悬崖上直接摔死呢！

泠涯看了他一阵，眼神威严地眯了眯：“你该不是怕疼吧？”

烈酒蚀得伤口剧痛，秦默风趴在木板上直发抖，俊脸皱得像苦瓜，虚弱无力地说道：“殿下，您先让微臣……缓一缓……”

见他这样没出息，泠涯冷哼了一声，沉声道：“男子汉大丈夫，抛头颅洒热血都不怕，怎么连这点苦都受不了？”

秦默风更是汗颜，僵硬的脖子艰难点头：“殿下教训得是……”

他顿了顿，又忍不住道：“殿下，您还是先把微臣敲晕吧……”

泠涯叹了口气，刚想抬手把他敲晕，就听到外面传来动静——

“你说气人不气人？那个臭算命的居然说我跟麒麟命途相克，这青天白日的，哪里来的麒麟？这不是故意骗钱的吗？”

紧接着，一个犹豫柔弱的女声飘了进来：“可是大家都说那个人很灵的……”

“我呸——”先前的那个女人还在喋喋不休，继续愤懑道，“我告诉你，他也就只能骗你这种不经事的小姑娘，那个人要是真那么灵的话，让我给他磕七个响头都没关系！”

觉察到这两人的声音越来越近，泠涯连忙搜寻着四周，目光所及除了酒坛还是酒坛，根本没有可以藏身的地方，避无可避，躲无可躲，更何况还有一个伤兵躺在床板上不能动弹，他只能挫败地站在原地，目光死死盯着酒窖的那扇破旧木门，在心里默念她们千万不要进来。

只听得哗啦一声，木门突然被人推开，首先走进来的是一个瘦弱小姑娘，碧绿衣裙，看上去不过十二三岁，她望见自家酒窖里莫名闯入的陌生男人顿时一愣，待目光看到泠涯又呆了呆，怔怔地伸出手指：“……姐姐，麒麟。”

后面的紫衣姑娘闻言跟了过来，嘴里还在不满地嘟囔：“再胡说，看我不打断你的腿！”

她走进酒窖，漫不经心地瞥了一眼，身体瞬间僵在了当场，泠涯胸口上的花纹是由金线所绣，在灯火的照耀下反射出璀璨光芒，远远看上去果真是一头金灿灿的麒麟。

泠涯一动不动地站在原地，默默跟她对视了一会儿，紧接着听到对方震耳欲聋的尖叫声："鬼啊——"

生怕她把村子里的人都招来，他连忙上前捂住了那个女子的嘴巴，垂眼见绿衣小姑娘想趁机溜出去，他立刻伸脚踹上了木门，嘴抵在紫衣女子的耳畔，微微蹙眉低声说道："闭嘴！"

可惜这位姑娘显然有点不识相，被他挟持扣入怀中还在拼命挣扎，反抗的力道牵动他肩上的伤口，泠涯的脸色变得惨白，眉头皱得更紧，他刚忍不住想说话，对方尖细的指甲又立刻在他手臂上狠狠划了一道血口，泠涯吃痛松开了手，皱眉怒视道："你这个女人……"

他还没有说完，对方的手就摸在了他的脸上，光摸还不够，又使劲掐了掐，泠涯立即挥开她的胳膊，嫌恶地倒退了好几步："你做什么？"

紫衣女子打量了他好一会儿，手指抵着下巴若有所思："原来是人。"

"你……"泠涯顿时气急，肩膀上的伤口裂开，他疼得直想跳脚，偏偏身后又传来秦默风的声音："殿下，您没事吧？"

泠涯咬紧了牙关，恶狠狠地瞪了那个女子一眼，沉声坚持道："没事！"

见对方不是鬼，紫衣女子这才放下心来，泼辣劲儿立刻恢复到正常水平，随手抄起一根木棍，对着他们指指点点道："说，你们鬼鬼祟祟藏在这里干吗，想要偷酒吗？"

泠涯鄙夷地白了她一眼，没好气道："姑娘觉得我们伤成这样，还有闲心偷酒吗？"

紫衣姑娘又打量了他一会儿，随即将目光看向了木板上搁着的酒坛，连忙迈步走了过去，拎在手中掂着道："看看这是什么，人证物证俱在，你们别想抵赖！"

她立刻看向了守在门口的小姑娘："雪灵，去把乡亲们叫来，我倒要看看这两个偷酒贼还有什么话说。"

秦默风见此，连忙阻拦："姑娘且慢……"

他咳嗽了好一阵儿，从怀里拿出两锭银两，虚弱无力地解释道："在下和主子在半路遇到劫匪，不幸落难此处，未经允许私闯贵宅，还请姑娘见谅。”

紫衣姑娘一见白花花的银子，顿时双眼放光，把酒坛往边上一丢，哗啦一声摔成了碎片，她拿过银子在衣服上蹭了蹭，又放在牙间咬了咬，眼睛笑弯成了月牙：“好说好说，早点拿银子出来，什么都好说。”

看到紫衣女子对着银子流口水的样子，泠涯更是露出嫌恶的表情，他身居皇宫，只听闻偏远深山的村庄民风淳朴，家家夜不闭户，人人路不拾遗，怎么到这里就成这样了？

酒窖内，他和秦默风默默相视了一眼，极有默契地预感到自己刚出了龙潭，如今又走进了虎穴，不过他们两个现在都受了重伤，即使再怎么不愿意也只能任其宰割，想到自己接下来的日子，他们都无比忧虑地叹了口气，不约而同地摇了摇头。

这个村庄位于北朝和胡人的交界处，村子虽然不大，却是十分繁华。

因地方偏僻，北国朝廷鞭长莫及，对于边界的管制自然也就没那么严厉，因此经常有胡人赶着马队路经此处，避开边防和关卡潜到北朝经商，而这附近的北朝百姓也时常拉着牛车，到胡人的地方倒卖米粮，一来二去，久而久之，两边的交往多了，感情自然也就深了，两族相互通婚者比比皆是。

千雪衣的父亲本是汉人，听说祖上还是做大官的，因其曾祖父在朝中得罪了权贵，举家遭难，她的父亲四处逃亡，无意流落到此处才安下家来，用剩下的银子开了这家酒坊，还娶了当地有名的胡姬为妻，所以千雪衣有一半的汉族血统，也有一半的胡人血脉。

这些话自然是听雪灵说的，而且据雪灵所述，她和千雪衣虽然以姐妹相称，却不是千雪衣的亲妹妹，因前几年村里闹饥荒，她的家人全都死了，只留下她一个人孤苦无依，千雪衣念她可怜，所以把她收养过来，当成妹妹养着了。

二楼的雅间中，泠涯透过窗户见到外面亭台楼阁、假山清流的景儿，心想雪灵所言非虚，这个地方虽然繁华，到底是个偏远小山庄，若千雪衣的祖上不是在朝中做官的，即使再怎么有钱，也不可能建出这样精巧别致的房子。

泠涯沉默了片刻，问道：“那千姑娘的父母呢？”

雪灵闻言，显得有些沮丧：“叔父和婶娘很早就去世了，姐姐和雪灵一样是孤儿。”

她顿了顿，又道：“你们别看姐姐平时很凶的样子，其实她人可好了，只是有点爱钱而已……”

她的话音刚落，房间的木门突然被人踹开，雪灵连忙站了起来，见到千雪衣问：“姐姐，你回来了？咦，周大夫呢？”

千雪衣手里端着三四瓶药，旁边还搁着几块白布，听到雪灵的话显得有些不解：“周大夫？什么周大夫？这方圆百里之内就只有你姐姐我这一个大夫。”

趴在床上要死不活的秦默风，闻言立即抬起了头，瞪大了眼睛惊恐道：“姑娘，你该不会想说你来给我治伤吧？”

千雪衣迈步走了过来，把东西放在床榻边的凳子上，对他露出一个善良亲和的笑容：“不是啊……”

秦默风如释重负地呼了一口气，紧接着又见她指着冷涯，笑得满面春风：“还有他。”原本站在窗边悠然欣赏风景的冷涯，身子歪了一歪，支撑不住地倒在旁边椅子上，望着千雪衣的表情抽搐，脸上艰难地扯出了一个难看的笑……

秦默风显然是多虑了，跟冷涯殿下的简单粗暴比起来，千雪衣不知道温柔了多少倍，雪灵很体贴地打了一盆热水，将他的伤口清洗干净，小心翼翼地敷好金创药，又轻手轻脚地给他包扎了伤口，一番折腾下来，他的身上绑满了白布，裹了一层又一层，连动都动不了，只能坐在床上，满脸同情地望着自家主子。

冷涯坐在窗边的椅子上，见到千雪衣满脸奸笑地走过来，他顿时觉得心里发虚，连忙站起身想避开千雪衣：“我自己可以……”

“你坐下！”千雪衣大喝一声，用力推了他一下，很不凑巧地推在了他受伤的肩膀上，冷涯杀猪般嗷了一声，原就苍白的脸色又白了几分，他跌坐在座位上，痛得直跺脚，恶狠狠地抬头瞪着她：“你这个女人……是故意的吧！”

“对不起对不起……”千雪衣连忙摆手，美艳妖娆的脸上显得很无辜，她扶着冷涯的胳膊，趁机道，“看吧，伤得这么重，你自己肯定不可以。”

冷涯的冷汗森森，又瞪了她一眼，这个女人一定是故意的！

千雪衣扶着冷涯坐好，这时雪灵给她递过一把剪刀，她拿着剪刀比画了好一阵儿都没下手，不时还发出啧啧的惋惜声。冷涯本就紧张，被她这么来回吓唬，精神更是崩溃到极点，他不满地瞪了千雪衣一眼，忍不住怒吼：“你到底在干什么，莫不是连我也想剪了吧？”

千雪衣看了他一眼，面不改色地道：“这么好的料子，若是剪坏了多可惜。”

说着，她的手突然伸向了冷涯的腰带，冷涯一呆，连忙伸手去护，不料这女人居然又一掌拍在了他的肩膀上，冷涯疼得直跺脚，嗷嗷怒吼道：“你这个女人……我就说你是故意的！”

旁边的雪灵见到他这副模样，忍不住掩唇笑了，小心翼翼地提醒道：“公子，姐姐只是想给你治伤，你不要乱动就好。”

千雪衣嘟着嘴，不满地轻哼了一声：“就是，某些人哪，就知道狗咬吕洞宾，不识好人心。”

冷涯气得咬牙切齿，是他乱动吗？明明是这个女人乱动好吗？这个贪财好色又变态的女人，活该……到现在还没嫁出去！

他正想着，千雪衣已经把他的腰带解了下来，随手扔在桌案边，小心翼翼把他的衣服从箭尾上取了下来，这个过程当然是极度痛苦的，被包成粽子的秦默风见到主子咬牙切齿的模样，眼里心里满是同情，心想冷涯殿下打从出生起就没被这么对待过吧？堂堂一国皇子，他的身子居然还比不上一件绣着金线的衣服珍贵。

扒掉冷涯的金线华服，千雪衣看到他的蚕丝里衣又犹豫了下来，冷涯顷刻明白她要做什么，恶狠狠地瞪着她：“你若是敢，我现在就杀了你！”

千雪衣顿时不乐意地嘟起嘴，没好气道：“我只是在想怎么下手比较好，谁要你的破衣服！”她正说着，手上忽然用力，几乎瞬间就把冷涯肩上的铁箭拔了下来，结果当然是引来冷涯鬼哭狼嚎地惨叫，整个人趴在桌子上颤抖，连骂人的力气都没有了。

千雪衣拍了他一下，不满道：“你别乱叫，这边上的房间还住着客人呢！”

冷涯痛得直咬拳头，眼泪哗哗地往下掉，隔了一会儿，颤着声音道：“默风……我求你……现在就把她杀掉！”

秦默风干巴巴地坐在床榻上，垂头望了一眼自己被包成粽子的胳膊，很不是滋味地劝慰道："殿下，男子汉大丈夫，抛头颅洒热血都不怕，这点苦算什么？"冷涯闻言气得直跺脚，千雪衣这个女人果真跟他有仇，明明先前对待秦默风都没那么残暴的！

千雪衣拿着剪子飞快地剪掉了他的里衣，望着冷涯的伤口顿时一愣，先前看他像没事人一样照顾秦默风，还能生龙活虎地挟持她，她还以为冷涯的伤不像秦默风那般严重呢！现在见到那道触目惊心的箭痕，还在向外汩汩流着鲜血，她只觉得脑袋一晕，完全看不下去。

冷涯疼得皱眉，血流失得太多，不免会有些头晕，他虚弱地趴在桌子上，见千雪衣迟迟不动手，他咬牙怒吼道："你到底在做什么？想要把我害死吗！"

千雪衣连忙回过神，手忙脚乱地替他止血，雪灵换了一条毛巾拿过来，上面还滚滚冒着热气，她一时失神直接捂在冷涯的伤口上，结果自然又引来冷涯的一阵哀号，他强忍着疼痛，拳头用力砸着桌板，眼里氤氲着泪花："姑娘，你还是把我敲晕吧……不，您还是痛快点把我弄死吧！"

"对不起对不起……"千雪衣赶紧把毛巾拿开，刚想愧疚又被他方才的话逗笑了，满不在乎地道，"你们还欠我的银子呢，我怎么舍得把你弄死。"

冷涯闻言，目瞪口呆地看向千雪衣，这下就连秦默风都不淡定了，他在酒窖里给的银子，别说这些伤药，就是把整个医馆买下来都可以了，他看了看自家主子的伤势，迟疑道："不对吧姑娘，我们刚刚付过银子的……"

千雪衣看了他一眼，笑得很是狡诈："你们糟蹋了我的酒，又砸碎了我的酒坛，我不计前嫌给你们治伤……哦，看看这血淋淋的样子，我得做几个晚上的噩梦，那点银子，你们赔得起吗？"

秦默风呆了片刻，愣愣地说："姑娘，那个酒坛是你自己砸的。"

千雪衣正在给冷涯包扎，闻言手上突然用力，引来冷涯的一阵痛呼，她又狡辩道："我之所以会砸酒坛，那也是因为你们，你们不跑到我的酒窖里，不糟蹋我的酒，我会砸酒坛吗？"

秦默风还想说，姑娘您之所以会砸酒坛，完全是见钱眼开的缘故，但见主子现在还在人家手上，他顿了顿，又把那句话给咽下去了，只道："是，姑娘说得是，还请姑娘对我家主子手下留情，欠姑娘的银子，在下一定尽快还上。"

泠涯倒吸着凉气，看向秦默风道："默风，这等小人，我们不能……"

"嗷——"他的话还没说完，又忍不住跺了跺脚，怒吼道，"你这个死女人，前世跟我有仇吧？"

千雪衣包扎完毕，拍了拍自己的手，细细地呼了口气："你说对了，我不仅前世跟你有仇，今生也跟你过不去，算命的说了，我这辈子会死在你手里，所以准备好银子快来补偿我吧。"

她说完，就端着东西出去了，雪灵屁颠屁颠地跟在她的身后，来到泠涯的面前，煞有介事地道："是真的，那个算命的说姐姐若是遇见了麒麟，今生今世会短命。"

泠涯面无表情地扯了扯唇角，很是消沉地呵了一声，不是她遇见麒麟会短命，是麒麟遇见她就想死吧？

酒是好酒，人是美人，只可惜这美人却长着一副蛇蝎心肠，泠涯和秦默风在这家名叫"千杯不醉"的酒坊中住了不到半个月，银子像是哗哗的流水钻进了千雪衣的荷包，喝着她亲手熬的苦药，吃着她亲手做的饭菜，穿着她亲手洗的衣服，泠涯第一次觉得自己身为皇子，从前过的那些奢侈生活跟现在比起来根本不算什么。

这种铁公鸡的压榨当然会引起他们的不满，但每次说要离开酒坊去别家住时，千雪衣的一句"敢迈出大门一步，我就说你们非礼雪灵"，顿时把他们噎得半晌说不出话来，如今人为刀俎，他们为鱼肉，在伤没养好之前，只能眼睁睁地任人宰割，不到半个月的时间，泠涯皇子和秦将军便在"千杯不醉"里花了将近万两银子，还把衣服和靴子都抵押出去了。

于是这天，千雪衣再一次来到他们的客房……

客房内，泠涯坐在窗边的椅子上，望着千雪衣的目光充满了敌意和鄙夷，千雪衣坐在他的对面，完全忽视了他冷若刀剑的目光，气定神闲地喝了半杯茶，秦默风看了看他们之间的诡异气氛，不由得尴尬地轻咳了一声："千姑娘，不知这次来又有何指教？"

千雪衣随手把茶杯搁在桌子上，岂料没有放稳，啪的一声摔碎在地上，她倒不怎么介意，不紧不慢地问："两位公子在我酒坊中住了也有些时日了，不知可还习惯？”

秦默风很不是滋味地点头：“还好，姑娘有话就请明说吧。”

千雪衣哦了一声，直接干脆地道：“是这样的，这两天有几位贵客把酒坊的房间都包下了，二位若是不介意的话，可否移驾换个房间？”

冷涯挑了挑眉，语气很不满：“凭什么？”

千雪衣很是头疼地嗯了一声，单手撑着太阳穴：“凭什么……凭你们欠我银子啊……”

秦默风一呆，不由得脱口而出：“姑娘，我昨日才把祖传的宝玉都抵押在你那里了，那枚玉佩可值几千两银子呢！”

千雪衣看了他一眼，神情间显得很是不在乎：“是不是宝玉我怎么知道，兴许是你们从地摊上买来的赝品，拿来骗我的呢？”

秦默风被驳得哑口无言，倒是冷涯不屑地冷哼了一声：“默风的那枚玉佩是太祖皇帝所赐，背后还刻有北朝皇族的印记，玉有可能是假的，皇印应该没有人敢冒充吧？”

秦默风闻言连忙附和道：“是啊是啊，姑娘若是不信的话，但可拿到官府去，一验便知分晓。”

如今他和冷涯皇子落难此处，也不知道从哪里可以找到州衙县郡，若是千雪衣真的拿玉佩找到官府，说不定那州长大人见到玉佩，意识到事情的严重性，还能跟过来搭救他们。

就在他和冷涯满怀期待地望着千雪衣时，对方想了片刻，又漫不经心地道：“那又如何？我这杯子还是太太祖皇帝赐的呢，现在砸碎了，你们怎么赔？”

冷涯气得头晕，没好气地反驳：“这杯子是你自己砸碎的！再说，你说这杯子是太太祖皇帝赐的，有何凭证？”

秦默风趴在床上，望着自家主子默默叹了口气，皇子殿下当真是气糊涂了，北朝最多只有一个太祖皇帝，哪里来的太太祖皇帝？真不知太祖皇帝泉下有知，听到这一番话会不会大骂子孙不孝……

千雪衣叉腰站起来，对冷涯针锋相对，泼辣劲儿十足：“你们若是不欠我的银子，我能来找你们吗？我不来找你们，这杯子能砸碎吗？这杯子底下原本是有字儿的，沾到水字就没有了，反正你们就是欠我的钱，现在、立刻、马上搬出去！”

“你你你……”泠涯气得咬牙切齿，立刻扭过头看向秦默风，“默风起来，我们走！”

千雪衣闻言抱臂轻笑了一阵：“好啊，不把欠我的钱还上，敢踏出大门一步，我就让乡亲们打断你们的腿！”

泠涯拼命忍住要掐死她的冲动，冷哼了一声，坐在椅子上不说话了。秦默风叹了口气：“不知千姑娘想要如何？”

这时，雪灵走了进来，手里还拿着两套衣服，千雪衣抓起来丢到秦默风面前，不紧不慢地道：“想要住在这里也可以，从今天起，你们要在酒坊里当帮工，不干完活不准吃饭，不还完钱不能离开。”

“什么？”泠涯一下子站了起来，怒视千雪衣，“你竟让本王在这家破酒坊当小厮？”

千雪衣看向了他，无辜地眨着眼睛：“不想当也没关系呀，村口有个破旧荒废的牛棚，你们可以搬去那里住。”

她顿了顿，哦了一声：“不过在搬出去之前，你们还是要把欠我的银子还上。”

泠涯气得说不出话来，阴寒的目光盯着千雪衣：“我从未见过像你这样蛇蝎心肠的女人，难怪到现在还没有人肯要你！”

千雪衣满不在乎地轻哼了一声，脸上绽放出太阳花儿般的笑容：“只要我肯嫁，不知道多少男人排队等着娶我呢！”

从某种意义上来说，千雪衣的话说得并没有错，她的确很会讨男人喜欢，也因此很招女人讨厌。

泠涯和秦默风在“千杯不醉”里刷碗的这几天，每天都能见到不同的女人气势汹汹地破门而入，然后从一群喝得烂醉如泥的酒鬼堆里，揪出一个来，拎着那人的耳朵再气势汹汹地走出去，一边走着还一边阴阳怪气地说着什么“狐狸精”之类的，即使被人骂得再难听，千雪衣照旧跟那些前来喝酒的男人猜拳跳舞，玩得开心的同时，白花花的银子也就进账了。

这天，冷涯和秦默风好不容易刷完了碗，靠在酒坊的木柱旁看千雪衣跳舞，许是看惯了王城里中规中矩的宫廷舞，现在看到这种颇具异域风情的胡舞，居然有种别样的味道。

千雪衣的母亲是当地有名的酒娘胡姬，美貌自然不在话下，舞蹈亦是曼妙动人，而千雪衣承袭了母亲美貌的同时，舞姿更是青出于蓝胜于蓝。坊中的酒案上，那道紫色的身影被围在一群男人中间，语笑嫣然地倒着酒，轻巧灵动的身姿翩然躲过朝自己摸来的手，欲拒还迎的魅惑之态更是摄人心魄。

她赤着脚站在酒案上，脚腕的银铃伴着动作发出清脆的声响，时而翩然旋转，时而仰身勾脚，一颦一笑都带着千种姿态，万种风情，冷涯默默注视着她，心想如果千雪衣不是那么贪钱的话，其实她也算不错……这么一想，他顿时愣住了，再看向千雪衣不由得越发沉默了下来。

如果她能笑得矜持委婉一点，看起来会更好一些；如果她能不跳这种羞死人的舞，感觉起来会更舒服一些；如果她能离那些男人远一点，或许此生还能嫁出去……

他正乱七八糟地想着，酒坊的木门突然被人踹开，十几个女人闯了进来，手里拿着木棍对着坊中的酒坛猛砸，一时间酒坛的碎片崩落满地，而方才那群喝得正欢的男人，见到这种情景，都不约而同地站在一边噤若寒蝉。

千雪衣不紧不慢地从酒案上走下来，美艳的容颜中带着嫣然的笑意：“妹妹大白天开门做的是正当生意，各位姐姐不由分说，砸了我的酒坊是什么意思？”

为首的女人虎背熊腰，一看就是不好惹的泼辣货，她的手里掂着擀面杖，愤愤地呸了一声：“这年头，挂羊头卖狗肉的多了去了，谁知道你这是酒坊还是别的什么？”

另外一个女人看起来斯文许多，莺声燕语地笑了一会儿，缓缓道：“奴家听说此处有狐狸精作怪，把奴家相公的魂儿都勾去了，所以才跟着姐妹们来此降妖的，姑娘千万不要见怪。”

千雪衣是什么人，别人扇她一巴掌，她恨不能把人家十个手指头都剁下来，此番听到这些人如此奚落她，她自然是要反击回去的，她缓步朝着那些人走去，悠然诡艳道：“不知道各位姐姐讲完了没有，若是讲完了，我们该算一算赔偿的银子了。”

她侧首喊了一下雪灵，雪灵立即把算盘递了过去，千雪衣噼里啪啦地算了一会儿，望向那些人笑着道：“总共三百五十八两四钱银子，姐姐们是平摊呢？还是各付自己砸坏的东西呢？”

见方才的威吓根本不起作用，那个胖女人立即怒了，擀面杖往地上一丢，挽起袖子朝着千雪衣走了过来，一声清脆的耳光炸响在酒坊之中，千雪衣被力道带得一个趔趄，倒在酒坛的碎片中央，殷红的鲜血顷刻流了出来，雪灵吓得魂飞魄散，连忙跑过去：“姐姐……”

“别过来！”千雪衣侧了一下首，她撑着身体缓缓爬起来，坐在地上注视自己的手掌，几个碎片刺入掌心里，触目惊心地吓人。

泠涯怔怔地望着她，只听她低笑了一阵，不紧不慢地道：“还有我的医药费，总共四百三十两。”

泠涯不由得皱眉，这个女人是怎么回事，想钱想疯了吗？他和秦默风站在酒坊的木柱边，看着千雪衣不紧不慢地站了起来，赤着的双足踏在酒坛的碎片上，每走一步就是一个血印，她居然面不改色，连眉头都没皱一下。

千雪衣脸上挂着散漫的微笑，缓步向那个胖女人走近，语气悠然却没有丝毫的感情：“至于你……相公不肯回家，这只能怪你自己，为人妻子的不仅要温柔体贴，善解人意，还要出得了厅堂，下得了厨房，姐姐觉得这几点，你占了几样儿？”

不知是心虚，还是被她这种不要命的气势吓到，胖女人居然胆怯地往后退了几步，从人堆里瞧见自家相公，她立即冲上去揪着那人的耳朵，巴掌噼里啪啦地打着：“你这个臭男人，贱骨头，看我回家不打死你！”

千雪衣翘着兰花指，拂唇轻笑了一阵儿，酥到骨子里的声音招摇道：“王大哥慢走，有空再来啊，奴家就在这里等着你——”

“还有你……”千雪衣偏头傲慢地打量着另外一个女人，语气悠然地道，“俗话说，不孝有三，无后为大，你进门五年都生不出一个儿子来，赵大哥身为男人，没有把你休回家另娶也就算了，心情不好来我酒坊里喝酒怎么了？”

那女人被千雪衣戳到痛处，局促地低下了头，讪讪地地走到一个男人身边，低声嗫嚅道：“相公，大哥回来了，我们回家吧……”

那男子瞪着她冷哼了一声，绕过她拂袖而去，走到千雪衣的面前来，拱手抱歉道：“千姑娘，拙内一时鲁莽，砸坏了酒坊的东西，还扰了姑娘的兴致，过几日赵某一定登门致歉。”

千雪衣倒是一点儿都不在意，点头回礼道：“赵大哥家中既然来了贵客，便请先回吧，致不致歉的倒没什么，下次来多喝两杯水酒，就算给雪衣面子了。”

剩下的那些人倒是识相，不用千雪衣一一说明，赶紧领着自家相公灰溜溜回去了，千雪衣望着酒坊里的一片狼藉，很不是滋味地咂了咂嘴巴，站在庭院里一阵失神。

雪灵小心翼翼地接近她，试探地问：“姐姐，怎么了？”

千雪衣突然回过神，迟钝地哎呀了一声，痛心疾首道：“她们还没给我银子呢！”

雪灵气呼呼地瞪了她一眼，嘟着嘴埋怨道：“你还是先包扎好伤口吧。”

想到白花花的银子就这么付诸流水，千雪衣唉声叹气，甚是惋惜，她看向冷涯：“你，过来抱我。”

冷涯靠在木柱旁，面无表情地抱着臂：“我为什么要抱你？”

千雪衣挑了挑眉，显得不可置信：“为什么？你还敢问为什么？要不是你，我能这么倒霉吗？”

冷涯气得说不出话来，秦默风一阵目瞪口呆，这种事跟皇子殿下八竿子都打不到一块去吧？他愣愣地替冷涯问：“姑娘，旁人砸了你的酒坊，这关我家主子什么事？”

千雪衣轻哼了一声，站在那里像是傲娇的花孔雀：“算命的说了，我这辈子跟麒麟命途相克，你看你们刚来，我就倒霉成这样，你说这关不关你家主子的事？”

相比秦默风的好脾气，冷涯对她这套歪理简直听不下去，他立即转身，没好气道：“不用理她，我们走！”

“公子……”他刚迈出去没两步，雪灵可怜巴巴地喊住了他，“姐姐的脚受伤了，公子行行好，把她抱回房间吧。”

冷涯顿住脚步，沉着脸想了片刻，愤愤地转过身迈步朝着千雪衣走了过去，连看都不看她一眼，直接打横把她抱起来，迈着步子朝着她的房间走去了。

千雪衣的房间比较偏远，冷涯肩上的伤还没有全好，一路抱下来，脸色不由得又苍白了几分，想起这些天遭受的虐待，自己反过来还得费心费力地照顾这个死女人，他的脸色很臭，一张俊脸阴沉得像是冰块，伸脚踹开了千雪衣的房门，直接把她丢到床上去。

没想到这死女人居然伸手摘去了他腰间的玉佩，躺在床上仔细打量着："咦，很不错的玉佩呢，正好可以拿来抵债。"

"你……"冷涯气得咬牙，伸手蹙起了眉，"把玉佩还我！"

千雪衣在床上坐起来，仰着头含笑看他，像是耍赖的小孩："落到我手里的东西，就是我的，凭什么给你？"

这时候，秦默风和雪灵也跟了进来，看到千雪衣手里的玉佩，他叹了口气，诚恳道："千姑娘若是想要银子的话，等在下回到帝京，自然会派人送来，只是这枚玉佩……姑娘还是还给殿下吧，这个是北朝历代国君送给王后的信物，不能随便给人的。"

千雪衣闻言，眼睛立即放光，她双手撑着头，含笑看着冷涯："冷涯皇子，我当你的王后好不好？"

冷涯露出嫌恶的表情，脸色阴沉地侧过身："在下高攀不上。"

千雪衣盘腿坐着，满不在乎地捋着自己的发丝："我说你能高攀上，那你就能高攀上。"

冷涯冷哼了一声，语气很不好："千姑娘真是会给自己脸上贴金啊，我随便找个乡野村妇当王后，也比你这种势力恶毒的女人强。"

许是这句话说得有些重，连千雪衣脸皮这样厚的人都愣了片刻，片刻之后，她低低地笑了一声，晃悠着手里的玉佩："可是怎么办呢？你的信物如今在我手里，那位乡野村妇可是一辈子都拿不到了。"

"你……"冷涯气得咬牙切齿，又哼了一声，挑高了声音道，"姑娘方才说，为人妻者要温柔体贴，善解人意，不知姑娘做到了几样，凭什么要我娶你？"

千雪衣手指抵着下巴若有所思，然后倾身看向冷涯："你该不会真信了吧？”

她轻笑了一阵，那神情就像是在嘲笑傻瓜：“混账话，自然是说给混账的男人听，不然，以后谁还肯来我的酒坊喝酒？”

泠涯气得想跺脚，又听她道：“天下的臭男人都是一个样儿，吃着碗里的，看着锅里的，喜新厌旧，始乱终弃，我赚他们的钱，是为那些女子报仇，天经地义，有何不可？”

胡说八道，一派胡言，泠涯决定不再跟她废话，直接伸手：“把玉佩还我！”

千雪衣拿着玉佩，悠然地在手里转了两圈：“有本事，你来抢啊！”

泠涯皱了皱眉，果真迈步上前去抢玉佩，不料那死女人居然飞快地把玉佩塞到怀里了，仰着头无辜地看向他：“有本事，你来拿啊！”

泠涯握紧了拳头，沉声道：“我从未见过像你这种厚颜无耻的女人，当真一点羞耻之心都没有。”

千雪衣脸上依旧挂着悠然的笑意，不明所以地挑眉：“羞耻之心？那是什么东西，听都没听过。”

泠涯气得想跳脚，若是别的东西被她拿去倒没什么打紧，这枚玉佩是母后当年薨逝时，亲手交给他，让他送给未来王后的，现在落在这个讨厌的死女人手上，当真是玷污了母后的一片心意。他的语气威严，带着皇者的威严：“千雪衣，你可知擅拿皇族信物，该当何罪？”

千雪衣满不在乎地轻哼，伶牙俐齿道：“皇子犯法还与庶民同罪呢，泠涯皇子如今欠了我的银子，莫不是想赖账，拿皇子的身份来压我这种小老百姓？”

“你这个死女人……”泠涯一时语塞，他生于皇宫，长于皇宫，读的是圣贤书，学的是仁礼义，自然不知道该说些什么难听的话，才能有效打击到对方，沉默了片刻，丢下一句自以为很有杀伤力的狠话，“难怪到现在都还嫁不出去！”

千雪衣听到他的气话，更是忍不住发笑，用悠然的目光望着泠涯：“皇子殿下似乎很关心奴家的婚事呢，不然这样，既然皇子殿下如此担心奴家嫁不出去，便委屈一些，娶了奴家吧。”

泠涯英眉紧蹙，哼了一声：“痴心妄想！”

千雪衣的脸色立即寒了下来，像是压榨奴才的老板娘："你们的碗刷完了吗？还是趁我不在想偷懒？"

秦默风愣了半晌，呆头呆脑地答了一句："我们刷完了……"

被冷涯和千雪衣同时瞪了一眼，他立即捂上了自己的嘴巴，紧接着听千雪衣道："刷完了就再刷一遍，还有把院子打扫干净，雪灵看着他们，不干完活就不给吃饭！"

"你先把玉佩还给我！"冷涯仍是不死心，皱眉倔强地望着她。

千雪衣懒洋洋地打了一个呵欠，抬头看向他："本姑娘现在要换衣服了，你要留在这里看着吗？"说着，还真伸手去解自己腰间的花带，冷涯和秦默风赶紧背过身体，冷冷丢下一句"不知羞耻"后，气哼哼地迈步离开了。

雪灵由于身负"看着他们"的任务，自然也跟着离开了，不大的房间里只剩下千雪衣一个人，她从怀里拿出那枚玉佩，在眼前晃悠了许久，细不可闻地笑了一声："大笨牛。"

刷完碟子，又扫院子，冷涯发誓他从出生时起就没被人那么虐待过，扫帚飞快地拢着酒坛碎片，很快就把酒坊搞得尘土飞扬，烟雾弥漫，秦默风被呛得受不了，挥了挥眼前的土灰劝说道："皇子殿下，您若是累了，就到一旁歇着吧，这点小事交给微臣就行了。"

冷涯只顾生闷气，郁闷地扫着院子也不理睬他，隔了片刻，不知道是在故意说气话，还是出于真心："古语有言，一屋不扫何以平天下，这点小事本王还是能做的！"

秦默风闷闷地哦了一声，默默拎着扫帚到上风口扫地去了，他跟随冷涯多年，深知自家主子虽然表面上看起来很是沉稳，实际却是小孩心性，如今碰上千雪衣这么一个死对头，曾经的轻狂挚真似乎又被唤醒过来，真不知道对皇子殿下来说，究竟是好事还是坏事。

雪灵奉命看守他们，眼见着这两位大哥哥越来越讨厌千雪衣，她的心里也不好受，犹豫了片刻还是道："公子，你们不要怪姐姐了，她虽然比较爱钱，其实人很好的……"

冷涯挑了挑眉，冷嘲热讽道："很好？若真那么好，就不会被人打上门了。”

雪灵闻言站起来：“是真的，当年若不是姐姐收留我，我早就饿死了。”

泠涯沉默了片刻，面无表情地问：“小姑娘，你每日在酒坊里做什么？”

雪灵一呆，不知道他问这个做什么，于是老老实实地掰着手指数道：“洗衣，做饭，刷碗，搬酒，倒马桶，打扫房间……”

泠涯冷哼了一声，露出果然如此的表情，看了雪灵一眼：“小姑娘，你被骗了，那个死女人不是收养你，而是根本拿你当丫鬟奴才使！”

“才不会呢！”雪灵听他这样说，气呼呼地瞪大了眼睛。

“怎么不会？”泠涯又挑着眉，脸色寒得可以冰镇西瓜，“你自己想想，像千雪衣这么爱钱的臭女人，怎么可能大发善心做赔钱生意？她肯定是拿你当不要钱的奴才使唤的！”

雪灵瞪着眼睛怒视他，几乎都快气哭了，带着哭腔道：“姐姐才不会呢！她以前没那么爱钱的，是因为叔父和婶娘死了，她才会特别在意钱的！”

这个村庄位处偏远，在不受朝廷管制的同时，也脱离了官府的保护，又因常年和胡人相互通商，地方百姓生活富足，对于心怀不轨的响马而言，这简直就是一块吊在嘴边的肥肉。

于是七八年前，一队响马突然闯入村庄，烧杀抢掠，屠杀了将近一半的村民，而千雪衣的父母作为这里的大户，自然就成了这群响马的主要目标，在抢光了酒坊的银子后，那响马头头还看上了千雪衣的美丽娘亲，硬是逼着胡姬跟自己拜堂成亲，胡姬不堪受辱自刎而死，而千雪衣的父亲，因痛失爱妻心中激愤，居然扑上去跟人家拼命，结果当然是死在了乱刀之中。

那时千雪衣才十几岁，失去了父母的小姑娘，日子过得很是艰难，好在她向来坚强不屈，硬是咬牙撑下了父亲留下来的酒坊，只不过在坚强不屈的同时，她还日益意识到银子的重要性，于是在这样的条件下，养成了她一看见银子就双眼放光的德行。

雪灵说完之后，眼睛通红通红的：“你们现在明白了吧，其实姐姐很可怜的……”

泠涯一阵沉默，他先前只知道千雪衣的父母早亡，没想到竟是由于这个原因，他看了雪灵一眼，没好气地咕哝道：“我们才更可怜吧……”

说着，闷闷地哼了一声，拎着扫帚去扫地了，不过力道明显比先前小了许多，扫到松树旁时，竟望着上面积压的雪花发起呆来，不远处的秦默风见到自家主子这副模样，不动声色地摇了摇头，刀子嘴，豆腐心，前一刻还恨不能一巴掌把人家拍死，这一刻又开始默默伤情了，皇子殿下对那位姓千的姑娘，还真是上心呢！

晚上，好不容易扫完了庭院，他们已经累得腰酸背痛，草草吃了顿晚饭，闷头倒在床榻上爬不起来，秦默风还好，毕竟是泠涯身边的护卫，活动筋骨的机会多的是，倒是泠涯自从离开军营，就很少再跟人动武，锦衣玉食娇养惯了，这等粗活自然有点受不住，回到客房连鞋子都没脱，直接趴在床上沉默了起来。

秦默风见此，还以为他是在担心千雪衣，于是试探地说道：“不知道千姑娘的伤怎么样了，远远看着似乎挺严重的。”

泠涯倒在床榻上，懒洋洋地眯着眼睛：“祸害遗千年，等我们两个累死，她还能活得好好的……那么担忧的话，你去看看她好了。”

秦默风不好意思地笑了笑，解释道：“微臣不是这个意思，只是见殿下精神不佳，微臣还以为殿下是在担忧千姑娘的伤势。”

泠涯不屑地哼了一声，露出嫌恶的表情：“我看起来很闲吗，担心她做什么？”

他顿了顿，沉默了片刻，静静开口问：“默风，你的伤势好些了吗？”

秦默风点了点头，道：“谢殿下关心，微臣已经无碍。”

泠涯闻言，他撑起身子坐起来，斟酌一会儿道：“我们遇袭的事想必已经传回帝京，不知王弟现在如何。”

想起伯涯皇子，秦默风亦是忧心，泠涯皇子遇袭的事情传回帝京，伯涯皇子定是心急如焚，休邑王老奸巨猾，如今泠涯皇子不在帝京，还不知道会闹出什么乱子呢！若是伯涯皇子激愤之下，做出什么傻事，他们多年的计划也将付诸流水。

念及此，秦默风沉吟道：“皇子殿下，我们要不要传信通知二殿下，提醒他不要轻举妄动。”

泠涯看了他一眼，摇头道：“伯涯一向谨慎小心，不见到我的尸首是不会做傻事的，若是我们贸然传信回去，说不定会招来休邑王。”

秦默风点头道：“殿下说得是，是微臣疏忽了。”

泠涯笑了笑：“我与伯涯乃同胞兄弟，又是一起长大，自然会比别人了解他，既然休邑王想置我于死地，我们便将计就计，杀他个措手不及。”

秦默风微微蹙眉：“殿下，您的意思是……”

泠涯挥了挥衣袖，问道：“今天是什么时候了？”

秦默风老实答道：“阳月二十七。”

泠涯沉吟道：“腊月二十八那天，休邑王会在王府设宴宴请群臣，我与伯涯原本约定在那天里应外合，他会率领刺客潜入王府刺杀休邑王，而我们和裴照带兵攻入帝京，趁机将休邑王乱党一举铲除。”

秦默风想了片刻，迟疑道：“可是，若是裴将军率兵回朝，势必会引起休邑王的注意，只怕到时没那么容易。”

泠涯又看了他一眼，露出老谋深算的笑容：“你忘了，裴照刚刚被加封为上将军，适逢父皇驾崩十年之期，身为臣子回去祭拜谢恩，又有何值得怀疑的？更何况休邑王如今以为本王已死，对裴照必会疏于防范，就算他心里仍有疑虑，帝京之中只要有伯涯在，他想调动羽林军，也不是那么容易的。”

秦默风听到他的话，不由得点头赞叹道：“殿下心思缜密，微臣佩服。”

泠涯勉强笑了一下，他站起身来，走到窗边望着天际的明月喃喃道：“这么多年兢兢业业，步步为营，终将有了结果。”

他的神情落寞哀伤，恍惚回到了十年前的那个雨夜，父皇驾崩，休邑王以勤王之名领兵控制了整个王城，那时候他和伯涯才不过十几岁，照顾他们的侍女奴才全部被杀，连他们的母后都被逼自缢在朝阳宫中，如今十年过去了，昔日的傀儡皇子已成浴血重生的雄鹰，只待展翅高飞、收复河山的那天。

想起伯涯，他的英眉不动声色地皱了皱，幽深的眼眸中流露出些许苍茫和不确定。秦默风跟在他的身旁，迟疑问道：“殿下可是在担心二殿下？”

泠涯负着手，疲惫地闭目叹了口气，又低低地笑了笑：“是啊……”如今他不在帝京，休邑王势必会集中力量对付伯涯，两个月的时间，不知道伯涯能不能撑得住。

想起伯涯皇子，秦默风脸上的神色倒是缓和了不少，甚至还有些笑意，世上的事就是这样奇怪，明明是同胞所生，连容貌都一模一样，然而泠涯和伯涯这两位皇子的性情却是大相径庭，泠涯好武，伯涯喜文，一个烈得像火，一个沉得似水，一个见了令人心潮澎湃，一个接近使人如沐春风，不过若是他们站着不说话，旁人就很难把他们辨认出来。

他不紧不慢地劝慰道："二殿下向来足智多谋，一定会保全自己等殿下回去，皇子殿下就不要忧心了，当务之急是尽快赶赴边关与裴将军会合。"

泠涯勾唇笑了笑，心里宽慰了许多："说得也是。"

千雪衣口中的贵客，就是当地有名的胡商，胡人世代以游牧为生，所需的生活物资大都是从中原地区购买，若是贩运丝绸布匹之类的倒没什么，但像盐铁这种关系到朝廷命脉的生意，根据律法早就由官府朝廷所掌控，价格和数量自然也就苛刻了许多，因此有不少人剑走偏锋，暗地里做起了掉脑袋的生意，这位复姓乞伏的胡商就是其中之一。

半夜三更，村民们都已进入梦乡，酒坊外突然传来一阵敲门声，紧接着村口的犬吠声也此起彼伏地响了起来，泠涯的床榻靠近窗户，听到动静，他猛然惊醒，翻身走到窗户边上，小心翼翼地打开一条缝隙，只见十几个汉人打扮的小工推着木车停在酒坊的门外，每辆木车上还放着三四个布袋。

为首的大胡子见良久都没人开门，又不耐烦地拍了拍门板，这时千雪衣才打着呵欠从房间走了出来，语气很不好："来了，还要不要人睡觉了？"

由于两只脚都受了伤，所以走起路来东倒西歪，一瘸一拐的，看上去很是滑稽，泠涯不由得勾唇，这个死女人竟也有吃瘪的时候。

千雪衣打开门后，望见门外的大胡子立即双眼放光，谄媚笑道："乞伏大人，您来了。"

那乞伏胡商原本是部落里的一个小头目，后来不晓得犯了什么过错，被大头目揪住小辫子狠狠教训了一顿，最后还被革了职，不过毕竟当了这么多年的官，虽然现在已经没有官位，这做官的架子却是没变，听到千雪衣的称呼，他很是受用地点了点头，眯着眼睛道："快去准备酒来！"

庭院中掌起了灯火，几个桌子围在一块儿，那些人坐在边上喝酒，不时还在交谈些什么，泠涯看得无聊，又索然无味回去睡觉了。

这时秦默风也醒了，坐起来问道："殿下，怎么了？"

泠涯摇了摇头，打着呵欠，声音有些含糊不清："几个贩私盐的胡商，不必理会。"

他倾身躺下，望着床帐上泛着的乳白微光怎么也睡不着，耳畔不时传来喧闹之声，那些劳累了一天的小工，进入酒坊倒是来了精神，扯着嗓子大喊大叫，也不怕吵醒了村里的乡亲，这其中自然少不了千雪衣的身影，他甚至不用看，都能想象出那个死女人脚踩在凳子上划拳的场景。

庭院中，千雪衣果真如泠涯想象的那般，一条腿踩在凳子上，豪气冲天地端着酒："来来，再喝！"

一个醉成烂泥的年轻人趴在桌子上，勉强撑着精神抬头，硬着舌头含糊不清道："胡娘，你是要我们都醉死在这里啊……"

紧接着，千雪衣掩袖轻笑了几声，含情脉脉的眉眼间诡艳而魅惑："奴家怎么舍得让你们死呢，要知道你们若是死了，以后谁还来陪奴家喝酒啊？"

她的话音刚落，那些人中间又爆发出大笑声，甚至有宿醉忘形的酒徒借着胆子问："我们有这么多人，不知道胡娘舍不得哪一个啊？"

千雪衣的眼眸流连婉转，低着头做出害羞的样子，小心翼翼地试探道："自然是你们中最讨人喜欢的那一个了……"

这下，就连一直闷闷喝酒的乞伏胡商都开始笑了起来，晃悠着身体打嗝道："胡娘，你可真会说话啊！"

千雪衣眸中划过一抹狡黠，嫣然的笑意中却不见一丝温情，见乞伏胡商被自己取悦，她连忙趁机建议道："乞伏大人，难得大家这么高兴，要不要再来几坛酒呀？"

乞伏胡商又打了一个嗝，拍着桌子大叫："好！"

得到他的回应，千雪衣立即一瘸一拐地搬来几坛酒，然后听她身边的一人道："真不愧是胡娘……我们的银子……又快被你摸没啦……"

"哪有！"千雪衣一脸无辜，暧昧地调笑道，"人活着不就图个痛快吗，若是现在不及时行乐，等再过几年小哥哥讨到媳妇，想来都来不了啦。”

那些人又是哈哈一笑，方才的那人趴在桌子上，举着手喊道：“还讨什么讨，我们……嗝，把讨媳妇的银子都扔你这儿了……”

“是吗，”千雪衣故作吃惊，接着笑道，“那等到时候，我把雪灵嫁给你做媳妇呀！”

“雪灵不行，她太小了……”那人连连摇头，伸手一指千雪衣，“我要讨，也讨像你这样的！”

旁边的人听到，立马不乐意了，此起彼伏地说道：“哎，我说你小子也太不仗义了，胡娘要嫁人，也该嫁我这样的才对！”

千雪衣顿时乐开了花儿，狡黠的眼眸露出弯弯的笑意，似是认真，又像是开玩笑般：“我胡娘可不是谁都嫁的，这要看你们谁更有诚意了？”

她的话音刚落，有几个人同时喊道：“我要酒……再来几坛！”

泠涯躺在床榻上，缓慢地眨着眼睛，心里一阵气闷，千雪衣这个厚颜无耻的死女人，脚受伤了还这么有精神，早知道就不可怜她了！外面又传来银铃般的轻笑声，他愤愤地扯过被子，立即蒙住了头，翻身睡觉去了。

不知时间过去了多久，沉沉的睡梦中，隐约听到一阵急促的敲门声，泠涯挥手把被子拂开，听到雪灵心急火燎地在外面喊道：“公子，公子，你们快醒醒呀！”

泠涯心里陡然一凉，连忙撩袍站起身，他快步走到门边，呼啦一下打开门，只见雪灵神色慌张地站在那里，不由得蹙了蹙眉：“怎么回事？”

这时，秦默风也打着呵欠走过来，见到雪灵惊讶道：“雪灵姑娘，你怎么在这儿？”

雪灵神色焦急，飞快道：“求求你们快去救姐姐，姐姐她……”

雪灵的话还没有说完，泠涯就绕过他们，迈着阔步走下了楼，来到庭院，只见千雪衣站在那群男人中间，仰头大口灌着烈酒，洒出的清酒顺着脸颊打湿衣衫，她却毫不在意，横着衣袖豪爽地抹了一把，又嫣然地笑着接过了另一碗酒，看那架势简直把命都豁出去了。

泠涯微微蹙眉，看着她一连喝了三碗，才终于忍不住走过去，从后面夺过了她的酒碗，扯住千雪衣的手腕，面无表情道："你醉了，我送你回去。"

千雪衣已经有些醉态，晃悠着身体打了一个嗝，闹着别扭挣扎："我不！"

她挣开了冷涯的手，转过身笑得满面春风，端起酒碗回敬道："来，我们喝酒……"

冷涯心中有气，不假思索地脱口而出："你这个死……"

他看向了旁边的客人，又硬生生地忍了下来，没好气道："别闹了，跟我回去！"

千雪衣偏过头悠然地望着他，迷醉的神情间带着戏谑："冷涯皇子一人之下，万人之上，享的是温柔乡，走的是富贵路，哪里会懂得我们这些小老百姓的辛苦？天子一怒，伏尸百万，民女不过小小草芥而已，何去何从，就不劳皇子殿下费心了。"

那胡人听到千雪衣的话，酒醉顿时醒了大半，脸色变得很是难看："怎么回事？我不是说今日酒坊里不能留客人吗？"

千雪衣扑哧笑了一声，漫不经心地指着冷涯道："他？客人？不过是我酒坊里的杂工罢了，还敢妄称自己是皇子，你们看他像吗？"

乞伏胡商打量了冷涯一会儿，见此人虽然眉目英武，但衣着服饰皆是粗劣下等，还真像是酒坊中迎客打扫的小厮，他慢慢放下心来，又听千雪衣慢悠悠地道："北朝皇子放着王位不做，来到我这破酒坊当小厮，你们说好笑不好笑？"

那些人果然哈哈大笑了起来，冷涯气得脸色青黑，冷冷地哼了一声，拂袖转身而去，这时候秦默风也跟着出来了，见到自家主子怒意冲冲的模样，不由得拉住他问道："殿下，怎么了？"

冷涯在走廊下顿住脚步，不冷不热地回答："人家现在正痛快着呢，我们管这闲事作甚！"

秦默风打量着千雪衣现在的模样，犹豫了半晌说："殿下，我们还是再等等吧，好让雪灵姑娘放心。"

冷涯瞥了一眼雪灵，见对方满脸祈求地望着自己，他绷着的脸色稍微松动了下来，冷冷地哼了一声，站在那里一动不动，不见转身，也没有将要离开的迹象。

晚风清凉，拂过了他的衣袂，他背对着千雪衣，耳畔传来她咯咯的调笑声，悦耳却也轻浮，不知道为什么，每当听到这种声音，他的心里就忍不住要升起怒火，就连千雪衣说话的声音都变得格外刺耳，他隐忍怒意地闭上了眼睛，虽然没有转身去看，还是能想象到那个死女人在那群男人中间，嫣然轻笑的样子。

又是这种令人厌恶的感觉，明明她在笑着，闹着，过得不知道有多快活，可是心里却有个声音告诉他，这个贪财好色又变态的臭女人，现在一点儿也不开心。万花丛中，片叶之间，她对那么多的人和事都婉转留情，却唯独对他嗤之以鼻。

那个死女人不仅喝酒，还在众人的起哄下跳起了舞，紫色的衣裙随着舞姿摇曳，千雪衣站在酒案之上笑靥如花，一颦一笑都勾动人心，好像脚下根本没有受伤一般，那些人已经醉得人事不知，迷醉的目光注视着千雪衣，纷纷拍手叫好的同时，大把大把的银子也朝她扔了过去。

千雪衣只跳了一会儿，脚下突然一软，整个人倾倒在酒案上，她收敛了笑，露出些许尴尬的神情，撑着桌子想要站起来，奈何脚下的伤口疼痛麻木，连带着半条腿都没有知觉，勉强站了几次都没能站起来，她疼得脸色苍白，额间沁出细密的冷汗。

观舞的人们顿时不乐意了，连声嚷嚷着："怎么回事儿，快站起来啊……"

还有人拍着桌子骂道："胡娘你也太不厚道了，我们花钱就是寻个乐子，你现在是给我们添堵是吧？"

冷涯的手指握得森白，他闭了闭眼睛，复又睁开，阔步朝着千雪衣走过去，态度十分恶劣地拨开了一个酒徒，用傲慢轻蔑的眼神打量着她，语气不冷不热的："你再跳啊，千姑娘不是很厉害的吗？再跳一会儿我看看。"

"你……"千雪衣的脸色不太好，冷冷道，"我不用你管！"

冷涯阴阳怪气地轻哼了一声，迈近一步将她打横抱了起来，千雪衣顿时一怔，注视着他的侧脸，一时间说不出话来。

冷涯的容貌清俊动人，眉宇之间流露出与生俱来的王者气息，他打横抱着千雪衣，身姿挺拔俊朗，伫立在众人之间显得英武不凡，他甚至连看都不看旁人一眼，直接迈步朝着千雪衣的房间走去，不料刚走出几步，就有人大着胆子上来拦他。

三四个酒徒硬着舌头问："你谁啊你，去去去，别扫了大爷的兴！"

冷涯瞥了那些人一眼，没有理会他们继续走，没想到这狂妄的态度立即引起了众怒，十几个酒徒晃悠着身子拦住了他们，乞伏胡商眯着眼睛，指指点点的："你谁啊……快把胡娘给我放下！"

酒徒们纷纷附和："是啊，你谁啊……"

冷涯还未来得及说话，千雪衣首先轻笑了一声，她不紧不慢地悠然道："刚才忘记说了，他……是我千雪衣的男人。"

冷涯闻言，立即看向了她，神情间的震惊不亚于看到了敌人的千军万马，他愣了好一会儿神，又怔怔地收回目光，居然没有开口解释反驳她，只在心里嘀咕着，这个贪财好色的死女人，都到这时候了，还不忘占他便宜！

千雪衣靠在他的怀里，伸手搂住了冷涯的颈，嫣然地轻笑着："酒已经喝完，舞也跳完了，现在我要跟我男人回去休息了，你们还要拦着吗？"

酒徒们面面相觑，迟疑犹豫地让开了一条小缝，冷涯这才不紧不慢地抱着千雪衣离开，雪灵见此，赶紧走出来收拾烂摊子："各位客官，走了一天想必累了，姐姐已经准备好客房，请客官上去休息吧，明日还要赶路呢！"

美人已走，酒也喝得差不多了，想起明日还有路程，那乞伏胡商摆了摆手，示意手底下的人都回去睡觉，一场风波总算险险避过，只不过看他的神情似乎有点不高兴。

冷涯抱着千雪衣上了楼，伸脚踹开了她的房门，立即引起了某人的不满："哎呀，这门可花了我好几两银子呢，你别给我踹坏了！"

冷涯挑了挑眉，阴阳怪气道："千姑娘的东西金贵，在下怎么敢？"

他迈步走到房间内，把千雪衣放在床榻上，退后几步却没有走，只是抱臂站在她的不远处，神色淡淡地望着她。雪灵这时候走了进来，怀里还抱着一个木匣子："姐姐，这是今日的进账。"

千雪衣立即双眼放光，差点流口水："快，拿来我看看。"

木匣子打开，里面零零散散全是碎银，看上去应该不下百两，千雪衣把它们像是宝贝一样抱在怀里，喜滋滋道："总算没白费我的一番功夫……"

她把木匣子交给雪灵："拿回去放好，不要被人看见了。"

雪灵老老实实地哦了一声，又抱着木匣子出去了，泠涯已经困得不行，连连打着呵欠正要跟着她走出去，紧接着听到千雪衣道："你别走！"

泠涯顿住脚步，望着她挑了挑眉："做什么？莫不是又让我赔你的门吧？"

千雪衣轻哼了一声，偏过头道："别太小瞧人了，我可没那么贪财的，偶尔也会帮帮穷人什么的，在这里，大家都叫我铁珊瑚。"

泠涯面无表情地扯了扯唇角，慢慢道："铁珊瑚没有见到，一毛不拔的铁公鸡倒是现成的。"

"你……"千雪衣恨得咬牙切齿，哼了一声伸出自己的腿，"过来给我看脚！"

泠涯侧了侧身体，语气依旧不冷不热："你自己不会看吗，我为什么要给你看脚？"

千雪衣不乐意地怒视他，定定道："我手痛！"

泠涯看了她一眼，没好气地冷哼："痛死你活该！"他走到千雪衣的面前，倾身半蹲下来，握住她的一只脚腕，见淡紫的锦靴上已经渗出血迹，不由得又看了她一眼，沉默着给她脱掉了靴子。

千雪衣的脚上裹着白布，上面已经被血迹浸湿，他蹙着眉不紧不慢地取下了白布，见脚上的伤痕已经变得紫黑，只有外围还泛着淡淡的绯红，由于伤口裂开，紫黑的疤痕里又翻着殷红的血肉，连看着的人都忍不住会觉得痛。

泠涯端来了一盆热水，湿着帕子小心翼翼地给她擦去脚上的血迹，千雪衣坐在床榻上，偏着头一直注视着他，流光潋滟的眼眸中含着些许笑意。觉察到她的目光，泠涯的手一顿，皱着眉看向她，没好气道："你看什么！"

千雪衣毫不避讳，语气悠然地道："以前都没有发现，原来你除了模样长得好之外，人也算不错。"

泠涯不屑地轻哼了一声，继续给她擦脚，似是漫不经心地问："还疼吗？"

千雪衣点了点头，很认真地答："疼，很疼。"

泠涯意外地挑了挑眉，语气定定地道："我还以为你会说，这点小伤算得了什么。"

千雪衣用含笑的目光看着他，像是正在盛开的雪莲花："若是在从前，我肯定会那么说，不过现在不会了，至少在你面前不会。"

泠涯疑惑地问："这是为何？"

千雪衣更是笑得开心，伸手摸着他的脸，神情笃定地回答："因为你是我男人啊……"

泠涯怔了片刻，嫌恶地皱了皱眉："把你的手拿开！"

千雪衣不满地嘟起了嘴，讪讪地缩回自己的手，细不可闻地轻哼了一声："真是小气。"

泠涯垂下了首，眸中的神情晦暗不明，良久之后，才缓缓道："以后不要再这样了，你赚得钱还不够多吗？"

千雪衣连想都没想，不假思索地回答："好啊。"

泠涯又看了她一眼，显然不大相信她的话，一个嗜钱如命的臭女人，怎么可能回答得这样干脆？他轻嗤了一声，不咸不淡道："还是算了，别到时候你又来找我要钱，说是我害得你赚不了银子。"

千雪衣摇了摇头："你说得不错，钱我已经赚了很多，足够我和雪灵下半辈子生活，只是从前除了赚钱之外，我想不到还有别的事情可以做……"

她顿了顿，用幽静温浅的目光看向泠涯，声音有些意味深长："不过现在我找到了，除了赚钱之外，值得我去做的另一件事情。"

泠涯对上她的目光，下意识地问："什么事情？"

千雪衣扑哧笑了一声，美丽的容颜间还有些孩子气地耍赖："我不告诉你。"

泠涯索然无味地扯了扯唇角，继续问："你的气也该消了，打算什么时候放我们走？"

见千雪衣有些意外的神情，他得意地哼了一声："我听雪灵说，你的祖上曾在朝中为官，先前没想起来是谁，不过看你这些天对待我的态度，我才总算能猜出来一些。"

千雪衣的眸光淡淡，即使被人提起灭族的往事，也不见得有多么悲伤："我并不想找你报仇，毕竟已是祖上的事情了，那时候你我都还未出生，没必要为了前人的事情再纠缠不休，我也没有那个闲心。”

泠涯蹙起了眉，语气不太好：“那你这些天戏弄于我，究竟是为何？”

千雪衣偏着头，露出懒懒的笑意：“好玩啊……”

“你……”泠涯气得咬牙，脸色阴沉，“你果然是个讨人厌的死女人！”

千雪衣意味深长地嗯了一声，单手撑着下巴接近他，揶揄地调侃：“现在不再关心我的婚事了吗？”泠涯哼了一声，立即丢开她的脚，愤愤地迈着步子离开了。

留下千雪衣望着他离去的背影良久失神，她顺势躺在床榻上，拿出那枚玉佩小心翼翼地抚摸着，片刻之后露出温暖笑意，低低地呢喃了一句：“大笨牛。”

还有两个月的时间，便是与伯涯约定里应外合，诛杀休邑王的日子，想到弟弟在帝京中的安全，泠涯决定不再等下去，于是打算跟千雪衣告别，即刻前往边关与裴照会合。

这天，他早早起身洗漱完毕，连早饭都没来得及用就去找千雪衣，没想到千雪衣没见着，却在路上遇到了雪灵，雪灵手中捧着两个包袱，远远见他走过来，她连忙迎了上去：“公子，我正要去找你呢。”

她把包袱递给泠涯，慢慢道：“这个是姐姐要我交给你的，她说你们可以离开了。”

泠涯一愣，有点反应不过来：“什么？”

雪灵哦了一声，又详细地解释：“姐姐说，家里的米粮不多了，不想养两个闲人浪费银子，所以打算让你们走了。”

见泠涯有些愣神，连包袱都忘了去接，雪灵的脸上露出些许笑意：“我说的吧，姐姐人很好的，是你们偏偏不信。”

泠涯顷刻回过神，伸手接过了包袱，对着她勉强笑了笑：“那个死……你姐姐在哪里？”

雪灵的手指抵着下巴，摇了摇头：“姐姐把这些东西交给我就离开房间了，并没有说要去哪里。”

她顿了顿，想起千雪衣临走前的消沉模样，又迟疑道：“不过姐姐每次不开心的时候，都会去莲池待上半天，公子去那里或许能找到她。”

冷涯的心中一顿，下意识地试探问："你姐姐从前经常不开心吗？"

雪灵又摇了摇头："不是啊，你看她的样子，像是经常不开心吗？"

想起那个死女人笑嘻嘻招待客人的模样，冷涯勾起唇角，轻嗤了一声："说得也是。"

他顿了一下，又问道："你姐姐……大致都因为什么事情不开心？"

雪灵想了想，若有所思答道："姐姐不经常跟我说这些的，不过她每次不开心，都是在接近叔父和婶娘的忌日那天，之后过几天就好了。"

冷涯一怔，想起千雪衣的父母，心里有些凄然，连语气都轻了不少："既然她心情不好，就让她静一静吧，这几日你好好照看酒坊，莫要让你姐姐操心。"

雪灵乖巧地点了点头，她想了一下，觉得冷涯好像误会了自己的意思，于是又接着道："公子，叔父和婶娘的忌日是在仲秋，已经过去好几个月了。"

听到她的话，冷涯更是迷惑了，按说千雪衣刚刚赚了一笔银子，应该窃喜到做梦都能笑醒才是，他不解地问："那她是……因为什么事不开心？"

雪灵闻言，有些不好意思地笑了，低着声音道："可能……是因为公子你要离开了吧。"

冷涯沉默了下来，又把包袱交还到雪灵的手上，神色有些不自然："劳烦姑娘把包袱交给默风，我……叨扰多日，也该向你姐姐道别才是。"

雪灵闷闷地哦了一声，看着他心急火燎寻找千雪衣的模样，不由得抿唇偷笑了一阵，这才转身向客房去了。冷涯迈步向莲池走去，途经酒坊正门的时候，意外发现有两道熟悉的人影正在向这边接近，他顿住了脚步，迟疑片刻，转身迎出了门。

远远望去，那位年轻公子的身上披着狐裘披风，看上去优雅非凡，清贵逼人，而他旁边的小姑娘一身锦衣，衣襟和袖口处都镶着狐毛，衬着白皙的皮肤甚是灵动可爱，不过这小姑娘似乎有点不大高兴，愤愤地嘟着嘴，皱着眉头往前走，而那位年轻公子手里拿着一支糖葫芦，屁颠屁颠地跟在她身边，卖力讨好地哄着。

他不由得笑了笑，风水轮流转，这两个人倒是有趣。

云初末和云皎走近了，见冷涯正站在门口的角落看着他们，云初末有些尴尬，讪讪地收起了糖葫芦，干巴巴地说了一句：“泠涯兄倒是有兴致，不去陪千姑娘，还有闲暇在此晒太阳。”

泠涯还未开口，某人就不满地嘟着嘴：“泠涯明明就是在等我们，谁像你一样，整天没事晒太阳！”

云初末一时语塞，顿了顿，连忙附和道：“说得没错，他就是在等我们。”

面对他刻意地讨好，某人又不屑地轻哼了一声，偏过头闷闷道：“泠涯明明就是在等我，谁要等你了！”

云初末立即露出太阳花般的笑脸，点头赞同：“你说得太对了，小皎，我发现你真是越来越聪明了！”

云皎又哼了一声，脸色还是很臭：“谁是小皎，我认识你吗？”

他在这边忙着讨好，累得要死要活，怎奈对方完全不为所动，云初末无可奈何地叹了口气，显得有些挫败：“云皎，都过去那么久了，你也该原谅我了吧。”

原来前几日云皎买菜的时候，在街上遇见了一只小狗，不知是谁家扔掉不要的，还瘸了一条腿，被街上的小孩童们围着丢石子，小狗被欺负得遍体鳞伤，嗷呜嗷呜地惨叫着，云皎一时心软就把它带到明月居里了，想到云初末极不喜欢小狗小猫之类的宠物，所以她还很费心地把那只小狗藏到了厨房里。

没想到某天午后，云初末刚刚起床觉得饿了，就溜到厨房找东西吃，正好看见了那只肉鲜骨嫩的小狗，二话不说就宰杀洗剥干净炖了，事后还很好心地端着狗肉去找云皎分享他的手艺，两个人聚在一起欢欢喜喜地吃了半晌，最后云皎才愣愣地想起来问他是哪里来的狗肉，结果……可想而知……

云皎听此，不由得大大地哼了一声，想起那只可怜又可爱的小狗，水灵灵的大眼睛里氤氲着雾气：“云初末，我再也不要理你了！”云初末小心翼翼地瞧着她生气的模样，阴柔精致的脸上满是委屈，可怜巴巴地凑近云皎，很想开口说话，最终还是消沉凄然地沉默了下来。

泠涯见此，不由得想笑，他顿了顿，开口说道：“二位来找在下，不知有何事情？”

云皎哦了一声，徐徐说道：“当日答应帮你探寻千姑娘的下落，如今你快离开了，所以我们……所以我也该进入长空之境，替你跟着千姑娘。”

几百年前，泠涯离开这个村庄后，等再次回来时千雪衣就不见了，如今泠涯选择画骨重生，并且按照当初的模样，将所有事件又重演了一遍，事情发展至今，终于到了最关键的时候，泠涯离开之后，千雪衣到底去了哪里？

其实她不懂，既然泠涯已经复活重生，用这有限的生命陪伴心爱之人不好吗？为什么还要执着于寻找千雪衣的下落，过去的事情已经成为过去，再纠结追索又有何意义？

想起先前泠涯对自己的关心，云皎还是忍不住劝说道：“幻梦长空之境，虽然是连接过去和现世的异域，但也算是真实的人生，为何不把握这次机会，好好跟千姑娘相处呢？”

泠涯一怔，片刻之间，他的眉目就换作了哀伤，用清淡的声音喃喃道：“我终归是要死的，三个月的时间太短了，与其贪恋这一朝一暮的欢乐，给她留下一生一世的苦痛，还不如当作什么都没发生过，只希望……在我死前知道她过得很好，也就罢了。”

云皎的心里凄然，画骨重生，回到几百年前的曾经，泠涯献出了自己的灵魂，只为重现当日的情景，曾经金戈铁马、征战天下的豪情没有了，步步为营、精打算计的野心也不见了，几百年的岁月婉转，抽丝剥茧之后，唯一剩下的便只有对心爱之人的思念和祝愿了。

在这个世上，有谁愿意拿灵魂来交换，宁愿魂飞魄散，也要穿越时间的桎梏，回到过去的时光里，只为问那人一句，你过得好吗？

她不知道在泠涯竭力重现当日情景的时候，面对千雪衣又是怎样苦痛的心情，人，还是当年的那个人；事，还是当年的那些事，只是这些细枝末节早在他心中辗转过无数遍，面前那个笑嘻嘻招待客人的女子，那个贪钱耍弄他，给他治伤的女子，他心心念念爱了她几百年，可是明明在她身边，他却连个久违的拥抱都没有办法给予。

千雪衣知不知道呢？这个表面看起来很讨厌她，整天死女人臭女人骂她的男子，在转身之时怅然若失、迷茫失落的神情，在她看不到的角落里，他在默默注视着她，心中的苦楚与怜爱与日俱增，却始终都无法跟她说清楚。

过去终究是过去，纵使泠涯现在选择留在她身边，跟她和和美美地在一起，那么三个月后呢？他们又要怎么面对那场永永远远的别离？还有两个多月，泠涯就要魂飞魄散了……

云皎想到此，郑重地点了点头：“你放心吧，我一定会跟着她的，然后把她的下落告诉你。”

泠涯微微颔首，轻淡地笑了：“多谢。”

他转身离开，走进了酒坊之中，云皎望着他离去的背影，不由自主地叹了口气。迈步将要走时，抬眼见到云初末一动不动站在那里藐视泠涯，她的神情立即又变得很臭，语气也不好：“你干吗？！”

云初末转过头，用定定的语气道：“你对他……比对我还要好。”

云皎大大地哼了一声：“我认识你吗，为什么要对你好？！”

不待云初末回答，她立即扭头转身离开了，云初末连忙拿起那支糖葫芦跟着她：“小皎小皎，你真的确定不吃吗？这可是你很喜欢的……”

“千杯不醉”的莲池里，暖暖的阳光倾洒在地面，屋顶之上铺着一层薄薄的雪花，在阳光之下闪烁着点点晶亮的金光，莲池内的藕荷已经凋萎，只剩下满池的残枝烂叶在寒风中瑟瑟摇曳，泠涯小心迈着步子打量四周，很快就在一处屋顶上发现了千雪衣的身影，他并没有走过去，仅是站在树下良久地遥望，神情之间更多的是恍若隔世的牵念和苍茫。

此时，她正坐在屋顶之上，靠着屋角怔怔失神，手边还隔着一壶酒，雪中独酌，黯然的背影总有着寒风扫落叶的孤独和瘦弱。泠涯默默驻足，恍惚想起了那天晚上，千雪衣似是玩笑，又像是认真的低喃：“若是在从前，我肯定会那么说，不过现在不会了，至少在你面前不会。”

泠涯站了一会儿，迈步走了过去，飞身跃到她的身边，千雪衣只看了他一眼，又收回视线，漫不经心地问：“你怎么还不走，莫不是舍不得我吧？”

泠涯淡淡地看了她一眼，恍惚想起几百年前，她也曾这样问过自己，那时的他，是怎么回答的呢？他默默地想着，依稀记得自己当时不屑地大哼了一声，满脸嫌弃和鄙夷，坏着语气说了一句——

你这个贪财好色又变态的死女人，我真是巴不得快点离开呢！

他低低地笑了笑，当时年少轻狂，总以为被人猜中心事是多么丢面子的事情，明明心里是舍不得的，却还是硬着态度反驳辩解。

泠涯沉默了一会儿，眉目之间流露着浅浅的哀伤，似是叹息般：“是啊，这么快就要走了，还真有点舍不得你呢！”

千雪衣一怔，伸手去摸了摸他的脸：“你怎么了，是醉了还是疯魔了？”

离别之期将近，不知道以后还有没有机会再见，泠涯的心中苦痛，偏偏什么话都无法跟她说出口，只能酸涩地低喃了一句：“也许吧。”

千雪衣不屑地轻嗤了一声，靠着屋角悠然道：“告诉你，本姑娘除了‘铁珊瑚’之外，其实还有一个名号叫‘千杯不醉’，这个酒坊的名字就是我取得，你好歹也是从我酒坊出来的人，日后在旁人面前，可别给我千雪衣丢了脸面。”

泠涯淡淡地嗯了一声，又问道：“还有呢？”

千雪衣看了他一眼，显然不大明白他的意思：“什么还有？”

泠涯单手撑着头，偏过视线看她：“你的从前啊，我很想听。”

觉察到泠涯今天有些不对劲儿，饶是千雪衣都开始心虚了，她坐直了身体，神情间掩着担忧：“你怎么了，该不是真的疯魔了吧？”

泠涯在心里苦笑了一阵，回想着几百年前的场景，一时间怔怔地失神。

那时的莲池，天气干冷，他们中间隔着距离，明明心里喜欢，却始终不肯承认，讽刺挖苦了她好一阵儿，才默默偏首偷看了她一眼，他是那样紧张，生怕千雪衣发现了他喜欢她的心事，会失了自己的面子，又唯恐说得不清不楚，她看不出他的心意，只能纠结焦心地握紧了手，良久才支支吾吾地说了一句：“你会一直待在这里的吧？”

当时的千雪衣奇怪地看了他一眼，不屑地偏过头：“我在不在这里，关你什么事？”

见她跟自己划清界限，轻狂的少年不由得脱口而出：“我的玉佩还在你这里，你若是走了，我要去哪里找人？”

他刚说出口就后悔了，接下来果然见到千雪衣沉下了脸色，从怀中拿出那枚玉佩，侧手递给他，赌气道：“还给你，你不用再回来了。”

心情忐忑的少年自知说错了话，却还是不肯服软，倔强地转身不去看她，也没有接下那枚玉佩，没好气地回应道："是你自己说的，落在你手里的东西就是你的，我才不要你的东西！"

在千雪衣怔神之时，他连忙站起身逃开了，在离开之前还低低轻喃了一句："你等着，我会回来的……"

往事悠悠，流入白蘋州，当年的青涩懵懂，现在回想起来竟还是辗转跳动在心头，在这里，他曾许过要回来找她的诺言，那枚北朝历代君王送与王后的玉佩，既然已经落在了她的手里，那便是缘分了吧。

他在皇宫二十几年，见过的女子千千万，其中也不乏比千雪衣更好的，可是万花丛中扫视一番，竟没有一个能入得了他的眼，甚至转身移目之后，就差不多忘了她们的名字和模样。

牡丹的天香国色，与凌寒而立的北塞胡娘比起来，终究是平淡了一些，从开始觉得千雪衣这个死女人看起来心肠还不错，到疼惜她一个姑娘家受苦太多，直至现在那抹艳丽的身影倒映在他的心泉之间，不过花了短短十几天。

这是爱吗？或许是，也或许不是。

那时候的他只是喜欢千雪衣，尚且没有达到爱得要死要活的程度，只是觉得如果自己非要娶一个王后的话，其实千雪衣还算不错，皇城的生活枯燥乏味，或许有她在身边，他会开心释怀许多，而他也会倾尽全力来让她幸福快乐，至少不会像现在这样活得辛苦。

这是那时的他，那时的想法，可是他没有想到，等再次回来的时候，千雪衣已经不见了，找了许久都没有找到，再接着，他连帝袍还没来得及做好，便莫名死去了。

许是心中留有遗憾，他并没有踏入轮回，魂魄飘荡在山川之间，望着这片本该属于自己的山河，他恍然发现，原来这些年间，除了对千雪衣的那点感情，他这一生竟找不到还有什么事情，可以值得自己回忆缅怀的。

江山已成为别人的江山，天地也早已不是他的天地，他不想轮回，不想舍弃这些前尘，更不想忘记千雪衣，红尘辗转之间，翩然划过几百年，漂浮不定的感情在这时光的历练中也逐渐沉寂了下来，他看清了自己的心，也认准了自己的情，只可惜一朝错过，那位姑娘留给他的，只剩下一道求之不得、寤寐思服的身影。

屋顶之上，冷涯看向了千雪衣，用淡淡的声音问道：“你会一直在这里的吧？”

千雪衣果然不屑地偏过头，傲慢悠然地回应：“我在不在这里，关你什么事？”

冷涯弯唇笑了笑，神情之间悲凉而哀伤，声音却依旧清淡：“我的玉佩还在你这里，你若是走了，我要去哪里找人？”

千雪衣听到他的话，脸色阴沉了下来，赌气般侧手把玉佩递给他：“还给你，你不用再回来了。”

冷涯默默地注视着她，过了良久才说道：“落在你手里的东西就是你的，我北朝国君送给他未来王后的玉佩，便是这样招人嫌弃吗？”

千雪衣一时间愣住了，望着冷涯半晌说不出话来，紧接着又听冷涯慢慢说道：“我要回帝京办件事情，不知何时才能回来，你……会等我的吧？”

千雪衣怔怔地回神，不动声色地将玉佩握在了手里，有些话不必说得太清楚，她也知晓，有些事情，不用他挑明，她心中也欢喜。她偏过头，脸上带着笑意，却蛮横地答：“这要看你什么时候回来了，若是回来晚了，我已经找人嫁了也不一定。”

听到她的回答，冷涯倏忽笑了，唇角弯起暖暖的笑意：“好啊，若是我两个月内不能回来，你便找个人嫁了，只是……那个人要比我好才行。”

千雪衣白了他一眼，没好气地揶揄道：“你除了模样长得还不错之外，也没有什么好的，我随便找个人出来，都比你好千倍万倍吧？”

冷涯的心中酸涩，默默忍着悲痛和不舍，勉强扯出了一个笑容，故作轻松道：“你也别小瞧了我，在帝京中，不知道多少姑娘等着要嫁给我呢！”

“她们敢！”千雪衣露出天下无敌的骄傲模样，嫣然轻笑道，“我千雪衣的男人，就是不要了，也只能是我的男人，谁敢碰一下，我就拿着刀子跟她拼命！”

冷涯被她的话顷刻逗笑了，抬手想去碰她的脸，手指触到她的发丝又默默地缩了回来，隔了片刻才淡淡说道：“我走了，默风该等急了。”

他站了起来，见千雪衣没有动，不由得侧首问道：“你都不去送一送我吗？”

千雪衣打了一个呵欠，将下巴搁在膝盖上面，整个人显得懒洋洋的：“送什么送，反正你都要回来的。”

她顿了顿，唇角勾起女儿家娇羞的笑意，轻着声音道：“泠涯，明年初春时，村中杏花开得正好，我酿好酒，等你回来。”

泠涯望着她的背影，倏忽笑了，清淡的声音回答：“好啊……”

他转身飞下了屋顶，迈步朝着客房走了过去，只是神情之间未见得有多么期许和高兴，明年初春，明年初春……可是两个月之后，他就要魂飞魄散了，如何来得及，又如何赶得及？

屋顶之上，千雪衣抱膝望着村口的漫漫长路，呢喃地说了一句：“为什么要送？在这里我可以看得更远……”

第三章

烽火照西京

泠涯皇子离开后，千雪衣就把酒坊关了，整日不是闷在房间里酿酒，就是蹲在屋顶上看风景，接连好几个晴天，道路上的积雪开始融化，村口的小路曲折蜿蜒，泥泞不堪，一眼就能望到边，她曾见过许多商旅赶着马队经过，洪厚悦耳的铜铃回荡在冬日的寒风中，从酒坊门口一直蔓延到路的那头，她曾见过很多路人背着行囊稍作驻足，望着关闭的酒坊大门惋惜摇头，又继续踏上未完的路程。

半个月来，她见过那么多的人，来来往往，匆匆忙忙，却都不是她等待的那个人，杏树下，她挖了一个又一个土坑，把酒坛悉数窖藏下去，清冽的美酒混杂着泥土的芬芳，等到明天初春时，一定会是满院的浓香。

云皎一直隐身跟在她的身旁，看着千雪衣在夕阳下颓然抱着自己的双膝，呆呆地注视着村口的长路，神情专注而落寞，良久之后，才低低地呢喃了一句："还真是有点儿想他了呢！"

于是，几天之后，千雪衣决定离开村庄，前往帝京寻找泠涯。

酒坊之中，雪灵正在给她收拾行李，默默注视着千雪衣，似乎有些舍不得，犹豫道："姐姐，大哥哥说让你在这里等他，你就等着呗，为什么还要去帝京？"

千雪衣手里拿着雪梨，漫不经心地啃了一口，鲜嫩多汁的果肉溢出甜水，闻言，她看了雪灵一眼，辩解般地说道：“雪灵你不知道，帝京中的女子最是阴险狡诈，有多少人费尽心机想要嫁给你大哥哥，我若是不去看着他，万一被人拐走了怎么办？”

雪灵很是不服气地哼了一声，抓着包袱的两角猛揪：“明明就是姐姐想见大哥哥，把雪灵一个人丢在这里，还说什么去看着大哥哥，大哥哥才不是那样的人呢！”

千雪衣努了努嘴，神情间显得很是自豪，差点拍着胸脯骄傲地说，那是，我千雪衣看上的男人，自然不会被人随便拐走的。不过，考虑到雪灵现在的心情，她才恹恹地收敛了一些，单手撑着下巴，消沉道：“好吧好吧，姐姐答应你，这次去帝京，一定给你带回来很多好东西。”

雪灵还是很不高兴，噘着嘴独自生闷气，没好气地道：“我才不要什么好东西呢，只要姐姐快点回来就好了。”

千雪衣笑得很是晃眼，她把梨核随手丢开，再用帕子擦了擦唇角和手指，自信满满地道：“到时候不仅是我，就连你的泠涯哥哥，我也一并带回来。”

两个人在房间里聊了好一会儿，在千雪衣连哄带骗的攻势下，雪灵总算好了一些，千雪衣第一次出远门，雪灵终究放不下心，事无巨细全都考虑到了，衣服银子收拾了一大堆，连千雪衣最喜欢的茶叶都放了好几包，最后当然是被千雪衣无情地清减出去了。

酒坊外，千雪衣翻身上马，挽了挽缰绳侧首说道：“雪灵，你好好看着酒坊，还有杏花树下的酒，莫要被人偷去了。”

雪灵眼泪哗哗地把包袱递给她，嗫嚅道：“姐姐，你一定要快点回来呀。”

千雪衣接过包袱，笑得眉眼弯弯，伸手捏了捏雪灵的脸打趣道：“哭什么，我又不是回不来了……”

她的话还没有说完，就被雪灵打断了：“呸呸呸，这青天白日的，姐姐说什么胡话！”

千雪衣用云袖掩着笑意揶揄道：“是的呢，姐姐还等着回来时，给我们雪灵挑一个好婆家呢！”

雪灵羞得脸色通红，又急又气地背过了身子，跺脚道：“姐姐你又胡说，我……我不理你了！”

千雪衣脸上噙着笑，她把包袱挎在身上，又挽了挽缰绳：“好了好了，姐姐不说你了，我要走了，你也快回去吧。”

雪灵转过身，依依不舍地点了点头，目送千雪衣策马朝着远方行去，她在门口站了好一会儿，直到千雪衣走得很远，才转身走进酒坊中，伸手关上了大门。

酒坊外，云皎注视着千雪衣离开的方向，不由得在心里沉吟：泠涯当日临行前，只告诉千雪衣他要回帝京办一件事情，并没有说明自己会先去边关与裴照会合，千雪衣以为泠涯已经回到帝京，便跋涉千里赶去找他，自然是见不到人的，不过即使暂时找不到他，等两个月后，泠涯率领大军回京，事后也总该能打听到她的消息才对，为何千雪衣入了帝京之后，就像泥牛入海，完全没有了踪迹？

云皎正想着，依稀感觉到某个身影正在小心翼翼地靠近，她斜了斜眼睛，果然见到云初末一脸无辜地望着她，手里还捧着几个热腾腾的包子，献宝似的呈到她面前：“皎，那么久没吃东西，肯定饿了吧，来，这家的包子可好吃了。”

云皎藐视了他一会儿，坚强不屈地扭过头，闷闷地嘟着嘴：“我认识你吗？为什么要吃你给的包子？”

云初末很是挫败，云初末已经心神俱疲，顺手把包子揉成了渣，用懊恼的语气道：“云皎，你气都气了，也冷落了我这么长时间，到底要怎样才能和好，嗯？”

“我……”云皎一时语塞，想起那只被他故意吃掉、被她无意吃掉的小狗，哼了一声背过了身子，低下头默默绞着衣服的花带，还是不愿意理他。

云初末走到她的面前来，微凉的手指抬起了她的下巴，居高临下地看了她一会儿，眼神威严地眯了眯：“其实你是为泠涯才跟我怄气的吧？因为我让他画骨重生？”

“哪有！”云皎简直愤怒了，这几天不知道怎么回事，只要她不愿意理他，云初末总能七拐八绕地扯到泠涯，明明是他自己不好，还偏偏怪到别人的头上！

云初末哼了一声，脸色有些沉郁冰冷：“以前也不见你对我如此过，直到那晚他提议你离开……肯定是因为那个泠涯，我现在就去杀掉他！”

见他抬脚要走，云皎激灵了一下，连忙拦在他的前面，瞪着眼睛怒视他：

“云初末，你做什么！”

云初末的神情孤冷，唇角甚至都泛着疏离的笑意：“你不是不认识我吗？现在又来管我的闲事作甚？”

“我我我……”云皎气得想跺脚，想了片刻，斩钉截铁地道，“我认识泠涯，不许你伤他！”

她的话音刚落，云初末的身侧骤然掀起一阵狂风，云皎只觉得一道白影从眼前闪过，她的后背猛然一痛，再回过神来，她已被云初末死死抵在了墙壁上，对上云初末幽凉阴沉的目光，她竟在心里感到害怕，连声音都开始颤抖：“云……云初末……”

云初末似是在勉强克制着什么，眸中倏忽闪过一抹紫芒，他低首抵着云皎的额头，轻颤地喘息着，用隐忍低沉的语气道：“你若是胆敢离开，我一定杀了你……”

云皎的心头一跳，脸上的神情震惊而不可置信，她下意识地伸手摸了摸云初末的脸，愣愣地道：“云初末，你……怎么了啊……”

云初末顷刻回过神，眸中的情绪一瞬间变换了无数次，他怔怔地放开了云皎，惊慌地退后了一步，望着云皎有些不知所措：“云皎，我……”

云皎刚想上前一步，他就惊慌退开了，云皎心里更是诧异，焦急担忧道：“云初末，你怎么了？不要吓我。”

云初末局促地避开了她的注视，只低着声音说了一句：“没，没事。”

他越是这样，云皎就越是担忧，方才那一瞬间，她明明看到云初末的眸中闪过了一道紫芒，那是在与绯悠闲大战时，他无可奈何显现出剑灵原身才会有的变化，为何会出现在这里？

她默默注视了云初末片刻，才放松地一笑：“云初末，我饿了，你陪我去吃饭。”

云初末斜斜地瞥了她一眼，语气不太好：“你刚才不是不吃？”

云皎微微嘟着嘴，耍赖道：“谁说我不吃了？我只是不吃包子而已。”

她黏糊糊地上前抱住了云初末的胳膊，吧嗒吧嗒地说着：“我知道前面不远的地方有家酱牛肉非常不错，呃……虽然比不上我做的，勉强还能吃得下去。”

云初末眼里带笑，揶揄地问了一句："你刚才不是生气，决定不理我了？"

云皎嘟着嘴，嘴硬地辩解："有吗？我怎么不记得了？"

见到云初末鄙视的神情，她连忙改口："啊……刚才是刚才，现在是现在，怎么可以混在一起？而且我才没有生你的气……"

云初末倏忽笑了，宠溺地伸手捏了捏她的脸，无可奈何道："你啊……"

云皎得意扬扬地仰起脸，带着一贯沾沾自喜的小聪明，她注视着云初末，清澈无邪的眼眸里却已经见不到多少笑意，而云初末的面容间带着清浅的微笑，却在无意中侧首之时，脸上的笑容逐渐收敛，取而代之的是若有所思的沉默和黯然……

夜晚的客栈里，云皎躺在床榻上，想起今早见到的云初末，怎么也睡不着，她翻来覆去折腾了好一会儿，倏忽坐起身，抓狂地揉了揉自己的长发，懊恼了好一会儿，才精神恹恹地躺下去，她怔怔地望着屋顶，片刻之后又翻了个身，调整姿势侧卧在床榻上，望着透过雕窗落在地面上的月光发起呆来。

怎么会这样呢？她如何也想不通，在过去的一百多年里，云初末从未有过今天的状况，可能是最近发生的事情太多，上古剑灵阴婋媪，八重樱妖绯悠闲，还有那位身份神秘的凤祉殿下……她都差点忘了以前跟云初末作为人类生活的样子，明明在他们没出现之前，她和云初末一直过得好好的。

妖魔灵物在显现出原身之时，灵力亦会达到顶峰，但是与此同时，它们还会丧失作为人的理智，眼里心里全被无穷无尽的杀戮所代替，可是在绯悠闲以妖力编织的梦境中，她明明看到云初末显现出了剑灵的原身，为什么在最后居然还能恢复过来？

有那么多的事情，她想要去探知，可是又害怕在了解真相之后，她和云初末之间会有不一样的改变，说到底，她还是无法接受全部的事实，至少到现在，她只能接受作为长离剑灵的云初末，还无法接受作为云初末的长离剑灵。

她正想着，门吱呀一声开了，云皎赶紧闭上眼睛，紧接着就听见轻柔和缓的脚步声，在明月居住了这么多年，现在她光听脚步，甚至只凭呼吸声就能判断半夜摸进她房间里的人是云初末，脚步声越来越近，云皎的心里越来越紧张，她下意识地握紧了手里的被褥，就连呼吸都感到困难。

身侧的床褥一矮，云初末坐在了她的身边，侧着身子静静地注视着她，云皎的心里扑通扑通地跳着，实在忍受不住他的注视，就装模作样地翻了个身，还故意吧唧了一下嘴巴，好让云初末相信她现在已经睡着，而且睡得很熟，雷打不动的那种。

她闭着眼睛，听见身后的云初末轻轻笑了，心里正不满地嘀咕着，又感觉他不紧不慢地倾过身来，摸索着解开了她衣服的花带，又小心翼翼地去扒她的衣衫。

云皎激灵了一下，后背绷得僵直，她一动也不敢动，在心里陷入了天人交战的两难之中，若是现在醒过来，当面揭穿他的行径，不免会让云初末掉面子，以后他们两个相处也会十分尴尬，可若是现在不醒……云初末这个浑蛋正在扒她的衣服啊！云皎的心里满是委屈，纠结了好一会儿，决定以不变应万变，先看看云初末到底想做什么。

云初末扯开她的一点衣衫后，试探地看了云皎一眼，见她没有被惊醒过来，于是稍稍放下心来，继续放轻动作去扒她的里衣，直到露出大半个光洁的后背，他才顿下手来，轻轻地呼了口气，鼻尖甚至都紧张沁出了细汗。

他伸手把云皎散落的长发撩开，趁着月色果然见她的后背青紫，云初末懊恼地垂下了头，神情间的愧疚和痛惜不由得又加重了几分，隔了片刻，他从袖中拿出一只玉瓶来，周围顿时氤氲出沁人心脾的冷香，他在指尖蘸了一点，轻轻地在云皎后背上涂抹着。

云皎此刻的心情都不能用“纠结”来形容了，合着他大半夜偷偷摸摸地跑到她的房间，又小心翼翼地扒下她的衣服，原来是为了给她治伤！不过是一点小瘀青罢了，不用上药过几日也能消退下去，云初末也太大惊小怪了！

云初末的力道轻柔，划在后背上实在令人感觉发痒想笑，云皎紧紧地握着被子，动用最大的定力才勉强保持着没笑出声，最后实在受不了了，她故意地动了动身体，含糊不清地嗯了一声，云初末的手果然顿了下来，沉默地观察了好半晌，才小心试探地继续方才的动作。

这尴尬的局面，在云皎的“纠结”和云初末的“忐忑”中，终于接近了尾声，云初末给她抹完药，又如释重负地呼了口气，休息了一会儿，才轻手轻脚地给她穿衣服，没想到姑娘家的衣服扒着挺容易，穿上去居然那么麻烦，好几条花带全部分不清楚，只能凭感觉乱七八糟地系着。

云皎心里想哭，照他这么系法，她明日还得花好些功夫去解开，于是她决定做些什么……

她又装作熟睡打着呵欠翻身，企图让云初末识相地住手，没想到这次没有前几次那么顺利，见她翻身，云初末生怕把云皎吵醒，赶紧避了一下，不料慌忙之中，身子不受控制地倾斜下去，直直地压在了云皎的身上。

这下云皎再想装睡已经不可能了，她不紧不慢地睁开眼睛，注视着眼前的俊脸，沉默了半晌，才迟钝地问：“你……是来给我盖被子的吗？”

压在云皎身上的云初末呆了片刻，连忙起身，尴尬地轻咳了一声，勉强敷衍道：“是，是啊……”

云皎其实很想笑，以前总以为云初末脸皮厚得可以当城墙，原来他也有这么害羞的时候，她板着脸一本正经地道：“哦，谢谢你啊。”

云初末瞥了她一眼，似乎有些没好气，只是粗粗地说了一句：“我，我走了。”

他刚走了几步，又停了下来，身体伫立在黑暗中，静静地问：“皎，你没有话想问我吗？”

云皎侧了一下头，方才涂抹过药膏的后背隐隐发热，她注视着云初末，眼眸依旧清澈如水：“云初末，你有话想对我说吗？”

“没，”云初末局促地避过，又黯然垂下了头，用淡淡的语气道，“我只是睡不着，想找你出去走走。”

云皎哦了一声，老老实实地要从床榻上起身，又听云初末连忙道：“算了，外面挺冷的，你快些睡吧。”

见云初末想走，云皎下意识地抓住机会，喊了一句：“云初末……”

她深知错过了今晚，以后再想问他就没有机会了，于是云皎坐起身来，轻声试探地说道：“我也睡不着，你陪我说说话吧。”

云初末不紧不慢地转身，望着她倏忽笑了：“好啊。”

他迈步走到床榻边坐了下来，伸手按着云皎的肩，让她躺下来：“夜里挺凉的，你睡下吧，我在这里听着。”

云皎躺在床榻上，默默看着云初末，心里虽然藏着许多许多的话，却不知该从何说起，她想了半晌，才斟酌地开口：“云初末，泠涯是劝过我离开明月居，回到人类的世界里去……不过，我是不会走的，你明白吗？”

云初末闻言，先前疏冷的气势慢慢沉寂温和下来，他垂下眼帘，黯然说道：“抱歉，今日是我不好……”

云皎缓缓握住了他的手，语气依旧平静如水：“在这个世上，我只认识你一个，你是我唯一的依靠，所以云初末……不管以后如何，都要保重自己，我不想你再受伤。”

云初末有些愣神，幽凉沉静的眉目间似乎有些动容，他点了点头，阴柔精致的容颜顷刻绽放出温柔娴静的笑容，用清淡的语气答：“好啊……”

云皎将他的手指握紧了一些，细细呼了一口气，再接再厉道：“那么，我们以后不要再给人画骨重生了好不好？我们回到长安，回到明月居里，只有你跟我，像个凡人一样生活……”

听到她的话，云初末脸上的笑容逐渐收敛了起来，他怔了一会儿神，连忙从云皎的手中挣脱出来，神情间竟有些不知所措，他勉强定着心神：“云皎，这件事我们以后再说，很晚了，快睡吧。”

他迈步想要逃离，云皎从床榻上坐起来，不由得脱口而出：“是因为姝好吗？”

云初末的身体立即僵住了，又听她慢慢道：“云初末，是因为姝好吗……”

云皎缓缓落下泪来，见云初末不回答，便只当他是默认，这么多天的猜测和设想终于成了真，她的心里却是针扎一样疼痛，她望着云初末的背影，带着哭腔哽咽道：“云初末，姝好已经死了，你努力了这么久都没办法使她复活，她真的回不来了……”

“你胡说什么！”云初末骤然转身，语气里竟带着怒意，他克制着情绪，注视着云皎，良久之后，才恢复了往日的平静，“没有什么姝好，不管你在哪里听到的，都要把它忘掉……云皎，你说过不会介意我是长离剑灵，原来你还是在意的……”

他缓缓转过了身，踉踉跄跄地离开了房间，步调之间竟有些失魂落魄，似乎极力想要找一个地方躲藏起来，云皎坐在床榻上，望着他远去的背影，泪水模糊了她的视线，顺着脸颊倾落下来，她紧紧地抱着双膝，将头埋在被褥中，低沉压抑地哭出了声。

云初末最近的情绪很是不好，不是发呆，就是沉默，再不然就是发呆沉默，云皎想尽了办法找他搭讪，却都没有什么效果，于是两个人算是陷入了冷战，千雪衣辗转行了几日，终于到达帝京，他们也尾随其后住进了同一家客栈，由于时间已经接近傍晚，于是在预订客房的同时，也顺带着叫了晚饭。

晚上的菜色自然不能跟中午比，云初末显然没有什么胃口，漫不经心地扒拉着米饭，就差一粒一粒地数了，云皎默默地抬头看了他一眼，又黯然地低下头去，云初末良久都不开口，她只能讪讪地陪在一边，虽然知道自从那晚之后，云初末就不大愿意理她，可是万一他想通了呢？

她闷闷不乐了好一会儿，两个人就这么一直不说话，气氛未免显得有些尴尬，于是云皎特意给他夹了一块鱼肉，放到了云初末的碗里，故作轻松地搭讪道："云初末，这个看起来还不错，你尝尝看。"

云初末头也不抬地嗯了一声，连看都没看她一眼，也没有去吃她夹的菜，云皎顿时心绪凄然，见到云初末依旧对她不理不睬的样子，只当他还在为那晚的事生气，不由得失去了再找他搭话的勇气，于是默默地埋下头，心不在焉地吃着饭。

就在这时，小二走了过来，向他们施礼道："二位客官，真是不好意思，今晚客人较多，本店只剩下两间客房，还被那位姑娘预订了一间，不知两位……"

小二之所以这么说，可能是误会了他们之间的关系，所以打算让他们住一间房，其实这也没什么，在明月居里他们就经常睡在一起，也没有什么好尴尬的，云皎没有开口，等待着云初末的答案。

如果他还愿意跟她住在一起的话，就说明他的气已经快消了，如果不愿意的话……只能证明她那晚所说的话，真的触到了云初末的底线，他打算短时间内都不再理她，甚至有可能正在打算，该怎么做才能让她识相地主动离开明月居。

面对云皎的沉默，云初末只是放下碗筷，用手帕细致地擦了擦手，漫不经心道："我吃完了……"说完，他就拿起自己放在桌子上的玉笛走了。

没有回应，就是默认的拒绝，他果真还在为那晚的事情生气，现在就连跟她待在一起都不大愿意了。不知道为什么，突然就有了这么一个认知，云皎在心里憋得难受，隔了片刻，才抬头对那小二勉强笑了笑："不知预订客房的是哪位姑娘？"

小二从刚才的惊讶中回过神来，连忙哦了一声，侧了一下身："就是靠在窗户边上的那位姑娘。"

云皎顺着他的视线看过去，只见千雪衣正端坐在位子上喝酒，她迟疑了一会儿，迈步走了过去，试探地问道："姑娘，我随公子进京办事，现在天色已晚，客栈里又没有别的房间，不知姑娘可否行个方便，让给我半个房间？"

千雪衣抬头看了她一眼，立即伸出手："银子拿来。"

云皎的脸色顿时黑了大半，真是江山易改，本性难移，这个女人上辈子是穷鬼投的胎吗？她从腰间的荷包里摸出一块碎银交到千雪衣手上，岂料千雪衣的手一收，并没有接过去。

千雪衣单手悠然地撑着下巴，傲慢地挑了挑眉："算啦，本姑娘今天心情好，半个房间让给你了。"

云皎顿时被她逗笑了，点头道："多谢姑娘。"

她跟随小二来到了客房中，见里面正好摆着两张床，她的脚步顿了顿，迟疑了一会儿，转向靠近窗户的那张。想起云初末刚才居然无视自己，她心里消沉，闷闷不乐地走到窗户边，打开窗户准备吹风透透气，没想到刚打开窗户就看见了云初末，两个房间正好是对面，她站在客房内就能清清楚楚地看到那边的情景。

此时，云初末正站在窗户边，仰头望着天上的一轮孤月失神，素白的衣袂在月光下泛着淡淡的皎华，他的手里拿着玉笛，神情显得落寞而又哀伤。

云皎趴在窗户边上，默默打量着他，此时此刻，他心里想着的那个人，究竟是谁呢？

她知道说出那样的话来伤云初末的心，是她不对，事后她也反复思量了好多回，这么多年来，云初末奔走忙碌，不惜忍受天谴甚至丢掉自己的性命，不过是想让姝好复活罢了，这样的执念岂是一朝一夕就能放弃得了的？

到底是她不自量力，以为自己在云初末心目中的位置已经足够重，殊不知跟姝好比起来，她不过是被云初末收养的人类罢了，是他一时心软，念在她孤苦可怜，所以才将她带到明月居中，他爱护她，关心她，仅仅是因为他把她养大。

其实她有什么好哀怨的呢？能够跟在云初末身边，保持现在的模样活过百年，跳出了六道生死轮回，也没有凡人的苦痛和烦恼，跟其他人比起来，她已经幸运了太多，而这些，都是云初末给予她的，有时候她觉得真该感激那位叫作姝好的女子，若不是让她复活的信念支撑云初末走到至今，她都不知道还能不能遇见云初末。

云皎黯然地想着，再抬起头发现云初末也在向她这边看过来，目光清淡，脸上也没有什么表情，只是静静凝望，她的心头一跳，赶忙闪到了窗户后面，背对着窗扇垂下了眼帘，不由得在心里暗暗腹诽，她现在怎么这样没出息，连面对云初末的勇气都没有了。

这时候，客房的门突然打开，千雪衣走了进来，见到云皎这副模样，不由得奇怪道："你在做什么？"

云皎激灵了一下，下意识地连忙关上了窗户，摇头道："没什么。"

千雪衣显然不大相信，狐疑地走过来，拨开云皎打开了窗户，看了半晌也没看出什么端倪，她又瞥了一眼云皎，淡淡道："很晚了，快睡吧。"

云皎闷闷地哦了一声，在千雪衣转身之时，趁机朝外面瞥了一眼，见云初末已经关上了窗户，不由得心里又是一阵酸涩，沉甸甸的，阴云密布。她们灭了灯火，各自回到自己的床榻上躺了下来，一个满怀期待，心情畅爽，一个凄凄惨惨，黯然神伤，隔了良久，千雪衣才首先开口，似是随口问道："你叫什么名字？"

云皎沉默片刻，老实巴交地回答："云皎。"

千雪衣意味深长地嗯了一声，喃喃地轻念："月出皎兮，佼人僚兮。好名字。"

云皎闷闷地哼了一声，她知道这句诗出自《诗经》，诗的全句是："月出皎兮，佼人僚兮。舒窈纠兮，劳心悄兮。"大致的意思是某人在月下邂逅了一位美丽的姑娘，从此心里辗转反侧，为人家牵挂心肠，可是云初末那个猥琐又无耻的人，才不会想出这样有意境的名字来呢，哦，他曾经还想叫她"云饺子"！

她想了想，觉得如果不回应的话，可能会觉得有点奇怪，所以明知故问道："姐姐，你来帝京做什么？"

千雪衣哦了一声，似是欢喜地答："我来找人。"

她顿了顿，又补充道："我的心上人。"

云皎躺在床榻上，静静仰望着屋顶，又问道："姐姐的心上人……是一个怎样的人？"

千雪衣闻言，扑哧笑了一声："他啊，又呆又笨，脾气也不好，总是嘴硬心软，其实明明很心善啊……"再平常不过的话儿，字里行间似乎还有埋怨的意味，然而她的语气却是充满了爱意，令人听了便能察觉到他们之间的温暖，丝毫不怀疑她对那个人的关心与牵挂，正如那个人在遥远的地方，也在深深地思念着她。

云皎沉默了下来，她活了这么多年，还从来都未曾喜欢过谁，真正思念过谁，相对地，也没有人曾经喜欢她，思念过她，所以她都不知道这是一种怎样的感觉。

所谓喜欢和思念，只不过就像泠涯和千雪衣这样吧，明明表面上看起来很讨厌嫌弃对方，实际上在心里早就有了对方的影子，在人家看不到的地方，默默地思念牵挂着，想让那个人时时刻刻都过得很好。

这些年来，她一直跟在云初末的身边，眼里看到的不是他就是那些妖魔鬼怪，心里想着的是如何讨他的欢心，她的人生全被云初末占得满满的，早已容不下任何人，又如何才能在这颗全都是他的心里，留下别人的影子？

可是在他的人生里，她又是那么渺小的存在，他有姝好，有长离剑，有那些她来不及参与的曾经，以及无法再参与的未来。或许泠涯说得对，身为人类的她，理应回到人类的世界去，那里才是属于她的地方，没有妖魔鬼怪，没有长离剑灵，亦没有云初末的地方。

她正想着，忽听千雪衣问道："今日在客栈里与你吃饭的那个人，是你的什么人？"

云皎一愣，哦了一声："他便是我家公子。"

千雪衣平躺在床榻上，缓缓道："其实，你很喜欢他吧？"

"怎么会……"云皎脱口而出，她一直以婢女和徒弟的身份跟在云初末身边，虽然现在他俩的年纪看起来已经差不多，可她终归是云初末养大的，按说云初末应该算是她的长辈，她怎么可能会喜欢云初末?

千雪衣意味深长地哦了一声：“那你在难过什么？”

她顿了顿，沾沾自喜地笑了一下：“别以为我刚才什么都没看到，你见到那位公子就像老鼠见到猫一样，生怕他注意到你在看他，这不是喜欢，又是什么？”

云皎不由得气闷，她是怕云初末知道她在偷看他，可这……怎么可能会是喜欢！她微微嘟着嘴，很是不乐意地反驳：“那你呢？见到冷涯的时候也是这样吗？”

千雪衣不屑地哼了一声：“这等小女儿做派，岂是姑娘我的作为？咦……不对，你怎么知道我的心上人叫冷涯？”

云皎一呆，连忙道：“是你自己说的啊，姐姐你叫千雪衣对不对？这些都是你自己说的……”

千雪衣若有所思道：“是吗……”

她只想了一会儿，就把这件事给忽略了过去，继续道：“每个人的性格不同，表达感情的方式也不同，就像你吧，绝对是喜欢那位公子的。”

“我没有！”云皎简直愤怒了，支支吾吾道，“我刚才……我是因为做错了一件事情，惹得公子不高兴，不知道应该怎么办，所以才不敢见他的。”

她顿了顿，只觉得心里酸涩沉闷，轻着语气试探道：“姐姐，如果……我是说如果，你心里很喜欢一个人，可是那个人却不见了，你知道有种法子可以找到他，可是有个人却叫你放弃，你会怎么想？”

千雪衣连想都不想，满不在乎地道：“当然不愿意了，我喜欢的人，自然要跟我在一起，凭什么由旁人说三道四？”

云皎的心里又是一痛，再次试探道：“如果那个法子，有可能令你丢掉性命呢？”

千雪衣这次又没想，直接干脆地道：“丢掉性命也要去找，而且你也说是可能了，那就是说还有没可能了？”

云皎很不是滋味地扯了扯唇角，干巴巴地回了句：“是吧……”

她静静注视着屋顶，缓慢地眨着眼睛，不知在想些什么，片刻之后，才轻轻地说道："姐姐，很晚了，快些睡吧。"

千雪衣果然困顿地打了一个呵欠，翻过身睡觉去了，屋中又陷入了寂静，云皎望着眼前的黑暗，不知不觉居然落下泪来，泪珠顺着眼角滴落在软枕上，她连忙伸手去擦，生怕吵醒了千雪衣，于是轻手轻脚地走出了房间。

她摸索着走到客栈的院子里，四周一片寂静，唯有一轮孤月悬挂天际，几点星光璀璨闪烁，院中种着月桂树，树影斑驳，在漆黑的夜晚显得有些荒凉。月桂树旁摆着一方石桌，云皎迈步走了过去，倾身坐了下来，单手郁闷地撑着下颔，望着天际的明月发呆。

明月居里也有这样明亮的月光呢，只不过这个庭院，跟明月居里的比起来还是太小，四周房屋掩映，所以总是显得阴沉沉的，即使在满月之期，院中仍是一片化不开的浓黑。她默默伤情了好一会儿，又唉声叹气了一阵，大街上更声响了起来，觉察到时候已经不早了，于是云皎站起身，准备走回自己的房间。

就在这时，云初末的窗户突然开了，她连忙站起身躲到暗处，只见一道白影翩然跃出屋子，衣袂在晚风的轻拂下发出猎猎的声响，他落在远处的屋顶之上，倾身坐了下来，身影在月光下皎洁如仙，却又带着霜重露寒的清凉。

见他没有发现自己，云皎这才大着胆子站直了身体，还往前走了两步，怔怔地望着云初末的背影，心里不由得又是一阵酸痛，这是云初末，会保护她，逗她开心的云初末，她记得他的每一个神情，无论笑着的，怒着的，还是黯然神伤的，都那么清晰地刻印在她的心里，甚至睁眼闭眼之间，她的脑海里唯一能想到的，也只是他。

她知道每到春天，云初末必会懒洋洋地趴在亭阁里跟自己下棋，手里拿着一把素扇，旁边还煮着一壶新茶，偶尔还会打几个喷嚏，然后恶狠狠地举着扇子赶她去清理花瓣；

她知道云初末最讨厌的东西，一是花粉，二是饺子，他对于吃穿用度总是那么挑剔，衣服要用最好的云锦，上面绣着的流云纹络要用最精致的蜀绣，他说这是读书人的风雅，还说让他吃饺子还不如让他去死；

还有，每到冬天的时候，他总是特别喜欢赖床，整日趴在屋子里不愿意出来，在书案前写写画画，却从来都不让她知道，他偷偷摸摸画的到底是什么，有时候，被她软磨硬泡地拉出了房间，也只会趴在亭阁的木栏边，一脸不爽地看着她在莲池里凿冰块。

这是喜欢吗？原来不知不觉间，她早已将云初末放进了心里，只是朝夕的相处之间，她从来都以为云初末是属于她的，他们会永永远远地在一起，所以才会如此漫不经心，如此有恃无恐。

可是现在她知道了，云初末是属于别人的，他的人，连同他的心都在那个叫作姝好的女子身上，不，其实她早就已经知晓，只是不愿意去相信而已，一直在编织谎言欺骗自己，以为云初末还是她的云初末，就这样自欺欺人拖延至今。

她知道，她应该回到人类的世界里去，在那里，她将重新开始另一种全然不同的生活，在那里，她可以不必每天躲躲藏藏，可以感受到人与人之间的联系与温暖，甚至可以拥有一个属于自己的家。

生老病死，往复轮回，她将像世间所有的人类一样，品尝到人世间的喜怒哀乐，在痛苦和欢乐中沉沦挣扎；贪爱嗔痴，怨恨情仇，她会一次又一次铭记，又将一次又一次遗忘，命轮不止，生生不息。

可是倘若没有云初末的话，那样的人生又是多么可怕？

从很小的时候，她就已经习惯把所有的事情都推给云初末，而她，总是沾沾自喜地躲在云初末的背后，看着他为了帮她收拾烂摊子忙忙碌碌，看着他在她每次闯祸之后的气急败坏，外面的世界，总是风刀霜剑，充满了未知的危险和挫折，在没有他的天地里，她连独自活下去的勇气都没有。

他说，当一个人活了太长时间，生与死，对他来说，也就没有什么差别了。

那么，他是否也是这样，上古魔剑，长离未离，他的身上背负着沉重的过往与滔滔的血腥，从群魔乱舞的亘古时代，一直走到今日，这一路走来，他发生了多少事，又见过多少人，是否那些人在他的心里，也曾占据过与她一样的位置？

他说，永恒的生命，也就意味着永世的孤独和折磨，死，或许会是一种解脱，因为于他而言，真正令他感到难过的是，那个人死了，而他……还要长长久久地活着。

那么，永恒的生命对云初末而言，又意味着什么呢？是不是那个人死了，从那天开始的每一段岁月，都是一场漫长而孤独的旅程？天南地北双飞的雁儿，碧落黄泉的阴阳相隔，是不是辗转在天地之间，到处都寻不到她的身影，便会生出只影向谁去的仓皇和落寞？

他说，没有什么姝好，不管你在哪里听到的，都要把它忘掉……

沙地上的脚印会在浪水的冲击下消失无痕，坠落在房屋上的雪花会在阳光的照射下融化成水，可是镌刻在记忆深处的一幕幕，又该怎样才能抹掉？

她记得，那个静谧美好的夜晚，雨打荷叶轻敲，深巷洞箫永长，他在轻声呼唤着那个名字，语气悲痛而又不舍，神情是她从未见过的清俊和温柔；她记得，夕阳西下，赤色的花海无边蔓延在他们身侧，那个女子死在了他的怀里，那时的他是多么绝望，又是多么哀伤……

她同情姝好，可怜姝好，可是这些微末的感情，跟云初末的安危比起来，又是多么的微不足道，有时候她甚至想，如果那个女子消失在这个天地间，或许云初末就会死了这条心，从此好好活下去，可是，在此之外，她确确实实地希望云初末能跟他所爱之人，长长久久在一起的……

第二日，云皎慢吞吞地从楼上下来，由于昨晚睡得太晚，所以刚起床就精神困顿地打了一个呵欠，走到客栈楼下时，发现云初末已经下来了，坐在客栈的角落里慢条斯理地吃饭，她的脚步顿了顿，迟疑了一会儿才迈步走过去，倾身坐在云初末的对面，见他已经给她叫好了早饭，却没有开口说话，她也闷闷地埋头喝粥。

云初末清淡的目光看向了她，见云皎耷拉着脑袋，一副还没有睡醒的样子，欲言又止了好一会儿，最终收回视线，拿起桌子上的玉笛站起身走出门了。

云皎心里又是一阵难受，他现在竟连跟她同桌吃饭都不肯了吗？由于心情不好，她也没有什么胃口，见云初末已经离开，她讪讪地放下筷子，一声不吭地跟出了门，此时千雪衣已经离开了客栈，想也不用想就知道她是去找冷涯了。

云皎和云初末再次找到她的时候，千雪衣正站在冷涯的府邸门前，跟那几个守卫王府的护卫理论，看那架势就差跟人家打一架硬闯进门了。

王府外，千雪衣愤愤不平地叉着腰："本姑娘真的是来找你们家主人的，不信的话，你们可以通报啊，看看冷涯愿不愿意见我。"

守卫王府的将领挡在前面，冷冷道："放肆，皇子殿下的名讳，岂是你这等草民能叫的？”

“你……”千雪衣气得咬牙切齿，侧过了身子轻笑道，“我不仅能叫他的名字，还要嫁给他当王妃呢！”

说着，她把泠涯的玉佩拿了出来，沾沾自喜道：“看到没有，这个是你家主人送给我的，这可是北朝历代国君送给王后的信物。”

那些护卫当然不认得这等珍贵的东西，只是泠涯皇子在前往边关的路上遇刺，到现在生死未知，这女子若真是认识泠涯皇子的话，怎么会不知道这件事？于是那将领只当她是妄图攀附皇家的骗子，手里拔出刀剑威吓道：“刁民快快离开，不然休怪我等不客气！”

千雪衣气得直跺脚，但见对方态度强硬，也只能暂时退下来再做打算，她转身走下了台阶，回头注视着面前的宏伟府邸，一时间怔住了神。

这便是泠涯一直住的地方吗？巍峨高耸的院墙，金色璀璨的琉璃，以及门前威风凛凛的石狮……这些东西无时无刻不在提醒着她，她心里的那个人，他的地位是有多么尊崇，他们之间的距离，又是多么遥远。

千雪衣望了一会儿，又泄气地转身离开了王府，沿着长街漫不经心地走着，思索接下来应该怎么办才能见到泠涯一面，不知不觉走到一家舞坊前，见舞坊的门口挤满了人，看上去甚是热闹，她稍稍顿足，也跟着走了过去。

原来是年关将近，休邑王准备在王府设宴宴请群臣，可惜府中的舞姬不够，所以打算在外面招收几名舞姬入府，休邑王在北朝位高权重，能够进入他的府中充当舞姬，自然是天上掉馅饼的好事，所以城中的舞姬们纷纷涌到此处，争相报名参加选拔。

千雪衣呆呆地看着舞坊门口的告示，脸上逐渐泛起希望的光芒，她虽然远在偏远山村，但也知道休邑王是泠涯的皇叔，休邑王在府中设宴，泠涯一定会去赴宴的。想到此，她连忙挤过人群，来到舞坊主人的跟前，匆匆忙忙在名单上写下了自己的名字。

接下来的几天，便是在舞坊中参加选拔，以千雪衣的容貌和舞姿，自然是稳稳当当能够入选的，紧接着，她又跟那些被选中的舞姬一起排舞，帝京中的宫舞与北塞不同，好在她自小学舞，早就打好了根基，因此学习起来并没有那么困难。

由于千雪衣搬进了舞坊中，客栈的房间算是空了下来，他们也不必整日跟着千雪衣到处走，云初末到现在还是不愿意理她，云皎一开始还能厚着脸皮凑上去跟他吃饭，但在发觉云初末果然在有意躲着她之后，她连吃饭都不再跟他一起了，只让小二做好了端到房里去。

眼见着日子过了一天又一天，他们之间的关系还是没有任何转变，云皎很是凄然，这天早上闷闷不乐地打开窗子，发现外面纷纷扬扬下起了雪，回想起几个月前曾与云初末约定要一起堆雪人，她的心里更是难受，站在窗子边望着外面苍茫的天地失了神。

良久之后，她缓缓伸出手去，冰凉的雪花落在手心里，顷刻就化成了水渍，云皎呆呆地望着，失魂落魄地喃喃自语："你们说……云初末是不是再也不要见到我了？"

她的话一出口，连自己都愣住了，回想起这些天云初末对她的态度越来越冷淡，莫不是他真的不愿意再见到她了吧？也是，他出生入死做了这么多的事情，只是想让姝好复活而已，她却鬼迷心窍说什么混账话，居然妄想要他停下，现在的云初末肯定以为她不自量力，对姝好也没安好心，所以才一直冷落她，想让她发觉到这点自行离开。

云皎耷拉着脑袋，闷闷不乐地转身回去，她答应了冷涯会跟着千雪衣的，所以这段时间，无论云初末怎么讨厌她，她也没可能会离开幻梦长空之境，若是真要离开的话，也得等到冷涯回来，她把千雪衣的下落告诉他才行。

想到已经好几天没去看望千雪衣，所以她独身出了门，刚走出客栈不由得哑然失笑，现在雪下得这么大，她连把伞都没有带，身上肯定会湿透的吧？云皎只迟疑了一会儿，便默默地迈步走进大雪中了……

舞坊外停着几辆马车，看样子应该是休邑王派人来接舞姬入府的，云皎站在舞坊的角落里，看着千雪衣倾身走进了马车之中，由于事先隐了身形，没有人发现她的存在，所以她就在那里怔怔地站了半晌，马车已经离去很久了才恍惚地回过神。

她的身上落了一层雪花，融化的冰水凝在乳白狐毛上，看上去湿漉漉的，即使隔着厚厚的棉衣，还是感到刺骨冰寒。云皎站了一会儿，陷入天人交战的纠结中，她不想回客栈，但是除此之外又没有别的地方可以去，于是犹豫了好一会儿，才郁闷地走了回去。

雪越发大了起来，街上起初还能遇到几个匆忙跑过的人，不消片刻就没了人影，偌大的帝京中，只剩下她一个人漫不经心地走着，发丝上落着雪花，很快就凝结在一块儿，她冷得忍不住发抖，抱臂细细揉搓着勉强保持自己的体温，看上去有点狼狈。

她走到客栈前，抬眼见到不远处的身影，不知不觉顿住了脚步。云初末撑伞站在客栈门口，颀长的身姿沉静而优雅，身后的狐裘披风随风微微飘着，在这漫天的大雪中，竟恍惚有种遗世独立、绝尘临仙的风华。

她默默站在原地，不知道自己是否应该上前，云初末这时也注意到她，打量着她浑身狼狈的模样，微微蹙眉，手中的流光一划，那把伞顷刻变回了玉笛，他迈步朝着云皎走了过来，将自己的狐裘披风解下来拥在云皎的身上，伸手将她揽在怀里，却仍是没有说话。

从客栈门口到房间的路上，云皎一直偷偷地注视着他，欲言又止好一会儿，又默默地低下头去，接近房间门口，云初末这才把她放开，率先迈步走进了房间中，云皎赶紧跟上他的脚步，望着他的背影低声嗫嚅着："云初末，对不起……"

云初末的身子一顿，并没有转过身来，用清淡和缓的语气说道："你到现在……才知道说对不起吗？"

云皎更是埋下了头，她知道先前阻止云初末复活姝好是她不对，有好几次她都想跟云初末道歉来着，可是看到他一副爱搭不理的样子，她也就没有了勇气。不过从刚才的情景来看，云初末的气似乎消了一些，至少不会像从前那样避着她了，于是云皎决心今日要跟云初末说清楚，向他坦白自己真正的想法。

于是，该怎么说才能有效地表达出她对云初末的关切之情，以及对先前那件事的忏悔之情，成了云皎现今最值得绞尽脑汁去思考的问题。

她正想着，云初末转过了身，一步一步地向她接近："你知道今早醒来，发现你已不在客栈，我有多着急？云皎，纵使你要走……也该告诉我一声……"

云皎顿时愣住了，她发现有好些事情似乎跟先前想得有些不一样，一时间反应不过来，语气支支吾吾的："我……我没有……"

云初末在她的面前顿步，幽凉沉静的眼眸中似是敛着深水，他把云皎缓缓拥入怀里，勉强克制着倾泻如洪水的情绪，轻轻埋首在她的发间，用低沉嘶哑的声音喃喃道："云皎，见到你回来，我真高兴……"

云皎怔怔地站在原地，感受着云初末微微轻颤的身体，以及温柔得令人不敢相信的拥抱，良久都不能回神，她缓缓伸手抱住了他的后背，磕磕巴巴地道："云……云初末，你不怪我了吗？"

云初末闻言把她放开，不明所以地问："为什么要怪你？"

云皎一呆，如今发生的事情有点超出她的预料，她甚至都不知道这是在现实还是在梦中，于是小心翼翼地试探道："就……就是先前姝好的那件事。"

云初末的反应似乎太平静了一点，他只是云淡风轻地说道："我说过，没有什么姝好，不管你是从哪里听来的，都要把它忘掉。"

"可……可是……"云皎心里不由得没了底气，耷拉着脑袋郁闷道，"明明是你自己说的，在给银时月画骨重生之后，那日你受了重伤，在梦里分明就是喊的这个名字！"

云初末静静地望了她一会儿，微凉的手指抬起她的下颌，喃喃自语道："什么梦里，我即使要喊，喊的也该是你的名字……"

云皎又是一呆，水灵灵的大眼睛望着他，云初末顷刻意识到自己说了什么，连忙改口："你看你，整日除了闯祸还是闯祸，我单是跟在你后面收拾烂摊子就已经够忙了，哪里还有闲工夫去想着别人！"

云皎顿时被打击得抬不起头来，好吧好吧，就算她从前真的有那么一点爱闯祸，可是也没有云初末所说的"整日除了闯祸还是闯祸"那么严重好不好？

要知道她一向是个温柔体贴的弱女子，除了闯祸之外，还可以帮他做饭，给他洗衣，还能任劳任怨地给他煎药，这样勤劳勇敢善良又可爱的小姑娘已经很难找了，真不晓得云初末到底在抱怨些什么，她没有觉得吃亏也就算了，他居然还在这里挑三拣四，挑肥拣瘦！

她微微嘟着嘴，很是不服气地道："那你这几日故意冷落我，究竟是为何？"想起这些天的遭遇，云皎简直心酸至极，从小跟随在云初末的身边，每天都过得优哉游哉的，她还从来都没有这么伤心消沉过！

云初末的眸中噙着笑意，望着云皎耷拉着脑袋凄然惨淡的模样，就忍不住想发笑，他的语气甚是平静，缓缓地回答：“谁说我在冷落你了？我只是在给你时间考虑而已……”

云皎闻言，不解地抬起头：“考虑什么？”

云初末握拳轻咳了一声，他缓缓转过身去，连语气都轻柔了不少：“云皎，过去是我不对，让你过得担惊害怕，这几日我想过了，其实冷涯说得很对，你应该有属于自己的生活，不该跟着我混迹在妖魔鬼怪之中，所以……你若是想离开，我也不会拦着……”

云皎简直哭笑不得，这都什么跟什么啊？她什么时候说过要离开他了？回想起前几日他对着月亮失神的模样，难道是因为觉得她要离开，所以才会心情不好？

如今风水轮流转，气势陡然换回到她这一边，作为给点颜色就能开起染坊的云小皎来说，自然不会放过这大好的机会，于是她很有优越感地背着小手，阴阳怪气地说道：“那你方才站在外面做什么，是在盼着我回来吗？”

云初末不满地瞪了她一眼，嘴硬道：“谁说我在等你了，我那……明明就是在看雪景！”

云皎现在已经完全听不进去任何话，摇头晃脑、煞有介事地道：“云初末你就不要骗我了，其实你很怕我离开对不对？我早就看出来了，你现在没有我就完全活不下去对不对？要知道我会做饭，能给你洗衣服，还能帮你浇花，这样贤良淑德的好姑娘现在打着灯笼都很难找了……”

她吧嗒吧嗒说了一大堆，厚着脸皮把自己夸得天上有，地下无，云初末不可忍受地闭了闭眼睛，伸手揉着太阳穴：“云皎！”

“在！”云皎立即站直了，水灵灵的大眼睛望向云初末，连忙捂住了自己的嘴巴，“云初末，我再也不会说话了……”

云初末无可奈何地白了她一眼，没好气道：“你每次都这样说，但每次都没见你的话少过！”

被嫌弃的云皎埋下头，可怜巴巴地嘟起了嘴，小脸皱得像苦瓜，不由得闷闷道：“你这么多天都不理我，我憋了好些话还没说完呢！”

云初末眼里带着笑意，见到云皎委屈嗫嚅的模样，忍不住伸手捏了捏她的脸："你啊……"

云皎顿时露出最讨人喜欢的笑脸，上前抱住云初末的胳膊，带着一贯沾沾自喜的小聪明："云初末，我的早饭还没吃呢，我们下去吃早饭好不好？"

云初末傲娇地把脸偏过一边，微微仰着头："我为什么要陪你吃早饭？"

"云初末云初末……"云皎见他不答应，整个人都黏在他身上，左摇右摆地撒娇折腾着。

云初末顷刻笑出声来，抬手在她头上敲了一记，轻着语气道："外面这样冷，让小二送到房里来吧。"

他顿了顿，又道："我先去厨房让人给你做碗姜茶驱寒。"

云皎立即道："我也要去！"

云初末斜斜地瞥了她一眼，清俊的唇角噙着笑意，没好气道："你现在怎么这样黏人？我不过是去厨房吩咐一声就回来了，又不会到哪里去。"

云皎松开他的衣袖，转过身嘴硬道："我我……我是怕他们的姜茶做得不好，谁要黏着你了！"

云初末眼里含笑望着她，意味深长地哦了一声，故意调高声音道："哦，原来是这样，那我不去了！"

"云初末！"云皎转身怒视他，不乐意地嘟着嘴，一副受人欺负的委屈模样。

云初末更是笑，伸手刮了一下她的鼻尖："小没良心的……"

他说完，就打开门走出去了，云皎站在原地，片刻之后摸了摸刚才被云初末刮过的地方，低着声音嗫嚅道："我才不是小没良心的！"

她来到窗户边上，稍稍打开了一条小缝，望着外面的大雪，心情与早上比起来不知道好了多少，云初末说，没有什么姝好，那就是没有，他说忘了那件事，她便努力去忘记，反正他们现在已经在一起了，从前的事又有多重要呢？

云初末果然很快就回来了，云皎闻声转过身："云初末，等雪停了，我们出去堆雪人好不好？"

云初末想了一会儿，望着她答道："等回明月居吧。"

云皎顷刻笑了，迈步朝他走去："好啊，到时候我们堆一个银时月，堆一个霍斩言，哦，还有绯悠闲和泠涯，你说他们还能不能看到？"

云初末不屑地轻哼了一声，挑了挑眉：“我看起来很闲吗，堆他们作甚？”

云皎顿步在他的面前，想了片刻，才说道：“云初末，这些天我也想了很多，其实你说得对，我先前是没有勇气接受你是长离剑灵，不过从现在起不会了……”

人类的心，和他们的性命一样脆弱易折，虽然她跟随云初末多年，也见过不少的妖魔鬼怪，但终究只是个人而已，在发现身边之人竟然是剑灵之后，心中不由自主地会逃避害怕，不过人类的心，也有可能如同他们的精神一样坚强，正如她现在，正在努力接受作为云初末的长离剑灵。反正不管是云初末，还是长离剑灵，都是她心里喜欢的那个人，不是吗？

云初末望了她一会儿，伸手将她揽入怀中，语气里带着欢喜和沉静，低沉生涩地开口：“这是你自己说的，不许反悔……”

泠涯回朝，正是腊月二十八的那天晚上，夜色浓黑得像是一抹化不开的深墨，城中的百姓家纷纷点起了灯火，远远望去像是天际的繁星闪烁，他带领裴照的大军驻扎在距离帝京不到三里的高坡上。

而此时的千雪衣，跟随舞姬们一起等候在休邑王府的角落里，想到一会儿就能见到泠涯，她的心里就止不住地轻颤，既有欢喜，又很紧张。泠涯见到她会不会很开心呢？那是自然的，要知道她跋涉千里好不容易才来到帝京，只为赶来与他相见。

虽然他说过要她在酒坊里等着，可是他离开了，她又如何坐得住？答应给他的美酒已经酿好，明年初春时，等他们再次回到酒坊，就能在杏树下喝酒谈心，现在单是想想就觉得心中欢喜，她竟是那么迫不及待地想要见到他，时光易老，相思疲劳，便是要她再等上一天也觉得难挨煎熬。

休邑王的府中，庭院里摆着上百桌酒案，与休邑王交好的大臣们纷纷前来赴宴，当然也有誓死跟随泠涯皇子的大臣，宁愿顶着得罪休邑王的危险，也很有风骨地不愿与其同流合污，是以这上百桌酒案，其中有一半是空着的。

由于酒宴的时辰还未到，休邑王自然要拖到最后才肯出场，不过王府内的侍女小厮们纷纷结队，把美酒佳肴首先端了上来，银壶酒暖，珍味满案，单是从这点就能看出休邑王平日的生活有多奢侈，再看看那些油光满面的大臣，千雪衣不屑地心想，暂且让他们得意一时，要不了多久，泠涯就能拨乱反正，稳定朝纲，到时候再看看这群乱臣贼子有什么样的下场。

在角落里站了许久，她觉得有些无聊，随意往门口一看，顿时愣住了心神，泠涯穿着一身白衣走了过来，头上以银冠绾发，发带顺着未绾的墨发倾落下来，看上去温文儒雅，气质风华，他的身后还跟着几个墨衣护卫，举止投足间皆是训练有素，面无表情地守卫着自家主人。

千雪衣不由得心中疑惑，泠涯来王府中赴宴，为什么没有带着秦默风？

要知道这宴会表面看起来一团和气，实际却是一场鸿门宴，单看守卫王府的将士就一下子多了好几倍，恐怕休邑王除了设宴之外，还另有打算。秦默风那个人虽然呆了点，好歹也算是北朝的高手，带着他在身边总归会安全许多，泠涯可真是太大意了！

她正埋怨着，就见泠涯朝她走了过来，她连忙走出了几步，高声喊着："皇子殿下……"

现在是在王府，众人面前，她当然要给足了泠涯面子，不能直呼他的名字，只是不知泠涯看到是她会是什么反应，震惊？欢喜？还是会没好气地埋怨她胡闹？

反正无论如何她都来了，虽然先前被王府的护卫挡在了门外，但好歹她千雪衣聪明机智，想到混入晚宴来找他，纵使他生气，说她胡闹，也没有办法把她怎么样。就在她沾沾自喜地观察泠涯，想要从他脸上看出惊讶和欣喜的神色时，泠涯却只是淡淡地瞥了她一眼，又被身边前来报信的奴才给牵过神去。

千雪衣有些黯然，转念一想，可能是这里的光线太暗，泠涯并没有看清楚是她，所以她又往亮处站了站，见泠涯将要迈步朝远处的酒案走去，她连忙抓住机会又喊了一声："皇子殿下……"

泠涯这次终于看向了她，可是出乎千雪衣意料的是，他的脸上由始至终都没有什么表情，粗粗地在她脸上扫过一眼之后，又漫不经心地在奴才的带领下，走向了事先预备好的酒案处。

千雪衣有些愣神，正茫然无措之时，一声洪亮的声音打破了她的思绪："休邑王到——"

只见一个体形宽胖，衣着华贵的中年人，在宠姬和侍卫的簇拥下不紧不慢地来到了庭院中间，他倾身坐在王位上，众人纷纷起身，除了冷涯之外，全都跪下来道：“参见王爷。”

许是平日里傲慢惯了，休邑王居然无视冷涯，抬手让众人平身，紧接着虚虚实实说了一通，大致的意思是，先王去得早，留下两个皇子孤苦无依，他们叔侄之所以能稳坐江山，全赖诸位大臣忠心拥护，今日设宴宴请大臣，一来是感谢他们的辛苦为国，二来是希望他们能再接再厉，共同为北朝效力。

他的话说完之后，冷涯这才站了起来，举杯道：“皇叔说得甚是有理，我北朝之所以能繁荣昌盛，不仅靠诸位大臣各尽其职，其中还有皇叔的一半功劳，今日本王在此，借皇叔的一杯水酒，向诸位大臣和皇叔敬谢了。”

休邑王装作老眼昏花，故意揉了揉眼睛，随口问道：“下面站着的，究竟是冷涯还是伯涯？”

身着白衣的少年身子仅顿了一下，笑了笑道：“王弟身子不适，已经闭门在府中修养数日，皇叔难道忘了吗？”

原来自从冷涯出事之后，朝中让休邑王登基为帝的声音渐起，冷涯的弟弟伯涯为了稳定人心，一人分饰两角，跟休邑王玩起了这双龙戏珠的游戏，今日休邑王设宴宴请群臣，作为储君的冷涯若是不出现，实在有违常理，是以伯涯穿上冷涯的服饰，装作自己的哥哥来到了休邑王府。

休邑王怎会不知这其中端倪，只是伯涯太过狡猾，他无论如何也无法逼他露出破绽来，怪只怪自己的皇兄死了还留下两个孽子跟他作对，两兄弟居然长得一模一样，若是刻意伪装，就是身边最亲近之人也无法分辨出谁长谁幼。

他冷笑了一阵，故作亲和道：“小皇侄身体不适，本王也该去看一看他才是，等过几日清闲了，大皇侄便随本王走一趟吧。”

伯涯顺从地笑了笑，不紧不慢道：“王弟若是知道皇叔这样惦念于他，自会心中感激，连病也该好去大半了。”他的脸上由始至终都挂着亲和的微笑，俨然一个尊敬长辈的侄子，心中却不由得冷笑。

这老狐狸以为在路上截杀储君，就能从此以后无法无天了吗？须知上苍有眼，让他的王兄活了下来，并且随着裴照的大军驻扎在城外三里的地方，只待一声令下，他们兄弟齐心，今日便能诛杀逆贼，为他们，为他们的母后，为那些曾经惨死在休邑王手下忠臣良将报仇雪恨。

这么多年了，当日逼宫的一幕幕，到现在还会在他的眼前闪过，他们的母后，那个温柔华贵的女人，为了保住他与王兄的性命，不得不自缢于朝阳宫中，还有那些为北朝的江山呕心沥血的臣子，是他们用鲜血和性命，铺就了他与王兄的复仇之路。

就在今日，所有的恩怨终能得到解决，那些属于王兄的，他会踏血前行为他取来。

休邑王望着伯涯微笑，一派慈祥厚道的模样，他摆了摆手，示意伯涯坐下，缓缓道：“你们父王去得早，身为皇叔，本王关心你们也是应该的。”温厚和蔼的面容下，掩藏着一颗狼子野心，他到现在都不明白，泠涯与伯涯这两兄弟的感情一向要好，何以听到泠涯遇刺失踪的消息，伯涯这边对他竟毫无反应？

刺杀泠涯的事，的确是他一手安排的，若是计划顺利，泠涯死在那些杀手手中，对他来说自然是好事，可若是事情有变，泠涯侥幸逃脱了刺杀，也不可能在他精心培养的死士手下得到保全，更不可能毫无损伤回来，而他只消抓住这个机会，让伯涯方寸大乱，从而铲除这一个眼中钉，到那时即使泠涯回来了，没有证据也不能把他怎么样。

这时，舞姬们纷纷上台跳起了舞，千雪衣和另一队舞姬依旧等在角落处，她望着不远处的那道身影，不由得在心中凄然。这么多年，他便是这样过来的吗？一边跟休邑王苦心周旋，一边在暗中培养着自己的势力，从前只知道他是个呆子，性子倔得像笨牛似的，却没想到她的情郎原来还有这么忍辱负重、深藏不露的一面。

她站在角落处，默默地望着泠涯，只见泠涯站起身道：“皇叔，今日王弟不能赴宴，本王便代王弟敬皇叔一杯。”

休邑王亦举杯，刚站起来，就见伯涯的手一抖，杯子滚落在地上，紧接着一支信号烟火瞬间炸开在空中，王府周围的杀伐声顿时响了起来，几百个训练有素的刺客飞跃进王府，与那些守卫王府的将士厮打在一起，大臣和侍候的奴才们纷纷逃散，舞姬们撩着长裙跑下了高台，一时间，王府内的惨号声和尖叫声不绝入耳。

千雪衣见此情景，心中顿时一惊，她连忙跑到高台之上，站在那里望着下面的人们，焦急地寻找着冷涯的身影，果然在混战的人群里看到了他，此时他在护卫的保护下正在向府外退着，那些王府的兵将发疯一样向他砍去，千雪衣的心中一紧，焦急地向他跑了过去。

“冷涯，冷涯……”混乱之中，她手忙脚乱地躲避着刀剑，不断呼唤着他的名字，只可惜吵闹声实在太大，对方压根就没有听到。

她好不容易才突破重围接近了冷涯，抬头忽然看见一支冷箭正向他直刺过来，她吓得脸色发白，不顾一切地扑了过去：“冷涯——”

正在与兵将打斗的伯涯闻言一怔，他感到有人从身后抱住了自己，紧接着听到一声沉沉的闷哼，那人被冷箭射中，就在他愣神之时，包围在他身后的兵将们纷纷举着长矛刺入了千雪衣的身体。

千雪衣的身体颤了几下，手指紧紧地抓着伯涯的胳膊，颤着声音艰难道：“冷……冷涯……”

伯涯转过身来，不可置信地看着面前的女子，她的身上插着几支长矛，鲜血从胸口晕开，浸透了衣衫，滴落在地上，蔓延出一摊血水，她的脸色惨白，满是痛惜地注视着他，冷汗淋淋地浸湿了她的脸颊，凄楚之中又带着决然的美艳。

千雪衣眸中含着泪水，勉强撑着身体缓缓向伯涯伸出手去：“冷涯……”

伯涯震惊地望着她，一时间竟有些不知所措：“姑娘，你……”

与此同时，那些刺入她身体中的长矛突然抽了回去，巨大的痛楚令她惨痛地叫了一声，一口鲜血喷涌而出，伯涯侧过身子挥剑向那些人划了过去，千雪衣失去支撑翩然倒在了地上，唇齿间不断涌出血腥，被泪水模糊的视线望着远处的那道身影，泪水顺着眼角倾落了下来。

难怪她一而再、再而三地引起他的注意，他都始终无动于衷，难怪她在乱军之中，一声声地呼唤着他，他都始终没有应承，眼前这个人，根本就不是冷涯，只是，她的冷涯，现在在哪里呢？他说，我的玉佩还在你这里，你若是走了，我要去哪里找人？

可是她现在就在这里，就在这个属于他的帝京里，心心念念地等着他来，他再不出现，她可就要死了……

一场风波过后，昔日繁华的王府满目疮痍，地上一片狼藉，到处都躺着死尸，伯涯站在众多的死尸中间，指挥余下的人把尸体清理干净，他的脚步走到那道身影跟前，不知不觉地停了下来，垂眸望着她斜躺在地上狼狈血污的尸体，不由得默默叹了口气，伸手解下自己身上的披风，小心翼翼盖住了千雪衣的尸体，向身边的人吩咐道："把她抬下去，好好厚葬了吧。"

旁边的侍卫俯身领命，将千雪衣的尸体抬了起来，这时候，府门外传来焦急的声音，泠涯焦急迈步走了过来："伯涯，伯涯……"

他刚刚跟随裴照的大军进入王城，听说伯涯在诛杀休邑王的过程中差点受了伤，于是连忙赶了过来，他急冲冲地走进王府中，侍卫恰巧抬着千雪衣的尸体从他身旁路过，披风之下，一只苍白无力的手忽然垂了下来，泠涯一愣，下意识地回头去看，这时侍卫已经走出老远，被后面的侍卫挡住，只能看到一具不知是舞姬还是侍女的尸体。

这时伯涯走了过来，见到久别重逢的王兄出现在自己面前，激动地含泪笑着："王兄……"

泠涯倏忽回过神来，上下打量着他，焦急问道："你有没有伤到哪里？"

伯涯的思绪稍怔了片刻，如果不是方才那个女子的话，他现在恐怕已经没命了，想起那女子叫他泠涯的模样，他刚想询问王兄到底是怎么回事，但是想到现在大事刚过，此时不宜说这些鸡毛蒜皮的私事，便把它抛诸脑后，紧接着说道："多谢王兄关心，臣弟无碍，不知裴将军那边的情况如何？"

泠涯哦了一声，慢慢道："大军已经包围了几个大臣的府邸，裴照正在抄家，应该不会出什么岔子。"

他顿了顿，又问道："休邑王现在何处？"

提起休邑王，伯涯的神情淡淡："说来好笑，方才两边混战，休邑王慌忙逃跑之时，不小心摔倒磕在了桌沿上，死了。"

泠涯闻言冷哼了一声："就这么让他死了，倒是便宜了他！"

伯涯不甚在意地笑了笑，他自小读书，书生意气难免，即使是面对折磨自己十年的仇人，也无法做到真正地痛恨，于是温声劝慰道："如今休邑王已死，也总算是报了我们的大仇，只是不知王兄打算如何处置他及其家眷？"

泠涯斟酌片刻，才道："将他们贬为庶民，驱逐出京吧，至于休邑王……把尸体交给他的家眷处理便是。”

伯涯暖暖一笑，俯身施礼道：“是。”

泠涯想了想，自己还有几日便要魂飞魄散了，到时候自然是伯涯承继王位，只是如今大劫刚过，北朝政局尚且不稳，还有好些事没有处理好，这件事势必会遇到许多阻力，在死之前，他得为这唯一的弟弟做些什么。

想到自己要把这个烂摊子丢给弟弟，泠涯心中不由得更加愧疚了几分，于是拍了拍伯涯的肩膀说道：“你先下去忙吧，明日午时来府中找我，我有东西要交给你。”

伯涯眉目中闪过一丝疑惑，还是俯身拱手答：“是。”

王府之外，云皎和云初末跟随那两个侍卫，见他们赶着马车把千雪衣的尸体送到了郊外，由于伯涯皇子事先有交代，要他们好好安葬千雪衣，所以这两个侍卫还很好心地给她买了棺木，之后便将她埋在了那个密林之中。

望着千雪衣的坟冢，云皎心中有些慨叹，前些天她们还住在一起，夜半交谈，现在竟是阴阳两隔，甚至千雪衣到死都没能见到泠涯一面。不过她现在忧心的还有一件事情，泠涯先前一直以为千雪衣离开村庄，寻不到踪影，若是现在知道千雪衣已经死了，而且是为他死的，不知他又会是怎样一番悲痛心情。

她试探地看了看云初末，问道：“云初末，我们要不要对泠涯说实话？”

云初末淡淡地瞥了她一眼，反问：“你说呢？”

云皎有些挫败，叹了口气：“我真怕泠涯会承受不住……”

云初末负手站在千雪衣的孤坟前，沉默了半晌，才说道：“他都已经快要魂飞魄散了，你以为还有什么能比这个更令人承受不住的？”

云皎不解地看向他：“你的意思是……”

云初末转过身来，他不紧不慢地走出密林：“他选择画骨重生，不过是想寻求一个真相罢了，若是我们欺骗了他，岂不是辜负了他的这一番牺牲？”

云皎闻言，思索了片刻，点头嗯了一声，她向前走了几步，又顿住了脚步，回头看了一眼千雪衣的坟冢，紧接着又听云初末没好气道：“走啦，这么舍不得的话，你留在这里陪她吧！”

云皎立即转身向他走了过去，微微嘟着嘴不乐意道：“我才不要！云初末你有没有发现自己这两天对我真是越来越不好了，明明先前很温柔的！”

云初末顿住脚步，看向了云皎，用定定的语气道：“你的意思是我现在不温柔？”

“没有没有……”云皎激灵了一下，赶忙抱住云初末的大腿，“云初末你大人有大量，不要打我……”

云初末甩了甩衣摆，挑着眉，脸色越发阴寒：“你的意思是……我曾经打过你？”

“没有没有……”云皎简直痛哭流涕，抱着云初末求饶道，“云初末你温柔善良又大方，怎么会打我呢！”

云初末冷冷哼了一声，掰着手指威胁道：“看你这么可怜……我还真是想打你呢！”跪在地上的云皎顿时露出委屈的表情，泪花在眼里打转，模样甚是可怜巴巴，她抱住云初末的大腿，把脸贴在他的衣服上，小小地抽噎了一下。

王府之中，偌大的宫殿里只余下冷涯一人，他负手站在殿中，仰头望着正殿中的那块牌匾失神，身后传来簌簌的脚步声，他没有回身，却首先笑了起来：“你们来了。”

云初末和云皎在门口稍作顿步，然后走入殿中，这种事情云初末向来是不屑多管的，于是云皎上前一步，轻声道：“冷涯，我们找到千雪衣了。”

冷涯的身子一顿，连忙转身，神情中竟带着欣喜和焦急：“在哪？她在哪儿？”

云皎沉默了一会儿，吸了一口气道：“或许你不敢相信，几百年前千雪衣之所以离开酒坊，其实是来帝京找你的。”

冷涯眉目中闪过一丝疑惑，既然她来帝京了，为什么他却找不到？几百年前，当他再次回到村庄的时候，只见到满目疮痍，在他离开之后，一队马贼趁夜袭击了村庄，全村上百口人丧生在马贼的刀下，雪灵和千雪衣也不见了，余下的乡亲收拾行李准备搬走，他们告诉他，雪灵已经死了，而千雪衣在马贼没来之前就离开了。

他派人四处搜寻，各个州郡的城门口也贴着告示，可是就是找不到，站在已被烧得面目全非的酒坊前，望着乡亲们赶着牛车渐行渐远，他的心也跟着沉了下去，他知道这个村庄没落了，他和千雪衣之间的维系又少了一些。

他派人修缮村庄，按着记忆中的样子恢复了原貌，他以为这样一来，等千雪衣再次回来的时候，心里至少会多一些安慰，修缮酒坊的工匠在已被烧成焦木的杏树下，挖出了好几十坛清酒，他又亲手埋了下去，还在旁边移栽了几株杏树，他记得千雪衣说过，等到明年初春时，会跟他在杏树下喝酒的。可是，斯人已远，没有了跟他喝酒的那个人，他做这些又有什么意义呢？

想到千雪衣已来到帝京，一种不好的预感萦上他的心头，泠涯的神情有些松动，慌张地问道："她……现在在哪里……"

云皎迟疑了一会儿，才说道："城南三里的密林中，刚建了一座新坟，你去那里就能找到她。"

泠涯瞪大了眼睛，他的身体踉跄地往后退了几步，又听云皎慢慢说道："她来到帝京之后，曾经来找过你，那时你还没有回到府中，因此守卫把她赶走了，几天前，她扮作舞姬混入了休邑王府，以为在那里能够找到你……"

泠涯的脸色苍白，表情怔怔的，失神恍惚之中，他想起了当日匆忙赶去休邑王府的情景，那时他以为伯涯受伤，所以丢下裴照策马向休邑王府奔去，在那里他曾看到一具尸体，上面蒙着一件披风，当他路过的时候，从披风中露出来一只手，冰冷瘦弱，垂在晚风之中似乎想再抓住一些什么。

那时他明明回头了，冥冥之中，好像有哪里不对劲，可是又说不出到底哪里不对劲，伯涯没有受伤，他的心还是很怕，一股刺骨的冰寒从他的四肢蔓延到心底，扎得一阵一阵生疼。

擦肩而过的失去，便是永远的阴阳两隔，纵使他多么想要挽回，也没有机会了，泠涯缓缓落下泪来，嘶吼中带着滔天的愤怒："你们为什么不拦着她！"

云皎被他吼得一惊，下意识地退了一步："抱歉，我们不是这个世界的人，不可插手这里所发生的事。"

泠涯失魂落魄地向后退了几步，跌坐在身后的石阶上，无言沉默了半晌，望着泠涯伤心欲绝的模样，云皎的心里也不好受，她叹了口气，转身向云初末道："我们走吧。"

再次见到泠涯，他正在城南荒郊的坟冢前，发丝凌乱，怔怔地靠着千雪衣的墓碑，天上开始纷纷扬扬地下起雪来，冰凉的雪花落在脸上，他稍微回神，缓缓坐直了身体，伸手去接漫天落下的雪花，端详良久之后，拎起旁边的酒坛，声音嘶哑："雪衣，杏花开了，我们喝酒吧。"

远处传来马蹄声，伯涯和秦默风带领一群护卫赶到，他们下了马，伯涯首先迈开几步，跪倒在泠涯身边，望着颓败消沉的兄长，他的神情满是痛惜："王兄，下雪了，跟我们回去吧。"

泠涯闭目摇了摇头，声音依旧嘶哑："你们走吧，我想一个人待会儿……"

伯涯欲言又止，还是忍不住道："王弟听默风说了千姑娘的事，当日若非王弟冒充王兄，千姑娘也不会招此横祸。"

泠涯缓缓睁开眼睛，他苦涩地笑了一声："一切，为命而已，命里注定的生死，又能怪得了谁？"

伯涯见他如此消沉，焦急劝慰道："难道王兄要放着北朝不管？王兄是储君，是我们未来的君王，你还有我们，还有万民，我们都在期盼着王兄再站起来。"

泠涯摇了摇头，他看向了伯涯，哀伤在眉目中缓缓散开："伯涯，你让我……再睡一会吧。"

伯涯微微蹙眉，望着王兄的神情满是痛惜，他依依不舍地站了起来，轻着语气说道："王兄保重，王弟在城中恭候王兄回来……"

他犹豫地回头看了泠涯一眼，翻身上马，秦默风跪在泠涯的身边，伸手抚上了他的肩，随即站起身来向千雪衣的坟冢施了一礼，也跟着伯涯离开了。

耳畔的马蹄声渐远，泠涯再次闭上眼睛，他的身上开始泛起点点晶莹的光辉，从胸口开始散开，像是轻沙般飘落在地上，用泥土塑成的身体终于开始瓦解，裂痕从衣服中一直蔓延到英俊的脸庞，蚀骨的疼痛并没有在他脸上留下任何异色，已至强弩之末，他只是疲惫地叹息一声，缓缓伸出手去："雪衣……"

手抚摸在墓碑上，变成破碎的尘土，伴随着身体的瓦解，他的灵魂逐渐显露出来，仿佛一缕薄薄的云纱，片刻之后，又化作一道白光向天空飘去，隐约的流光中还能辨析出人形，绕着墓碑盘桓几圈，像是最后的道别，最后消散在半空中。

这是北朝的泠涯皇子，关于他的传奇曾出现在戏曲上，被写在书本中，在那里，他是王者，是英雄，然而消逝在墓碑前的泠涯，后人又怎么会知晓呢？抛却那些丹青妙笔的追捧，他也不过是个普通人而已，在这短暂的一生里，他得到了什么，又失去了什么，那些事情对他而言到底值不值得，如人饮水，也只有他自已知道而已。

云皎默默叹了口气，走到云初末身边："云初末，你说泠涯后悔吗？"

云初末手上的玉笛化作纸伞，伸手将云皎揽在怀中，替她挡住了飘摇的雪花，他漫不经心地打了一个呵欠："我怎么知道？"

他顿了顿，又没好气地揶揄道："你就爱想这些没用的。"

"我哪有！"云皎很是愤怒，还未来得及辩解，就被云初末拖着拽着带走了。

苍茫的飞雪中，她回头看了一眼那座伫立的孤坟，不知为何，原先因千雪衣和泠涯而生出来的悲凉，不知不觉暖了许多，不管结局如何惨烈，至少他们最后在一起了。

泠涯一定不会后悔，身为北朝的皇子，他守住了江山，维护了作为王者的尊严，那些使命他已经完成，现在他只是累了，想去陪陪自己心爱的姑娘而已，他最终化成了墓前的一抔黄土，也算没有辜负千雪衣曾许给他初春时节的杏花美酒。

云皎收回视线，看向了自己身旁的云初末，缓缓伸手牵住了他的手指，云初末的动作一顿，不动声色地扬起唇角，趁机反握回去，十指相扣。

第五卷·战长离

她为旁人演了一场盛世烟花，他陪她看最后一幕夕阳西下。

——战长离

第一章
故人凌帝襄

从幻梦长空之境里出来时，长安已经过完了新年，天气阴冷阴冷的，终究没有落下雪来。

云皎趴在窗子前，望着满院衰草枯杨的场景，显得很是郁闷，云初末这些天不知道在忙些什么，整日守在书房里写写画画，每当她轻手轻脚地接近时，他都会下意识地躲开，他越是这样，她就越是好奇，一来二去，云初末现在都不许她接近书房了，简直像防贼一样！

这时，云初末走了进来，一只脚踏进屋中："云皎，我那件素色云纱的衣裳哪里去了？"

云皎转过身来，不由得闷闷道："你的衣服看起来都差不多，我怎么会知道是哪一件？"

云初末靠在门板上，若有所思地想了一会儿："就是你上次端茶时，把整杯茶都倒在我身上，不幸被换下来的那件。"

云皎顿时不乐意地嘟起嘴，她虽然知道云初末记仇，但要不要小气成这个样子，多大点儿的事也值得他念到现在，不过话说回来，以云初末的挑剔程度，脏掉的衣服是不会再穿第二次的，却唯独对那件衣服情有独钟。

她翻箱倒柜地找了好一会儿，才从柜子的角落里翻出来一团皱巴巴的白布，心虚地递给云初末："是……这件吧？"

云初末看了一眼，又把视线移到她的脸上，俊眉不满地挑了挑："你就这么对待我的衣服？"

再次翻出这件衣服，云皎才恍然发现这是她曾经送给云初末的，以她的针线功夫，想要裁剪布料做一件是不大可能的了，所以他们的衣物全都是出自长安有名的落云纺，那时正值七夕，街上不少姑娘送香囊给情郎，想到云初末居然没有收到姑娘家的礼物，境遇委实凄楚可怜，于是她就很好心地去落云纺中买了一件素袍送给他。

买过之后，大致不太合云初末的心意，都没怎么见他穿上身，最后还被她泼上了茶水，素白的衣袍上晕开一圈淡黄，即使洗过之后，还是能隐隐地看出痕迹。

她支支吾吾地解释道："我我……我以为你不要了嘛！"

云初末一把夺过衣服，不满地哼了一声："谁说我不要了！"

他将衣服抱在怀里，气颠颠地走出门，刚出去没多远又顿住脚步，身体歪了一下，衣袍掉落下来，他闷哼了一声跪倒在地，似乎在承受着巨大的痛楚，全身都在颤抖。

云皎吓了一跳，赶忙走到他身边蹲下来，扶着他的胳膊："云初末云初末，你怎么了？"

云初末脸色惨白，蜷缩成一团，只顾发抖，根本无法回答她的话，云皎急得都快哭了，跪倒在他面前，伸手抬起了他的脸："云初末，你不要吓我，怎么了啊……"

云初末咬牙强忍着，周身开始泛起缭绕的煞气，紫黑之中又泛着血红，两道煞气丝丝缕缕地纠缠，云皎几乎不用想就能猜出这是使他痛苦的根源，片刻之后，云初末猛然睁开眼睛，一双眼眸瞬间变得深紫，连注视云皎的眼神都十分凶煞残忍。

云皎一愣，一股异样的感觉从她的心底幽幽升起，横冲直撞，刺骨冰凉。就在这时，云初末又痛苦地呻吟了一声，侧身靠在旁边的墙壁上，云皎不待多想，赶紧把他扶起来："云初末，你怎么样？"

她在心里焦急，却偏偏无可奈何，只能眼睁睁地看着他痛苦，云皎把云初末紧紧地抱在怀里，身体相贴，分明感受到他的颤抖和克制，她尽量平复着恐惧焦急的心情，温声软语地安慰道："云初末没事的，不会有事的……"

许是感受到云皎的气息和声音，云初末果然安静了许多，他靠在云皎的肩上，细细地喘息着，艰难地说了一句："阴媣……"

他闭了闭目，良久之后，看上去已经好了不少，从云皎的怀抱里离开，失魂落魄地坐在地上："阴媣嫱出事了……"

云皎的心里陡然一凉，刚回过神就见云初末已经站了起来，看那架势应该是要赶去阴媣嫱的所在，她连忙站了起来，下意识地扯住云初末的衣袖："我跟你一起去。"

云初末回头看她，皱了皱眉，似乎不愿意带着她涉险，云皎双手握住他的手腕，神情中是前所未有的坚定和倔强："我跟你一起去。"

云初末点了点头，伸手将她揽在怀中，两道身形化作流光直直地向南方冲去。再次到达妖林的时候，那里已经满目疮痍，妖兽们仓皇出逃，方圆百里之地已成焦土，随处可见妖怪的断肢残骸，血流遍地，所谓的生灵涂炭也不过如此。

云初末沉沉蹙眉，带着云皎在半空中飞行，耳畔传来野兽沉闷的嘶吼声，前方不远的地方翻起滚滚尘雾，云皎见此不由得心里发凉，她想起了先前路过妖林时，看到的那层笼罩妖林的幽暗之灵，那个令大妖怪绯悠闲都感到害怕的东西，是不是已经苏醒？

他们很快就找到了阴媣嫱的所在，身形落在宽阔的树林之中，原本茂密的树木已被扫平，只剩下焦黑的土堆，在那不远的地方，凤祉正在跟一条巨龙大战。

云皎站在原地，一时间愣住了神，那条巨龙高约百丈，浑身泛着阴寒的气息，冰冷的龙鳞恍若无边的深夜，它的齿缝间溢出阴狠压抑的低吼声，连站在远处的她，都能感受到迎面喷涌而来的血腥气息。

到底是哪里不对了呢？为何，为何看着它的模样，竟是如此熟悉？一种异样的感觉占满了她的心扉，是喜悦，是心酸，是恍若隔世后的异地重逢，好像这一刻，她和它都已等待了许多年……

来吧，跟着我，你以后都不会觉得孤独了……

这是一个陌生的声音，来自遥远的黑暗之渊，却又是那么温暖而可靠，仿佛说出这句话的人，是值得她一生依靠的高山，她记得他身穿墨衣的模样，眉目英挺而清俊，身姿挺拔却总是那么孤独，他在向她伸出手，浅淡和缓地笑着。

眉心隐约传来冰凉的感觉，仿佛要刺透皮肤，传入她的每一寸神经，云皎下意识地闭上了眼睛，有什么东西恍惚浮现在脑海之中，那些被尘封已久的古老记忆正在慢慢苏醒，混沌的神思中，她只能看到一团团模糊不清的暗影，在她的记忆深处微微蠕动着。

一定有什么东西被她遗忘了，到底是什么呢？云皎努力集中自己的精神，紧紧皱着眉，她看到那团蠕动的暗影逐渐分开，棱角分明，显现出两个人的身形……

凤祉身侧冷蓝的灵力肆虐，他的面容清俊冷酷，注视着面前的上古魔物，双眸中似乎敛着千年的冰雪，身形敏捷地穿梭在墨龙的身躯之间，冷蓝的灵力不断化成刀锋向它砍去，可惜墨龙身上的龙鳞坚硬似铁，灵力触及墨龙身体的瞬间又被弹了回来，只在龙鳞上留下一道道浅浅的划痕。

腰间的佩剑并没有拔出，剑上泛出缕缕赤红，此刻竟在悲泣地颤抖着，她在努力冲破主人的禁制，甚至连周身的妖力都开始紊乱。

忽然一阵狂风刮过，魔兽的龙尾扫过地面向凤祉挥来，凤祉连忙闪身去躲，还是被它的余威伤到，落在地面上连退了好几步，他半跪在地上缓缓抬起了头，神色冰冷，眼神威严地眯了眯，压抑着声音低喃：“畜生……”

他不紧不慢地站了起来，身体挺拔、神情高傲，右手缓缓覆上了腰间的妖剑，一万年前，他的父亲便是用这柄剑封印了凌帝襄，一万年后的今天，他同样可以做到，历经万年折损，妖剑虽然破旧，但是冷冽的剑锋依旧充满光辉，作为妖王的骄傲和尊严，便是赔上他的性命也要守护。

他的衣摆在狂风中发出猎猎的声响，凤祉凌空而起，用尽全力向魔兽划了一剑，剑势携着滔天的妖力席卷而去，打在魔兽的身上让它的身躯震了一震，片刻之后又稳住了身形。

阴婏剑还在悲泣着，守卫主人的信念驱使着她不断冲击主人的禁制，不顾自身的危险，凤祉的神情中浮现出一抹哀伤，一闪即逝，他很快又坚定了目光，沉着地飞身跃起，连战斗的身姿都优雅无比。

魔兽被他的攻势激怒，巨大的身姿不断挥舞着，在地面上鞭打出一道道深坑，尘土飞扬了数丈，它怒吼了一声，侧首向凤祉迅猛抵去，凤祉躲闪不及，右肩被龙角所伤，强劲的力道将他挥出了老远，身躯像是断了线的风筝倒飞出去，重重地摔在了地上。

与此同时，墨龙仰天长吼了一声，扬着龙首向他直冲过来，阴婉剑上顿时绽出耀眼的光华，血红的光芒直冲云霄，一道狼狈的身影挡在了半空之中，双手迅速结出灵力朝墨龙挥了过去。

凤祉躺在地上，勉强撑着身体半蹲起来，他的右肩浸出血来，在冷蓝的战袍上晕开一抹墨色，他仰望着挡在自己前面的女子，一袭赤红的衣衫如火如荼，墨发在风中翻舞，面对这个曾经差点毁天灭地的上古魔兽，竟是那样倔强又坚定。

阴婉婳长发散乱，脸色苍白，由于强行冲破主人的禁制，所以显得有些狼狈，她的唇角挂着血迹，却依旧嫣然地轻笑，一字一句地宣告："凌帝襄，不许你伤我主人！"

墨龙在她的那一击中，身形倒退了数十丈，与阴婉婳在半空中对峙着，未见有要进攻的迹象。

云初末站立在后方，此时他正死死注视着那条巨龙，并没有看出云皎神情中的异样，他的右手微侧，一柄流紫的长剑缓缓化出身形，与此同时，连身上的衣饰都变作长离最初的模样，他不紧不慢地迈步，挡在阴婉婳的前面，持剑与墨龙对峙，对阴婉婳侧首冷声道："走开。"

阴婉婳趁此机会，翩然飞落下来，她快步走到凤祉的身边，倾身跪在地上："殿下，你怎么样？"

凤祉用淡漠的目光看向她，那双清冷的眸中似乎敛着千年的风雪，他只瞥了阴婉婳一眼，又不紧不慢地收回视线，右手握住掉落在地上的妖剑，撑着身体要站起来。

"殿下！"阴婉婳的脸上有泪，映衬着美艳苍白的容颜更加凄楚决然，她的手颤巍巍地抚上了凤祉的脸颊，带着哭腔哽咽道，"主人，让阴婉剑与你一起并肩作战吧……"

凤祉注视着阴媸婳，面无表情的神情间敛着深沉和幽静，他偏过头，拄剑站了起来，唇角泛起似有似无的冷笑，语气依旧清淡冷冽：“不需要。”

他持剑走了两步，阴媸婳在地上跪着转过身体：“凤祉——”

她缓缓落下泪来，用祈求盼望的目光看着自己的主人，他的身姿挺拔而孤冷，带着王者应有的气势和高傲，在遍地狼藉的妖林中竟有种说不出的伟岸，凤祉细不可闻地冷哼了一声，以不紧不慢的声音道：“没有阴媸剑，我照样可以杀了它。”

不远处的长离回首望着他们，有一瞬间的怔神，他后退了几步，手中的长离剑倏忽消失了踪影，身上的衣饰又恢复了原先的模样，他转身离开了这个不属于自己的战场，走到阴媸婳身边时，稍微顿了片刻，侧目瞥了她一眼，又迈步朝着云皎走了过去。

此时的云皎正陷入自己的魔障之中，脑海中的记忆似是被什么东西强行压制住，每当她想要冲破桎梏的时候，头脑就会剧烈地疼痛一分，那些似曾相识的画面越来越多，不断闪过她的眼前，却总是模模糊糊看不清楚。

云初末走到距离她不远的地方，见到云皎的异色，他连忙快走几步，伸手握着云皎的肩膀：“云皎！”

云皎已经什么都听不进去了，目光怔怔地望着远方的墨龙，到底是哪里，到底是在哪里见过呢？它是谁，它到底是谁？为什么她现在竟如此难过？

什么都想不到，什么都理不清楚，头脑中一片混乱，甚至有那么一瞬间，她怀疑自己是否真的活着，她的脸上落下泪来，蕴藏在身体里的力量不断冲击着封印，她只觉得痛，身上痛，脑子痛，连灵魂深处都在承受着毁灭般的强力撕扯。

云初末顿时慌了神，他握着云皎的肩膀晃了晃，厉声呼喊：“云皎，云皎！”

仿佛行走在冰冷的黑暗之渊，她的神思混乱，连脚步都无力虚软，然而那声断喝却像是一道冷箭，瞬间刺破了长久以来桎梏着她的牢笼，无边的黑暗之中咔嚓裂出一道金光，缝隙向四周蔓延，顷刻崩塌了下来……

她看到了，在那长空之上翱翔的，是一个女子和那一条墨龙，他们在云层之中穿梭，是那样自由快乐，那个女子身着一袭墨色的衣裙，长长的衣摆上绣着赤红的花朵，随风翻舞飘荡，她的脸上洋溢着天真灿烂的笑容，声音清冷却很亲昵地问道：“大哥，你说我们能不能飞到天的尽头？”

天的尽头，天的尽头……什么时候，好像她也问过同样的话……她记得那一片死寂的幽冥之渊，荒芜的石头周围永远流淌着寂寞的河，河水乌黑浓墨，不知是何处透露的一点微光，洒落在河水中泛起点点羸弱的白光，那个女子倾身跪在石头上，她的面前站着一个男子，单手负在后面，手指在她的额上冰凉地一点，一朵墨漆的凤羽花悄然绽放在她的额间。

云皎望着那条墨龙，不知不觉泪湿了脸面，那是一种源自远古洪荒的寂寞和苍凉，她知道他在等她，这么多年，他一直都在等她，只是等的时间太久了，连他自己都忘记了要等待的人是谁，甚至连他自己是谁都忘了……

他现在很害怕，不知道自己该归于何处，也不知道该去往何方，只能凭着心意去战斗，去厮杀，只有在战斗的时候，他才是安全的，只有在杀戮的时候，他才能收获一点点心安。

他还记得长空之上的遨游，太阳为翻滚的云层镀上了一层金边，有一个女子就追逐在他的身侧，嫣然明媚地轻笑着，亲昵依赖的声音回荡在耳畔，欢愉畅快的感觉溢满了整个心间，这便是他寻求并渴望着的温暖。

他不记得这个女子是谁，也不再记得她的面容，可是那种亲昵依赖的感觉总归没有错，茫茫天地间，肯定有那么一个人，曾经跟他并肩站立在一起，所以他要去找她，所有胆敢伤害他、阻拦他的都要被毁灭……

云皎踉跄着脚步向那纷飞的战场接近，哽咽得几乎说不出话来：“不要，不要啊……”

云初末从后面抱住了她，焦急的声音接近怒吼：“云皎，你醒一醒！”

“放开，放开……”突然涌出的记忆搅乱了云皎所有的神思，以凡人之躯去承受来自远古的过往，本就没那么容易，倘若挺不过，她甚至有可能陷入癫狂，云皎深信她就是画面里的那个女子，所以她要去找他，要去救他，嘴里喃喃地轻念着：“大哥，大哥……”

听到她的轻念，云初末的表情瞬间怔住，面容苍白，且写满了不可置信，他紧紧地勒住云皎的腰身，用深沉悲痛的声音轻唤着：“云皎，你醒一醒，不要想，什么都不要想……”

他的心里空落落的，茫然无措不知该做些什么好，一种即将失去的感觉压抑在他的心头，怎么也解不开，怎么也挥不去，有人正要从他的手中把云皎夺走，那些嬉笑怒骂的日子都将无法回头，明月居中，一百年的光阴，他们在一起不好吗？为什么又要走？

他怔怔地抱着云皎，片刻之后，抬手敲在了云皎的脖颈上，云皎顷刻昏睡在他的怀抱里，他抱着她蹲下身来，伸手紧紧将她揽在怀中，沉俊苍白的脸颊贴着云皎的侧脸，喃喃地低吟：“睡吧，睡一觉，什么都好了……”

远处的大战已经接近尾声，凤祉的身上遍布伤痕，冷蓝的战袍上染着血污，冰冷的眉目却依旧清俊，那条墨色的战龙不时发出凄厉的哀吼，它的唇齿间流淌着鲜血，溅落在地上染出一片血红。

半空中的凤祉缓缓闭目，他不紧不慢地举起了手中的妖剑，冷蓝的光辉急速凝聚在剑锋上，他发出一声低吼，奋力朝墨龙挥了过去，紧接着，只听到一声巨响炸裂在宇内，双方的灵力碰撞，掀起的滔天气浪顿时向外扩散了千万倍，妖兽哀嚎，树木被连根拔起，甚至连昏暗的天空都染出殷红的模样。

墨龙庞大的身躯被灵力斩成了几段，颓然坍塌在地上，喷涌而出的血红又掀起一阵腥热的风浪，凤祉被反噬的力道打飞出去，手中的长剑在半空中遗落，阴婝婳飞身跃起，将他接入怀中，两道身影翩然落下。

“凤祉凤祉……”阴婝婳伸手抚着他的脸颊，焦急的声音甚至有些颤抖。

被他遗落的长剑，稳稳地落在了他们的身侧，凤祉淡淡侧目看了一下，只见那剑身上缓缓裂出细纹，紧接着发出几声脆响，这柄跟随世代妖王的长剑，裂成碎片掉落在灰土中。

他转过头看向了阴婝婳，冰冷如雪的眼眸中敛着莫名的情绪，片刻之后，缓缓地伸手抚在了阴婝婳的唇角上，替她拭去了唇角的血迹，俊美的容颜里泛起疲倦和释然的笑意，那一瞬间，时间仿佛已经定格成了永恒。

他偏过头倒在了阴婝婳的怀中，伸出去的手也永远地落了下来，阴婝婳的神情怔住，她的脸色惨白，心中被沉痛一击，良久之后，抱着凤祉的尸体，慢慢埋首在他的颈间。

云初末打横抱着云皎，迈步来到了阴旎婳的身边，良久地静默无言。

许久之后，阴旎婳抬头望向他，忽然静静地笑了，美艳苍白的容颜凄凉而哀婉，她喃喃地开口，失魂落魄地说："长离，我已感到这颗心……不是我的了……"

云初末微微蹙起了眉，注视着阴旎婳的神情，似淡漠，似哀伤，片刻之后，又缓缓转过了头，面无表情地迈着步子，要往密林里走。刚走出两步，又被阴旎婳喊住，她倾身跪在地上，怔怔抱着怀中的主人，轻轻念道："长离，你欠了我一次……"昏暗的妖林中，云初末的眼眸倏忽抬了一下，又慢慢黯淡下去，不紧不慢地朝深处走去。

明月居中，云皎单手扶额转醒过来，她躺在床榻上，下意识地侧首去找寻云初末的身影。

此时的云初末正负手站在窗户边，驻足遥望外面的景致失神，一袭素白的衣袍像是倾泻的月光，优雅之中染着千堆雪的幽凉，云皎黯然地垂下眼帘，收回视线抿了抿唇，现在的云初末在想些什么呢？她虽然看不到他的面容，但也知道他现在的神情一定是落寞的。

她掀开锦被下床，放轻了脚步走到云初末身后，还未来得及说话，他却首先开口："你醒了。"

他从未有过这样的时候，在过去的那么多年，每当云初末说话时，他总是温柔沉静地注视着她，眼里心里都含着笑意，然而这一次，他连看都没有看她，声音虽一如既往地温和平静，却也带着些许冷淡和疏离，仿佛瞬间变作了陌生人，云皎的心里有些难受，低着头嗯了一声，怕他没有听到，又抬首提高了声音。

云初末缓缓正身，注视着云皎的目光有些审慎，沉俊的面容里依旧没有什么表情，似是随口问："你还记不记得发生了什么？"

云皎在他的注视下，不由自主地移开视线，迟钝地点头，她深知发生了这样奇怪的事情，已经没有可能再继续装傻，与其说谎话令他更加怀疑，还不如大方地承认。

云初末的神情未变，如玉雕琢的脸上仿佛掩着千年的冰雪，他迈着步子向云皎逼近，声音冰凉，犹如惑毒人心的幽灵："你想到了什么？"

云皎没来由地心虚，避开他的视线，手足无措地退后，云初末却步步紧逼，语气里听不出任何波澜：“你看到了什么？”

身后传来触感，云皎抵在了木桌上，被云初末威逼着进退不得，只能抬起头对上他的目光，这双眸子总是淡淡的，沉寂之中像是敛着温情和柔静，然而却又令人感受到毫无悲悯的冷漠，云皎更是慌乱，下意识地试图躲闪：“没……没有……”

面对她的隐瞒和疏远，云初末蹙起了眉，眉宇间的神情隐约浮现出悲凉和哀伤，云皎的心绪大乱，情急之下脱口而出的谎话，根本就骗不了他，正想办法解释时，云初末缓缓伸手将她拥进了怀里，他埋首在云皎的发间，轻柔之中又显得珍重，沉静的低喃声在耳畔响起：“你说什么，我就会信什么……云皎，我们还像从前那样生活，你说好不好？”

云皎被这突如其来的拥抱震惊住，又在他的话语里怔住了神，良久才磕磕巴巴地回答：“好……好啊。”

只要还有明月居，管什么远古洪荒，长离未离？只要他们还在一起，又管什么魔兽妖龙，以及死去的姝好？过去的事情终究已成过去，他们还有好多未来可以一起走过，她不是银时月，不是霍斩言，更不是绯悠闲和泠涯，非要执着迷惘于过往，而搁置了现世的人生。跟在云初末身边这么多年，穿梭在幻境和现世之间，她看过许多故事，也见过许多妖魔人鬼，最大的获益便在于此。

这时的她是这么想的，可惜仅在几天之后，云初末便对她食了言。那时他们正在准备元宵佳节的灯笼，阴姽婳的突然出现，打破了云皎关于未来所有的设想。

明月居中，赤红的灵力急速地集聚，阴姽婳的身形很快显现在庭院中，她就像是从画里走出的神女，容颜美艳而妖冶，嫣然的红唇间勾着习惯性的轻笑，像是愉悦，又似是嘲讽，她站在他们的不远处，潋滟的眼眸含着脉脉的深情：“长离，姐姐给你带来了一个好消息。”

云初末将手上的灯笼挂在屋檐下，从梯子上跳下来，意味深长地挑了挑眉：“哦？但不知这一次，又是哪位仁兄大姐想要杀我？”

阴姽婳扑哧笑了一下，赤红的衣袖掩着笑容，她快步走到云初末的身边，伸手在他脸上捏了一下，趁云初末还没把她怎么样，又翩然闪过了身子，轻笑道："长离，几日不见姐姐，你真是越来越调皮。"

云初末漫不经心地轻哼了一声，负手站在庭院中，颀长的身姿有些疏离，语气中也没有什么耐心："有话说话，说完就走。"

面对弟弟的冷漠，阴婉婳很受伤地撇了撇嘴，她抬手捋了一下发丝，不紧不慢地道："我来……是要告诉你，我已找到你要找的那个人。"

听到她的话，云初末的神情倏忽变得冷酷，他的身形一闪，瞬间来到阴婉婳的跟前，带起冷风一片，用寒到掉渣的语气问："她在哪儿？"

阴婉婳脸上挂着悠然的笑意，显然知道他指的人是谁，她的眼眸对上云初末的目光："你想找到她，然后做什么，杀了她吗？"

云初末皱了皱眉，露出不耐烦的神色："这与你无关。"

阴婉婳嘲讽般地冷呵了一声，翘着兰花指慢慢道："我的弟弟要去刺杀给予我们性命的恩人，却说与我无关，身为姐姐的我可真是伤心呢！"

"恩人？"云初末挑了挑眉，不屑地冷哼了一声，眼神里充满了漠然和鄙夷，"阴婉婳，你看起来痛得还不够深呢！"

他挥袖转过身来，许是他们谈论的话题太过敏感，云初末的神情中竟流露出少有的冷峻和怨恨，如玉雕琢的脸庞清淡而疏离，语气不冷不热道："需要我提醒你吗？阴婉剑的上一个主人是怎么死的，你看起来似乎已经忘记了呢！"

阴婉婳的脸色倏忽一变，紧接着美艳的眉目中流露出沉痛，云初末转身打量着她的反应，满意地点了点头："还不错，难得你还记得他，那妖怪叫凤祉是吧？"

听他提起凤祉，阴婉婳的脸色骤然惨白，目光阴狠怨毒地看向云初末，咬牙隐忍："你……"

云初末不屑地冷哼了一声，神情悠然而浅淡："别这么看着我，阴婉婳，你若是想恨，应该去恨赤水那个女人，那个在你看来赐予你性命的恩人，是她招致了这样悲伤的结局。"

阴婉婳的神情变幻不定，最后才试探地问道："你想要做什么，杀了赤水吗？"

云初末没有回答，只是微微扬起了头，声音高傲而苍茫："我的人生，从不许旁人做主，赤水也不例外。”

话说到这个份上，再不需要往下询问，阴婉嫗低头想了一会儿，才慢慢道：“你误会了，我并未找到赤水，只是发现了阳炎的踪迹。”

云皎一直在旁边听着，根本不明白他们在谈论些什么，不过在听到阳炎的名字时，眼前忽然亮了一下，阳炎，不就是那个要杀了云初末的阳炎……她将目光看向云初末，他说过会跟她在明月居里好好生活，他说过要跟从前一样不变，那么那些过去，他是否真的能够放下？此时此刻，她在等候云初末的回答。

云初末全然被阴婉嫗的话占据了思绪，根本没有意识到云皎就站在旁边，他看向了阴婉嫗，神情甚至显得有些自负，眼神威严地眯了眯，硬声问道：“他在哪儿？”

阴婉嫗注视着他，片刻之后静静地答：“神女峰。”

云初末闻言又哼了一声，清俊的唇角勾起嘲讽的意味，不冷不热地道：“丧家之犬，他倒是忠心……”

他几乎不带迟疑，转身迈步就要离开，云皎连忙喊住了他：“云初末……”

见云初末转过身看她，涌上喉间的话语又顿了下来，她想说，你答应过我的，会跟我留在明月居里好好生活；她想说，你说过的，要与我像从前那样永远不变，可是……注视着云初末眸中的热切和迫不及待，她却忽然没有了勇气。

她倏忽扯出一个笑，对云初末静静道：“早点回来，我们一起过节。”

云初末颔首嗯了一声，终归有些不放心，又戒备地看向阴婉嫗：“我警告你，你若是敢动她，我一定杀了你。”

阴婉嫗立即不满地嘟着嘴，愤愤不平地指责道：“哎呀哎呀，你怎么可以这么绝情，人家明明想跟你们一起过节的！”

她走到云皎的身边，一把将她揽在怀里，嫣然地轻笑道：“人类的饭食，我已经许久没有碰过了，不知道现在还会不会做。”

云初末斜了她一眼，又看向云皎，还是有些不放心，最终道：“我很快回来。”

云皎哦了一声，点了点头，想了一下，又补充道：“你小心一点。”云初末漫不经心地点头回应，身形化作流紫的灵力，朝南方的天空直冲而去。

云皎望着他离去的方向，直到再也看不到他的身影，心中莫名地升起了失落，阴娩婳嫣然轻笑搂着她，手指抵着下巴若有所思：“嗯……长离走了，我是不是就可以把你当作食物吃掉了？”云皎斜斜地瞥了她一眼，很淡定地拿下她放在肩上的手，转身向厨房走去了。

厨房内，上古剑灵阴娩婳揪着面团把玩，而且玩得不亦乐乎，云皎见此很不是滋味地抽了抽唇角，满头黑线地提醒：“姐姐……”

阴娩婳闻言抬起头来，美艳的容颜绽放出摄人心魄的笑脸，偏偏还带着孩子气的天真：“怎么啦？”

见到云皎满是鄙夷的神情，她立即意识到自己的错误，耷拉着脑袋吐了吐舌头，讪讪道：“我已有许多年不曾涉足人世，都忘了人类的饭食是如何做的了。”

云皎听此很是惊奇：“姐姐以前做过人类的饭食？”

阴娩婳的脸上带着笑意，眼睛弯弯，跟月牙似的，点头认真道：“是啊，而且做得还很好呢，以前的主人很喜欢人类的食物……”

她说着，声音渐渐小了下来，连神情都黯然落寞了不少，蓦然收回视线，耷拉着脑袋默默地揪面团，这等委屈的模样立即引起了云皎的同情，她探着头问道：“姐姐，你怎么了？”

阴娩婳的眼帘低垂，颀长的眼睫恍若翩然的蝴蝶，淡淡地道：“主人死后，我就没再动过这些东西了……”

见她如此伤心欲绝的模样，云皎的心里也不好受，按照云初末刚才的话，阴娩婳的新主人似乎已经死了，她跟凤祉虽然只见过两次，但也知道阴娩婳是非常喜欢这位主人的。

她埋下头，低低地问：“姐姐的主人，是什么样的人？”

阴娩婳好像又从伤心里瞬间恢复过来，手指抵着下巴若有所思道：“我有许多主人，不知道你问的是哪一个？”

云皎勉强扯了扯唇角，淡淡道：“挑你印象最深的吧。”

阴娩婳沉默斟酌了片刻，才认真地回答：“每一个，都很深。”

她的话音落下，一抹悲凉的微笑缓缓在她的容颜间晕开，像是滴落进静潭的水滴慢慢荡开的涟漪，一闪即逝，她的语气平静：“创世灵剑的身上皆负有诅咒，我们不可能逃得掉，那些得到灵剑的人，也不可能逃掉。”

云皎看向了阴旎婳，她想问长离剑的诅咒是什么，却发现自己终究没有那个勇气，于是试探地问：“姐姐，你的诅咒是什么？”

阴旎婳淡淡地瞥了云皎一眼，喃喃地道：“我是女人，对于一个女人来说，什么样的诅咒才是最令她无法承受的。”

这样的回答不清不楚，却莫名地令人心里发疼，不知道为什么，这时候的云皎恍惚想起了不久前陨落逝去的凤祉，她不知道该说些什么，只能沉默以对，良久之后才闷闷地问：“你以后……有什么打算？”

阴旎婳的神情寂静而认真，像是给予启示的神女：“混沌之井，是我们命定的归宿，我、长离、阳炎都会回去的。”

她顿了顿，美艳的容颜黯然而凄楚，却也带着柔和：“我喜欢他，不同于从前所有人，我知道他是喜欢我的，他在保护我，所以……没有人会再得到我了，永远都不会有了。”

云皎自然知道阴旎婳口中的那个“他”是谁，见到她这副模样，心里更是忍不住生疼，压抑着心情又问：“那阳炎剑呢，他的诅咒又是什么？”

阴旎婳的神情似乎陷入了回忆之中，只是淡淡地答：“阳炎会永远败在长离手下。”

这样的诅咒倒是出乎了云皎的意料，她挑了挑眉，有些不可置信：“就这？”

阴旎婳望向她静静笑了，诡艳之中带着莫名的温情：“阳炎身为神剑，却要终生败在魔剑之下，这样的诅咒……难道还不够重吗？”

云皎一阵沉默，若他们口中的阳炎不是争强好胜之人，如此诅咒自然算不了什么，可那人若是自尊自负的性情，那么这个诅咒对他来说，确实是永恒的痛苦和折磨了，她抬头看向阴旎婳，似是随口问：“阳炎……是云初末的哥哥吗？”

阴旎婳的眉目中绽放出艳丽的笑意，甚至沾沾自喜地，像宣告某些主权般说道：“是啊，他和长离一样，都是我的弟弟……”

她顿了顿，沉吟了一下，又道：“只是不知道，长离还愿不愿认他这个哥哥，阳炎还肯不肯认他这个弟弟……我从未见过像长离这般执念深沉，阳炎这般自负偏激的人了。”

话问到这个份上，云皎已不打算再继续下去，云初末的从前，他愿意跟她说，那她就认真听着，他不愿多说，她也不会再去探听，至于创世灵剑之间的纠葛，亦不是她这个小小的凡人能左右的，与其知道之后担忧惊惧，倒不如坦坦荡荡，一干二净。

她是这么想着，可是有人却偏偏不让她称心如意，阴婘婳偏头打量着她，神情之间带着意味深长的笑意，云皎不由得心虚，讷讷地问道：“你看什么？”

阴婘婳面对着她，缓缓问道：“你问过我，问过阳炎，却都没有问过长离一句，他的事情，你不想知道吗？”

云皎埋下了头，闷闷地道：“不想知道。”

阴婘婳意外地哦了一声，尾音微微挑高，似乎在嘲讽：“你是不想知道，还是不愿知道，抑或是……害怕知道？”

她迈步向云皎靠近，嫣然的笑意显得有些清冷：“你记忆中的那个人是谁，战姝好和你是什么关系，难道你一点都不想知道吗？”

她的声音和缓，却带着摄人心魄的力量，让云皎不由自主地愣住了神，是啊，这些天她也在想这些问题，虽然答应云初末不会在意那些过去，可是冥冥中发生过的事情，又怎能真正做到彻底忽略？

那个人的话，一遍遍回荡在她的脑海中，犹如附骨之疽，宛若蛊惑之毒，引领着她不断向记忆更深处探去，那是她不曾经历过的事情，却无比清晰地浮现在她的眼前，那个身着墨衣的女子，还有那条在云雾中翻腾的黑龙……

随着狂风翻滚的长裙，衣摆之上绣着赤色的花朵，与记忆中某道身影重合起来，竟是这样似曾相识，这样亲密熟悉，她还记得云初末抱着姝好悲痛哀伤的模样，那个死在他怀里的女子，在记忆那头高歌，同样的墨衣翩然，同样的风华绝世，只是一个活在英姿飒爽的年代，一个在狼狈和挫败中绝望离开。冥冥之中，她好像探知了某些真相，却又生生止步，踟蹰在过去与现世之间。

见到她沉默，阴婘婳的神情中勾起意味深长的笑意，她来到云皎的身边，用微凉的手指挑起云皎的下颌，她的眸中闪过一抹血红，衬着白皙的肤色，显得更加妖异诡艳，惑毒的声音轻轻响起：“不要怕，跟我来……”云皎的神情呆滞，无意识地对上她的视线，心中恍若承受了沉痛的一击，她的身体冰凉麻木，一瞬间仿佛坠入冰窖深渊之中。

脑海中的画面飞速闪现，那些她曾经见过的，没有见过的，熟悉的，陌生的，哭着的，笑着的……涌流如滚滚潮水，全都挤入她的记忆中，刺得她的头脑生疼，云皎下意识地皱起了眉，由于一下子承受了太多东西，精神紧绷到极点，仿佛只须轻轻一弹，就会突破崩溃的边缘。

她紧紧盯着阴姽婳赤红如血的双眸，仿佛从那里面，能汲取更多的力量和源泉，让她在回忆之渊里走得更远，她看到煞气缭绕的魔军，密密麻麻，涌动在大地之上，恍若流淌的潮水，漆黑的乌鸦盘旋在长天之上，不时掠过地面抓起一个魔物，又向天空冲去，霎时间鲜血四溅，碎肉模糊，尖利阴寒的爪子竟连自己的同族都不放过。

她看到那些兽首人身的魔军，身上穿着铁甲，眼神残忍嗜杀，露在外面的獠牙间覆着湿热的血腥，墨色的筋脉遍布裸露的上身，由于行动而凸显出来，显得更加狰狞和恐怖，它们的行程未见得有多迅速，然而所过之处，无不是血海滔滔，生灵涂炭。

她还看到那个墨衣的女子手持流紫的宝剑，翩然的身姿飞跃在魔军之前，剑锋只需要轻轻一挥，方圆百丈之内即成一片死地，墨色的衣摆随着腥热的狂风飘摇，灵力划出的血色还飘荡在长空之间，与长裙上赤色的红花映衬相连。

这是远古时期的那场大战，数百万魔军从幽冥深渊中涌动出来，杀戮肆虐在大地之上，她还看到那个墨衣的男子，眉目俊逸孤傲，站在遥远的山峰顶端，恍若执掌三界命数的独尊，他的唇角带着笑，眼眸中却含着千秋的冰雪，他轻轻挥一挥手，无数魔军一拥而上，血色蔓延几乎染红了天地，而他的衣袍却未脏乱分毫。

狂风怒卷，天阙惊寒，苍茫浩瀚的黄沙中，那个女子站在他的身边，望着脚下臣服的芸芸众生，缓缓举起了手里的长离剑，没有人敢去质疑，更没有人敢去反抗，在这柄天下霸道的上古魔剑面前，在这位颠倒众生的大魔女战姝好面前，毁灭，只是一瞬之间。

第二章

魔女战姝好

洪荒远古，传说天之涯中盛开着两种奇花，赤红妖冶，圣白皎洁，无人知晓它们是在何时出现，也无人知晓它们会在何时湮灭，两种灵花相互依存，不知不觉度过了千万年时间。

某日，一道灵力划过昏暗阴冷的天空，急速向天之涯坠落下来，不多会儿，那团淡金光芒中闪现出一位女子的身形，容颜冰冷如雪，长发及至脚踝，冰绡玉巧的仙衣伴风轻舞，行走在尘封腐朽的异域中，泛着圣洁纯净的光华。

她款款迈步行走在花海当中，衣摆微动流溢着充沛的灵力，举手投足间无不带着绝世的唯美和清冷，她缓缓顿下步来，望着眼前的景象若有所思，良久之后，喃喃自语道："寻觅多年不可得，没想到此处竟有如此灵物……"

她微微抬手，指尖泛起淡金的灵力，晶亮的光点逐渐向远处蔓延，所过之处，那皎白的灵花便瞬间湮灭了踪影，轻风拂过，带着亘古腐朽的气息，余下的赤色花朵恍若此起彼伏的热浪，又如惧怕啼哭的婴孩，注视着被无情夺走的同伴，无数花枝轻轻摇颤，匍匐在地上拢起了盛放的花瓣。

不多会儿，灵力又缓缓流回，在这女子的手中逐渐幻化出一朵皎白的花儿，冰肌玉色，泛着纯净的光华，她淡淡轻笑，指尖轻柔地捻着花枝，语气冷淡："天地有情，既已赋予汝之性命，从此以后，汝便是神界的尊者，永生永世须得守护三界的安宁。”

花瓣之间洋溢着圣洁的光芒，仿佛连周围腐朽昏暗的天空都跟着变得干净，它连动都没动一下，无言的静默中，恍惚氤氲着悲伤的气息。

这女子将它掩入袖中，刚转身要走，视线触及脚下的花海，它们匍匐于地上像是虔诚恭敬的信徒，收拢的花朵轻颤悲泣，似在乞求她的怜惜垂青，女子微微有些诧异，唇角不由得勾出清淡的笑意，生冷的声音慢慢响起，像是给予启示的神女：“汝生有魔障，只怕日后会带来无穷祸患，本该趁此机会将汝毁去，但念在汝创生不易，吾便留汝一条性命，望汝以后潜心滞留此处，不可踏入尘世半步。”

后有《神魔志》记载，赤水女游于天之涯，携灵花而归，予天地法旨，号天神临渊。

这位创制万物的神女未曾料到，当时的一念之差，竟在数万年后铸成不可挽回的大错，就在她带着临渊离去之后，被遗落的赤色灵花久久匍匐，在阴寒凶煞的冷风中，黯然失落，逐渐失去了艳丽的颜色。

天之涯的夜，总是特别漫长，天际的孤月遥照九州，却连一点点光华都不肯舍予这个地方，漆黑的煞气弥漫，缭绕在石块荒芜之间，冰冷的天之涯犹如锁魂鬼域，令人生出一阵阵寒意，仿佛就在同伴离去的那天，连这里的时光都跟着静止了下来。

时光流转，人世间的沧海变作了几次桑田，不知道经过了多少次阴晴圆缺，匍匐沉默的灵花终于渐渐抬起头来，周身的气息仿佛被它的赤色染红，昏暗的天空逐渐被浓重的煞气笼罩，在沉沉的雾霭中像是压抑的血雾。

花海中闪现出丝丝缕缕的灵力之光，无数赤色连成一片，逐渐凝聚成一朵妖艳阴毒的花儿，与此同时，天之涯的狂风乍起，飘浮在长空的石头在这强势的力量中相互碰撞，天地被掩盖在黑暗之中，无边的黑夜蔓延，仿佛要把整个异域吞噬其中，直到最后一缕光线湮灭，天之涯顿时变成虚空，那朵灵花恍若断线的风筝，朝着黑暗深渊永远地坠落下去。

不知过了多久，她在黑暗中醒来，周围依旧是冰冷荒芜的石头，与天之涯不同，这里隐约还有潺潺的流水声，僵硬挺直的花枝不见了，繁杂错节的根须也不见了，取而代之的是温暖白皙的皮肤和纤细虚软的双足。

现在的她，可以走，可以跳，甚至可以说话，她却一直躺在那里，很想再变回一朵花儿。

她不知道自己是谁，也不知道这是什么地方，很久之后，她开始试图站起来，伸手扶在石头上，撑着身体慢慢向前移动，由于刚刚化出人形，她还不适应用脚走路，常常是刚走几步就跌倒，磕在石头上摔得鼻青脸肿，全身生疼。

她曾蹲在明亮一些的地方，对着水面看清自己现在的容颜，墨色的长发，墨色的衣裙，一双眼眸恍若那条河水般幽深，她不知道什么是美，也不知道什么叫丑，在她依稀的记忆中，那位警告她不许踏入尘世的神女，跟她比起来也未见得有多出挑。

在这里生活了几天之后，她已经适应用脚走路，并且遇到了不少生灵，它们面容丑陋，心灵邪恶，饥饿起来连同行的伙伴都忍心撕裂吃掉，它们似乎很怕她，甚至都不怎么敢与她说话，只含糊不清地告诉她，这个地方叫作幽冥之渊，是魔族生存的地方。

以前无生无死地活过了几万年，直到化成人形，她才知道什么叫作饥饿，幽冥之渊里找不到可以吃的食物，只有躲在巨石后，等那些丑陋肮脏的怪物把同伴吃完，又结队离开之后，她才敢小心翼翼地走出来，跪倒在剩下的尸骸旁边，学着它们的样子撕扯生肉勉强咀嚼着，刚吞咽下肚，腹内便翻江倒海地作呕。

在这个地方，她可以吃魔物，魔物自然也可以吃她，幽冥之渊中隐藏着许多修为高强的邪魔，在幽深冰凉的黑暗中用贪婪的目光死死盯着她，她跟不少邪魔动过武，杀了许多邪魔，也被那些强大的邪魔重伤过多次，有好几次，她都以为自己将要陨落于此，却还是硬生生地挺过来了。

杀戮，行走，然后再是杀戮，这样的生活似乎永远也没有尽头，她没有同伴，时间久了，甚至连跟人说话的欲望都没有，她不知道自己要去哪儿，又总不能一直站在原地不动，只能漫无目的地行走着，有时候遇到一些邪魔，对方不动手，她连看都懒得看一眼，对方有些风吹草动，她便先发制人将它们尽数杀死，魔界的生存方式，从来都是如此。

每日不停地走着，目光所及永远都是同样的风景，荒芜的石头，冰冷的河水，以及阴寒如冰的幽冥之息……她开始厌倦这样的生活，缄默之中生出不甘的暴戾，她开始怨恨那个把她抛下的同伴，以及那位将她遗落的神女。

遇到凌帝襄，是在很久以后，大概是她走累了，不想再继续了，于是找了一个地方停下来，她在巨石上打坐，起初觉得饿，也索性不管，本以为不久之后自己就会消亡，谁想到体内的幽暗之灵抵抗饥饿，修为反而因此增进了不少，她在沉默和孤独中生活了千百年，直到凌帝襄出现的那天。

她还记得那时的凌帝襄，一身墨色的衣袍，仿佛要融在黑暗中，他的眉目俊逸，微笑着向她伸出手："来吧，跟着我，你以后都不会觉得孤独了……"

魔族的人向来邪恶自私，从未有过信任和诚心可言，然而面对凌帝襄的邀请，她只迟疑了一会儿，便真的站起身向他走去了。

他们的身影消失在苍茫的夜色中，一前一后，却是不约而同地沉默，良久之后，凌帝襄才缓缓开口："你叫什么名字？"

她沉默了一会儿，静静地答："我没有名字。"

太长时间没有说话，舌根僵硬生涩，心底却升起莫名的欢喜，在这个寂静得让人发疯的地方，能够听到自己的声音，能够有个人与自己说话，都是弥足珍贵、令人欣喜的事情。

战姝好这个名字，是凌帝襄给她取的，他说这是形容女子美貌顺从的意思，凌帝襄对她很好，他说因为他们都是孤独却不可怜的人，他收她当作义妹，与她并肩作战，在幽冥之渊内打下属于自己的一片江山，他还在她的额间留下了一枚凤羽花印记，他说无论何时何地，哪怕有天他死了，只要她还活着，就是把天地劈开，他也要回到她的身边。

凌帝襄有着称霸天下的野心，他不甘被命运桎梏于黑暗之中，他要带领魔军征服三界六道，甚至打到九重天上，与那位居高临下的大天神临渊争一争高低。

遥远的记忆被重新唤醒，那些被尘封的往事，时隔千万年的光华历久弥新，她想起了那个昏沉阴暗的天之涯，想起了盛放在异域中的两朵灵花，之后，一个叫作赤水的女神来了，该带走的被带走，该遗留的被遗留，明明生于同一个地方，却是一个驻足在九重天上众生敬仰，一个坠入幽冥忍受无尽的孤独与肮脏。

凭什么，凭什么呢？只凭那一句你生有魔障，只凭那句留你一条性命，她便要困于黑暗之中，永生永世都不踏入尘世一步吗？

战姝好望着寂静的夜，良久之后，喃喃地说着："我要去找一个人。"

再次见到临渊，九重天上正举行着酒宴，他端坐在珠帘翠幕后，英俊的面容在金兽香雾后显得模糊不清，却依旧能看出他优雅从容的身形，紫金神冠绾着银发，额间一枚淡金的神印，更是平添了无数风华。

清凉的冷风微微荡起，面前的珠帘轻轻摇动，琉璃光彩之间，他一直注视着神殿中倾身施礼的女子，玳瑁发饰，环佩叮当，一支金灿灿的凤钗插在云鬓之上，举止间恭敬肃穆，分明是前来汇报灾情的洛河女神。

她的手中持着玉圭，圆润温软的声音回荡在殿中："从去年三月起，大地洪水泛滥，致使千万生灵流离失所……"

他望着她的目光开始恍惚，向来冰冷如雪的容颜竟有一丝松动，是从什么时候开始呢？他想象着哪一天她会出现在自己面前，又是有多久了呢？他与她已经阔别许多年，却好似所有的事都发生在昨天。

神殿中，她已经汇报完灾情，良久都等不到他的回答，于是抬首疑惑地问道："神尊，你在想些什么？"

临渊顷刻回过神，不紧不慢地站起身来，雪白的衣袍顺着动作滑下，外面的笼纱在缭绕的仙雾中更加模糊不清，他缓缓迈步走到玉阶，白皙微凉的手指撩开珠帘，淡淡地说着："我在想……是何方妖孽，胆敢冒充神女来到我的神殿。"

若是在从前，满殿的仙神肯定会惊诧，向来以"本君"自称的大天神临渊，为何会自称为"我"，不过在当时那样的情况下，所有人都大吃一惊，他们自认道法已经够深，注视人家那么长时间居然都没看出端倪，真不知是该说这妖孽修为高深，还是该说她胆大包天了。

殿中的"洛河女神"果然咯咯笑了起来，身侧的煞气突显，现出一个女子的身形，墨色的衣裙，长摆曳地，绣着一袭赤红的花朵，她的长发及至腰间，仅用两枚紫檀木簪绾着，容颜艳丽清冷，嘲讽冷笑之间，竟有种颠倒众生的风华和诡艳。

自从赤水女沉睡之后，世间就再也难找如此出尘美艳的女子了，甚至便是赤水女今日在此，恐怕容色与这女子比起来，也难以分出伯仲。

身侧莲花座上的仙神飞跃而起，数十道灵力向她袭击过来，姹紫嫣红的光芒顿时闪烁在神殿之间，战姝好的目光一直望着临渊，含着似笑非笑的神情，墨色的广袖挥起，不过是举手之间，那些仙神便此起彼伏地哀号着，在巨大力量的阻挡中倒飞出去。

与此同时，墨色的衣摆随风飘舞，发出猎猎的声响，战姝好飞身向临渊攻了过去，缭绕的煞气在这晶亮纯净的神殿中格格不入，临渊负手站在原地一动未动，身形却在她接近两寸的时候，翩然倒飞退后，银色的发丝伴风缭乱，清淡俊美的神情却一直未变。

他们一前一后飞出了神殿，最终对峙在宫殿的顶端，临渊静静注视着她，剑眉星目，恍若掩着千秋的冰雪，心中却已将众生的命数算了一遍，良久之后，才淡淡地问道："你现在……是叫姝好吗？"

战姝好笑得很好看，微微挑着眉答道："神尊大人原来还记得小女，当真是荣幸之至。"

临渊的神色未变，负在袖中的手却不动声色地缓缓收紧，依旧沉静如水地注视着她，依旧是淡淡的声音："你来……做什么？"

战姝好手中缓缓化出长剑，气势云天地指着他："自然是杀你。"

临渊的唇角勾出一抹弧度，些许欢喜，些许苦涩，他静静地答："你杀不了我，我也不愿与你动手。"

战姝好手里持着长剑，听他这样说，语气里带着些许急切："既然不愿与我动手，那就抛下一切跟我走。"

临渊的呼吸浅淡，淡到几乎可以令人忽略他的存在，他的身姿玉立，神冠垂下的发带似乎都被他的银发染凉，他的声音不咸不淡，却也无比认真："姝好，我很想你。"

战姝好的心中一悸，连握着长剑的手都有些发颤，她怔怔地望着临渊，又听他道："但我不会离开。"

战姝好冷呵了一声，清丽的容颜里带着几分戏谑："神尊大人当真是好风骨，守着这座神殿数万年都不曾离开，可知沧海桑田，人心易变，临渊或许还是曾经的临渊，姝好却早已不是当年的那个姝好。"

临渊的眉目有些哀伤，望着战姝好现在的模样，神情中掩着寂静的悲凉，原来已经那么多年了，时光悠然划过神殿的一旁，一日又一日，却都未曾在这座晶华宫阙中留下一星半点的痕迹，天地不曾荒芜，他的心却在一天天的沉寂中默然苍老，多少个日夜，他想回到从前，回到属于他们的天之涯，可是茫茫三界，遍寻不着。

总想哪一日，她会突然出现在他的面前，或者等到哪一日，他可以抛下所有，穷尽碧落黄泉也要寻找她的下落。谁知道，受尽众生敬仰的大天神也有自己的无奈和哀伤，望着脚下匍匐的芸芸万物，他的心却始终孤独，眼里看到的也只是一片灰白的朽木，这座巍峨华丽的宫殿不是神邸，是专门做给他的牢笼，有时候负手站在云海间，他都恍惚究竟是万物在驱使着他，还是他在掌控着万物。

清冷圣洁的九重天，终究抵不过自在逍遥的天之涯，尽管这里繁华笙歌，尽管那里煞气满布，对他而言，与其当这个麻木冰冷的神尊，他宁愿选择再变回那朵花儿，永生永世，陪伴在她身边的花儿。

可是，岁月终究不允许回头，即使他现在贵为神尊，也有不能打破的禁锢。赤水女已然沉睡，三界便只能靠他一人支撑，看似欣欣向荣的六道宇内，倘若没有大天神的威慑扶持，很快就会变成一盘散沙，他可以什么都不做，甚至都可以什么都不说，只要他还坐在这座神殿里，天地便足以得到应有的平衡。

可是……他记忆中那个深爱的她，怎么会变成这个样子呢？远古洪荒，天力甚是浓郁，天之涯常年受到灵力滋养，竟从石块中盛开出曼妙的花儿，他们是一同创生的灵物，不记得相依相伴了多少年，天之涯中环境恶劣，他们却一直过得逍遥自在，眼里心里只能装得下彼此，甚至天真地以为天地之间只有他们两个存在，直到赤水出现的那天……

为什么要把他带走呢？为什么要把她留下呢？说什么生有魔障，明明他深爱的那个她，是那样纯洁无瑕，他看到她匍匐在赤水的脚下，卑微而胆怯，她在祈求赤水把他留下，或者，把她一并带走，可是那位创制万物的女神却硬生生地把他们拆开，明明他们是相互依存，不能离开彼此的。

自从离开天之涯，他便再也回不去，甚至辗转寻找了数万年，都没有找到关于天之涯的一点痕迹，之后呢？又发生了什么事？

为什么她会变成这个样子，浑身上下氤氲着阴寒的幽冥之息，额上还被种下永生永世的邪魔印记，在因赤水招致的离别前，他们分明是一起的，而如今他是神，她是魔，何以别离苦，何以相见难，一朝错过，历经几千几万年的流连辗转，他们之间已然彼此站在了两岸。

他依旧注视着姝好，一如往日的温润模样：“姝好，我不会与你为敌。”

战姝好轻笑了一声，语气里带着阴寒：“临渊，这次是我要与你为敌。”

长袖划出一道透明的灵力，化成冷锋向临渊砍去，临渊刚刚避身闪过，战姝好便一剑刺来，裂帛声瞬间在寂静的长空中响起，临渊飞身落在了宫殿的回角，望着自己被剑锋削下的衣角，再次看向了战姝好，只见她浑身携着杀气向他攻来，周身的气势卷起一块块玉瓦，强劲的风犹若泰山压顶。

他缓缓合目，额间的神印倏忽闪了一下，细腻的指尖划过长空，在面前化出一道透明淡金的符咒，战姝好一剑刺来，原本加注在临渊身上的力量，在触及符咒的瞬间却又弹了回来，她被反噬的力量打飞，翩然落在宫殿的地上还向后倒退了几步。

衣袂翻飞，像是圣洁的白莲，临渊缓缓落在了她的不远处，眼眸中依旧清凉幽静，不咸不淡地说着：“我说过，你杀不了我。”

战姝好的容颜清冷，阴寒地哼了一声，灵力化成一张透明殷红的信笺，缓缓向临渊飘去，曼妙的身姿伫立在玉阶前，声音孤冷：“魔王有令，三日之后，魔军将会离开幽冥之渊，踏平整个世间，不知道那时身为神尊的你……该如何应对？”

临渊蹙了蹙眉，面前淡金的灵力划过，将那封信笺粉碎毁去，连脸色都沉下来不少：“姝好，你想做什么？”

战姝好的笑容美艳，故意侧身不去看他，悠然道：“生有魔障的不祥之物，她想要做什么，谁知道呢？”临渊还未来得及说话，赤红的灵力倏忽泛起，战姝好已然消失在九重天。

八月的神女峰秋风萧瑟，一泓瀑布从悬崖上倾泻下来，滚滚波涛落在下面的碧湖中。

传闻数万年前，赤水女便诞生于此处，还在这个地方铸就了创造万物的三大灵剑，因灵剑力量太过强大，赤水女担心会被心怀不轨的人得到危害三界，于是分别对灵剑下了永远也解不开的诅咒，并且将它们封印于混沌之井。

三界之内，每种生灵都有它特定的气息，仙神周身附有仙气，邪魔身上有着幽暗之息，倘若仙神跑到邪魔的幽冥之渊，纯净的仙气被污浊，身体也会遭到不同程度的损伤，而邪魔若是跑到仙神的领地，一不小心就会被仙气净化，甚至还有可能在两种气息的混杂下魂飞魄散，而混沌之井，便是混杂了万物气息的集合。

离开九重天，战姝好并没有回到幽冥之渊，而是直接来到了神女峰，神女峰上的仙气比九重天还要浓郁，她勉强撑着身体，暗中以幽暗之灵抵抗着侵蚀她的仙力，迈着蹒跚的步伐艰难向前走着，越是接近神女峰顶，她的脸色就越是苍白，甚至额间都沁出细密的冷汗。

她在神女峰顶顿步，一座古井就伫立在枯木落叶之下，古井外围氤氲着七彩的流光，从里面不断逸散出浓郁的混杂气息，战姝好不敢向前，只站在不远处驻足，纤细的指尖溢出充盈的灵力，以意念驱动着它们围绕古井飞去。

古井外围设着结界，一开始还是透明恍若无物，等到灵力靠近几寸的时候，古井之上霎时间闪出皎白的灵力墙壁，阻挡着她的灵力根本不能接近，战姝好见此微微蹙眉，上前一步，只觉得五内翻腾剧痛，她又顿住脚步，朗声道：“幽冥战姝好前来解封创世灵剑，长离剑灵速速现身相见！”

空旷的山谷间回响着她的声音，古井之上除却寂静飘零的黄叶，没有一丝一毫的动静，战姝好不再迟疑，捻动法诀以意念驱使灵力，强劲的黑暗之灵从她的指尖流出，源源不断地扑向坚固的结界，随着自身灵力的消耗，仙气侵蚀的力度逐渐加大，战姝好脸色发白，咬牙坚持企图将结界打碎。

透明的结界倏忽裂出几道缝隙，战姝好心中大喜，连忙加强施加在结界上的灵力，就在这时，远处的悬崖忽然震动了起来，山石崩塌，巨大的山体间似乎有什么东西在移动，只听见沉闷的咔嚓声，整个山体像是断裂了一般，连身在远处的战姝好都能感受到大地的震动。

结界眼见着就要打开，她也管不了这么多，索性横下心来迈步向前走，灵力比先前强势了好几倍，与此同时，越是接近混沌之井，五脏就越是翻江倒海地疼，结界上的裂痕逐渐扩大，闪烁着淡金的光华，战姝好勾了勾唇角，诡艳之间带着不屑和欣喜：“赤水，想阻止我吗？”

结界破碎在呼啸而来的狂风中，混沌之井中的气息没有结界的束缚，恍若洪水喷涌而来，亘古腐朽的气息蔓延在神女峰上，树木花草触及半分，皆迅速地枯萎凋零，战姝好被突然袭来的爆碎灵力击中，朝远处的空地上倒飞出去，霎时间，对面的山峦崩塌，一头巨大的怪物逐渐显出身形。

战姝好翩然飞落在空地上，稳住脚步看向从悬崖中走出的神兽，鬼首人身，血盆大口外露着獠牙，目如铜钟，头上还长着两只犀角。她注视着神兽慢慢接近，每走一步便是地动山摇，不由得冷哼了一声，赤水为了守住创世灵剑，还真是费尽心机，将神兽的封印加注在混沌之井的结界上，打碎结界的同时，也等于放出看守神女峰的神兽，就算有人解封了灵剑，也不一定能带走。

她倾身飞跃而起，向神兽急速地攻了过去，手中的灵力化作光鞭，对着神兽狠厉抽去，若是在平时，这道光鞭即使不能把神兽劈成两半，也能在它身上留下一道深痕，只可惜神女峰上的仙力太过浓郁，她现在的修为还不到原来的一成，因此那道用尽全身力气的光鞭打在神兽身上，也只不过是让它恼怒地吼了一声。

怒吼声响彻云霄，甚至连大地都跟着颤动，神兽扬起巨大的手掌向战姝好拍去，掌力落在地上顷刻震出一道深壑，霎时间尘土飞扬，几乎遮掩了半边天，战姝好也在这气势中被推出老远，她轻盈避到神兽的后边，对准神兽的脖颈又狠狠抽了一鞭，鲜血四溅，神兽的头颅被灵力削开一道血口，连身体都跟着向前踉跄了几步。

神兽大怒，反身猛挥了一拳，方才握在手中的灰尘跟着动作扬起，迷住了战姝好的双眼，她下意识地侧首避开，只觉得前面有阴冷的狂风袭来，在转首时神兽的巨拳已经近在眼前，她连忙飞身后退，没有被拳头打中，却被那强劲的风势伤到，整个人摔在悬崖的山石里。

战姝好吐了一口鲜血，目光死死盯着那头神兽，神情倔强而偏执，她阴毒冷冽地低笑了几声，微微侧手，在手中化出一把长剑来，再度倾身飞起，这一次她选择在神兽的近身搏战，冷剑的光辉划出一道道伤口，淋淋的鲜血倾泻而下，模糊了本就不太清晰的视线，神兽更加愤怒，掌风毫无章法地猛挥，巨大的脚掌让大地都跟着震动。

战姝好的衣摆随着狂风猎猎作响，她闪身避开神兽口中吐出的火焰，在抬首时，只见一双巨掌向她劈了过来，避无可避，闪躲不及，战姝好的脸色惨白，身形静止在半空中，望着即将把她拍成灰末的巨掌，心中逐渐升起无尽的绝望和不甘。

明明是在一个地方创生的，临渊没有做过任何造福三界的事，她没有犯过任何危及天地的错，仅凭一句“生有魔障”便将她打入万劫不复之地，幽冥之渊孤苦折磨了数万年，不容分说，不容辩解，上天注定，究竟是谁的注定？

那一刻，仿佛连时光都跟着静止，身后的衣摆依旧随风飘着，长空之中回荡着神兽的怒吼声，战姝妤的唇角泛起苦涩的笑意，一切都会在这里结束吧……

耳畔忽然传来一声尖锐的金戈声，战姝妤灰暗的眼眸倏忽闪了闪，下意识地转头看去，只见一柄流紫的宝剑从混沌之井呼啸而出，霎时剑身都是妖冶阴寒的紫，天色异变，乌色的流云恍若沸腾了一般，紫红的闪电劈开云层，神兽的动作滞了滞，漆黑的脸上流露出不可置信的神情。

战姝妤趁此机会，连忙飞身向后退去，翩然落在对面的山崖上，只见那柄宝剑缓缓升向天空，周身缭绕着流紫的灵力，连剑身都是妖冶阴寒的紫，气温一下子骤然降到冰点，狂风携着飞雪呼啸而来，它静止在半空中，在乌云密布、电闪雷鸣的异象里，像是睥睨众生的王。

战姝妤连忙飞身跃起，腾空来到它的身边，望着面前的宝剑，美艳清冷的容颜里，激动和欣喜之色难以掩饰，上古魔剑，长离未离，得之生可以睥睨天下，死则永生坠入修罗地狱，这是一个极为冒险而不公平的选择，但是为了得到长离，为了打败赤水和临渊，即使将来被打入地狱，她也甘之如饴。

她的手缓缓覆上了剑柄，神情是从未有过的专注和郑重，多年未曾出鞘，长离剑生涩沉重，她能感受到它刺骨锥心的冰凉，以及蕴藏在它身上毁天灭地的力量，她咬牙拔出了长离剑，将它握在手中，周身因仙力侵蚀的疼痛不见了，只感受得到充盈的幽暗之灵滚滚涌来，瞬间填满了她干涸枯竭的身体。

远处的神兽发出怒不可遏的吼声，仿佛在质问着什么，战姝妤冷眼望着它，嫣然的红唇间绽放出最为妖艳的笑容，她持剑飞身接近，双手将剑举过头顶，用尽全力朝着神兽劈了下去，鲜血喷溅染红了大地，那头神兽硬生生地被她从头顶斩成两半。

战姝妤翩然飞向山峰，站在神女峰的空地上，神兽的尸体缓缓倾倒下去，在地面上砸出两道深坑，飞扬的尘土遮掩了天空，剧烈的震动惊起无数的生灵。

战姝妤望着手里的长离剑，持剑对着初升的朝阳欣赏，唇角勾起略微残忍的弧度，语气生冷，仿佛在确认和证明着什么：“我……是你的主人。”

长离剑湮灭了原先的光辉，只看得到剑身上的流紫妖冶冰冷，面对主人的召唤，它一直缄默，纹络亘古久远，越发显得神圣厚重。

而此时，九重天上的仙神们从方才的震动中惊醒过来，茫然无措望向了珠帘后的大天神，临渊的面容恍如坚冰雕刻，完美无缺中看不出一丝一毫的表情，然而那双深沉敛雪的眸子却微微颤了颤。

他缓缓站了起来，云淡风轻地负着手，声音依旧清淡：“阳炎剑，似乎太久没有出鞘了。”

创世灵剑自创生时起，便具有择主的能力，只要它们不愿被解封，就没有人可以强迫它们。

那时候的长离剑，为什么会呼啸而出，之后的长离也曾经想过，大致是他嗅闻到了战姝妤身上那股不甘的、反叛的气息，他能清楚听到战姝妤内心的声音，上天注定，究竟是谁的注定，这样的问题，他也曾执念过，她不是他选择的主人，说到底，他只是不愿看着这样的人死去罢了。

得到长离剑的战姝妤当真所向无敌，冷冽的剑锋屠戮了万千生灵，天地之间，但凡是她走过的地方，皆万物幻灭，百里焦土，她在发泄着内心的不甘，以这种方式向那位定格她命运的神女挑战，不是说她生有魔障吗，不是说她会祸及苍生吗，若是安安分分地待在幽冥之渊，倒辜负了人家安在她头上的“魔障”之衔。

长离剑灵从未现身过，即使这个疯狂的女人拿着它血染了山河，他不记得自己曾有过多少主人，也不记得那些人得到他是出于什么期望和目的，征战天下也好，归隐山林也好，总归没有一个活着的，上古魔剑，长离未离，得之生可以睥睨天下，死则永生坠入修罗地狱，这是赤水加在他身上的诅咒，亦是对每一个长离剑主人的禁制，战姝妤，自然也不例外。

魔军犹如滚滚的潮水肆虐在大地，那原本散沙般的其他几族，在遭到惨绝人寰的屠戮打击之后，在大天神临渊的号召下终于团结在一起，一时间大地上狼烟四起，双方互不退让，不死不休。

凌帝襄率领魔军侵略妖族，原本以为妖魔两族最为接近，妖族应该会很快俯首称臣才是，没想到在妖王的带领下，妖族誓死顽抗，愣是以血肉之躯拖住了魔族进攻的步伐，那一场大战，双方均损失惨重，而凌帝襄更是在与妖王的对峙中，最后选择与其同归于尽。

没有了凌帝襄的战姝好，虽然四面受敌，却仍是势如破竹，墨黑的身影犹若地狱归来的恶魔，衣摆上赤红的花朵像是鲜血染就，她进击的步伐明确而狠辣，剑锋直指九重天上的那座神殿，以及坐在神殿中的那个神尊，仅仅两个月，大地便已满布疮痍，随处可见残肢烂骸，恶臭的气息弥漫在每一个角落，微风拂过，腐朽之中携着温热的血腥。

赤云崖上，两道身影伫立在峰顶，寒风猎猎，长长的衣摆随风轻舞。

战姝好手中持剑，默默注视着对面的男子，美丽清冷的容颜间带着些许笑意，还有些莫名的悲伤与哀痛，她的语气清淡，像要融化在风中："临渊，终于到了尽头，今日你我之间，也该有个了断。"

临渊一袭素白的长衣，外面笼着轻纱，整个人都像是在云雾中，银冠绾发，月光凝成的发带顺着未绾银发倾落下来，带着绝尘临仙的风华，他的面容依旧如玉雕琢，冰冷完美没有一点异色，语气轻柔而缓慢："姝好，我们真要走到这一步吗？"

战姝好冷呵了一声，眉目间尽是悲凉和嘲讽："神尊觉得呢？"

大错已铸，整个天地都跟着她遭难，时至今日，她还是不明白自己将要做的是什么，现在的情景就像许多许多年前，她漫无目的地走在幽冥之渊，不知道该去哪里，也不知道自己行走的意义究竟是为何，可是总不能一直站在原地不动，天地既然创生出了她，她既然活了下来，就不会白白活着。

掀起这场滔天海浪，究竟是为谁？演就这场盛世繁华，是要给谁看？她从不知道答案，可是她知道，如花的年纪，风雨飘摇的时代，总该留下点什么的……

临渊依旧静静地注视着她，恍惚从那道墨色的身影里看到了昔日的场景，昏暗阴沉的天之涯，相依相伴的灵花……然而，一切都回不去了，为祸苍生是她的宿命，守护天地是他的职责，这是从他们创生时起，便已注定了的结局。

数万年缱绻思念，日日夜夜牵挂与揪心，不承想，再见到时，已是这般物是人非，手上的阳炎剑隐隐发热，流动着太阳般充盈明亮的灵力，明明只是温热，却灼得他的手心生疼，他缓缓持起了剑，剑锋指着战姝妤：“那便……动手吧。”

上古神剑，阳炎剑灵，终生败在长离剑下，他能感到阳炎剑的不甘与怨恨，愤怒的烈火熊熊燃烧，仿佛迫不及待地想要与长离剑再分一分高低，临渊细不可闻地哼了一声，这一战，为了苍生，为了阳炎剑，却唯独没有他自己。

从什么时候开始呢？他的眼里已经看不到自己，所说的，所做的，也只是关乎苍生万物，九重天上的瑶池旁，他经常坐在池边望着水中的自己，银白的发，华美的袍，他却始终觉得陌生，然后失控愤怒击碎了一池的静水，倘若可以选择，他不该活成这个样子的。

一场没有意义的战争，有了结局之后，也终将变得有意义，他终于不再迟疑，挥剑向战姝妤攻去，金色的灵力携着风沙席卷而去，战姝妤不紧不慢飞身跃起，流紫的剑锋划过，将那道灵力化解，顷刻间尘沙又落在了地上。

临渊直追过去，素白的衣摆随着动作飘摇，长剑向战姝妤砍去，战姝妤侧身避过，反手横起长离剑架起，临渊倏忽变换招式，阳炎剑迎面挥来，战姝妤引剑挡住了他的剑锋，两道身影翩然飞跃至长空，身侧的乌云像是沸腾了一般，在狂风之中肆意流淌，遮掩住太阳的金光。

金戈之声传彻云霄，双方力量相撞，在地面上炸起一道道火光，下面交战的人们在爆破声中被掀飞，凄然惨烈的哀号声不绝入耳，魔军漆黑一片，裸露的上身狰狞可怖，獠牙不时狂吼几声，一双残暴贪婪的眸子绿光幽闪，仿佛要把眼前的敌人撕碎生食了一般，神族的衣袂飘飘，浑身泛着月的光华，圣洁而唯美，纯净的仙力流溢长空之中，五光十色，琉璃精致却也威力无比。

迅猛掠过的魔兽扑闪着翅膀，口中喷出淡蓝火焰，不管是神族还是同伴，皆在瞬间烧成了灰烬，几个仙神飞向半空，捻动法诀，指尖流溢出灵力之光，化成透明的绳索将它困住，魔兽失去平衡，从空中坠落下来，庞大的身躯落在地面砸出一个深坑，挣扎的翅膀掀起一阵阵狂风，周围的仙魔们皆被它打飞出去。

冰火凤凰从遥远的天际飞来，尖锐凄厉的鸣叫声响彻云霄，魔兽掠过低空，迅猛地向它们冲了过去，庞大的身形相互撕斗，霎时间电闪雷鸣，火光闪烁，神兽的羽毛飘飘然落了下来，像是下了一场泛着晶莹冰光的雨花，魔物身上已被利爪划出好几个血口，沉闷的嘶吼声愤怒而痛苦。

而此时，战姝好和临渊的战况愈是紧张，双方身上都负了伤，筋疲力尽，汗水和鲜血混合，却始终都不肯再退让一步。

临渊沉沉蹙眉，俨然一个傲视天下的神："姝好，你到现在还不知悔改？"

战姝好冷哼了一声，眉目间沉痛而冷冽："我没有错，为何要改！"

临渊持剑的手侧开，目光注视着战姝好："你看一看自己的脚下，他们都是因你而死……"

战姝好的笑声低沉阴毒，即使现在狼狈血污，却依旧美得颠倒众生："众生的命，是命，难道我的命，就不是了吗？"

她阴狠地看着临渊，手里紧紧抓着长离剑，仿佛此时此刻，只有手里的剑才能给予她勇气和力量，让她坚守心中的执妄："要怪，就怪天地不公，既然生了我战姝好，又为何将我推向万劫不复之地，什么上天注定，什么生有魔障，你的天地既然将我看成蝼蚁，这便是我作为蝼蚁的回答！"

她提剑向临渊砍去，几乎用尽了全身的力量，狂风不止，愤怒不息，临渊抬剑去挡，双方灵力碰撞在宇内炸开一圈金光，肆虐的灵力向外推开，所过之处，万灵幻灭，霎时间，方才还在撕斗的仙神邪魔们都在这股强大的灵力中化为了灰烬，赤云崖的千里之间，只剩下他们两人。

灵剑相碰，交织出流溢的光芒，这两柄注定成为死敌的灵剑，在时隔千年之后，终于再次会首，巨大的力量掀起滔天的气势，谁都不肯退让一步，只看究竟鹿死谁手。

阳炎剑上发出一声清脆的声响，剑身隐约断裂出几道细痕，战姝好死死注视着临渊，目光中似乎在嘲讽宣告他的失败，她咬了咬牙，握剑用力压了下去，临渊吐出一口鲜血，手上的力道也跟着软了下去。

他凝眉望着战姝好，眉目中恍若冰雪融化，脉脉之中尽是怜惜的情意，声音轻柔而无力："姝好……我们走吧……"

战姝好愣住，她缓缓合上了目，咬牙挥开了那一剑，鲜血喷涌，灵力散开，临渊朝着下面的虚空坠落下去，然而却又在瞬间，倾尽全部力量朝战姝好划出了最后一剑。

冷冽的剑锋携着灵力像奔涌而来的长龙，战姝好下意识地举剑去挡，大天神死前的最后一击，就连长离剑都显得有些吃力，剑身上发出一阵阵悲鸣，仿佛下一刻就会在这巨大的力量中断裂开来。

战姝好的表情茫然，她失魂落魄看向了临渊，他的眼眸轻轻合着，银发散落，长长的衣袂像是盛放的雪莲，身体泛起淡淡的月华，吹散在狂风中逐渐变浅。

她的脸上有泪，片刻之后，却倏忽笑了，握着长离剑的手逐渐移开，只觉眼前月白的灵力席卷而来，身体被毁灭的力量贯穿，长剑遗落，墨发飘散，战姝好的唇角勾起苦涩悲凉的笑意，不紧不慢地合上了双目，翩然坠落下去。

一场大战过后，大地恢复了往日的宁静，夕阳蔓延了半边天，赤色的花海悄然绽放在高坡，在腥热的微风中轻轻摇晃，像是微凉织锦的晚霞，又如寂静流淌的血河，一道人影踉跄行走在其中。

那是一个美丽的女子，有着足以颠倒众生的容貌和风华，乌墨的长发及至腰间，看上去有些凌乱，她的身上穿着墨色的长裙，衣摆上绣着的繁花倾泻于地，从花枝上拂过，肆虐的灵力卷起花瓣，轻灵飞舞，漫天飘荡，围绕在她身边仿佛在做最后的告别。

她受了极严重的伤，浑身狼狈血污，气息奄奄浅淡，唇角处溢出血迹，衬着如雪容颜，越发显得凄楚决然，强弩之末的羸弱余力支撑着她，迈着沉重艰难的步伐行走在花海之中，秀致的眉目间却早已没有了生息。

她吐出一大口鲜血失力跪倒在花丛之中，单手拄着手里的长剑，虚弱无力地喘息着，未绾的乌发垂下来挡住了她的脸，苍白的脸上没有一丝血色，周围的景象祥和宁静，充斥着死亡的气息，她半跪在地上，仿佛是一朵静静等待枯死的花儿。

有人缓缓迈步走过来，墨紫色的衣摆顿在她的身后，紫金冠饰绾着长发，眉目阴柔精致，整个人显得高贵威严，低垂的衣袖绣着金色的流云，云纱飘荡的衣摆拖曳着锦绣龙图。

他静默驻足，颀长的身姿优雅而翩然，良久之后，才慢慢开口：“你要……走了吗……”

这声音温柔沉静，生怕惊吓到她一般，极力放轻了语气，似是小心翼翼地低询，又如悲伤无奈地告别，一字一句间还敛着莫名的依恋和不舍。

这是他第一次在主人面前现出身形，也是第一次与自己的主人说话，身为长离剑灵，他已经不记得自己曾有过多少主人，也不曾把他们放在心上，即使那些人后来被杀掉，受到诅咒的灵魂坠入修罗地狱，他也没有一丝一毫怜悯和同情。

可是这个女子，在刚才的大战中舍命救了他，面对临渊天神的最后一击，倘若她没有把长离剑移开，长离剑今日便会折于此处吧，剑在灵在，剑亡，身为长离剑灵的他，自然也会跟着一起消亡。

从创生时起，他便被当作夺魂保命之物，那些人面对危险时，首先想到的便是将他祭出，用他来挡下所有的灾难和伤害，没有人怜惜他，更不会有人保护他。

世人皆说，长离剑灵面对一代又一代主人的消逝，毫无悲痛怜悯，殊不知这柄毁天灭地的天下霸道之剑，也会有不为人知的温情。

战姝好侧首看了长离一眼，并没有感到意外，她从来都知道他的存在，手里握着长离剑的时候，她能清楚感知到宿在剑中的剑灵，甚至神思透过剑身，隐隐地，还能看到他端坐在剑中，闭眸合目打坐的样子，一袭墨紫的衣袍，像是永远化不开的深雾。

她知道他一直都在，只是不愿意、也没有必要现身罢了，对于创世灵剑的长离来说，苍生的性命是多么渺小，即使对方是他的主人，即使他的主人正面临危险，他也没有想要出来保护的念头。

她倏忽笑了，映衬着繁花似锦的晚霞，美得惊心动魄，平静的目光望向天际的夕阳，只是淡淡地嗯了一声，好像对于生死早已置之度外。

长离的眉目中流露出落寞与哀伤，他蹙了蹙眉，默然站了一会儿，才迟疑倾身蹲在她的身后，缓缓伸手将她抱在了怀里，动作温柔得令人不敢相信，像是生怕碰碎了心尖上的珍宝。

战姝好顺势靠在他的怀中，神情疲倦地注视着眼前盛放的花海，喃喃道：“不曾怨过他，不曾恨过他，只是太想念，太想与他在一起而已……”

天之涯的岁月悠远而漫长，从他们创生时起，便已注定此生会纠缠不休，彼此相依，在因赤水招致的别离之前，明明他们是那么相爱的……

她在天之涯守候了数万年，匍匐在灰沉的天地间，也只是想再看他一眼，可是她等了那么久，天地苍老，时间荒芜，却依旧不见他回来，然后心灰意冷，自甘堕落，以灵力搅乱天之涯的异域，坠落进昏沉阴暗的幽冥之渊。

那些年，她一直行走，不知道自己要去哪里，也不知道下一站将会遇到谁，可是她却坚持走着，她知道，倘若不停下脚步，或许还有见到他的可能，一旦站在原地，那么她连见他的机会都没有了，尽管这个机会，渺茫得几近没有。

幽冥之渊的河，总是那么冰冷，一如她逐渐荒芜的内心，在日夜的希望和失望之中，她开始陷入绝望，细长的河流潺潺流向远方，可曾遇到过她寻找的那个人，可曾告诉他，她的思念像是深渊的河水，永远那么长，那么长……

长离微微垂首，清俊的面容抵在她的发间，拥抱着她的手臂收紧，低沉暗哑地轻唤："姝好……"

战姝好美艳苍白的容颜里绽放出冰凉的笑意，像是自嘲一般，低低地呵了一声："长离剑灵竟会为我战姝好难过，纵是死了也没有遗憾了吧。"

残阳如血，蔓延在天际映红了整个大地，他们的身影重叠在晚霞之下，恍若置身在传说中的海角天涯，赤红的花瓣轻灵飞舞，纵使这世间最为美好的画面也不过如此。

战姝好愈发虚弱，单薄的身体仿佛要吹散在风中，她静静望着天际的夕阳，倒映在眼眸中化成无尽的悔恨与哀伤，叹息般轻声道："真美啊，可惜这样美的夕阳，以后再也看不到了……"

战姝好死了，与她一起消失的还有那柄称为长离的创世灵剑。有人说，长离剑在那场大战中毁去，也有人说，它被封印回混沌之井。

然而，在冥海无尽的黑暗与旷寂中，那道墨紫的身影却辗转流落了万年，他曾去过幽冥之滨，打败过守护轮回石的洪荒神兽，他曾去过传闻中的修罗地狱，望着恶臭漆黑的河水久久失神，怎么也找不到，如何也见不着，耳畔是凄然惨烈的哭号声，尸积如山，断肢残骸露出水面仿佛想从空气中抓住什么，他不知道受到诅咒的魂魄会流落到哪里，于是便一直找，一直找……

他也不知道为何非要找到战姝好，大致是因为她救了他，也大致是因为她临终前说过的话，那样美丽的夕阳，他还想让她再看一次。

在寻觅的那些年里，他的心中也清楚，那一瞬间的移开，不是为了拯救，仅是战姝好一心求死而已，可是，阴差阳错的保护，那也算保护不是？

他孤独生存在天地之间，整个人像是流落的浮萍，战姝好是第一个令他愿意驻足的女子，为这，他也该为她做些什么才对。

后来的后来，他终于在冥海中找到了战姝好的灵魂，那个美丽的女子被缚在红莲业火之上，日夜折磨，魂力消耗殆尽，最终仅剩下一缕魂魄。

那日的长离，站在炙热荒芜的岩石上，静静地遥望着她，烈火熊熊燃烧，热浪直扑脸面，她的手脚被铁链束缚在身后的铜柱上，颓然无力垂着首，眼眸轻轻合着已经昏死了过去，那袭墨黑的衣裙却丝毫未损，赤色的绣花在火光中闪耀跳动，栩栩如生。

他把她从冥海中拯救出来，又消耗万年修为凝出精元送她投胎，由于战姝好的魂魄已在业火中消耗损伤，仅剩下一缕命魂强行支撑，所以即使投胎也不可能活得长久。

他站在那户人家的窗外，听着她撕心裂肺的哭闹声，第一次感觉心里沉痛，终究不放心，终究舍不下，于是他又把她抢了过来，望着襁褓中的小小婴儿，身体又暖又软，脸颊粉扑扑的，连眼睛都没有睁开，竟有种奇妙心悸的感觉。

他不记得自己杀过多少人，长离剑下积聚着多少冤魂，长离剑灵举手投足间甚至可以毁灭千军万马，也能摧毁好几座城池，然而，注视着怀抱中小小的婴孩，他只觉得沉重，一不小心就渴了，稍不留神就饿了，她会哭，会闹，哭起来撕心裂肺，闹起来他根本没有办法。

可是，看着她慢慢长大又是多么欣喜的事，有时候，一个生命的成长，远比它的毁灭要更有感染力得多，渐渐地，长离发现其实纵使她不是战姝好，那也没有什么，他喜欢看着她生机勃勃的样子，喜欢被她环绕叽叽喳喳的样子，一个人的生活总归是太孤独了些，总要留一个人在身边，才不会显得那么冷清。

有时候，他还会想起战姝好，那个曾在无意间保护了他的大魔女，那个让他第一次驻足的女人，甚至在梦里，也时常会见到她的悲伤离去，然后便是又一轮焦急找寻。

天际的夕阳依旧很美，不似从前那般凄然惨烈，平平淡淡，却莫名打动人心。

第三章
决战神女峰

厨房里，炉子上的水壶咕嘟咕嘟冒着热气，氤氲出模糊不清的水雾，赤红的灵力肆虐在半空中，像是游走的小蛇，绕着她们两人急速飞舞，阴媲婳缓缓睁开了眼睛，眸中的血红逐渐变浅，与此同时，那些灵力也慢慢湮息消散。

她松手放开云皎，神情勾起诡艳的笑意："明白了吗？这就是你与长离的过往，被长离抹掉的过往。"

云皎的表情怔怔的，还未从远古时期的震惊中恢复过来，眼前不断浮现起记忆中的片段，昏暗阴沉的天之涯，荒芜冰冷的幽冥之渊，纯净圣洁的九重神殿，以及最后诀别的那场大战……又听阴媲婳慢慢说道："长离为你做了这样多的事，你却毫不知情，我这个做姐姐的，可真是看不下去呢！"

云皎看向阴媲婳，眉目间还是掩不住震惊，她定了定心神，静静地问："姐姐，你这次来，其实是为了我吧？"

阴媲婳挑了挑眉，眸中似是敛着深水，脸上的笑意更是明显："你又知道了？"

云皎垂下眼帘，说什么神女峰，说什么阳炎，阴媲婳最终的目的不过是想把云初末支走，让她看到那些过往罢了，事到如今，她恍惚想起一件事来，以前的云初末从没有过失控的时候，可是自从阴媲婳为他疗伤之后，他就时常控制不住自己的心智和情绪，有时候甚至会不自觉地显现出长离剑灵的原身，虽然他从来不说，但是她还是能看到缭绕在他身侧丝丝缕缕赤红的煞气。

她抬头问：“那日……在雪域的时候，你对云初末做了什么？”

阴婉婳意味深长地嗯了一声，语气里似乎有些不满：“这样久远的事，难得你居然还记得，长离难道没有告诉你吗？”

她顿了顿，继续说道：“长离本就该与我们在一起，他却为你抛弃了我们，抛弃了三界，将自己的元灵封印起来，我所做的，不过是想让我的弟弟回来罢了。”

云皎的眼眸低垂，怪不得和绯悠闲对战的时候，云初末没有丧失最后的理智，怪不得跟他相依相伴了百年，她都看不出他的原身是什么……净水池中的水常年清澈如镜，纵使有杂物落在里面，用不了几天也会消散了踪影，可是这些天，她能明显感觉到净水池变浑了许多，甚至池水旁还有隐隐的煞气逸散出来。

阴婉婳的语气生冷，没有丝毫感情：“他以为这样做，便真的能脱离三界，跟你在这一方天地里安稳生活，不再陷入争斗之中了吗？”

这世上有一种生灵，他们超越三界之外，不在五行之内，亦不是六道之中，活着的时候形单影只，即使死了，也无法坠入轮回。因为什么都不是，所以地位才最是低微，连弱小低贱的怨灵都比不上。

创世灵剑，是何等的尊崇和高贵，云初末便是抛弃了这样的身份，跟她嬉笑怒骂生活在明月居里，他为她做了这样多，却什么都不曾跟她提起过。

云皎觉得心里生疼，堵塞在胸口的痛楚如何也化解不开，声音清清淡淡的，仿佛在确认笃定着什么：“云初末不会跟你们回去的，他不想再做回长离剑灵了。”

阴婉婳的笑依旧从容，信心满满般：“长离剑灵注定要被封印回混沌之井，这不是他所能选择，也不是你所能掌控的。”

云皎对上她的目光：“既然这样，你为了什么，要花费心思找上我呢？”

这时候，阴婉婳脸上的笑意才慢慢收敛下来，她微微偏着头：“一万年前，你杀死了阳炎的主人，阳炎要找你和长离报仇，作为他们的姐姐，我必须阻止这一切。”

她的目光灼灼，理所当然般：“你可还记得，曾经答应要把性命交给我？”

云皎握紧了手指，对方是上古剑灵，而她只是一个小小的凡人，面对阴姽婳，她到底有些害怕，但是一想到云初末，心中又升起些许勇气：“杀死临渊的是战姝好，不是我，战姝好已经死了，过去的事情也该结束了。”

阴姽婳呵了一声，似是嘲讽般：“结束？到底是什么令你有这种可笑的想法？你的身上已被打上邪魔的印记，堕落的灵魂不可能获得拯救，只要这些东西还在，那些事情就不可能成为过去。”

阴姽婳的语气冰冷，连带着云皎的心里也开始发寒，她的手指止不住轻颤，虽有恐惧，却还是鼓足勇气，哽咽的声音道：“他这一生已经够苦了，为什么还要逼他，让他留在人世间继续做他的云初末，这样不好吗？”

阴姽婳低笑了一阵，她慢慢接近云皎，语气里没有一丝波澜，却分明能感受到冰冷和绝望：“你也曾看到过心爱之人死在眼前，也曾经历过痛彻心扉的离别，历经万年，可还记得那是一番怎样的滋味？”

云皎在她的气势中慢慢退后，听到她的话，震惊地瞪大了眼睛：“你……”

阴姽婳缓缓勾着唇角，细不可闻地轻哼了一声，美艳的神情中带着些许孤独和苍茫：“我说过了，我是一个女人，你觉得对于女人而言，什么样的诅咒才是最令她无法承受的？”

云皎的思绪顺着她的话语，慢慢向深处探寻，触及某一点，不由自主地捂住了唇，望着阴姽婳的目光充满了同情和悲伤。

阴姽婳微微笑了，语气依旧平静：“别那么看着我，倘若失去已成为习惯，也就没什么心痛可言了。”

她在云皎的跟前顿步，手指冰凉覆上云皎的脸：“帮帮我，让长离回来吧。”

云皎的神情怔住，感受着阴姽婳阴寒如冰的手指，她的心是否也如这般冰冷寒凉，在经历了无数次悲伤之后……

“不对……”云皎突然意识到什么，连忙向后退了一步，“那是你的事，跟云初末有什么关系？”

阴姽婳的手还顿在半空，呵了一声，慢慢垂下来：“赤水当年早有规定，三大灵剑只要有一把还流落在世间，那么围绕灵剑的争斗就永无止息，直到天地覆灭，我们也跟着一起陨灭，是为终结。”

“那你们应该想办法解开诅咒……”云皎顿了顿，继续说道，“人应该遵从自己的心意而活，为什么要别人来主宰你们的人生？”

阴姽婳闻言，细不可闻轻哼了一声，似在嘲讽她的天真：“若是真能解开，凭我们灵剑之力，何苦要折磨至今？”

“所以你就甘愿被封印在混沌之井，甘愿永生永世都生活在黑暗之中？”云皎没来由地愤怒，连语气都硬了不少，“这不是结束，而是退缩，是懦弱，你怕再次看到主人死去，害怕再被诅咒缠身，因此才不敢相信这世上其实真的有解决之法，你想到的只是该如何阻止眼前即将发生的灾难，可是你想过没有，这样公平吗？你的内心，真的愿意被封印吗？”

阴姽婳沉默了下来，事到如今，还谈什么公不公平，愿不愿意呢？

她垂下了眼帘，叹了口气，默默摇头：“来不及了……”

云皎一愣，心里突然发空：“什么意思？”

阴姽婳失魂落魄地看向她，喃喃道：“长离已然到达神女峰，他与阳炎之间，必死其一。”

她顿了顿，又继续说道：“根据赤水的诅咒，阳炎是不可能打败长离的，可若是再加上神女峰的天谴之力，就不一定了。”

云皎闻言，心中陡然一凉，神女峰最是接近天界，方圆千里之内都没有人，那里的天谴之力比之凡间不知强大了多少倍，阳炎出现在那个地方，目的就是引云初末前往神女峰，借助天谴之力把长离剑毁掉。

她望向阴姽婳，眉目中闪现出难以置信的神情：“你明知道是这样，为何还要……诱云初末上当？”

阴姽婳倒没有一点隐瞒，专注而认真：“我的出现是为封印长离和阳炎，如今他们肯主动回到神女峰，岂不是更好？事情因你而起，也该由你结束，长离的性命现在握在你的手里，他的生死，要看你怎么选择。”

想起神女峰的天谴之力，云皎几乎不带任何迟疑，她向阴姽婳走近了一步：“姐姐，带我去神女峰吧。”

阴婉婳默默注视着她，眼眸波光潋滟："你可想好了？"

云皎点了点头，又听阴婉婳道："此去神女峰一行，你可能会死，难道你真的不怕？"

云皎哑然一笑，淡淡道："我的性命是云初末所救，在雪域中已交给了你，还怕什么呢？"

她顿了顿，又补充了一句，坚信而笃定："有云初末在，我不会有事的。"

阴婉婳打量了她一会儿，才慢慢道："好。"

她走在前头，刚想施法又被云皎拉住了衣袖，紧接着听她轻声道："姐姐，天道循环，有始就会有终，总能找到解除诅咒的办法，你不要封印云初末好不好？"

阴婉婳的动作一顿，侧首看了她一眼，倏忽诡艳地笑了："到时候再说吧。"

等她们赶到神女峰的时候，那里已经一片狼藉，云初末化出了长离的身形，手里持着长离剑，与一人对峙在半空中，一袭墨紫色的衣袍随风轻摆，身后的云纱高高扬起，隐约现出上面金线绣着的龙图，他的神情泛着幽凉，潋滟之中，又带着沉静的冰冷与温柔。

那位与他打斗的剑灵，浑身穿着黄金般的战铠，身姿坚韧英武，神冠绾着的墨发凌乱，身上已经负了好几道伤，却依旧毫不退缩。他轻轻哼了一声，没什么感情："长离，真是想不到呢，万年之后，我还能再见到你。"

长离的眉目阴柔精致，闻言缓缓勾起笑意，越发显得阴冷："是吗，我也真是想不到呢，事隔万年之后，你居然还敢再来找我。"

不等阳炎回答，他首先开口，意味深长地哦了一声，语气里带着嘲讽："忘了提醒你，那个大天神临渊……是我杀的。"

"你……"阳炎果然发怒，注视长离的目光更加阴狠，不仅是临渊，他从前的主人哪一个不是死在长离剑下？

阳炎身为三大灵剑之一，在那个群魔乱舞的荒芜时代，本就很难遇到敌手，然而赤水却诅咒他永生永世都要败在魔剑之下，是以当他的主人带着神剑纵横天下的时候，只要遇到长离剑，就一定会死在对方的手里，因此那个诅咒的本身还有另一层含义，与其说阳炎要终生败在长离剑下，还不如说，阳炎的主人皆要死在长离手中。

阳炎狠毒阴鸷地望着长离，仿佛下一刻就要冲上去把他毁灭，临渊，是他遇到的最强大的主人，本以为借助大天神的力量可以打败长离，没想到那个大魔女战姝好从中横生枝节，竟在那场决战中将临渊杀死，阳炎剑也因此遭到损坏，他躲在三界中休养了万年才恢复过来。

长离唇角泛起冰冷的笑意，细不可闻地轻哼了一声，漫不经心般："告诉我，赤水在哪里，或许我还能饶你一命。"

提起赤水，阳炎的脸上才终于露出了优越的神情，三界六道，只有他一人知道赤水女沉睡在何处，他挑了挑眉，语气也悠然了许多："长离，你找主人做什么呢？想杀死她吗？"

长离的容颜如雪，周身氤氲着王者威严的气息，神情温浅淡漠："那个恶毒的女人，难得你现在还认她做主人。"

"住口，长离……"听他竟敢出言亵渎赤水女，阳炎摆出长兄的姿态，似是教训般，"你不要忘了，是谁将我们铸就出来，在自己创生的故地，你便是这样对待自己的主人吗？"

长离的唇角勾了勾，紫云纱的衣袖随着微风轻摆："我只记得，过去数万年，我一直都活在煎熬之中，而这一切都是拜赤水所赐。"

他淡淡地说着，手中的剑已经持了起来，剑锋指着阳炎："你若是不肯，我倒是不介意用自己的手段，让你不那么心甘情愿地说出来。"

云皎站在神女峰的山顶，只见天空逐渐被乌云所掩盖，隐隐地，还能听到沉闷的滚雷声，她呆呆地望向长离，他的身姿依旧颀长优雅，浑身上下都氤氲着威严的风华，然而却已不是她的云初末了，阴姽婳先前用来解封他元灵的灵力，已经被长离所清除，墨紫的衣袍周围缭绕着阴寒的煞气，分明就是长离剑灵最初的模样。不过还好，至少他现在还保持着人的思想……

阳炎这时注意到她的存在，眸光不由得闪了闪，顿时觉得自己的胜算又高了许多，他无比优越地望着长离，轻笑道："看到了吗？战姝好那个女人也来了，也好，你们今日都会死在我的手上。"

长离的神情恍惚，瞬间之后又恢复了平常的沉静，语气幽凉如水："你敢吗？"

他提剑向阳炎挥去，剑势携着毁天灭地的力量，在神女峰掀起一阵阵狂风，阳炎横剑去挡，身形在长空中倒退了数十丈，却仍是抵挡不住，只得偏身闪开，险险地躲了过去。那一击的力量打在对面的山崖上，即使是被阳炎先前化解了不少，却仍是在瞬间削去大半个山头，山石崩塌，碎成灰末，被风吹过顷刻又散开在空气中。

两道身影在长空中翻身打斗，谁都不肯再退让一步，肆虐的灵力交织出电闪雷鸣，掀起一阵又一阵狂风，与此同时，天空的乌云也变得极为浓重，黑沉沉地压下来，像是将要席卷天地一般。

忽然，一道响雷炸开在天空，雷电交织朝长离延伸过去，长离侧身避开天谴之劫，又横剑挡住了阳炎的攻势，微微蹙眉，阴柔精致的面容却依旧沉静如水，他漠然注视着阳炎，唇角泛起冷笑："想借天谴毁了长离剑吗，你也不算太笨。"

阳炎的神情尽是得意之色，一种即将大仇得报的快感萦上心扉，他对上长离，没有丝毫退缩："长离，我早说了，你们今日都会死在我手中。"

长离勾了勾唇角，语气寂然："很遗憾，你没有这个能耐……"

他的长剑一划，瞬间将阳炎打飞出去，与此同时，身体被蔓延的雷电枝节击中，他仅是神情滞了一下，随即转向阳炎飞去，墨紫色的衣袍飞舞摇摆，发出猎猎的声响，趁阳炎还未稳住身形之前，又向他挥出了一剑。

阳炎的身体被沉痛一击，急速地向地面坠落下去，落在地上砸出一个深坑，他还未来得及站起，长离的身形就翩然落在了他的不远处，手里持着长剑，不紧不慢向他接近，像是将要凌迟敌人的王，墨紫的衣袖微微荡着，神情一如既往地淡漠优雅。

阳炎浑身狼狈，他拄着长剑将要站起身，却先倏忽笑了："长离，阳炎剑主人是死在你手里，可是你也不要忘了，万年之前，你的主人也曾死在我的剑下，宿命的结局不可更改，今日便是要重蹈万年前的覆辙。"

"住口！"长离的神情瞬间变得冰冷，剑势毫不留情地挥了出去，暴虐的灵力又将阳炎重创打飞到老远，在地上留下一道触目惊心的深壑。

天谴之劫越发严重，一道道雷电像是张牙舞爪的巨龙，从天空一直延展到地面，长离的眼神威严地眯了眯，持剑的手逐渐收紧，仿佛手中掌握的是对方的性命：“说，赤水在哪里？”

眸中的神色愈加幽深，周身缭绕的煞气像是寂静燃烧的黑暗之火，雷电落在他的脚边，扬起漫天的灰尘，他的身侧撑起一道透明淡紫的结界，不紧不慢地行走着，交织的天力击打在上面，却没有紊乱半分：“告诉我，赤水在哪里？”

阳炎的喉间发出低沉的冷笑，他挑着眉：“生气了？发怒了？你想杀了主人解开诅咒，我却偏不让你如愿！”

话音刚落，又一道沉重的剑锋迎面而来，他被打飞出去老远，重重摔在地上，还滚出去好几丈，阳炎口中喷出一口热血，拄着长剑半跪起身，他咬牙死死盯着长离，眸中倏忽闪过一道金芒，神情亦是阴狠而热切，那柄泛着光辉的阳炎剑逐渐消失了身形。

长离居高临下地望着他，低低地哼了一声：“现出原身吗……”

握剑的手松开，剑身上萦绕流紫光华，他的脚步缓慢，在向阳炎接近的同时，深眸的流紫也泛了起来，衬着阴柔精致的容颜更是清冷惊艳。空中如落飞火，漫天乌云之中，两道身影，时而变作人形，又时而化成灵剑，一金一紫，上天入地厮打在一起，肆虐的灵力耀得天际发亮，兵器相接，铿然震耳。

云皎望着漫天飞舞的虚剑，心中顿觉不妙，她连忙看向阴娩嫿，只见对方垂眸摇头道：“剑灵现出原身，就是到了战无可退的地步，没有办法了。”

云皎向她走近了一步，焦急道：“你也是灵剑，难道不知道解救之法吗？”

阴娩嫿依旧没有什么表情，呵了一声：“你我心中都明白，神魔妖灵现出原身，眼中便只剩下杀戮和战争，除非累死或者被杀死，否则就不会停止。”

云皎闻言，再次回首望着天空，此时长离已经化作人形，手中划出灵力将阳炎剑打飞，顷刻之间，又变作了长离剑的模样。

天谴还在进行，雷电交织劈在他们之间，恍惚中，她忽然想起了银时月，他当初不也是化成原形，悲怒之下杀死了大俞的十万铁骑？可是，遭受天谴之后的他，即使筋疲力尽，已到强弩之末，却还是保持着一丝人性回到了姜雪羽的身边。

云皎仰望灵剑又幻化出长离的身形，转头向阴婏嫱道：“姐姐，把我送到那边去吧。”

阴婏嫱意外地挑了挑眉，居然还能笑得出来：“你确定？”

区区人类，在面对洪荒远古的力量时，怎会不觉得惶恐惊惧？云皎望着那道墨紫的身形，扯出一个浅淡的笑：“我能把他唤醒的……”

身侧的雷电像是张牙舞爪的巨龙，从长空之上蔓延下来，阴婏嫱带着云皎，小心避开锋芒，翩然飞落到山峰的底下。

只听得一声巨响，阳炎剑从天上坠落下来，插在地面化成阳炎的身形，他伸手捂着胸口，强忍不住吐了一口鲜血，瞳孔闪烁着金芒，浑身狼狈血污，然而受了这样重的伤，却好似没有知觉般，连眉头都没皱一下，眼里心里仅剩下天地间与自己对战的那个剑灵，把他杀掉，是他唯一还记得的事情。

他的不远处泛起流紫的光辉，长离的身形缓缓从中走出来，眸中的墨紫像是潋滟的深水，面容清俊阴柔，犹若白玉雕琢一般，他在向阳炎缓步接近，云纱龙图的衣摆拖曳在地，唇角染着血迹，显然在阳炎和天谴的双重夹击下受了重伤。

“长离会死于天谴……”

云皎正望着长离，冷不丁地听到这么一句，她转头望着阴婏嫱，震惊的表情凝固在脸上还未化开，喃喃地问：“你说什么？”

阴婏嫱偏过头看她，不动声色地勾出一抹笑：“逆天行事，带走被诅咒的灵魂，更是以禁忌之术替她收集魂力延续性命，纵使没有阳炎，没有神女峰，他也活不了多久。”

云皎闻言哑然，再度看向长离，墨紫色的身影落在她的眸中再也化不开：“我要怎么做？”

阴婏嫱细不可闻地轻哼了一声：“不知道，不听话的弟弟，死了才好呢！”

“阴婏嫱……”云皎望向她皱眉，表情也难得严肃认真，“不是说三大灵剑要同时被封印在混沌之井，诅咒才不会继续？你不要忘了，倘若要解开诅咒，没有云初末，单凭你和阳炎根本不可能成事。”

阴婏嫱脸上荡着笑意，衬着美艳的容颜，明晃晃的像是亮丽的罂粟：“阳炎才不会想解开诅咒呢，要知道他是我们中，最忠心于赤水的那一个。”

她顿了顿，若有所思：“我也不知道该怎么做，你不是说要跟随自己的内心吗，那就按照你心里想的去做吧，或许还能有救。”

长离手中握着虚剑，面无表情地向阳炎接近，眸中似乎还含着戏谑慵懒的笑意，手下败将，不堪一击，这么没用的东西，死在他手里也算是荣幸和解脱。

化成原身之后，他身侧的结界就已消失不见，天谴之力落在他的身上，那些触角一样的雷电交织在他的周围，击打在地面上扬起漫天灰尘，然而他却连躲避的意识都没有，深紫的眸中只能看得到杀戮，心里想着的，也是如何将眼前这个碍眼的家伙杀死。

身体像是干涸的河床，如何也填不满，如何也停不下，他只觉得热，唯有杀戮才能带给他片刻的清凉。然而，就在他慢慢接近的时候，眼前忽然闪出一道人影，碧绿衣衫，皮肤白皙，身体又小又软，水灵灵的眼眸像是一泓泉水，清澈灵动。

云皎挡在长离的前面，怔怔地望着他：“云初末……”

她还未来得及说完将要说的话，一柄阴寒的剑锋就抵在了她的喉间，那柄虚剑离她仅有半寸，却没有刺下去，云皎勉强定了定心神，在他的威逼中后退：“云初末，我都知道了，万年前是战姝妤解封了长离剑，她在神魔大战里与临渊天神同归于尽，却也阴错阳差地保全了你，是你在冥海中将她拯救出来，耗费万年的修为凝出精元送她投胎，成就了我……”

长离的表情木然，望着她的模样亦没有半分怜惜，却又在她的话语中停了下来，脚步顿住，剑锋依旧抵在云皎的颈间，深紫的眼眸像是敛着飞雪，苍茫而深邃。

云皎见此，她的心中大喜，强忍着快要涌出的热泪，继续说道：“我知道你一直都在害怕什么，可是云初末，我早说了啊，人死了，灵就散了，纵使还能投胎转世，也不再是从前的那个人，如果是我的话，一定会把那个人忘得干干净净，好好过完这一生。”

夜晚风轻中，江畔小舟里，他说，我曾遇见一人，因为孤独执念成恨，最后杀死了自己最爱的男子，她自己也因伤重而消亡，直到死前才明白她对那个人并非是恨，只是太想念，太想得到他的爱了。

一直以来，她都以为云初末是爱着姝好的，却不承想他们之间，原来还有着这一层缘故，他知道她心中另有旁人，那么，他的心里呢？小心翼翼地低喃，像是掩着无尽的哀伤，他在问，如果她的人生可以重来，还会不会做这样傻的事？

明明爱着，却踟蹰不前，为前生所恼，为过去所累，他曾目睹过最后的那场诀别，战姝好与临渊之间那千丝万缕的结，总害怕有一日，不该出现的人突然出现，总害怕有一日，被他拾起的情意不得已转交给了别人。

苦涩无边蔓延，江水潺潺，凉薄寂寞如他空洞的心，他说，如果……你是她呢？

如果是她，他要怎么面对横在旁人中间的感情？

如果是她，渐行渐远，奔赴别人的身影，他该怎么才能挽留？

可是战姝好是战姝好，云皎也只会是云皎，一百年的相依相伴，她不是木头，也不是坚石，能够在相濡以沫的点滴中始终保持冷情。

她喜欢云初末看着她微笑的模样，面容清俊柔和，总是掩着说不清、道不明的温柔，她喜欢云初末抬手敲她的模样，三分戏弄，七分宠溺，亲切贴近细致暖人心，她喜欢云初末斜眼看她的模样，那些乱七八糟、天马行空的想法和话语，也难为他总是耐心配合，喜欢他的闹，喜欢他的静，喜欢他总是欺负自己，也喜欢他每次放低身段的讨好和温情……

这么多的喜欢，历经一百年的时光，不知不觉积累成深爱，是她醒悟得太晚，但也希望不会太迟……

云皎长呼了一口气，继续说："云初末，战姝好已经死了，三界之内再也不会有她，关于她的缘也该就此斩断，我不是她，也不会成为她，所以云皎只会是云皎，不然你以为会是谁？这么多年，我一直没有看清自己的心，以为只要陪在你身边就已知足，可是现在我后悔了，我喜欢你，想要跟你在一起，我爱你，不许你心里还想着别的什么人，不知道你现在……还愿不愿意要我？"

她说着，声音艰涩地哽咽出来，眼泪啪啪地往下掉，云皎抬手去抹自己的眼泪，开玩笑，她现在不知道有多高兴，为什么还要哭？

长离望着她的表情怔怔的，手中的虚剑缓缓垂了下来，沉默木然地望着她，似乎在努力回想着什么，云皎向他接近了几步，他又警觉地挥起了剑，冷锋指着云皎，一如他拒绝靠近云皎的心。

泪水涟涟，如何也止不住，云皎索性不管，避开长离的剑锋向他接近，好在长离没再拒绝她，手中持剑一动不动，在她的靠近中，脸上一如既往保持着木然的表情。

云皎走到他的跟前，伸手触及他的脸，她与长离的目光对视，带着哭腔："你说想跟我像从前一样生活，云初末，你回来啊……"

当啷一声落地，虚剑掉落下去，化成流紫的灵力顷刻没有了踪影，长离的神情有些触动，深紫的眼眸中，莫名的情意闪烁不清，他缓缓伸手抚上了云皎的脸颊，微凉的指尖替她抹去腮边的热泪，艰难不确定地试探了一句："云……皎……"

云皎终于哭出声来，脸上却带着欣喜的笑意，她刚想说话，长离的视线移到后方，神色一凛，伸手将她拨到一边，紧接着一道淡金的锋芒打来，他闷哼了一声，墨紫的身形不稳摇晃了几下。

大雨倾盆而下，落在身上打得肩膀生疼，他的眼眸恢复了往日的幽深与静默，指尖流溢的灵力捏成一道冷刃，挥手向阳炎劈了过去，重伤虚弱的身体跪倒下来，华贵的衣袍被泥水浸湿，低垂的墨发掩住了清俊容颜，顺着发梢向下滴水。

阳炎在他的那一击中倒飞出去，阴婉婳匆忙赶来，见此情景，指尖捻动法诀，赤红的灵力将他紧紧束缚，顷刻之间，阳炎便化作了一柄长剑。

阴婉婳秀眉微蹙，整个身形升腾到半空中，与化作长剑的阳炎对峙，溢满灵力的双手摊开，与此同时，神女峰上倏忽现出一道七彩灵光，穿透深层乌云，直冲霄汉，她的唇角勾了勾，露出满意得逞的笑容："阳炎，回去吧。"阳炎剑身上泛着金色的锋芒，在半空中游走了几圈，最终不甘地飞至神女峰，直直地落进了混沌之井中。

云初末半跪在地上，他吐出一口鲜血，又重重地咳了几声，唇齿间被浓重的血腥所充斥。天空中，忽然闪出一道耀眼的白光，紧接着震耳欲聋的响雷炸裂开来，雷电之势仿佛要把天地毁灭，云皎脑中一片空白，不顾一切朝着他的后背扑了过去……

元宵佳节，长安的街头挂满了灯笼，夜凉如水，一盏盏孔明灯飞向天空，静止在浓重的夜幕里，像是一点点星光，河畔佳人结队而过，手中捧着莲花灯，小心翼翼地放入水中。

云皎推门而入，本想找云初末去街上游玩，没想到他并不在房中，书案上乱七八糟放着竹条和宣纸，木头的碎屑撒得到处都是，云皎迈步走过去，嘟着嘴不满地哼了一声，把书房弄得这么乱，待会儿还得她来收拾。

她把散落在书案的宣纸拾起来，一张一张叠在一起，正收拾着，手上的动作逐渐慢了下来，那些毁掉的画稿上笔线勾勒，或是眉眼盈动，或是玉手纤纤，她愣了片刻，把宣纸平铺在书案上，几张画稿放在一起对比，大致现出一个女子的身形。

云皎站在书案边，恍惚想起云初末以前总爱在书房里写画着什么，每次她接近的时候，他都很避讳地把画收起，偏偏藏着掖着不给她看。她的视线落在书房木柱后的绢缸上，淡青的轻纱掩映，隐约露出几十幅画卷，由于位置偏僻，又被木柱挡着，所以从前打扫书房时，都没有在意过。

她把手里的宣纸放下，迈步朝木柱边走过去，展开一卷画轴，一个女子的身形映入眼帘，眉目狡黠，嬉皮笑脸，手指抵在唇瓣上，一双灵动的眼睛清澈无邪，几乎可以流出水来。

望着画中的女子，云皎有些怔神，她收好画卷，又拿起了另一幅，画中的女子身着淡绿的衣衫，坐在庭院的石桌前，单手郁闷地撑着头，看上去像是在和谁生闷气，她的面前摆着茶水和点心，身后是绯红灿烂的桃花，轻纱垂在地上，微风吹过，衣摆拂起了落花。

云皎注视着绢缸中的画卷，把手上的放了回去，小心翼翼离开了书房。有些东西，可以不必再看，因为已经深深烙在了她的心间。她走出书房，正巧遇到云初末迎过来，还未开口，便听云初末先道："你怎么在这里？"

他顿了顿，又补充了一句："方才去你房间，没有找到人。"

月光融融，落在他的身上越发出尘冷清，阴柔清俊的面容在夜晚的灯火中，显得沉静而温柔。想起在书房里见到的东西，云皎的小手背在身后，带着一贯沾沾自喜的表情："云初末，我们出去玩好不好？"

云初末皱了皱眉，有些不大放心："你身体还未好，留在家里休息吧。"

云皎闻言嘟起了嘴，其实她也不知道是怎么回事，那日明明被雷电劈中了，本以为必死无疑，可是等再次醒来的时候，她却发现自己什么事都没有，连道小小的伤痕都没有留下，不过云初末为了这事儿，还跟她置气好几天，她绞尽脑汁、费尽心机地讨好巴结，才勉强把他哄好。

她向云初末走近了两步，微微嘟着嘴，露出最纯真无辜的表情，衬着水灵灵的大眼睛，看起来更加可怜巴巴，不晓得有多凄惨："云初末，我早就没事了，你就陪我出去玩一会儿吧。"

云初末还是不太放心，抬手敲在了她的头上，没好气道："我说待在家里，少给我耍小性子，若是那么想玩的话，等过段时间再出去。"

云皎立即不乐意地大哼一声，抱住他的胳膊拼命摇着："今天是元宵节，再过段时间可就要等到明年了，你陪我出去吧，就一会儿，真的就一会儿，云初末云初末……"

云初末被她晃得头晕，唇角却泛起笑容，宠溺地捏了捏她的鼻尖，无可奈何道："我不是说过，以后再用这招就没用了？你啊……"

见他答应，云皎顿时露出欢天喜地的表情，得逞满意地小声嘀咕道："谁说没用了？明明每次都很有用……"

正想着，头上又被人敲了一下，云初末气定神闲，眼神轻飘飘地斜她："不是要出去玩，在那里嘀嘀咕咕说些什么？"

见他默许答应，云皎立即露出最讨人喜欢的笑脸，抱住云初末的胳膊，整个人都黏在他的身上："云初末云初末，我们先去看花灯好不好，我知道哪里的花灯最好看……"

大街上人来人往，一开始云皎还能拉着云初末的衣袖行走，被人挤来挤去之后，连握着衣袖的手都摇摇欲坠，云初末斜斜地看了一眼自己身旁的人，他的脚步停了停，待云皎接近的时候，索性伸手将她护在怀中。

云皎简直感激涕零，眼神无辜又纯良："云初末，你真好……"

云初末又斜了她一眼，凉凉地道："是吗？"

心知他被这些人闹得头疼，云皎抓住机会连忙道：“是呀，你看你本来不喜欢热闹，但是为了我，却还是出来了，所以说云初末你的为人真是不错。”

看着某人沾沾自喜，以及自我感觉很好的样子，云初末面无表情扯了扯唇角，还是忍不住打击道：“谁说我是为了你？”

他顿了顿，脸上笑吟吟的，带着漫不经心的语气：“听说元宵佳节，出来赏灯的美人甚多，我不过是想出来凑凑热闹罢了，没准儿还能捡到一个姑娘。”

瞥了一眼云皎，发现对方正在用藐视鄙夷的眼神看着他，他厚着脸皮，不知死活地又补充了一句：“你看那边柳树下穿蓝色衣服的姑娘就不错，还有那边提鲤鱼灯对着我笑的姑娘……”

云皎很是愤怒，很是郁结，一股酸溜溜的味道弥漫在周围，她大大地哼了一声，立即把云初末搭在她肩上的胳膊拿下去，脚步颠颠坚定不移地向前走，吃着碗里的，看着锅里的，搂着怀里的，还惦记着外面的，男人都是欠教训!

云初末眸中泛起戏谑的笑意，加快步伐跟在她身后，慵懒地喊了一句：“喂……”

见云皎压根不搭理他，又阴阳怪气勾着声音，若有所思道：“其实那位走在前边儿，穿绿衣裳的姑娘更不错……”

云皎走在前头，闻言顿住了脚步，忍不住被他逗笑，却还是嘟起了嘴，故意闷声问：“这大街上穿绿衣裳的姑娘多了，我怎么知道你说的是哪一个？”

得寸进尺，给点颜色就要开染坊，云皎更是这其中的典型，云初末走到她的身边，懒洋洋地嗯了一声，漫不经心道：“反正总归不是你，就对了。”

“你你你……”还指望他说些好话哄她开心，没想到云初末冷不丁地冒出来这么一句，云皎简直恨到咬牙切齿，大大地哼了一声，跺脚转过身。

云初末神情泛着温柔的笑意，拉住云皎的胳膊，温声哄道：“好了，不要闹了，待会儿走丢了，我可不去找你。”

云皎很不服气地嘟着嘴，偏头看了他一眼：“那有什么关系，反正我自己也能找回去。”

云初末挑了挑眉，语气悠然：“那我就把结界封起来，即使找到也不让你进去。”

云皎又哼了一声，水汪汪的大眼睛瞪着他，似乎在指控他的无情无义，随即摆出最蛮横霸道的表情：“有本事你封啊，我我我……我还能刨坑打洞！”

云初末顷刻被她逗笑，伸手捏了捏她的鼻尖，轻着语气：“你啊……”

云皎喜欢热闹，看到人多的地方就想挤进去看个究竟，云初末最不喜欢跟凡人待在一起，混在他们中间，感觉身上最起码要挤出一层灰，无奈自己身边的那位也是凡人，且一见到好玩的物什，就忍不住蹦蹦跳跳地凑上去，这边刚拿起一个面具，那边又捏起一个泥人，不见她买什么，反正就是这样有兴致。

云初末被她东拉西扯地拽着，望着她兴致勃勃的模样，无可奈何，脸上却依旧流露出宠溺温暖的笑容。这么多年，他们便是这么过来的，她胡闹，他忍让，她聒噪，他妥协，然后日子过着过着，便热闹了起来，他的心，也跟着一起变得温暖。

他还是不喜欢跟人类相处，还是不喜欢走到人群中去，当年选择入住长安，不过是看这里人多，使用禁忌之术时，所受的天谴会小一些，比起离开家门，他宁愿永远待在明月居中，每天只对着云皎一人，听她愤怒不满地抱怨哪家的商贩缺斤短两，听她喋喋不休地说今日又在街上碰到什么好玩的事情。

他从不觉得那些事情有多重要，不过，鸡毛蒜皮的小事从她的口中，也能被说出一朵儿莲花来，他喜欢看着她兴致勃勃、活蹦乱跳的模样，有时候单手支颐，听她吧嗒吧嗒地说话，思绪不由自主地就会移开，他不知道她说的是什么，眼里看到的是她手舞足蹈的欢喜模样，耳中听到的，也只是她软糯轻快的声音。

一块冰的融化，需要多长时间呢？相比铁石来说，它要冷上好几倍，然而却也是最容易被化开的。因为寒冷久了，所以连他自己都不由自主地想要寻找温暖，靠近那团火焰，在明媚中化成一潭深水，将他所爱的那个人包裹其中，倾尽心力，温情以待。

软泥青石板，新波碧水旁，一群年轻男女手里拿着孔明灯，这个祝愿家中老人长命百岁，那个希望来年能够金榜题名，这边的黄衣姑娘墨汁刚刚污了纸张，那边的某个灯笼上就烧出了窟窿，娇憨的欢笑声恍若银铃，透过夜色久久回荡在风中。

云皎蹲在地上，望着自己的孔明灯发呆，咬着笔杆绞尽脑汁，还不忘警惕地回头，提醒云初末："你不许偷看！"

云初末与她背对背，气定神闲地拿着墨笔，闻言挑了挑眉："我看起来很闲吗？"

云皎满不在乎地哼了一声，扭过头继续咬笔杆，若说心愿，那她的心愿可多了，想要许多许多的银子，想吃很多很多的美食，想让云初末对她温柔可亲一点，哦，她还想再长高一些，省得云初末老是说她很小！

想到这里，她欢天喜地地提起墨笔，刚要写上去又停了下来，若有所思地想，这么多的心愿，若是天神看到了，会不会觉得她这个人很贪心，然后就更不会帮她实现心愿了？

于是，云皎陷入了天人交战的纠结中……

她想吃芙蓉铺的糕点，还想吃水云间的炖鱼头，更想要黄灿灿的金子，反过来一想，若是有了金子，什么好吃的买不到？于是在两者之间，她很有智慧地选择了后者，虽说云初末现在对她好了不少，但是谁也不能保证他日后不会再犯，要知道他这个人一向恶劣，正所谓江山易改，本性难移，等过段时间，他一定还会不遗余力地欺负她，打击她，于是在金子和云初末对她温柔之间，她忍痛割爱抛弃了前者。

对于自己的长相，云皎一直没有什么概念，从前遇到的妖魔鬼怪，不是模样太美，就是长得太丑，美得像是天仙下凡，颠倒众生，丑得乌漆抹黑，歪瓜裂枣，而她大致应该只能算作中等，奈何个头永远长不高，站在那些高挑美丽的女子身边，果真还是显得太嫩了。

云皎很是消沉，抱着膝整个身体又小又软，云初末会不会嫌弃她又矮又扁……想到这里，她转过身问云初末："云初末，你觉得我长得怎么样？"

云初末的头抬了一下，又低下去，语气听起来漫不经心："问这个做什么？"

云皎巴巴望着自己的孔明灯，闷闷道："没有啊，就是随便问问，想知道你怎么看待我的长相。"

云初末闻言，手中的笔锋顿了一下，隔了片刻，挑了挑眉："长相？你有长相？"

云皎顿时被打击得抬不起头来，心情凄凄惨惨戚戚，其中还有些不乐意，虽说她的模样比不上绯悠闲，更比不上阴婠婳，可是也没有那么差的好不好？心中怨念了好一会儿，最后云皎气愤地想，云初末真是太不识货了，人家明明看起来就很可爱！

她微微嘟着嘴，脑海中在“云初末对她温柔”旁边默默画了一个叉，紧接着，她又陷入了究竟是要自己长高，还是变漂亮的纠结中，郁闷斟酌了好一会儿，云皎突然发现一个很重要且一直被她忽略的问题。

虽说她长得不好看，也没有其他女子的出挑和凹凸有致，关键云初末喜欢她啊，他从远古洪荒活到现在，什么样的女子没有见过，正所谓红颜枯骨，皮囊而已，云初末没有看上别的什么人，却喜欢上这个叫作云皎的小姑娘，肯定是从她身上发现了别人没有的优点，所以说，看人要看内在，不能只关注那些肤浅的表面。

想到这里，她的心中又平和了许多，转向云初末又问道：“云初末，你觉得我怎么样？”

云初末这回连头都没有抬，懒洋洋道：“贪玩、多话、溜须拍马、言而无信……”

他还没说完，就被云皎吧嗒吧嗒地打断：“哎呀哎呀，我说的是优点！”

云初末面无表情地哦了一声，想了好一会儿，愣是没憋出一个字来，云皎很是愤怒：“难道在你看来，我连一丢丢的优点都没有吗！”

云初末又想了好一会儿，才神色复杂地说：“还是有的。”

“什么？”

云初末偏了一下头，面对她的殷切期盼，慢慢露出笑容：“你最大的优点，就是有我在你身边。”

云皎大大地哼了一声，缩回去愤愤地不理他，云初末真是太可恶了，一点都不懂得怜香惜玉！

不过回想起来，她好像也没有什么可以拿出手的……云皎耷拉着脑袋消沉地想，果真除了云初末之外，她就没有一点优点了吗？

最后，她在自己的孔明灯上画了两个小人，手牵手，还用斜线做了注释，一个云皎，一个云初末，由于云初末无论人品还是行为，都是小得不能再小的小人，所以他的小人看上去格外小，比她矮了好几倍。

生怕被云初末看到她的心愿，云皎赶忙放开了孔明灯，望着灯笼顺风越飘越远，她的心里也生出丝丝甜蜜，不管她的心愿是什么，为的也只是能和云初末永远在一起，浮华万千，过眼云烟，只要他们还在一起，就没有什么再值得期盼。

最后她转过头，拼命地斜眼，小心翼翼偷瞄云初末的孔明灯，发现他这忙活了半天，只在上面留了一幅山水画，再移开视线，灯纸上的图像和对面桥上的风景丝毫不差。

云皎没来由地生气，她在这里郁闷纠结，云初末这个人却丝毫不放在心上，难道他都不想跟她在一起吗！她默默蹲在他的身边，双手郁闷地撑着头，苦大仇深地注视那幅画，好似要把人家盯出一个窟窿似的。

云初末轻飘飘地斜了她一眼，阴阳怪气地说道："不是不许偷看吗？"

云皎继续藐视那幅画，眼神就跟人家抢了她的银子，又夺了她的相公差不多，她幽怨地望向云初末："云初末，你都没有愿望吗？"

云初末脸上没有什么表情，也不甚在意："你觉得有什么愿望，写在纸上被风吹几下就能实现？"云皎顿时心情灰暗，他是长离剑灵，万物之始，莫说那些仙神，就是仙神的祖宗来了，见到他不是躬身施礼，就是逃之夭夭吧？

云初末放开了灯笼，精神困顿地打了一个呵欠，站起身："走吧。"云皎苦大仇深地藐视了他好一会儿，才愤愤地迈着脚步，屁颠屁颠跟在他的后头。

回程的路上，云初末有些漫不经心，不知在思索着什么，隔了良久才问："云皎……"

云皎抬头看他，又听他道："那日……在神女峰的那日，你同我说了什么？"

云皎激灵了一下，装傻讪笑："没，没有啊。"

她一定是疯了，被阴媸婳的灵力吓糊涂了，所以那天才会说什么喜欢他，爱他，想要跟他永远在一起的话，现在想起来，都能酸掉大牙好吗！居然还说，以后不许他再想着别人……云皎在心里默默流泪，她是脑子被门夹过，又被驴子踢了吗？

云初末哦了一声，很是淡定地说："我好像听到你说自己喜欢我，想要与我在一起，还不许我再想着别的什么人……"注视她的深眸中笑意渐深，继续说道，"看来是我听错了啊。"

他每说一句，云皎就心胆恶寒、深恶痛绝一次，听完之后，坚定地点头："没错，你绝对是听错了！"

巷口幽深，仅有一轮明月遥照九州，云初末挑了挑眉："这么说，你不喜欢我，不想与我在一起，而且希望我心里想着别人了？"

"没有没有……"云皎的举止很是得体，丝毫没有失了女儿家的矜持，还趁机拍马屁道，"云初末，你看你长得好，脾气也好，关键还很温柔……"

出人意料的是，云初末这次没再嫌弃地敲她，反而饶有兴致地听着，脸上还挂着吟吟的笑意，不时侧首看她一眼，听她乱七八糟地扯了一大堆，才慢悠悠地道："所以？"

云皎一愣，没有反应过来他的意思，就见云初末正身接近她，微凉的手指拂过她的发丝，喃喃地重复了一句："所以，我那么好……"

天空炸开一团烟花，五光十色，犹若灿烂的琉璃，一个吻慢慢落在了她的唇瓣，像是试探地触碰，又逐渐加深，他的眼睛轻轻闭着，颀长的羽睫下更是清俊温柔，唇齿交缠之间，又听他低沉压抑的声音："你要怎么抓住我？"

晚风拂过，氤氲着寒凉的气息，她只觉得紧张，一颗心剧烈地跳动着，颤着手抱住了他的后背，紊乱的气息喷薄在呼吸之间，缠绵情动炫目而温柔，云皎双腿打软有些站不住，很不争气地要倾倒下去，只听云初末细不可闻地低笑了一声，勒住她腰身的手更是用力，却也带着体贴的温柔，手微微向上提着，让她更加贴近自己。

长安月下，夜色静谧美好，微风轻柔，似有情人缠绵悱恻地低语，情意缱绻。

神女峰那日，云初末重伤昏迷，云皎也在天谴的那一击中失去了知觉，等他们再次醒来的时候，阴婉婳已经不在了，只看到被她封印回混沌之井的阳炎剑。

阴婉婳为什么没有趁机封印长离，云皎之后询问过云初末，这才知道只有在灵剑化为原形的时候，旁人才有机会施加封印之法，如果那时候云初末没有被她唤醒，那么阴媸婳封印的，就不仅仅是阳炎了。

房间内，云皎站在床榻边收拾衣服，这些都是今年过季换下来的，今早趁着阳光明媚，被她拿出去晒了晒，叠好之后就可以放回箱子，等到明年再穿了。正收拾着，她的头脑一晕，身形几乎站不住，顺势扶在了床帏上，眼前的景象时而清晰，时而模糊，云皎闭上眼睛用力摇头，再度睁开，眩晕感已经好了不少。

她怔怔地垂下双手，手里的衣袍掉落在地上，倏忽回过神，俯身把衣袍捡起来放回床榻边。

云皎觉得有些奇怪，迈步来到木桌边坐下来，还给自己斟了杯茶，这几日不知道怎么回事，总会莫名其妙地出现这种情况，难道是最近发生的事情太多，所以有些劳累?

她默默地端起杯盏，刚想低头喝水，手上又忽然没有了知觉，手臂麻木完全使不上力，不受控制地垂下去，杯盏摔碎在地上，顿时茶水与碎片四溅。

云初末正好进屋，望着地上的碎瓷片，又看向了云皎，阔步走过去，牵起她的手指，手背已经被茶水烫出绯红，他蹙了蹙眉，低着声音问道：“疼不疼？”

云皎的表情愣愣的，还没从刚才的震惊中回过神来，听到他的声音，连忙摇了摇头：“不疼。”

云初末没好气地白了她一眼，随即蹲下身来，还从腰间拿出一个玉瓶，周围瞬间泛起淡淡的幽香，云皎这才想起以前每次靠近云初末的时候，都能闻到这种味道，她很是惊奇，忙不迭地问：“云初末云初末，原先我还好奇来着，你身上怎么会有香味，可是你怎么会随身带着这种东西？”

小脑袋低垂，好奇地凑近他，云初末抬眸看去，顺势在她头上敲了一记，没好气道：“你到底要到什么时候才能收一收好奇心，做事情的时候不再想着那些奇奇怪怪的东西？我究竟为何带着这种东西，你还不知道吗？”

淡紫的药膏涂抹在手上，清凉幽香，云初末的力道也很舒适，云皎的表情讪讪的，不乐意地嘟起了嘴，小声嘀咕道：“我才没有想奇怪的事情……”

见云初末又抬眸没好气地看她，她立即识相捂住了自己的嘴巴，闷闷道：“云初末，我再也不会说话了。”

云初末轻笑了一声，几乎细不可闻，他的唇角噙着暖意，牵着云皎的手站起来，语气甚是清淡："跟我过来。"

云皎激灵了一下，脑中的某根弦触动，连忙扑腾着抱住云初末的大腿，声泪俱下地求饶道："云初末，我知道错了，我真的知道错了，你不要打我，更不要割我的舌头……"

云初末不可忍受地闭了闭目，语气里带着些许威严："云皎！"

"在！"某人狗腿地答了一句，含着泪花的大眼睛望着他，无辜又可怜。

云初末揪住她的衣领，硬生生地把她拎起来："你看起来很喜欢被割掉舌头，我委实不该对你太好。"

一边说着，一边把她往门口拖，云皎简直大惊失色，紧紧抱住他的腰："云初末云初末，我真的知道错了……"

云初末轻喟一声，保持着被她抱住的姿势站在门边，片刻之后，才没好气地妥协："我何时说过要割你的舌头了？"

"你刚才明明……"某人不知死活地抬头，看到云初末逐渐幽深的眼眸，硬生生地截住了话头，斩钉截铁道，"明明什么都没有说，显然是我听错了！"

水汪汪的大眼睛注视着他，露出最讨人喜欢的笑脸，不晓得有多么纯良无辜，云初末故作脸色一沉，没好气地伸手捏了捏她的鼻尖："你啊……"

走出门，发现天色已经完全黑透，唯有几点星光在天际闪烁，云皎顿步在长廊，望着眼前的景象，惊讶地瞪大了眼睛。不长不短的走廊两边，挂着数十盏花灯，外形和宫灯相仿，微微上翘的灯角还挂着红色流苏，晚风拂过，花灯轻轻摇曳，灯屏上不断闪现出人马追逐、物换景移的影像，像是流动的浮光，倒映在明月居的一旁。

云皎颠颠地跑过去，目光扫过每一盏花灯，最后在尽头的那盏花灯前顿了步，不大不小的灯屏中间，她和云初末的影子倒映其上，若沙戏影灯，旋转如飞。

身后有人轻轻拥住了她，云初末将下颌搁在她的肩上，唇角染着笑意："本该在前几日拿出来的，喜欢吗？"

云皎恍惚想起他最近这几个月都闷在书房里，不知道在倒饬什么东西，神神秘秘藏着掖着不许她看，偶尔还能在书案上见到碎木屑，原来是在做这些东西。

她偏过头去看云初末，脸上洋溢着欢喜的笑意，带着一贯沾沾自喜的表情，在他的侧脸上亲了一下：“喜欢。”

云初末依旧懒洋洋的，漫不经心地嗯了一声：“再亲一下。”

云皎顿时不乐意地嘟起嘴，一字一顿的：“我不要！”

话音刚落，云初末就在她脸颊上狠亲了一下，抱着她的手臂再度收紧，埋首在她的颈间，嗅闻着发丝的幽香，低沉慵懒的声音道：“你又耍小性子。”

云皎无所谓地轻哼了一声，反正这里只有他们两个人，就是偶尔耍耍小性子又有什么关系？她偏过头靠着云初末的脸，良久之后才开口：“云初末，我们过些天出去玩好不好？”

云初末睁开眼睛，幽凉的目光里深沉敛水，流动着无尽的温柔与宠溺，清雅的声音响在她的耳畔：“好啊，你想去哪里？”

“嗯……”云皎若有所思地想了一会儿，偏过头看他，“你想去哪里？”

云初末倏忽笑了，灯火之下，阴柔精致的容颜越发显得清俊，他的语气平淡，仿佛要融化在夜色里：“我没有想去的地方，不过……你去哪里，我就去哪里。”

云皎立即沾沾自喜地笑了，眼眸灵动清澈，她想了一会儿，才答道：“那我们先去漠北好了，然后一直南下，等走到江南的时候，那里的桃花也该开了。”

夜晚的风儿清凉，云初末慢慢拢住她的身体，温浅的声音道：“好啊。”

得到他的回答，云皎又欢天喜地地往下想，嘴里吧嗒吧嗒地说着：“嗯，其实我们还可以去千叶湖，听说那里有口龙眼井，旁边那棵老茶树上第一茬新茶泡起来最是入口……”

她顿了顿，又陷入苦恼之中，喃喃自语道：“不过那样的话，我们可能会赶不及洛阳的牡丹花会了。”

云初末的笑容无声放大，伫立在夜色中，拥抱着怀里的人，听着她喃喃的自语，眼里心里都是暖意，他耐心听着云皎乱七八糟的纠结，看似痛心疾首的取舍设想，心境越发充实平和起来，最后才淡淡说道：“先去哪里不都一样，我们还有很多时间，你想去哪里，我都会陪你。”

云皎摸索着找到他横在腰间的手，却被云初末反过来握住，嘟着嘴撒娇道：

“除了江南的桃花、洛阳的牡丹，我还想去天山看梅花。”

云初末闻言撇了撇嘴，搁在她肩上的下颌动了一下，眼眸幽深敛水，默默注视着她，纯良而无辜：“咱能别去有花的地方吗？”

云皎其实很想笑，却仍是摆出最蛮横的表情，神色俨然：“不行，我要去！”

云初末幽怨地看了她一眼，一张俊脸上写满了委屈，最终妥协道：“好吧。”

沾沾自喜的窃笑无声放大，云皎开始觉得很累，顺势靠在他的身上，喃喃地问：“云初末，那时候……就是神魔大战之后，在那片花海里，你为什么没有打喷嚏？”

云初末看了她一眼，语气定定的：“你想知道？”

云皎立即小鸡啄米地点头，要知道云初末向来对花粉过敏，沾上碰到一点都会忍不住想打喷嚏的，何况是在花海里？

云初末的神情甚是冷静，面无表情地扯了扯唇角，才索然无味道：“谁告诉你，我那时候不想打喷嚏的？”

他的话刚说出口，云皎顿时露出弯弯的笑意，越想越觉得有趣，忍不住笑出声。云初末幽怨地剜了她一眼，报复地在她腰间捏了一把，指责道：“你还笑！”

云皎顿时绷住神情，抿了抿唇，想了片刻，才淡定地道：“云初末，我再也不会笑了。”

听到她的保证，云初末首先笑了起来，额头抵了她一下，无可奈何地叹了口气：“你啊，就知道口是心非！”

“我哪有！”云皎很是气愤，嘟着嘴辩驳。

她懒洋洋地赖在云初末身上，望着面前的花灯：“云初末，我明天就开始收拾行李，好不好？”

云初末抱着她，脸上的笑意在灯火下显得温暖而安宁，很好脾气地答了一句：“好啊。”

云皎的行李还没有收拾完，就不得不停了下来。她已觉察到自己身体的异样，百年来，一种从未有过的疲劳感渐渐加重，甚至一天之间，还没做什么事情就觉得很累，精神顿困想睡觉，睡着了就不大容易能醒来，头晕眼花的时候越来越多，好在云初末在的时候，她都在忙忙碌碌地收拾东西，所以暂时没有被他发现异常。

她坐在铜镜前，望着镜中的影子沉默，不紧不慢地梳理着发丝，梳着梳着又停了下来。

云初末绕过屏风走过来，手里还拿着一支发钗，他走到云皎的身后，从旁边凑过来，单手支颐靠在梳妆台上，把发钗呈给她看："云皎，喜不喜欢？"

云皎倏忽回过神，垂眸望去，对着他的目光微笑："喜欢。"

因为是云初末送的，所以无论是什么，她都喜欢，眼前这个男子，温柔体贴陪了她一百年，总是费尽心机地找来精致有趣的东西来讨她欢喜，他没有什么喜欢的东西，也没有什么喜欢的地方，总以为她喜欢的东西就是最好的，她想去的地方，就是他要去的……

云初末手里转着发钗，阴柔精致的神情悠然自得，脉脉注视着云皎："那……我给你戴上可好？"

云皎沉默了片刻，对着他扯出了一个笑容："好啊……"有些事情，他早该知道，既然说不出口，只能让他自己去发现。

从小到大，她就是这样没出息的，怕疼怕苦，手上破了一点小伤口，就大惊小怪好像痛得要命，喝一点药还要云初末求着哄着，才肯勉强咽下去一口，刚刚学会走路的时候，就知道晃晃悠悠找他要抱抱，甚至听到打雷声，都会揪住他的衣摆死活不肯撒手。这么多年，她一直靠着他，赖着他，事到如今，所有苦痛还是要他自己尝……

云初末的唇角带着笑意，拿着发钗比画了好一阵儿，才找到最好的位置轻轻簪了下去，他偏过头为她理着长发，脸上洋溢着温暖的笑意，然而片刻之后，好像发现了什么，笑容逐渐冻住，幽凉的目光里倏忽闪过一抹慌乱，似是掩着千秋的风雪纷飞。

他的手指发颤，拨弄着云皎的发丝，将它们捋在手里，墨色掩映之下，散落的长发已经白了大半，他的神情震惊，不可置信地看向云皎："怎……怎么回事？”

云皎的神情凄楚，咬唇低下了头，不让自己哽咽出声，泪珠却不断地倾落下来，打在握着衣裙的手背上，竟是有些发烫。云初末蹲在她的身旁，伸手将她扳过来，仰头凝望着她，仓皇失措地，喃喃问：“云皎……”

云皎紧紧咬着下唇，望着眼前的人掉眼泪，沉默了好一会儿，才带着哭腔回答：“云初末，我的精元……被打散了，活不了多久了……”

原以为被那道天谴击中，她能安然无恙，甚至还曾为此沾沾自喜，以为从此两个人可以永远在一起，漠北的雄鹰、江南的桃花，以及洛阳的牡丹……那些她所设想的，到头来不过是一场空欢喜，展现在他们眼前的，他们曾经紧紧抓着的，仅是短暂虚假的美梦……

被诅咒的灵魂，终究要回到她应该存在的地方，他救不了她，一如救不了万年前，在他怀中死去的战姝好……

听到她的话，云初末恍若被什么击中，他失魂落魄地跌坐在地上，神情怔怔的，再度抬首看她，脸色惨白，缓缓摇着头，嘴里喃喃的：“不……不会……”

云皎哭得更厉害了，她低下身子，颤手去抚摸他的脸，爱惜而不舍：“云初末……”

云初末惊恐地倒退了几步，举止神情间甚至有些仓皇失错，他望着云皎苍白无力的手，极力想要保持冷静：“别……别碰我……”

他不能接受，不敢相信，宁愿相信这一切其实都是他的梦，纠缠折磨他的梦，梦醒了，他的云皎还是好好的，会活蹦乱跳缠着他撒娇，会哭着闹着巴着他求饶……所以不要碰，他怕触及那双没有温暖的手，冰冷阴寒，将他从幸福的云端，顷刻打入地狱的彼岸……

他去过地狱，那里的天，漆黑一片，夜空里永远回荡着凄然惨烈的声音，那里的水，彻骨冰冷，从水面露出的恶鬼腐臭丑陋，不断伸出的手白骨森森，好像要把人生生拉下去，撕裂血肉瓜分蚕食，还有那永远燃烧的红莲业火，大魔女战姝好都差点魂飞魄散，他的云皎可该怎么活……明明一百年来，他连让她吃一点苦都不舍得……

“云初末，”云皎蹲下身来，伸手抱住了他，感受着他颤抖抗拒的身体，心里更是难过，“云初末……”

云初末惊慌失措地将她推开，连连后退着，他在拒绝她，一如拒绝相信这个事实，甚至看都不再看她一眼，他失魂落魄地爬起来，跌跌撞撞走出门外，看见庭院中站着的身影，眉目顿时阴狠起来，手中瞬间化出一柄长剑，墨紫色的身影倏忽闪过眼前，强势的力道掀翻了桌椅，就连院子里的树木也被连根拔起。

冷冽的剑锋抵在阴媸婳的颈间，煞气缭绕升腾，就像他现在滔天的恨意，他的眸中闪过一道紫芒，声音颤抖，强忍着怨恨，低沉阴狠：“我要毁了你！”

流紫的灵力像是寂静燃烧的烈火，瞬间将阴媸婳包围了起来，阴媸婳的脸色苍白，生生忍着痛楚，抬眸注视着长离，美艳冰冷的眼眸中却流露出笑意，似是怜悯，也似是嘲讽：“长离，你凭什么恨我呢？”

长离的眉目紧蹙，紫色越发幽深，勉强克制着煞气，咬着牙：“你明知道阳炎杀不了我，为何还要带她去？”

阴媸婳冷冷呵了一声，依旧注视着他：“阳炎是杀不了你，可是你却杀得了阳炎，你觉得在一个小丫头和弟弟的性命中间，我会选择谁？”

美艳的神情冰冷如雪，她望着长离的目光亦是没有一丝温情：“以为脱离了三界，不在五行之内，便不再受宿命所控了吗，长离，你以为的天道是什么？”

长离的神情恍惚，逆天改命，将被诅咒堕落的灵魂再度带到人世间，他抹去了战姝妤的过往，也抹掉了云皎的将来，他可以不做创世灵剑，可以去做三界内最低贱的生灵，总以为付出这样的代价，拼尽一生修为，至少能为他和云皎争取一个小小的将来……

见到长离沉默，阴媸婳的眸色沉痛，仍试图接近他，慢慢搭上长离的手臂，语气里充斥着作为姐姐对于弟弟的疼惜：“我们才是一起的，长离，跟我回去吧。”

觉察到她的靠近，长离的目光瞬间变得阴狠，手上用力以剑锋抵着她，阴媸婳的颈间顿时流出血来，衬着长离剑妖冶的流紫，更是显得妖异，她微微蹙眉，面上闪出沉痛之色：“你怪我拆散你们相爱，可知这样的痛苦，我已忍受了数万年，长离，我说过，你欠我的……”

她说着，偏过头看向了别处，云皎听到声响跟出门，正站在庭院中，听着他们的对话，望着他们发呆。长离俊眉紧蹙，下意识地回头望去，看到不远处的那道身影，阴柔精致的眉目间倏忽变得哀痛，他黯然垂下首，缓缓闭上了眼睛，疲惫至极，心累至极，天下之大，不知道怎样做才是对的，也不知道到底该往哪里去。

云皎迈步走了过来，对着阴婉婳勉强笑了笑，才再度看向长离，她慢慢伸手，覆在了他握剑的那只手上，轻着声音哄道："云初末，放开她吧。"长离没有应声，身形一动不动，没有移开剑锋，也没有再划下去一分。

云皎又走近了一些，拢着他的手，声音温软轻柔："云初末，我很累了，不想再见到别人，放她走吧，就我们两个人好不好？"

长离望向了她，眸中阴柔的紫，哀痛而静默，似是敛着飞雪的苍茫，神情落寞而悲伤，当啷一声，长剑掉落在地上，他踉跄了一步，失魂落魄向后退着，转身走向了自己的书房。

阴婉婳上前一步，欲言又止，却被云皎拦了下来，云皎垂下眼帘，摇了摇头："不要再逼他了，云初末不会跟你走的。"

阴婉婳望向她，神情沉静疏冷："长离剑注定要回到混沌之井，受到诅咒的灵魂也注定要坠入地狱深渊，宿命的结局不可能更改，你还想让他为你在人世间徘徊多少年？"

云皎咬唇垂下首，脸色惨白，阴婉婳按住她的肩，语气轻柔沉静："放开他吧，让他回到属于自己的地方。"

云皎一阵沉默，良久之后拂开了阴婉婳的手，她后退了几步，抬眸注视着阴婉婳："姐姐认为属于他的地方是哪里呢？一直以来，你只能看到长离剑，可知云初末也有自己的内心，只要他快乐，我就高兴，他不愿意回去，我死也不会勉强。"

她转过身想去找云初末，又听阴婉婳道："你坚持不了多久的，在地狱中。"

云皎顿住脚步，垂下的容颜慢慢绽放出一抹凄然的笑，她没有接声，迈步向书房走了过去。

云皎推开了房门，垂眼见云初末跌坐在地上，抱膝望着地面失神，她迈步走了过去，蹲在云初末的面前：“云初末……”

见云初末一直愣神，连头都没有抬，她朝他的身边挪了挪，伸手去触碰云初末的侧颜，捧起他的脸与自己对视，她露出淡淡的笑容：“云初末，我一个人害怕，你不要不理我啊。”

云初末静静注视着云皎，阴柔精致的容颜里尽是苍茫和落寞，他倾身将云皎抱在怀里，声音嘶哑而低沉：“云皎，我该怎么做，才能把你留下来？”

云皎低垂下眼帘，眉目间尽是哀伤，未绾的长发披散，露出底下三千银丝，她伸手抱住云初末，只觉得他的后背在轻轻颤抖，不由得心中一疼，又将他抱紧了些：“云初末，你娶我吧。”

她的话刚说出，云初末的泪水顷刻落下，他抱着云皎闭上了眼眸，将她紧紧收在怀中，云皎只感觉被他勒得生疼，她顿了一下，又说道：“云初末，你娶我吧。”

她知道这种事情向来都是男子主动，可是云初末总是那么慢，她怎么等得及？他们之间，向来都是她先迈出一步，云初末才肯闷声温吞地走向她，就算这一次，她再主动一点又怎么样?

云初末疼得皱起了眉，声音哽咽根本说不出话来，平复了好一会儿，才强忍着悲痛答：“好啊。”

云皎很不乐意，微微嘟着嘴：“你能不能不要每次都说好呀好的，难道都没有别的什么话可以与我说吗？”

云初末的唇角晕出苦涩，声音嘶哑：“你想听什么？”

云皎不满地轻哼了一声，神情颇为幽怨：“什么叫我想听什么，应该是你想说什么才对吧！”

云初末的眉目落寞而哀伤，片刻之后：“云皎，你愿意嫁给我吗？”

云皎顿时笑了，嘟起嘴故意道：“不要！”

云初末依旧抱着她，神情怔怔的：“云皎，你愿意嫁给我吗？”

云皎的笑容渐渐收敛，沉默了片刻，才撒娇道：“不要！”

云初末沉痛闭上了眼眸，一行清泪无声滑下，他张了张口，平复了一下呼吸，又坚定地问：“云皎，你愿意嫁给我吗？”

眼前的一切都模糊不清，天地间唯有这个拥抱是最真实温暖的，云皎终于满意地笑了，笑着笑着涌出了泪花，哽咽的声音：“好啊。”

他们的婚礼办得很仓促，云初末却准备得很是认真，明月居中挂着红绸，门窗上还贴着大红的喜字，云皎从未见过他穿大红的衣袍，恍惚记得云初末曾经手里拿着书，执卷敲案的欢快模样，嘴里还念着什么天生丽质难自弃，如今望着他的瞬间，竟感到莫名的清俊和温柔。

依旧是似血的残阳，依旧是绝望的悲伤，云初末抱着云皎坐在明月居的屋顶上，静静等待那一刻的到来。

“云初末……”

良久之后，云皎虚弱的声音传来，云初末低下首去，望着怀中的新娘：“嗯？”

云皎缓慢眨着眼睛，语气清淡而无力：“你看，太阳落山了。”

云初末抱着她，倾身接近，声音温柔，仿佛要融化在空气里：“你怕吗？”

云皎摇了摇头，因为身体愈发虚弱，所以动作迟缓艰难，她摸索着找到云初末的手，慢慢拢住他的手指，撒娇一般：“有你在，我什么都不怕……”

云初末的心中刺痛，他低下首去，侧脸贴着云皎的脸颊，强忍着哽咽：“云皎，你等我……”

云皎疲惫咳嗽了一声，温热的泪水滴落在她的脸上，竟在微微发烫，她看向云初末：“云初末……你哭了吗？”她的话音刚落，云初末缓缓闭目，低首吻在了她的唇瓣上，合着温热的泪水，竟莫名地温柔动人。

躺在他的怀中，周围的一切都显得静谧而安宁，云皎淡淡地说着：“一直想同你堆雪人，看来今生是没有办法了……”

他反过来握住了云皎的手指，侧脸紧贴着她的额头，云皎抬首轻吻着他的下巴，与他十指相扣，喃喃地说道：“云初末，我不要再看你受苦了，放手吧，好不好……”

天际的夕阳湮灭了最后一缕光辉，就如万年前那般，绯红的晚霞蔓延如血，惊心动魄地美丽，云皎静静地躺在云初末的怀中，身体的力量正在一点点散开，意识也越发恍惚不清，她下意识地握住了他的手指，最后轻轻说了句：“云初末，太阳出来，又是新的开始了……”

握着他的手指慢慢舒展，云初末只觉得臂上一沉，下意识地去抓住她的手，一种绝望的悲哀渐渐萦上心头，他的表情怔怔的，一动不动，抱着云皎坐了许久，不知不觉泪湿了脸面，冬日的寒风萧瑟阴冷，自她离开之后，天空也变得灰暗不清。

城里有家画骨馆，画魔画鬼不画仙。

多年以后，那个人声鼎沸的长安街上还流传着这么一句诗，后有读书人年少轻狂点评道，这么肤浅粗俗又奇怪的诗，毫无平仄律感可言，也不知道是何人想出来的，竟被人口传笔述延至数百年，当真是奇了怪了。

还有传言说，在某个未知的角落里藏着一处明月居，那里的主人能替人画骨重生，甚至能帮人回到过去，去弥补生命里留下的遗憾，有人听了一笑置之，书卷敲案点评道，鬼神之说，本就虚无，信则有，不信则无。

而在那冥海无尽的黑暗与旷寂中，一个素衣沉默的男子漂泊流落了数百年，一刻也不停地行走着，过往的鬼魂见到，忍不住好奇上前询问，那个男子却连看都不看人家一眼，转身投向未完的旅程。

后来，听一个常年驻守在忘川的老鬼道，从前有一个墨紫衣袍的男子，也曾来到冥海之渊，也是来此寻找什么人，一柄流紫的宝剑斩杀了无数神兽，地狱的那些怨鬼，别看一个个恶得跟什么似的，但凡听到他的消息，都会屁滚尿流地逃散，连大气都不敢多出一声。

不知道寻找了多久，也不知何时才是尽头，可是他却从未停止，因为他知道，在这一片黑暗之中，某个角落里一定有着云皎的身影，这个凄寒恐怖的地方，他连一刻都不想让她多待。

后来，冥海中关于素衣男子的消息渐渐少了，那些执念在忘川河畔，不愿投胎的鬼魂从此又少了可以谈论的话题。

某年冬至，某处偏远的小山村里，一声啼哭响彻全村。

“恭喜，是位漂亮可人的千金。”稳婆抱着襁褓中的小婴儿，喜上眉梢。

外面等候的家人长吁了一口气，一个年近三十的青衫书生战战兢兢地走上前，从稳婆手中接过孩子，初为人父，就连抱着孩子的手都是颤抖的，生怕摔着孩子，又连忙把襁褓交给了围在旁边的老人。

村口孙秀才家喜得千金，全村的人都来沾沾喜气，流水宴从东家延续到西家，众人忙着吃喝，唯有老太太只顾抱着孙女，掂掂地逗弄着，笑得合不拢嘴。

篱笆外，一道素白的身影缓缓走过来，直愣愣看着襁褓中的小婴儿，脚步轻缓，每一步都似踩在薄冰上，生怕触碎了某个梦境一般。

吃喝的人们站起身来，奇怪地打量着突然闯入的人，东边说这是谁家的公子，长得可真俊啊，西家道孙秀才何时认得这么贵气的人，难怪满月酒都办得这样大排场……

云初末缓步走到老太太跟前，望着襁褓中的小小婴儿，此时她正在酣睡，脸蛋粉嫩，连眼睛都没有睁开，包裹在襁褓中的手脚不时蹬踏，看上去又暖又软，睡颜平静而宁和。

他从愣神无措的老太太怀里抱过孩子，触及她的瞬间，一股莫名的心悸从胸口蔓延，疼痛，心酸，却又被无尽的喜悦填满，阴柔精致的眉目中敛着滔天的欢喜，喃喃的声音轻唤着："云皎……云皎……"

他抱着她，转身迈步想要离去，村子里的人一见这种情况，几个魁梧大汉涌上来想要阻拦，只见周围泛起流紫的灵光，倏忽之间便没有了身形。

匆匆数百年，人间沧海桑田，朝代更迭替换，转眼间又过了多少个轮回。

云初末迈步向着那座城池接近，他走到高坡之上，望着远处来来往往的行人，车水马龙，急如流水，成群结队地行走在官道上，他顿下了脚步，看了一眼襁褓中的小婴儿，见她正在酣睡，呼吸绵长均匀，不时嘬着小嘴，睡相安宁而祥和。

天色阴沉沉的，不多会儿下起雪来，纷纷扬扬的雪花飘落在天地之间，像是三月的柳絮轻绵，寂静而又唯美，云初末仰起脸，冰凉的寒意在脸上融化，落在眉上的雪花晶莹点点，温暖的笑意顷刻荡开。

他垂首注视着孩子，神色清俊而温柔，柔和的声音轻唤着："云皎，下雪了。"

番外

长离

长离其实很不喜欢这个叫作云皎的小孩，一天十二个时辰，至少有一半的时间，他都在考虑要不要把她摔死。

起初把婴儿从凡人手中抢回的时候，他以为那些人笨手笨脚，连个孩子都不会带，那个嘴角长着大黑痣的稳婆会不会抱孩子，孩子都哭了也不知道哄哄，还有那个满脸麻子的大婶，长成这样还敢凑上去，也不怕吓到孩子。

于是正义感萌发的他，头脑一热就把孩子转到自己手中，本以为身为长离剑灵，千军万马都不在话下，更何况是不会跑、不会跳的小小婴儿？然而几天之后，长离悲催地发现，这位裹在襁褓中，不会跑、不会跳的小小婴儿，简直比千军万马的杀伤力都大……

仙魔妖灵可以常年不吃食物，以自身的灵力来抵抗饥饿，是以在长离抱回孩子的前三天，这位名叫云皎的婴儿别说吃奶，连口水都没有喝到。

可怜巴巴的云小皎被人扔在床上，又饿又渴，哭得撕心裂肺，然而那位自信能把她带好的剑灵大哥，根本就没有意识到自己的错误，还很恶劣地威胁她，再哭，就把她的舌头割下来，这话被云小皎听到，哭得就更惨了。

终于在第四天，顽强不屈的云小皎连哭的力气都没有了，原本红润娇嫩的小脸泛着青紫，气息奄奄，眼见着一条小命就要归西，这时候，长离才终于意识到自己带孩子的方法不对，于是懒洋洋迈着大长腿，抱着孩子去找大夫。

保知堂的老大夫是位极有善心的老人家，见到孩子被折磨成这副模样，脸色白了又白，最后阴沉青黑，抬头瞥了一眼长离，两撇小胡子气得乱抖，写方子的同时，还不忘阴阳怪气地教训着，年轻人感情不顺，也不该撒气亏待孩子，听得长离很是莫名其妙。

感情不顺？谁跟谁感情不顺？

在冥海待了万年，他现在连人类的话都听不懂了吗？

不过，老大夫吧嗒吧嗒说了一大堆，还没忘记提醒长离最重要的事，长离直到那时才明白，原来人类的构造跟他们不一样，不吃饭的话，就会觉得饿。

老大夫不放心地把他送到门口，再三叮嘱，一定要记得给孩子喂食，最后望着那一大一小的身影，唉声叹气地回到了药铺。

还没过两天，脸色阴沉的长离又带着孩子找上门来，自上次从药铺离开，他就按照老大夫的嘱咐，每时每刻都记得给孩子喂食，饭喂得多了，孩子却越发瘦了，而且还上吐下泻，哭闹喊叫，委实把他折磨得不行。

老大夫掀开襁褓，摸了摸云小皎撑到透明发亮的肚皮，神情肃穆地站直身体，侧手指着一个鱼缸，语重心长道："孩子我暂且带着，你先把这几条锦鲤鱼养活了再来找我。"

于是，云小皎暂时被押在药铺，而那位自信能把她带好的剑灵大哥绷着俊脸，怀里抱着几条锦鲤鱼，讪讪地回到了明月居。

转眼月余，老大夫给他的锦鲤鱼已经死完，从大街上买来的十几条也不幸归了西，屡战屡败，屡败屡战，最后长离望着鱼缸内唯一剩下的、慢悠悠艰难游着、将要翻白肚皮的那尾锦鲤，他觉得自己应该已经可以带孩子了。

于是，满怀期待的心情，长离抱着那尾鱼找到了保知堂。

那位老大夫犹豫望着那尾要死不活的锦鲤，又看了看某人无辜纯良的俊脸，最后长长地叹了口气，从自家夫人怀中将孩子抱过来，托孤似的交给了长离。

此时，云小皎已经恢复了往日的红润，看上去还长大了不少，一双水灵灵的眸子望着长离瞧啊瞧，小手不时还有力地扑腾着，灵动逼人，可爱讨喜。

抱着孩子的长离不禁心想，刚出生时看起来皱巴巴，现在就顺眼许多，兴许再养几年，应该还可以更好看。

长离不喜欢人类，即使在明月居里，跟云小皎也是分房睡，夜晚孤冷，他把襁褓里的婴儿放在床上，待她熟睡安稳，才敢起身离开，小婴儿半夜会尿湿被褥，屁股下面凄寒湿冷，自然会不舒服地大哭起来，于是不堪忍受的长离勉强把她转移到自己的房间，放在小床上任她睡去。

但是很快，他就发现了另一个问题，云小皎睡觉极不老实，总是会踢掉小被子，然后半夜冻得哇哇大哭，自然也就将他吵醒，最后，不可忍受的长离终于妥协，将她转移到了自己的床上。

在这个期间，一大一小的两位也是有不少摩擦，比如云小皎不小心尿湿了他的被子啦，比如云小皎不小心弄脏了他的衣服啦，再大一些，手脚胡乱扑腾的云小皎，会不小心打到他的脸，或者踢到他的胸口啦，总之，长离已经不记得有多少次，他抖着手把云小皎举过头顶，最后颓然挫败地又扔回床上。

就这样，云小皎在生死边缘艰难度过了婴儿期，转瞬之间，她已经能跌跌撞撞地走路了。

小小的身体晃晃悠悠行走在明月居里，望见长离时眼睛顿时一亮，可怜巴巴仰着脑袋，小嘴微微嘟着，满怀期待地注视长离，张开双手要抱抱。

这种时候，长离往往是不耐烦地蹙眉，没好气地说一句：“你没长脚吗，自己走。”

然后云小皎的策略是，一屁股坐在地上哇哇大哭，不晓得受了多大的委屈般，哭泣的声音尖锐刺耳，直把长离闹得头晕眼花，只能无可奈何地伸手把她抱起来，虽然他看得到某人抹眼泪的时候，还不忘抬头试探地看他，虽然他知道，那两只小手下连一滴眼泪都没有。

每次他抱云小皎的时候，某人总会讨喜地在他侧脸上亲一下，然后长离斜斜地看某人一眼，语气很不好，还有些威胁的意味：“不要亲我。”

某人微微嘟起嘴，水灵灵的大眼睛注视他，不晓得有多无辜，然后趁他不注意，又在他脸上吧唧一下，这一次往往比先前准、快、稳、狠，有时候还会亲他一脸口水。

亲完之后，那个某人还脸不红、心不跳地望着他，对上他藐视阴寒的目光，丝毫不会觉得怯弱，若是心情好了，还会默默地伸出小手，表情讪讪地把他脸上的口水擦掉。

长离经常想，他是不是搞错了，大魔女战姝好的今生，就算再怎么不济，也不该是云皎现在这样，他拿着轮回石看了一遍又一遍，把云小皎脑袋上掩藏的邪魔印记，以及那道被诅咒的灵魂验证了一遍又一遍，最后只能接受这个悲惨的事实——

大魔女战姝好，被他一不小心、稀里糊涂养成了这副惨不忍睹的模样。

画骨香

苏诀 著

前世，你为他众叛亲离
今生，我为你画骨重生

上

百花洲文艺出版社
BAIHUAZHOU LITERATURE AND ART PUBLISHING HOUSE

图书在版编目（CIP）数据

画骨香 / 苏诀著. —南昌：百花洲文艺出版社，2015.12
ISBN 978-7-5500-1598-2

Ⅰ. ①画… Ⅱ. ①苏… Ⅲ. ①长篇小说－中国－当代
Ⅳ. ①I247.5

中国版本图书馆CIP数据核字（2015）第299868号

出 版 者　百花洲文艺出版社
社　　址　南昌市红谷滩世贸路898号博能中心20楼　邮编：330038
电　　话　0791-86895108（发行热线）　0791-86894790（编辑热线）
网　　址　http：www.bhzwy.com
E-mail　bhz@bhzwy.com

书　　名　画骨香
作　　者　苏　诀
责任编辑　王丰林　陈　蓉　苏双鸽
经　　销　全国新华书店
印刷装订　北京鹏润伟业印刷有限公司
开　　本　700mm×980mm　1 / 16
印　　张　41
字　　数　613千字
版　　次　2016年3月第1版
印　　次　2016年3月第1次印刷
定　　价　49.80元
书　　号　ISBN 978-7-5500-1598-2

赣版权登字号：05-2015-456

目录

画骨香·上

▲

楔子

画骨明月居

▼

城里有家画骨馆，画魔画鬼不画仙。

这么肤浅粗俗又猥琐的诗，肯定是云初末那个祸害想出来的。

云皎站在大街上，一边跟卖菜大妈讨价还价，一边愤恨地想。

那家画骨馆叫作明月居，别看名字听起来很有内涵兼修养，实际上做的却是见不得人的生意，因为这里来往的客人，不是妖魔，就是鬼怪。

这种事情若是对于一般的小姑娘而言，未免显得太过惊悚，可惜云皎不是普通的姑娘，因为在她的记忆中，自己好像已经活了上百年。而且她还记得云初末在她很小的时候就长得如此，现在她都快成一百岁的老太婆，他那张万年不变的老脸上，依旧是那副让人恨不能一掌拍扁的死模样！

对于这件事情，她的师父解释说，可能是明月居里的风水太好，才会导致他们都不会变老。

云初末就是她的师父，她是被云初末捡来的孤儿。

关于这段往事，用云初末的话来描述就是：某年天下大旱，田间的麦苗不知道枯死了多少，街头野地里到处躺着死人以及即将变成死人的活人，于是吃饱了闲着没事做的他就出去散步，顺便看一看能不能拉点业务，结果业务没拉到，却被某人可怜兮兮地抱住了大腿。

这个可怜兮兮的某人又脏又臭，又扁又丑，瘦得像鬼一样，因此心地善良的他就心生恻隐，顺手带回来当作徒弟养着了，并且很费心地为她取名为云皎。

对此，云皎很是不服气，觉得云初末纯属胡扯，要知道他那个人向来品行恶劣，毫无半点恻隐之心，更何况她即使再瘦，也不可能饿得像鬼一样！

果然之后又出现了多个版本，什么哪个地方暴发了一场大的瘟疫啦，哪个地方又暴发了一场大的洪水啦，总之最后都是“心地善良”的他，把“可怜兮兮”的她收养回来，然后两个人从此相依为命，以及相互打击。

至于名字，云皎曾在他心情愉快的时候问起过，当时云初末只是愣了一下，手指抵着下巴，若有所思道：“噢，当时你太饿了，一直吵着要吃饺子，为了这事儿，我还很认真地考虑过以后要不要叫你云饺子。”

当云皎很鄙夷地告诉他，这个“饺”和那个“皎”完全不是同一种性质时，云初末大吃一惊：“难道我会写错字？”从那以后，云皎就再也不叫他师父了。

“哎，姑娘，你到底买不买啊？一文钱一斤的大白菜居然还讨价还价！”卖菜大妈身材魁梧，声音洪亮如雷，嘴边还有一颗大黑痣。

云皎的眼珠一转，立即露出了很讨人喜欢的笑脸：“姐姐，你嘴边的美人痣真好看，而且待人也好，脾气还很温柔……”

一个时辰后，云皎拎着一文钱十斤买来的大白菜欢天喜地地走了，临行前，卖菜大妈还笑眯眯地往她篮子里塞了两根大萝卜。

走在大街上，云皎望着篮子里的萝卜白菜只想叹气，自从某人莫名其妙地病了之后，明月居已有三年没开门做生意，导致他们现在的生活水平直线下降，一个铜板都恨不得掰成两半花。虽然云初末以前也经常生病，但是拖延这么久都没见好转，这种情况还是第一次。

最后她忧心忡忡地想，如果云初末的病一直没见好转的话，她要不要丢下他自谋生路？

明月居的外面设着一层结界，不被允许的人是看不到的，也是进不去的。云皎拎着满满的菜篮子，脚步依然很轻快，她偷偷摸进了一条小巷，见四周没有人，连忙闪进了结界之中。

薄薄的一层结界，看上去比前几日又坚固了不少，泛着晶莹的、淡紫的光辉，在身体没入的地方，瞬间就开出了一个口子，待人完全进入后，又立即合上了。

内部的景色错落有致，水榭楼台、假山清流，道路的两旁种着修竹和松树，还有几株瘦骨嶙峋的梅树在假山旁长着，看上去病恹恹的，跟云初末一样要死不活。好在前几年她觉得太单调，还在庭院里栽了许多桃树，现下正值三月，桃花粉艳艳地开了满园，为明月居增添了不少的春色。

途经碧莲池子，云皎顺手捞了一条锦鲤，打算中午做成鱼汤给云初末补身子，抬首就远远看见一个人正躺在鱼池岸边的大石头上，左边放着饵料，右边插着钓竿，把书盖在脸上睡大觉。

她迈步走了过去，居高临下地问："你今天怎么出来了？"

那人良久都没有回答，就在云皎差点以为他已经睡着的时候，才懒洋洋地答了一句："累，出来晒太阳。"

云皎撇了撇嘴，他是在房间里睡得累了吧？这三年都缩在屋子里不肯出来，除了沐浴不用她伺候以外，连洗脸和吃饭都懒得动了。正腹诽着，忽听那人的语气一变："如果我记得没错的话，厨房里的大白菜应该已经没有了，为何我又闻到了它那诡异的气息？"

云皎诚恳地点头："你闻得没错，是大白菜。"

那人立即坐起身来，露出了阴柔、精致、俊美的脸，书本应着动作落在地上、滚进了水里，云初末扭头看向云皎，神色复杂："你竟是这般想要把我折磨死吗？"

云皎顿时哭笑不得："我们已经没有银子了，能吃上这个就很不错了。"

其实他们从前是有很多积蓄的，够平常人家吃穿十辈子，可惜前两年某人太过要求生活质量，顿顿人参雪莲滋养着，导致银子像流水一样地花光了。粗粗算下来，到今日他们已经吃了三个月的大白菜了。

见到云初末逐渐发白的脸，她连忙补充道："不过我们今天还可以吃鱼。"

云初末果然把视线转移到那条锦鲤上，良久之后抬眸定定地看着她：“为什么我感觉这条鱼好像很眼熟？”

云皎顿时心虚，别说这一条，池子里的鱼哪条不是被他无数次钓上来又扔下去的？她支支吾吾地回答：“鱼不都长这样吗，能吃就行！”

云初末轻哼了一声，又躺了下来，跷着腿语气很蛮横：“不要！我要吃燕子楼的狮子头和芙蓉铺的桂花糕！”

云皎沉住气：“我们现在又没钱，你让我上哪儿给你买去！”

云初末枕着双臂，悠然地望着天际织纱般的薄云，露出了自信满满的微笑：“谁说没钱了？我们的生意已经来了。”

来者是一个眉目俊秀的年轻人，雪色的长袍上绣着古朴典雅的绛紫纹络，外面还笼着一层素色的轻纱，银白的冠饰之下束着三千如缎的墨发，额间还描绘着一枚银色的狐尾花，身形颀长，看上去温和俊雅，气质清华。

云皎站在云初末的身边，望着此人的瞳孔一缩，她能清楚感觉到，眼前这位看起来绝尘临仙的男子，其实是一个邪魔，而且不是普通的邪魔。

纵观三界之内，自古便是以天神为尊，然而从另一个方面讲，其实邪魔也算是和天神同等地位的存在，只不过他们一个长居于九天之上，一个深藏于幽冥之中，若非是不得已，八竿子也打不到一块儿去。

虽然他们曾经为了争夺地盘打过架，搞得三界生灵涂炭，民不聊生，但是本质上谁也不是谁的对手，最后有人觉悟到，再这么打下去的话，天地搞不好也会因此覆灭，考虑到这一点，双方才不得不订立一个长久的和平契约，草草了事。

“幽冥魔君银时月竟也会找上我，真是令人吃惊。”云初末斜坐在庭院的石桌旁，抿了一口清茶，又慢悠悠地补充了一句，“不过更令人吃惊的是，你现在居然只剩下一缕魂魄。”

听到云初末的话，云皎简直惊掉了下巴，虽然她是一个凡人，而且只活了短短百年，但也知道魔君银时月的大名。

来往明月居的妖魔鬼怪最爱嚼舌根，洪荒远古的故事说得真真假假，其中他们说得最多的便是魔君银时月的故事。相传银时月是从上古时期存活下来的邪魔，没有人知道他是何时创生，也没有人知道他的原身是什么，人们只知道他有着俊美无双的容貌，以及足以睥睨三界的修为。

他的地位崇高，仅次于魔王，神魔大战的时候，曾经跟着魔王侵袭妖族，其间斩杀了不少修为强大的妖怪，为魔族立下了赫赫战功。然而在神魔大战结束以后，伴随着魔王的陨落和魔族的归隐也从三界消失了踪影，没想到时隔万年之后，竟然会出现在此地。

银时月颔首，娓娓道来：“我找你很久了，长离，你终于肯见我了。”

云初末无所谓地笑笑：“不好意思，前些时日受了点伤，不赶快躲起来的话，见你岂不是很危险？”他将杯子放回原处，跷着二郎腿，气定神闲又痞气十足，“不过看你现在的样子，显然是我多虑了。”

银时月的唇角勾起些许苦涩的笑，声音听起来温柔而又疏离：“是吗……”

云皎见此，对他顿生出一丝同情，要知道银时月从前是多么光辉亮丽，虽然不及幽冥魔王的地位，但也算得上是魔族中的翘楚。现在他沦落至此，还被云初末这样奚落，肯定不是滋味，她赶紧劝慰道：“我家公子先前生病不宜见客，他的话，公子不必放在心上。”

银时月一怔，打量了云皎几眼，又看向了云初末，眼神中多了几分探究和茫然。

云初末咂巴了一下嘴，无奈耸肩道：“显然她失心疯，她的话，你也不用放在心上。”

云皎顿时气得咬牙切齿，恶狠狠地瞪着云初末，眼神中几乎可以喷出火来，但见那两个人都没再说什么，她也只好把这滔天的愤怒压下去了。紧接着，又听云初末懒洋洋说道：“既然找上我的明月居，想来也清楚我的规矩，先交上定金，三个月后，我再将你的魂魄取去。”

他的话音刚落，一个圆鼓鼓的锦袋就朝着他们飘了过来，银时月负手站在不远处，微微颔首：“多谢。”

寂静的庭院里，顿时泛起点点晶莹的蓝光，它们游走在半空中并急速集聚起来，不多会儿，一把古琴缓缓出现在光芒之中，纯桐木制，纹络古朴典雅，看上去年代久远。

“这是我与她唯一的联系，三日之后，我将再来……”银时月的声音渐远，回荡在长空中，缥缈悠远，不多会儿，便消散无痕，除了那袋金子和古琴之外，仿佛从没有人来过一般。

云初末平静地望着那把琴，良久摇头惋惜道：“为了一个女人，真是……”

他说到这里忽然顿住了，从袖中抽出一把折扇，缓缓展开，不紧不慢地扇着，一双漂亮的眼眸里似是敛着星辰，璀璨夺目，不知又在计划着什么鬼主意。微风撩起了他的发带，整个人看上去风度翩翩、气质清华，只可惜一肚子的坏水。

过了一会儿，云皎忍不住问：“现在才三月，你扇扇子不冷吗？”

云初末抬眸瞥她，唇角一扯：“显然是你太粗俗，不懂得读书人的风雅。”

云皎吐了吐舌头：“风雅我倒是没见着，不过等会儿有个读书人可能要伤风了。”话音刚落，云初末便打了一个大大的喷嚏，云皎的脸上顿时绽放出了笑容，金灿灿的，跟朵太阳花儿似的。

云初末的脸色很臭，拿着扇子作势要砸她：“忘恩负义、幸灾乐祸，说的就是你这种人，简直比最毒的砒霜还毒！”

云皎跳着躲开，向他笑嘻嘻说道：“砒霜才不是最毒的，你要不要试试看？”

云初末很是鄙夷，轻飘飘地斜眼看她，阴阳怪气地轻哼了一声：“世间唯女子与小人难养，古人果然诚不我欺。”

云皎很不服气，立即指责他：“云初末你居然歧视女人！”

然而对方却悠然地跷着二郎腿，单手支颐撑在桌子上，猥琐地露齿一笑：“你搞错了，我只是单纯地鄙视你而已。”说完，目光还有意无意在云皎身上流连几下，眼里带着坏笑，“而且，你看你全身上下哪一点像女人了？”

“你你你……”云皎顿时怒从心中起，恶向胆边生，气得连连跺脚，嘴硬反驳道，“那……那也是你养得不好！”

她到现在都还记得，最初来癸水的时候，因为什么都不懂，还把裙子染脏了一大片，云初末见到还以为是哪里受伤了，拖着她一路狂奔到医馆，最后那位年过古稀的老大夫，在一屋子人的注视下，脸色青白了好一阵儿。

云皎敢举着双手和双脚发誓，这件事情绝对是她一辈子都抹不掉的污点，现在回想起来，都觉得丢脸死了！

云初末显然和她想到了同一件事情，忍不住扑哧笑了，精致的眉眼中掩着潋滟的笑意。他站起身来，顺势揉了揉她的脑袋："是你还太小，明白了吗？"

云皎从袖底的缝隙抬眸看他，和挺拔俊美的云初末比起来，她确实显得娇小许多，可是……她很不服气地心想，人家明明已经一百多岁了……

正想着，云初末摸她脑袋的手侧了一下，从桌子上抓起那袋金子丢给她："现在你可以把那些糟心的大白菜丢掉了，再去买些吃的回来，除了方才说的那些，再要一壶女儿红。"

云皎立即不满地指责："你这个人怎么可以这样，简直浪费粮食！"然而对方压根没听进去她的话，单手抱着那把琴，打着呵欠懒洋洋地走回房间了。

其实对于今天的来客，云皎仍抱有一丝疑虑，银时月再怎么说也是远古时期的邪魔，怎会被人毁去形体，落得这样悲惨的下场？更何况云初末的身体还未完全好，如果贸然使用法力的话，肯定会受到损伤，而且银时月的魂魄之力越强大，他受到的反噬之力也会越大。

在云皎把自己的担忧说与云初末听的时候，对方一口女儿红喷了出来，连带着口水溅了她一脸，某人精致好看的眉眼里，顷刻绽放出最灿烂的笑容："真是对不起，我忘了你坐在这里，哈哈哈哈。"

云皎黑着脸往脑门上抹了一把，愤怒地起身离开，气冲冲地回自己的房间了，某些人根本就不值得同情，因为祸害遗千年，就算天地崩塌，峰峦被山风磨成灰末，他也会活得好好的！

将近晚上的时候，她做好了饭菜端去云初末的房间，见他正站在书案旁作画，一笔一笔勾勒出大致的轮廓，看上去黑乎乎的一团，跟今日见到的银时月一点也不一样。

她的唇角一扯，挫败地问："你画的到底是什么东西？"

云初末看了她一眼，眸中泛着笑意：“怎么，不生气了？”

云皎不乐意地嘟嘴，闷闷道：“我才没有生气。如果真要生气的话，早就被气死了，不用等到现在。”她顿了顿，“银时月再怎么说也是上古时期的邪魔，替他画骨重生，真的没问题吗？”

云初末气定神闲地勾勒着，声音听起来有些漫不经心：“我是你师父，若是连这点事情都办不到，日后说出去岂不是让你很丢脸？”

云皎鄙夷地望着他：“云初末，如果你还记得的话，应该知道我早就不叫你师父了，而且这两件事情有关系吗？”

云初末妖娆地笑着，笔锋一收完成了画作，轻轻呼了一口气：“怎么没关系了？正所谓一日为师，终生为……咳，就算你我的师徒情分并不长，好歹也曾有过这么一段不是？”

云皎沉默了下来，心知他又在故意扯开话题，偏过头不屑地哼了一声，不作辩解。

书房里的灯火昏暗，墙壁上跳跃着烛光，看上去温暖而祥和，她依稀想起从前还很小的时候，总爱站在云初末的旁边看他给人作画。转眼间，百年的时光已然流逝，他们的年龄看上去也没有什么差别。那么，未来会如何呢？

她不知道到底是什么保持着自己的青春，所以也不清楚这种情况会不会一直延续下去，可是有一件事情，她是知道的，那就是就算有一天她老了、死了，云初末还是会好好地活着——以这样年轻俊美的模样。

“又在想什么呢？”脑袋上突然被人拍了一下，云皎下意识抬头瞪了一眼，果然见云初末已经作完画，走过来吃饭了。

她揉了揉被打的头，想了一会儿，问道：“如果有一天我死了，是不是也可以用描皮画骨的方法复活重生？”

云初末的身子一顿，他沉默了片刻，偏过头看她：“若是这么清闲的话，你倒不如拿轮回石查一查银时月的命格。”

轮回石，顾名思义就是一块石头，相传万物生灵自出生时起，命数皆被刻在一方命盘之上，无数道命轮看似毫无规律地运转着，相互交织、彼此错过，构成了繁复错杂的人生。

而轮回石便是这些繁杂信息凝结成的一块石头，曾被置于冥海之滨、忘川之畔，掌握着天地万物的生老病死和它们之间的因果轮回，后来不晓得怎么就被云初末得到了，还被用来做这等卑鄙又见不得人的事。

跟随云初末多年，她也曾动用轮回石查探过自己的人生，结果很挫败地发现，记载着万物生灵命数的轮回石，竟然没有一点关于她的消息，实在令人郁闷不已。

云初末知道之后，还嘲笑了她很长一段时间，说是因为她实在太渺小了，导致命盘记载运数之时，都不屑刻下她的名字。云皎当然知道他在胡扯，命盘之上，蝼蚁尚且都有自己的命数，更何况她是一个活生生的人。

后来被她逼问得没办法了，云初末才勉强告诉她，是她的过去太悲惨了，为了不让她难过，他才“好心”把她的过去都抹掉的。

这个答案显然也不是她想要的，于是云皎再接再厉追问自己的前世究竟是什么。云初末沉默了许久，神色复杂地告诉她，她的前世是一个烧杀抢掠、无恶不作的女山贼，描述到具体细节的时候，还忍不住爆笑几声，说她这些年之所以会被他欺压虐待，完全是因为前世坏事做得太多，今生找他赎罪来了，最后云皎当然是把他狠狠揍了一顿才算稍稍解气。

不过在之后的生活中，只要云皎被逼无奈当牛做马伺候云初末时，她都会很不争气地想，莫非她的前世真是一个无恶不作的女山贼，导致现在过着这么悲惨的人生？往事已矣，现在回想起来竟然皆令人啼笑皆非，一百多年的时光，他们就是这么吵着闹着走过来的，而且丝毫不觉得孤独和漫长。那么，未来该如何，有云初末在，这种事情从来都不是她应该想的。

明月居阁楼之下，有一方明净的池水，水面几乎与池沿齐高，里面并无水藻和杂草，只在池子旁种了几株樱花模样的树，每到春时落英如雪，十分美丽，花瓣飘落在池水中，几日便消散了芳影，只有那泓池水，长年清澈如镜。

她曾为此感到惊奇，还想捞几条锦鲤丢进去试验一下，看看会不会像那些花瓣一样消失，不过云初末再三威胁，若是敢往里面乱扔东西就会把她打死，权衡再三，云皎最终还是放弃了。

夜半时分，一轮明月悬挂当空，天际繁星点点，犹若那日银时月幻化出来的晶莹蓝光。

云皎站在净水池旁，因启用轮回石需要选用一件和当事人有关的物什来，所以她把古琴置于轮回石下，开始准备施法。法诀念起，轮回石上催动淡淡的金光，投射到池水之中，依稀闪现出当年的光影，她挨着池沿蹲下来，沉默地看着银时月的过往。

这是一段悲伤的故事，关于他和一个美丽的姑娘。

第一卷·亘古谣

他说过，不愿让她悲伤，可是却忽略了，她的悲伤从来都与他无关。

——亘古谣

第一章
邪魔银时月

新春三月，正是围猎的好时节。

车迟国的大王率领大军前往雁荡山狩猎，转眼已经过了月余，大军起拔回城，满载而归，国都内万人空巷，百姓纷纷涌上街头，迎接勇士们的凯旋。而此时，一个女子正跪于王宫的神庙前，她的身姿优雅，素衣长发，银钗绾髻，犹若一朵纯净的雪莲花。

“雪羽大人，雪羽大人……”外面隐约传来喊声，她缓缓睁开了眼睛，站起身来朝神庙外走去，刚刚迈步走出了门槛，就见一个宫女匆匆忙忙赶来。

她摇头叹了口气，缓步走下石阶，来到跟前才轻声斥责道：“此乃神庙，清静肃穆之地，怎由得你喧哗呼叫？”

宫女顿觉失礼，局促地低下了头：“奴婢知错。”

姜雪羽见此微微笑了，声音也放得柔和：“你来找我，有何事？”

她是宫中的司药女官，专门为大王侍医配药，如今大王狩猎未归，她也跟着闲下来，宫中若是没有紧要的事情，不会有人来找她的。

宫女跟在她的身边：“大王回来了，”顿了顿，似乎在笑着，“护卫大人也跟着回来了。”

姜雪羽的脚步一顿，片刻之后，试探地问道："他……可好？"

宫女抿唇偷笑，自顾说道："护卫大人武功高强，自然是没事的，而且听闻狩猎之时，大人表现神勇，还被大王嘉奖赞许呢！"她望着姜雪羽，眉目闪过一丝狡黠，打趣道，"也不枉大人你日夜在这庙中祈求平安、天神庇佑，可不就应验了？"

姜雪羽又羞又恼，伸手要去打她："就你贫嘴！"

宫女笑嘻嘻地躲开，连声说道："大人，奴婢报完信就要走了，大王的御驾此时应该已经过了昭华门，很快就要入宫了。"姜雪羽默默颔首，向那个宫女施礼答谢后，也匆忙收拾行装准备去迎接大王。

王宫中，一袭红毯铺在地上，朝臣皇亲跪在两旁，后面的内侍宫女黑压压跪倒了一片。姜雪羽身为司药女官，官位低微，只能位列在偏远的角落里，她俯身跪在众人之中，神色谦卑而温柔，想起记忆中的那道身影，不由得又多了几分欢喜。

大王和朝臣们寒暄几句，便领着众人前往春华台了，那是位于神庙不远处的一座高台，占据了方圆千尺的土地，可以容得下好几百人，按照以往的惯例，今日王宫中会在此举办酒宴，用将士们打猎捕获的野味款待群臣。

宴会开始，首先是祭天谢祖，祭台之上摆着最为肥美的牛羊，由大王亲自敬献给天神以及车迟国的祖先。舞乐之声响彻云霄，大臣们纷纷跪下举杯，恭祝车迟国风调雨顺和大王万寿无疆，姜雪羽俯身跪在酒案旁，在这洪亮的祝贺声中，不知不觉地抬起了头。

一个月不见，他黑了，也瘦了，却比从前更加精神，站在大王的身边，像是巍峨的高山，宛若初升的旭日，令人见了便生出壮志凌云的豪情。秦铮并没有注意到她，姜雪羽有些黯然，默默垂下了眼帘，片刻之后，又不动声色地朝他那边看去，遥望着那道身影，渐渐露出了温柔满足的笑意。

"父王！"酒宴之上，突然传来了欢快的声音，一个华衣少女阔步跑了过来，她的身上披着赤红的披风，容颜明艳夺目，举止亦是活泼动人。

大王见到她，立即开怀大笑："哈哈，绰瑶，你的胆子可真是越来越大了，现在连接驾都不去了？”虽然听起来像是责备，然而语气中却宠溺分明。在车迟国，谁不知道绰瑶公主最得大王的喜欢，就连东宫太子都比不上她的地位。

绰瑶走上石阶，黏腻地扑在大王的怀里，软语撒娇道：“父王父王，儿臣不是不去接驾，而是去做正经事了。”

大王别有深意地哦了一声，出言问道：“什么正经事，可否跟父王说说？”

绰瑶咯咯轻笑了几声，从大王的怀抱里钻出来，调皮地转了一圈：“儿臣正在学骑马，等到明年开春的时候，就可以和父王一起出去打猎了。”

大王听此，果然龙心大悦，击案连说了几句好，又痛快地笑了几声，金银珠宝、珍奇古玩，只要是他能给的，恨不能统统搬过来赏赐给这位聪明可爱的女儿。

宴会进行到一半，声乐舞姬皆退了下去，姜雪羽觉得无聊，便也早早离开了宴席，因秦铮是护卫，只能寸步不离地守卫在大王的身边，她根本无法近身，于是就找了一位熟络的内侍，让他带话给秦铮——

申时未央，西泠药庐，不见不散。

这是宫中种植珍奇草药的地方，除了她这位司药女官，平时很少有人过来，王宫的规矩颇多，严禁护卫与女官交往，只有在这个地方，她和秦铮才能单独相处，小聚片刻。

幼年时期的青梅竹马，秦铮是她记忆中唯一的美好，可惜后来遭逢天灾，家人亲族皆因灾荒死去，故土饿殍遍地，百姓流离失所，他们两个也就此失散。

好在上天眷顾，让她有机会入宫当选司药的女官，也是在那一年，她找到了昔日的邻家哥哥，从此两棵漂流的浮萍相依为命，彼此之间也算是有了依靠。如今那么多年过去了，她依然很清楚地记得那天的情景……

四月春光明媚好，宫人们纷纷来到神庙进香诵经，祈求上天赐予国家安宁、王宫和睦。神树之下，他们之间相隔不到一丈，冥冥之中，仿佛上天注定一般。

那一年，她初次入宫为贵族侍医，还不曾见到大王；秦铮也只是一个默默无闻的小侍卫，亦不是现在的模样。后来秦铮因在鹰爪之下救护绰瑶公主有功，被大王赏识、提拔为护卫，而她，静默无言行走在王宫之中，守护着他们过去的时光……

虽然约在申时，但姜雪羽早早地就去了药庐。自从秦铮跟随大王出宫打猎之后，她就很少来到这个地方，一个月不见，药庐中的草药已经长得郁郁葱葱，在微风中散发着些许淡淡清香，庭院角落的空地上还种着一株很大的杏树，此时杏花已然开放，洁白的花瓣纷纷扬扬地飘落，看上去很是唯美动人。

秦铮还没到，于是姜雪羽在石桌边坐了下来，从前她就是这样等着秦铮的，一等就是两三个时辰，却从来都没有觉得累或是厌烦。好像只要是和秦铮有关的事情，她都有着极大的耐心。

秦铮老实木讷，不大喜欢说话，她也并非是多话之人，两个人在一起经常是沉默的，然而即使这样，她也喜欢跟秦铮待在一起，只要有他陪伴在身边，她就会觉得欢喜心安。

许久之后，夕阳西下，绯色的残光蔓延在天际，湮灭了最后一抹余晖，不远处的宫殿屋檐下已经掌起了灯火。眼见着申时已过，漫长的宫道清冷悠远，始终都见不到秦铮的身影，姜雪羽站起身来，遥望着视线的尽头，神情间有些焦急，大王的酒宴还未结束吗?

过了一会儿，才有一个内侍的身影出现，他匆匆忙忙赶来，走到姜雪羽的面前施礼道："雪羽大人，护卫大人说宫宴尚未结束，恐怕会晚一些。"

果然……姜雪羽微微垂眸，这才放下心来，她向那个内侍回礼道："多谢。"

目送内侍离开，身影又消失在宫道的尽头，她站在原处怔了好一会儿，才慢慢回神，转身望着天际璀璨的星光，虔诚地合上了双手："信女姜雪羽，祈求天神眷恩，让我与秦铮哥哥早日离开王宫，一同……"

她说到这里，忽然停了下来，一同……一同什么呢？不知为何，这王宫之中看起来人声鼎沸，却好像谁跟谁都没有关联，在这里住得越久，她就越是害怕，为自己提心吊胆，更为秦铮担惊忧虑着。

天子一怒，伏尸百万，而她和秦铮却是那么渺小的两个人，相对于整个皇城而言，性命低贱如地上的蝼蚁，总怕哪一日，她不小心触怒了大王，留下秦铮一人茕茕落落，可若是秦铮不在，她也不会独活。

她很想回到家乡去，虽然那儿比不上王宫的富庶繁华，也没有皇城的钟鸣鼎食，却终究有犬吠蝉鸣相伴，炊烟袅袅，日出而作，日落而息，如此生活虽然清苦，倒也过得心安理得。

想到这里，她的神情黯然了下来，她明白，秦铮是不会跟她离开的。他对这里有深深的眷恋和不舍，就如同她一直思念着故乡和从前的岁月，可惜时光悠悠，恰似江水流，一旦过去了，就再也无法回头。

她还记得他们小时候，秦铮总爱背着她穿过油菜花田，两个人笑着闹着，还唱着故乡的歌谣，像是兄妹一般。是从什么时候开始呢？她对秦铮的感情变了质，注视着他的身影，渐渐有了自私的想法和念头。这样的感情让她害怕，她是喜欢秦铮，却又不敢让他知晓，只得生生忍着，纵使心底有千回百转，缱绻思念，表面上还得装作若无其事。

他们之间到底隔着故人之谊，她只是他的邻家妹妹，因为这，秦铮保护她，怜惜她，却不曾爱过她。这种感情阻隔在他们中间，像是一座大山，他没有再向她走近一步，她便也失去了翻山越岭的勇气。

姜雪羽缓步走到杏树之下，挨着石桌坐了下来。不知不觉，夜色悄然蔓延在药庐之中，宫灯微弱的光辉逐渐变得模糊起来，层层紫雾笼罩，阵阵凉风乍起，不多会儿便下起了小雨，天地朦胧一片，又一个时辰过去了……

她站起身来，怔怔地望着宫道那头，雨雾掩映的道路上空无一人，默然垂首，低低轻笑了一阵，良久之后，才怅然叹息了一声。周围的一切都开始变得模糊不清，她的身上麻木冰冷，终于疲惫地合上了双目，缓缓倒在了石桌之上。

与此同时，药庐中泛起了点点晶莹的蓝光，游走在夜空中像是璀璨的星辰，又如随风飘舞的流萤，唯美而静谧。一个雪色衣袍的男子出现在那里，他的身上泛着淡淡月华，在漆黑的夜晚里显得沉静而温雅，雨击打在他的身侧，又被一层薄薄的结界阻挡出去，飞溅的水花像是一道皎白美丽的光晕，围绕在他的身边。

他微微抬手，从天而降的大雨瞬间静止在半空，仿佛不忍心再去打扰那位昏睡的女子，银时月迈步走到她的身边，轻轻开口，仿佛自言自语道：“你等的那个人，他不会来了。”

一朝病来如山倒，从药庐回来的翌日清晨，姜雪羽就得了伤寒。她脸色苍白，躺在病榻上吞咽着苦药，不时虚弱地低咳几声，精神恹恹地望着窗外雨后的景色。

外面传来敲门声，姜雪羽的眸光微动，却是一个宫女的声音：“雪羽大人。”

希望陡然变成失望，她的神色落寞，沉默了片刻，才勉强撑着精神出门，打量了那个宫女几眼，才问道：“你是公主宫里的吧？”

那宫女点了点头，拿出一封信笺来，浅黄颜色，上面并未署名：“护卫大人吩咐奴婢把这封信交与大人。”

姜雪羽闻言，神情一怔：“秦……秦护卫现在在公主宫里吗？”

那宫女颔首称是：“护卫大人正在教公主骑马，护卫大人还说，请雪羽大人看过书信之后，回一封书信与他，好让他放心。”

姜雪羽的神情有些黯然，勉强笑了笑，轻轻嗯了一声：“多谢，请在此稍候片刻。”

她转身走进了屋子，将那封书信拆开来看，原来当日失约是因为大王吩咐他教公主骑马，才会误了时辰，从公主宫里出来之后，当时正是下雨，想到她必然已经回去，于是就没有再去赴约。

姜雪羽将书信小心收好，重新放回信封里，她拾笔润墨想要给他回一封书信，然而写了几封都不大满意，便都揉作一团。她站在书案的旁边，望着不远处的香炉失神，菡萏香炉上缭绕着寂静的云烟，淡紫色的雾气升腾在空中，又慢慢地散开，氤氲在房间之内，化作丝丝沁人心脾的幽香。

她怔了片刻，又把他的那封书信拿了出来，再次展开，只见到满张字迹英武有力，笔触潇洒自然，就跟他那个人一样，无论做什么事情都干脆利落，从来都不会有丝毫的犹豫。她拾笔斟酌稍许，落笔在他的字迹旁边，缓缓留下一行娟秀的小字——

勿以为念。

装在原来的那个信封里，封好之后，出门交给那个宫女，由她带了回去。

说是勿以为念，秦铮就真的没有放在心上，接连好几天，姜雪羽闷在房中养病，都没有见到他的踪影。想到大王的命令不可违抗，而且侍卫们刚刚春狩回来，他还有许多事情要忙，她虽然心里觉得失落，倒也没有要怪罪他的意思。

经过几天悉心的调养，她的伤寒才总算好了起来，不料在这个时候，宫里却传来了急召，原来大王自从狩猎回来之后，兴致正是高昂，连着好几天兴办酒宴，劳累过度，再加上夜里受了些凉，因此得了风寒。

姜雪羽前去王宫为大王侍医，待到一切事宜完毕，才从宫里退出，刚想离开，却被一个人拦了下来，秦铮不知何时等在殿外的一角，望着她俊眉微皱：“雪羽，你病了？”

姜雪羽低下了头，轻声道：“前两日得了伤寒，现在已经好了。”

听她这样说，秦铮便也放下心来，又听姜雪羽问道：“你今日不用护卫大王吗？”

秦铮摇了摇头：“大王正在睡觉，一时用不到我，而且……”他顿了一下，像是在笑着，“我过几日就要去公主宫里当值了。”

姜雪羽怔了怔，良久才回神答道：“是吗。”

她垂下了眼帘，不紧不慢道：“在公主身边不比大王，这样也好。”

他们一起走出了宫苑，步行在长长的宫道上，路过一片梅林的时候，姜雪羽忽然问：“这次在宫外见到不少有趣的事情吧，不知你可有闲暇，说与我听一听？”

秦铮点了点头：“你不提我倒忘了，这次在宫外确实见到了不少新奇之事。”

他们在梅林中坐下，从大军狩猎的各种惊险说到沿途见到的风景，又提起这一路上看到的风土人情，秦铮徐徐道：“那些地方也没觉得有多好看，还不及咱们家乡一半好。”

姜雪羽闻言笑了，喃喃自语：“时隔多年，也不知道家乡现在变得如何……”

还有好些话未说，却不得已戛然而止，正在他们交谈之时，一个内侍慌慌张张地跑来："护卫大人，不好了，公主从马上摔下来了。"

"什么？"秦铮惊了一下，连忙站起身，他的俊眉紧皱，犹豫地看向了姜雪羽，"雪羽，我……"

姜雪羽的神情黯然了片刻，又缓缓笑道："既然如此，你就去看一看吧。"秦铮点了点头，赶紧跟着那个内侍离开了，姜雪羽站在原地，注视着他的背影，怔了好一会儿。

这么多年来，在她的事情上，他从未显露过这样心急火燎的神情，也从未有过这样惊慌失措的模样，所以她才要极力地说服自己，他的担忧仅是因为职务，君臣之故。可是她也明白，这是她在自欺欺人，秦铮喜欢绰瑶，她很早以前便已知晓。

那一次，进献的雄鹰突然失控，直直地冲向公主，秦铮不顾一切挡在了公主的身前，背上还被鹰爪划了好几道伤口。清醒之后，第一句话便是询问绰瑶公主是否安好，他担忧公主，更甚于自己的性命。

姜雪羽落寞转身，朝药庐的方向走去，一场春雨过后，药庐的花草更是长势喜人，郁郁葱葱的枝叶里氤氲着泥土香，杏树上的花儿已经落了不少，铺在地上厚厚的一层，洁白的花瓣沾染上雨水，还余留着一缕幽香。她颓然走到石桌的旁边，侧身坐了下来，默默地望着眼前的景象。

"原来是雪羽……"一个声音打破了这里的寂静，姜雪羽抬头看去，只见一位华衣公子走了过来，她认得此人，是太子殿下的内戚。

姜雪羽连忙站起，向他施礼道："参见大人。"

那人笑嘻嘻凑近，语气暧昧无礼："雪羽为何在此伤神，可是一个人觉得孤单寂寞了？"

姜雪羽不悦地蹙眉，却仍是恭敬地答道："大人说笑了，下官尚有公务，先告退了。"

她刚想绕过那个人离开，那人却不依不饶地拦住了她，十分泼皮无赖："雪羽莫走啊，我近日有些头疼脑热，雪羽若是不介意的话，到我府上给我诊治诊治如何？”

姜雪羽面有怒色，极力避开此人：“回大人，下官乃司药女官，不可随意出宫，劳烦大人让路。”

那人却依旧不依不饶，姜雪羽在心中焦急，正仓皇失措之时，那人忽然痛呼了一声，双腿发软直接跪在地上，紧接着又翻了个跟头，重重地摔了出去。他从地上爬了起来，惊恐地打量着周围，见鬼一样匆忙跑开了，姜雪羽也愣在当场，不仅是这个人，连她也觉得是见鬼了，她转过身四处搜寻，果然在树下见到一人缓缓现出身形。

那人身着雪色的衣袍，容貌精致俊雅，额间还描绘着一枚银色的狐尾花，颀长的身姿伫立在翩然落英中间，像是刚从画里走出来的仙人，令人感到如沐春风。他并着手指，注视那人远去之后，才收起了手，负在背后掩在广袖之中，云淡风轻地看向了她。

姜雪羽愣了许久，才怔怔地问：“你……你是仙人吗？”

树下的那人淡淡笑了，顷刻间带起和风一片，他的声音温浅，缓缓开口道：“若我说不是呢？”

他依旧伫立在树下，冰玉雕琢般的面容沉俊而优雅，午后金色的光辉穿过枝叶，在他的衣袍上留下了斑驳的光影，整个人显得优美而纯净，庭院里温暖的微风拂动，摇落了一树的繁花，他只是默默地注视着眼前的女子，似乎在等候着她的回答。

姜雪羽下意识地退后了一步，显然是受到了惊吓，对她而言，神魔鬼怪只存在于书本和戏文之中，眼前这位并非人类，也不是仙人，便是……

银时月见到她这样的反应，淡然的眉目中流露出些许不明的悲伤，他的唇角勾起一丝苦笑，落寞转身准备离开。

“请等一下……”姜雪羽回过神来，她上前追了几步，语气里勉强克制着惊慌，“我……我并不怕你。”

银时月的身子一顿，他侧首看向了姜雪羽，又慢慢地垂下了眼帘，面容间带着些许羞涩，温言开口道：“我从创生之日起便是邪魔，虽然我也不知道为何会是这样，但是我从未伤害过人类，你放心好了，我不会伤害你的。”

姜雪羽回答道：“你刚才救了我，我知道你是一个好……好心的邪魔。”她向银时月走近了一步，试探问道，“你……一直都在这里吗？”

银时月点了点头，他抬眸看向了那株古老的杏树：“从这棵树还很小的时候，我就是在这里的。”他顿了一下，又看向了姜雪羽，轻柔的声音又低下去许多，“我知道这里是你的地方，我待在这里只是为了疗伤，你若是不喜欢，我可以离开。”

姜雪羽闻言问道：“你……还有其他的地方可以去吗？”

银时月的神情一滞，垂下了眼帘，又无言地摇了摇头。

姜雪羽沉默了片刻，微微地笑了：“既然如此，那就留在这里吧，反正这里也没有别的什么人，只是不要被其他人发现就好了。”

听到她的话，银时月不由得怔了一下，显然没有想到这个人会将自己留下。

他望着不远处的姜雪羽，只见她的笑容恬静而温柔，一袭雪白的衣物上纤尘不染，片刻之后，也跟着慢慢露出了笑容，缓缓说道：“你放心，等到我的伤好之后，就会自行离去，不会给你带来麻烦。”

他的周围升起了点点晶莹的蓝光，雪白的衣袍上也泛着淡淡的月华，颀长的身形渐渐消失在树下。姜雪羽下意识地抬起了头，温暖的春风乍起，撩起了她的长发，皎白的花瓣簌簌坠落，像是瞬间下了一场杏花雨。

她怔怔地望着银时月刚才站立的地方，耳畔还回荡着他温雅淡漠的声音，然而那树下，却早已不见了银时月的身影，唯有片片飞花似雪，蓝色的光点游走在半空中，沉静优美，轻灵寂然。

银时月是一个邪魔，一个流落凡间的邪魔。

据他所说，大概在一万年前，天神与邪魔发生了战争，那场大战几乎牵扯到当时三界六道所有的生灵，他在魔王的邀请下加入了侵袭妖族的战争，也在那场战役中得罪了不少修为强大的妖怪，以致在神魔大战结束很久之后，那些妖怪还在不停地追杀他。

在几十年前，十几个修为高强的大妖怪将他困于阵法之中，他虽然突破了阵法，也杀死了那些围困自己的大妖怪，然而自身的修为却受到了极大损伤，浑浑噩噩地飘落在人世间，附身在王宫的草木中休养了起来。

午后的阳光灿烂而又澄明，姜雪羽坐在药庐的石桌旁，听着银时月的叙述有些出神。

远古洪荒的事情她不太懂，不过眼前这位看起来温文尔雅的年轻男子，她实在想象不出他犯下杀戮之时会是怎样的场景，从相遇到现在，她只看得到他温柔淡漠的模样，因此也只愿把他当作一个温柔的人，一个值得信赖依靠的朋友。

银时月见到她失神的模样，淡淡问道："你怕了？"

姜雪羽回过神来，又摇了摇头，认真回答："我只是在想，银时月从前会是什么样子。"

"我的从前……"银时月喃喃重复了一句，又不甚在意地一笑，"我是邪魔，无论何时何地，都只会是邪魔。"

姜雪羽想了一会儿，说道："我从前虽然没有见过邪魔，但是我记得你说过，你从创生之日起便是邪魔，虽然你也不知道为何会是这样，但是你从未伤害过人类。所以我想，银时月是一个好心的邪魔，你与其他的那些邪魔，一定是不同的。"

听到姜雪羽的话，银时月显得有些困惑，有些事情，甚至连他自己都想不清楚，或许他与其他的那些邪魔确实是不同的，至少那些邪魔从创生之日起，便不会去想自己为何会是一个邪魔诸如此类的问题。

他可以在手起刀落间杀死无数的妖怪，却始终无法做到对人类举起屠刀。在神魔大战的时候，目睹那些邪魔吞食人类的场景，他的心中隐隐地觉得厌恶，为什么呢？或许是觉得人类太过渺小，根本不足以让自己放在心上，或许……连他自己都觉得，从创生时起便身负灵力的他们，才是这个世上的异类。

他沉默了片刻，唇角勾起了些许弧度："那你呢？"对上姜雪羽疑惑的目光，他又继续问道，"你真的不会害怕吗？身为人类，面对我这样的邪魔，真的不会感到害怕吗？"

姜雪羽不由得反问道："为什么要害怕呢？"

银时月淡淡答道："邪魔是这个世间最为肮脏邪恶的生灵，只要是人类，都会害怕的。"

姜雪羽想了想，摇头道："我觉得，银时月只是和我们不同而已，为什么要觉得自己肮脏呢？"

银时月一怔，又听她继续道："如果银时月真的是邪恶生灵的话，当初就不会救下我了，所以在我看来，银时月是一个很好的朋友，一个值得我一生一世都去珍惜的朋友。"

银时月沉静地望着她，其实当初为什么要救下她，这件事情他也不明白。几十年来，他一直都附身在那棵杏树里，潜心休养着自己的伤势，直到后来有个人类女子来了，她在这里开辟出一个药庐，也打破了他生活的寂静，最初他是不喜欢这样的打扰的。

然而这几年之中，暗中观察着她的一点一滴，渐渐地，他也就习惯了这个女子的存在。他知道只要有空闲的时候，她就会来到这个地方打理药材，他也知道，有一个名叫秦铮的男子，他们经常在这里相会，见面的时候，大多都是说一些无关紧要的话，可是这些无关紧要的话，却可以令她在暗地里开心很久。

邪魔不懂得人类的感情，一直以来，他以为自己对这个人类女子，也仅是不讨厌而已，可是他慢慢发现，习惯其实是很可怕的东西，因为习惯了她的存在，所以当她不在的日子里，心里总是空荡荡的，似乎缺少了一点什么。

每当太阳升起的时候，他心里就会默默地想，那个在药庐中专心致志侍弄花草的女子会不会出现。这样的念头从清晨一直困扰到晚间，他的心中好像一直在期许着什么，然而那个被他期许的人却始终没有出现，他又会感到原来一天的时光还可以这样漫长。

也许他只是觉得孤单了，他记得曾经有个人告诉过他，当一个人的心中开始放着另一个人的时候，就会时常感到孤单，想要得到的东西无法满足，心里就会生出不安，人类把这种情绪叫作思念，然而他只是一个邪魔，无法懂得人类的情感。

身为一个邪魔，他更愿意将自己的情绪归结于羁绊，由于习惯了她的存在，他对这个人类姑娘产生了羁绊之心，希望可以时常看得到她，希望他们之间的一切都不会改变。

银时月垂下了眼帘，温言问道："你想听琴曲吗？"

姜雪羽有些惊讶："你还会弹琴？"

银时月点了点头："以前在魔界的时候，每当我没有事情可以做，就会坐下来弹琴。"他顿了顿，又说道，"那里的邪魔都听不懂音律，只有一个邪魔，会站在不远处听我的琴曲。"

他的右手轻拂桌面，一把古琴缓缓显现出来，指尖捻动琴弦，轻柔似水的琴音顷刻流淌了出来，古朴的韵调虽然极尽简单，却有一种足以打动人心的力量，令人不禁想起阴沉厚重的森林，以及一望无际的空旷山谷。

银时月的神情温雅如初，一曲余音落下，他伸手抚住了琴弦，低头看着手中的那把琴，淡然的眉目中似乎流露出一丝哀伤的神色："他是我们幽冥之渊里的魔王，这首曲子就是他万年之前所作的。"

他顿了一下，轻轻抚摸着琴弦："他是一个强大的邪魔，我们甘愿为他而战，为他而死。可是神魔大战的时候，他与妖王同归于尽，尸骸被封印于妖林之中，从那以后，我已有许久没有弹过这首曲子了。"

姜雪羽闻言，试探问道："他……是你的朋友吗？"

银时月垂下了眼帘，又摇头笑了："邪魔的世界与人类不同，我们都是从幽冥之渊的邪气中衍化而来的，因此从创生时起就没有亲人，不会存在朋友，更不会喜欢谁。"

姜雪羽望着他，想起银时月曾经提起过，他从前生活在那个叫作幽冥之渊的地方，那里的光线昏暗，土地贫瘠，几乎没有可以供来吃的东西，因此即使是同伴之间，为了争夺食物也会自相残杀，更有甚者，会吞食彼此的血肉。

她正想着，忽然听银时月问道："那么，你自己呢？"

姜雪羽一怔，有些疑惑："我？"

银时月点了点头，用轻柔的声音问道："你一直等待着的那个人，就是你心里在乎的人吗？"

想起秦铮，姜雪羽露出了些许笑容，颔首回答道：“是啊，秦铮哥哥他是很好的人，在这个世上，也就只有他愿意对我好了。”

午后明媚的阳光穿过碧绿的枝叶，像是微风摇落的碎金，在地上留下了斑驳的光影，她的笑容纯净，语气柔软而轻缓，生怕触碎了某个梦境一般，即使是身为邪魔的他，也能很清楚感知到她内心深处的欢喜与悸动。她喜欢那个人——不知为何，有了这样的认知，他心里甚至生出一丝羡慕，那一刻，简直羡慕到嫉妒。

绰瑶公主的伤并没有大碍，那日不过是下马时没有站稳险些摔倒，不小心崴到了脚，几日不能下床走动罢了。虽说是小伤，但是宫里的人却一个个忙得不可开交，原因是绰瑶公主闷在寝殿觉得无聊，非要闹着出去玩。大王当然不许，便令宫人们想尽了法子哄公主欢心，好让她暂时忘记外面的热闹，安心留在宫中养伤。

不过她这么一伤，可把大王吓得不轻，各种珍稀药材滋养着，连专门给他看病的姜雪羽，都被指派到公主的宫中。这天，姜雪羽站在大殿之中，等待着为绰瑶看伤，忽听身后传来喊声：“公主……”

认出这人的声音，她面露欣喜，连忙转身看去，却见秦铮看都不看她一眼，径直走向了公主的内殿。姜雪羽有些愣神，隐约之中又听到了秦铮的声音：“微臣取来了好玩的物什，公主可不许再闹着出去玩了。”

绰瑶咯咯的轻笑声响了起来，像是悦耳的银铃：“秦铮哥哥，你又带来什么好玩的了？”

姜雪羽默默站在殿中，目光透过轻纱薄屏，注视着殿内的情景。此刻公主正靠在美人榻上练习投壶，笑靥如花，越发显得精灵可爱，而秦铮则陪在一旁，握着箭尾细心调整着她的姿势，眉梢间尽是宠溺和笑意。

姜雪羽的神情有些恍惚，她怔怔地望着宫殿里的那个人，身旁好像有人接近，走到她身边试探地唤道：“雪羽大人……”

姜雪羽收回了目光，看向了那个宫女，只见她的神色有些尴尬，低声说道：“大人，公主现在的兴致正好，恐怕一时间没有办法诊脉了，可否请大人再等一会儿？”

姜雪羽点了点头，那宫女生怕打扰了公主的兴致，惹来公主的责罚，又怕得罪了姜雪羽，现在见她答应，心里自然高兴，连忙低身施礼道：“那就多谢雪羽大人了。”

周围顷刻又没有了人，姜雪羽依旧站在大殿中，她的目光注视着屏风后的情景，望着不远处的那道身影，眉目中渐渐流露出哀戚的神情。良久，殿内的欢笑声才终于停止，她恍惚听到秦铮讶异的声音：“雪羽，你什么时候来的？”

姜雪羽下意识地抬起了头，望着秦铮的目光有些茫然，片刻之后，微微笑了：“刚来不久。”

秦铮也跟着笑了，他向她走近了几步：“你是来为公主请脉的吧，公主就在里面，我带你进去。”

姜雪羽嗯了一声，迈步跟着他走，由于刚才站了许久，只觉得双腿酸软麻木，她望着秦铮的背影有些落寞，渐渐地，她感到有些东西似乎正在远去，再也、再也抓不住了。

经过几日悉心的诊治，公主的伤已经好得差不多，今日本是来诊最后一次脉，姜雪羽简单禀告了公主现在的伤情，又吩咐服侍的宫女几句，便躬身告退。她从公主的寝殿内走出，只觉得头脑昏沉沉的，正要离开之时，秦铮从后面追了出来，阔步赶上她：“雪羽……”

他走到跟前，从怀里拿出一只玉佩，笑容灿烂：“这是公主赏赐给你的，谢你这几日悉心为她诊治。”

姜雪羽原本的欣喜黯淡下去，她扯出了一丝苦笑，语气里带着疏离：“不用了，你去回禀公主，这是雪羽应该做的，不敢讨要赏赐。”

秦铮拉起她的手，将玉佩塞进她的手心：“既然她给了你，你好好收着就是了，不然以公主的性子，恐怕也不依。”

姜雪羽点点头，将玉佩紧握在手心：“那……请你代我多谢公主了。”

秦铮见她不再推辞，俊眉舒展道：“好，那我回去了，你也小心一点。”

王宫的回廊中，姜雪羽目送秦铮的身影走远，直到消失在宫殿的门口，眼前还恍惚闪过他灿烂温暖的笑容，她的脸上温热一片，似乎有泪滑过，她下意识地伸手抹去了泪水，勉强打起精神转过了身，离开了公主的宫殿。

不知不觉来到了一个地方，她站在药庐的庭院之中，仰头默默地注视着那棵杏树，繁花枝叶之间有淡淡的蓝光升起，银时月的身形出现在她的不远处，雪色的衣袍翩然若飞，似是收敛着明月的清华，深沉如水的眼眸中氤氲着夜色的幽凉。

他站在杏树之下，缓言开口："他又让你伤心了？"

姜雪羽回过神来，下意识地摇了摇头，她勉强收敛着神色，又慢慢露出了笑容："没有，我只是在想事情，一时间出了神。"

银时月的目光平淡，声音轻柔似水："在我们魔界，笑只为胜利而生，泪只为痛楚而流。既然心中难过，又何必勉强自己去笑，这样委曲求全为的到底是什么？"

姜雪羽默默垂下了头，她闭上了眼睛，紧握着手里的那枚玉佩，尖锐的指甲几乎刺入了血肉之中，为什么呢？因为那个人啊，这么多年来，早就习惯了他的遗忘，经历过无数次的失望与悲伤，又会在他不经意转身看到自己的时候，傻傻地对他露出笑容。

她只是想让秦铮知道，在他的身边，她一直都过得很好，不曾伤心，不曾难过。因为不想让他烦心，不想让他为难，所以无论遇到了什么事情，才总是首先替他着想，这样的感情错了吗？因为总是对他露出笑容，所以他才以为她可以把自己照顾得很好，两个人相爱本就是相互麻烦的事情，没有了烦扰与为难，他又如何会把她放在心上？

良久，她的心情平复了下来，看向了银时月，微微苦笑道："你说得没错，我很难过，看着他望着那个人的神情，心里很疼，恨不能自己从来都没有看到过，可是……你能想象吗？"

她顿了一下，声音有些哽咽："即使心里难过，还是忍不住去看，因为在我的面前，他从未有过那样的目光，也从来都没有那样开心地笑过，我多么希望自己可以代替公主，可是我也知道，那是不可能的，秦铮喜欢公主，我喜欢他，而我喜欢的那个人却不喜欢我……”

银时月闻言皱起了眉，望着她伤心绝望的模样，心里有种莫名的情绪升起翻腾，像是燃烧的烈火，恨不能把那个人立即抓过来毁掉，然而语气却依旧温柔动人：“既然求之不得，为何还要勉强，令别人为难，也徒增自己心伤。”

姜雪羽的声音低落：“我从未想过勉强，只是……”

只是放不开，只是舍不下，每每想起便是针扎一样疼，疼过之后，心里的某些悸动又会暗暗滋生，如同长在心底的藤蔓，斩不断、挥不完，只能任它根生蔓延，肆意留存于心底，苍茫了岁月，也荒芜了人生。

倘若一开始便是绝望，反倒不会如此痛苦，明明已经近在咫尺，仿佛唾手可得……终究还是抓不住，始终还是握不牢，日日夜夜，纠缠折磨，患得患失之间，不知不觉，早已泥足深陷。

良久，她苦涩地笑了一下：“银时月，人类的感情，你是不会懂的。”

银时月微微蹙眉，不紧不慢地回答：“人类的感情我是不懂，可是我知道，在我们魔界，能够使自己开心的东西，就是喜欢，而那些让自己难过的事物，就是厌恶，喜欢的东西就要得到，厌恶的东西自当毁去，所以我永远也不会像你这样悲伤。”

他顿了一下：“雪羽，我可以使用术法让你得到那个人，这样的话，你是不是就会感到快乐，不再那么难过？”

姜雪羽摇了摇头，轻轻道：“银时月，当你真正喜欢一个人的时候，是不忍心毁掉他的幸福的。我知道，秦铮哥哥想要陪伴在公主的身边，公主就是他的幸福，而我……我只要能够时常看到他，就已心满意足了。”

银时月看了她一会儿，偏过了头：“果然，我还是不懂……”

姜雪羽微微笑了，她的声音平静：“你说，在邪魔的世界里，能够使自己开心的东西就是喜欢，而那些可以让自己难过的事物就是厌恶，喜欢的东西就要得到，厌恶的东西自当毁。那么银时月，当你心甘情愿为一个人伤心，却又无法毁去的时候，这就是喜欢了。”

银时月避开了她的视线，他的神情孤冷而平静：“这是你们人类的感情，而我只是一个邪魔，是不会明白的。”

姜雪羽望着他，下意识地问：“若是有一日，你懂得了呢？”

银时月的语气依旧轻柔，然而说出的话语却不由得令人心悸：“我会杀了那个人，绝不会给她伤害我的机会。”

微风轻轻吹过，拂起了他的衣衫，杏花翩然落下，衣过生香，仍是不染纤尘的模样。姜雪羽听着他的话，瞬间怔住，片刻之后，又摇了摇头，露出了无可奈何的笑容。

王宫寂静，就连时光都显得特别漫长，时光漫长，似幽碧青萝慢慢爬上高墙。

西冷药庐的杏树之下，落花依旧纷飞，好像从没有衰落的尽头，一曲琴音刚刚落了尾声，寂静的庭院里仍有余音绕耳，姜雪羽抬头看向了不远处的身影，轻声道：“多谢你，肯费心教我弹琴。”

银时月背对着她，雪白色的衣袍上泛着月华，颀长的身形显得温柔而淡雅。他负着手，似是自言自语道：“宜言饮酒，与子偕老。琴瑟在御，莫不静好。能听到这首曲子的人，必然是好福气。”

听到他的话，姜雪羽有些慌乱，连忙解释：“不过是闲暇时，有兴致一起学学罢了，你想到哪里去了？”

银时月闻言转过身来，他静默地注视着她，淡漠的眼眸中掩着冰雪的悲凉：“既然是兴致所致，总该有些欢愉才是，可是从你的琴音中，我只能听得到悲伤。”

他顿了一下，良久的寂静之后，才开口道：“雪羽，你的心中仍有他。”

姜雪羽默默垂下了头，都不敢去对上他的眼睛：“对不起……”

银时月望了她一会儿，又淡淡地笑了，不紧不慢地道：“既然怎么都无法释怀的话，不如努力争取一下，兴许会有不同的结果。”

姜雪羽的神情有些发怔，喃喃重复道：“争取……”

银时月点了点头，他侧了一下身：“你看，他来了。”

姜雪羽闻言站了起来，顺着他的目光看去，只见遥远的宫道上，有一个人影正在朝向这里走来，她向前走了几步，待看清来人的容貌，不由得讶异道："秦铮你……"

秦铮身着一袭墨色的衣袍，他来到药庐的门口停了下来，看到姜雪羽时倏忽笑了："刚才去住处找你，没有见到人，我想你应该在这里。"

姜雪羽向他走近了几步，又默默地背过身去："你……你今日不用陪着公主吗？"

秦铮来到她的身边，似是漫不经心地答："今日不是我当值。"

他们一起走向杏树下的那个石桌，此时银时月已经消失了踪影，秦铮又继续道："先前知道你病了，一直没有机会来看你，现今可好些了？"

姜雪羽低头嗯了一声，恍惚之中，觉得自己现在好像是在做梦，甚至在心中怀疑，眼前的这些场景，是不是银时月的术法幻化出来的。倒是秦铮皱了皱眉，他迈步来到姜雪羽跟前，伸手抚在了她的鬓边："怎么瘦了？"

姜雪羽下意识地抬头看他，又默默移开了视线，她的声音压得很低："可能……是最近天气热了，没有什么胃口，过些时日就会好了。"

听她这样说，秦铮也放下心来，他转身走到石桌边，看到摆在上面的古琴，不由得奇怪地问："你何时也喜欢这种东西了？"

见他发现那把古琴，姜雪羽的眉目中闪过些许慌乱，想起银时月刚才的话，她的神情怔怔的，片刻之后，才鼓足勇气看向秦铮开口："我……我弹琴给你听，可好？"

秦铮看了她一眼，他的俊眉舒展，显得沉静而温暖："好啊。"

姜雪羽默默走到石桌边，琴弦缓缓拨动，古朴的韵调穿越过去与现世之间，许多年前的江水岸边，谁在摇船唱着歌谣，词曲含义双关，流传亘古久远。山有木兮木有枝，心悦君兮君不知，眉目盈盈，波光流转，带着几分矜持欣喜，几分羞怯试探。

周围的气氛愈加凝重，在这样的弦调之中莫名微妙起来，秦铮的神情亦是沉重肃穆，一瞬间的错愕失神，将她的心事窥探了干净，片刻之后，又勉强敛住异色，神态自若掀了掀衣摆，装模作样认真细听。

心似擂鼓，刻骨羞耻，在他的故意避让面前，终于失去了再弹下去的勇气，姜雪羽深深埋着首，都不敢去看他是怎样的表情，她的手指颤抖着稳住了琴弦，只觉得掌下冰凉一片，苦涩地勾了勾唇，语气轻描淡写般：“刚学会不久，后面的……我都忘了。”

秦铮的脸上仍然保持着笑意，不似先前那样热烈，轻飘飘的，令人看不真切：“挺好的了，难得你有心学。”他作势起身，平淡的声音响在两人中间，“天色不早了，我该走了。”

姜雪羽默默低着头，恍惚嗯了一声，颓然坐在石桌旁，只觉得他的脚步声渐远，方才凝重微妙的气氛陡然换作了另一番清冷局面。身旁有淡淡的蓝光升起，银时月的身影出现在不远处，他向姜雪羽走近了一步，最终还是停了下来，只是目光哀伤地望着她：“雪羽……”

姜雪羽的神情恍惚，良久之后，才苦涩地笑了一声：“明知道他不会接受，为何还要抱着那样无谓的希望，为什么非要去奢求自己根本就得不到的东西？”

高垒的院墙顷刻崩塌，外面的光亮透过缝隙投射进来，让深藏在心底许久的感情逐渐显露出痕迹，再也无处遁形。心思沉稳的人懂得靠掩饰来守住最后一点秘密，亦是在拒绝她羞怯试探的心，可是他们之间，终究还是不一样了。

银时月微微皱眉，轻念着：“雪羽……”

姜雪羽的脸上有泪滑过，她下意识地伸手抹去了泪水，泪水却止不住地落下，她站起身，看向银时月极力地露出了微笑，声音却压抑得有些哽咽：“不过是一首琴曲而已，又不能说明什么，也代表不了什么，秦铮他只是……只是不知道而已……”

银时月有些悲哀，轻轻说道：“雪羽，万物有声，而知其意，琴乃天地万物之音，其中的情意便是不挑明，也该有所察觉才是，你无法令他听懂你的琴音，就如同永远都唤不醒一个故意装睡的人。”

一字字，一句句，如尖刀刺入她的内心，将里面掩藏已久的秘密剖出，晒在日光下，仓皇羞耻得让人想要逃离，姜雪羽隐忍埋着头，泪水不住落下：“别说了……”

银时月果然不再往下说，他只是静静地望着眼前的女子，一如从前许多的日夜，沉默无言陪伴在她的身边，看着她伤心绝望，体味着她的一点一滴，心里也有了异样的感觉。

片刻之后，他迈步向她接近，站在她的身边，刚刚伸出手又停了下来，迟疑片刻，才缓缓将她抱入怀中：“我不是人，所以也无法懂得你们的感情，可是我知道，是那个人让你伤心，是他让你难过，心里充满了悲伤，而我……不愿让你悲伤。”

他的声音轻柔，像是一枚洁白的轻羽，在湖面之上荡开了浅浅的涟漪：“你说，那个人是很好的人，在这个世上，也就只有他愿意对你好了，那么雪羽……我也可以保护你，可以永远陪伴你，所以忘记那个人，我们一起离开，好吗？”

姜雪羽瞬间怔住了，片刻之后，她离开了银时月的怀抱，摇了摇头：“银时月，我和你是不一样的，你是邪魔，可以活得长长久久，而我只有数十年的生命好活，即便有一天我死了，属于我的一切都消失了，你还是可以好好地活着。”

“更何况……”她顿了一下，脸上明明还挂着泪珠，却又微微笑了，“这里是王宫，是我一直生活的地方，而且秦铮哥哥也在这里，我是不可能离开的。”

银时月蹙起了眉：“即使那个人伤你至此，你也不愿意离开他吗？”

姜雪羽避开了他的注视，黯然低下了头：“对不起……”

听到她的回答，银时月无言，良久之后，才淡淡说道：“如果那个人……他活不了多久了呢？”

姜雪羽错愕地看着他，脸上满是不可置信：“你说什么？”

银时月的神情平静，回答得分外认真：“邪魔天生便有预知危险的能力，我已感到灾难即将来临。”

傍晚的风静静地吹着，灵力的光点围绕着他们飞舞，淡蓝的光晕唯美而又宁和，映在他的眸中化作幽凉一片，姜雪羽怔住了，恍惚中又听他不紧不慢地道：“不久之后，这里将会沦为一片地狱。”

姜雪羽的脸色有些发白，震惊地摇着头：“怎么会，这不可能！”她丢下了这么一句，就惊慌失措地朝药庐门口跑了。

银时月目光忧伤地注视着她，仿佛连身侧的光点都能感知到主人的哀情，在空中缓慢地飘动着，渐渐静止在微风中。他静静地站在原处，唇角勾起一丝苦涩，片刻之后，抬手捂着自己的心口，望向了天际蔓延的夕阳——

原来，这就是心痛吗?

喜欢是什么，他不太懂，人类的感情复杂而多变，纵使他已经在人世间流浪了万年，还是无法真正的理解和体会。

他不知道自己为什么会莫名其妙陷入到人类的感情之中，这么多年以来，习惯观察着这个人类生活的点滴，心里渐渐有了一种奇妙的感觉，因为觉得孤独，所以他的目光才总是不经意地追随着她，可是看到她在雨中默默等待的样子，他又觉得怜悯而悲伤，那是第一次，他想走入一个人类的生活。

在这个人类的身上，他看到了不一样的纯净与美好，她的痛苦与哀伤，她的喜悦和快乐，仿佛她的每一件事情都能牵动他的心情，因为她的悲伤而悲伤，因为她的快乐而快乐。可是当他看到雪羽的目光停驻在另一个人的身上时，他又会感到无比痛苦，这是喜欢吗?

应该是吧，因为她曾经说过，当他心甘情愿为一个人伤心，却又无法毁去那个人的时候，这就是喜欢了。

她的小心翼翼，他都看在眼里，她的苦诉衷肠，他也都听进心里，但这所有的一切，都是源于另一个人，所以他感到悲伤，一种从未有过的痛苦和绝望，渐渐萦上心扉，悄悄蔓延在思绪，比洪荒时期的夜晚还要冰凉。

一边痴痴遥望人家永不回头，一边苦苦求索对方却心有所属，寻寻觅觅，觅觅寻寻，到头来终究是镜花水月一场空。明明好像触手可及，却又可望而不可即，泥足深陷，无可奈何，眼睁睁看着她，看着自己陷进去，直直地，仿佛要溺毙在里面。

爱有多重，恨有多种，纠结缠绕之中，构成了繁复错杂的人生，人类，便是这样一群脆弱而又奇妙的生灵。这么多天，在这个王宫之中，看着他们的故事，不知不觉地学会了他们的爱恨，恍惚之中似乎也懂得了他们的感情，到现在，他觉得自己已经不像个魔，也不想再去当邪魔了。

自从那天之后，姜雪羽已有多日未去药庐，她不知道该怎样面对银时月，也不知道见到银时月的时候，又该怎么面对自己的感情。

将近夏日，雨水多了起来，大雨滂沱，连下了月余都不见停歇，车迟国已有多处遭遇水涝，百姓流离失所，境况苦不堪言。

朝中有多位大臣上书直谏，请求大王敬天谢祖，祈求车迟国能够度过这场天灾，从此风调雨顺，国泰民安。臣民们祈祷了许久，终于等来了上天赐予的机会，这几日雨势渐歇，王宫内人员来往，都在准备几天后的祭天大典。

姜雪羽站在窗边，看着外面湿漉漉的地面，以及连绵不绝的阴雨，美丽的容颜里带着忧愁，耳畔依稀响起银时月说的话——

邪魔天生便有预知危险的能力，我已感到灾难即将来临。

她知道银时月是不会欺骗她的，所以才在心里无比地担忧，如果灾难真的来临，她和秦铮应该怎么办？她只是一个小小的司药女官，不懂朝政，也不知道国家大事，她只想让秦铮平安，心心念念着的，便是让他好好活下去。

祭天的那日，下着蒙蒙细雨，道路上铺着红毯，朝臣们跪在两边，还有许多兵将和护卫把守，大王身穿朝服走在前面，旁边跟着供奉祭品的巫师，诸位嫔妃和皇子们紧随其后，神色凝重，任由雨水打湿了他们高贵的狐裘，也浑然不以为意。

姜雪羽俯身跪在众人之中，被这肃穆的气氛感染着，心里也越发冰凉起来，耳畔回荡着大王诵读告示的声音。她下意识地抬起了头，只见距离祭台的不远处，秦铮跪在绰瑶公主的身边，留给她一个沉稳坚毅的背影。

祭天结束之后，大王和朝臣们陆陆续续离开了神庙，姜雪羽站在神树下，仰头望着神树上挂着的红色缎带，身后有脚步声传来，她下意识地回头望去，只见银时月站在不远处，她露出了微笑：“你来了。”

银时月向她走近了几步，又停了下来，目光忧伤：“雪羽……”

姜雪羽恍若未闻，她仰头望着那些红色的缎带，唇边泛着些许的微笑：“银时月，你相信上天注定吗？”

银时月回答道：“万物生灵，自出生时起，命数皆被刻在一方命盘之上，无数道命轮相互交织，构成了繁复错杂的人生。”

姜雪羽无言地听着，片刻之后，才慢慢地开口：“许多年以前，我与秦铮哥哥就是在这棵神树下重逢的，你说，刻下我们命数的那个人，既然已经让我们相遇了，又为何要把秦铮哥哥从我的身边夺走？”

银时月望着她说不出话来，又听姜雪羽黯然说道：“生难欢，离别苦，求之不得，纠缠往复，一切，不过唯命而已。”

银时月微微蹙眉，沉声道：“纵使上天注定，有我在，也不会让你受到一点儿伤害。”

姜雪羽看向了他，又静静地问：“那么，你也可以保护秦铮哥哥吗？”

银时月沉默了下来，在她的注视之下，又偏过了头，姜雪羽见此苦涩笑了：“银时月，你走吧，倘若世事真如你所说，那么这个地方已经不再安全，你是邪魔，可以保护好自己，而我……始终都要陪伴在他身边的。”

银时月的眸色幽凉，里面泛着潋滟的流光，他轻轻道：“灾难已然来临，我感觉得到死亡的气息。”

姜雪羽闻言，心中又沉痛了几分，失魂落魄地往后退着：“不管灾难如何，我们都会好好活着的，倘若真是躲不过……能与他在一起，我已心满意足。”

银时月静静地望着姜雪羽，赤红的缎带之下，她的脸色有些苍白，身形有些狼狈，记忆中的这个女子，总是娴静温柔地笑着，她看起来那么柔弱。然而此时此刻，在面对即将到来的灾难之时，她又是那么坚强，即使是身为强大邪魔的他，都忍不住心生触动。

他不再停留，黯然转过了身，他明白，她的温柔是为了那个人，她的坚强，也只是为了那个人。天际的夕阳穿过层层乌云，形成了万丈霞光，看上去那么美丽，又是那么绝望荒凉。

战争来得如此之快，所有人都没来得及准备。在距离车迟国不远的地方，那里长年风沙肆虐，土地贫瘠，然而在那么恶劣的环境下，却成长起来一个国家，在车迟国被洪水侵袭的时候，大俞乘虚而入，十万铁骑驻扎在北方边境。大王积劳成疾，得此消息后竟然一病不起，纵观整个朝堂，却无一人可以领兵出战。

这时，有人想起了北夷国，和大俞不同，北夷之地日夜为冰雪覆盖，气候寒冷滴水成冰，也正因为这样，北夷的战士意志坚韧，尤其擅长马战，而且它还曾是车迟的附属之国，现在亦是盟友。

如果他们肯在北方牵制大俞的话，车迟国还能有些胜算，大王听此建议，立即派人前往北夷求助。派出去的使节很快就回来了，他们还带来了北夷国愿意出兵相助的消息，不过附属的条件，却让所有人都犯了难。

他们需要一位公主和亲，两方联姻，只有这样，北夷才有出兵的理由，可是车迟国尚未婚配的公主，现今只余下一个，那便是最受大王宠爱的绰瑶公主。

王宫寝殿内，姜雪羽跪在龙榻边为大王诊脉，隐约听到殿外的嘈杂声。

“让开，谁敢拦着本公主！”绰瑶秀眉紧蹙，挥鞭抽打着阻拦的宫人们。

一个老内侍站了出来，低声劝慰道：“公主，大王病重，您还是过几日再来吧。”

“再过几日我就要被母后送去和亲了，哪里还能见到父王？”绰瑶强行闯宫，一边高喊着，“父王父王，您见一见儿臣吧？”

旁边的秦铮拉住了她，低首道：“公主，我们还是回去吧，大王不会见你的。”

绰瑶瞪大了眼睛看他，一脸不可置信：“秦铮哥哥，难道你也要我去和亲吗？”

秦铮脸色一白，沉默了下来，北夷苦寒之地，气候不是一般的恶劣，他又怎么忍心让她去和亲？绰瑶见他不再言语，蹙眉哼了一声，长鞭一摔，绕过众人直直地闯入殿内，秦铮见此，也连忙跟在她的身后。

寝殿里，大王脸色灰白，止不住地咳嗽着：“绰瑶，你来了。”

绰瑶抬眸看见大王，眼泪立即落了下来，她朝病榻前跪行了几步：“父王，您的病好些了没有，儿臣很担忧，他们却不让儿臣见您。”

姜雪羽侧身让开到一边，神情恭谨地跪在大王的龙榻前，她听到大王气息奄奄的声音：“傻孩子，你看父王这不是好好的，哭什么？”

绰瑶吸了吸鼻子，哽咽着道：“可是他们让儿臣和亲……”

大王目光慈爱地望着女儿，病容里担忧之色尽显，他勉强撑着精神，温和地问：“绰瑶……不想去和亲吗？”

绰瑶哭得更是厉害，扑到大王的怀里：“父王，儿臣不愿意离开您，儿臣要永远守在您身边！”

大王浑浊的眼里也流下泪水，他仰头看着床帐，似乎在叹息着：“绰瑶长大了，迟早都要离开父王的……”

绰瑶失声痛哭，抱着大王的身体：“不！绰瑶死也不要离开父王！”

角落里，姜雪羽静默注视着寝殿内的一切，恍惚想起了银时月的预言，果然，该来的终究还是要来的。几个月前还精神饱满的大王，如今就像一个迟暮的老人，他想要拼尽最后一丝力气，去守护自己心爱的孩子，却也是有心无力了。朝中没有可用的大将领兵迎战，他现在更是强弩之末，如果不让绰瑶和亲的话，他又拿什么去拯救自己的国家和子民？

大王定定地望着床帐上悬挂的玉璧，沙哑的声音缓缓道：“绰瑶，你该知道，身为一国公主，本就该……”他的话还未说完，便有一个人跪了下来——

臣秦铮，愿意领兵迎战！

听到他的话，姜雪羽的心跳顿时漏了一拍，她几乎不顾礼仪脱口而出：“秦铮你……”

她望着他半晌说不出话来，唇瓣轻颤，几次欲言又止，最终还是沉默了下来。大王并没有追究她的冲撞，只是目光平静地望着秦铮，眸中的光芒越发闪动，仿佛垂死之人，看到了最后一抹希望。

良久之后，大王嘶哑的声音再次响起：“秦铮留下，你们……先出去吧。”

绰瑶公主不明所以站起身来，不情不愿地走了出去，姜雪羽迟疑了一会儿，才慢慢躬身告退，她望着秦铮的背影落泪，默默地向后退着，每走一步，心就往下沉痛一分。她来到了寝殿的外面，见绰瑶公主等在门口，显然不听到大王最后的决定，她便不会放下心来。

姜雪羽刚想迈步走下石阶，身后传来绰瑶的声音：“你站住！”

她转过身来，神色谦卑地施礼：“不知公主唤微臣有何事？”

绰瑶迈步向她走来，上下打量了她几眼：“你是秦铮哥哥的什么人？”

姜雪羽沉默了下来，是啊，她是秦铮的什么人呢？幼年时期的青梅竹马，异地重逢的至亲至近，两个人一直相依为命，她以为，他们会永远在一起的。她没有回答，依旧低着头，语气平淡地问：“公主……喜欢他吗？”

绰瑶一愣，显然没料到眼前这女子会这样问。喜欢是什么，她不太懂，从小到大，她都是最受宠爱的那一个，得到的东西也都是最好的，所以根本不用想喜不喜欢的问题。对于秦铮，她是很喜欢跟他在一起玩，因为这样能令她开心，除此之外的其他事情，她就不清楚了，所以也没有办法回答。

得不到她的答案，姜雪羽抬起了头，望着她的目光充满了死寂，语气也冷了不少：“公主喜欢他吗？”

绰瑶低下头思索片刻，含糊回答：“我也不知道，秦铮哥哥人很好，有时候我是喜欢他的，可是有时候又觉得他像大哥哥一样。”

姜雪羽悲凉地笑了一声，喃喃道：“原来是这样……”

她转过身失魂落魄地走了，夕阳照在她的脸上，显得沉寂而肃穆，行走在长长的宫道上，仰头望着四周冰冷的高墙，心里却一刻比一刻沉痛哀伤：原来，她的爱情，便是输给了这样的一个人吗?

大王和秦铮说了什么，姜雪羽不知道，她只知道的是，第二天，大王便下了诏书，命秦铮领军迎战。

西泠药庐之中，杏花已然凋谢，结出豆大的青果，芳菲融于泥土，徒留一缕幽香缭绕，姜雪羽坐在石桌边，沉默地注视着这一切。不远处传来脚步声，一如往昔般沉稳而坚毅，她微微合目，唇角泛着苦涩：“我还以为，你不会来了呢。”

秦铮站在她的身后，出言问：“雪羽，你找我有何事？”

姜雪羽没有回头，只是自顾说着：“那日你随大王回宫，我约你在此相见，明明说好的不见不散，我等了一夜，你却没有来。”

秦铮一怔，他记得几个月前的那次约定，当时宴会结束时，时间已经接近夜晚，他又被公主拉去挑选马匹而忘了时间，等想起来的时候，正下着大雨，他以为雪羽已经回去了，便没来赴约，后来因为她说“勿以为念”，他也就真的没有把这件事情放在心上。

“之后，你写了一封信给我，说在教公主骑马，我虽然心里难过，到底还是有些欢喜的……”

姜雪羽垂下了眼帘，喜欢是什么呢？千万次的爱恋加上无声无息的表达，明明已经难过得快要死掉了，却又因那人的一句话、一个眼神而莫名欢喜。这么多年，她就是这样卑微又默默地喜欢着秦铮的，只要他笑了，她就会跟着欢喜，他难过，她也要伤心好久。

她的语气平淡，仿佛在叙述一件过去了很久的往事：“那日为公主请脉，我在殿中看着你走来，你却连看都没看我一眼，两个时辰，我等了两个时辰，才等到你出来。”眼泪缓缓落了下来，声音却依旧坚强不屈，“她受伤，你着急，她不开心，你便食不下咽，可是秦铮……若是有天我死了，你可会为我觉得难过？”

秦铮的表情怔怔的，喃喃开口：“雪羽你……”

姜雪羽悲凉地笑了一声，泪水倾泻而下，孤傲地抬头看他：“秦铮，原来你一直不知，我是喜欢你的吗？”

秦铮彻底愣住了，他望着姜雪羽，半晌说不出话来。

知道吗？自然是……知道的，那天，在这里相遇，她为他弹琴一曲，小心翼翼地试探，还带着几分羞怯和期许，从那时起，他便是知道的。

可是，又能如何呢？他们两个从小便没有了亲人，好不容易才重逢走到了一起，一直以来，他都是拿她当作妹妹看待的，可是他的妹妹，却对他生出了不该有的感情，他唯一能做的，便是装作懵懂不知。

秦铮局促地避开了她的目光，低声道：“抱歉雪羽，我……”

话还没有说完，他就沉默了下来，该怎么说才能让她明白？一个小小的护卫，居然不自量力喜欢上了公主，虽然知道今生再无可能，还是愿意豁出性命去护她周全？这样的话，他怎么说出口，这份感情，连他自己都觉得羞于启齿。

秦铮的脸色很难看，他背过身子，黯然道：“对不起……”现在除了这三个字，他也不知道该对姜雪羽说些什么了。

姜雪羽站起身来，静静地注视着秦铮的背影，片刻之后，抛却女儿家的矜持和羞涩，迈步走了过去，从后面轻轻拥住了他："秦铮哥哥，我们离开吧，好不好？"

邪魔天生便有预知危险的能力，我已感到灾难即将来临。

秦铮一愣，他垂了下头："大王已经下令，我会带兵出战，不可能离开的。"

姜雪羽脸色苍白，她收紧了拥抱着秦铮的手，语气近于哀求："秦铮哥哥，我害怕，你带我离开，好不好？"

灾难已然来临，我感觉得到死亡的气息。

秦铮微微皱起了眉，他抿了抿唇："雪羽，你走吧，回到故乡去，我……一定会回来的，然后就去找你。"

不久之后，这里将会沦为一片地狱。

姜雪羽紧闭着双目，泪水涟涟，她无声地哽咽着，绝望而悲伤："秦铮哥哥，我们一起回家，好不好？"

秦铮终于挣开了她的怀抱，犹豫的神情中带着不舍，刻意避开了姜雪羽的目光，面带羞愧："对不起雪羽，我不能离开她……"

一次次拖延逃避，在她的坚持面前，终于还是被逼到了尽头，千万个冠冕堂皇的借口背后，掩藏着最为真实的理由，在这个世上，除了他不爱她这件事，还有什么可以把她从他的身边推走？她就是抱着这样的勇气，孤注一掷，赌上自己的尊严和感情，企图在即将到来的灾难中，挽救他的一条性命……

她以为，凭着他们往日的那些情谊，她以为，凭着他们过去的那些岁月，她这样低声下气地求他，至少她还有一点胜算。可是现在她明白了，在这场爱恋之中，她由始至终都是第三人，现在兵败如山倒。

太阳西斜，秦铮看着落在院中的夕阳，低声道："军中还有许多事情处理，我先走了。"

他向前走了几步，沉默了良久，侧首淡淡道："三日后，我就要出征了，你……好好保重。"夕阳拉长了那道坚毅挺拔的身影，他的脚步沉稳，仿佛带着极大的决心和勇气，不留一丝犹豫和遗憾，阔步朝着庭院的门口走去。

姜雪羽怔怔失神，身旁有淡蓝的光点升起，仿佛是夜间飘舞的流萤，银时月向她走近了几步，停在她的身后，他的神色平静，流露着淡淡的哀伤：“雪羽，你救不了他的。”

姜雪羽回过神来，觉察到银时月的到来，像是抓住了最后一根救命的稻草，她来到银时月的面前，伸手抓住他的衣袖，语气焦急而迫切：“银时月，你可以救他的，你一定可以救他的，对不对？”

迎着她殷切的目光，银时月慢慢垂下了眼帘、偏过了视线：“抱歉……”

“为什么？”姜雪羽放开了他，往后倒退了几步，哽咽说道，“你是邪魔，从上古时期存活下来的邪魔，你可以救我，为何救不了他？”

银时月注视着她，他的语气温凉哀伤：“雪羽，神魔契约早有约定，邪魔是不可以插手人间之事的，否则我将形神俱灭，永世不得超生。”

姜雪羽闻言彻底愣住了，她呆了片刻，泪水顺着脸颊落了下来，她看向银时月，失魂落魄地往后退着：“你走吧，他若是死了，我也不可能独活，可若是为了救他，就不顾你的性命，我做不到……”

“雪羽……”银时月欲言又止，最终还是沉默了下来。这位洪荒远古的强大邪魔，在人类的固执面前终是无可奈何，良久之后，怅然叹息了一声，从树下消失了身影。

秦铮领兵出征，正是接到任命的第四天下午，按照古籍记载，申时之后，阴气渐盛，这种时候本来是不宜出征的，然而边关形势紧急，片刻不得容缓，朝廷也顾不得其他。

那天的夕阳染红了半边天，艳丽的颜色像是泼上了谁的血，秦铮身着墨色的宝铠，从大王的手中接过了刀剑。姜雪羽艰难挤过了人群，站在送行之人的前面，只见到他的身姿挺拔，英俊的眉目透着坚毅，令人不由得心生恍惚，从什么时候开始，她的秦铮哥哥，已经不再是那个山野乡村之中会背着她走过油菜花田的少年。

自从秦铮离开之后，姜雪羽便每日跪在神庙的前面，专心致志为他祈福，她的面前摆着一沓素纸，上面平铺着各色的彩绳，以及散发着幽香气息的香草。这是传说中车迟国古老的祝术，写够九千九百九十九个“安”字，制成平安符挂在神树之上，便能感动上苍，让天神聆听到心愿，保佑远行的人平安。

淡蓝的光点悄悄飘出枝叶外，散发着永恒的、宁静的清辉，银时月躲在神树之后，遥望着神殿中的背影，陷入了良久的沉默之中。自从那个人离开之后，她一句话也不说，只是跪在神像前写字，淡黄的方纸上，水墨着力，一笔一画尽是娟秀的字迹，她不厌其烦地写着，然后每一个字都做成一只平安符，挂在神庙外的大树上。

望着她的背影，银时月脸上流露出忧伤的神色，淡蓝的光点摘下一枚平安符，他缓缓接在手心里，垂眸凝望，仿佛自言自语般：“雪羽，是否有一日，你也会这般关心我呢？”

时光岁岁催人老，窗台上的日光悄然划过，神树原本青翠郁郁的枝叶逐渐变得发黄，仿佛那个女子一样，渐渐衰落在王宫里。王宫之中，一如往昔地平和安静，仿佛除了那个离开的护卫，一切都没有改变，然而稍有些经验的宫人，都很敏锐地嗅到了某些风吹草动。

大王的身体越来越不好，朝臣嫔妃们都被挡在了寝殿外面，就连身为司药女官的姜雪羽都无法近身。朝中让太子代理朝政的呼声越来越高，一向活泼好动的绰瑶公主，也慢慢沉寂了她银铃般的欢笑声，岁月的齿轮缓缓向前推移，显得那么短暂，又是那么漫长。

边关的形势并没有因为秦铮的到来而缓和下来，不时传回的急报中，亦是坏消息居多，敌军渐渐逼近国都，王宫里人人自危，每个人都在等着末日的到来。和那些惶惶不安的宫人比起来，姜雪羽看起来要沉静许多，每日都跪在神庙里祈福，神树之上已经挂了许多平安符，五颜六色，煞是好看。

对她而言，国家兴亡太过遥远，只要秦铮还活着，只要他平安，便是再好不过的消息了。

然而，这样的情况又能维持多久呢？战场之上，冲锋陷阵，手起刀落间，伤亡总是在所难免，只要秦铮的性命还悬于一线，她就整天为他提心吊胆，总想着该如何才能帮助他，思来想去，除了在神庙中祈福，什么都做不了。

又是几天之后，姜雪羽站在神树下，身后传来脚步声，她的动作一顿，又恍若未闻继续挂着平安符。银时月轻轻迈步来到她的身边，他的语气沉静寂然：“有时候我很羡慕那个人，你对我若是有对他的一点点好，我会很高兴的。”

他顿了一下，见姜雪羽没有回答，于是黯然垂下了头，默默说道：“这些天，我想了很多事情，关于你，关于我，还有那个人。我是邪魔，不懂你们人类的感情，不过我想，我是喜欢你的吧。”

姜雪羽闻言转过身来，惊愕地望着银时月，有些不可置信：“你……你说什么？”

银时月的手中缓缓幻化出了一把匕首，他握在手中，不紧不慢朝姜雪羽接近。姜雪羽一动不动站在原地，也许是被他的举动吓到，眼见着那把匕首抵在了自己的颈间，才回过神来震惊地望着银时月。

银时月站在姜雪羽的面前，手里紧紧地握着那把匕首，他的眉目淡然清雅，然而潋滟的眼波中却流露出悲哀的神色，他的手指轻颤，良久之后，淡蓝的流光闪过，那柄匕首又从他的手中消失了踪影。

他往后退了几步，声音近于绝望：“看着你这样为他，我很难过，可是又无法杀了你……雪羽，你说得对，当我开始心甘情愿为一个人伤心，却又无法毁去的时候，这就是喜欢了。”

姜雪羽怔怔地望着他，还未反应过来，只见银时月微微抬起了手，他的周身泛起了淡蓝的光点，然而却有几道灵力的光芒笼罩在她的身边，只听银时月静静说道：“神魔契约早有规定，神魔皆不可插手人间之事，否则形神俱灭，永世不得超生。”

他微微蹙眉，捂着心口闷哼了一声，血迹顺着唇角缓缓流下，抬起头望着姜雪羽，脸上的笑容绝美而凄然：“我的修为已然受损，需要重新回到草木之中休养，希望这道封印可以护住你一时，雪羽，不要离开王宫，否则连我也无能为力了……”他的声音渐弱，伴随着灵力的流失，身体也开始泛起了淡淡的白光，最终消失在神树之下。

姜雪羽怔怔地站在原地，她回过神来，连忙朝向银时月那边跑去："银时月……"

然而，银时月刚才站立的地方已经了无痕迹，唯有点点晶莹的蓝光飘荡在半空中，渐渐地也消失了。姜雪羽的神情愕然，她失魂落魄地跪了下来，望着银时月消失的地方，忍不住落下泪来。

神庙之外，一片寂静，姜雪羽颓然坐在神树之下，想起这段时间的点点滴滴，美丽苍白的面容间流露出悲伤的神色，她抱着自己的身体，埋首在双臂之中，喃喃地轻念着："银时月……"

良久之后，有脚步声匆匆忙忙地赶来，姜雪羽抬起了头，只见一个宫女跑到自己的面前，扑通一声跪了下来，泪流满面道："雪羽大人，大王他……驾崩了……"

大王驾崩，举国哀悼，宏伟的王殿中央摆着大王的棺椁，朝臣侍卫们身着素白的丧服，各宫的嫔妃和皇子公主们跪在棺木前，他们的神色肃穆，心事重重，好像乌云压顶一般。只有绰瑶公主哭得最厉害，抱着大王的棺椁死活不肯撒手，不过最终还是被宫人们拉开了。

伺候大王的老内侍请出大王的遗诏，遗诏中除了忏悔自己当政期间没有给百姓带来福祉，临逝前决定将王位传于太子外，还附加了一条绰瑶公主的婚事。这个饱经风霜的老人在临逝之前，还想拼尽最后一点力量保护自己心爱的女儿，将她指婚给东陵国慕容世家的公子——慕容隽。

大王丧事刚过，太子便奉召登基，王宫内百废待兴，每个人又重新忙碌了起来，似乎没有人再关注边关水深火热的处境。慕容家很快派人来求亲，车迟国国丧刚过，新大王自是百般推辞，绰瑶也哭着闹着不肯嫁与那位慕容家的公子。不过在两个人见面之后，她的哭闹声就渐渐小了，取而代之的是作为女儿家的娇羞与喜悦。

现在边关的情况危急，新大王急于拉拢北夷国，若是她不肯嫁进慕容家，很有可能就会被送到北夷和亲。慕容家家财万贯，几乎占据了东陵一大半商业，能够嫁进他们家，即使日后车迟国惨遭覆灭，绰瑶也可以生活得很好。

而且更为重要的一点，慕容隽此人容貌清秀，谈吐风趣幽默，而绰瑶公主只是个少不更事的小姑娘，哪里经得起这样的讨好，一来二去，很快就喜欢上他了。有好几次，姜雪羽都看见他们在御花园里扑蝴蝶，那位美丽活泼的公主，终于找回昔日银铃般的笑声，容颜灿烂得像是天边织锦的晚霞。

其实这世上哪里有什么公平可言呢？她为了秦铮呕心沥血，一番缱绻心事全都寄予了虚妄，而秦铮为绰瑶浴血奋战，几经生死，到头来还是抵不过别人的一举手、一投足。

只是不知道绰瑶在接下慕容隽求亲信物的时候，有没有想起过那个正在为她披荆斩棘、豁出性命的沉默男子？不知道绰瑶在披上嫁衣、低首踏进凤辇的那一瞬，有没有想起过那日国都城下，将士们出征时似血的残阳？

在这个世上，每个人都有理由自私，只不过是为了某个人，不得不放弃了自私的念头，一心一意只想让那个人过得更好。

绰瑶走了，带着满心的喜悦和憧憬，却没有带走秦铮对她的心意和眷恋，或许对她而言，那个墨衣俊朗的护卫，只是她生命中一道明媚的春风，现在她的太阳出现了，那道春风便失去了存在的意义。

姜雪羽也走了，自从绰瑶公主离开后，她才恍然发觉这个王宫之中，已经没有了秦铮的留恋，她也已经没有了留下来的意义，她要到边关寻找秦铮，虽然得不到他的爱，但至少，在他难过的时候，她要陪伴在他的身边。

第二章

往事多未央

明月居中，云皎蹲在池水旁眼泪哗哗，她难过地抽噎了一下，注视着水池上方的幻影，心里一阵凄凉。

找他们画骨重生者，无不是对从前有着深深的眷恋和遗憾，所以才甘愿出卖灵魂来交换回到过去，可是她没有想到，属于银时月的过往，居然会是这样！身旁有个身影悄悄接近，她斜了半趴在自己身边、企图靠近的云初末一眼，吸了吸鼻子，哽咽问："做什么！"

云初末的动作一顿，顺势坐了下来，他的眼里带着笑意："我还以为，你终于觉悟到自己长得丑，想开了准备跳水自杀呢。"

"……"云皎气得头晕，伸手向前一指，"你难道不觉得他们很可怜吗？"

云初末不屑地轻哧了一声，语气很蛮横："我为什么要觉得他们可怜？"

云皎十分鄙夷、十分愤怒："你这个人当真一点同情心都没有，见到这样悲伤的事情居然无动于衷！"

云初末无所谓地扯了扯唇角，看着她眼神很复杂："我曾见过一对情侣，历经生死磨难最后终于走到一起，却在成亲那天，新郎醉酒撞到门槛上磕死了。"

云皎现在真是哭笑不得了，方才的伤心阴郁因他的这番话，顿时烟消云散，她抽噎了一下，扁着嘴又哭又笑："你这个人真是……讨厌！"

云初末脸上露出了笑容，宠溺地伸手替她擦眼泪："好了，不过是个故事而已，看看就好，何必认真？"

云皎微微嘟着嘴，表现得有些不满，虽然是个故事，但也是真实发生过的故事，云初末这个人真是没心没肺，没有一点恻隐之心！正想着，只见云初末站了起来，慢悠悠道："比起这些，我倒是比较好奇银时月的形体究竟是何人所毁的。"

云皎这才想起最重要的事，银时月身为十大魔君之一，在那个天神归隐、万魔归墟的年代，应该没有人可以跟他匹敌了，即使真的遇到强敌，以他的修为，逃跑是绰绰有余的，怎么会惨到被人完全毁去形体，只剩下一缕魂魄流落世间？

云初末用凝结灵力的手一挥，幻影迅速闪变，画面里顿时出现了银时月的身影。月夜当空，他孤身站在一处悬崖之上，身着雪色的衣袍，银狐的尾巴环绕在他的身边，显得高贵优雅，不可一世。

他的脸上泛着两道银白的魔纹，容颜柔美绝艳，一双眼眸居然变成诡异幽凉的冰蓝色，伫立在月色里，仿佛是这世上最美好的事物。凛冽的寒风乍起，素白的衣袂随风飘荡，他的身上开始泛起淡淡的蓝光，与此同时，身体从上而下，开始显现出九尾银狐的原身。

这是一只巨大的九尾银狐，银白色的皮毛泛着皎月般的光华，九条华丽的尾巴装点在身后，随风舞动着，它的脸上有两道和银时月一模一样的魔纹，只不过此时已变作深紫色，在空气中弥漫着森森的魔气。

云皎一惊："这……这是银时月的原身，他要做什么！"妖魔在现出原身的时候，魔力亦会达到最顶峰。不过一般情况下，若不是遇到了足以威胁生命的危险，他们是决计不会显现出原身的。

此时的九尾银狐，站在悬崖之上，遥望着远方的银月，冰蓝的眼眸中竟然流下了悲伤的泪水，它仰天长吼了一声，悬崖上有碎石块被震得掉了下来，天际不知为何飘出来滚滚乌云，遮掩住了月的光华，大地陷入一片黑暗，狂风好像永无止息。

不远处的空地上，驻扎着黑压压的军队，他们见此情景都惊慌地从军帐里出来，身上穿着森寒的铠甲，手里紧握着刀剑："怎么回事，什么声音？"

黑暗中，一双冰冷的蓝色眼眸忽然闪了一下，看着那群弱小的人，眼神里充满了凛冽的杀气，好像正在猎食的猛兽，悄然潜伏接近自己的猎物。它的身体后退了一下，朝向那群人猛然跃起，庞大的身姿穿梭在长空之中，一如既往地优雅敏捷，却带着死亡的气息。

大地忽然震动了一下，成千上万的军帐之中，弥漫着被九尾狐震起的灰尘，它的气势所带起的狂风还在刮着，然而在昏暗中，人们却听到了野兽隐忍的低喘声。

"啊……这是……什么东西……"

漫天的灰尘终于平静了下来，九尾狐银白的皮毛即使在黑夜中也泛着白光，有人睁开眼睛，见到眼前的情景，忍不住嘶喊出声。

"妖怪……妖怪……快跑啊……"

大俞国最为强悍的铁甲骑兵，在这只银狐的面前竟然溃不成军，作为人类的脆弱，在上古魔兽的面前，瞬间就显现出来，这种时候，没有人胆敢拿起手上的刀剑，上前挑战它的威严与强大，他们在恐惧面前，唯一能想到的便是逃亡，求生的意志驱使着他们四处逃散，即使马蹄踩踏到同伴的身体，也没有停下。

黑暗中，九尾银狐的唇角似乎泛起冷冷的笑意，它仰天长吼了一声，狂风乍起，那逃散的人群，连同他们引以为豪的战马和刀剑，瞬间飘荡在半空中，一切恍若静止一般。

惨号声不绝入耳，人类温热的血液染红了它干净雪白的皮毛，那只银狐飞跃着穿梭在半空中，像是地狱归来的游魂，瞬间夺走了数万人的性命。微风中，飘荡着温热的血，仿佛是最为迷醉温柔的醇酒，氤氲在天地之间，连夜色都被染得血红。

杀戮戛然而止，那只银狐缓缓地落在了地上，看了一眼血海滔滔的战营，迈着步子头也不回地离开了。天空中，隆隆地响起滚雷声，不多会儿下起了大雨，血迹和着雨水顺着低洼处缓慢流动着，连成触目惊心的一片，那些残肢碎骸暴露于大雨之中，逐渐变得冰凉，失去了所有温热的生息。

这是上古魔兽最为惨烈的报复，十万铁骑还在扬扬得意于自己的强大和胜利之时，几乎顷刻便全都化作了乌有。天上的雨还在下着，冰凉而凄婉，不知是为了这些可怜又脆弱的人类，还是为那个执迷不悟、铸下大错的魔兽银时月，雷电交加的夜晚，神魔契约中的天谴，将要执行……

被雷电击中第七十八次，九尾银狐身上已经伤痕累累，魔血染红了它的身体，纵使天上还下着大雨，却也无法清洗它身上的血污。它迈着蹒跚的步履朝森林深处走去，嘴角流着一道道鲜血，皮毛被雨水淋湿，不时滴落着水珠，大雨击打在它的身上，泛起一层薄薄的光晕。

此时，天色已经渐亮，森林里有人的气息在活动，他们还不知道昨晚驻扎在山下的大军中发生了怎样恐怖的事情。

“妖……妖怪……”微弱颤抖的声音从丛林里传出，一个早起砍柴的樵夫瞪大了眼睛看着不远处的庞然大物，将斧子和草绳往地上一丢，连滚带爬地逃跑了。

九尾银狐淡淡地朝那人逃跑的方向看了一眼，迈着步子疲惫地走进了森林深处，脚步沉重，显然是受了极其严重的伤。

在这片森林的中央，长着一棵高大的榕树，枝叶茂密，足以挡住昨晚的倾盆大雨，四周静寂，仿佛没有生灵的气息，然而在那棵榕树下，却静静地躺着一位美丽的女子，她的眼睛平静地合着，面容没有一丝痛苦和遗憾，脸色苍白，长发散落在地上，浑身血污，却依旧纯净美丽。

九尾狐沉默地注视了一会儿，迈步走了过去，轻轻卧在她的身边，毛茸茸的身体蜷缩成一团，娴静温和，像是被驯服的宠物。它的一条尾巴搭在那个女子身上，仿佛是在为她抵御雨后的寒冷。

乌云消散，树林荫翳，鸟儿欢快地鸣叫了起来，温暖的阳光透过翠绿的榕树形成一道道光束，静静地洒在他们身上，纯净清澈，美丽动人。

抵挡不过天劫的九尾狐，终于灵力枯竭，它的身上开始泛起点点流动的蓝光，飘荡在森林中，犹若舞动的精灵，和所有的草木生灵一一告别。

榕树之下，蓝色的光点跳跃在藤木之中，催动着枝条迅速伸长延展，丝丝缠绕，缓缓绽放出鲜艳的花朵，为他们形成一道天然的屏障。

它的身体正在逐渐消散，化作千万个点点蓝光，随风而逝，然而又好像受到某种力量牵引般，幽幽地升腾起来，在半空中化出一道白色的弧形光芒，绕着森林盘旋了几圈，流动着注入到粗壮的树藤中。

银时月死了，陪伴着他最爱的那个姑娘，化作山川草木中一缕温柔的微风，青山绿水，鸟语花香，这曾是他喜欢的美好，因此即使死亡，也不该会有什么遗憾。然而，却有一缕不甘的灵魂挣脱了天谴的诅咒，没有跟随银时月消散在天地之间，它在草木中滋养了千年，一点一滴，休养生息，好不容易修成了现在的模样，却还是固执地要回到过去。

天上人间，昨日别年，无论辗转了多少个日月，又经过了多少个沧海桑田，那份深深的眷恋从来都不曾改变，只要他还活着，哪怕只剩下一缕魂息，都要穿越时光的禁锢和层层阻隔，重新守护在她的身边。

明月居里，云皎一阵沉默，显然没想到银时月之所以会形神俱灭是因为遭受了天谴，云初末却没什么反应，好像早有预料一般。良久寂静后，云皎首先开口："天谴之力，原来这般厉害，竟连上古魔兽银时月都抵挡不了……"

云初末懒洋洋打了一个呵欠，十分不屑："显然是他太笨，如果那时候化成人形，躲在人类之中的话，即使不能躲过天罚，也不会这般严重。"

云皎不满地斜眼瞪他，没好气地指责："你以为人家都像你？"

云初末一愣，反问道："什么意思？"

云皎轻哼了一声："银时月肯定是见姜雪羽死了，自己也没有活下去的希望，所以才甘愿忍受天谴，随她而去的。"她瞟了一眼云初末，阴恻恻地打击他，"不过像你这么惜命的人，肯定是无法理解的。"

云初末动了动唇角："你想太多了……"

他呼啦一声展开折扇，动作潇洒风流，慢悠悠道："邪魔的性命甚至可与天地同寿，若是活着的话，说不定还能等到那女人的转世，殉情这种事，对邪魔来说是不可能的。"

云皎听他这样说，仔细想想也对，如果银时月没有死去的话，一千年的时间，以他的修为早就找到姜雪羽的转世重新开始了，何必执着那一世？她抓了抓脑袋，疑惑问：“那是为什么？”

云初末唇角上扬，傲慢劲儿十足，折扇顺手敲了敲她的头：“我有没有跟你说过，是因为他太笨，没有想到这一层？”

“这怎么可能！”云皎很是愤怒，气呼呼地白了他一眼，就知道他又在胡说八道！

云初末抱着双臂，居高临下地藐视她：“怎么不可能？上古魔兽化出原形时，本就不如原先那般聪明……”

他顿了顿，柔美精致的容颜里竟然有些孤独和迷茫：“一旦化出原形，失去了人的意识，眼里便只剩下杀戮和战争，和野兽没有什么区别，这也是妖魔们不到万不得已，就不会化出原形的原因。”

云皎听此，立即对他肃然起敬：“没想到你懂得还挺多。”

云初末傲慢地轻哼了一声，露出“那是自然”的表情，偏过头打呵欠去了。云皎趁机问道：“其实我比较好奇，你的原身是什么？”

她是人类，却可以看到人类看不到的东西，妖魔鬼怪，天神精灵，六道之内没有她看不出的生灵，可是每当她尝试着去看云初末的原身时，只能看到白茫茫的一片混沌，他不是人类，不是天神，亦不是妖魔鬼怪。

云初末鄙夷地看着她，折扇啪啪地敲着她的肩膀：“想套我的话，门都没有！”说着，动作很夸张地舒展成树枝形状，伸了伸懒腰，走回房间睡觉去了。

云皎看着他的背影走远，仰头望了望悬挂在屋角的明月，手指若有所思地抵着下巴。

她知道这个世上还有另外一种生灵，他们超越三界之外，不在五行之内，亦不是六道之中。换一种说法，他们其实什么都不是，活着的时候茕茕孑立，即使死了，也无法坠入轮回，连鬼魂都不如，哦……这么一想，云初末他真是太可怜了！

第三天的时候，银时月如约来到了明月居。自从看到那些过往，云皎就对他抱有同情和敬佩之心，觉得银时月没有必要用自己的魂魄来交换一场虚妄的过去，因为太不值得了。

云初末已经开始准备替他画骨重生的东西，银时月坐在院落的石桌前，静静等候着那一刻的来临。云皎端着重塑身躯所用的泥土，迟疑地接近他，问道：“其实那件事已经过去很久了，那位姑娘也该投胎转世，想必现在过得很好，你又何必执着于过往呢？”

银时月一愣，他看向了云皎，又微微笑了：“我知道。”他的声音轻浅，一如既往地淡漠温柔，“可是人死了，灵就散了，纵使还能投胎转世，也不再是从前的那个人。”

云皎沉默了，她没有经历过生离死别，也不用考虑总有一天自己也会死去这种事，所以不知道那会是怎样一番场景和怎样一种感情。

所谓的画骨重生，就是以画为媒介，借助上古禁忌之术赋予魂魄以生息，然后再利用术法将魂魄引到泥塑的身躯中，死去的生灵便可以获得新生。

不过这种重生维持不了多久，泥塑的身体承受不了强大的灵力，通常不到三个月便会土崩瓦解，就连身体里的魂魄也会随之散尽，永远地消逝在三界之中。换句话说，画骨重生之术，便是放弃了千万次转世的机会，以灵魂来交换这短暂的三个月。

当然，她和云初末还懂得回馈客户，如果有需要的话，他们会编织幻梦长空之境，令重生的人回到过去，去弥补生命里欠缺的遗憾。显然这是一桩极不公平的交易，宿命的结局不可更改，那些人以灵魂为代价换来的，不过是又一次遗憾和分离，然而面对这样一场骗局，有人却心甘情愿、甘之如饴。

其实她一点都不懂，这样的牺牲究竟有何意义，过去种种，终究如镜花水月，不过一场虚妄而已。如果哪一天她死了，云初末肯定不会做出这样傻的事来，说不定还会摇着扇子仰天长叹：哦，云皎死了，我的晚饭该怎么办？

想到此，云皎忍不住问道：“你这样……真的值得吗？”

银时月的表情淡然，他沉默了良久，才慢慢说道：“什么是值得，什么是不值得呢？在我眼中，从来没有值不值得，只有愿不愿意。”

云皎哑然，半晌期期艾艾道：“可、可是那位姑娘真正喜欢的人，并不是你。”

银时月眉目流露着哀伤，语气亦是黯然：“过去种种，皆是我一人虚妄而已，雪羽心系非我，这件事情……我早就晓得……”

云皎叹了口气，问道：“那你的遗憾是什么？”

银时月默默偏过头，看向庭院里的桃花，月光下，它们显得圣洁而清丽，绽放在夜晚的静谧里。或许此刻，他想起了药庐中的那棵杏花树，淡淡开口：“雪羽一生坎坷磨难，都没有过快乐的时光，她死前唯一的希望，便是和那个人一起回到故乡。”

云皎郑重点头：“我明白了。”

她记得曾经有一个女子，陪伴寒窗苦读的相公数年，终日吃苦受累，大冬天在河边给人洗衣服，双手满是冻疮，只为给那书生筹措赶考所用的银子。

那书生信誓旦旦地承诺他日飞黄腾达，一定会好好报答她的恩情，然而女子在渡口边苦苦等了十年，都未见书生回来过。后来那个女子死了，来到明月居出卖自己的灵魂，只求能在幻梦长空之境里见那书生一面。

她以为自己的相公名落孙山，觉得对不起她，所以无颜回家，客死他乡。然而事实是，那个书生不仅高中了状元，还娶妻生子，风光无限。为了摆脱她这个累赘，扬言她是疯魔的叫花子，打发了四两三钱银子，便将她赶出府去。

云皎还记得，那女子握着手里的银子，良久之后哭着说：“当日他离开时，便是欠了我四两三钱银子，这回总算是两清了……”然而，真的两清了吗？

她为那个书生耗尽了一生的心力，从豆蔻年华熬到青丝白发，从艳若朝霞等到明日黄花，昔日送别的渡口，苇花上还披着一身夕阳余晖，而那对离别的人儿，却早已红颜枯骨，转身即成天涯。

云皎的神情黯淡，觉得那个女子很傻，银时月和她一样傻。

银时月目光平静地打量着她，像是在注视着一位久别重逢的故人，他的唇角扯出一丝微笑，语气轻缓：“没想到你会变成现在这个样子……”

云皎一阵疑惑：“什么？”

银时月摇了摇头，不知是跟她说话，还是在自言自语：“天地不仁，众生皆苦；命运辗转，浮生永屠。即使是长离也无法挣脱的吧，只希望他日后不要后悔。”

云皎很想说，虽然你是上古邪魔，但说话也不至于这般高深莫测吧。什么天地不仁？什么浮生永屠？她现在过得不晓得有多好，还有云初末，自从把她收养进明月居，每天把她当作奴才一样使唤着，没有哪桩生意比这个更能一本万利的了，偷笑还来不及，哪里来的后悔？

不过，她终于注意到一件事情，从银时月第一次来到明月居开始，就一直唤云初末为长离。她记得很久以前曾听过这样一个传说，上古魔剑，长离未离，得之，生可以睥睨天下，死则永生堕入修罗地狱。

这是一个很有冒险性的规定，若是有人想借助长离剑的力量叱咤三界，那么他就必须得保证自己不会短命，否则活着的时候还没享受众星拱月的优待，死后就要被打入修罗地狱受苦受难，显然这是和画骨重生一样显失公平的事。

然而，传说终归是传说，没有人真正见过长离剑的样子，甚至还有人怀疑，这柄毁天灭地的霸道之剑究竟存不存在。但是有一点是可以肯定的，那就是云初末这个猥琐而又恶劣的小人，肯定和那柄传世魔剑没有半点关系，否则那些死于长离剑下的妖魔鬼怪都该气得从坟墓里爬出来，跺脚大骂天道不公了！

看银时月的样子，和云初末应该是旧相识，记错名字这种事是绝不可能的，莫非是早些年她还没来明月居的时候，云初末曾用“长离”这个名字在江湖上招摇撞骗过？哦……这样一想，云初末真是太恶劣了！

恶劣的云初末准备好一切事宜后，笑眯眯地摇着扇子过来了，而且看他脚步轻快，眼露贼光，一副出门踩狗屎捡到金子的死模样。云皎忍不住撇了撇嘴，心想：一会儿承受反噬之力，有你笑的时候！

云初末自然不知道她这点幸灾乐祸的小心思，还指挥她将泥土端进书房，迫不及待要为银时月画骨重生，然后就能取得他强大的魂魄之力。

银时月站了起来，注视着云皎愤愤远去的身影，又看向云初末：“若不是邪魔印记，我差点都认不出她来，长离，你竟做到这个地步。”

云初末故意装糊涂："印记？什么印记？"他的折扇呼啦呼啦地摇着，阴柔精致的脸上满是春风，然而眼睛里却没带半分笑意，"以前的事情我不大记得了，想来也没有人愿意记得。"

银时月秀美的长眉蹙了起来，他淡淡地道："念在你我相识一场，长离，宿命的结局不可更改，纵使是你，也不可能抗衡。"

云初末不屑地轻嗤了一声，他的态度傲慢恶劣："多吃青菜身体好，少管闲事威信高。若是有这样的闲心，你倒不如多关心关心自己。"

银时月苦涩地笑了，他现在还有什么需要关心的呢？是这一缕残破的灵魂，还是那副即将成为他身体的躯壳？他现在唯一想的就是，他即将见到雪羽了，不是梦境中却无法挽留的一角衣袂、一缕发丝，而是真真实实的雪羽，他可以碰触到她，甚至可以给她一个久违的拥抱。

时间可以愈合伤口，但也有可能让它滋生蔓延，就如他的思念，经过了千年的风霜，逐渐累积成现在的模样。

她说，信女姜雪羽，祈求天神眷恩，让我与秦铮哥哥早日离开王宫。

那么雪羽，如果那个人真的回来，带着你离开王宫，你会不会感到高兴？

她说，秦铮，原来你一直不知，我是喜欢你的吗？

那么雪羽，如果那个人真的爱你，你是不是就会满足，不再悲伤？

偏执也好，虚妄也好，他只想拼尽最后一点力量，去做自己想做的事，飞蛾扑火，纵使无法改变结果，至少还能为她的生命增添一点微弱的光辉。

沧海桑田，长河月圆，从此以后三界之内再也不会有他，有谁会知道幽冥十大魔君之一的银时月，最终陨落在自己心爱的女子身边？一如他悄然创生在冥海之底的深渊，从一缕无形无体的邪气，变作一股微弱的幽暗之灵，孤孤单单了千万年，最终成了一个大邪魔。

天地，赐予他永恒的生命，却没有给予他被爱的资格，因为他是一个邪魔，尽管他从来都不像个魔，更不想去做一个邪魔。

雪羽说并不怕他，然而她也并不爱他，就如同他不愿让她悲伤，可是却忽略了，她的悲伤从来都与他无关。

其实，云皎还有许多疑惑，既然银时月逆天改命，将大俞国十万铁骑全都杀了，车迟国为何还会覆灭？在她把这个疑问说与云初末听的时候，云初末一个折扇扔过来，赶她出去做饭，礼尚往来，云皎也赏了他一个砚台，虽然砸不到他，不过制造的后续效果还是不错的。

“死云皎，这身衣裳可值三百两银子呢！”书房里传来云初末的哀号声，云皎手指若有所思地抵着下巴，顿悟到这就是传说中的“躲得了初一，躲不过十五，躲得了砚台，躲不过墨汁”。

云初末每次为人画骨重生的时候，都会以各种巧妙狡猾的理由把她赶出来，在云皎指责他小肚鸡肠的时候，对方折扇一甩，风度翩翩：“我就这么点本事，全让你学去了，以后我还吃什么？”

不过……站在厨房里为云初末准备夜宵的云皎，默默抬头望了望压顶的乌云，和不断闪烁的雷电，面无表情地撇了撇嘴，经过这一次施法，云初末还有没有命吃夜宵，尚未可知。

做完了夜宵，她盛出来一些端去云初末的书房，但见书房门还闭着，想来此次施法必然没有以前那样容易，不由得在心里多了几分担忧。她将夜宵搁在书房门口，又等了一会儿，依然没见里面传出动静，便一个人走到庭院里，挨着一方石桌坐了下来。

晚风清凉，明月居里漆黑一片，她单手撑着下巴，百无聊赖地抛着小石子，良久之后，抬头望了望乌云密布的夜空，细不可闻地叹了口气。每次云初末施法的时候，天上都会出现这样的景象，墨色的云雾像是沸腾了一样，急速翻滚着，一道道闪电狰狞可怖地劈开云层，仿佛要落下来将他们瞬间击个粉碎似的。

其实她很害怕，从很小的时候，每当遇到这种情况都会忍不住要哭，但是每次云初末都会很温柔地抱着她，安慰她不会有事。过去百年的时光，她的确安然无恙地活了下来，因此渐渐地也就没那么怕了。

倒是云初末，每次施法之后都会病上好几天，有时候遇到强大的魂魄，受到的反噬重了，甚至要休养好几年，后来从一本书上，她看到画骨重生之术，因擅自逆改天地运行法则，扰乱生死轮回秩序，所以早被三界列为禁忌，除非施法之人灵力强大，否则单是天谴就足以令他魂飞魄散。

她不明白既然会受伤，云初末为什么还要坚持，这些问题她从没有去问过他，因为即使问了，他也不会认真地跟她说。云初末到底有多厉害，即使在一起生活了百年，她也没有摸清楚，只是隐约感觉到，他纨绔不羁的背后掩藏了许多往事，那些秘密不容她去探知，或许是她怕看清了他这个人，他们之间会有什么东西改变。

其实他们现在也很好啊，云初末虽然恶劣，但总体上对她还算不错，除了每日欺压剥削把她当奴才之外，也没什么可以挑剔的。她喜欢和云初末在一起，即使对着他过了千年万年，也不会觉得腻，就算他有时候神经大条，还会故意惹她生气发怒，她都没有真正讨厌过他。

庭院里，云皎仰天长叹，果然悲伤的故事看多了，观众也会跟着多愁善感起来。

云初末虽然喜欢胡扯，有句话说得还是不错的，不过是个故事而已，看看就好，何必认真？她又不是姜雪羽，云初末也不是秦铮，他们俩还有很长的时间可以在一起，如果每遇到这样的事情，都要拿来比作自身伤心难过一番，以后的日子还要不要过？

每个人都有他们的宿命，旁观者永远也无法做到感同身受，她同情银时月，心疼姜雪羽，又可怜秦铮，不过那始终都是他们的人生，怎能因此就影响她和云初末的生活？

想通了这点，云皎长出了一口气，心情顿时轻松了不少，见时辰也不早了，书房那边应该已经完事，便起身去找云初末，没想到刚走近书房，就听见里面一声清脆的声响，好像什么东西摔碎了，紧接着又听见桌椅被带倒的声音。

云皎心里一慌，立即推开门跑了进去，顿时吓了一跳。

书房内一片狼藉，到处散落着书本和纸张，书架已被震碎，上面摆着的花瓶瓷器摔碎了一地，就连窗台上云初末的宝贝兰花也没能逃脱厄运，像被吸干了灵气一样，变得干焦枯黄。见此情景，她的心跳顿时漏了一拍，赶紧四处找寻：“云初末，云初末……”

不多会儿，书案下面颤巍巍地伸出来一只手："我在这里……"

声音听起来很微弱，好像受了极严重的内伤，云皎越过书案垂眼便见他斜靠在一角，苍白的唇角挂着一道血痕，她蹲下来抱住他，一动也不敢动，心急如焚得都快要哭了："云初末，你坚持一会儿，千万别死呀！"

云初末轻咳了一声，即使现在落得如此狼狈，还是掩不住他风流绝艳的好模样："其实我也舍不得你，不然你跟着我去吧。"

云皎立刻板起了脸，将他的胳膊一丢："不用了，我能照顾好自己，你赶紧走吧！"

云初末的脸色依旧苍白，声音也有气无力的，眼里却带着缱绻的笑意："其实我忘了告诉你，两年前我欠了村口大牛家的三两银子，他说要你做媳妇，所以……"

云皎噘起嘴，冷冷道："你死之后，我一定为你守孝，谁也不嫁！"

云初末眼里的笑意瞬间晕开，他缓缓搭上了云皎的手，含情脉脉道："皎儿待我如此情深，我又岂能丢下你不管？"

云皎憋着笑，翻白眼瞪他："怎么，现在不死了？"

云初末点点头，认真地答："如果你能给我倒一杯水，我便不死了。"

云皎这才注意到，他的唇瓣苍白干裂，想必是渴了，但是书房里已经变成这副模样，茶壶都不知道摔碎在哪里了。于是她费力地将云初末扶起来，沿着明月居的长廊送他回房间。

外面开始下起了小雨，云初末的房间就位于莲池的旁边，瘦梅与假山嶙峋，雨打荷叶轻敲，在漫长宁静的夜色里缠绵悠长，不远处的亭角在夜色中显得狰狞恐怖，曲折的走廊也如洞箫般幽长，然而房间内却很温暖，一片宁静祥和。

云初末在饮了三大杯茶之后，突然冒出来一句："好饿。"

云皎现在都不知道是该担心还是该生气好了，她接过杯子搁在桌子上，没好气道："厨房里还有夜宵，我去端过来。"

可是等夜宵端过来的时候，云初末已经倒在床榻上睡着了，红烛高照，床帐隔着一层薄薄的轻纱，他的衣摆顺着姿势倾斜下来，系腰的白环玉坠垂在脚踝处，一切看上去是那么静谧美好。

云皎无奈地摇了摇头，把夜宵放在桌子上，走过去将他的靴子脱了下来，伺候他安寝，然而就在扯被子的时候，听到他细不可闻地咕哝了一句。云皎一怔，偏过头注视着云初末，不多会儿，他又微蹙着长眉低喊了一声，苍白的面容在灯光下显得越发清俊，只是眉目之间的神情，悲痛而又不舍，似乎在焦急追寻着什么。

她悄悄挨近了云初末，侧身仔细倾听着，这次她听清楚了，睡梦之中，云初末低吟浅唤着的是："姝好……"她的手顿了一下，回过神来将被子给他盖好，又放下纱帐熄灭了床头的灯火。

长夜未央，暗涌微凉，云皎不敢把他一个人丢在这里，于是坐在房间的凳子上，以防云初末伤得太严重，半夜发生什么意外。

明月居外面的结界和他的身体状况紧密相连，比如前几年在云初末生病的时候，结界只是薄薄的一层，连她看了都觉得胆战心惊，害怕被某个路过的小妖小怪撞碎。前几日刚坚固了一点，现在被银时月这么一破坏，恐怕还比不上当初最坏的情况。

云初末的身体也好不到哪里去，半夜无意识地咳了好久，即使盖着被子，手脚还是冰凉，有一次云皎上前查看的时候，还在枕边发现了一大摊血迹。云皎直想叹气，这次为了得到银时月的魂魄，云初末当真是不管不顾、豁出性命了，他也不想想，万一不幸在此次施法中殒命，即使得到再强大的魂魄，又有什么用?

云初末对于魂魄的执念，绝对不亚于她喜欢黄金，虽然不知道他收集这些魂魄有什么用处，反正不如拿金子换食物来得实际。最后云皎迷迷糊糊趴在桌子上，心里默默地想，如果下次还有这样吓人的情况，她一定要丢下云初末，一个人逃命。

雨后的夜空，繁星也没有了踪影，仅剩下一轮明月悬挂长空，静静地投射到明月居中，灯花落尽，荷叶上的水珠顺着叶脉坠下，发出泉水叮咚的声响，空气中氤氲着清新的水汽，在这一片寂静之中，一场劫难悄无声息地过去了。

日子如水一般哗啦啦地流，转眼三个月的时间过去了。经过这段时间的休养，云初末已经好了许多，气色红润了不少，饭量也有见长，甚至都有闲心坐在亭子里跟自己下棋了。

一阵清风徐来，明月居里落花满地，莲池旁柳色依依，嫩绿的长枝随风摇曳，荡起碧波涟漪，云皎端着点心走过来，她吃了几块桂花糕，又大致喝了半杯茶，心满意足地感叹了一声，斜靠柱子撑着头打盹儿去了。

“你前两日不是说自己长胖了，决心要减体重的吗？”云初末跷着二郎腿，单手托腮，凝眉注视着棋盘，漫不经心地落了一子，“现在又要食言了吗？”

云皎顿时吃瘪，微微嘟着嘴，不由得心虚辩驳道：“哪有，我早上只吃了半个包子！”

云初末淡淡嗯了一声，接着道：“包子是吃了半个，不过外加两块糯米凉糕、三块杏仁酥，哦，还有翠玉豆糕和桂花蒸粉，以为我不知道吗？”

云皎认命地捂了捂脸，虽然她一向脸皮很厚，但是在云初末面前，她作为人类的尊严大致应该已经没有了。饶是如此，她还是垂死挣扎，试图找回一些颜面来，于是蛮横地仰起脸，摆出最不讲理的表情，苦大仇深地说：“多吃了几块糕点而已，又不会怎么样！”

云初末手中拈着棋子，闻言侧目看她，眼神里似乎带着笑意：“吃这么多才长了三斤二两，确实不会怎么样。”

“你你你……”云皎被他踩到痛处，心里气得要命，偏偏又无言以对，只得咬牙切齿地跺脚，愤怒地转过身趴在栏上看鲤鱼。良久之后，才传来云初末懒洋洋的声音：“拿糕点当作饭来吃，你不怕积食吗？”

云皎不乐意地噘起嘴，负气地哼了一声，还是不愿意理他。云初末看了她一眼，身子一侧，视线向前探着：“云皎？”见她完全不理会自己，他又往前挪了挪，脸上流露出逗弄的坏笑，近乎讨好般，“云小皎？”

还云小皎……云皎顿时哭笑不得，不情不愿地动了动，消沉地耷拉着脸，为腰上新增的二两肥肉发愁。云初末唇角荡开一抹笑，手里敲着棋子，故意叹了口气：“我记得前两日某人还说要进幻梦长空之境来着，现在看来，她又不想去了。”

听到这个，云皎顿时来了精神，立即站起来，语气很坚决："我要去！"

云初末斜斜地瞟了她一眼，阴阳怪气道："可是那个某人好像正在生气，不愿意同我说话了耶！"

云皎嘟着嘴，闷闷地说："我才没有生气。"

云初末挑了挑眉："哦，那你刚才是故意要我的了？"

云皎顿时激灵了一下，连忙摇手："没有没有，我怎么敢呢！"见他一副完全不相信的模样，又立即改口道，"我错了，我真的错了，我以后再也不敢了。"

气势重新回到自己这边，云初末傲娇地掀了掀衣摆："晚了。"

云皎听此很是愤怒，双手掐腰，决心拿出一些威严来，居高临下地藐视他："你若是不带着我，我便天天缠着你，每个时辰黏着你，把你烦得吃不下饭，还睡不着觉！"

云初末单手支颐靠在石桌上，唇边泛着笑意，望着她十分气定神闲："尽管来黏好了，随时恭候。"

威胁不成，云皎登时摆出最纯真无辜的表情，上前拉住他的衣服，使劲摇晃着："云初末云初末云初末……"

云初末被她摇得一阵头晕，忍不住笑了："你都多大了，还使小时候这一招，用了一百年还觉得有用吗？"他拿折扇嫌弃地敲开了她的手，"若是要我带着你，就再想一种法子来。"

云皎撇了撇嘴，泪花在眼眶里团团打转，委屈得都快哭了："公子不带着奴婢也可以，只不过若是奴婢心情不好了，做的饭菜也会特别难吃，但是你放心，顶多是从米饭里挑出石头或者虫子什么的，绝对吃不死人的！"

说着，掩面装作要哭的模样，声音凄惨："我看公子你还是把奴婢丢下好了，虽然奴婢一直忠心耿耿地跟着你，费心尽力地照顾你，给你做饭，帮你施法，哦，最近还一直给你煎药……"

她说得声泪俱下，将最近一段时间的"丰功伟绩"统统数了一遍，不管是有用的，还是没用的，就连陈谷子烂芝麻的小事都得搬出来显摆一番。好像自己做了多么了不得的事情，如果云初末不带着自己，就是忘恩负义的小人一般。

云初末默默望着她，眼里的笑意越发清俊动人，果然无可奈何叹了口气：“你啊……”

得到他的默许，云皎立即笑逐颜开，笑嘻嘻在他面前蹲下来：“你带着我，我一定不会给你添麻烦，而且能照顾你，呃……我是说可以给你洗衣服，给你做饭，我发誓，发毒誓都可以！”说着，还真举着小手，信誓旦旦做出发誓的样子来。

云初末的眸光微微动着，望着她似乎在笑，随手拿折扇敲了一下她的头：“发誓也没有用，若是这回再敢自作主张，惹出没必要的麻烦来，我就把你丢在长空之境里，永远也出不来。”

云皎立即正色道：“这回我肯定不会惹麻烦。”

关于惹麻烦这件事，还要从八十多年前说起，那时一只狐妖的魂魄找到他们，以出卖灵魂为代价，希望借助画骨之术复活重生，回到过去找寻自己的夫君。

那只狐妖修行了数千年，却爱上人类的男子，为了得到爱人，不惜用术法使那个男人失去记忆，让他呆呆傻傻地陪伴她在林中生活了两年。可惜那个男人最终还是想起了自己的身世，趁她不备逃出了树林，回到家之后，又怕狐妖会找上门来报仇，便花大价钱请了道法高深的法师。

那时候狐妖刚从外面回来，为了清除男人身上的妖气，她跑去灵山和守护仙草的神兽打了一架，最终带着仙草负伤回到了他们一起生活的树林，满心欢喜去找自己的夫君，可是一进门便见到了一群严阵以待的凡人和手持念珠的法师，昔日整洁温暖的家里，被那些人翻得一片狼藉，而她的夫君就站在那群人的中间。

她到死都不明白，她对他那样好，为什么会换来如此残忍的对待？她还记得，在自己被阵法困住的时候，一群人冲上来拿棍子打她，还用弓箭射穿她的身体，她疼得吐了血，落了泪，痛心疾首地望着自己的夫君，想从他的表情中看出一丝一毫的不忍和心疼，然而，没有。

从那个男人的神情中，她只看到了恐惧，因为她在阵法中显露了狐妖的原形。他想到自己过去两年都和这么一个畜生怪物生活在一起，确实应该感到恐惧。

狐妖虽然死了，却孤注一掷拿自己的灵魂来交换，她想回到过去，问问那个男人是否爱过自己，哪怕一丝一毫也好，可惜对方的反应实在伤透人心，看到已死的妖怪突然复活，那个男人吓得屁滚尿流地跪在她面前，连连磕头求她不要杀他，还说愿意一辈子为她当牛做马。

云皎还记得，在被那个男人扯住衣摆哀求的时候，狐妖仰天落下了泪，悲凉地笑了两声，最终头也不回地走了。她没有杀那个男人，或许，在她的心目中，那个男人早就已经死了。

那是云皎第一次进入幻梦长空之境，因为同情狐妖的遭遇，觉得为了这么一个男人就散去自己的灵魂实在可怜，她趁着云初末不注意，暗中施法企图把狐妖放出幻境，结果不但没能救出狐妖，还差点把自己搭了进去。经过这件事，她才知道，幻梦长空之境，是连接过去与现世人生的一个异域，一旦进入，便再也无法回头。

在那个异域里所发生的事情，对现世都会产生或多或少的影响，但是在过去的时光中，人们只能改变事件的过程，而无法改变结果，不过如果过程更改太多的话，不仅会损害到幻境里的人，还会对施法之人造成重创。她记得当时因为狐妖的那件事，云初末一连吐了好几天的血，才慢慢恢复过来。从那之后，她就再也没有动过释放魂灵走出幻境的念头了。

最初替人画骨重生的时候，她曾一度觉得自己是在做一件极其残忍的事，人家明明已经很悲惨了，偏偏还要在那颗受伤的心上再补一刀，甚至掠夺了那些人的灵魂，害得他们永世都不得超生。后来经历多了，她渐渐也就明白了，什么才是真正的残忍呢？那便是不问缘由，不容分说，仅凭“天道”二字，便压得人永世翻身不得。

就像那只狐妖一样，天生便是妖怪，她只是爱上了人类，在那场爱恋中，她不曾害人性命，略微动了一点心思，想和所爱之人相守在一起。天道便罚她毁去千年修行，甚至夺去了她的性命。云初末虽然收走了狐妖的魂魄，却也帮她完成了心愿，至少在幻梦长空之境中，她得到了答案，从苦不堪言的孽缘中解脱出来，不至于死得那么不明不白。

那么画骨重生，最终换来的究竟是什么呢?

云初末的解释是：“真正的勇士，敢于直面惨淡的人生……”

明知道宿命的结局不可更改，却仍然要去争，明知道自己所执念的，只是一场虚妄的过去，却依然要去闯，或许短暂重生能够给予的，仅仅是一个未及的道别，一个最终的了结罢了。

进入幻梦长空之境以后，他们一路追寻着银时月的足迹，来到了姜雪羽的故乡，眼前是一片金灿灿的油菜花海，倾倒的枝叶掩盖了原本的羊肠小道，不过仔细找寻的话，还是能找到进入村子里的路。

“我记得从轮回石中看到的季节应该是夏天，现在怎么……”云皎说到这里，突然顿住了，反应了一会儿，愣愣道，“他改变了这里的季节？”

姜雪羽最美好的记忆，便是童年时和秦铮在油菜花海里玩耍，银时月既然要在有限的时间里给她快乐，消耗灵力改变季节，也是极有可能的。她摇头叹了口气，原本那副泥捏的壳子就承受不住他强大的力量，银时月此种行为，当真是找死的节奏，不过……他对长空之境做出这样大的改变，岂不是对云初末很不利?

她转头担忧地看了看云初末，只见对方正拿着一方丝帕捂在脸上不住地打喷嚏，长眉紧皱，神情沉郁，阴柔精致的俏脸上可谓不悦到了极点，见此情景，云皎忍不住笑了，她怎么忘了云初末是对花粉过敏的?

云初末皱着眉走过来，丝帕还捂在脸上：“我一定要他后悔！”

云皎一愣，反应过来他口中的那个“他”是银时月，不由得微微一笑：“人家也是为了实现心愿，你气什么？”

“我……”云初末刚想反驳，头往旁边一偏，“阿嚏——”

云皎顿时乐了，被云初末幽怨地瞪了一眼后，立即道：“我有一个法子，能让你不打喷嚏。”

云初末皱了皱眉，十分简短：“说。”

云皎从袖中拿出一方丝帕，对角折了半边，蒙在他的脸上：“用这个挡一挡，或许会好些。”遮完之后，盯着云初末的脸，她首先咧嘴笑了起来，他本来就长得阴柔，现在蒙着绣有兰花的丝帕，更像是扭扭捏捏的大姑娘了。

云初末瞥了她一眼，伸手要把丝帕扯下来：“我要戴自己的！”

“不行！”云皎赶紧拦住他，“你的丝帕上已经沾了花粉，等到了村子，洗过之后再换下来吧。”云初末瞥了瞥遥望无边的田间小路，不满地哼了一声，冷着脸迈步走了。云皎看着他气呼呼的身影，调皮地吐了吐舌头，喜气洋洋地跟在后面，心情不知道有多愉快。

他们在村口站定，望着不远处的房屋同时轻喟了一声，碎石烂瓦，偏僻简陋，就算把明月居拆掉了也比这里看起来华丽许多。树木遮掩着房屋，从中袅袅升起炊烟来，甚至还能听到犬吠鸡鸣的声音，云皎大致观察了一会儿，道：“虽然看起来很穷，倒也安定。”

云初末显然对此想法嗤之以鼻，贵公子的傲娇脾气立即显现出来，阴阳怪气地调侃：“是吗？我怎么看到除了穷，还是穷。”

云皎撇了撇嘴，心想道那是因为你一向养尊处优惯了啊！

在明月居的时候，云初末简直挑剔到令人发指的地步，衣物布料必须是最好的云锦，炖一碗糯米莲子羹，长相丑陋的莲子坚决不会入口，就差让她连糯米也一粒一粒地挑拣了。如今落到这么一个穷苦，还到处都是油菜花粉的地方，哦……单是想想就觉得好高兴！

云初末凉凉的视线望着她，语气也很冰凉：“我很想知道，到底是什么令你这样高兴？”

云皎摸了摸自己的脸，笑容很和善：“有吗？”未等云初末回答，话锋一转，“我不告诉你！”云初末的脸色立即沉了下来，冷冷哼了一声，扭头就朝村子里走了。

根据银时月的要求，在幻梦长空之境里，他会以秦铮的模样出现，于是他们一路打听，终于找到银时月现在的住处。那是几间干净的木屋，建立在河岸边，庭院里特意栽着花草，现今还开着艳粉和白色的花朵，木屋前端有竹子搭建的篱笆，里面种着青菜，虽然很简陋，但是比村子里的情况要好许多。

一个姑娘正在河岸边洗衣服，云皎走过去："姑娘。"

那位姑娘环钗布裙，闻言站起身来，向他们探究地打量了几眼，才询问道："你们……找谁？"

云皎认出她就是从轮回石里看到的姜雪羽，不过和那时比起来，她看上去气色好很多，清丽的容颜中还带着些许嫣然的笑意。她的心里很不是滋味，不知道是该欣慰还是难过，现在流逝的一时一刻，皆是由银时月的性命所换，他的心愿已经达成，然而，这样值得吗？

她默默叹气，上前一步："请问，秦公子在家吗？"

姜雪羽看了一眼云皎身后蒙着丝帕一脸郁闷纠结的云初末，走上岸来，轻轻地问："你们找他，有什么事吗？"

云皎哦了一声："我家公子与秦公子是故交，今日路过此地，特来看望。"

姜雪羽听此，盈盈笑了，温柔颔首道："既然是客人，先请进屋吧。"

她转身端过木盆，里面还放着一件刚洗好的墨色衣袍，款款迈步，走在前头带路。云皎刚想跟着走，又见云初末一直盯着姜雪羽，不由得奇怪："你看什么？"

云初末轻飘飘的眼神瞥了瞥她，阴阳怪气地调侃："她比你漂亮。"

"你……"云皎怒火攻心，咬牙愤愤地反驳，"禽兽！"云初末轻哼了一声，懒洋洋地迈着步子走向木屋了，云皎对着他的背影挥了挥拳头，也不情不愿地跟了上去。

屋内的陈设也很简朴，不过看上去干净整洁，没有一点灰尘，对着窗户的地方还摆着一方琴架，银时月的古琴就放在上面，陋室虽小，但可以看出女主人的蕙质兰心。姜雪羽端来两杯茶水，缓缓道："秦大哥上山打柴，过一会儿便回来了。"

云初末伸手接过杯子，刚想喝水，一想到自己现在蒙着面，于是心情郁闷地放了回去，也没跟主人说话。云皎见此，连忙替他道："多谢。"

她顿了顿，眼珠一转，又解释道："我们公子他是个哑巴，不会说话，请姑娘多担待。"话音刚落，就有一道冷飕飕的眼刀向她射过来，云皎抬眼望天，心里吹起了口哨，甚是得意。

姜雪羽常年在王宫生活，对于待客之道不甚擅长，性格又安静沉闷，好在云初末和云皎两个人脸皮比较厚，挨到午时终于等到银时月回来。屋外，银时月将一捆新柴放了下来，衣着打扮皆和寻常凡人别无二致，看上去还真是个普通的山野樵夫。

“秦铮哥哥，你回来了。”姜雪羽洗了手帕迎上去，伸手给他擦脸上的汗珠。

银时月现在顶着秦铮的脸，与她温柔笑着点头，腼腆之下，并没有言语。两个人对望了许久，姜雪羽终于想起屋子里被遗忘的两名“贵客”，缓缓道：“今日家中来了两位客人，他们说是你的朋友。”

银时月的脸色一黯，默默点头，声音温凉：“我知道了。”

姜雪羽嫣然笑了，放开他自顾去厨房准备午饭，银时月站在原处，望着她的背影，隐约浮现出不舍和忧伤的神色，但还是迈步走进屋去。他顿步在房屋中间，并没有向前：“你们来了。”

云初末挥了挥衣袖，大约是觉得丝帕太碍事，伸手扯了下来：“温柔乡，美人恩，秦兄真是好福气哪。”话音刚落，又忍不住打了一个喷嚏，他皱了皱眉，“怎么在屋里也有花粉？”

旁边的云皎努力憋着笑：“这就叫作‘阴魂不散’，誓死缠上你了。”

云初末恶狠狠地瞪了她一眼，哼了哼，站起身来：“三个月之期已到，你的魂魄现在是我的了。”

银时月低首沉吟片刻，才缓缓道：“再给我三天。”

云初末冷笑：“你该知道自己现在已是强弩之末，别说三天，就是三个时辰也撑不到了。”

银时月抬眸望他，静静说道：“所以，我在等你。”

云初末轻嗤了一声：“到现在还垂死挣扎，想多陪那女人几天吗？我凭什么耗费灵力帮你做这种无聊的事？”

银时月淡淡地望着他，语气里不带任何波澜：“因为你是长离。”他的唇角勾起一丝微笑，虽然顶着秦铮的脸，却依旧掩不住他身为远古邪魔的优雅与从容，“我们是一样的，不是吗？”

这句话之后，屋子里陷入良久的寂静，对话的双方都很清楚自己在说些什么，不过作为观众的云皎倒是头大了。她看了看云初末，又看了看银时月，最后总结问道：“你拖延这三日，是想做什么事情吧？”

银时月将目光转向了她，片刻后点了点头：“再过两日，便是祈神节，我想陪她最后三天。”

云皎深受感动，只觉得满腔热血冲上心头：“不就是三天吗？耗费灵力延迟个三五天也不是什么大事！”

她伸手去拉云初末，却被对方嫌弃地拿扇子打开了。云初末偏过头道：“别以为你这样做是为了她好，三天的时间，足以发生任何事情。”

见他默许，银时月缓缓笑了，微微颔首：“多谢。”

云初末侧身抬了抬手，简单给泥塑的身体输送一些灵力之后，脸色很差地走出去，走到门槛的时候顿了顿，用懒散的语气道：“若想平安度过此劫，便要避开满月之下的桃花，否则发生任何意外，皆由你自己担待。”银时月一愣，轻轻点了点头。

银时月选择的时间，正是在姜雪羽死前的五个月，那时候秦铮还随着车迟国的大王狩猎，他变作秦铮的模样，趁夜潜入王宫去见姜雪羽。

“你怎么回来了，大王呢？”夜半时分，外面传来了敲门声，姜雪羽打开房门，见到面前的秦铮又惊又喜，想到秦铮是大王的贴身侍卫，若不是发生了大事，是不会离开大王趁夜回宫的，于是连忙将他拉入了房间内。

秦铮身着墨色的衣袍，像是要融入夜色里，他的面容清俊隐约显现出担忧，望着姜雪羽微微蹙眉，迟疑说道：“雪羽，我得罪了太子殿下的客卿，恐怕将要大祸临头了。”

姜雪羽的脸色一变，焦急道：“太子殿下心胸狭隘，肯定不会放过你的，这可如何是好？”

秦铮亦是沉默，良久之后，抬眸道：“雪羽，我要走了，你在王宫内好生保重，若是我还有机会活着，就会与你联系的。”他说完，转身就要离开。

“不……”姜雪羽下意识地伸手拉住了他，沉思了片刻，下定决心看向秦铮，“我与你一起走。”

“这怎么可以……”秦铮微微皱眉，望着姜雪羽，“我现在自身难保，日后亦会亡命天涯，怎可连累你受苦？”

姜雪羽倏地笑了，她注视着秦铮的面容，眼里心里满是情意：“你我兄妹至亲，生死相随，还谈什么连累不连累的呢？”她放开了秦铮慢慢转过了身，垂首黯然道，“只怕你带着我，以后会是个累赘。”

“这是什么话？”秦铮绕到她的面前，温声说道，“你也说我们兄妹至亲，我只愿这辈子能照顾好你，怎会觉得你是累赘？”

姜雪羽听到他这样说，一时间激动难言，甚至高兴得落下泪来。秦铮手足无措地给她拭泪：“怎么了？是不是我哪里不对，惹得你难过了？”

姜雪羽握住他的手，流泪笑着摇头：“不，我……我很高兴。”她轻轻地、试探地靠在秦铮的怀抱里，喃喃说道，“那我们就离开，回到故乡去，再也不要分开了。”

银时月带着姜雪羽离开的第二天，秦铮就回来了，宫中少了一位司药女官，谁都没有发现，连秦铮自己也没有察觉。之后秦铮奉命教习绰瑶公主骑马，完全把姜雪羽忘在了脑后，直到大王传召姜雪羽入宫请脉，他才知道姜雪羽已经失踪数日了。

宫中的人找了许久，秦铮更是心急如焚，找遍了宫里的每个角落，甚至连偏僻的水道都打捞了，却都没能找到姜雪羽的踪影。

王宫的节奏并没有因为一位司药女官的莫名失踪而打乱，大家若无其事地各安其职，除了秦铮有时会站在她曾经居住的地方发呆之外，没有人再去关注，甚至到最后连秦铮都习惯了她的消失，去她住处的次数亦是越来越少。

而另一边的姜雪羽和银时月，回到了阔别多年的故乡，在河岸边搭建了一座木屋，他知道她喜欢侍养花草，就在庭院里辟出了一个园子，甚至还在屋前的柳树下搭了一架秋千。

晚间流水潺潺，门前柳色纤纤，银时月坐在树下的木桌旁，姜雪羽陪在一边，见他拿着手帕擦拭琴弦，不由得奇怪道："秦铮哥哥，你何时会喜欢这种东西了？"

银时月的手一顿，片刻之后，他收敛了神色，淡淡回答："一时兴起，学学罢了。"

姜雪羽微微笑了，情意款款地注视着银时月，欲语还休，眉目间收敛着欣喜和羞涩的神情，试探问道："你……最喜欢哪首曲子？"

银时月迟疑了片刻，才慢慢说道："《亘古谣》。"

姜雪羽闻言，柔静的容颜很是疑惑，她轻轻反问："这是什么曲子，为何从来都没有听说过？"

银时月默默埋下了头，他伸手抚摸着面前的琴弦，动作珍惜而慎重，喃喃说道："此曲乃一位故人所作，他死之后，除了我，就再也无人能够弹奏这首曲子了。"

姜雪羽听此更是奇怪，她和秦铮从小相识，虽然中间分别了几年时间，但是他平时所结交的朋友，她也大都认识，怎么从来都没有听他提起过这位作曲的故人？她只是稍微想了一下，又不甚在意地笑了，低声问道："那……你弹给我听，好不好？"

银时月看向了她，温凉的眼眸中流光潋滟，里面倒映着她娴静如水的容颜。他无言沉默了片刻，绽放出了笑容："好啊。"

长指缓缓拨弦，心里却苍茫一片，望着姜雪羽温柔满足的微笑，悲伤的情绪却渐渐涌上心来，他停下了琴音，落寞地站起了身，向河边走近了几步，负手望着屋前的河畔发呆，他的身姿优雅静默，却敛着夜色的孤独与茫然。

姜雪羽侧首看向了他，又低下头沉吟了片刻，缓缓迈步走到他的身边，担忧地问道："怎么了？"

银时月垂首摇头，片刻之后，才淡淡开口："雪羽，你现在开心吗？"

姜雪羽有些莫名其妙，不知道他为何会问出这样的话来，却还是无比幸福地笑了："开心，当然开心。"她顿了顿，低声补充了一句，"只要是和秦铮哥哥你在一起，无论做什么，我都会觉得开心。”

夜色倒映在银时月的目光中，显得幽凉而哀伤，他扯出了一个苦涩的笑，静静地说：“这样便好……”

姜雪羽从来都没有见过这样安静的秦铮，她甚至有些害怕，一个人默默地想了片刻，才试探地问：“发生什么事情了？是不是太子殿下的人追来了？”

银时月摇了摇头，他转身望向了姜雪羽，对她露出了安心的笑容：“没有。”

姜雪羽更加疑惑，她只沉默了一会儿，恍惚又想到了什么，原本担忧的容颜里，隐约浮现出了落寞的神色：“你……是不是还放不下公主？”

银时月一愣，奇怪地反问：“公主？”姜雪羽点了点头，她勉强收敛着黯然的神色，故作放松地笑了笑：“你也不必忧心，或许过些时日，等事情平息了，你就可以回王宫寻找公主了。”

银时月静静地望着她，温柔的眉目在月光下更是显得淡雅。他沉默了片刻，才开口说道：“谁说我放不下公主了？你我在此生活不好吗？为何要去找公主？”

姜雪羽一愣，她发现自己先前认知的某些事情好像出现了混乱，于是抬起头疑惑地问：“你……不是喜欢公主的吗？”见到秦铮莫名其妙的表情，又接着道，“当日为了救护公主，你连性命都不要了。”

银时月收回目光，漫不经心地哦了一声：“护卫王室是我的职责，若是公主出了意外，我也难逃其咎，自然是要豁出性命保护她的。”

“那……”姜雪羽秀眉微皱，或许是听到了自己想听的答案，心里很是欢喜，语气里还带着女儿家的娇羞和蛮横，“可是你醒来的时候，第一句话问的就是绰瑶公主是否安好。”

银时月唇角渐渐浮现起笑意，目光注视着她：“那是因为我在生气。”

姜雪羽不明所以：“生气？”银时月缓缓点头，继续说道：“我以为伤重醒来时，第一个见到的人会是你，可是你却没有看望我。”

姜雪羽彻底愣住了，回想过去种种，竟然是自己误会了秦铮，他从来都不曾喜欢过公主，而且……他心里的那个人，由始至终都是她自己。想明白这点，姜雪羽又急又羞："不是这样的，我……"说到这里，又立即顿住了，埋着头害羞得说不出话来。

银时月默默笑着，微凉的手指抬起她的下颌，平静地注视着她："我知道那次你就站在门口对不对？其实你很想进去，但是碍于女官的身份，不便现身是不是？"

姜雪羽点了点头，当日秦铮被鹰爪所伤，她心急如焚，可是车迟王宫内禁忌女官与护卫来往。在那么多人面前，她又不敢现身去看望秦铮，只能站在门口守着他，希望可以随时探听到他的伤情。

然后就听到他询问绰瑶公主的情况，也因这件事，她便以为秦铮爱护公主更甚于自己的性命，没想到这么多年，都是她在庸人自扰。姜雪羽又喜又恼："秦铮哥哥，对不起，我……"

下一刻，微凉的指尖抵住了她的唇瓣，银时月缓缓将她揽在怀里，像是呵护手心里的珍宝，他的声音清淡而温柔，仿佛要融化在夜色里："没有关系，都不重要了……"

姜雪羽彻底愣住了，僵了半晌才试探地去抱他的背，她听见自己的声音有些颤抖，磕磕巴巴地说着："我……我们以后……都在一起吧……"银时月收紧拥抱着她的双手，埋首在她的长发里，语气里掩着欢喜与哀伤："好啊，我们就在一块儿。"

喜悦的感觉像是一股清泉，瞬间填满了他的心扉，他的世界百花盛开，一刹那的惊艳与欣喜令他激动得难以自持，虽然他知道，这句话不是对他说的，可还是迷了心，入了魔，甚至都能感到幸福突如其来的炫目和光彩。那么，他们就在一起吧。

姜雪羽的家乡位于偏远山区，且地域接近南羌苗族，消息闭塞，少与外界来往，也因此保留了比较古老的祭神仪式。若是在从前，每年的祈神节人们都会准备肥嫩的牛羊和美酒，载歌载舞，共同庆祝这一场欢乐盛宴，然而今年，每个人脸上都写满了肃穆和忧愁。

春种秋收，本是天地自然的法则，可是今年自从三月之后，油菜花开满了田野，眼见着时值仲夏，竟没有一点要凋败的迹象。族里的巫师蛊惑人心说，是以往的祭祀太过简朴，天神发怒降祸给这个村落，若想驱祸避灾，就要向天神拿出虔诚的心意来，于是族长带领众多乡民忍痛捐了钱财，准备举办一场盛大的祭神大典。

乡民们在村口最广阔的地方搭建了祭台，依照南羌人的祭神方式，祭台的前方还搭了一座木塔，巍峨高耸，专做举火照明和与神灵沟通之用，木桌连成流水席放置在道路的两边，上面还摆着琳琅满目的食物和美酒。

夜晚时分，明月挂在穹空，天际繁星点点，人们点燃了木塔，火光顿时照亮了整个村口，领头的巫师举着禽鸟羽毛做成的法器，绕着祭台念念有词，村民们恭敬地跪在下面，大气都不敢出一声。祭台中央摆着木制的箱子，里面皆是村民敬献给天神的钱财，不过看那巫师盯着木箱奸笑的样子，这些钱财能不能顺利到达天神的口袋，尚且是个悬念。

“这个巫师着实混账，竟连同族人都忍心欺骗，简直可恶！”云皎站在远处的高坡上，小身板迎风而立，大义凛然道。

此处的季节异常分明是银时月施法所致，且不说天神早已离开人间，根本不会管凡尘之事，就算真的有天神降祸，岂是一场祭神大典就能躲过的？这里的乡民本就穷苦，一下子拿出这么多钱财来，都是他们一年的花销了。

云初末蒙着白纱素帕，仅露出两只幽幽的眼睛，一直盯着下面的人群，良久之后，扭过头看向云皎：“小皎，我饿了。”

云皎甚是鄙夷，没好气道：“你别这么没出息好不好？那些招摇撞骗的巫师鱼肉乡民也就算了，我们可是有风骨的人！”

面纱之下，云初末撇了撇嘴：“不管，你说过要照顾我的。”话音刚落，云皎立刻把布袋里的点心拿出来，递到他面前，“来，吃吧。”

云初末斜睨了一眼点心，表情要多嫌弃就有多嫌弃。他注视着云皎定定道：“你觉得我会放弃美酒佳肴，在这里啃你的点心？”然后满不在乎地偏过头，傲娇地轻哼了一声，迈着大长腿朝村子里走去。

一般来说，在村落的祭神仪式中，若是有陌生的外人闯入，就会被视为冲撞神灵，云皎赶紧跟上他，从后面提醒道：“一会儿你被村里人追着打，可千万别说认识我！”

云初末已经完全听不进去她的话，步调不变，目标明确地朝着村口走，素白的衣袂随晚风微微飘着，无比优雅从容，若不是那双望着鸡腿放光的猥琐眼睛，一定能迷倒万千少女。云皎跟在后头，忽然想起了一件事，便开口问道：“你那日说有什么祸事，可是与今晚的祭神大典有关？”

云初末一直静默着，隔了一会儿，闷闷道：“我为什么要告诉你？”

这个人！云皎恨恨地顿住脚步，看着云初末的身影消失在夜色中。

此处的环境实在太过恶劣，连些像样的食物都找不到，为了等候银时月，他们已经足足啃了两天冷点心了，这种事情对她而言自然不在话下，然而对云初末这个养尊处优的贵公子来说，简直如坠地狱！不过，即使再怎么装作漠不关心，他还是出手帮了银时月，虽然她有些不太懂，银时月那句“我们是一样的”，到底是什么意思。

三天的期限已经过了大半，再过一天，银时月的魂魄就是云初末的了，她以前也曾目睹过画骨重生的魂魄被长空之境吞噬的情景，但她实在不愿看到银时月也落得如此下场。出卖自己的灵魂，换取心爱姑娘三个月快乐的人生。这是他自己所选，想来即使被吞噬也不会有任何怨言，现在她只希望一切能像银时月所希望的那般，千万不要辜负了他的牺牲，留下任何遗憾。

正想着，云初末已经向她走回来了，手里还拿着许多东西。

“你你你……”云皎瞪大了眼睛，“是怎么做到的？”

云初末哦了一声，随手一指：“我看那边没有人，就拿回来了。”

云皎顺着他的手势望去，顿时一阵头大，乡民们已经祭祀完毕，四处结伴庆祝去了，祭台正好无人把守，而且看那几个空空的盘子，如果她猜得没错的话，这些东西都是敬献给天神的。她压低了声音：“喂，万一村民们发现祭品少了，指不定会闹出什么乱子呢！”

云初末拿着食物的手扬了扬，面无表情地说：“那你到底要不要吃？”

荷叶包裹的烧鸡散发着阵阵香气，还有一些精致的果品，看上去卖相极好，已经啃了两天冷点心的云皎忍不住吞了吞口水，撇了撇嘴，不情不愿道：“要！”

刚想伸手接过来，云初末立即缩回了手，将食物藏在背后：“你可是有出息的人，怎么可以招摇撞骗，鱼肉乡民？”

云皎不满地瞪了他一眼，脸皮很厚地嗯了一声，讪讪道：“偶尔没出息一次，这种情况也是使得的。”

云初末眼里带着笑意，偏过头看向别处，十分傲慢地打趣道：“还是算了，有风骨的人一向只喜欢啃点心。”

云皎顿时噘起了嘴，一字一顿地吼出声：“云——初——末！”

她的眼睛水灵灵的，每次瞪着别人的时候，都好像受了极大的委屈，多么无辜一般，纤弱的小身板偏偏做出无所畏惧、誓死抵抗的样子，白皙的脸庞在月下显得精灵可爱，令人忍不住想去掐一掐。

云初末果然伸出手去，在她脸上轻轻捏了捏，语气柔和而无奈：“你啊，就知道口是心非。”他的手指微凉，力道也很轻柔，云皎没有一丝不适，相反还感觉很舒服。她小心翼翼地伸出小手，眼里露出弯弯的笑意，尽是讨好和得逞之后的狡黠。

云初末把食物放在她手上，只留了一壶酒，便找了一块石头坐了下来，默默地仰头饮着。

从前在明月居的时候，向来要求生活质量的云初末只会喝女儿红，而且为了保持自己风雅的形象，从来都是把酒斟在玉杯中，浅浅啜饮着，像现在这般英气豪爽，还真是第一次见到，而且从他的神情中，云皎似乎看出了某些不明的孤傲和苍茫。

她挨着他坐了下来，扭头看他：“你不是饿了吗？”

云初末淡淡地瞥了她一眼，阴阳怪气道：“我可是有风骨的人，不像某人。”

“云初末！”云皎怒火攻心，不乐意道，“你以后可不可以不要打击我！”

“不可以。”对方不假思索，认真地解释，“有风骨的人，一向只喜欢打击那些偶尔没出息的人。”云皎都快气哭了，银牙咬得咯咯响，大哼了一声，气呼呼地转过身不理他。

也许是坐在逆风口，云初末没有因为花粉打喷嚏，他将酒壶随手扔在一边，悄悄斜了斜独自生闷气。还不忘吧唧吧唧啃鸡腿的云皎，用后背蹭了蹭她：“云皎。”

云皎双手捧着荷叶，缩成小小的一团，板着脸不理他。云初末唇角噙着笑，往后一仰，更大力气地撞了她一下：“小皎？”

云皎被他撞得一个趔趄，差点趴在地上，没好气地吼出声：“干吗？”

云初末的脸上含着笑意，在午夜的静谧里显得潋滟而温柔，他挑了挑眉：“真的生气了？”

以前也是这样，每次云初末惹她生气被冷落的时候，他都会忍不住跑过来招惹她，然后两个人打着闹着就和好了。云皎不满地轻哼了一声，摆出一副很不高兴的样子，等他过来哄自己。紧接着，就听到云初末欢快的声音：“我最喜欢惹人生气了，来，哭一个给我看看。”

云皎感到，一股愤怒的烈火直冲脑门，某人简直恶劣无耻，她气得想跺脚，一把扯过云初末的衣袖，恶狠狠地在上面擦了擦嘴和手，立即在他干净素白的袖子上留下了一道道油印。

“啊，死云皎！”云初末赶紧跳了起来，一边甩着衣袖，一边头也不抬道，“你是决心和我的衣服过不去了，是吧？”

云皎连滚带爬地站起来跑远了，还不忘回头吐了吐舌头：“活该！”

云初末将袖子一捋，从后面坚持不懈地追杀：“又毁了一身衣服，我今天一定要打死你！”

“云初末云初末……”云皎见他杀气腾腾地接近，瞪大了眼睛显得很无辜，连声求饶道，“你那么英明神武风华绝代温柔可爱，胸怀还很宽广，是不会做这样不风雅的事的，对不对，对不对？”

云初末完全不为所动，松了松手指，拳头握得咯咯响：“怎么，现在才来求饶，晚了！”

事实证明，跑得快除了可以逃命之外，其实还会带来一个很大的坏处。云皎可怜兮兮地挤在人群中间，焦急寻找着云初末的身影，心里暗暗叫苦。

正所谓君子报仇，十年不晚，倘若早有此觉悟的话，她就不惹云初末生气了，现在倒好，和他走散，想回明月居都困难了。如果云初末真如先前说的那般，把她丢在长空之境里不管不问，她从此以后就只能待在这里了，想到这里，云皎简直大惊失色，屁颠屁颠地跑去找云初末，准备跟他认错。

然而在走到村中的时候，她顿住了脚步，远远地看见银时月和姜雪羽走了过来，十指相扣走在人群中，一幅情意缱绻的美好画面。云皎连忙闪到一边，躲在路边的柳树后，偷偷注视着。

云初末说这几天他们会惹出一场祸事，若想逃过此劫就必须避开满月之下的桃花才行。他那个人说话一向没头没脑的，什么叫满月之下的桃花，这几天她找遍了整个村落，根本就没有桃树好吗？为了以防万一，她还是决心跟着他们，不过有银时月在，别说桃花，就连菜花都不会让姜雪羽碰到的吧？

“我们离开故乡太久了，连村里的乡亲都不认得了。”姜雪羽款款走在前面，望向身边的秦铮，眉眼中尽是柔静的情意。银时月陪在她的身边，淡淡嗯了一声。

当年此处闹灾荒，饿殍遍地，百姓们能走的大多都离开了，剩下的那些已经存活无几，现在村子里的乡民多半是从外地迁来的，他们自从回来之后，便在河边建了木屋，和现居的村民并无交往。

云皎悄悄跟在他们身后，望着银时月温柔体贴的模样，不由得在心中感慨，若是哪天云初末也能对她这般，就是现在被他逮住狠揍一顿也值了。

自古才子佳人赏景散步最是无聊，这边看看花，那边望望草，云皎才跟了一会儿就呵欠连天了，暗自腹诽着云初末怎么还不找来，好歹能让她偷一会儿懒。正想着，便听到姜雪羽突然道：“秦铮哥哥，我的玉佩不见了。”

她上下翻找了一会儿，神情里焦急之色尽显：“那是娘亲临死前交给我的遗物，若是丢了可如何是好？”

银时月拉住了她，温声安慰道：“你先想一想，有没有落在哪个地方？”

话虽是这样说，云皎能看出他暗中施了法，淡蓝的光点穿过人群，像是游走的小蛇，很快便跟上了一个农夫，银时月也注意到了那人，转过身来道：“想必是掉在路上了，我先去找一找，你在此等我，千万不要走开。”

姜雪羽点了点头，银时月转过身，长眉微蹙，迈步朝着农夫消失的方向去了。见到银时月走远，云皎放大了胆子靠近姜雪羽，趴在树后默默注视着她，委屈又不服气地撇了撇嘴，羡慕嫉妒地哼了一声。

为什么同为姑娘家，姜雪羽就长得那般好看，而且举止言行温柔可亲？回想过去的一百多年，自己的那棵破桃树当真铁了心一样，死都不肯开出一个花骨朵儿来！

还记得当年豆蔻年华，到了小姑娘胡思乱想的年纪，总希望能在买菜回来的路上邂逅一位英俊温柔的美少年，然后两个人背着云初末相约私奔到天涯海角，丢下他每天对着一池子的鱼悔恨终生！

后来好不容易遇到一个会对她笑的少年，当她心情忐忑又甜蜜窃喜地跟云初末说起的时候，云初末只是冷淡淡地哦了一声，面无表情道：“是街头王大妈的儿子吧？他从出生时就是傻子，见到谁都笑。”

一开始云皎还以为他在胡扯，但在几天后，看到那少年对着一头骡子，傻呵呵地乐了一整天之后，她的信心顿时被打击到十八层地狱，凄凄惨惨戚戚。

但是她自觉还没长到人神共愤的地步，连王大妈那样魁梧的人在夫君死后，都能迎来第二个春天，没道理她这个单纯善良又可爱的小姑娘，被足足冷落了一百年，到现在还是无人问津。

排除她个人的原因，剩下的就只有云初末了，这个人脾气傲娇，品性不好，行为恶劣，嘴巴还很毒，导致她的名声也跟着一起不可阻挡地臭掉了，在别的小丫头都在绣花的年纪，她却要跟一群大姑大妈混迹菜场，试问哪个美少年会喜欢这样的姑娘？总的来说，都怪他养得不好！

村中熙熙攘攘的人群里，忽然传来一阵异动，村民们纷纷朝祭台那边涌动，原来是族长派人从山上砍下来一株桃树，用来驱邪避鬼。云皎满不在乎地瞥了一眼，不由得觉得好笑，然而下一刻立即愣住了，她僵硬着脖子慢慢朝向祭台看去，那株桃树被置于木塔之下，而姜雪羽已经不见了踪影。

云皎心中大急，银时月现在还未回来，她连忙挤入人群中去寻找，不多会儿便在木塔之下找到了姜雪羽，此时热情的乡民们围着那株桃树跳起了舞蹈，而姜雪羽被几个年轻的小姑娘拉着脱身不得。

她连忙挤过人群向姜雪羽走近，月影西移，皎洁的光辉绕过高大的木塔洒在了桃花之上，盈满月圆，照应着狂欢的人们像是圣洁的洗礼，云皎心中更是焦急，耳畔隐约响起了云初末的警告——

满月之下的桃花。

木塔之下，人们还在跳着舞，姜雪羽心念秦铮，但是面对乡亲们的热情，又不好意思拒绝，只能焦急地寻找着秦铮的身影，忽然听得“咔嚓”的声响，正在燃烧的木塔忽然倾斜了一下，中间部分的几截木头燃烧殆尽，承受不住力量纷纷断裂落下，上面的木头受到牵连，整座木塔以一种极其诡异危险的姿势矗立着。

方才还载歌载舞的人们见此情景，惊慌失措地四处逃散，姜雪羽被挤在人群中无法移动，几个村民跌跌撞撞地闯过，她被撞得跌在地上，刚想要站起又蹙眉捂了捂脚，显然脚踝受了伤。

熊熊燃烧的木塔，此刻像是拉人堕入地狱的恶魔，不时有木块掉落下来，人群渐渐疏散了，安全的村民都在远处惊恐地望着眼前的一切，木塔之下，姜雪羽脸色苍白地坐在地上，呆呆地望着即将倾倒的火塔，一时间忘记了逃命。

云皎费力挤过逆流的人群，不顾一切地朝向姜雪羽跑过去：“快起来，跟我走！”在距离不到三尺的地方，她朝姜雪羽伸出了手，然而下一刻，她听到了轰然倒塌的声音，下意识地抬头看时，燃烧的木塔宛若一条火龙向她们扑了过来。

避无可避、躲无可躲，云皎绝望地闭上了眼睛，下意识地伸手去挡，热浪席卷而来，此时此刻，面对生死一瞬，她居然没有一点害怕的念头，甚至很可笑地想到：如果她被烧死了，云初末会不会觉得她黑乎乎的很难看？

然而几乎是同时，一个身影毫不迟疑地挡在了她的面前，一把将她按在怀里，她闻到云初末身上特有的好闻的幽香，耳畔的风声呼呼作响，再次睁眼时，他们都半蹲在地上，跳开了数丈，云初末将她的头按在怀里，他的手指微凉发颤，甚至她都能感觉到他不稳的喘息和剧烈的心跳。

恐惧感迟钝地萦上心来，她这才意识到自己方才差点死在火海里，所以不等云初末开口骂她，她先扑倒在云初末怀里，紧紧抱着他的腰，哇的一声大哭了起来。

云初末惨白的脸色映在火光里，他先是皱了皱眉，接着道："现在……才知道害怕了吗？"他只说了这么一句，而且语气轻柔，没有多少责怪，反而更像是在安抚她。

云皎趴在他的怀抱里，撇了撇嘴，眼泪鼻涕全都蹭在他的身上，哽咽嗫嚅道："对不起……"云初末嫌弃地皱了皱眉，轻轻拍着她的头，没有说什么，也没有把她推开。

"对了……"云皎忽然想起姜雪羽，一把将云初末推坐在地上，连忙站起来朝向祭台望去，等看清了火塔下的情景，顿时哑然无声。

银时月颀长的身影伫立在祭台前，他一手将姜雪羽护在怀里，另一只手微微抬着，淡蓝的光点肆虐在半空中，那座即将倾倒的火塔凝固在夜色里，唯美而又诡异。此刻，他已经显现出了银时月原本的模样，大概是阻挡火塔倾倒消耗的灵力太多，而那副泥捏的壳子又岌岌可危的缘故吧。

他蹙着眉，手轻轻一抬，飘浮在半空中燃烧的木塔齐齐地朝祭台砸去，连个火星都没能伤害到姜雪羽分毫。而那些在远处围观的村民，直愣愣地看着祭台前的两个人，一时间忘记了反应。

云初末一脸不爽地从地上站起来，随手拍了拍身上的泥土，看着银时月冷哼道："愚蠢之辈，现在功亏一篑！"

比起这个，云皎比较担忧姜雪羽会有什么反应，只见她缓缓抬起头，注视着眼前熟悉而又陌生的男子，脸色苍白，不确定地问："你……是谁？"

银时月秀美的长眉微蹙，揽着姜雪羽的手放松了下来，他局促地偏过头，不敢去注视她疑惑的眼睛。姜雪羽更加震惊地望着他，脸上诧异的表情显露无遗。她不可置信地摇了摇头，压抑着颤抖的声音："这身衣服，是我送给他的，你……你到底是谁？”

心爱的情郎忽然变了模样，成了一个完全不认识的陌生人，她很久都没有从这样的打击中回过神来，如果这个秦铮是假的，那么他们的感情呢？

这段时间，他一直温柔细致地爱护着自己，在她完全沉浸在幸福和欢乐中时，忽然发现原来这一切都是假的，是这个人欺骗了她，他根本就不是秦铮！那么，秦铮在哪里？她心爱的秦铮哥哥，到底在哪里？

姜雪羽挣开了他的怀抱，惊慌失措地要离开，这个人不是秦铮，不是她爱的以及爱她的那个秦铮，她要去找秦铮，这一切都不是真的！她在心里告诉自己，然而泪水却不争气地落了下来。

“雪羽……”银时月快走几步，挡在她的前面，“对不起，雪羽……”

姜雪羽脸上毫无血色，她怨恨地瞪着银时月，用力挣开了他的手：“你不是他，你把他怎么样了……”

银时月心疼地皱起了眉，他伸手去拉姜雪羽，又不敢用力，只能黯然重复着：“对不起，雪羽，我……”

“放开！”姜雪羽失控般大喊了一声，用尽全身力气将银时月推开，狠狠地扇了他一巴掌，然后惊恐地看着眼前的男子，吓得连连退后，她的声音颤抖，泪水涟涟，“你不是他，秦铮哥哥……我要去找他……”

银时月偏着脸，前端的发丝挡住了秀美的容颜，幽凉的眸子在黑暗中显得无比哀伤，像是自嘲无奈的悲凉。全都完了，他牺牲一切所换来的，因一时的贪心和眷恋，最终毁于一旦，明明还有一天，所有的缘都会随着他的消逝而终结，仅仅剩一天……

他想起了云初末的警告，悔恨、自责的情绪瞬间萦上心来。然而现在，他已经没有任何东西可以拿来交换了。他听见身体开始崩塌的声音，这副泥土组成的身躯终于承受不住强大的灵力，逐渐从外面开裂，灵力外泄，从他的身体中溢出淡蓝的光点，越来越多，几乎将整个人都湮灭其中。

姜雪羽站在离他不远的地方，震惊地望着眼前这一切，恐惧，害怕，还有发现真相之后的茫然无措，令她完全忘记了反应，只能愣愣地站着。

银时月感到自己越来越虚弱，身上泛起淡淡的白光，单薄脆弱得像是一吹即散的尘沙，身体裂开的痛苦宛如千万只毒虫在啃噬血肉，他痛苦地捂着胸口，颤着手伸向了姜雪羽："不要怕……我……"

他祈求地望着姜雪羽，带着无限的思恋和不舍，犹记得许多年前的药庐之中，杏树下那个美丽纯净的姑娘，壮着胆子告诉他——

我并不怕你。

她说，我知道你是一个好心的邪魔。

她说，银时月是一个很好的朋友，一个值得我一生一世都去珍惜的朋友。

可是现在，那些曾经已被他亲手抹杀，长空之境里，隐藏在心底的美好只有他一个人记得而已，雪羽在怕他，在她的心目中，他只是一个莫名其妙的疯子，一个可恶可恨、人人得而诛之的邪魔。

他的唇角流出血迹，却还是硬撑着朝姜雪羽伸手，带着无比的绝望和期许，艰难地迈着步子，泪水顺着脸颊落了下来，声音哽咽而嘶哑："雪羽……"

"你别过来！"姜雪羽惊恐地退了好几步，望着眼前的怪物，全身都在发抖，此时她已经忘了逃跑，或者说，是吓得根本迈不开步子。

不知不觉，银时月已经泪湿了脸，姜雪羽的身影倒映在泪光中模糊不清，她就站在离他不远的地方，他却再也没有力气往前走。就像无数个梦中，他苦苦追寻着，无论花费多大的力气，却总是差那么一点点，他的身体正在逐渐消散，光点从外侧散开，很快融入到空气中，顿时就消散了踪影。

银时月泪流满面，苍白的容颜在蓝光和血色中显得凄楚决然，他的声音柔和悲凉，像是来自亘古的自语："一千年了，或许你不知道……我竟是这般……深爱你的……"

长空之境的力量，紧紧地包围着他，他的身体像是寂静燃烧的蓝色之火，幽幽荡荡，缥缈非常，最终在夜色中湮灭了最后一点光影。

姜雪羽怔怔地站在原处，良久，失魂落魄地跪倒在地上，她感到前所未有的冰冷，而那些围观的村民，惊恐地注视着眼前发生的一切，噤若寒蝉，没有一个人敢走上前。

摆脱银时月魔力的影响，村中的景象立即发生了变化，树木抽出新的枝芽，连成茂密的树林，花蕾悄然开放又迅速落下，田野中的油菜花海此时此刻丰收硕硕，就连气候也明显炎热许多，一切，终于回归了原位。

云初末站在不远处打量了一会儿，面无表情地伸手将面纱扯下。他迈步走向姜雪羽，居高临下地看着她，眼神淡漠疏离："他已经死了，魂飞魄散连渣渣都不会剩下，所以你放心好了，以后他都不会找到你，生生世世，都不会烦着你了。"

说完，他偏过头望向地面，在银时月陨灭的地方，那里静静地躺着一枚玉佩。他迈步走了过去，俯身捡了起来，这枚玉佩玉质低劣，做工粗糙，不过是寻常百姓家最普通的款式，值不了多少钱。

云初末微不可闻地勾唇冷哼，不知是不屑还是不值，站起身走了回去，把它递到姜雪羽的面前："我想，这个应该是你的。"

姜雪羽一愣，望着那枚玉佩静默了良久，又怔怔地抬头看向了云初末，死寂的面容下没有一丝表情。云初末显然不耐烦，皱了皱眉，傲慢地轻哼了一声，态度很嚣张地随手一扬，将玉佩丢在地上，绕开姜雪羽迈步走了。

此时的云皎还在撇着小嘴啜泣，小身板一抽一抽的，难过得差点哭出声来。避免她一会儿又来糟践自己的衣服，云初末很有先见之明，将手上的丝帕随手捂在她的脸上，脸色不好，语气也不太好："走了。"

云皎闷闷地哦了一声，跟上他的脚步，走到不远处，又回头看了一眼，不知为何，心里总是感到不是滋味。回想起银时月刚来明月居的时候，还只是一缕残破的魂魄，在人世间流浪了千年，神情孤独，淡漠疏离，然而每当提及姜雪羽时，他的面容里总是会出现柔和的笑意，好像这个女子是世间最为温暖的存在。

她记得，当日遭受天谴，银时月的命魂已经消逝在榕树之下，只有一缕魂息挣脱诅咒休养在灌木之中，靠吸取天地精华来维持灵力，那时的他还未成形，混沌污浊，不知自己来于何处又会归于何方，更不知在自己先前的生命中，曾有一个令他刻骨铭心的女子存在。

或许，这样的遗忘对他来说，未尝不是一件好事，然而他却花了一千年的时间，记起她，追寻她，然后再次爱上她。

情爱之事，大抵便是如此吧，像是附骨之疽，又如饮鸩之毒，若是爱得够深，便会溶于血肉，镌刻于灵魂之源，怎么也忘不掉，如何也抹不掉，无论经过多少年，无论发生多少事，冥冥之中，总有一天他会跨越时间和生死，不顾一切回到她的身边。

不记得在过去的多少年间，她曾经路过长街的一隅，偶然看过这样一出折子戏，台上戏子粉墨登场，咿咿呀呀地唱着——

情不知所起，一往而深，生者可以死，死可以生。

生而不可与死，死而不可复生者，皆非情之至也。

只是不知道，银时月的一腔缱绻思念，深沉心事，姜雪羽最终懂还是没懂。或许，在她的生命中，从来只存在秦铮一人。

她不知道有这样一个邪魔，为了她留在王宫之中，默默无言地守护着她，想跟她说话，想让她高兴，想为她做任何可能或是不可能的事。

她不知道有这样一个邪魔，曾经温柔地对她说起过，是那个人让你伤心，是他让你难过、心里充满了悲伤，而我不愿让你悲伤。

她不知道有这样一个邪魔，曾经甘愿忍受天谴，企图用自己永恒的性命来交换她短暂的人生，可惜宿命的结局终究无法更改，千万年的修行也因此毁于一旦，可是即使他死了，还是千辛万苦地来到了她的身边。

她只知道，一个陌生的男人，一个可恶的邪魔，变作秦铮的模样将她骗出王宫，而现在，她要离开这里，去找她的秦铮哥哥。

最后，云皎长长地呼了一口气，望着天际掩月的流云，心底升起莫名的哀伤。

这次的交易，还真是乱七八糟，一塌糊涂！

第三章

故梦水风凉

明月居里，云初末已经闷在房间两三个时辰了，不晓得在做什么见不得人的事情。

云皎走到他的房间外，试探地敲了敲门："云初末。"

屋子里的水声顿时停了，良久之后："做什么？"

云皎绞着衣服上的花带，斟酌地问道："你帮我一个忙，可以吗？"

几乎不假思索地，傲慢懒散的声音传出来："不可以。"

"你……"云皎刚想发作，忽然想到了什么，眼珠一转，"你现在是在沐浴吗，要不要我进去帮你？"

"不要！"云初末断然拒绝了她，那语气就像是一个被当众调戏的大姑娘。

"哎呀哎呀，你不要害羞嘛，我知道你在长空之境里受伤了对不对？一个受伤的人沐浴多不方便，人家这也是一片好意。"云皎说这些的时候，还在心里暗暗呸了自己一声，云初末这个臭不要脸的会害羞？光是听了就让人想仰天长笑三声好吗？

房间里，云初末一脸警惕地望着房门，生怕她真的莽莽撞撞地闯进来了："你的好意我心领了，现在你可以走了。"云皎装作没听到，老实巴交地哦了一声："那我进去了，我真的进去了，我真的真的进去了。"

"你敢！"云初末急忙喊了一句，咬了咬牙威胁道，"你要是敢进来，看我不打死你！"

难道真的在沐浴？云皎嘟着小嘴看天，闷声嘀咕着："有什么不敢的，反正又不是来看你的。"

她伸手就推开了房门，紧接着听到哗啦一声响，从门上掉下来一盆水，把她从头到脚浇了个遍，云皎愣了片刻，伸手抹了一把脸上的水，怒火攻心，气沉丹田地吼道："云——初——末！"

不远处，云初末气定神闲地坐在椅子上，墨发的发梢还是湿的，仅用一条白绸简单地束着，原本苍白的脸色因被热气蒸腾，显出不自然的红晕，身上的衣服亦是松松垮垮的，看起来真是刚刚沐浴出来。

奸计得逞，他笑得弯了腰，精致好看的眉眼绽放出最灿烂的笑容，然后摆出最天真无邪的表情，摊了摊手："我说过不让你进来的，是你非要闯进来。"

"你你你……"云皎气得说不出话来，愤愤道，"明明是你陷害我！"

云初末毫不在意，拢了拢半湿的墨发，单手支颐懒洋洋道："说吧，你来找我有何事？"

云皎撇着嘴，一脸委屈愤懑的样子，幽怨地瞪着云初末："你可不可以把轮回石借给我用一下？"

"不可以。"云初末从桌子上拿起折扇，没有打开，只在手里把玩。

云皎撇了撇嘴，央求道："就一下下。"

云初末望着她的眼神似乎带着笑意，学着她的语气："就一下下下下也不可以。"

"你这个人怎么可以这样小气！"云皎很是生气，气呼呼地瞪着他，甚是可爱有趣。

云初末撑着下巴，精神困顿地注视她，漫不经心地问："给我一个理由，我为什么要帮你？"

云皎撇了撇嘴，做出最凄楚可怜的样子来："你把我弄得这么惨，难道不应该补偿一下吗？”

云初末手里拿着折扇，打量了她几眼悠然道：“如果你每天都能被我弄得这么惨，或许我会认真考虑一下。”

云皎神色凄楚，语气温软地指责着：“你怎么可以这样欺负一个弱女子，而且是忠心耿耿陪了你百年的弱女子。她一直费心尽力地照顾你，给你做饭，帮你施法，哦，最近还一直给你煎药……”

“弱女子？”云初末好像受到了惊吓，四处找寻，“在哪里，我怎么没看到？”

云皎差点就伸出小指头指着自己，心情很挫败地提醒他：“我……”

云初末冷淡地哦了一声：“你不算。”

云皎简直怒发冲冠，云皎简直怒不可遏，最终阴恻恻地化作了一句：“为什么！”

“嗯……”云初末懒散地想了一阵，偏过头看她，语气十分确凿，“我认识你到现在，就从来没拿你当作女子，哦，弱女子。”

云皎咬着银牙，半晌憋出了一句：“我……谢谢你啊。”

云初末气定神闲地展开折扇，跷着二郎腿：“不客气。”

云皎气得身子歪了一歪，跺脚大大地哼了一声，扭头就走出他的房间了。这世上怎么会有这样厚脸皮的人，一点都不懂得怜香惜玉！然而，等到她刚走出来没几步的时候，一想到来找云初末的目的，顿时又后悔了。

银时月这件事虽然已经过去了很久，他们也已经得到了他的魂魄，可是不知道为什么，有些东西总是放不下，或许，是因为银时月死前的那句话——

一千年了，或许你不知道，我竟是这般深爱你的。

这是他的遗憾，由长空之境所带来的遗憾。如果没来明月居的话，对于姜雪羽而言，他还是一个值得信赖依靠的朋友，至少不会是现在这个样子。

银时月虽死，但是姜雪羽还活着，而且如果她计算得没错的话，再过几天便是那姑娘的死期，可惜当时使用轮回石查探银时月的过往时，被云初末那个坏蛋打断了，她都没能看到姜雪羽究竟是怎么死的。

银时月拿灵魂来交换姜雪羽三个月的幸福和快乐，然而故事的最终，那些遗憾并没有被弥补，反而令姜雪羽陷入更深的痛苦中。这件事多多少少和他们是有关系的，如果不能补救回来，她始终觉得心里难安。

云皎买菜回来的路上，一直在想着这些事情，没想到忽然被一个衣衫褴褛的老婆婆拦了下来，那老婆婆用浑浊苍老的眼睛望着她，似乎有些不敢相信："你不是那个……"

云皎激灵了一下，连忙道："你认错人了！"不等那老婆婆反应过来，连忙拎着菜篮子跑了。

她一路小跑到街巷中，扶着墙壁大口大口地喘息，脑门上惊起了一头的冷汗。

方才那老婆婆她是认识的，大约五十年前，她经常到酒坊中为云初末买酒，这位老婆婆就是那座酒坊的一等舞姬，当年容色艳丽，笑语嫣然，不知道迷倒了多少富家子弟。听说后来嫁给了一个富商为妾，富商死后，便被当家的主母赶了出来，凄惨地辗转了许多地方，如今沦落成这副模样。

其实，如果没有遇到云初末的话，她现在的命运也不过如此吧。在这长安街上，每个人都为了生存而奔波忙碌，然后渐渐苍老在岁月中，受尽了人世间的苦楚磨难，最终死在一个未知的时间和角落里。

人类的可怜之处便在于此，不知为何而生，也不知何时会死，往事不堪回首，未来又缥缈非常，稍有些觉悟的人还会思考自己人生的意义，然而，他们终其一生所得到的答案不过就是：人生的意义，便是给人生找一个意义。

可是，人类的幸运之处往往也在于此，因为不知为何而生，所以才活得浑浑噩噩，懵懵懂懂，少了许多不该有的执念和杞人忧天，也没有前世今生割舍不下的痛苦和眷恋，因为不知何时会死，所以才会无所畏惧，安安心心只管过好每一天。

云皎回到明月居的时候，已经接近傍晚，推开房门发现桌子上摆着一个锦盒，她满腹狐疑地拿在手里掂了掂，回想起今日被云初末很恶劣地戏耍了一番，她连忙把它丢在桌子上，如临大敌地对峙了好久。

如果打开的话，里面会飞出来什么东西？小刀、银针，还是死不了人、但会把人整到惨兮兮的毒药？想到这里，她气哼哼地掐腰，手指着那个锦盒："你还想整我，我才不会上当呢！"

就在她绕着那个锦盒，一脸警惕地打量着的时候，云初末负手站在明月居的阁楼上，透过半开的窗户，静静注视着她滑稽的举动，唇角勾起些许无可奈何的微笑："笨蛋……"

良久都没发现里面有动静，云皎大了胆子，小心翼翼地掀开了锦盒，一颗润滑的石头静静地躺在里面，乍一看和普通的玉石没有区别，只是每当碰触的时候，会散发出阵阵金光。

轮回石？云皎一阵疑惑，伸手把它拿在手里，若有所思了好一阵儿，这才了然地点了点头。

或许是云初末忽然意识到自己的行为究竟有多恶劣，所以现在拿它来当作赔罪吧？要不就是云初末的脑袋突然开了窍，深刻顿悟到她其实是个温柔可爱的弱女子，所以打算从此以后都细心体贴地对她好了？

综合过往种种，云皎仰天长叹了一口气，觉得还是前者的可能性高一些。于是，该怎么才能让云初末认识到她其实是个弱女子，成了她人生中的又一个难题，且是值得毕生奋斗的目标。

她拿着轮回石坐了下来，在昏暗的灯光下，集中精力施法，透过轮回石所记载的前世过往，她看到了姜雪羽最终的结局。

八月的边塞，狂沙怒卷，到处是一片荒凉。

车迟国的大军驻扎在穷恶偏远的高坡，数百个营帐映衬着天际的夕阳，像是奄奄一息的瘦狼，在死亡到来之前还想做最后的挣扎。大王驾崩，太子初登大殿，朝廷上还有好些事要忙，自然就忽略了远方边关，粮草和军需一直供应不上，兵将们的伤亡亦是日益惨重。

主将的营帐里，姜雪羽祈求地望着秦铮："秦铮哥哥，我们离开这里吧。"

秦铮身着一身铠甲，眉目俊毅："不，大俞国一日不退兵，我就不会走的。"

“我不明白，”姜雪羽此时身穿一袭素衣，外面系着披风，她微微蹙眉，“公主已经走了，她不会再去和亲，你为何还要坚持？”

秦铮望向了姜雪羽，英俊的脸庞上流露出悲痛的神色，不过又很快坚定了目光：“为了那些受苦受难的子民，为了这些还在浴血奋战的兄弟，雪羽，你不明白，自从来到了这里，我才真正明白自己战斗的意义。”

他顿了顿，看着姜雪羽的目光柔和了许多，偏过头隐约闪现出忧伤之色：“你我都是失去亲人的孤儿，倘若此次边关失守，不知道又会有多少孩子将会沦落成跟我们一样的命运，这样的结局，我不愿见到。”

姜雪羽愣住了，望着他半晌说不出话来。她张了张口，想告诉他银时月的预言，想告诉他即使守着边关，豁出性命，还是改变不了将要发生的劫难，可是她最终顿住了，因为她知道秦铮是什么样的人，也知道他会做出什么样的选择。

营帐里，秦铮静默了片刻，最终开口：“雪羽，你走吧，我不想连累你。”

姜雪羽柔静的目光闪了一闪，微微抿着唇，斟酌许久，才点了点头：“好。”有人为她牵来了马匹，姜雪羽望着秦铮的神情柔和而又不舍，犹豫轻缓地开口，“秦铮哥哥，你……保重。”

营帐里，秦铮背对着她，久久闭上了双眼，颔首轻轻地嗯了一声。

姜雪羽退着步子依依不舍走出了营帐，凝目望着那道沉俊坚毅的背影，好像要将他永远地镌刻在记忆之中。她翻身上马，挽着缰绳回头朝向秦铮所在的营帐深深望了一眼，仿佛下定了某个决心般策马离开了车迟国的营帐，黄沙漫漫，马蹄声急，一向沉静柔和的眼神中越发凌厉决然。

身为男儿，他爱着这个国家，爱着每一个子民，只要他们还在，他就有战斗下去的意义。

身为女人，她爱着这个男人，也爱着他所爱的一切，只要他还活着，她便不容自己退缩。

几天后，大俞国的军营里，一群舞姬被人推着进入了帐中，中间簇拥着的一位素衣女子最是惹人注目，一看便是这些人的领舞。

大俞的主帅饶有兴致地坐在上面，摸着胡子，满意地打量着她们，旁边分列两旁坐着的，是几位随军征讨的大将，亦是满脸的自豪和贪婪。这些舞姬是刚从附近村落俘虏来的，据说是要前往车迟国都为大王献舞，可惜那个老糊涂没这个福气，还未见到这样的天姿尤物便一命归了西，白白便宜了他们。

营帐里的声乐渐起，舞姬们围成一圈跳起了舞蹈，中央的素衣女子蒙着面纱，不过从中隐约露出的容颜里即可推测，她绝对是一个不可多得的美人，丝绸缎带应着舞姿翩然起舞，恍若九天下凡的仙女，营帐中的人都有些沉醉，色迷迷的眼睛一直盯着她们，都在心底算计着回头该怎么瓜分这些漂亮的舞姬。

坐在主帐上的大帅，仰头猛灌烈酒，痛快地击案连说了几句好，望着中央的素衣女子越发心驰神往，恍恍惚惚觉得，那些漫天飞舞的缎带是在向他招手一般。

“大帅，小心！”一声断喝令他立即清醒了不少，抬头看时，一条系着匕首的缎带直直地向他飞来，他连忙侧身躲闪，还是被刀锋划破了脸颊。

方才喝得醉醺醺的将官们皆拔出刀剑围住她，外面守卫的人也纷纷跑入大帐中，那主帅捂着自己受伤的脸从案下爬出来，指着她大骂：“贱人，杀了她！”

姜雪羽并不懂武功，为了刺杀大俞国的主帅，这一击她练习了好久，一击不成，她便知道自己已经没有可能再去杀他了。可是，身为车迟国的人，她又怎能让大俞的脏手来杀她?

面纱之下，她缓缓落下泪来，泪光之中她好像看到了秦铮，那个眉目俊毅、沉稳坚强的男子现在正在做什么呢?

握在手里的匕首，毫不迟疑地刺入了自己的腹中，她的脸色惨白，缓缓倒了下来，从唇角处流出的鲜血染红了皎白的面纱，阳光透过帐篷，在她眼中凝成一片白色的光芒，恍惚间，她好像听到了故乡的歌谣。

那是很小很小的时候，她和秦铮牵手走过家乡的油菜花田，那里没有王宫，没有公主，也没有连绵不绝的战争和灾难，欢乐的童音跳跃在田野之间，人们俯身辛勤劳作，一切都是那么安详而又美好。

“秦铮……秦铮……秦铮……”

迷蒙之间，她默默念着这个名字，她感到自己身上的血液正在慢慢流失，温热的血液温暖着她渐渐冰冷的身体，那些东西抓不住了，再也抓不住了，它们在过往的岁月里风雨飘摇，在时间的消耗中模糊了踪影，一如她现在纤细脆弱的生命。

她想起了秦铮的笑容，灿烂如晨起的朝阳，无论在何时都能令人感到温暖，给人希望。她想起了曾经在王宫的时光，他在树下一丝不苟地练剑，而她就陪伴在他的身旁，那时候，她总爱坐在不远处，默默注视着他的侧脸，读书给他听。

姜雪羽死了，带着无限的思念和眷恋，然而她的眉目之间却没有一点凄楚和痛苦，或许在死前的一瞬，她看到了家乡的油菜花田，看到秦铮正在骑马向她走来，然后他们在一起了，永远地在一起了。

包围的兵将持剑指着她，显然被她的举动惊吓住了，良久之后，才听得那主帅一声怒喝："还愣什么，把她给我拖出去！"

大漠的风沙，冰寒如刀，伴随着阵阵惨厉的雁鸣，无端令人感到酸楚凄然。银时月的身影出现在高坡之上，远远遥望着对面一座土城，雪白的衣衫在大漠中不染纤尘，身后的狐尾随风而舞，像是华贵的狐裘。

一个月多前，他不顾神魔契约中的诅咒约定，试图强力更改凡人的命途，天谴令他的魔力受到了极大的损伤，他重伤昏迷修养在草木之中，没想到等再次醒来的时候，王宫内已不见了姜雪羽的身影。

他苦苦追寻着的、认真呵护着的那个美丽的姑娘现在被人吊在城墙之上，像一面破败的旗帜，昭示着车迟国即将到来的覆灭。大漠的风，冰寒如刀，刮伤了她白皙细腻的容颜，曾经长如墨缎的青丝秀发，也如陌上枯黄的杂草一般，凌乱而死寂，她闭着眼睛，浑身血污，脸色惨白，向人们彰显着作为人类的无奈和渺小。

这是大俞刚刚夺取的一座城池，入主城池不久，他们便兴致勃勃地向城中百姓展示，凡是胆敢忤逆他们者，皆会落得如此下场。

那时的银时月，遥望着远处那道纤弱的身影，缓缓握紧了手指，他无比痛恨着人类，愤怒他们的残忍，厌恶他们的贪婪，甚至连他们的脆弱易折都在深深怨恨着，虽然在此之前，他从未伤害过人类，也从未想过要去伤害他们。

他想起几个月前，他们第一次相见，她就像悄然绽放在王宫中的花儿，一颦一笑，美丽淡然，虽然安静沉寂却也带着活人的生息，甚至有时他都会忍不住想，人类的生命虽然短暂，但也可以这般美好。可是现在，这个他深爱着的人类姑娘，就这样死在他的面前，而自诩为强大邪魔的他，却无可奈何，毫无办法。

荒漠之中，他抱着姜雪羽冰冷僵硬的尸体离开，表情木然，却泪湿了脸面。他感到从未有过的无助和绝望，他想杀掉所有人类，他喜欢的那个人已经死了，留着他们还有什么用？在这个世上，有那么多人，无论邪恶的，还是善良的，无论快乐的，还是悲伤的，他们都可以活得好好的，为什么偏偏就让雪羽死了？甚至，他想毁灭整个天地。

姜雪羽的死，成了银时月犯下杀戮之罪的根源，然而他穷尽一生修为，拼尽性命换来的，不过是将车迟国的灭亡之日推迟了短短几天。螳螂捕蝉，黄雀在后，在大俞十万铁骑被杀之后，和车迟国有着姻亲联系的东陵国大举入侵，一举灭掉了这两个国家，成为天下霸主。

秦铮在东陵之役中战死，被那些记得他的人一生尊崇敬仰，而绰瑶深知被慕容家所骗，在忠仆的誓死保护下，狼狈逃亡，最终被北夷的一位将军所救，两个人成亲生子，幸福美满，故事的最终，连她都能有个不错的结局。

现实已经走向尾声，而在长空之境里，这段故事才刚刚开始。

晚上，云初末正站在莲池边喂鱼，远远地看见云皎端着消夜过来，他恍若未见，抓了一把鱼食往池塘里撒。云皎将东西搁在石桌上，小心翼翼接近他，从旁边凑了过来：“云初末云初末……”

云初末斜斜地看了她一眼：“干吗？”

云皎狡黠的眼珠转了一转，手指抵在唇瓣上，心想着该怎么表现才能让自己看起来更像个弱女子，顿了一会儿，露出很讨人喜欢的笑脸，语气温软：“人家有事情跟你说。”

“人家？”云初末故作听不懂，朝四周看了看，“谁呀？”

云皎的脸色立即黑了下来，不过为了保持“弱女子”的光辉形象，又立即笑嘻嘻地抱住了云初末的胳膊：“这里除了我这个单纯善良可爱的小姑娘，还有别的人吗？”

云初末面无表情地把胳膊抽出来，语气里不带任何波澜：“你想说什么直接说就好，现在这样我害怕。”

云皎撇了撇嘴，心情很挫败，凄凄惨惨地答了一句：“……哦，我想让你带我再进一次长空之境。”

“这样啊，”云初末撒完最后一点鱼食，笑眯眯地看向了云皎，眼睛弯得像月牙，忽然话锋一转，“想都不要想！”

“云初末云初末……”云皎充分发挥她磨人的功夫，黏糊糊地缠在云初末身上不肯撒手。

云初末唇角噙着笑意，一路拖着她艰难地朝石桌旁走，摆出很嫌弃的样子：“起开，我要吃饭。”

他沿着石桌坐了下来，伸手去拿筷子，刚想夹菜就被云皎拦住了。云皎从后面缠上他的脖子，整个人都趴在他身上，使劲地摇着：“你不答应我就不许吃饭，答应我吧答应我吧，真的就这一次……”

云初末被她晃得头晕，忍不住笑了，搁下筷子伸手敲了一下她的头：“有你这样赖皮的吗，嗯？”

“那你答应还是不答应？”云皎趴在他的肩上，偏了一下头，水灵灵的眼睛望着他。

云初末故作高深地轻咳了一声，很是为难：“这个嘛……”

“云初末云初末……”见他迟疑，云皎再次发动攻势，拽着他的衣服使劲摇了摇。

“好了好了，”云初末赶紧求饶，伸手去捏她的脸，没好气道，“吃饭都不让人安生，你啊！”

得到他的许诺，云皎笑嘻嘻地放开他，小手背在后面厚着脸皮夸赞道：“云初末你真好，脾气好，待人也好，而且修为也很高……”

她喋喋不休地说了一大堆，誓死要把云初末夸成一个天上有、地下无的绝世好人，云初末笑眯眯地听着，看起来很是受用，然而在听了许久之后，才淡定地掀了掀衣摆，面无表情道："如果你的马屁已经拍完了的话，就赶紧消失，我要吃饭了。"

"没有没有，"云皎连忙摆手，斩钉截铁道，"这绝对是我的一片肺腑之言！你看，这些都是你爱吃的菜，慢慢享用，我先走了。"看着她背着手一跳一跳地离开了，云初末无可奈何摇了摇头，又忍不住笑出了声。

再次进入长空之境，时间已是深秋，姜雪羽辗转回到王宫之后，听闻秦铮已经赶赴边关，她也心急火燎地跟了过去。在接近边关的一个村落里，她买了些干粮和水，牵着马走向黄沙漫漫的大漠，远远地看见两道人影在前方伫立着，好像正在等她接近。

男的穿着一身素白的衣衫，手里拿着一柄玉骨折扇，长相阴柔精致，优雅的眉目中又带着些许轻佻和玩味的笑意。他旁边的姑娘皮肤白皙，在碧绿衣裙的映衬下像可爱的瓷娃娃，尤其一双水灵灵的大眼睛最是惹人注目。

姜雪羽走近了，看清面前的人，不由得皱了皱眉，却并未说话。

云初末懒洋洋地靠上了旁边的半截枯树，打了一个呵欠，显然在等云皎把事情办完，他并不想插手。云皎手里抱着一把古琴，向姜雪羽走近："姜姑娘，你可记得这把琴？"

姜雪羽看了一眼，顿时失语道："这是那个人的琴，我明明……"当日离开家乡后，她就把古琴扔进了门前的那条河里，那个莫名其妙的邪魔，她现在甚至都不愿想起他了。

银时月对于过去的改变牵连到现世人生，那把古琴也从明月居消失了踪影，云皎费了好大力气才把它从河里捞出来，好在赶上了姜雪羽的进程。

姜雪羽看着云皎的神情有些严厉，语气也冷了不少："你们到底是谁，想要做什么？"

云皎看着她，声音柔软："或许你不太相信，我们是从另一个世界而来，在那个世界里，你已经死了，只是银时月……就是那个把你带出王宫的邪魔，不愿接受这样的结局。"

想到银时月，她垂下了眼帘，神色中依旧带着黯然："他说你的一生坎坷磨难，都没有经历过欢乐的时光，还说你最希望的事就是能和秦铮回到故乡去，所以他拿自己的灵魂来交换，帮你实现了这个愿望。”

姜雪羽愣住了，不过从她的神情中，云皎知道人家现在是把自己当作和银时月一样的疯子，于是她抱起那把古琴，抬头道：“现在我就让你看一看，那个世界中的你自己。”

她的手轻拨琴弦，轮回石的力量让往事重现，不过她并没有让姜雪羽看到关于秦铮的画面，既然那些记忆会让她痛苦，她又何必再给人家增添伤感？

姜雪羽怔怔地望着轮回石中发生的一切，在那里，她看到了不一样的自己，满面哀愁，悲伤自怜，然而在她难过的时候，总有一个雪白色衣袍的男子陪伴在她身边。

他为她阻挡了漫天飘零的大雨，轻柔地告诉正在昏迷中的她：“你等的那个人，他不会来了。”

他在杏树下轻轻地拥抱着她，声音温柔似水：“我不是人类，所以也无法懂得你们的感情，可是我知道，是那个人让你伤心，是他让你难过，心里充满了悲伤，而我……不愿让你悲伤。”

他为她逆天而行身受重伤捂着心口，唇角缓缓地流出了血迹：“我的修为已然受损，需要重新回到草木之中休养，希望这道封印可以护住你一时，雪羽，不要离开王宫，否则连我也无能为力了……”

然后她又看到了黄沙大漠里，那个抱着她的尸体痛哭的美丽邪魔，以及那个将大俞国十万铁骑屠杀殆尽，最后选择在她身边长眠陨灭的九尾银狐。这些都是她不曾记得的事情，却真实地发生过了。

姜雪羽望着古琴，显然受到了些许震动，她恍惚想起，几个月前垂柳长夜中的那个男子，抱着她羞涩深沉地开口：“好啊，那我们就在一块儿。”还有那日祈神节，他忍着伤心和痛苦求她不要怕，泪流满面地告诉她，一千年了，或许你不知道，我竟是这般深爱你。

过去的事实摆在眼前，她知道那是真的，却又如何也不敢相信。

见姜雪羽沉默，云皎将古琴竖起抱在怀里，带着些许同情地说：“不管你信与不信，这些都是真的，你怨他将你带离王宫，你怪他骗了你，可是你知不知道，在这个世上，从来都没有一个人会像他这般爱着你的。”

她叹了口气：“不过现在说什么都没用了，银时月已经死了，我让你知道这些，无非是不想你再恨他，毕竟他曾为了让你开心，不惜牺牲自己的性命。”

云皎想把古琴交还给她，不过对方忘了接，她拉过姜雪羽的手，把琴塞到她怀里：“他一直都想让你明白他的心意，可惜到死都没能如愿，不过这把琴他倒是很看重，希望你也能好好珍爱它，莫要辜负了他的一番情意。”说完这些，姜雪羽依然没有什么反应，云皎转过头看了看云初末，表情有些失望，摇头叹了口气，“走吧。”

不管姜雪羽会如何想，至少，银时月的心意她已经传达到了。不知道在未来的某个时候，当姜雪羽的目光不再只是注视着秦铮，她会不会想起那个为她不顾一切、失去所有的邪魔，哪怕只是偶尔念起也好。

不过这个未来又有多长呢？再过几日，这里将会被鲜血覆盖，死亡的气息将弥漫整个车迟王国，秦铮、姜雪羽，以及王宫里那些浮生若梦的人，没有一个能够逃脱厄运。

她正走着，忽然顿住了脚步，看向云初末：“如果当初银时月没有杀掉那些大俞铁骑的话，东陵国、秦铮还有绰瑶的命运将会如何？”

云初末又懒洋洋地打了一个呵欠，眼皮都不抬：“三界之内，六道之中，所有的命途皆已注定，就算银时月没有更改天命，东陵国还是会灭掉车迟和大俞，秦铮会死，绰瑶嫁往北夷，这些都不会改变，只是促成的方式略有不同而已。”

云皎哑然，讪讪地问：“那他到底改变了什么？”

云初末面无表情地扯了扯唇角：“他改变的只是自己的命运而已。”他顿了顿，望向天际似血的残阳，若有所思道，“或许，还有另外一个人。”

离开长空之境的这几天，云皎每天都过得愁容满面，原以为让姜雪羽知道了那些过往，至少能让她对银时月的看法有些许改观，不过看来收效甚微。

“你这两天是怎么了？”明月居的亭阁中，云初末气定神闲地下了一个棋子。

云皎双手撑着脑袋，望向远方的天空，一字一顿郁闷地回答："没有啊。"

"没有？"云初末挑了挑眉，伸手掂着自己的茶杯，"大小姐，麻烦你过来看一看，这杯子里到底是什么东西，草根烂茶叶，哦，上面还漂着一只苍蝇，你竟是这般想把我恶心死吗？"

云皎继续愁容满面地趴在栏杆上，闷闷地哦了一声，始终毫无反应。见她这副模样，云初末叹了口气，无奈开口："你真的以为那女人现在还恨着银时月吗？"

云皎一愣，立即来了精神："什么意思？"

云初末望着她无可奈何地摇头，凝结灵力的手一挥，云皎顺着灵力看去，她的眼前立即出现了长空之境的画面——

那是大俞国的营帐中，姜雪羽端坐在中央弹着琴，不时抬头看那主帅一眼，气质温文尔雅，一身素白的衣衫像是出尘的仙女，只不过柔和的目光中难掩凛冽的杀气。

云皎甚是惋惜，在心里默默念着，她到底还是去刺杀大俞主帅了，只是这次，再不会有银时月，也不会有拯救她的九尾银狐了。

她的思绪只顿了顿，又立刻惊奇地看向了幻梦长空之境里的画面，如果她记得不错的话，当年姜雪羽是扮作舞姬潜入大俞军营的，可是眼前的景象是怎么回事？为什么会变成琴师？而且，姜雪羽所弹的琴曲，分明就是银时月最喜欢的《亘古谣》，她明明恨透了银时月，为何还会弹这首琴曲？

云皎震惊地望向了云初末，愣愣地问："怎么回事？"

云初末斜靠在石桌上，漫不经心地打了一个呵欠："我怎么知道。"

云皎再次望向了长空之境，她看到姜雪羽最终还是自尽在大俞的军营里，只是死前，那个女子紧紧抱着怀里的琴，珍爱而怜惜，唇角流出鲜红的血迹，泪流满面却露出了释然解脱的笑意。她的尸体被悬挂在城墙之上，这一次，她终于等来了秦铮。

那个眉目俊逸的男子遥望着远方一抹柔弱瘦小的身影，沉默良久，或许此时，他想起了雪羽曾经对他说过的话——

她受伤，你着急，她不开心，你便食不下咽，可是秦铮……若是有天我死了，你可会为我觉得难过？

这次，她是真的死了，他一心想要保护和关爱着的妹妹，为了给车迟国争取一线生机，居然傻到去刺杀大俞的主帅。他到这时才恍然，她一直都是这样傻的，无论他做什么，说什么，她都是在旁边静静地听着，然后默默地把它们记在心里。

然而，一切都太迟了。

以前，在她爱着他的时候，他的眼里只容得下别人，因为不爱，所以无论对她做了什么都不觉得是伤害。但是现在，当他的目光终于不再迷茫，却又要见证她的死亡，在这一场缘恋当中，究竟是他走得太快，还是永远都来不及？

残阳如血，照着漠漠的黄沙映红了半边天，车迟国的将士或许永远也不会忘记，他们英勇坚韧的主将望着远方的土城，良久都未回神，在血土和尘沙中，不知不觉，泪湿了脸面。

大俞的铁骑灭亡在一场天火之中，那个美丽沉静的女子，伴随着土城一起湮灭在历史的尘埃中。除此之外，所有的故事都沿着原先的轨道有条不紊地运行着，秦铮战死，绰瑶逃亡，一直到最后东陵国灭掉车迟和大俞，一跃成为中原的霸主。

这段关于上古邪魔和深宫女官的悲伤过往，缱绻纠缠，行至今日，终于画上了句点。那些曾经发生的，来不及说出口的，也终将随着时间流逝，永远地沉淀在往事的缄默中。

明月居里，云皎深深呼了一口气，有些垂头丧气："其实我还是不明白，银时月和姜雪羽只算是萍水相逢，为什么愿意付出这样大代价，甚至不惜牺牲自己的性命。"

听着她的话，云初末的神情有一瞬间的恍惚，他的唇角弯了弯，似乎有些苦涩的意味："当一个人活了太长的时间，生与死，对他来说，也就没有什么分别了。"

他顿了顿，语气愈加冷淡："永恒的生命，也就意味着永世的孤独和折磨，死，或许会是一种解脱，因为于他而言，真正令他感到难过的是，那个人死了，而他……还要长长久久地活着。”

云皎望着云初末，有些哑然，不知道为什么，听到他说出这样的话，心中却在设想是否云初末也是这样，在她没有来到明月居之前，他遇到过多少人，发生过多少事，又一个人孤独地活过了多久。

她不知道云初末的原身是什么，也不知道对于活过数万年的银时月而言，自己的生命究竟意味着什么，可是她知道，如果有一天她在乎的那个人死去，独留她永恒行走在天地间，这一定是最难以忍受的事。

永恒的生命，也就意味着永世的孤独和折磨，所以对于生命中出现的那个人，对于生命中难能可贵的事，总是格外珍惜，甚至将这些东西看得比自己的性命还要重。银时月对于姜雪羽，便是这样的感情吧。

她看向了云初末：“如果当初银时月没有更改天命，他现在的结局会如何？”

云初末手里把玩着折扇，轻轻敲了一敲：“三界之内，所有的生灵自出生时起，便已注定好了结局，纵使银时月没有更改天命，也没有遇到姜雪羽，他在未来还是会死在天谴之中。”

他顿了顿，又补充道：“或许这件事情可以倒过来看，就是因为他们有着这样的宿命，所以才会彼此纠缠，最终招致这样的后果。”

云皎想了片刻，又看向他：“可是如果命运从一开始就注定好了的话，那岂不是太不公平了？所有的事情都按照宿命来发展，那样的生活还有何乐趣？”

云初末的唇角微动，十分鄙夷地斜了斜云皎，半晌憋出了一句：“你当命轮是记流水账吗？”

云皎顿时大受打击，要知道她只活了一百年，能有这样的觉悟就已是不错，谁能跟他这个不知道是千年还是万年的老怪物相比？她撇了撇嘴，很不是滋味：“不然那是什么？”

云初末缓缓展开折扇，慢悠悠地扇着：“命轮虽然记载着所有生灵的宿命，但也绝非事无巨细，一概论之，只要故事的结局和主要的过程符合，其他的任其发展。”

云皎恍然大悟地哦了一声，同时又觉得只是理解还不能充分表现自己的聪明才智，于是她还学会了举一反三：“也就是说，我今天过得好与不好，并非是命轮所主使，未来将会发生何事，亦非我所能控制？”

云初末点了点头，看向她慢慢露出了笑容：“你这样聪明，我会很有压力的。”

云皎很是谦虚地摆摆手：“哪里哪里，主要还是你教得好。”她顿了顿，趁机道，“你看你才高八斗学富五车，长得也这样好看，笑起来也很温柔，对人也好，如果能时常对我好一些那就更好了……”

她吧嗒吧嗒说了一大堆，主要目的就是让云初末觉得她是一个温柔可亲的弱女子，从此以后怜香惜玉对她好一些，她也不用每天劳心费神地提防云初末忽然从哪里冒出来，把她整得屁滚尿流惨兮兮了。

云初末脸上的笑容金灿灿的，望着她的目光越发清俊温柔，云皎顿时大喜，觉得自己拍对了马屁，于是又厚着脸皮、咬牙坚持、绞尽脑汁地想好话来赞美他。最后云初末满脸笑容地端起杯子，十分冷静地递到她手上：“你的废话说完了吗？可以给我换杯茶水了吗？”

云皎顿时被打击得体无完肤，苍蝇不叮无缝的蛋，云初末的厚脸皮简直比鸡蛋还鸡蛋！

她神情凄楚，闷闷地哦了一声，接过杯子下去给他泡茶，刚转弯下去就听见他不紧不慢地吩咐道：“记得把杯子也换了，茶叶要今年新摘的雨前茶。”

泡完茶，她忽然想起来一件大事，连忙跌跌撞撞跑去找云初末，由于杯子没端稳，差点把茶水都倒在他的身上。云初末连忙伸手把杯盏扶稳了，从她手上拿过杯子，掀起杯盖慢条斯理地说道：“看来你确实和我的衣服有仇。”

“不是啊，”云皎蹲在他的身边，“有一件事我忘了跟你说。”

她一路跑过来累得不行，抚着胸口平复了一会儿，道：“前两天我在街上看到熟人了，她差点认出我来。”

“哦？”云初末挑了挑眉，浅啜了一口茶，“你是欠人银子了，还是抢人夫君了？”

“云初末！”云皎很愤怒，瞪着眼睛望他，“我是在说非常严肃的事情，你可不可以也拿出一点认真来！”

云初末的唇角一撇，将杯子搁在石桌上，单手撑着头，气定神闲地望着她，眨了眨眼睛，脸上的笑容恍若一道明媚的春风：“什么事情？”

因为知道说出这件事意味着什么后果，所以云皎的语气有些犹豫：“就是五十年前，酒坊里的那个舞姬，我前两日在街上碰到她了，她好像还记得我……”

说完这些，她试探地望了望云初末，只见他迟疑了一会儿，淡淡地哦了一声：“看来这里是住不得了。”

云皎心里顿时凉了半截，虽然早就预料会如此，还是忍不住黯然。她在这里已经住了上百年的时间，一草一木，一砖一瓦，说没有感情那是假的。

如果他们走了，云初末屋前的那几株梅树怎么办？从初春时就开始长虫子了，如果不好好治疗的话，肯定会病死的。还有池子里的那几条锦鲤，虽然在困难的时候，她曾动过要把它们做成鱼汤的念头，并且也付诸行动实施过好几回，但是如果他们不在了，它们一定会饿死的吧。

见到云皎一副凄然惨淡的模样，云初末轻轻笑了，伸手捏了捏她的鼻尖：“怎么，舍不得吗？”

云皎微微嘟着嘴，闷闷道：“别说得我好像很没出息的样了，其实你也是舍不得的吧？”

云初末一愣，良久伸手将她揽过来，轻轻拍了拍她的头，喃喃说道：“有什么舍不得的呢？只要你我在一起，走到哪里都可以有自己的家，以后你若是想这个地方，我们还可以回来。”

云皎半趴在他的腿上，目光所及是素白的云锦，鼻息间萦绕着淡淡的好闻的幽香。

家这个词，对于她来说始终是个模糊的概念。

她不知自己是从哪里来的，更不知道自己还有没有亲人，即使曾经有，如今一百年的时光过去了，那些人也早该归于尘土，没有遗存的可能了吧？

这么多年，他们一直在明月居生活，打打闹闹，争争吵吵，一点也不觉得时光漫长。和外面的人相比，她已经幸运了太多，可以整天过得无忧无虑，除了偶尔忧愁怎么让云初末更加怜香惜玉对自己好之外，也没有什么别的烦恼。

朝夕之间，她早已把明月居当作了自己的家，冥冥之中，这里的一切，都成了她生活中不能缺少的一部分，成了她人生中深深的眷恋，不可割舍。

外面的世界她不太懂，过去百年的时间，她都活动在长安一隅，漫漫京城路，袅袅金云街，来来往往的那些人比流动的江水还快，而她小心翼翼地混足期间，竟从来都没被人发觉。

不过，即使再怎么小心，在一个地方待久了，熟识的人也会多起来，她很怕哪一天会在大街上被认出来，自己被当成怪物不说，还得连累明月居的秘密不保。

未来的路，要如何走呢？

只要有云初末在，这从来都不是她该担心的问题，反正无论他在哪里，她始终都会跟着的。天南地北，大漠黄沙，烟雨江南，只要跟在他身边，总能见到最美丽的那道风景。

晚上，云皎打点好行李，打开窗户看向天际的星辰，她记得当初替银时月画骨重生的时候，亦是现在这样美好的夜色，晚风轻柔，明月挂在树梢。

现世和幻梦中的画面，关于那个温暖优雅的邪魔，那个美丽沉静的女官，还有那个坚韧俊逸的护卫，一点一滴从眼前闪过，甚至依稀之间，她恍惚听到了最后诀别的那首《亘古谣》。

他们的故事已经结束，明月居还会继续存在，或许在不久的将来，还会有另外一个人的到来，然后一切又在重复、轮回，在现实和长空之境中穿梭，去找寻那些未了的真相，以及流年里来不及弥补的遗憾。

她望着天空沉思了良久，关上窗户，走回到房间里，坐在桌边轻轻抚摸那个盛着轮回石的木盒，陷入了天人交战的境地。

究竟是还，还是不还呢？

自从把轮回石借给她，云初末就再没提过这件事，或许是他贵人事多，忙碌之余给忘了。可是看他整天下棋喂鱼，清闲自在的样子，也没见有多忙。

难道他是想从此以后，轮回石都交给她保管了？这也不可能吧，要知道轮回石可是天地至宝，掌管着三界的命数与兴衰，云初末当年肯定花费了好大力气才得到的，怎会随随便便放在一个木盒子里，不声不响地丢给她了？

云皎从桌子上爬起来，手指若有所思地抵着下巴，莫非是云初末在考验她是否忠心，如果她胆敢把轮回石瞒下来，甚至携带它私逃，一脚踏出明月居，天上便会掉下来一个响雷，把她劈个七荤八素，头脑冒烟？以云初末的恶劣事迹来看，最后一种推测是极有可能的……

意识到这点，云皎简直如坐针毡，一开始怕还回去再借就难了，她还抱着轮回石沾沾自喜了好几天，早知道这样，她一早就把它还回去了！现在想起来，越看这颗天地至宝，就越觉得它是个烫手山芋，指不定哪天会给自己招来大麻烦。于是，她连忙揣着那个装着“烫手山芋”的木盒，屁颠屁颠地去找云初末了。

云初末的房间里，灯光还亮着，云皎站在外面来来回回走了好久，绞尽脑汁地思索该怎么向他解释迟还轮回石这件事，然而在她还没想出来对策时，屋里便传出来温和清淡的声音：“站在外面好玩吗？你到底是进还是不进？”

云皎一呆，觉得云初末现在的耳力真是越来越好了。她沉了沉心，眼一闭推开了门，打着哈哈笑道：“你怎知是我？”

这句话一说出，她顿时就窘了，果然见到云初末抬头看着她微笑道：“如果不是你的话，我真该清点一下莲池里的鱼，看一看有没有成妖的。”

一听到他要清点莲池里的鱼，云皎立即道：“我只是跟你说着玩的，以你的聪明才智，肯定能猜出我的！”

云初末坐在书案前看书，上身斜靠在椅子上，整个人显得慵懒而华贵，他不时轻轻翻过一页，垂眸沉默仔细地看着，白皙秀美的面容在灯光下越发清俊温柔。

不知道为什么，每当这个时候，云皎总是感觉云初末跟平时判若两人，不由得在心里撇了撇嘴，明明看起来是那么温柔的一个人，怎么一开口说话就这么讨厌！

“你来找我，有何事？”良久之后，等不到她开腔，云初末首先说道，不过说话的时候并未抬头，只是在默默地看着手里的书卷，漫不经心中又令人觉得舒适自然。

云皎连忙哦了一声，焦急地思索着：“那个……就是……我来还这个！”她献宝一样地把盒子拿出来，片刻后，灵机一动解释道，“这两天事情太多了，我差点忘了，哈哈。”

云初末抬头看了她一眼，清俊的唇角似乎噙着笑意：“你就是为了这个，辗转不安，站在门口不肯进来？”

云皎脸上堆笑，微微嘟着嘴：“人家脸皮比较薄嘛！”

云初末单手撑着下巴，望着她凉凉道：“是吗……”

云皎顿时郁结了，好吧好吧，就算她脸皮真的比较厚，站在门口不肯进来也是有别的图谋，可是云初末怎么可以这样打击她！要知道她这几日为了让他认识到她是一个“弱女子”，可是花费了不少力气呢，就算没有被她打动，看在她精神可嘉的分儿上，也该稍许配合一下！

云皎真是越想越生气，觉得自己应该拿出气势来，于是走过去将木盒搁在他的桌子上：“轮回石还给你，我先走了。”

刚想转身，就被人拉住了手腕，云初末抓着她的手仔细打量着，淡淡地问：“何时伤的？”

“嗯？”云皎一愣，垂眼见自己手上不知何时青了一块，她支吾着回答，“哦，或许是不小心撞到哪里了，我也不知道。”

她说这些话的时候，云初末已经不知从何处拿来一瓶药膏，用指尖蘸了一些，小心翼翼地涂在青紫的地方。他的力道轻柔，衬着微凉的药膏让人感觉很舒服，微微侧首一直沉默着，一副认真隽雅的模样。

云皎居高临下甚至都能看到他长长的眼睫，不得不说，云初末确实长得很好看，比起娇柔艳丽的女子来，多了几分英气和俊逸，但是跟那些挺拔坚毅的男人站在一起，又多了几分月白风清的柔和与娴静。

即使这样，见到他的人也绝对不会联想到“不男不女”或是“阴盛阳衰”的字眼，只会觉得这是一个干净温柔的男人，碰巧这个男人长得也很好看，因为他周身的气势和威严，即使不说话也能让人感觉得到震慑和压抑。

“好了。”云初末涂好药膏之后，放开了她的手，抬首见云皎神色复杂地望着自己，不由得奇怪，“怎么了？”

云皎立即回神，为自己刚才居然对云初末犯花痴很是痛心疾首，连忙道：“没什么啊，怎么了？”

云初末上下打量了她几眼，眉目中似乎有些了然，因此带着笑意：“云皎，你脸红了。”

“啊！怎么会！”云皎一愣，连忙去捂自己的脸，不可能吧！然而下一刻，就见云初末脸上绽放出一个猥琐的笑容：“说，你刚才在想什么猥琐的事情？”

“你才猥琐！”云皎忍不住反驳，还在心里大骂，她刚才莫不是犯了疯魔吧，居然会觉得云初末温柔，温柔个鬼啊！

云初末手里拿着书，起哄地敲桌子：“我知道你在想什么了，唉，天生丽质难自弃啊，本公子天生就长成这样，能有什么办法？”

“你你你……”心事被戳穿，云皎差点跳起来大骂，“你这样夸自己，不会觉得脸红吗？”

云初末意味深长地哦了一声，望着云皎的眼眸笑意分明：“可是依我看，脸红的那个人分明是你耶。”

某人这样无耻，而且是被她忽然中了疯魔、花痴许久之后，立即变得这么无耻，现实和梦想的差距这样明显，云皎只觉得怒火攻心，掂起桌子上的一块砚台，咬牙道：“你刚才看到什么了？”

云初末立即惊恐地站起来，拿书指着她：“你要做什么，赶快放下来，我警告你啊，再敢拿砚台砸我，我一定会打死你的，反正莲池里正缺鱼食！”

云皎已经完全听不进去，拿着砚台缓缓接近他：“我脸红了是吗，你天生丽质是吗，去死吧！”

一声哀号过后，云皎赶紧溜回了自己的房间，身后传来暴怒的声音：“云皎！看我这次不打死你！”

明月居的最后一个夜晚，就在这样相爱相杀的桥段中度过了，云皎闩上门，听着门外云初末的鬼哭狼嚎，笑着吐了吐舌头：“活该！”

第二卷 玉骨笛

他那么多阴谋诡计，却终究逃不过一颗爱她的心。

——玉骨笛

第一章

迢迢西江月

八月秋高风气爽，江岸两边的树上结满了黄澄澄的柿子，一位绿衣少女拿着网兜小心翼翼地潜伏在船头，竹竿眼疾手快地往上一提，一条三寸长的小鱼就落网了。

“云初末云初末，你看，”云皎献宝一样地提着小鱼，拿给云初末看，甚是白豪道，“我们一会儿就有鱼汤可以喝了。”

云初末靠在船舱的狐裘上，将手上的书移开了一些，唇角带着笑意：“我看是够你吃的吧？”说到这里，又顿了顿，“不对，十条也不够你吃的。”

云皎很是不服气地哼了哼，微微嘟着嘴：“别瞧不起人了，我多网一些，等会儿到镇子上买些豆腐，能做一锅鱼汤呢！”她将小鱼放在一个盆子里，又颠颠地跑出去网鱼了，云初末看着她忙来忙去的身影，无可奈何地摇了摇头。

小船划过碧波，在水面上荡开一阵阵涟漪，江里的水清澈见底，倒映着两岸枯黄微红的树木显得秋意甚浓，像是一幅艳丽的山水画卷。

“救命啊，救命啊！”一声声凄厉哭号的惨叫打破了这里的寂静，云皎站直了身子，往四周瞧了瞧，果然见一道人影逃命似的向他们游过来。

她犹豫片刻，向船舱里喊：“云初末，有人落水了，我们救不救呀？”

几乎不带迟疑地，清淡温润的声音传来：“不救。”

果然！云皎暗暗哼了两声，撑着船向那人划过去了。她将竹篙递了过去，才发现那人三十岁左右，长相凶恶，面有刺青，尤其一道狰狞的刀疤横贯了整张脸，更是显得吓人了。

那人发觉她的迟疑，连忙道：“姑娘，你别看我长得凶恶，其实我是个好人。”

云皎撇了撇嘴，坏人从来都不会承认自己是坏人，好人也不会在脸上写自己是好人。饶是如此，她还是费力地将那人拉了上来。

那人一上船，就剧烈地咳嗽了起来，手脚被泡得发白肿胀，显然游了很长时间，整个人酸软地趴在船板上，带上来的水花同时也把船板弄得湿漉漉的。这时候，云初末从里面听到动静，也走了出来，望见船板上的那人微微蹙了蹙眉，又把目光转向了云皎。

云皎立即道：“救人一命胜造七级浮屠，公子，我这是在帮你积福！”

云初末又淡淡地瞥了她一眼，凉凉道：“是吗。”

被救上来的那人一看情况不对，避免自己有再被丢下去的风险，他赶紧跪下来磕头：“多谢公子救命之恩，我阎刀无以为报，一定会牢记您的大恩大德。”

云初末把身子偏过一边，闭了闭眼没有吭声，倒是云皎首先扑哧笑了起来，手指乖巧地抵在唇瓣上：“原来你叫阎刀，好有趣的名字。”她看向了云初末，语气温软，“公子，反正集镇已经不远了，我们就把他带到那里吧？”

话音刚落，阎刀立即失语道：“不能去……”还没说完，就被云初末冷冰冰地瞪了一眼，不由得哆嗦了一下，把将要说的话咽了又咽，勉强吞下去了。

云皎见此，蹲下来安抚他道：“你不要怕，我们公子虽然看起来比较凶，脾气也不好，但其实是个很温柔的人哦。”

阎刀试探地看了看那座浑身散发着阴寒气息的“冰山”，默默回道：“还是姑娘你看起来比较温柔。”

云皎立即双眼放光，看到这人如见知己，满是感动道：“你的眼光真不错，大家都说我很温柔……”

她吧嗒吧嗒说了一大堆，旁征博引，无非是想让对方相信她不仅看起来很温柔，实际上也很温柔，旁边的云初末不可忍受地闭了闭眼睛：“云皎。”

“啊？”云皎抬眼看他，立刻用手封住了嘴巴，“公子，我不说话了。”

云初末又瞥了那人一眼，一声不吭地钻进船舱了，隐约间还听到云皎跟那人压低了声音道：“来，我们进船舱慢慢说……”

他轻哼一声，坐回原来的位置，围着狐裘继续看书。船舱内的炉子上烹着香茶，弄得满船都是淡淡的清香，阎刀和云皎讨论了一会儿关于“温柔”的话题后，因实在太累，歪在船舱的一角倒头睡着了。

云皎又在外面玩闹了一会儿，笑眯眯地拎着许多鱼回舱了，垂眼见云初末还在看书，小心翼翼地凑了过去，蹲在旁边瞪着眼睛望着他。

“干吗？”云初末斜了斜她，又重新把视线移了过去。

云皎双手撑着下巴，看了一眼阎刀，小声嘀咕道：“你为什么这么讨厌他，有哪里不对吗？”

云初末闻言将书放下来，伸手敲了一下她的头，语气甚是平淡：“你现在才来问有什么不对，刚才不是挺有主见的吗？”

云皎立即狗腿道：“没有没有，我那是自作主张，救或不救还得看云初末你的意思。”

云初末清俊的目光看向了阎刀，缓缓道：“他身上有死人的气味。”

“啊——”云皎立即捂着嘴，瞪大了眼睛望着他，“难道他杀了人，是被官府通缉的江洋大盗？”

还没等云初末接话，又忙乱地展开丰富的想象：“完了完了，刚出来没几天就扯上这等晦气事，若是被官府的人跟上，我们这一路上还能有清闲的日子可过吗，万一被当成同伙抓起来那就更惨了，听说牢里有十八种刑具很吓人的！”

云初末耐心地等她发挥完，才慢悠悠地轻咳了一声：“以前都没发现，你还有这样的天赋。”

“嗯？”云皎将跑偏的思绪拉回来，看向云初末，“难道不是？”

云初末漫不经心地答：“不知道，不过身上有死人气味也不一定是杀了人……”

“我知道了，”没等他说完，云皎立即打断他，“是盗墓贼！”意识到自己刚才的声音有点大，连忙小心翼翼地捂住嘴，低声道，“我刚才看他脸上有块刺青，还以为是混迹绿林的强盗，现在才想起来，那是官府刺给盗墓贼的印记。”

云初末伸手端过一杯香茶，浅啜了一口：“我比较想知道，你是怎么知道印记这回事的。”

说起这个，云皎满是自豪，差点仰天长笑拍胸脯：“前几年长安街的菜市场上，有几个盗墓贼被砍了头，我特意去瞧的。”

云初末低低地斜了她一眼，唇角泛起笑意：“是吗？我都不知道你原来还有这爱好。”

听到这样的评价，云皎一愣，立即意识到自己要让云初末相信自己是弱女子这回事，连忙拉着他的衣袖，声泪俱下道：“不是这样的，我……我其实很害怕，所以没敢仔细瞧来着，只是远远地望了一眼……”

云初末脸上的笑意瞬间荡开，他一点一点把自己的衣袖从云皎手里拉出来：“我出去走走，一会儿这人醒了，你好好问一问。”

云皎被力道一带，整个人趴在船舱上，神情凄惨地向云初末伸手：“我说的都是真的，你一定要相信我啊！”

云初末掀开帘子的手一顿，唇角抿着笑意，细不可闻地说了一句：“笨蛋……”

云皎很凄惨，云皎很消沉，自从盗墓贼印记的事件之后，她努力经营的形象一下子被毁了大半，现在云初末不仅不觉得她是个弱女子，而且认为看人被砍头是她的爱好，这是多么不公又严重的误解啊！思来想去，都是那个该死的盗墓贼，云皎苦大仇深地望了一眼船舱里睡得昏天暗地、幸福得流口水的阎刀，咔吧一声折断了一根筷子。

阎刀是个盗墓贼，而且是江湖上有些名头的盗墓贼，可惜在不久前的一次行动中，不知犯了哪方的大忌，不仅没能偷到值钱的宝贝，还被人追杀，游了三天三夜的水。哪知在这个狗不拉屎、鸟不生蛋的地方，居然会遇到一个女子救了他，这个女子不但貌美如花，关键还很温柔。于是在睡觉时，他做了一个很美的梦，他梦到那个温柔可亲的女子正在给他打洗脚水。

阎刀带着幸福的口水睁开了眼睛，那个温柔可亲的姑娘此刻就站在他的面前，而且她的手里还掂着一把菜刀。他吓得一个激灵，春梦醒了大半，往后缩了缩：“姑娘，你……你要做什么？”

云皎向他露出灿烂迷人的笑脸，菜刀立即抵在了他的脖子上：“说，你是干什么的？”

阎刀哆嗦着身子使劲往后退，可惜船舱质量太好，不然他早就扑通一声栽进江里了：“姑……姑娘，我是过往经商的……不小心遇到了强盗，被、被打劫的扔进了水里，你、你先把菜刀拿开啊！”

云皎温柔可亲的脸色一变，狡猾阴沉地奸笑了三声，菜刀啪啪地敲了敲阎刀的脸：“你不说实话。”

阎刀都快要哭了，虽说眼前这小姑娘看起来弱不禁风，可是外面的那个公子实力难料啊，如果贸然行事，不仅摆脱不了仇家，小命能不能保得住都很难说。他瞪大了眼睛紧张地看着那把悬在头上的菜刀，汗涔涔道：“我说的都是真的啊，姑娘你要相信我……”

云皎露齿一笑，再接再厉地吓唬：“我信不信不要紧，可是我家公子的脾气可没有这么好哦，告诉你，他最喜欢的就是割人的身体了，用刀子划开一点点小口子，然后一点一点地往下磨，把人割成一块一块的，看着那人的血全都流出来，真的好疼哦！”说这些的时候，她还拿刀在阎刀身上比画来比画去，仿佛在找待会儿下手的地方。

阎刀吓得脸色发白，这都是什么人啊，杀人就算了，还得把人割成一块一块的，把人割成一块一块的就算了，竟然还要拿刀一点一点地磨，天底下怎么会有这么残忍的人！虽然他是个盗墓贼，但也没恶贯满盈变态到这种地步！但是他转念一想，又反问道：“你刚才不是说那公子很温柔的吗？”

“刚才是刚才，现在是现在！”云皎脸色一变，恶狠狠地瞪着他，“你刚才不是说我也很温柔吗，你看我现在温柔吗？”

阎刀立即摇头："不不不……"

"嗯？你居然说我不温柔！"云皎立即扯过他的衣领，把菜刀架在了他的脖子上。

"不不不……"阎刀都快哭了，抖着嗓子，"到底是温柔啊，还是不温柔啊？"

云皎笑眯眯地拍了拍他的脸，露出天真无邪的笑容："当然是温柔了，人家一向都很温柔的，不过公子就不一定了。"

阎刀立即消沉地想，那她的公子究竟是有多么不温柔！

云初末从外面进来，看了一眼脸色发白的阎刀，又看向了云皎："你应该玩够了吧？"

云皎站起身来，露出了一个很讨人喜欢的笑脸，顺手一指："公子，他不说实话！"

云初末挑了挑眉，意味深长地哦了一声："你去把我的刀拿来，记住，最左边最钝的那一把。"

云皎福了一下身子，刚想迈步立即被人抱上了大腿，阎刀被吓得魂飞魄散："姑奶奶，我求你，我说我说……"

云皎蹲下来，一脸天真无邪："不不不，你不要说，千万不要说，你不是过往的商人吗？你不是被盗贼扔进水里的吗？"说完，又看向云初末，"公子，我去拿刀了。"

云初末甚是疲惫地合了合目，淡淡地点了点头。阎刀见此，简直魂不附体，赶忙跪起来抱着云皎的大腿，死活不撒手："我说我说，我真的说！"

云初末微微蹙眉，上前一步，伸脚将他踹回去，偏过头看向云皎："你的鱼汤做好了没有？"

云皎立即想到自己的正经事，将菜刀放到云初末手上："我现在就去做，这把刀脏了，用完就丢吧。"说完，拍拍身上的尘土，端着刚刚网上来的鱼，笑眯眯地出去了。

她最后那句"用完就丢吧"，对阎刀的打击着实不小，以为眼前这两个人真的要把自己一块一块地割成碎肉，他连滚带爬地跪到云初末跟前："大侠饶命，你问什么我就说什么，一定言无不言，知无不尽！"

云初末阴柔精致的脸上噙着笑意，像是三月明媚温暖的春风，他慢悠悠道："你看起来很怕我，连话都说错了。"

阎刀差点闪了自己的舌头，连忙道："不不不，大侠您英明神武，是小的有眼不识泰山，没见过大场面……"

他还想说些什么，云初末极不耐烦地甩了甩衣袖，冷冷哼了一声，坐回到自己原来的位置上，气定神闲道："我不喜欢威胁人，因为一般来说，不愿意对我说实话的人，就连说实话的机会都没有了，你想知道他们都怎么了吗？"

见阎刀魂飞魄散地摇头，云初末露出了极为满意的微笑，懒洋洋地打了一个呵欠，单手撑着头开始打盹："那么好，你自己说吧。"

在云皎忙着煮鱼汤的时候，阎刀在极度的惊吓和恐惧中，度过了打从娘胎出来时起最艰难的两个时辰，当云皎将细腻光滑的鱼汤端进船舱时，他差不多把自己做过的所有坏事都交代清楚，就连十岁那年偷看隔壁寡妇洗澡这事儿都说了。结果当然是……把云初末说睡着了。

"公子公子。"云皎悄悄走到他身边，将鱼汤放了下来，伸手轻轻地推他。

云初末清俊温柔的眉微皱了一下，缓缓睁开眼睛，望向云皎笑了笑："鱼汤做好了？"

云皎立即点头，献宝似的将碗端给他，见他尝了一口之后，满怀期待地凑近他："怎么样，这个鱼汤我煮的是不是特别鲜美！"

云初末想了想，点头答道："还好。"

对云皎而言，还好就是还有的地方不好，于是她很苦恼地挠了挠头，小声嘀咕："到底哪个地方不好，明明就很好嘛……"

云初末唇角荡开笑意，伸手刮了一下她的鼻子："到底哪里不好很难想吗？你不是说想去镇上买些豆腐？"

云皎恍然大悟地哦了一声，同时觉得真是太失算了，这个时候做鱼怎么可以少了豆腐呢，原先这件事她是记得来着，后来被人那么一闹，又给忘记了。想到这里，她又恶狠狠地瞪了一眼阎刀。

原本以为掏心掏肺、老实交代就能侥幸保全一命的阎刀，看到对方毫无反应地打趣秀恩爱，甚至还有人被自己那些血淋淋的罪行说睡着了，他不由得在心里轻喟，这年头，天外有天，人外有人，一山更比一山高。被云皎看了这么一眼，又立即吓得魂飞魄散："姑娘姑娘，我全都招了，真的。"

云皎露出很讨人喜欢的笑脸，端了一碗鱼汤走向他，微微嘟着嘴："你别害怕呀，人家这么一个温柔善良可爱的小姑娘，又不会把你怎么样！"

阎刀颤巍巍地接下鱼汤，立即道："姑娘说得极是！"

云皎一直被云初末欺压虐待了百年，好不容易找到一个被她欺压虐待的，顿时有种咸鱼翻身、枯木逢春的优越感。她趁机建议道："你家里可有什么人？若是没有，以后就与我们同路吧，我们会对你很好的。"

不远处的云初末警示地轻咳了几声，云皎转过头狡黠道："公子，我都是说着玩的，你千万别当真！"无视她甜到骨子里的笑脸，云初末淡定地端过鱼汤，不紧不慢地抿了一口。

而另一边的阎刀则长出了一口气，不由得心想，幸亏她是说着玩的，不然每天顶着被割成一块一块的风险，不死也得把人吓疯了。正想着，又听云皎道："再过半日就到镇上了，你要从那里下去吗？"

阎刀满面堆笑，连忙道："是是是……"

云皎很舍不得："你回答得这样干脆，倒让我们觉得心寒了。"

阎刀已近精神崩溃，神情间都快哭了："不是的，姑娘，我也……很舍不得你们，奈何家中有八十岁老母，还有七岁的小娃娃需要照料，不得已只能跟姑娘和公子分道扬镳。他日山水有相逢，若是再遇到姑娘，我一定赴汤蹈火地报答你们的恩情！"

最后，精神崩溃的阎刀消沉地想，上天保佑，千万不要让他再遇到这两个人了，他愿意放下屠刀，立地成佛，从此以后只吃素，也不要被人一点一点地割成肉酱。

云皎还想再跟他玩一会儿，一旁的云初末望着她，神色俨然："云皎，你过来！”

云皎转过头，好奇地看着他：“做什么？”

云初末掀了掀衣袂，拍了拍身边的地方：“你闹了一天不觉得累吗？过来睡觉。”

云皎很是不服气，微微嘟着嘴：“可是我又不困……”

见到云初末逐渐幽凉的眼眸，立即改口道：“啊，这么说起来，还真是有些累了呢！”

她屁颠屁颠地凑过去，刚坐下来就为难了，船舱就这么大点儿地方，云初末坐在旁边，必然导致属于她的空间变小了许多，那么她是坐着睡，还是躺着睡，还是蜷着睡比较好呢？

就在她绞尽脑汁地想对策之时，云初末已经伸手揽过了她的头，顺便调整了一下坐姿，让她以一种极为舒服的姿势，枕在他的腿上。呼吸间尽是他身上特有的好闻的幽香，衬着船舱内清淡悠远的茶香味，令人的精神瞬间放松了许多，就连没有睡意的人也渐渐开始犯困了。

云皎只觉得云初末在轻轻地抚摸着她的头发，力道轻柔舒适，所以她很快就闭上眼睛睡着了，依稀听见有人说话：“你总是贪玩，这样快就不想家了吗？”

睡梦中，她好像回到了明月居，透过朦胧的光线，她看到了云初末屋前的瘦梅，生机盎然地开了一树梅花，还有那座莲池，莲蓬上的莲子个个饱满，亭亭玉立。不过，在她还没来得及质疑梅花和莲蓬怎么会长在同一个季节的时候，就浑浑噩噩地陷入了更深沉的熟睡之中。

将近傍晚，他们的船才到达小镇上，阎刀立即要求下船回家，云皎挽留了许久都没能改变他的心意，你来我往，推来推去。云皎觉得，阎刀虽然是个盗墓贼，但其实是个有风骨的盗墓贼，见到他归心似箭，一心惦念着家里的八十岁老母亲和七岁的儿子，她也不好勉强人家，于是依依不舍地跟阎刀挥泪告别了。

不过，阎刀临走之前，还从怀里拿出一样物什：“在下出身寒微，全身上下也没个值钱的东西，唯有随身携带的一个小玩意，就送给姑娘当作纪念吧。”

这是一支短小的笛子，不知是何材质，周身均呈乳白色，表面光滑如玉，笛子的一头还点缀着一枚玉坠，看起来小巧精致，很是好看。

云皎简直受宠若惊，找遍了全身也没有翻出可以送给阎刀的礼物，不过目光所及看到一把菜刀，顿悟到这便是他们友情的见证，于是情深意切地把它托付给阎刀了。阎刀的脸色青白了好一阵儿，默默接过菜刀转身走了，云皎还有点放不下这位好朋友，在渡口边依依不舍地挥了好久的手。

身后传来云初末淡淡的轻咳声："你到底还要磨蹭多久，那么舍不得的话，你也跟着去吧。"

云皎激灵了一下，立即转身："不用啦，公子！人家以后还要鞍前马后、赴汤蹈火地伺候你呢！"说完这些，立即狗腿地跑到云初末身边，笑嘻嘻炫耀道，"云初末，你看这是那个人送给我的礼物！"

云初末神色复杂地看了好一会儿，伸手抚了抚她的头："你喜欢就好。"说完，便迈步朝着集镇走了。

云皎不明所以地拿着那支笛子看了许久，小声嘀咕道："喜欢，当然喜欢了，这可是人家收到的第一份礼物呢！"

已经走了好几步的云初末突然顿住了脚步，转头看向她，语气清淡温柔："你还不走吗？"

云皎立即露出讨人喜欢的笑脸，屁颠屁颠地跟上去："云初末云初末，我们先去吃饭好不好？"

江东之地，自古便是鱼龙混杂、商业繁荣的地方，而作为江东一座靠近水线的小镇，虽然比不得长安城的繁华，倒也十分热闹。人群熙攘的大街上，云皎蹦蹦跳跳地跑到一个摊子前，伸手拿起一支长箫，献宝似的给云初末看："云初末，你看这个好不好玩？"

卖乐器的老板一见生意来了，而且对方还是个精灵可爱的小姑娘，立即笑眯眯迎上来："姑娘真有眼光，这可是上好的紫竹做的，才卖三两银子。"

云皎顿时双眼放光，立刻向云初末投了一个期待祈求的眼神，云初末缓步走了过来，将她手上的箫抽出来，端详片刻："这是苦竹吧。"

老板的笑脸立即寒下来了，要知道这些乐器已经仿得有八九分像了，一般人根本看不出来，然而对方一眼就认出这支箫的材质，可见是碰上行家了，如果再纠缠下去，未免会给他的声誉造成不可挽回的损失。于是他果断把那支箫拿回来，对云初末长长地作了一个揖，风萧萧兮易水寒，迈着阔步回去了。

云皎瞪大了眼睛，疑惑问："他做什么？"

云初末斜睨了她一眼："还看不出来吗？你被骗了。"

云皎顿时觉得大大的委屈，原先的好精神被消磨了大半，微微嘟着嘴，小声嘀咕着："即使被骗了又怎么样，难得我喜欢……"

云初末拿着折扇在她的头上敲了一敲："你还要不要去吃饭，再晚一会儿，酒楼可都要打烊了。"

云皎立即道："要！"

两个人沿着长街不紧不慢地走着，比较哪家酒楼看起来最烧钱，云皎小心翼翼地凑近云初末："你有没有感觉到好像有人在跟踪我们？"

云初末的手里拿着扇子，走起路来风流绝艳，儒雅非常，他目不转睛地看着前方的路，好像浑不在意一般，面无表情地淡淡道："不要说话，继续走。"

云皎闷了一闷，很是郁结地继续走，不过在心里却陷入了乱七八糟的猜测之中。难道是阎刀那家伙惹来的仇家追上来了，因为找不到正主报仇，所以打算拿他们当替死鬼？还是官府里的人，以为他们是盗墓贼的同伙，所以要捉拿她和云初末回大牢拷问？

想起大牢里传说中的十八种刑具，云皎的小身板忍不住抖了一抖，微微感慨：人在江湖飘，迟早要挨刀。

她正为整个江湖的未来忧虑着，脑袋上又被人敲了一下，云皎立即很愤怒："你可不可以不要敲我的头？"

云初末握着折扇的手背在后面，斜了她一眼："你又在胡乱想些什么？"

云皎很不服气，跟上他的脚步，凑过来语气温软："我才没有乱想，而是在考虑一件大事，你有没有想过如果我们两个被人追杀，或者被打入大牢应该怎么办！"

云初末唇角噙着一抹笑意，语气漫不经心："哦，确实是一件大事，那你想到了吗？”

云皎秀眉紧蹙，绞尽脑汁地想了好久，最终还是闷闷道：“你看我修为不高，武功也不好，所以打架这种事，我是绝对不在行的。”

云初末意味深长地哦了一声，挑眉望向她：“这么说，你要逃跑了？”

“怎么会，”云皎很是愤怒，顿时豪气冲天，肝胆相照，“你看我像是胆小的人吗？你看我像是这么没义气的人吗？关键时刻我怎么会丢下你一个人跑掉！”

云初末有些意外地看了云皎一眼，还没来得及说话，又听她道：“显然以我们的聪明才智，势必要采取迂回战术的。”

云初末看向她，好脾气地问了一句：“什么是迂回战术？”

云皎很是自豪，觉得自己终于可以在云初末面前表现真才实学、大智慧了。她露出了一个极为畅怀的笑脸，抑扬顿挫道：“自然，若是遇到强敌时，我先行一步保存实力，万一你被抓了，我还可以想方设法营救你。”

云初末抽了抽唇角，还是问：“……这和逃跑有分别吗？”

“当然有分别了！”见到对方完全领会不到自己的“大智慧”，云皎顿时有种怀才不遇的消沉感，在她还想更深层次地解说自己“迂回战术”的妙处时，对方首先打断了她的话。

“好了，不要说了。”云初末微微皱眉，语气里带了些许威严，“今天说了这样多话，你不觉得累吗？”

被嫌弃的云皎撇了撇嘴，望着云初末远去的背影，见他完全不在意地丢下自己，慵懒随意地走在前头，她黯然神伤了好一会儿，秋风扫黄叶，满地凄凉。见云初末快要走远，她连忙跟上，伸手可怜巴巴地拉了拉他的衣袖，犹豫再三，还是嗫嚅地问：“你是不是伤得很严重，这一路上都没什么精神……”

她从离开明月居不久后就发现了这个问题，觉得云初末和从前判若两人，费尽心思地想了好久，才勉强找到答案。

画骨重生所要忍受的天谴不是闹着玩的，如今没有明月居的结界保护，云初末就得拿身体来抵抗天罚，要知道他上次因反噬之力受的伤还没好呢，想也不用想就知道他现在的身体状况有多差了。以前他总是行为恶劣地虐待她，毒舌傲娇地讽刺她，现在突然变得没那么讨厌了，她反而更加不放心，所以这一路上才会异常活泼，想要逗他开心的。

云初末一愣，握拳咳了一下：“没有，没有大碍，你不必担心。”

抬眸见到云皎红彤彤的眼睛，一副快要哭了的模样，他柔和地笑了一下，伸手安抚地拍了拍她的头：“我只是觉得累，你乖一点就好。”

听到他说累，云皎立即建议道：“那我们快回船上吧！”

云初末脸色有些许苍白，斜了她一眼，没好气道：“你不是要吃饭？”

云皎微微嘟着嘴，露出讨人喜欢的笑脸：“从镇子上买一些东西，回船上做也没什么麻烦的，你要不要吃饺子，啊，不行，饺子不容易消化，那我们就包馄饨好了。”

她在前头兴致勃勃地自言自语着，云初末默默跟在旁边，叹了口气：“你决定就好。”抬眼一看，云皎已经阔步朝卖猪肉的摊子走去了，他微微苦笑，无可奈何地摇了摇头，站在街边的柳树下等她。

隔了片刻，眼眸忽然闪了一下，他不动声色地抬头看了看不远处的屋顶，那里已经没有人在，注视了一会儿，才把目光转移到云皎身上。此时云皎已经笑眯眯地拎着一斤猪肉回来了，凑到他跟前：“云初末，你看我买了许多，明天早上还可以蒸白菜猪肉的包子。”

云初末点了点头，温言道：“如果买好了，我们就回去吧。”

“咦——”云皎打量了一下四周，压低了声音小声道，“那个人不在了。”

云初末微微笑着，洁白的衣袂随着步子轻移，像是圣洁的莲花，斜斜地瞥了她一眼：“谁告诉你，那是一个人的？”

“不是人？”云皎瞪大了眼睛，结巴着，“可……可我怎么……”

妖有妖气，鬼有鬼气，就连与天神齐肩的魔都有着无法掩藏的幽暗之息，她能判断所有的妖魔鬼怪，就是因为能看出他们身上各自不同的气息，可是刚才那个，她感受不到半点异常，甚至从他的身上，还隐隐流动着充沛的生息。

云初末看向她：“天下之大，无奇不有，或许就有那么一两件宝物，可以令死去的鬼魂维持生息，也未可知。”

“那个人，不是，那个鬼是个鬼？”云皎脱口而出，又立即地意识到自己说了蠢话，连忙捂上了自己的嘴巴，“云初末，我不会再说话了。”

云初末忍不住笑了，伸手捏了捏她的鼻子：“那个鬼魂很强，小心点。”

云初末的这句警告，云皎深深地记在了心里，导致她战战兢兢地过了一晚上，翻来覆去怎么也睡不着，就是害怕那只鬼魂半夜三更偷袭。于是第二天，云初末望着精神惨淡的云皎，忍不住开口打击：“你昨晚没睡吗，怎么变成这样子？”

云皎大大地哼了一声，气得跺脚：“本姑娘等了他一个晚上，居然没有现身，真是一个不爽快的胆小鬼！”

小船被她的动作震得晃了晃，云初末连忙扶着船舱稳了稳身子，没好气地抬头望她：“怎么，你还盼着他早点来，好采取你的迂回战术吗？”

“没有没有没有，”云皎立即狗腿道，“主要是想目睹一下云初末你的风采。”

云初末斜斜地瞥了她一眼，凉凉地说道：“是吗？”

说完这些，他的脸色忽然一沉，绷着神色像是一块千年寒冰，云皎被他弄得更是紧张，结巴着：“怎、怎么了？”

云初末看向她，无可奈何地扯了扯唇角，在她头上敲了一记：“乌鸦嘴，他来了。”说完，撩袍起身就要往船舱外走。

云皎暗暗在心里骂了一句“你才是乌鸦嘴”后，决定跟上去，却被云初末拦了下来。

“待在这里。”

他只说了这么一句，手里的折扇一横，流溢的紫光闪过，立即化作一柄长剑，提着它迈步走了出去。云皎满不在乎地撇了撇嘴，根本没有听他的话，小心翼翼地走到船舱边，伸手撩开帘子跟了出去。

只见云初末整个人腾空而起，长剑一挥，朝向不远处持剑而来的墨衣男子划出了一道剑光，两方灵力相碰，立即在江面上炸出十几道水柱。素白的衣袂随风发出猎猎的声响，云初末手里持着剑缓缓地落在了江面之上，如履平地一般跟那个墨衣男子对峙着，一系列动作优雅漂亮，云皎不由得看呆了。

这是她第一次看见云初末正式跟人打架，为什么说是正式？因为非正式的架，他们俩已经打了一百多年，早就数不过来了。虽说云初末现在受着重伤，但是刚才那一击居然丝毫不落下风，就从两人现在对峙的局面来看，亦是云初末的气势较高一些，于是云皎把心放回肚子里，挨着船头坐下来，欢天喜地地从布袋里摸出了一个橘子。

云初末注视着对面的人，冷冷开口："胆敢偷袭我的人，你还是第一个。"他说到这里，话锋又一转，"不对，是一只带着灵珠的鬼魂，我猜得不错吧？现在是午时阳气最盛的时候，若非带着灵珠，你早已魂飞魄散。"

那个年轻男子，墨衣俊朗，广袖云纱，一袭长发顺肩散落着，虽有一身武功，但是从眉目中看起来更像个温柔儒雅的书生。他目光微凉地盯着云初末，娓娓开口："我只是想取回我的东西，并不想与你动手。"

云初末长剑一划，望着他轻笑："这儿没有你的东西，我也不屑与你动手。"

他的话音刚落，那个墨衣男子就把目光看向了正在埋头努力剥橘子的云皎。云皎一愣，手上的力道一松，橘子立刻掉进了江水里，咕咚咕咚地沉下去了。云皎简直大惊失色，连滚带爬地站起来："你你你……你看我做什么，皇天在上，后土为证，我可从来没拿你的东西！"

墨衣男子的唇角泛起冰冷的微笑，缓缓开口："那个盗墓贼，他偷走了我的骨笛。"

盗墓贼？莫不是指阎刀吧？骨笛？莫不是指阎刀送给她的礼物吧……云皎想到此，连忙从怀里拿出那支笛子来，望着它的瞳孔微缩，十分惊恐："你你……你是说它是用骨头做的？"

她的脸色开始有些发白，回想起这两天拿着这支笛子爱不释手，兴致来了还放在唇边吹那么一两下，阎刀那个该死的盗墓贼，居然拿骨头做成的笛子送给她！算了算了，云皎无比消沉地安慰自己，人家也是一番好意，就当没事啃了一根骨头磨牙吧!

墨衣男子微微顿首，刚想开口说话，云初末赶紧伸手，企图拦住他：“别说！”

但是为时已晚，这男子的声音在云皎听起来寒到刺骨，像是一道雷电直接劈在了她的脑门上——

“这是人骨。”

云初末轻喟一声，有些同情地望向云皎，果然见她抓着笛子的手抖了又抖，白眼一翻，扑通一声栽倒在船板上，人事不知。

傍晚的阳光斜斜地映入船舱，小船划过如镜的水面缓缓向前行着，船舱内煮着的水已经冒起了团团白烟，在一片静寂中咕嘟咕嘟地跳跃着，云皎痛心疾首地趴在云初末腿上，拍着船板鬼哭狼嚎：“我快要死了，给我水，快给我水，水，呜呜呜……”

云初末抚摸她的头直叹气，安慰道：“不如我把你的舌头和嘴巴都割下来，这样就没事了。”

云皎立即跪起身，双手捂上了自己的嘴巴，愤怒地瞪着云初末，眼泪哗哗：“你怎么可以这样对待我，一点同情心都没有，哼！”

云初末双手一摊：“那你说该怎么办？”

云皎气得打滚，银牙咬得咯咯响：“我现在想把那个讨厌鬼杀掉啊！哦，还有那个该死的盗墓贼！”

云初末望着她的眼里有些笑意，微微侧身接近她，阴恻恻地提醒：“你莫不是忘了，那个该死的盗墓贼可是你的好朋友呢！人家夸你温柔，还送给你人生中的第一份礼物。”

他不提这个还好，一提人生中的第一份“礼物”，云皎的脸色又立刻白了白，连滚带爬地冲出船舱，趴在船头呕吐：“云初末，水！快给我水，不要，还是直接把我杀了吧！我不想活了，呜呜呜……”

云初末眼里含着笑意，抱臂靠在船舱上：“不过一截人骨而已，你到底还要纠结多久？”

“你还说！”云皎眼泪哗哗地抓起船板上的一块橘子皮，恶狠狠地砸向云初末，声泪俱下地控诉他，“你肯定早就知道了对不对，早就知道居然都不提醒我，啊啊啊……”

看着她精神崩溃地指责自己，云初末也很无辜，他扯了扯唇角，眼神有些复杂：“是你说这是你人生中收到的第一份礼物，还说即使被骗了又怎么样，难得你喜欢……”

想起自己从前说的混账话，云皎顿时吃瘪，难过地抽噎了一下，不乐意地撇着嘴坐在船头，小身板蜷缩成一团，一脸消沉和郁结。云初末见她终于安静下来，轻喟一声，走过去将她的头揽在怀里，轻轻拍着：“你不是连盗墓贼被砍头都敢看，这点小事又算得了什么？”

云皎不情不愿地哼了一声，嘟着嘴分辩：“哪有！我明明很害怕，所以没敢仔细瞧来着，只是远远地望了一眼……”

云初末恍然大悟地哦了一声，带着笑意道：“我还以为看人被砍头，是你的爱好呢！”

云皎彻底地愤怒了，恶狠狠地在云初末身上掐了一下，蛮横道：“这分明是你的爱好，跟我一点关系也没有！”

她稍微平复了一会儿，立即问：“那个讨厌鬼去哪里了？”

云初末面无表情地回答：“走了。”

“什么，走了！”云皎站起来气得跺脚，“你怎么可以就这么把他放走！像那么恶劣的人，不，那么恶劣的鬼，就应该打扁打扁再打扁，然后做成丸子扔去喂乌龟！”

“好了。”避免她一时激动把船踩翻，云初末连忙伸手拉住她，眼神有些复杂，不由得联想到自己是否也曾被她打扁打扁再打扁，然后做成丸子喂乌龟过，他缓缓开口，“不要气了，反正我也要去找他的。”

话音刚落，立即被某人满怀感激地抱上了大腿，那个某人瞪着水灵灵的大眼睛，天真无邪地望着他：“云初末云初末，真没想到，你待我竟是这般情深义重！”

云初末清俊精致的脸上露出最温柔的笑容，一点一点把自己的衣摆从她手里拉出来，不紧不慢地补充："倘若得到他的灵珠，我身上的伤便可好大半了吧。"

云皎饱受打击地寒了脸，消沉地抱膝坐在船头，无比忧伤地想——

这个世上怎么会有这么恶劣的人，一点都不懂得怜香惜玉！

江东的酒馆中，稀稀拉拉只有四五个客人，云皎和云初末选了一个靠窗的位置坐下来。

"公子、姑娘，想要来点什么，本店鲍参翅肚芙蓉脍、珍珠翡翠白玉汤、酒酿清蒸醉白鱼，还有上好的珍藏女儿红。"小二勤快地扯下肩上搭着的白布，动作麻利地替他们擦了桌子。

云初末望了一眼意志消沉的云皎，微微抬头道："除了方才说的那些，还要一屉芙蓉包子。"

"好嘞！"小二一见来人这般豪气，顿时来了精神，赶忙跑到后厨张罗去了。

云初末吩咐完这些，垂眼见云皎神情凄楚地趴在桌子上，一副惨兮兮的模样，竟然对一向最爱的美食都提不起精神了，忍不住伸手摸了摸她的头："好了，不过一截骨头而已，况且你也洗过许多回，就不要再念着了。"

云皎瞪了他一眼，恶狠狠地嘟着嘴："你还说！"

云初末倏地笑了，将手上的折扇放在桌子上："好，我不说了，你也别再想着了。"其实他还很想说，即使你想着也没有用，不过看云皎满受打击的样子，顿了顿，还是把这句话咽下去了。

菜还没上，酒楼里就被人打破了气氛，几个浑身匪气的江湖大汉大摇大摆地走进酒楼，大刀啪的一声搁在柜台上："老板呢，让你们老板出来！"

不多会儿，一个管事模样的人连忙迎上来，见到这群人吓得腿都软了，颤颤巍巍地走过去："秦爷，您多担待，老板现在不在家，酒楼的生意也不好，等过段时间老板回来了，我们一定把欠您的银子送去。"

"哼！"为首的那人身材魁梧，面色凶恶，头上还系着烂布条，声音洪亮如雷，“我看你是活得不耐烦了是吧？我们巨鲸帮的兄弟辛辛苦苦为你们做事，就收那么一点点保护费还推三阻四！”

他扯住管事的衣领，猛地向前一推，把大刀架在那人脖子上：“要钱还是要命，你自己选！”

管事吓得脸色发白，双腿哆嗦差点尿裤子，连忙求情：“秦爷饶命，饶命啊，本店若是有银子一定会给您送去的……”

这时，一个小厮捧着布袋走过来，管事伸手拿在手中，抖着手走近了那个人，小心翼翼道：“秦爷，这是今天全部的收益，孝敬给您老买酒喝，至于保护费……还请您多宽限几天……”

秦爷低眼瞥了瞥那袋银子，拿在手里掂了掂，目光灼灼地盯着管事：“哼，你给我记着，三天之内不交齐保护费，我们巨鲸帮的兄弟一定把这酒楼拆了！”

管事唯唯诺诺地点头，一路弓背哈腰地将那群人送走了，回来的时候还长呼了一口气，对着店中受到惊吓的客人们施了一礼：“诸位客官，不好意思，无意扰了各位的雅兴，请多海涵。”

话音刚落，一个蓝衫中年人哼了一声：“是那巨鲸帮仗着势众，欺人太甚！”

然后又有个书生模样的人不紧不慢地接腔，神情间亦是愤懑：“倘若江月楼还在，岂容这等宵小之徒横行霸道！”

云皎听得入迷，一听到江月楼，就忍不住问：“江月楼是做什么的，很厉害吗？”

酒楼里的客人听此，都相视笑了一下，如果对方不是个年仅十七八岁的小姑娘，大家一定会觉得这人太孤陋寡闻，冒失无礼了。那蓝衫人望向云皎开口：“姑娘，你是从外乡来的吧？”

云皎点点头：“今日才到江东。”

蓝衫人这才了然地点头，又继续道：“难怪你连江月楼都不知道，那可是我们江东鼎鼎有名的地方啊，无论跑官府还是走江湖，经商的、卖艺的，或是打家劫舍的，但凡身处江东，无不得卖给江月楼一点面子。因为它，我们江东百姓可是过了好些年的安稳日子，别说欺行霸市，杀人放火，就连平常的小偷小摸都很少哪。”

云皎立即瞪大了眼睛，十分艳羡：“这么厉害！”

同样的事，搁在自己身上也得好好想一想，想他们明月居深藏在长安街中百年，无论跑官府还是走江湖，经商的、卖艺的，或是打家劫舍的，一律看不到它的存在，不然以她的聪明才智，明月居的威望起码要甩江月楼好几条街！

想到这里，她有些疑惑了：“可是，既然江月楼那么厉害，为什么会消失？”

酒楼里的人听到这个，无不叹息摇头，那个书生放下了手里的酒杯，眉目间带着黯然：“三十年前，江月楼里莫名起了一场大火，烧了七天七夜什么都烧没了，就连江月楼的楼主也不见了踪影。”

这时，角落有个人压低了声音小心翼翼道：“你们说，会不会是那个楼主放火烧了江月楼啊？”

“怎么可能，”书生不屑地嗤了一声：“把好好的家业全都付之一炬，江月楼主疯了吗？”

“不是听说有段时间他确实疯了吗……”被反驳的那人忍不住，最后幽幽地说了一句。

时隔三十年，江月楼当年到底遭遇了什么，早已无人能够探知，留下的只是一些关于那个组织的传说，以及那位神秘楼主的点滴，人们带着崇敬的心情去缅怀它，亦是在怀念那段被它庇护之下，江东安详平和的过往。

“公子公子，”云皎双手撑着下巴，眼睛发光，“我们去江月楼看一看好不好？”

“哎哟小姑娘，”没等云初末回答，那个蓝衣人连忙拦住了她，“你可千万别去，自江月楼被烧毁之后，那块地就煞气非常，听说大晚上还闹鬼的。”

云皎其实很想告诉他，天上地下，她最不怕的东西就是鬼魂，但还是装作害怕的样子来，语气温软嗫嚅道：“江月楼闹鬼，难不成大叔你见过？”

蓝衣人立即摇头：“我可没那胆子，不过那地方确实有点邪门，江月楼被烧毁后，有不少人想进旧宅寻找宝物，最后不是死在里面，就是被吓疯跑出来。据说五年前有个富商想把废墟拆掉，在那里建一座府邸，结果第二天那富商全家都死绝了，连只鸡都没能幸免。”

云皎吓得连连哆嗦，望着云初末可怜巴巴：“公子公子，好可怕，我们还是别去了。”

云初末甚是淡定地放下筷子，用手帕细致地擦了擦唇角，抬眸淡淡地看她：“我吃完了，走吧。”

“啊——”云皎连忙低下头，不知何时小二已经把菜全上齐了，而她只顾说话，竟然忘了吃，她撇了撇嘴，看向云初末神情凄楚，“公子，可是我还没有吃……”

云初末意外地挑了挑眉，将扇子拿在手里：“我还以为，你说话已经说饱了呢。”

云皎顿时被打击得抬不起头来，还是不服气地哼了一哼：“说话只会让人觉得渴，才不会令人觉得不饿！”

她郁闷地单手撑头，拿起包子愤愤地咬了一口，同时觉得，自从云初末知道自己的伤势恢复有望，对她的态度也就越来越差，就好像前几天的温柔体贴，只是她疯魔时做的一场春秋大梦，真是气死人了！

出了酒楼，云初末开始耐心地询问路人江月楼的下落，不过大家都很好心地告诉他“不知道”，生怕这位看起来很文弱、长相也很好看的男人，无端跑去鬼宅送死，暴殄天物。最后，云初末站在大街上忍不住叹气：“果然，人长得太好也会有许多烦恼。”

云皎朝他翻了翻白眼，一想到这是自己表现柔弱的好时机，立刻拉住了云初末的衣袖，嗫嚅地问：“云初末，我们真的要去鬼宅吗，人家好害怕……”

云初末斜斜地看了她一眼，把自己的衣袖抽出来，面不改色地回答：“你现在这个样子，我害怕。”

云皎简直怒火攻心，银牙咬得咯咯响，愤愤道：“我看你还是病着比较好！”

云初末顿住脚步，转过头看她，眼神冰凉：“你说什么？”

云皎激灵了一下，连忙狗腿道：“我是说能够治好你的伤，我一定赴汤蹈火，在所不辞！”

云初末唇角泛着笑意，手向前一指：“那好，你看到前面那个人了没有？你去打他一巴掌，然后问他江月楼在哪里，他肯定会告诉你的。”

云皎顺着他的手势望去，顿时瞳孔一缩，连忙躲在他身后纠结道：“这不好吧，从小你就教育过我跟人打架是不好的行为。”

云初末轻咳了一声，捏着袖子把她揪出来：“我不曾记得还教过你这个。”

云皎眼里氤氲着水雾，撇着嘴十分委屈：“可是人家只是个单纯善良可爱的弱女子，怎么可能打得过一个孔武有力的男人，哦，是一群！”

云初末抱着双臂，居高临下地望着她：“云皎，你莫不是忘了自己刚才说了什么？”

云皎郁闷纠结了好一会儿，最终妥协：“好吧。”

她意志很消沉地向前走，绞尽脑汁地想一会儿应该怎么做，才能让自己看起来是个武艺高强的弱女子，正想着，见那人已经走到跟前，她毫不迟疑地抬手，一个巴掌准快稳狠地向那人脸上扇了过去。

“哎哟，臭丫头！”那人一愣，捂着脸瞪着云皎，“你活得不耐烦了，是不是？”

云皎立即做出很害怕的样子，连忙道：“对不起对不起，我手滑了。”

旁边围观的人忍不住笑了，望着云皎的目光满是佩服和惋惜，要知道被打的这个人可是巨鲸帮鼎鼎有名的秦爷，而眼前这位只是一个看起来又小又弱的小姑娘。

“我看你是故意的吧！”秦爷当啷一声抽出了自己的刀，恶狠狠地指着云皎。

云皎顿时吓得脸色发白，小身板往后缩了缩，十分不好意思：“原来被你看出来了。”

“你……”秦爷看了看周围看热闹的人一阵哄笑，自觉受到了挑衅，伸手挽了挽袖子，举刀向她砍过去，“臭丫头，我杀了你！”

眼见着大刀朝着脑门落下来，云皎慌忙躲了过去，瞪着天真无邪的大眼睛，十分委屈：“我都道过歉了，你怎么可以这样蛮不讲理？”

秦爷又举着大刀砍了好几回，不过都被云皎迟钝地躲过去，他气得咬牙，向身后的手下吩咐：“你们还愣着干什么，快把这个臭丫头给我逮住！”

眼见着十多个壮汉围过来，云皎吓得连连后退了好几步，哆嗦着声音：“人家只是一个柔柔弱弱的小姑娘，你们怎么可以欺负我！”

一个长相猥琐的地痞按着手指逼近，一脸奸笑：“欺负？等哥几个儿抓到你，就让你知道什么才是欺负！”说着，饿虎扑食一样地冲向云皎，后面的那几个也不落下风，均是露出猥琐的笑容，朝着云皎扑了上去。

“哎呀，”云皎一见情况不好，连忙转身向云初末撒腿跑去，“公子公子，救命呀……”

云初末正站在街角，突然觉得眼前一花，一个人影迅速地往自己身后一躲，还伸手把他往前推了两步，刚站稳身再抬头时，那些追兵已经来到跟前了。为首的那个不问缘由，立即举刀就砍，被云初末利落地躲开，一脚踢得倒飞出去，还连着后面的那几位都被力道带倒，横七竖八倒了一片。

云初末收回脚，冷冷地甩了甩衣摆，目光淡漠地注视着那群追兵，云皎小心翼翼地凑出来，在他耳边委屈嗫嚅地说：“公子公子，他们还说要欺负我，呜呜呜……”

云初末淡淡地瞥了她一眼，云皎立即往后缩了缩，十分委屈：“真的。”

这时候，秦爷也从后面追了过来，见情况不妙，赶紧催促手下快走，云初末慢悠悠地把玩着折扇，不紧不慢道：“现在走，只怕还太早吧。”

秦爷一哆嗦，刚才他远远地看见这人出招，仅一招就把他的那些手下打趴下了，可见此人实力深不可测，连忙跪下来爬到云初末脚边：“大侠饶命，大侠饶命！”

云初末居高临下地瞥了他一眼，负着手侧过身去，云皎立即抓住时机插进来，狐假虎威地在那人身上踢了一脚，道：“你刚才不是挺厉害吗？居然还想杀我。”

“不不不……刚才只是一场误会……”秦爷连忙磕头，拱手求饶，“是小的有眼不识泰山，冲撞了姑娘。”

“可是明明是我先打了你耶。”云皎矮下身子，对着手指压在唇瓣上，试探地问。

“不不……”秦爷连忙摇手，神情看起来有些复杂，“是……是姑娘手滑，不小心打了小人。”

“怎么会！你看我是那种会手滑的人吗！”云皎微微嘟着嘴，对这个回答很不满意。

“不是不是，”秦爷都快哭了，整个人崩溃地趴在地上，“是小人有眼无珠，自己撞到姑娘手上的。”

听到这个，云皎立即欢天喜地地笑了，蹲下来压低了声音：“这样才对嘛，告诉你哦，我一向都是很温柔的……”

云初末负手叹了口气，不可忍受地闭上眼睛：“云皎。”

“在！”云皎扭头看向他，见到云初末阴晴不定的神情，立即狗腿地站起来，恭敬地福了福身子，“公子有何吩咐，人家一定赴汤蹈火，在所不辞！”

云初末望向她，眼神之中透露着威严：“你是不是要我把你的舌头割下来，才不会这样多话？”

云皎赶紧捂上嘴巴，委屈地服软求饶：“公子，我不会说话了。”

云初末盯着她看了好一会儿，才把视线转向秦爷，他向前走了两步，秦爷立马趴在地上，战战兢兢地打哆嗦。云初末气定神闲地背着手，一袭素白的衣衫像是绽放的莲花，无论站在哪里都是一道宁静随和的风景：“我看起来很可怕吗，你这么怕做什么？”

他的声音轻柔，像要在微风中化开一样，不过在秦爷听起来这样的声音才最可怕，不由得又抖了一下：“不不，大侠你和蔼可亲，是小人有眼不识泰山，没见过世面。”

站在一旁的云皎忍不住想，这句话怎么听起来这么熟悉，不过一想到云初末要把她的舌头割下来这件事，还是继续捂着嘴，闷声不吭了。

云初末百无聊赖地把玩着自己的折扇，淡淡地说：“现在我问什么，你就回答什么，不许说废话，更不能说假话，否则……你应该知道，会有何下场。”

秦爷小鸡啄米似的点头，紧接着听他道：“告诉我，江月楼在哪里？”秦爷一愣，刚想脱口而出问他去江月楼做什么，又想到云初末的威胁，立即回答：“城南三十里。”

得到答案，云初末直接转身走了，折扇敲了敲云皎的肩膀，最后说了一句：“交给你了。”

云皎立即双眼放光，大摇大摆地走过去，叉着腰站在那些人面前，见他们都哆嗦着身体缩成一团，清了清嗓子笑眯眯道：“你们别害怕呀，人家可是很温柔的……”

秦爷立即附和：“是是，姑娘不但温柔，武功还高，脾气也很好。”

云皎脸上差点乐开花，摸了摸自己的脸，自言自语：“是嘛，最近大家都这么说。”

她笑得一脸天真无邪，蹲下身来望着秦爷：“不过呢，我的脾气也不总是那么温柔的，比如看到有人仗势欺人，收保护费什么的，就特别容易不温柔。”

秦爷立即道：“姑娘放心，我等一定洗心革面，重新做人！”

云皎满意地点头，站起身来拍了拍身上的尘土，转身走向云初末，刚迈开两步又笑眯眯地看向那些人：“好啦，你们走吧，我都说了人家一向很温柔，不会为难你们的。”秦爷如获大释，带着那些手下连滚带爬地逃走了。

云皎背着手一跳一跳地走到云初末身边：“公子，都处理好了。”

云初末斜斜地看了她一眼，一声不吭地迈步走了。云皎连忙跟上他的脚步，喋喋不休地问：“云初末你要去哪儿，该不会真的要去鬼宅吧，据说进去的人不是死了就是疯了，还有个富商想在那里建宅子，全家都死光光了呢！”

云初末凉凉的目光看向她，阴恻恻地说：“云皎，你看起来很想被割掉舌头呢。”

“啊——”云皎立即捂上了自己的嘴巴，“对不起公子，我再也不说话了，你不要割我的舌头，看在我一直忠心耿耿地跟着你，费力尽力地照顾你，给你做饭，帮你施法，哦，最近还一直给你煎药……”

“云皎！”云初末神色俨然，拎住她的衣领，“我现在就把你的舌头割掉！”

“不要不要不要……”云皎简直大惊失色，垂死挣扎，“云初末云初末，我真的不说话了，呜呜呜……”

过了良久之后，云初末的耳根终于清净了许多，迈步走着，隐约感觉到某个又小又软的身体正在试图靠近，他斜斜地看了一眼：“干吗？”

云皎微微嘟着嘴，小心翼翼地问：“云初末，你刚才有没有听到，有人夸我很温柔？”

云初末将近崩溃地揉了揉太阳穴，折扇挑起了她的下巴，居高临下地藐视着：“不要再让我听到你说‘温柔’这个词，否则立即把你的舌头割下来，求饶也没用。”

云皎闷闷地哦了一声，意志很消沉地退了回去。又过了良久之后，云初末的耳根彻底清净了，不紧不慢地迈步走着，又感觉某个坚强不屈的小身板凑近了，他叹了口气：“你又想说什么？”

云皎瞪着水灵灵的大眼睛，绞尽脑汁地想了一会儿，露出一个很讨人喜欢的笑脸：“没有啊，我没有什么可以跟你说的。”

“云皎！”云初末的脸色沉了下来。

云皎默默地哦了一声，自顾自地道：“我其实是想问云初末你，有没有觉得我很温和柔弱！”

正说着，看见对方把折扇别在了腰间，她的瞳孔一缩：“云初末云初末，我没有说那个词，是你让我说话的，不要割我的舌头……”

云初末强忍着怒气，咬牙道：“谁说我要割你的舌头了，我这是要打死你啊！”

江月楼位于城南三十里，整个庄园临水而建，占据了方圆两三里的土地，院落的围墙边栽着杨柳，院内已成废墟。虽时隔三十载，还是能够看到被大火烧过的痕迹，以及它多年前的大致轮廓。

云初末和云皎到达江月楼时，时间已近傍晚，似血的残阳蔓延在天际间，投射到江月楼的废墟中，显得妖娆而又诡异。云皎忍不住打了个哆嗦，她挨近了云初末小声嘀咕道："这里的邪气好重。"

云初末手里拿着折扇，端详了一会儿才淡淡道："不是邪气，是怨气吧。"

云皎往他身后缩了缩，无辜水灵的眼睛望着他，试探地问："那我们还进去吗？"

云初末转头看了她一眼，唇角噙着笑意，伸手摸了摸云皎的脑袋："不要害怕，你不是要把那个讨厌鬼打扁，然后做成丸子喂乌龟吗？"

云皎立即瞪大了眼睛："你是说那个讨厌鬼……他是江月楼的？"

云初末默默颔首："我用轮回石看过，应该没有错。"话音刚刚落下，就见云皎挺直了腰板，毫不迟疑地迈步往山庄里面走了。云初末望了望已经空无一人的身侧，无可奈何地摇了摇头。

提起那个讨厌鬼，云皎现在还心有余悸："到底是什么样的人，居然残忍到拿人骨来做笛子，真是恶心死了！"

云初末浑不在意，他摇着折扇不紧不慢道："看事情不能只看表面，你怎么知道这笛子就是他做的？"

"难道不是？"云皎很疑惑，"可是他说那笛子是他的？"

云初末缓缓笑了，声音清淡温和："是他的，不一定就是他做的，你想一想，如果那笛子真的是他取人骨做出来的，丢失之后再做一个就是了，为什么还要那般在意，明知道不是我的对手，仍要冒险来抢夺？"

云皎手指抵着下巴："嗯，难道是别人送给他的？"

云初末点头赞同："有这个可能，不然也不会这般珍爱，死后还要放在棺冢里陪葬。"

云皎闷闷地哦了一声，愤愤道："这么说起来，都怪那个该死的盗墓贼！没事乱偷人家东西，还把祸事惹到我头上来！"

云初末鄙夷地望了她一眼："显然是你太笨吧？"他在前面缓步走着，虽面对鬼宅，却好似在自家的别院闲庭信步一般，“你以为他送你那支骨笛为的是什么？”

云皎绞尽脑汁地思索片刻，恍然大悟，阎刀当初偷了人家陪葬用的东西，被那只鬼魂坚持不懈地追杀，他应该是在仓皇逃命之时，走投无路跳进了水里，原来以为会必死无疑，不承想水流冲走了骨笛的气息，断了讨厌鬼追踪他的线索，他也因此保住了性命。

后来他被搭救上船之后，讨厌鬼虽然循着气息追了上来，但是又惧怕云初末的修为，只好一直跟踪在后面，不敢轻举妄动。阎刀肯定也觉察到这一点，所以才在上岸时，“好心好意”地把骨笛送给她。想通了这些，云皎气得跺脚：“该死的盗墓贼，下次再撞到本姑娘手里，我一定会打死他的！”

云初末忍不住笑了，轻飘飘地瞟了她一眼，没好气道：“你啊，外面人心险恶，做什么决定都要当心点。”

被友情背叛的云皎，满受打击地哦了一声，讪讪道：“好吧好吧，就算我暂时迟钝了一点，没有看清楚别人的险恶用心，可是你既然都知道了，为什么不提醒我？”

云初末的脚步一顿，面无表情地扯了扯唇角：“你不是喜欢吗？”

云皎简直郁闷得想撞墙，在没有遇到讨厌鬼之前，她确实是挺喜欢那支笛子的，可是这并不意味着她就一定要得到它呀，要知道云初末现在还在重伤着，万一跟讨厌鬼打架时出了意外，这让她以后怎么办？

夜晚悄然降临，周围的光线逐渐暗了下来，废墟杂草之中缓缓升起幽幽的光芒，像是一团团蒸腾的云雾，然而又能从中依稀地辨出人形来，它们看似随意地飘荡，但都在以他们为中心缓缓靠拢着。

云皎见此，不由得心想，三十年前，江月楼里到底发生了什么可怕的事情，才会致使此处怨气弥漫，仅是山庄外围就那么浓郁，可想而知山庄里面又会是怎样的一番场景？

他们迈步走进了大门，里面的情景更是一片荒芜，几乎看不到有人生活过的痕迹，入眼处是与人齐高的杂草，其中掩映着颓然倒塌的石柱和房屋，不知道为什么，即使看不到，云皎还是很肯定那些废墟之中埋藏了许多尸骸。

四周一片寂静，只能听到他们的脚步和呼吸声，云皎的精神紧绷到极点，虽然她不怕鬼魂，可是总有那么几个鬼魂长得很吓人，不是缺胳膊就是断腿的，更有甚者脑袋都被人劈成了两半，鲜血淋淋地耷拉着。感觉手指被人缓缓握住，她抬头一看，见到云初末温柔精致的脸，立即感动得都快哭了：“云初末，你真好……”

云初末瞥了她一眼，有些警示的意味：“要拍马屁的话，留着出去以后再说。”

云皎闷闷地哦了一声，立即闭嘴了，跟着他的脚步往前行，越往山庄里走，就越是阴森，怨气亦是越来越重，几乎将夜色都团团笼罩住，偶尔还能看到几个修为不高的鬼魂绕着他们飘来飘去，周围不时升起一团团淡蓝的鬼火，在寂静的半空里静静燃烧着，显得很是诡异。

云皎紧张地抓着云初末的手，四处张望着，往角落瞧时居然看见一个小孩，那小孩子不过六七岁模样，纯真可爱，跟周围的环境显得格格不入，他的身上泛着淡淡的白光，怯怯地趴在一根木柱后，小心翼翼地望着他们。

这样的地方怎么可能会有孩子？云皎一阵诧异，凝神去打量那个小孩，然而就在与它的目光相接时，她的灵魂好像被什么东西摄住，不由自主地迈步向它走了过去，刚走了一步就被云初末拉回了现实，再往那边的角落看时，小孩子已经没有了，只有一团黑乎乎看起来像是石块的东西。

“是怨灵，小心点。”云初末眉间微皱，低声提醒了一句。

怨灵是由怨气化出的一种灵，因由凡人的七情六欲所组成，所以最会迷惑人心，一旦坠入它们的陷阱里，就只能永远地沉睡在噩梦之中了。不过这种怨灵修为不高，在三界内的地位亦是低微，只能困住一般的凡夫俗子，换句话说，对于妖魔鬼怪，甚至略高一级的灵物，它们是没有办法将其拉入幻境里的。

想到自己方才差点沦落成“凡夫俗子”那一流，云皎觉得很是丢脸，不由得硬了胆气，勉强定了定心神，昂首挺胸地走在前头。云初末惊诧地望着她，伸手拍了拍她的头：“你怎么了，莫不是疯魔了吧？”

云皎白了他一眼，没好气道："你才疯魔了呢！"

云初末扯了扯唇角，耸了耸肩，无所谓地继续走。越往里深入，环境就越是令人难以忍受，由于怨气太浓，这里的光线比之前暗了许多，到处都回荡着凄然惨烈的哭号声。云皎想起酒楼大叔的话，不由得摇头叹了口气，连她这个见惯了妖魔鬼怪的人都会觉得害怕，更别说那些前来偷盗宝物的人了，即使那些人没有撞见鬼，单是听这惨号声，都会吓疯的吧？

这里的鬼魂修为都高了不少，面目惨白狰狞，带着阴森恐怖的鬼气，三五成群地在半空中飘然划过，甚至还有不知死活者上前纠缠他们，不过往往在距离三尺之外的地方，就发出一声哀号破碎在夜空中，瞬间消失了踪影。

此情此景，让云皎想起了从前听说过的一个传闻，远古时期的先辈们，其修为非现在的神魔所能比拟，甚至其中有强大者，单凭周身的霸道之气，就能令一般的鬼怪无法近身。她默默抬头望了望身边的云初末，又觉得不大可能地摇了摇头。

洪荒远古，天地衍生万物，又赋予万物以灵性，其中以神魔修为最为原始强大，两族分别居于九重天和幽冥渊之中，向来未有矛盾和冲突。却不知为何，万年前魔族首先发起进攻，誓要将异族生灵赶尽杀绝，甚至企图夺取九重天驱赶神族，神族无奈，只得肩负起守护天地的使命，拼尽全力镇压。

那场大战，神魔两族损失惨重，天地人三界皆成一片焦土，六道之中，但凡和那件事有所牵连者，无不是付出了极大的代价。由于年代相隔久远，那个时期的强大生灵，或是伤重隐退，或是永远地消亡陨落在天地之间，早已被人们遗忘，唯独剩下一个银时月，还死在了千年前的天谴之中。若说云初末和银时月早在千年前相识，她还勉强能够接受，可若说云初末是从远古时期活过来的人，这也未免太匪夷所思。

似哭似号的声音，让人听了便要起鸡皮疙瘩，云皎皱了皱眉，硬着头皮没有去捂耳朵，然而在低头时，又看到地上到处爬着断肢碎骸的鬼魂，浑身血污，脸色苍白阴森，瞪着死寂的眼睛直勾勾地望着他们。

她不由得想起了那支笛子，顿时恶心得不行。云初末的神情倒还正常，只不过一向爱干净、养尊处优的贵公子，当然不会让这些丑陋肮脏的鬼魂污了自己的眼，他脸色阴郁地举起了手，同时流紫的灵力也瞬间流溢在半空。

“你做什么！”云皎立即拉住了他，要知道云初末一出手，这些鬼魂哪里还有逃跑的可能，只需一击就能让它们全部魂飞魄散了。

云初末阴柔精致的脸庞被灵力映得泛白，他望向云皎：“你不是怕吗？”

云皎拧巴着眉毛，十分纠结，最终还是闷声说道：“算了，忍忍就过去了，他们也很可怜。”

现在，她已经有几分把握能够猜出三十年前的江月楼究竟发生何事了，看这些鬼魂大多都是断肢残骸，想必在死前曾做过一番殊死搏斗，战况之惨烈，几乎没有人幸免，冤魂积聚在江月楼中不愿散去，所以这里的怨气才会如此浓重。

同时她又很疑惑，以当时江月楼在江湖上的地位，怎会招致这样的灭门之灾？而且，发生了这样的大事，江东之地的人竟然都不知道相关的线索，实在令人匪夷所思。

他们忍着极度的恶心走到了山庄的最中央，一座巍峨壮观的高塔就矗立在那里，墨黑的身躯像一个俯视臣民的帝王，在废墟之中显得孤傲疏冷，如果所猜不错的话，这个便是当年名满天下的江月楼了。

整座塔身由巨石垒成，也因此在三十年前的那场大火中，还能保持着原来的容貌和结构，只有那些木制的门窗皆被烧毁，破碎的木片悬挂在半空中，随风摇晃发出吱呀吱呀的声响，在这寂静的夜色中，简直比那些鬼哭声更令人心悸。

云初末微微皱眉，望着这座塔拿出轮回石来，皎白的灵力四溢，轮回石上泛起淡淡金光笼罩着塔身，在江月楼的前方形成了一个巨大的幻影——

那是一个月黑风高的夜晚，熊熊的烈火几乎蔓延到山庄的每个角落，一个白衣女人站在江月楼的顶层上，望着下面的厮杀惨况露出了几近疯狂的大笑——

杀……杀了你们……哈哈……杀了你们……

她面目狰狞，炽烈的火光倒映在她的眸中，染出嗜血的残忍和悲伤。她居然在哭，泪水打湿了她的脸庞，却又在笑着，笑声冰凉而绝望，回荡在夜空中仿佛是来自地狱的呼喊。

身后的大火无情地跳动着，发出噼里啪啦的声音，她好像浑然不知一般，只是努力地向夜空伸出手去，似乎竭尽全力地想去抓住什么。

“斩言，斩言……”她的神思恍惚，连脚步都踉踉跄跄的，绕着江月楼的栏杆一直追着跑啊跑的，在跑到门口的时候，忽然顿住了脚步，不可置信地转过头，呆呆地望着对面的熊熊烈火，诡异的表情中居然露出了小女儿的欣喜和娇羞。

她微微侧着头，试探着轻轻念了一句：“斩言？”随后，像是看到了人生中最美好的画面一般，幸福满足地迈入了滔滔火海之中。

云皎蹙起了眉，有些不忍心：“这……”

还没说出口，只觉云初末立即揽住了她的腰身，纵身一跃，退到了数丈之外的空地上。与此同时，方才他们站过的地方，白光乍然一闪发出巨响，地面上顿时就裂开了一道深壑。

“哈哈哈……哈哈哈……哈哈哈……”

无穷的夜空中飘荡着疯狂的笑声，一个白衣女子从塔顶之上缓缓落了下来，素白的衣袂像是绽放的雪莲花，她的长发肆意飘散着，脸色泛着死寂的白光，像是一张惨然的白纸。她落在地上，手里持着宝剑，神色凄厉冰冷：“入我江月楼者，杀无赦！”

云皎顿时一愣，眼前这个女子身上鬼气森森，同时还带着滔天的怨恨，而且更重要的是，她就是方才轮回石中显现出来的那个姑娘。

白衣女子带着杀气向他们缓步走来，脸上阴郁冰冷到极点，然而在她的目光触及到云初末的时候，忽然愣住了，宝剑当啷一声掉落在地上，她却浑然不觉，只是失魂落魄地向云初末走近，嘴里喃喃地念着：“斩言斩言，你终于来了，我就知道，你一定会回来的……”

云初末皱了皱眉，没有吭声。云皎望着这两个人，不由得一阵疑惑，什么情况，难道云初末曾经背着她在江月楼里惹下了一桩风流债?

想到这白衣女子刚才站在江月楼顶上，失魂落魄地念着“斩言”这个名字，又联想到酒楼里，有人说起过江月楼主曾经疯了的传言，她微微沉吟：嗯，云初末混迹江湖的名号还真不少，云初末无故惹桃花的本事还真不小。

她抬起头刚想跟云初末说话，见到眼前的情形顿时吓了一跳，云初末和那个白衣女子都不见了踪影，现在站在她面前的，是那个六七岁的小孩子，他的身上穿着锦红的衣袍，泛着隽永宁和的白光，和周围的黑暗死寂显得格格不入，他微微偏着头，用虚无的声音问道："其实，你很恨吧？"

"嗯？"云皎一呆，有些莫名其妙。

云初末说这小孩是怨灵，除了迷惑人心没有什么能耐，所以她不敢再去看他的眼睛，尽量避开他四处找寻着云初末，可是山庄里一片黑暗空寂，她沿着道路找了许久，就是见不到云初末的身影，甚至连一点点声音都没有。

她顿时感到害怕了，难道云初末出了什么事情？还是……还是正在跟那个女鬼在一起……

望着空洞漆黑的山庄，她突然意识到自己现在正独自身处怨气森森的鬼宅，顿时冷汗涔涔，不由得加快了脚步，心里却渐渐升起一丝黯然和落寞，虽然知道不大可能，还是忍不住要去想。

其实她心里明白，以云初末的能耐，即使那个女鬼再厉害，也不可能是他的对手吧？所以他能出什么事情呢？

一直以来，云初末无论有什么事情都不会跟她说，就拿以禁忌之术为他人画骨重生来说吧，那些被幻梦长空之境吞噬的魂魄到底去了哪里，云初末收集那些魂魄又去做了什么，她都一概不知。

夜晚的死寂让她开始发慌，因为太长时间找不到云初末，着急和害怕的情绪简直让她方寸大乱，一个念头隐隐浮现在她的心头。

难道，是为了那个女鬼吗？云皎的脚步顿了下来，伫立在晚风中怔怔地发呆，她感到自己的身体开始发冷，此刻心心念念的只有一件事，云初末收集那些魂魄，莫非是为了方才的那个白衣女子吗？

耳畔传来若有若无的叹息声，云皎吓了一跳，抬眸便看见了那个小孩，他飘荡在半空中，一直阴魂不散地跟着她，好像要把她一点点拉入地狱一般。

"你果然……还是恨着的……"虚无的声音，更像是来自她心底的自语，云皎怔住了，恨？恨谁？云初末吗？怎么可能！

她捂着耳朵坚定地摇了摇头，江月楼毁在三十年前的夜晚，那时候她和云初末是在一起的，所以他不可能跑到江东来，更不可能沾惹上江月楼的是非。退一万步来说，就算他跟那个女子真的有些瓜葛，也不可能把她一个人丢在鬼宅里不管不问。

那么，到底是哪个地方不对了呢？云皎蹲在地上，绞尽脑汁地回想着，她记得先前云初末拿出轮回石查看了江月楼的过往，然后有个女子突然出现袭击了他们，但是那女鬼在看到云初末之后，就放下了手里的长剑，一直唤他为“斩言”。

对，就在这里，那时她正失神思考云初末和那白衣女鬼的关系，再次抬头就发现他们两个都不见了，到底是哪里出现了问题？

“你在嫉妒，他心里的那个人是谁，你很想知道……”那小孩还在她耳边喋喋不休地说着，甚至她都能感到他从耳畔划过的风声，空虚的声音带着来自幽冥的阴森，冷得让人发颤。

云皎很是烦躁，捂着耳朵恨不得大叫：“嫉妒个鬼啊，我不要听，一点也不要听，你快给我滚开啊！”

她现在一心只想找到云初末，却忽略了一直以来都应该引起自己注意的事情，她平时的脾气虽然不太好，但也不至于动不动就发脾气，可现在她不但控制不了自己的情绪，还抑制不住那些消极灰暗的想法。

她痛苦地蹲在地上，极力控制着自己的意念，想要把怨灵的声音清除出去，但是脑海中的另一个声音却渐渐地浮现出来——

姝好……姝好……

这是云初末的声音，是她从未听到过的深情款款而又小心翼翼的声音，云皎捂着耳朵紧紧缩成一团，身上发冷，腿脚酸麻，失魂落魄地坐在了地上，怔怔地听着他的低喃。

是的，这是云初末的声音，在他重伤昏迷的时候，睡梦之中浅吟低念着的名字。她从不知道他们之间还有这个人的存在，可是，这个人却是云初末心里最重要的人。这个人是谁，和云初末有着怎样的关系，现在又去了哪里，为什么她从来都没有见到过，也从来都没有听云初末提起过，未来……未来是不是又会突然出现……

她感到自己很害怕，一种即将被丢弃的感觉紧紧包围着她，那个名字像是恶毒的诅咒束缚了她的心，她迷茫其中，无论如何怎么都走不出来。

“你想知道她是谁吗……”怨灵的声音再一次响起，带着阴森蛊惑的力量。

云皎缓缓抬起头看向了它，在对上怨灵瞳孔的一刹那，她仿佛坠入了一个无尽的深渊，并且要永远地坠落下去。

身上传来阵阵刺痛，四肢酸软虚弱得根本抬不起来，云皎不适地皱了皱眉，勉强睁开眼睛，映入眼帘的是一片灰蒙凄然的天空，铅色的雾霭笼罩着整个大地，长空之上厚重的乌云缓慢翻滚，仿佛正向大地倾压下来。

她吓了一跳，混沌的头脑瞬间清醒了不少，挣扎着从地上站起来，然而等她看清了眼前的景象时，又顿时愣住了。

这是一个极其诡异的地方，无数石块像是被某种奇异的力量控制一般，静止地飘浮在半空中，地面干涸生出一道道深壑般的裂纹，足以陷足的裂纹彼此相连构成了一张巨大的地网，地面上亦有许多石块，如同光滑圆润的种子，看似毫无章法地排列着。

整个天空阴沉昏暗，雷电刺穿厚重的云层不间断地闪烁，击打在浮于空中的石块上，粉碎的石块纷纷掉落下来，滚雷阵阵，在远处的天际发出一声声沉闷的声响，仿佛就要连接地面，沉寂肃杀的环境中，到处都布满了古老而腐朽的气息。

她被眼前的一切惊住了心神，下意识地朝四周望去，可惜目光所及除了乌云和雷电外，就只有无数块冰冷的石头。一种恐惧感渐渐萦上心来，云皎踉跄迈了几步，她感到害怕，同时对这个地方又有一种莫名的熟悉感，好像她从前在这里待过很长一段时间。

她想起自己先前一时大意中了怨灵的圈套，看这情景，此处应该是怨灵的幻境吧。

怨灵这种灵物，自身的灵力并不高，但是它擅长利用人心，经常编织幻境让人陷入自身的噩梦之中，当陷入噩梦中的人感到悲伤和绝望之时，它就会趁机窃取人类灵魂的力量来强大自身，直到那个人魂力枯竭而死，它才会选择下一个猎物，所以只要在幻境中保持冷静和乐观，怨灵是拿她没有办法的。

意识到这点，云皎这才好受了许多，她勉强定了定心神，小心翼翼抬步向前走着，大致观察了周围的环境，不由得在心中一阵诧异。虽说这里是幻境，可是据她所知，怨灵只能编织出堕入噩梦的人有关的事物，也就是说，这个幻境是曾经存在的，而且是她从前见到过的一个地方。

云皎绞尽脑汁地思考了许久，都没想起来自己到底是什么时候来过这里，不过不管如何，在这个幻境里无论是磕着了，还是伤到了，都是真实的，所以她要在云初末来救她之前保住一条性命，否则就真的会死在这里，永远也出不去了。

就在她思考这些的时候，耳畔忽然传来一声清脆的爆裂声，等她循声望去的时候，只见脚下的一颗石头上裂开了淡金的缝隙，从中居然挣扎着钻出一株嫩芽来，纤细羸弱的嫩芽疯狂汲取着周围的灵力，曼妙的身姿不断抽枝发芽，最后缓缓绽放出一朵花儿。

云皎简直惊讶得说不出话来，她呆呆地站在原地，瞪大了眼睛望着面前奇异的景象，只听得爆裂声此起彼伏，千万颗石头轻颤着裂出细纹，不断有嫩芽从中萌发出来，最后，繁花似锦一直蔓延到天边。

几乎是一盏茶的时间，原本阴森可怖的土地已然被花海覆盖，这些花儿分为赤红和皎白两种，赤红妖冶，皎白圣洁，像是即将展翅飞舞的蝴蝶，又如恭敬虔诚祭拜天神的双手，它们热情洋溢地争相绽放，在微风中轻舞摇曳着，好像永远也没有穷尽。

不知道为什么，云皎身处其中，她竟能分明地感受到这些花儿的思想，它们在为新生欣喜欢舞着，如同初生的婴儿，洋溢着充沛的灵力，不断摇动着枝叶向周围的同伴亲昵地争相呼应，虽然生长在这么昏暗阴沉的地方，但这一点儿也不影响它们相爱。

云皎一阵疑惑，怨灵把她带到这里见到这样一番景象，究竟有什么目的？

不过不管是什么目的，总之它不会费这么大力气，只是为了请她来赏花吧。想到此，她干脆坐了下来，反正兵来将挡，水来土掩，只要她紧守自己这一关，不让自己被幻境迷惑，那只怨灵就根本拿她没有办法。

“不知道云初末现在在哪里……”她坐在花丛中，喃喃自语说了一句，想起自己竟然会因为云初末念了一个陌生的名字就大意中了怨灵的圈套。云皎很是郁结，不由得在心中暗骂云初末那个祸害，自己在外面拈花惹草，到头来却是连累她倒霉。

“你已被遗忘……他是不会来救你的……”怨灵空无的声音再一次响起，云皎赶紧站起来，抬眼便见那只怨灵从空中隐隐现出身形，飘浮下来站在自己眼前，一身锦红衣衫，看上去是那么纯良无害。

“你休想再骗我，云初末他肯定会来的！”云皎不服气地嘟了嘟嘴，可能是因为对方看起来像一个小孩子，所以潜意识里放下了警惕。

“是吗？”怨灵的唇角勾起冷淡的笑意，那是一种带着死亡气息的、来自地狱般幽凉的嘲讽。

它目光清淡地望着云皎，轻轻开口说道：“那你到底在怕些什么呢？”

云皎被问得一愣，虽然她很不想承认，但这是事实。是啊，她到底在怕些什么呢？

如果她不曾感到恐惧害怕，就不会被怨灵钻了空子带到这个鬼地方来，回想早先看到云初末和那个白衣女鬼的场景，以及听到云初末轻声低喃那个名字时的模样，她的心里直到现在还在隐隐地不舒服。

是的，她在害怕，她很怕云初末总有一天会离开自己，她害怕云初末有一天不再是她的云初末。可是，云初末怎么可能会不要她呢？过去百年的时间，尽管云初末对她总是懒洋洋的，有时候连搭理都不太想搭理一声，但是只要她喜欢的、想要的，他都会为她拿来。

想到这个，云皎甚至有些沾沾自喜，她仰起脸对那怨灵道：“你别白费力气了，我现在一点也没有在害怕，也不会再上你的当，还有啊，我劝你还是快点把我放了，不然等云初末来了，你连活命的机会都不会有。”

这怨灵显然是忌惮云初末的，但是又不甘心把送到口的肥肉就这么放了，于是它冷淡地轻哼了一声：“愚蠢的人类……”

它的身形与声音一同消散在昏暗的夜空中，与此同时，周围的景色迅速流走，仿佛碎片般大块大块地融化在空气中，旧的幻境消失殆尽，光线也渐渐亮了起来，不多会儿，云皎的周围又出现了另一番场景。

这里依然是一片花海，不过与方才不同的是，这个地方一望无垠皆是那种赤红的花朵，妖冶美艳，远远望去如同平铺在地面上的织锦红毯，十分晃眼。

由于光线亮了起来，云皎这才真正看清这些花儿，她从未见过像这样热烈的花儿，如火如荼地开满山野，随风轻轻摇曳着，在夕阳下美丽动人，更让她感到惊奇的是，虽然她不记得自己曾经见过这种花，但是在依稀的感觉中又非常熟悉，好像冥冥中和它有着根深蒂固的牵连一般，亲切、自然，一种舒服的感觉犹如涓涓流水划过心间。

旷野的微风轻轻拂过，她闻到了一丝鲜血的气息，有血腥就意味着此处有人，云皎心中一动，循着气味不断向前走着，目光所及处，她只能看到前方有一座走势平坦和缓的高坡，如果站在上面眺望的话，说不定还可以看到附近的村庄或人家。

想到这里，云皎连忙加快了脚步，但是在走近的时候，她发现前方的高坡上似乎站着一道墨色的人影，再走进一些，只见那人颀长的身姿伫立在花丛中间，优雅的衣袖随风微微飘着，没多会儿又蹲了下去，不知道在做些什么。

不管对方是谁，在这么一个鬼地方若是能看到人，就说明还有存活下去的希望，于是云皎目标明确地向那个人走近，然而在相距两三丈的地方，她渐渐放慢了脚步，站在不远处望着那个人有些发愣，虽然只是一个背影，但是云皎很肯定，这个人就是云初末。

她心中大喜，笑嘻嘻地朝他直扑过去，还不忘咕哝地抱怨了一句：“我就知道你会来的，真是慢死了！”

然而下一刻，她的身体像是透明般穿过那个人，踉跄了一步差点跌倒在花丛里，她稳住身形不可置信地转头看时，这才注意到这个“云初末”和她认识的那个云初末除了容貌相同之外，其他的一点也不同。

此时他穿着墨紫色的衣袍，紫貂裘衣搭在肩上显得华贵而威严，紫金冠饰绾着墨发，从中引出的金色流苏顺着未绾的长发倾泻而下，精致阴柔的眉目间流露着冷冽逼人的英气，他坐在花丛中间，怀里抱着一个女子，神色肃穆悲伤，嘴里呢喃轻唤着："姝好……"

云皎听此瞪大了眼睛，下意识地朝那个女子看去，可是不知怎么的，无论她怎么努力集中精神，就是看不清那个女子的面容，只知道对方穿着一袭墨黑的长裙，裙摆处赤红的花朵倾泻而下，浑身上下氤氲着绝代风华，仿佛是这漫天花海中最为灿烂艳丽的一朵。

云皎看不清这个人，却很肯定这个女子一定有着倾国倾城的容貌，此刻她静静地躺在云初末的怀里，浑身狼狈血污，平静地遥望着天际的夕阳，气息奄奄。

震惊地注视着这个女子，云皎的心底隐隐生出莫名的哀痛，眼前这个人所遭受的痛苦和劫难，那些加诸在对方身体上的累累伤痕，她都好像感同身受一般，她下意识地捂了捂胸口，心里突然很不是滋味，她很难受，有些东西让她很害怕面对，迫不及待地想要逃离。

"很恨她吧……其实你很恨她吧……"怨灵带着蛊惑的声音再一次响在了耳畔，云皎一怔，她定定望着自己面前的那两个人，有些惧怕地往后退了退，脚步绊到花枝上，她踉跄着跌坐在地上。

恨她？云皎心里一片迷茫，为什么要恨她呢？即使云初末喜欢这个人，到现在还依依不舍地念着人家，即使云初末注视着这个人的眼神，是从未对她表现过的温柔和深情，她又有什么好痛恨的呢？

云皎埋下了首，脸上居然有泪水无意识地划过，她连忙伸手去擦，手上湿润的触感提醒着她自己现在正在做什么，她有些不可置信地望着那个墨衣女子，她在哭，她居然在为了这个女子哭。

没有嫉妒，没有埋怨，更没有痛恨，而是悲伤怜惜，这种深沉的感情似乎一直埋藏于她的灵魂深处，从来都没有消失过，只是暂时被她忘记了。而现在，她明显地感到体内某些东西正在渐渐苏醒，她竟是那么渴望与这个女子接近。

她很痛苦，望着这个女子就像在注视着不堪回首的自己，她隐约觉得有什么重要的东西被她遗忘了，那是她宁愿死都不想面对的东西，所以她想逃离，远远地离开这里。

“恨？怎么可能？”云皎埋着首，指尖收紧的力道刺痛了手心，她淡淡地说着，“你别白费力气了，就算云初末喜欢她又怎么样，你难道以为我会为了这件事就陷入噩梦之中，永远地活在痛苦和怨恨里？”

她摇了摇头，因为长时间待在怨灵的幻境里，对于精神的消耗极大，所以疲惫地叹了口气：“虽然不知道是为什么，总之我对他们是没有一丝怨恨之心的。”

周围的景致迅速流走变化，那些火红的花朵像是融化在夜空里，渐渐湮灭了踪影，不多会儿，眼前又陷入了无尽的黑暗，漆黑如浓墨的夜晚。

“哼哼哼……”怨灵的冷笑声寒得掉渣，回荡在寂静的夜空中，让人忍不住打战，“愚蠢的人类，总是这样口是心非。”

“我才没有口是心非！”云皎很气愤，她干脆在黑暗中盘腿坐起来，“倒是你，让我看到这些无非是想让我陷入绝望之中，我告诉你这是不可能的，云初末一定会来救我的！”

云皎的不配合让怨灵很愤怒，它自成形之日起，还未曾遇到过精神力这样强大的人类，亲眼看到心爱之人与别的女子在一起，这个女人居然一点点嫉妒和愤怒都没有，在未找到她的精神缺口之前，它也不得不跟对方杠上了。

“其实我觉得你挺可怜的，三十年前江月楼发生了什么，你应该是清楚的吧？”怨灵没有接声，云皎有些挫败，现在被关在这么黑暗寂静的地方，一开始她还能勉强定住心神不被怨灵所迷惑，时间一长就不一定了，不知道云初末还要多久才能找到这里来，她现在唯一能做的，就是在他到来之前保证自己不会崩溃掉。

她想起在酒楼里，那位蓝衣大叔说过关于富商的传闻，她灵机一动，大致找到突破口，于是云皎再接再厉地开口找怨灵说话：“我知道人一旦死了，灵就会消散，魂魄也会归于忘川，江月楼里到现在还聚集着这么多鬼魂，除了那些死去的人还心怀怨恨之外，其实也在守护着什么吧？”

怨灵听此，果然不悦地冷哼了一声，它是怨灵，当然越是消极的情感对它就会越有帮助，可是那些愚蠢的人即使死了，还是坚守着那些可笑的信念，若非如此，它也不至于修炼三十年还是现在这副模样。

云皎听到它的回应，耳朵都差点欣喜地竖起来了，她果然没有猜错，那些死去的人对江月楼依然保持着忠心，即使死后由于怨恨变成恶鬼，也没有放弃心中的执念。这只怨灵既然是他们的怨气所化，那么也一定跟他们的感情紧密相连，所以只要她循循善诱，激发出那些鬼魂的良善忠诚之心，就是对这只怨灵最大且最有效的打击。

她绞尽脑汁地思考，该怎么样才能不动声色地勾起他们的善良之心呢？片刻之后，她的眼珠一转，露出了一个很讨人喜欢的笑脸：“你认识江月楼的楼主吗？她是一个什么样的人？”

怨灵没有作声，云皎自以为很了解地开口：“其实我刚才见到她了，呃……除了剑法太好之外，她还算温柔可亲。”

话音刚落，怨灵冷哼了一声，忍不住反驳：“你以为那女人是楼主，若她是楼主，那些死鬼何必还要守在这里？”

云皎脑中的弦触动了一下，这句话里似乎包含着许多信息，她将这些字反复咀嚼斟酌了好几遍，最终得出一个结论：“其实那个叫‘斩言’的，才是江月楼的楼主？”

怨灵又不说话了，云皎盘着腿，丝毫不为自己现在的处境感到担心，还颇有唠家常的意思：“江月楼的楼主肯定很厉害，待人也很好，不然也不会有那么多人死心塌地地跟着他。”

她在说这些话的时候，脑海中噼里啪啦地打着算盘，跟随江月楼主的那些人，都死去三十年了还不愿离开，就是为了能够守护山庄旧宅，那么，江月楼主现在在哪里呢？如果江月楼主还存活于世，他肯定会为江月楼报仇，毕竟是灭门之灾，不可能会销声匿迹三十年，连面都不曾露一下。

这么说，这个叫作“斩言”的人其实已经死了，那么他的鬼魂现在是已经归于忘川，还是在凡间流落着呢？想到这里，一个念头从她的脑中一闪而过，那个讨厌鬼，和江月楼是什么关系？

虽然那时云初末正有重伤，但是能够承受起云初末那一击的鬼魂，放眼天下，绝非等闲之辈，回想起那个人身上不凡孤傲的气质，云皎默默地想，那个讨厌鬼莫不就是江月楼的楼主吧！

如果是这样的话，那就更奇怪了，讨厌鬼身上负有灵珠，即使是阳气最盛的午时，都敢露面跟云初末打架，这样强大的鬼魂，不可能不知道江月楼里的事情，既然如此，他为什么不回江月楼呢？明明有那么多属下殷切盼望着他的归来……

还是说，三十年前江月楼覆灭一事，有着更深层次的恩怨纠葛？想到此，云皎试探地开口："我好像……嗯，其实我也不确定自己见到的是不是江月楼的楼主，那时候有个盗墓贼偷了一支骨笛，在半路分别的时候他把它送给我，之后就引来一只鬼魂追杀过来。"

怨灵听此一愣，空虚的面容下并未有太多的感情，不过那一瞬的触动还是被云皎捕捉到了，她在心中大喜，觉得自己距离摆脱噩梦的日子不远了。她继续含糊地道："那时他跟云初末打了一架，还说那支笛子是……"

云皎一顿，强忍着心中的恶寒，差点呕吐出来，还是咬牙坚持道："萧萧的人骨。"

"不要再说了！"怨灵终于暴怒，云皎甚至都能感觉到周围灵力的紊乱，这一次她果然赌对了，讨厌鬼居然真的是江月楼的楼主。

她连忙抓住机会道："我知道他在哪里，你想不想见到他？"然而云皎显然是低估了这只怨灵的能耐，听到这样的建议，它的唇齿间渗出怨毒阴寒的冷笑声："哼哼哼，愚蠢的人类居然想要逃跑呢，你……下地狱去吧……"

云皎只觉得自己的脚下一空，身体朝下面无尽的黑暗中直直地坠落下去，耳畔是冰凉而绝望的风声，呼啸着从她的身边划过，掀起衣角发出猎猎的声响。

云皎感到自己的心里越发地空，她不知道自己将要下落到何时，也不知道自己将会坠落到何处，只是对于黑暗和降落的恐惧，令她不由自主抓紧了手，这才发现原来自己的手心里早已被冷汗浸湿。

她苦涩地笑了笑，这下糟了，都怪她自作聪明惹恼了怨灵，不晓得在她被摔成肉泥之前，云初末还来不来得及。想起云初末，她现在只觉得一片茫然和灰暗，不由得生出一丝酸涩的情绪来。

脑海中不断浮现出刚才看到的情景，夕阳下的花海中，云初末和那个叫作姝好的女子缱绻依偎在一起，他是那样珍爱和不舍，抱着重伤垂死的姝好，眉宇之间尽是悲痛和凄楚，恍若被他呵护的那个人是这世上最为宝贵的存在，甚至她都忍不住想，如果有一天她死了，云初末会不会这样为她难过？

她不知道这究竟是怨灵编织的噩梦，还是云初末确实遭遇过的曾经，可是，那个画面实在太美了，美得让人忍不住要去嫉妒……她缓缓地闭上了眼睛，身体中陡然传来一阵疼痛，原来那只怨灵到现在还没有放弃计划，打算以这种方式让她绝望，现在终于找到她精神的空缺处趁机钻了进去。

怨灵贪婪地闯入了她的灵魂，这种近于毁灭般的碰撞让云皎差点哭出声，以前在明月居的时候，她的每一次受伤，云初末都会在第一时间赶过来，她觉得疼了，云初末也总会想办法逗她开心，让她忘记伤口的疼痛，可是现在，她明明都那么疼了，云初末却不见了踪影。

一滴泪水从云皎的眼角划过，温热的触感让她找回一些理智，从而睁开了眼睛，她能清楚感觉到怨灵正在汲取她的魂力，那些束缚魂魄不会消散的力量源源不断地流失，与此同时，她的灵魂也在慢慢地衰弱黯淡下去。

云皎虚弱地轻咳了一声，她知道再这样下去，自己将会面临怎样的危险，不过被怨灵吸食魂力致死，总比摔在地上变成肉泥惨死要强许多吧。想到这里，她又重新闭上了眼睛，如果云初末能赶来，她还有救，如果真的来不及，她也不至于死得太痛苦，怎么算都是她比较占便宜。

失去了魂力的支持，云皎越来越虚弱，就连清醒的神思都维持不了，散乱的思绪漫无目的地游荡着，最后定格在某一个画面之上。红色的残阳蔓延在整个天际，赤红的花海映衬出一片血色，云初末抱着怀里的女子浅声低喃，声音温柔恍若来自亘古时期的召唤——

姝好……姝好……

云皎用仅存的思绪自嘲地苦笑了一番，同时还在心里埋怨这只怨灵怎么这样没用，连死都不想让她安心快乐吗？

“云皎……”隐约中，云皎听到有人呼唤着她的名字，声音急促紧张，似是在焦急寻找着什么，她没有反应，只是在回想这个人是谁呢，还有什么人会为她担心难过？

“云皎——”这声音渐渐清晰了起来，她的手指微微一动，觉得这个人的声音有些熟悉，只是暂时想不起来究竟是谁。

她张了张口，想要回应对方，却发现自己现在连说话的力气都没有了，只得努力地朝声音的来源处艰难伸出手去：“云……初……末……”

她听到自己一字一顿地念出了一个名字，然后混沌的脑海中瞬间划出了一道亮光。云皎猛然睁开眼睛，望着眼前浓墨的黑暗，一颗心全然被喜悦和酸涩充盈了起来。她艰难地再次开口：“云，初，末……”

声音微弱，刚说出口又被吞没于广袤宽阔的黑暗中，可她还是没有放弃，像是抓住了一根救命稻草般，用尽全身力量来挽救自己最后一缕生机：“云，初，末……”

她低低地念了一句，咬了咬牙，拼尽全力控制意念，打算把怨灵从自己的灵魂中驱逐出去，她在心里默默地告诉自己，云初末已经来救她了，所以，她怎么可以在他没来之前就死掉？

她还有好多话要跟云初末说，还有大把的日子可以跟云初末一起度过，天南地北，从大漠黄沙到烟雨江南，有那么多的美好等着她和云初末一起去看，她怎么可以在什么都没有看到之前，就这么憋屈地死掉？

“哼哼哼……”灵魂里，夺取她魂力的怨灵再一次冷笑起来，现在的它似乎强大了许多，潜伏在她的灵魂深处，对她肆意嘲讽，“一个双手沾满血腥的人，居然还想得到美好？”

云皎一愣，双手沾满血腥？说的是……她吗……

她不记得自己曾经伤害过谁，虽然云初末曾教过她一些术法，但是她却没有真正与人动手过，更别提怨灵口中“双手沾满血腥”了，若是严格说来，在过去的岁月里，她杀过许多鸡鸭鱼，哦，还吃过不少新鲜肥美的猪肉。

怨灵紧紧地抓着她的灵魂不肯放手，双方撕扯的力量让云皎痛得想要死掉，有那么一瞬间，一个念头从她的脑海中迅速闪了过去——

杀了它，只要把它杀死，她的灵魂就能得到解脱。

她感到自己身侧的风正在逐渐变暖，这就意味着她已经快坠落到黑暗的底端，云皎心中大急，痛苦的挣扎和求生的意志让她不顾一切地想要挣脱束缚，奔向正在黑暗中焦急找寻她的云初末。

黑暗中，一朵墨色的凤羽花悄然绽放在她的额间，纹络古朴典雅，连接着现今与远古洪荒时期的邪魔印记时隐时现，仿佛在极力想要冲破什么。痛彻心扉的感觉，让云皎忍不住轻哼出声，她害怕自己会被怨灵杀掉，她害怕自己会被摔成肉泥，她在想，该如何才能把这只怨灵从她的身体里驱逐出去。

“来吧，跟着我，你以后都不会觉得孤独了……”这是一个陌生的声音，却无比清晰地响在她的耳边，云皎下意识地瞪大了眼睛，透过层层厚重的黑暗，恍若看到了说话的那个人，他穿着一袭墨色的衣衫，身姿挺拔坚毅，正在向她伸出手，缓缓地笑着。

一种异样的感觉从她的体内穿透而过，她紧紧握着手指，集中所有的思想要去看清那个男人的面容，可惜他们之间却始终隔着混沌的雾霭，她看不到他的脸，却清楚地知道他正在笑着。

“啊——”

无边黑暗的寂静中，突然卷起一阵狂风，压在喉间的声音终于爆发出来，一股力量从她的体内喷涌而出，瞬间驱逐了盘踞在她身体里所有的阴暗和怨气，被怨灵束缚压迫的灵魂陡然轻松下来，僵硬的四肢虽然酸疼不已，但已经能够自由活动。

那股奇异的力量犹若流动的小溪，滋养着她干涸的身体，冰寒幽凉却令人无比舒服，可惜那些被怨灵吸去的魂力，却再也回不来了。

被驱逐出去的怨灵，往后踉跄了好几步才稳住身形，它飘荡在半空中，震惊地望着坠落下去的云皎，不禁失语道："你竟是……"话还没有说完，它突然感到一股强大的力量正在逼近，尚未来得及逃跑便被灵力牵制住了身形，并且被那股灵力朝下面的黑暗迅速拉了下去。

黑暗之中，云初末长眉紧蹙，一边辨识着云皎的气息，一边急速地跟着坠落，隐约听到缕缕浅淡的呼吸声，他下意识地伸出手去，一把揽过云皎的腰身，将她紧紧抱在了怀里。云皎虚弱地轻哼了一声，还不忘苦笑着埋怨道："云初末，你……真的好慢……"

云初末偏过头，微凉的侧脸贴在云皎的额上，他沉默片刻，温柔低沉地开口："不要说话。"

即使他不说，云皎也已经说不出话了，被怨灵夺去了太多魂力，她现在仅剩下一点点力量来维持魂魄，不让它们消散逃脱出去。不过还好，靠在云初末怀里的云皎虚弱地笑了一下，他最终还是来了，赶在她死去之前救了她一命。她觉得自己很累，先前紧绷的思想也因云初末的到来瞬间放松下来，于是安心地靠在他的怀中，嗅着他身上特有的好闻的幽香，昏昏沉沉地睡了过去。

半空中的云初末微微蹙眉，揽着云皎的腰身缓缓落在地面上，素白的衣袂犹若盛开在午夜的白莲，他反手一扬将那只怨灵牵引到面前，目光冰冷地注视着它："现在我给你两条路，要么你把魂力还给她，要么，我帮你把魂力还给她。"

他的声音轻缓，却带着不容置疑的威严，怨灵的身体被死死地禁锢在半空中，却还在奋力挣扎着，它冷冷一笑："怎么选择我都会死，既然这样，你以为我会笨到牺牲自己，去救她一命？"

听到这样的回答，云初末却也不恼，他的唇角勾起幽凉绝情的笑意，缓缓开口："这么说，你是选择后一种了？"

怨灵自身的灵力虽然不高，但是，一旦它躲在自己编织的幻境里，想要找出它却也没那么容易。云皎被怨灵拉入幻境之后，云初末在外面徘徊了许久都没能找到可以进入幻境的线索，幸好那时怨灵被云皎用计挑拨，暂时紊乱了灵力，云初末才得以循着他们的气息，劈开一个入口进来，若非如此，他也不至于耽搁这么久都没来救她。

怨灵也是肯定了这一点，所以才这么毫无忌惮地跟他说话，它以为如果自己死了，这两个人就会被永远困在幻境中出不去，有了这样一个好筹码，它当然要拿来威胁利用一番，说不定还可以得到意想不到的好处。可是有一点它失算了，眼前这个人，现在就站在它的幻境里面。

云初末微微抬手，紫色的灵力紧紧地束缚着怨灵，像是要将它即刻凌迟的刀刃，冰寒阴森中透漏着隐隐的杀气。怨灵的脸色一变，一直没有表情的脸上第一次闪现出惧怕的神色："你……你要做什么……"

它不断地奋力反抗，奈何它的这一点小修为在云初末面前简直不值一提，灵力化成的绳索还在不断收缩着，将它的身体勒成一团，它不堪忍受痛苦，咬着牙抬起了头："你该知道，如果我死了，你们永远也出不去！"

直到现在，这怨灵还想垂死挣扎，并且摆出了自以为诱人的条件，企图跟眼前这个人交换条件，它望着云初末的目光充满了贪婪和狡黠："你的身上有着比这个女人浓郁千百倍的血腥和煞气，如果肯分给我一点，我就把魂力还给她，还会把你们从这里放出去，如何？"

云初末的脸上没有任何表情，对于怨灵的话也恍若未闻。他容色淡然，轻缓的声音低念着："还不错呢，你居然能看出我的身上有煞气，不过有一点，你好像看错了哦。"

他的唇角泛着笑意，凄然冰冷，毫无一点怜悯之心："我身上的血腥比起这个女人，何止区区千百倍。"话音未落，云初末的手骤然收紧，灵力也随着他的意念紧紧地勒着怨灵，他的脸上由始至终都保持着优雅从容的微笑，如同凌驾于众生之上的主宰，傲然冰冷，不可一世。

明明只需要轻轻一捏，他就可以毁掉眼前碍事的怨灵，可是云初末却一点儿也不心急，甚至都没有考虑到怀中云皎危急的境况，他现在唯一想做的就是慢慢折磨它，仿佛注视着别人的痛苦，能够带给他无尽的欢愉。

"你……"怨灵痛苦的面容几近扭曲，它终于意识到自己面对的是怎样可怕的一个人，所以在这样的情况下，它不得不收敛自己的贪婪，只求能从这个人的手上保住性命，“求求你，留我一命，我……我现在就放了你们。”

云初末细不可闻地哼了一声，周身氤氲着优雅决绝的气势，冷淡疏离的表情像是在嘲讽，他轻轻地开口，犹如自言自语一般：“现在才知道忏悔，好像已经晚了呢。”

灵力死死地勒着怨灵，将它的身体扭曲成十分诡异的形状，鲜红的血迹从它的衣物上不断渗出，难以承受的痛苦让它的脸色惨白，冷汗划过脸颊，甚至它丝毫都不怀疑，再过一刻，自己将会被这灵力拦腰斩成两段。

“你……你杀了我吧……”怨灵抬头祈求地望着他，从牙缝里艰难挤出几个字。作为怨灵，一向只会令别人陷入噩梦和绝望之中，可是如今，蚀心的痛苦一点点侵占了它的心扉，对于被拦腰斩断的恐惧，驱使它现在只求能够痛快死去。

“杀了你？”云初末倒是有些意外，他的长眉微挑，带着漫不经心的语气，“如果杀了你能够令她好起来的话，我倒是不介意脏了自己的手。”

他淡淡地说着，对于怨灵现在凄惨绝望的模样很是满意，凉薄的唇微微轻启，像是宣告死亡的恶魔：“我长离的东西，也是你能碰的吗？”

“啊——”怨灵面目狰狞，再也忍受不住痛喊出声，它仰着脖子张大了嘴，大口大口地喘息着，灵力紧紧地勒着它的身体，鲜血淋淋的皮肉绽开，染红了外面的衣物，伤口处甚至可以清晰地看到它腰上的白骨。

“求——求求你，杀了我啊——”怨灵紧咬牙关，从唇齿处喷出猩红的血迹，它的面容扭曲，望着云初末的目光痛不欲生。

云初末微笑着注视着这一幕，精致阴柔的面容下，没有丝毫的怜悯和不忍，任谁都不敢相信，这个美得惊心动魄的贵公子，正在云淡风轻地做着一件极其残忍血腥的事。

“嗯……”痛楚微弱的呻吟传来，靠在他怀中的云皎无意识地动了一下，又沉沉地昏了过去，云初末颀长的身体一僵，他愣了片刻，低下头似是疑惑地轻念着：“……云皎？”

他不确定地垂眸看了怀中的人一眼，原本清淡残忍的眉目中瞬间闪现出某些晦暗不明的神色，这一次，他终于不再迟疑，冰凉的目光猛然扫过不远处的怨灵，右手中紫色的灵力不断凝聚，从中缓缓现出一件物什来。

这是一柄奇异的长剑，通体墨黑又带着阴鸷妖冶的深紫，像是寂静燃烧的幽暗之火，剑身上雕刻着古朴典雅的纹络，从中涌出的煞气不断环绕在剑锋周围，氤氲出令人心悸的气息。

他揽着云皎缓步向怨灵接近，精致面容早已不见方才的残忍和嗜血，更多的是收敛之后清俊的温柔，他淡淡开口：“你不是很想得到我的煞气吗，那么，就看你能不能消受得起了。”

怨灵的目光死死盯着他手里的那把长剑，虽然不确定这是何物，但是从其周身翻涌的煞气和血腥来看，这绝对不是它所能承受得起的。它惧怕得白了脸色，声音微微颤抖：“这……这是……”

云初末的容颜里似乎有些凄然哀婉的笑意，他的脚步没有停止，平淡的声音娓娓道来：“上古魔剑，长离未离，时至今日已然尘封万年，难怪都有人不记得了。”

怨灵呆呆地望着他，一时间都忘记了反应，它才成形不到三十年，自然不会知道魔剑长离的传说，可是，从上古洪荒时期流传下来的魔剑，对它这个小小的怨灵而言，简直就是沧海和一粟的差别。

只见云初末单手持剑，平静地注视着它，淡淡地说着：“那时候人人都说长离是夺命之物，却无人知晓它的另一个功用，其实我该谢谢你，这些年来汲取了众多人的魂力，倒省了我不少的精力。”

云初末持剑的手缓缓放开，那把剑却因自身的灵力静止在空中，紫色的灵力逐渐笼罩上怨灵的身体，那只怨灵犹如刀俎上的鱼肉，半分动弹不得，只能任其宰割。

长离剑身上开始泛起深紫的光辉，那些覆盖它的浓黑煞气被光芒所压制，渐渐消失了丝丝缕缕的踪影，与此同时，几道淡紫的光辉从长离剑上脱离而出，宛若游走的小蛇环绕在怨灵的周围，那些被怨灵汲取的魂力，正从它的身体中源源不断地散出，被光芒捕捉摄取，团团包裹守护其中。

渐渐地，怨灵早被折磨得狼狈不堪的躯体从两端开始消逝，最后只剩下一团污浊的晦气慢慢散在空中，包裹着它全部魂力的光芒更盛，盈溢着浅紫的光辉向云初末飘过来，被灵力牵引着注入到云皎的体内。

最开始，云皎不适地轻哼了一声，因为突如其来的痛楚而蹙起了眉，似是在极力承接着什么，虽然已经恢复了意识，却没有睁开眼睛。她的气色已然好了不少，原本冰凉僵硬的身体感觉暖暖的，四肢轻松舒展，懒洋洋的不愿意动弹，她靠在云初末的怀里，不乐意地嘟起了嘴，带着些许撒娇的语气轻声抱怨："云初末，我好累。"

云初末偏过头看她，唇角瞬间荡开温暖的笑意，眉目间清俊柔和，轻声开口："觉得累的话，就好好睡一觉，等你睡醒了，我们也就到家了。"云皎点头嗯了一声，随手搭上了云初末的腰，还很舒服地蹭了蹭他的衣服。

云初末只顿了一下，将长离剑重新接在手中，朝向漆黑的夜空划出一道剑光，只听得清脆破碎的声音，幻境中出现了无数道白光，随后从上面开始崩塌，一直蔓延到他们站立的脚边。

流云苏绣的素袖一侧，长剑倏忽化成一道冷光消逝了踪影，他将云皎打横抱了起来，在幻境崩塌的碎片中穿梭，身姿优雅，风华绝艳。

而昏睡中的云皎，做了一个很奇怪的梦，她梦到自己站在船头望着碧波流淌的江面发呆，云初末从船舱里走出，从后面缓缓伸手将她抱在了怀中，她却并没有因此感到惊奇，反而侧过头望着云初末笑，甚至还厚颜无耻地亲了他一下！

云皎很挫败，双手撑着脑袋趴在船舱的狐裘上，想起自己昨天做的那场春梦，不由得一张小脸顿时皱成了苦瓜。她怎么会做那样奇怪的梦？虽说云初末模样长得好看，能力也很高强，不说话的时候看起来还比较温柔，可是她怎么可以对云初末抱有那么龌龊的想法？

自我厌弃了很长一段时间，她消沉地爬起来，闷闷不乐地穿好鞋子，随即撩开竹帘走出了船舱。此时云初末正坐在船头，手臂抱着并拢的双膝，将头埋在了臂肘之间，背影凄凉惨淡，甚至看起来还有些孤独，不晓得是在休憩养神，还是在思考着什么。

云皎迈步走了过去，停在他的身边，居高临下地问他："云初末，你睡着了吗？”

隔了许久，云初末才淡淡回了一句：“没有。”他将下巴搁在双膝上，望着前方划过的碧波发呆，却没有抬头看她。

云皎见此情景，心跳顿时漏了一拍，连忙蹲在他的身边焦急地问：“你是不是伤着了，还是觉得哪里不舒服？”

云初末侧头看了一眼她紧抓着自己胳膊的手，又将目光定在她的脸上，良久才缓缓转过头，语气里似乎有些黯然：“小皎……对不起。”

“嗯？”云皎一愣，反应一会儿才笑了，“那件事呀，没有关系啊，我知道你会来救我的，虽然晚了一点儿，也不是无可挽回……”见到云初末愈发忧伤的表情，她及时地住了嘴，话锋一转狗腿道，“呃，其实也不是很晚，要知道怨灵的幻境没那么容易被找到，云初末你……”

云皎小心翼翼地望着云初末的神色，见他的唇角勾起些许苦涩的笑意，心里警铃大作，顿时恍悟到自己拍错了马屁，又硬生生地截住了话头，陡然转折：“自然，以云初末你的修为，再厉害的幻境也不是什么为难的大事，之所以会有耽搁，必是想借此机会表现自己卓越高超的术法，要知道厉害的人往往都是在最后关头才出场的。”

云初末忍不住斜了她一眼，语气凉凉道：“是吗，我怎么不知道还有这种说法？”

“当然啦！”云皎挨着他坐下来，身体和云初末比起来又软又小，俏皮的脸上露出最讨人喜欢的笑容，带着些许沾沾自喜道，“我以前在长安觉得无聊的时候，看过不少戏文，上面都是这么说的。”

云初末听此，沉默了下来，很久之后才缓缓开口：“和我在一起……会让你觉得无聊吗？”

云皎激灵了一下，断然否决道：“没有没有，绝对没有的事，云初末你那么好，脾气也很……温柔，我怎么可能会觉得无聊！”

云初末斜睨了她一眼，表情有些幽怨，阴阳怪气道：“可是自从明月居里出来，某人似乎很喜欢跟别人混在一起呢！”

云皎一呆，回想自己这些天的行径，似乎是有些冷落云初末了。

本来嘛，她自记事以来就一直生活在长安，都没见过外面的世界是何模样，初次入世肯定会有些好奇了；再者，从前她的生活中只有云初末一个人，现在一下子遇到了这么多新奇有趣的玩伴，无可避免地就会想跟人家多亲近一些；最后，也是最重要的，明明是云初末自己不跟她说话的，哦，还十分恶劣地说要把她的舌头割下来！

想到此，云皎很是不服气，微微嘟着嘴，小声嘀咕道："你不是也一样，刚出来没多久就遇到了'故人'，还真是'交友广泛'呢！"

虽然她不知道那个女鬼和江月楼主是什么关系，也不明白对方为什么会称呼云初末为"斩言"，可是那时候云初末并未反驳，所以从现在的情况来看，肯定是云初末这个拈花惹草的祸害做了对不起人家姑娘的事情！

见到她暗自腹诽的模样，云初末忍不住伸手在她头上敲了一记，立即引起了云皎的愤怒："干吗？不是说以后都不可以敲我的头了吗！"

云初末望着自己的手，沉默片刻才道："我习惯了。"

"可是我不习惯！"云皎的神情很严肃，瞪着云初末有些愤愤不满。

云初末瞥了她一眼，语气甚是漫不经心："哦，那你习惯一下。"

云皎很愤怒，简直气到跳脚，紧咬的银牙森冷地渗出来几句话："天下无敌厚脸皮，我果然是不应该安慰你的！"

云初末的眉目中瞬间荡开温暖的神色，他的唇角噙着笑意，越发显得清俊温柔，继续厚颜无耻道："你方才不是说我那么好，脾气也很温柔吗？既然有那么好的我陪在你身边，你该知足庆幸才是，现在又在恼些什么？"

云皎听此，小身板晃了一晃，不可置信地望着他："你你……"

只见他恍若未闻地拂了拂衣袖，换了个姿势盘腿坐了起来，煞有介事道："不必怀疑，我就是那么好，如果你想感激涕零地抱我的大腿，我是不会介意的。"

云皎一阵头晕，手指颤抖地指着他："你你你……你总是容易把自己想得太好！"

“哦？”云初末挑了挑眉，偏过头望着她，“那你刚才说我很好，很温柔的话，都是随口胡编拿来骗我的了？”

“我才没有随口胡编！”云皎愤愤地反驳，同时在心里小声嘀咕，明明就是费了很大力气，绞尽脑汁编出来的！

云初末侧首望着她，眼里心里尽是温柔，只见云皎双手郁闷地撑起了脑袋，不乐意地嘟起了嘴，垂死挣扎为自己辩解：“我从来都不会说假话，刚才还觉得你很温柔来着，现在就完全感受不到！”

“小皎……”云初末打断了她的话，语气淡淡道，“江月楼里的那个人，我并不认识。”

云皎一愣，下意识地反驳：“怎么可能？”

云初末对她的反应显然不满，斜睨了她一眼，阴森森地问：“怎么不可能？”

云皎被他的气势压住，很识时务地往后缩了缩，小声嗫嚅道：“可是你那时候……都没有跟人家解释清楚。”

云初末的俊脸板得有些严肃，他望着前方的流水，语气甚是平淡：“如果我什么事都要解释的话，那么我已经死了。”他顿了顿，不待云皎回答，又继续道，“话说太多，累死的。”

云皎顿时哭笑不得，一时之间又不知道该怎么回答他，只得闷闷道：“可是如果什么话都不说，别人又如何会知道你心里怎么想？”

云初末手里拿着折扇，望着她漫不经心道：“别人怎么样，与我何干，你已陪伴我百年，难道还不清楚我在想什么？”

云皎张了张口，她想说自己当然知道他在想什么，可是又心虚地停了下来。以前她总以为自己是最了解云初末的，可是现在，她日渐发觉原来云初末离她那样遥远，他们之间有着不曾坦白的秘密，那些秘密不容她探知，她也一点都不想知晓。云初末在想什么、在做什么、想要做什么，她都已经看不太清晰了。

坐在云初末的身边，她的脑海中却不由自主地浮现出幻境里的场景，俏丽的眼睫低垂下来，一向调皮的容颜里隐约带着黯然，她在心里默默地想——

那个颠倒众生的女子，那个叫作姝好的女子，究竟是谁呢？

乌云弥漫，雷电交加的诡异之地没有令她陷入绝望，可是在看到云初末和那个女子依偎在花海中，她竟感到莫名心痛，那是一种想恨而不能恨的悲哀，因为她知道，这两人才是真正应该在一起的，而她，只是一个局外人。

云初末的反问，她没有办法给出答案，却问起了另一件事：“云初末，你见过石头也能开花吗？”

云初末不明所以：“怎么这么问？”

云皎微微嘟着嘴，摆出乖巧的表情：“随便问问嘛，一时好奇不行吗？”

云初末只想叹气，无可奈何道：“你啊，到底要什么时候才能把这‘无论对什么事都好奇’的毛病改一改？”

“到底有没有见过？”云皎扯着他的胳膊，满脸期待地仰头看他。

云初末稍一顿首，才缓缓道：“我未曾见过石头开花这种事，不过倒是听说过一个传闻，洪荒时期的天之涯中，因环境恶劣，方圆千里都见不到半点生息，不过那里的山石却因常年经受天力，大多负有灵性。”

“这么说……”云皎呆呆地念着，“想让石头开花，也不是没可能的了？”

云初末打量了她一会儿，几乎立即警觉戒备：“你莫不是要我从石头里，给你变朵花儿出来吧？”

云皎摸了摸脸皮，笑嘻嘻道：“我怎么可能会有这样奇怪的想法？不过如果云初末你一定要这么做的话，我是不会介意的。”

无视她甜到骨子里的笑容，云初末嫌弃地捏着云皎的袖子，将她的手从自己的胳膊上拿下去，语气也甚是平淡：“不好意思，我介意。”

他起身走回了船舱，云皎凄凉惨淡地撇了撇嘴，随即屁颠屁颠地跟上他的脚步：“云初末云初末，我们接下来要去哪里？”

云初末的脚步一顿，看了看远方的天色，才缓缓道：“再回江月楼吧。”

第二章

蹁跹惊鸿影

三十年前，江月楼外。

晓庄河畔柳色青，车如流水马如龙。

一行年轻人纵马越过长街，短鞭落下，马蹄声急，神情间似乎有些焦急之色，他们的身上都穿着墨色紧身的衣袍，腰间皆挂着佩剑，就连衣带环佩都很一致，路上的人们纷纷躲避，很快就为他们让开了一条道路。

来人总共只有四五个，人数虽然不多，却没有人敢上前冲撞了他们的大驾，因为从这几个人的衣着来判断，他们都是陌陵山左岳盟的弟子。

提起左岳盟，江湖中人无不心生敬畏，就连向来泼皮好斗的海龙帮碰上它都得唯唯诺诺，避让三分。左岳盟自创派以来，时至今日已逾百年，其间虽曾经历过不少血雨腥风，发展势头却丝毫不见衰颓，甚至还有日益兴旺的趋势。

现今左岳盟门下弟子过万，田地房产数不胜数，更重要的是，左岳盟盟主卓鼎天在前两次的英雄大会上，被各大门派举荐为武林盟主，这个位子，一坐便是整整十年。

不过最近，卓鼎天这武林盟主的宝座，似乎坐得不太顺遂，甚至还有拱手让人的危险。

几年前，江湖上出现了一个神龙邪教，由于刚开始建成时只是一股小小的势力，所以没有引起人们太多关注。可是不知道神龙教教主萧孟亏后来练了什么邪异功法，功力短时间竟大增了好几倍，甚至连卓鼎天都不能与其匹敌，与此同时人们还愕然地发现，在这短短的几年中，加入神龙教的教众居然已发展到十万之多！

近期适逢五年一度的英雄大会，那些神龙教徒到处鼓吹作乱，说卓鼎天将武林盟主的位子霸占了十年还不肯让贤，分明是道貌岸然、表里不一的伪君子，还说今年的英雄大会上，萧孟亏将会参加武林盟主的角逐。

名门正派向来不与魔教为伍，是以这场骚乱本可以不必在意，可是就在这个节骨眼儿上，一个对卓鼎天极其不利的消息，从江湖上渐渐传了出来。

传言说，卓鼎天毕生所学并非是左岳盟的武功，而是从一个女子那里师承而来，后来为了练就更高强的绝学，他竟丧心病狂地暗中算计，在那女子伤重之时，趁机吸取了人家的功力，做出欺师灭祖、天理难容的错事。

对于这样无凭无实的传言，很多人当然是一笑置之，不过那些不满左岳盟和卓鼎天的人，不免会别有用心地拿此事来做文章，导致流言越传越走样，甚至还有人说卓鼎天与那位教他武功的女子有私情。

为避免英雄大会上出现什么意外，卓鼎天只好请私交甚好的江月楼相助。

这些人行至山庄外，为首的弟子从门前下马，其余几个也纷纷跟随在他的身后，早有小厮过来将他们的马牵下去，刚走两步就见一位年过六旬的老者迎了上来。

“左岳盟江少侠亲自来访，江月楼有失远迎，还望见谅。”

这老者花白胡须，一身墨褐色的衣衫，举止大方似是身份尊贵的江湖侠者，卑微谦逊又如江月楼里的一位家仆，整个人显得精神矍铄，说话时还不忘打量着来人，温和礼貌的微笑下，闪过一抹算计的神色。

为首的江昊施礼答道：“在下奉师尊之命，拜访霍师兄有要事相商，不知现在是否方便？”

老者点了点头，躬身侧手引路：“江少侠无须客气，里面请。”

一行人穿庭越院，跟随老者的脚步来到了一处阁楼前，这处阁楼亦是临水而建，碧波清潭倒映着斑驳的树影，荫翳的枝叶中隐约传出几声清脆的鸟鸣，还有几株杏花斜倚着假山，落英缤纷，落进小池中随流水漂荡。

那老者顿住了脚步，对江昊施礼道："楼主正在此处等候少侠，这几位少侠一路奔波，未免辛苦，江月楼已备好客舍和酒菜，烦请几位少侠移步。"

江昊一听他这样说，就知道江月楼主要见的人只有他一个，于是转身对几位师弟点了点头，示意他们听从这位老者的安排。

见那老者和几位师弟走远，江昊这才将目光定在了面前的阁楼上，沉着英俊的面容下，有期待，有向往，更多的是发自内心的敬仰和崇拜。

他虽然称呼江月楼主为师兄，却从未见过江月楼主本人，甚至连人家的名字都不知道，只是长年跟随在师父身边，听师父提起过前任楼主的一些逸事传闻，耳濡目染地对这位避世不出的继任楼主也产生了好奇和敬仰之心。

他只望了一会儿，便迈步向阁楼走去，途中所见皆令他目不暇接，一个小小的阁楼竟也设计得如此精致典雅，不由得对这位江月楼主多了几分敬重。

待江昊走近时，发现阁楼的门并没有关，于是他直接迈步走进去，目光所及是满室的书卷和古玩，中央置着一尊香炉，上方燃着婷婷袅袅的沉香，一袭珠帘将内室与外面隔了起来，而他要见的那个人就端坐在内室之中。

他向前走了几步，抱拳施礼道："左岳盟江昊，参见霍师兄。"

透过华翠的珠帘，他隐约看到里面的人身着一袭素白的衣衫，端坐在软榻之上，身旁还置着一册书卷和一盘闲棋，感觉书生气十足。

内室之中，那人将杯子随手搁在桌子上，淡淡道："江月楼与左岳盟向来唇齿相依，江师弟只当自己的家便好，不必客气。"

江昊听着他的语气，不由得在心中一阵诧异，都说前任楼主武功独步天下，想来这位年轻楼主武功也该不俗，何以声音听起来气息奄奄，更像是手无缚鸡之力的书生？

他不待多想，连忙道："此次师尊派师弟来，是想同霍师兄商议一个月后英雄大会之事。"

他的话似乎并未引起对方的任何兴趣，那人只是轻咳了一声，静静地问：“英雄大会事关整个武林的安危，自是要谨慎小心一些，不知卓师叔有何想法？”

江昊沉着答道：“想必霍师兄已然知晓近日江湖上的一些不实传言，此事事关师尊和左岳盟的清誉，必是那魔教妖人居心不轨，想借此机会打压左岳盟，从而控制英雄大会的局面。师尊的意思是，他已不会再继任武林盟主，并且会向各大门派举荐霍师兄担任，还请霍师兄到时不要推辞。”

内室的那人微微笑了，紧接着又咳了两声：“自古邪不压正，卓师叔既然心怀坦荡，又何惧旁人的流言蜚语？斩言不才，恐怕不能接受卓师叔的好意。”

听他这样说，江昊急了：“师尊决心举荐霍师兄担任下一任武林盟主，必是经过一番深思熟虑，难道霍师兄忍心看到我中原武林被那些邪教妖人掌控？”

霍斩言端坐在内室中，清淡的目光中看不出任何波澜，他微微苦笑：“不是我不愿担起这一份责任，只是……你也看出来了吧，我的身体不太好，平时只能待在这阁楼中养病，连山庄都很少出去，如何能担任武林盟主？”

听到这番回答，江昊彻底被惊住了，先前他只是怀疑，没想到传闻中神秘强大的江月楼主，竟然真的身患弱疾！

不过，他此番出门是带着师命而来，若是请不到霍斩言，回去以后该如何向师父交代？

霍斩言看出他的心思，无奈地苦笑道：“也罢，英雄大会怎么说也算是武林盛会，我已有多年未曾离开山庄，既然此次卓师叔诚心相邀，斩言便走一趟吧。”

他顿了顿，又道：“只是推选武林盟主一事，恕斩言不能接受，烦请卓师叔另作考量。”

江昊本来以为霍斩言拒绝了武林盟主的举荐，肯定也不会参加英雄大会，现今听他这样说，心里自然高兴，连声道：“如此也好，请霍师兄务必记得准时赴会。”

珠帘后，霍斩言点头嗯了一声，算是答应了下来。

这时候，那位六旬老者走了进来，江昊见此，连忙施礼道：“霍师兄想必还有要事处理，师弟这厢先告辞了。”

霍斩言靠在软榻上，颔首合上了双目，语气淡淡道：“师弟慢走，老洪，你代我送一送江师弟吧。”

老洪奉自家主子的命令，客气地把江昊送到阁楼下，回来时见到霍斩言靠在软榻上，脸色看起来不太好，不由得担忧道：“楼主，你现在觉得如何了？”

霍斩言轻咳了一声，摇头示意自己没事，闭目养神片刻，复又睁开了眼睛：“老洪，你都听到了吧？”

老洪点点头，脸上闪现出厌恶之色，冷哼了一声：“卓鼎天想借我们江月楼之力与神龙教鹬蚌相争，他自己好坐收渔翁之利，如意算盘打得倒是挺响！”

霍斩言的唇角泛着笑意，他的声音听起来淡淡的，没有什么力气：“你何时也这样沉不住气了，我们江月楼岂是他想利用就能利用得了的？”

老洪听此，面带愧色地低下了头：“楼主说得是。”

霍斩言侧身打量着棋盘，白皙的手指拈起一枚棋子，不紧不慢道：“这盘棋还未下到最后，谁是鹬蚌，谁是渔翁，尚未可知。”内室中，一子落，万籁俱静。

西塞山前白鹭飞，桃花流水鳜鱼肥。水平如镜的江面上，一叶扁舟缓缓划过碧波，与两岸的草木一起倒映在这湖光山色之中。

一位年轻公子站立在船头，目光淡然望着周围的景象，唇边隐隐浮现出些许清俊的笑意，他不紧不慢地抽出一支精巧的白玉笛子，横在唇边缓缓吹了起来，白皙细腻的指尖轻敲在孔洞之上，优雅清贵，却也带着心静如止水的幽凉。

时值三月，江面上虽然还有些凉意，但也不至于达到寒冷的地步，然而这个人身上却还系着纯白厚重的狐裘披风，微风轻漾，掀起的一片衣袂下，隐约可辨衣襟和衣袖处绣着的银线流云，颀长的身姿衬着弥漫不散的晨雾，翩若惊鸿。

刚吹到一半，他便停了下来，侧过身不适地轻咳了几声，捂着胸口平复了好一会儿，才勉强缓过气来，脸色苍白虚弱，唇瓣几乎没有血色，显然身患不治之症。

“公子真是好雅兴，吹的曲儿也甚是动听，你看这天上飞的白鹭都不愿意走了。”年过花甲的老艄公头戴斗笠，悠闲自在地划着船，船桨击打出片片水花，荡起一阵阵涟漪。

霍斩言微微笑了，笛子在指尖转了一圈，收回握在手中才淡淡道："是在下冒昧，惊扰了这一方好山水，平添一缕伤情罢了。"

艄公连连摇头："公子哪里话，你看这水里的鱼儿听了你的曲子，都跟着咱们不肯离开哩！"

霍斩言云淡风轻地瞥了一眼，果然见水里有几条游鱼围绕在小船周围，银白的尾尖甩了一下浪花，又调皮敏捷地钻进水里。对于艄公这等幽默诙谐的说法，他只是出于礼貌淡淡一笑，并没有做出回应。

艄公一边划着船，一边找霍斩言搭话，眼前这位看起来富贵逼人的年轻公子，身上没有半点纨绔骄奢之气，待人谦和有礼，一举一动皆令人感到舒适自在，就是见惯人情冷暖、世故人心的他都不免生出了亲近之意。

寂静的江面上隐约有银铃之声，他们循着声音望去，只见一位女子脚尖轻点水面，从不远处的江岸边焦急地飞跃过来，她身着一袭嫣红的衣裙，身姿轻盈如燕，短衫的衣摆和秀致的锦靴上镶着银铃，伴随着踏水的步履，传出阵阵清脆的声响。

"好俊俏的功夫！"艄公忍不住赞叹道。

不多会儿，那女子就落在了他们的小舟上，舟上平白多添了一个人，却没有产生太大的波动，依旧平稳地向前行进着。她才刚刚站稳，立即冲到霍斩言的面前，好奇欣喜地询问他："刚才……可是你在吹笛子？"

这女子手里拿着一枝桃花，大约二十岁模样，容色美艳夺目，一双潋滟的眼眸尽显狡黠和诡诈，一看就是有着千百玲珑心思的人物，然而面对萍水相逢的陌生人，她却丝毫不掩饰自己的情绪，俏丽的脸颊像是天边的晚霞，绚烂明亮，竟有种摄人心魄的、诡异的美丽。

霍斩言注视了她一会儿，才缓缓点头，并未开口说话。

这女子倏地笑了，容颜灿若朝阳，她的双手背在身后，沾沾自喜道："我就知道能追上你的，刚才那首曲子，你可不可以再吹奏一遍？"

江风撩起了她的发丝，显得有些凌乱，然而她的笑容却清澈纯净，映衬着碎金般的粼粼波光，美丽动人，天真烂漫的直率中，又带着少女特有的古灵精怪，面对这样一位姑娘的请求，恐怕任谁都不忍心拒绝。

然而霍斩言却轻轻摇头，语气清淡：“方才那首曲子是在下一时兴起，随意而作，现今已经忘却大半了。”

听到他的回答，这女子显然有些失望，她垂下目光，落寞的神情尽数写在脸上，然而下一刻，又扬起脸毫不避讳地望着他，眸中的笑意明媚嫣然：“没有关系，我可以等，等到你把曲子想起来。”霍斩言不禁苦笑，一时间竟不知该拿这位姑娘如何是好了。

“哟，公子的曲子不仅能招来鱼儿鸟儿，原来还能引来年轻美貌的姑娘！”摇船桨的艄公望着船头璧人般的年轻男女，忍不住出言打趣。

那女子也不见羞涩气恼，银铃般咯咯笑了几声，转身向艄公走近几步，举止甚至泼辣无礼，指着他威胁道：“你你你，就你，再敢多说一句话，信不信我待会儿把你丢到水里去！”艄公顿时吃瘪，不再言语，自顾划船去了。

女子随即转身，走到霍斩言跟前，短靴上的银铃伴着走路的动作清脆响着，作为姑娘家，却毫无忌惮地注视着眼前的男子，迫不及待地自我介绍道：“我叫萧萧，你刚才的那首曲子真好听。”

霍斩言的眼眸中闪过一丝异色，他微微沉吟，萧萧，神龙教的圣姑便叫萧萧。

传闻，神龙教中有一位圣姑尊使，性情乖张不拘常理，手段更是狠辣阴毒，因自小跟在萧孟亏身边修习武功，多年来深得萧孟亏的真传和喜爱，在教中的地位也仅次于教主，甚至在萧孟亏闭关修炼的这些年，神龙教的教众皆以她为首，不断发展至今的。然而，眼前这位看起来还不到二十岁的小姑娘，真的有可能是神龙教的圣姑吗？

这一瞬间的愕然，很快就被他掩饰了过去，霍斩言淡淡地点头示意：“萧姑娘。”

萧萧一愣，有些惊讶：“你……你不认识我？”

霍斩言不明所以地抬首，疑惑地反问：“在下应该认识姑娘吗？”

萧萧闻言怔了片刻，负手背对着他，微微抿唇自顾欢喜着：“不，我很高兴。”

她侧首低眉打量着霍斩言，试探地问道：“你……公子你叫什么名字？”

霍斩言平静温柔的面容上，看不出任何波澜，他淡淡开口：“在下姓霍，名斩言。”

萧萧将这个名字在心头反复念了几遍，都没能想起江湖上是否有这号人物，再看眼前这位年轻公子，衣着打扮不像是江湖中人，在他的身上也感受不到半分武功的气息，甚至从他芝兰玉树的气质中，她觉得这人恐怕比普通人还要弱上三分，于是渐渐放宽了心，只把他当作普通过路的书生。

她知道读书人最是讲究礼数，想起自己方才的冒失，萧萧有些后悔，于是垂首歉意道：“方才喜不自禁，不小心失礼冲撞了公子，还请公子见谅。”她一向刁蛮泼辣惯了，本来就不是懂得礼数的人，但是为了不惊吓到这位文弱书生，偏要做出大家闺秀矜持的样子来，结果当然是学得四不像，让人忍不住发笑了。

霍斩言的唇角勾起些许笑意，静静地答道：“姑娘不拘小节，性情脱俗立新，能与姑娘相识，是在下的荣幸。”

萧萧被他这句话瞬间逗乐了，要知道这些年行走在江湖上，对方只要一听到萧萧的名讳，吓得脸色都白了，逃命还来不及，哪里会有人愿意同她相识？即使回到神龙教中，那些教众对她也是唯唯诺诺，尊敬惧怕，除了师父外，压根就没有人愿意心平气和地与她说话。

所以，对于眼前不知道她身份的文弱书生，萧萧不禁生出了莫名的好感，甚至觉得，幸好他不认识自己，也幸好他不是江湖中人。她想了片刻，斟酌地问：“那么，你可以让我跟着你吗？”

霍斩言的思绪一顿，平静地答道：“在下前往洛阳有私事处理，恐怕会耽误姑娘的行程。”

听他这样说，萧萧甚是欢喜：“没有关系，反正我也没有要去的地方，这一路上还可以保护你。”

霍斩言轻轻笑了，举止间谦和优雅，却见不到多少亲近和热忱：“那就多谢姑娘了。”

萧萧有些局促地摆手，伴着衣摆上的铃声活泼灵动："不用客气，你若是想谢我，等哪一日你想起了那首曲子，再吹给我听吧。"为了一首曲子，跟着陌生男子跋涉千里，从江东跑到洛阳，霍斩言不禁觉得好笑，这位神龙教圣姑倒是有趣得紧。

萧萧站在他的身边，小心翼翼地望着霍斩言，见他沉默地望着江水，便走近与他搭话："这江边气候寒凉，许多花儿都还没开，见不着好看的景致。"

她顿了顿，将手里的桃花递给霍斩言："这是我从山谷里摘的，送给你。"

霍斩言垂眸注视着那枝桃花，良久才伸手接了过去，语气温凉淡漠："多谢姑娘。"

对于霍斩言不冷不热地回应，萧萧有些挫败，闷闷不乐地嘀咕道："我都说了，不用跟我客气的。"

水面之上，晨雾还未散去，霍斩言平静地遥望着远方铅色的村庄，握着桃枝的手指渐渐收紧，清俊的唇角不动声色地勾起一丝冰凉。

傍晚时分，一抹余晖遥映九江，江面上水平如镜，微风拂过，掠起灿灿的金光。晚归的渔船上灯火璀璨，像是天际点点的星光，四周寂静，唯有几声渔歌嘹亮。

萧萧从船舱内钻了出来，刚站稳身体就看到了霍斩言，此刻他伫立在船头，静默望着两岸山村的景致，单薄的身子在夕阳下，显得几分温柔、几分落寞。

她迈步走了过去，小心翼翼站在他的身边，试探地唤道："斩言……"

霍斩言回过神来，看向她温润地笑了，微微颔首，语气甚是清淡："萧姑娘。"

萧萧看了他几眼，又若无其事地别过视线，似是漫不经心地问："你在看什么？"

霍斩言的神态平静，闻言默默望向了两岸的风景，向来波澜不惊的眉目间浮现起些许笑意，回答的声音亦是不紧不慢："多年未曾离家，没想到外面的世界已然变成这副模样，湖光山色，花木鸟兽，倒真令人目不暇接。"

萧萧自十几岁开始闯荡江湖，这些年走南闯北，什么新奇之物没有见到过？

对于这等平凡的景致自然是看不进眼里，也不觉得有什么好看。不过听到霍斩言这样说，也慢慢静下心打量着四周，两岸树木郁郁青青，偶有白鹭翩然飞过，纵使是身负万千琐事之人，此刻的心境也能逐渐安宁下来。

她将手背在身后，嫣红的衣袂微微飘着，江风夜色之中，竟有些英姿飒爽的豪情：“这里靠近江南，见到的景色亦是花团锦簇，柳色垂青，不像是万里之外的天山，冬日银装素裹，与此处相比当真是天差地别。”

霍斩言默默听着她的话，眼前依稀浮现起云雾缭绕的高峰，以及绵延千里的雪山，在很小的时候，他也曾去过天山的……

那是跟随父亲南下探亲，因中途横生变故，父亲又不能把他一个人留下，只好带着他北上处理事务，等事情办完之后，回程时恰巧路过天山，父亲曾对他说过，天山之上有一种雪莲花，花开的时候足有碗口大，花瓣皎洁若雪，在寒冷的峰顶散发着阵阵幽香。

他掩唇轻咳了一声，语气浅淡而无力，缓缓开口：“天山之上有一种雪莲，花开的时候足有碗口大，花瓣皎洁若雪，不知姑娘……见过没有？”

萧萧闻言，惊奇地瞪大了眼睛，她一直以为霍斩言只是个富家公子，像这样的文弱书生终日为家族牵绊桎梏，只能滞留在房中读书考取功名，哪里会知道天山之上的雪莲花？她点了点头，笑着道：“我当初便是为了那花儿去的，连夜奔波了数千里，还跑死了五匹快马，好不容易才赶上……”

她顿了顿，艳丽的容颜黯淡下来，似乎有些遗憾惋惜：“可是那花儿也没有多好看，开的时间也很短，才半炷香的工夫就没了。”

霍斩言淡淡地笑着，神情在傍晚的余晖中沉静如水，却隐约能感知到其中的脉脉伤情：“真实看到的东西，总不如想象中那般美好，雪莲花开，刹那一现，多少人想一睹风采，却始终不能如愿，姑娘能看到就已是万分的好福气了。”

那一次，父亲带着他匆忙赶到天山，终究还是晚了一刻，依稀的记忆中，那时的夕阳余晖蔓延在天际，纷飞的大雪被染得绯红，父亲说，有些风景，一旦错过，就只能成为遗憾了。

“说得也是。”萧萧露出沾沾自喜的神情，她看向霍斩言，又在他的静默中，渐渐收敛了笑容，低声试探地问道，“斩言也去过天山吗？”

霍斩言沉默片刻，缓缓垂下了眼眸，傍晚的风儿拂过，侵入心脾有些寒凉，他摇了摇头，压抑地低咳了几声，无奈苦笑着：“从前在书上看过，已经许多年了……”

他的声音轻浅，令人感到如沐春风的温暖，萧萧试探地看了看他的侧脸，只觉得那双平静的眼眸温凉一片，似是含着潋滟的深水，又似是掩着千年的飞雪，如何也看不真切。她刚想开口，船身忽然晃荡了一下，身体不受控制地倾斜，差点跌入水里，眼前出现素白的衣袂，微凉的手及时扶住她的手腕，再抬首时，正好对上了霍斩言温柔细致的眉眼。

白皙的容颜如玉雕琢，神情之间似是疏离，又似是静默，却总能令人感到云淡风轻的温柔，似曾相识的纯净美好和优雅淡漠，她一时间愣住，望着近在咫尺的霍斩言，恍惚觉得眼前这个人，正如许多年前自己看到过的那株雪莲花，在漫天的飞雪中悄然开放，氤氲着些许寒凉的幽香……

“真是对不住，刚才不小心碰到树枝……”老艄公的声音传来，船头愣住的两人才迟钝回神。霍斩言首先退开一步，握拳轻咳了一声，向萧萧微微颔首，算是为方才的唐突致歉，萧萧心虚地垂下了头，一瞬间的错愕对视，蔓延在心底却是良久的悸动与欣喜。

她避过霍斩言的视线，不太强硬的声音说道：“你再不好好划船，当心我立刻把你扔到水里去！”艄公期期艾艾地应声，连忙卖力划船去了，然而见惯了人情世故的老人家，却将方才那一刻收在眼底，乐呵呵露出了一个不厚道的笑容。

萧萧侧过视线，小心翼翼打量了霍斩言一眼，几次欲言又止，又挫败地退了回去，江湖儿女向来不拘小节，从前遇到的那些人皆是些说打就打、说杀就杀的豪爽性子，哪里会有霍斩言这样的儒雅书生？面对这样的他，她竟一时间不知该如何开口了。

目光触及到他素白的衣袂，见他手中还握着那枝桃花，不知为何，心中竟然莫名欢喜起来，又注意到那枝桃花已经枯萎，语气不由得黯然了几分：“原先看着还很好看的，没想到这才半天的工夫，就成这副模样了。”

霍斩言慢慢垂下眼眸，注视着已经凋萎的桃枝，神情间隐约闪现出落寞之色，语气却很平静："天地万物，有生就会有死，姑娘当初折下它的时候，就该想到会有这样的一天。"

他的声音一如既往地淡漠温柔，然而却也带着某些不明的悲凉，萧萧望着他，心里竟有些发空："你在……怪我吗？"视人命如草芥的神龙教圣姑，此刻却在为一枝桃花纠结，无关乎那枝桃花本身，而是在意握着桃花的那个人。

霍斩言微微笑了，唇角勾起的弧度觉不出有多热忱，但也没有多少冷淡："纵使姑娘没有折下它，它还是会死的，又哪里来的责怪呢？"

他转过身去，向前走了两步，便不再言语。萧萧低下头暗自思忖片刻，又看向他背对着的身影，几乎是瞬间，从他的神情中，开始明白了他的意思，他没有责怪什么，也没有埋怨什么，仅是在为自己落寞伤情罢了。

瘦弱不堪的身躯挣扎着活过了二十多个年头，日后还要这般苟延残喘，每一天都有可能是生命的尽头，那枝桃花在她眼里，不过是已经枯萎凋零的风景，可落在他的心中，却是自己苍白无奈的人生。

她来到他的身边，故作放松地笑了笑，声音轻快而明朗："虽然花期短暂，却也开出了最美的光彩，就像是人一样，有的人浑浑噩噩活过了百年，到头来什么都没留下，有的人仅活了几十载，却也不会有什么遗憾。"

有着玲珑心思的人，总能察言观色感知旁人心底的沉重，不愿揭开他的伤疤，于是借物喻事来宽慰他的心。花期虽短，却能在有限生命里绽放出刹那的光彩，这是她的信仰，亦是她一直追逐的人生，可惜她猜中了他的心事，却没能给出他心里的答案，因为这位看起来温和病弱的书生，有着与她不同的心境与风景。

霍斩言低低地冷笑了一声，似是自言自语般："美好，之所以为美好，便是因为它短暂易逝，令人想珍惜而挽留不得……"

他喃喃地说着，神情若有所思，声音却愈加细不可闻："可是斩言不才，妄图拼上自己所有，与命运搏一搏，看看究竟是天命注定，还是事在人为。"

萧萧听着他的话，惊讶得说不出话来，半晌才道："原以为斩言性情温润，应是顺安天命之人，不承想竟也有这般违逆的豪情。"

霍斩言倏地回神，看向她又恢复了往日平静的神情，他淡淡地笑着，仿佛刚才的自语都是错觉一般，声音轻浅温柔：“听闻用天山梅花瓣上的雪水冲泡茶叶，水清而叶绿，这个季节喝起来最是入口。”

望着他眉目如画的容颜，萧萧默默别过视线，声音细不可闻，几乎令人听不真切：“你若是想去，以后我可以陪你啊……”

霍斩言颀长的身姿伫立，闻言缓缓颔首：“那么斩言先在此谢过姑娘了。”

听到他的言谢，萧萧有些落寞，闷闷地咕哝道：“我说过，不用跟我客气的……”

他们在中途下船，辞别了艄公，来到江边的一座小镇上。

酒楼中，小二正忙着擦拭桌椅，抬眼见一对衣着不凡的男女走进来，连忙迎了上去：“客官，里面请。”

萧萧率先落座，将手中的短剑放在桌子上，仰头对小二吩咐道：“你们店里有什么好酒好菜，统统都拿上来。”

霍斩言坐在她的对面，见那小二应了一声，欢快地迈着步子走远，才将目光移回来，温吞的声音道：“这么多，姑娘能吃得完吗？”

萧萧闻言望向他，眼里似乎有些笑意：“谁告诉你，我要吃完了？”

见霍斩言平静的眸中终于闪过一丝疑惑，她的手指抵着下巴，眼底划过一抹狡黠：“我只是暂时想不起该吃些什么，但是又不愿费神去想，所以才要多点一些，等会儿他们把饭菜都端上来，可不就知道自己到底想吃什么了？”

霍斩言淡淡笑道：“只怕等饭菜都端上来，姑娘会目不暇接，苦恼该先吃哪一种比较好了。”

萧萧一愣，若有所思道：“这个……我倒是没有想过。”她顿了顿，狡黠的眼波一动，美艳的容颜笑靥如花，“没有关系，待会儿你吃什么，我就吃什么。”

霍斩言以为她是在说玩笑话，只是微微低首，一笑置之，不再言语。然而等小二把饭菜都端上来，琳琅满目摆了一大桌，霍斩言这才知道萧萧并不是在同他开玩笑。

他轻轻拿起筷子，侧手夹起一棵青菜，萧萧也学着他的动作夹起一棵青菜，他夹起一块鱼肉，萧萧也跟着夹起一块鱼肉，总之不管是什么，也不管自己到底爱不爱吃，全都放在嘴里漫不经心地嚼着。霍斩言的动作缓慢，而她却好像有着极大的耐心般，视线一刻也没有离开他的身上，等候他的下一个动作。一来二去，凡此种种，竟没有一点作为女子的羞涩和内敛。

霍斩言不自然地轻咳了一声，语气听起来淡淡的，没什么力气：“萧姑娘。”

“嗯？”萧萧抬首好奇地望着他，静候他接下来的话。

霍斩言平静的目光注视着她，眼前这位女子明眸皓齿，巧笑倩兮，一双明眸中似是敛了千秋之水，清澈无瑕。若不是早就知晓她的身份，以及关于她的那些杀戮传闻，他恐怕真的会以为她仅是一个活泼灵动的普通女子了。

他淡淡地开口：“这些菜式在江东也算颇负盛名，姑娘大可不必跟着在下学。”

萧萧轻咬了一下筷子，闷闷地哦了一声，果然埋头自顾吃饭去了。

霍斩言云淡风轻地摇了摇头，只觉得此时心中沉闷，一股浊气压在心口郁结不出，他又侧身咳了几声，隐约听到隔壁桌子上有人说话——

“英雄大会将近，不知道此次卓盟主还会不会连任武林盟主？”

说这话的人，是一个长相凶恶彪悍的肥和尚，厚重的耳垂上穿着铜环，身上披着袒胸的半旧袈裟，脚下斜靠一对铜锤，看上去威风凛凛，甚是骇人。与他同桌的那人一脸晦气相，脸色阴沉灰暗，似是酸腐穷困的书生，手上却摇着一把阴寒的铁扇。

现在距离英雄大会还有一个月，各路英豪却已动身前往洛阳的陆剑山庄，所以路上会遇到怪模怪样的江湖人，也不是什么值得稀奇的事。只听得那书生不紧不慢地接腔：“我们这些人自然是希望卓盟主能够连任了，不过那邪教妖人四处散播谣言，制造事端，也是头疼得紧啊。”

“是啊，”大和尚洪厚的声音响起，表情里尽是愤懑，“那萧孟亏自恃武艺高强，还妄想争夺武林盟主之位，简直是痴人说梦！”

萧萧一开始还能忍着怒气老实坐着，不愿露出杀伐的一面惊吓到霍斩言，然而在听到那两人又来编派萧孟亏后，猛地抽出桌上的短剑，朝着那大和尚掷了过去。大和尚觉察到动静，肥胖的身体向后一仰，携着滔天杀气的短剑从他的面前划过，在半空中绕了一个弯，又重新落回到萧萧的手上，被她干脆利落地插回剑鞘里。

此时萧萧已经站了起来，嫣然的红唇荡起邪魅的笑意，语气却冷冽分明：“大和尚不在庙里好好念经诵佛，在这厢背地里说人坏话是什么道理？不知道佛门戒律，妄语之人，将来要下地狱的吗？”

那大和尚本就肥胖，能勉强躲过萧萧的暗算已是不错，自然没有办法继续稳定身体，直接从凳子上摔了下来，躺在地上活脱脱像是一摊肉泥。他艰难地站起身来，怒火攻心，抄起身旁的一双铜锤，指着萧萧破口大骂：“小丫头是何门派，竟敢暗算伤人？”

萧萧侧着身体，不紧不慢地捋着鬓边的一缕发丝，嫣然轻笑着：“我？可不就是你们口中的邪教妖人吗？”

阴寒的目光扫过那两个人，唇边依旧带着笑意：“本姑娘今天心情好，若是你们肯跪下来磕头喊我三声姑奶奶，说不定我会饶了你们。”

大和尚和酸腐书生相视了一眼，齐齐地朝萧萧攻了过来，打斗中还能听到其中一人的声音：“妖女，竟敢到江东自投罗网，杀了你，正好给卓盟主当作贺礼！”

萧萧咯咯地轻笑着，毫不费力地躲过他们的连环进攻，剑未出鞘道：“好啊，本姑娘也想去会一会卓鼎天呢，杀了你们，给那老狐狸当贺礼岂不是更妙？”

双方战在一处，桌椅已被砸个稀巴烂，其余的客人都捂着头纷纷逃出了酒楼，酒楼老板和小二颤巍巍地躲在柜台底下，望着这几个人吓得腿脚直哆嗦。大和尚的招式虽然艰难，臂力却十分惊人，好在萧萧身手更是敏捷，懂得借力打力，四两拨千斤，十几招下来，那大和尚已经累得气喘吁吁，却仍未碰到萧萧的衣角。

书生一击未成，正好得出空位，见自己这边两个人对付这女子竟渐显颓势，随即将目光转向了站在不远处观战的霍斩言身上，不由得心生毒计，铁扇一扇，上面顿时露出十几道铁齿，朝霍斩言甩了出去。

“小心——”萧萧大惊，断喝一声，猛然转身将后背留给了大和尚，下意识地将手里的短剑投掷出去，几乎是同时，那大和尚的铜锤重重砸落在她的背上，萧萧一个趔趄，承受不了如此沉重的力道，往前踉跄了好几步，她半跪在地上，将涌在喉间的血腥硬生生地吞了下去，只在唇边留下一抹鲜红的血迹。

短剑将铁扇打偏，发出尖锐刺耳的声响，然而霍斩言却躲闪不及，还是被扇柄击中胸口，倒退着扶住了身后的桌角，喷出一大口鲜血。萧萧的心跳顿时漏了一拍，丢下正在打斗的对手，朝霍斩言跑了过去，跪在地上抱着他的身体，急切问道："斩言斩言，你怎么样？"

霍斩言虚弱地咳了一声，气息奄奄已经说不出话，从唇角不断地渗出鲜血，脸色苍白如纸，很快就昏了过去。

"斩言！"萧萧见此情景，心里更是害怕，她下意识地将霍斩言往自己怀里揽了揽，怨毒的目光死死盯着那两个人，恨不能此刻就将他们千刀万剐。

然而，这位以好战阴辣闻名于江湖的神龙教圣姑，生平第一次放过了重创自己的死敌，她强忍着身上的伤势，咬牙将霍斩言扶了起来，狼狈不堪地走到酒楼外。脚步踏出门槛一瞬间，刻毒阴寒的声音传来："你们给我等着，我萧萧此生不把你们碎尸万段，誓不为人！"

小镇的长街上，传来阵阵清脆的银铃声，来往的人们循声望去，只见一对年轻男女翩然掠过长街，男的身着一袭素白的衣衫，身后的披风飘舞轻荡，他靠在一个女子的肩上，眼眸轻轻合着，显然是昏了过去。那女子带着他施展轻功，依然身轻如燕，唇边挂着一道血迹，显得妖娆而又诡艳。

酒楼里，愣在当场的大和尚和酸腐书生相视了一眼，耳畔久久回荡着怨毒阴鸷的声音。

"萧……萧，神龙教圣姑萧萧……"

大和尚面如死灰地重复了一句，心里恍若坠入地狱般幽凉。那书生亦是脸色惨白如纸，他们都知道神龙教圣姑是什么样的人，杀人如麻，心狠手辣，只要是她说出的话，不择手段都会做到。

"大哥，我们该怎么办？"大和尚手足无措地看向了书生，祈求他能想出解决的办法来。

"别急，"书生扬手阻止了他，勉强定了定心神道，"我们先去投靠卓盟主，把今天的事情详述一遍，之后再做打算。”

大和尚连连点头，忙不迭地拾起地上的铜锤，跟上书生的脚步走了出去。

麦药郎是这江湖上鼎鼎有名的妙手神医，然而却没有人愿意称呼他为医者，因为这个人除了身负一身医术之外，毫无半点作为医者的仁心。

此人师承药王门下，并且娶了药王的唯一爱女为妻，传闻他们夫妻鹣鲽情深，早些年间经常行走在江湖上为人治病，颇受世人称赞尊崇。可惜天妒红颜，麦夫人年纪轻轻竟得了不治之症，和腹中尚未出世的孩子死在了大雪纷飞的隆冬腊月中。

从那之后，深感连自己心爱之人都无法救治的麦药郎，性情大变，对前来诊治的病人，一概闭门不见。然而，关于麦药郎，江湖上却还流传着另一个故事……

某年月日，一位身负重伤的年轻人背着一个女子来到了药王谷，他以天下至宝麒麟角为诊金，请求麦药郎施以援手救那女子一命，但凡习医者，都以得到麒麟角为毕生追求的目标，麦药郎自然也不例外，所以虽然觉得那女子已无生还的可能，他还是勉强答应了下来。

女子最终还是死去了，那位前来求医的年轻人万念俱灰，抱着女子冰冷的尸体离开了药王谷，连麒麟角都留给麦药郎没有取走，而麦药郎深感愧疚，搬到西北沼泽之地，再也不肯踏入尘世一步。

苦寒沼泽的雪地中，萧萧背着霍斩言缓步前行着，脚下的土质松软，一脚下去便踩出一个深坑，她不眠不休地走了三天三夜，此时已近强弩之末，但是目光仍然坚定遥望着远方的那座木屋，艰难地迈着脚步。

寒风阵阵，如刀的冰雪刮伤了她的脸，然而她却浑不在意，望着木屋越来越近，焦急的神色中逐渐露出了欢喜，她偏过头对昏迷的年轻人说道：“斩言你看，我们就快到了，你再撑一撑，我一定会救你的，就算死，我也会救你的！”

她咬了咬牙，从深陷的雪泥中拔出脚，拼尽全身力气向前挪着步子，然而刚走了没两步，一个踉跄扑倒在雪地里，背上的霍斩言也跟着摔了出去，滚了几下，侧躺在不远处的冰雪中。

他的容颜精致清俊，脸色苍白，眼眸轻轻地合着，在冰雪之中犹若白玉雕琢的一般，即使裹着狐裘披风，手脚还是冰凉。萧萧费力地爬了过去，将他紧紧抱在怀里，仔细揉搓着他的身体，想要挽留住他身上正在散失的温度，一如她想留住这个年轻美好的生命。

“斩言对不起……”萧萧紧紧抱着他，忍着身上的伤势和疼痛，脸颊贴着他的侧脸，“是我不好，你疼不疼、冷不冷？”

她艰难地把霍斩言扶起来，让他靠在自己的身上，不厌其烦地跟他说着话，然而这位年轻俊美的书生却一直闭着眼睛，没有给她哪怕一丝一毫回应，随着时间的推移，他脸上的血色逐渐暗淡下来，就连原本奄奄的气息都开始变得若有若无。

萧萧生平第一次知道什么叫害怕，从十几岁行走江湖开始，惨死在她手里的人不计其数，她将那些人视为草芥蝼蚁，从未在意过他们的死活。然而这一刻，她却想用自己的一切，来换取霍斩言浅淡易逝的人生。

湖光山色翩若惊鸿初见，他的温柔流淌在山水之间，像是一泓纯净的清泉，瞬间涤荡了她充满杀孽和暴戾的人生，她喜欢跟着他，喜欢陪着他，喜欢与他说话，好像只有这样，她才能找到一点点作为人的鲜活生息，只有这样，她才能看到这绝望人生中唯一的美好来。

她知道自己的身份，也知道他们之间永远都不会有可能，明知道跟着他只会给他带来灾难和危险，还是忍不住想要多陪他一刻，明知道自己所执着的，到头来终将是镜花水月一场空，却又不能阻止自己去想。

神龙教的妖女萧萧，喜欢上了一个萍水相逢的文弱书生，甚至还曾动过要脱离神龙教，背弃师父，与他隐退江湖的念头。

这是多么可笑又荒唐的想法，没有了神龙教，没有了圣姑的身份，那些她曾经杀过的人，曾经结过的怨，肯定会铺天盖地找上门来吧，到那时，她该怎么办呢？

她记得从前有个老和尚，吟诵过这么一段经文——

由爱故生忧，由爱故生怖；若离于爱者，无忧亦无怖。

她从不怕死，但她怕霍斩言会死。

麦药郎正在屋里收拾药材，听到外面传来突兀的敲门声，打开门时看到浑身狼狈的萧萧，顿时吓了一跳：“小丫头，怎么啦？”

萧萧哽咽了一下，近于祈求的声音道："麦爷爷，求求你看在我师父的面子上，帮我救一救他。"

麦药郎将目光移到昏迷的霍斩言身上，不由得一阵疑惑，还是侧身道："你先进来再说。"

萧萧将霍斩言放在屋里的床榻上，扯过被子给他盖好，寸步不离地守在旁边，这时候麦药郎走过来，简单号了一下霍斩言的脉象，心里就更是奇怪。他站起来沉吟片刻，抬头问道："你老实跟我说，这个人是谁？"

萧萧被问得心虚，不敢去看麦药郎的眼睛，只是望着霍斩言小声嗫嚅了一句："朋友。"

麦药郎微微蹙眉："你可知道他是什么来历？"

萧萧一愣，抬起头不明所以："什么来历？"

麦药郎招呼她走到外室，神情之间似乎百思不得其解："这个人身上并无半分内力，看起来不像是练武之人，可是受这么重的伤，却仍能撑到今日，真是奇怪。"

萧萧一听他这样说，顿时翻脸，一把扯过麦药郎的衣领，冷冷道："那你还待着干什么，想让他死吗？"

她把短剑压在麦药郎的脖子上："我告诉你，你要是救不了他，就休想从我手上活命！"

"哎呀呀……"麦药郎拍了拍她的手，皱着眉一阵头疼，"果然是你师父带出来的好徒弟，说变脸就变脸，简直跟他当年一模一样！"

见他提起师父，萧萧脸上勾起一抹算计的微笑，她松手放开了麦药郎，清冷的目光打量着他："当年你没能救回祖师婆婆，欠下我师父一个人情，现在我要你救活霍斩言，如果不能的话，我不仅会杀了你，还会刨了你们药王谷的祖坟！"

"你你你……"麦药郎气得直翻白眼，吹着胡须哼了一声，背着手气冲冲地走进内室给霍斩言把脉了。萧萧强硬狠厉的神色中，闪现出一抹黯然，她低下头沉默片刻，也迈步跟了进去。

麦药郎侧身端坐在床榻边，一边捻着胡须诊脉，一边若有所思地点了点头。良久之后，他将霍斩言的手放回被褥中，看向萧萧道："这位公子身上所受之伤并无大碍，只须调养一些时日即可，可是……”他说到这里，突然顿住了，不再说下去。

萧萧眸中闪过一抹急切：“可是什么……”

麦药郎沉吟片刻，才缓缓道：“这位公子体虚气亏，乃世间罕有，像是常年经受着难以承受的力量，致使身体损耗过大，但这个人又明明不会武功……真是令人想不透啊。”

萧萧闻言沉默了下来，霍斩言只是一个普通的读书人，连一点武功都不懂，如何会经受什么难以承受的力量？然而此时的境况不容她多想，只是焦急地问：“那他，可还有救？”

麦药郎捻着胡须，沉声道：“可以说有救，也可以说没救。”

萧萧皱起了眉，猛地站起来将短剑压在他的脖子上：“你再不说实话，我立刻就杀了你！”

麦药郎连忙道：“我说的并非谎话，说他有救，是因这世上有可以救他性命的东西，说他没救，是因为那些东西极为珍贵，实在难求啊。”

萧萧望着床榻上昏迷的霍斩言，下定决心问：“什么东西？”

麦药郎无奈地摇了摇头，才缓缓道：“麒麟角、火云芝和菩提子。”

萧萧闻言笑了，仿佛看到了生的希望：“麒麟角已经有了，不就是火云芝吗，又不是什么求之不得的药材，我去龙虎山上寻来便是。至于菩提子，我记得这东西是长在少林寺的后院吧，等我打上少林，看那帮臭和尚敢不给我！”

麦药郎摇头叹了口气：“单是这些东西还不行，火云芝与菩提子药性相克，若是想把它们炼成救命良药，还得取回天狼血当作药引。”

一听到天狼血，连萧萧都愣了片刻，她回过神来，淡淡道：“没有关系，几匹野狼而已，我还能应付得了。”

麦药郎微微皱眉：“你可曾想过，以这位公子目前的情况，可能撑不到你回来？”

萧萧望向了霍斩言，握紧了手里的短剑：“三天之内，我一定回来。”

麦药郎闻言站了起来，语重心长道：“念在我与你师父相识一场，有些话还是要跟你说个明白，这位公子身体已近油尽灯枯的地步，纵使你救得了他一时，他也……活不长久。”

萧萧的心里猛地一沉，她知道霍斩言的身体不好，但是没想到竟然病重到这种程度！麦药郎见到她这样的反应，不由得更是怀疑：“你可知道他是从哪儿来的，又是做什么的？”

萧萧看向了麦药郎，与他对视片刻，缓缓地摇了摇头。麦药郎心中一紧，指着昏迷中的霍斩言：“你老实告诉我，他可真是你的朋友？”

萧萧的神情怔住，在一阵沉默之后，最终还是低下了头，默认了他的猜测。麦药郎更是着急，恨铁不成钢道：“连人家的身份背景都不清楚，你你你……”

“我不想知道这些！”萧萧决然打断他的话，目光定定地望着霍斩言，语气轻缓了不少，“我只要他活着。”

麦药郎望着萧萧，苍老浑浊的眼眸中，仿佛看到了当年的那个少年，一样执拗不驯的性子，一样执迷不悟的痴情。他叹了口气：“就算你拼上性命，也无法保他长久，这又是何必？”

萧萧的神情落寞而茫然，唇边似乎勾起些许苦涩的笑意，喃喃地说道：“那又有什么关系呢？只要能多留他一刻，就是让我上刀山、下火海，我也不会眨一下眼睛，只要知道他现在还是活着的，我这心里……总归还有些安慰。”

麦药郎长喟一声：“你愿意为人家上刀山、下火海，人家也未必会领你的情，你师父不就是个例子？没想到有这个前车之鉴，如今你又重蹈了他的覆辙。”

听着他的话，萧萧默默垂下眼帘：“我没觉得师父有什么不好，相比这世上千千万万个不知心归何处的人来说，他能在心里想着祖师婆婆，还能每天看到她，同她说话，便已是莫大的福气了。情爱之事，不都是如此吗？旁人看了纠结心酸，觉着不值，然而个中滋味，如鱼饮水，冷暖自知。”

麦药郎望着她，半晌说不出话来，从前只以为她还是个任性胡闹的小丫头，可是现在，看着她说话的神情，听着她所说的话，竟有一瞬间恍然：原来时光如刀，刀刀催人老。

人生在这个世上，总有一番苦痛需要自己去尝，纠结迷惘，贪爱嗔痴，或是大彻大悟，或是万劫不复，然而最终都会尘归尘、土归土，那些曾经的执念，那些过去的守望，就像红了的樱桃、绿了的芭蕉，抛掷在往日的时光中，蓦然回首时，方才发现，自己的一生也就那么过去了……他自己不也是这么走过来的吗？

麦药郎点头承诺道：“你放心，在你回来之前，我会尽力保住他的性命。”

萧萧道了一声谢后，将目光定格在霍斩言身上，妖娆的容颜间尽是担忧和留恋，她倒退着脚步依依不舍走出了木屋，朝向外面纷飞的大雪，坚定决然地走了出去。

麦药郎的木屋中，云皎望着萧萧远去的背影，看向云初末道：“原来讨厌鬼和萧萧之间，还有这么一段往事。”

几天前，他们借助长空之境的力量，回到了三十年前的江月楼，发现当日抢夺骨笛的鬼魂确实是江月楼主霍斩言，同时他们还发现，是霍斩言命人暗中散播神龙教主萧孟亏要争夺武林盟主之位，以及卓鼎天跟随一位女子学武，并欺师灭祖将其杀害的消息。

可笑的是，那些自以为是的武林人士，被霍斩言耍得团团转而不自知，甚至还有人妄想趁此机会把江月楼拖下水……

棋是霍斩言所摆，局也是霍斩言所设，接下来的路该怎么走，他心里可比任何人都清楚。那些人机关算尽后，什么都不会得到，只是平白给人当了棋子和挡箭牌，即使死了，都不知道究竟是死在谁的手里。只是，霍斩言这样做到底是为了什么呢？

由于事先隐了身形，所以麦药郎根本看不到他们的存在，云初末迈步走到床榻边，注视着昏迷中的霍斩言，微微蹙起了眉。

他与霍斩言交过手，所以知晓对方的武功和实力，纵使那时霍斩言已经有了三十年鬼魂的修为，比现在要强过许多，但没道理此时会是这副弱不禁风的模样。这个人安排了这么多的事，几乎搅乱了大半个江湖，肯定是要达成某个不可告人的目的，因此他不可能这样轻易地将自己陷入危险之中。既然如此，他这样做的意义究竟何在？

云初末正思考着，忽然听到云皎在一旁惊呼，她惊讶地捂着自己的嘴巴，抖着手指指向床榻上的霍斩言：“云初末，你快看……”

此时，麦药郎已经出去准备伤药了，屋子里除了他们，空无一人。

原本因为昏迷躺在床榻上的霍斩言，竟然缓缓地睁开了眼睛，平静的目光望着木屋房顶，温润淡漠的眼眸中没有一丝一毫的感情，唇角处却逐渐勾起一抹幽凉的笑意。

他的容颜如雪，精致美好，即使躺在那里一动不动，还是令人感到绝代风华的优雅，温润谦和的气质恍若三月的春风，温暖却也有些莫名的寒凉，一袭素白的衣衫，映衬着眉目中的些许漠然，像是纯良无害、坠落凡尘的谪仙。

云皎望着霍斩言，心里不由得一阵恶寒，皱眉道："这个人……他到底还有没有一点良知？"

她到现在才想明白，如果说他和萧萧的相遇是偶然，那么接下来所发生的事情，便是他精心设计的一个局。

酒楼那两个人的出现，正好促成了他蓄谋已久的计划，意外冲突，重伤昏迷，他算准了萧萧会带他来找避世沼泽的麦药郎，也算准了萧萧会出生入死地为他采来救命的药材，以及那味令神龙教圣姑都感到心悸的天狼血。

而他，在这一场算计之中，连话都没多说几句，便轻易俘获了神龙教圣姑的芳心。他只是演了一场戏，天下医者梦寐以求的麒麟角，生长在龙虎山上，百年才成熟一次的火云芝，以及少林寺后院中，被四大禅僧看守的菩提子，那个性情率真乖张的姑娘，都会一一为他取来，双手奉上呈在他的面前。

云皎突然觉得有些悲凉，为萧萧感到难过，在这个世上，有什么比被心爱之人算计利用更能伤透人心的？

天真无邪的少女，虽然手上曾经沾满鲜血，却依旧保持着一颗真挚善良的心，她的性情乖张而暴戾，然而遇上了"纯净美好"的他，竟是这般信任和爱重，不惜削足适履般隐忍自己的杀戮和脾气，局促笨拙地表现着作为普通女儿家对心上人的爱慕和在乎，委曲求全只为能跟在他的身边。

外面纷飞的大雪飘若柳絮，回想起数日之前的江水之上，萧萧曾小心翼翼地递给霍斩言一枝桃花，那时候的她明眸皓齿，笑容灿烂，宛若天际织锦的晚霞。

江湖上肆意流走的春风，遇上了心静止水的霍斩言，于是漂泊的风儿终于找到可以停脚的渡口，不想再流浪。她想从霍斩言这里获得温暖和安宁，她想从他这里找到最初的美好和安定，不承想，却是被他困住飞翔的翅膀，陷落在这冰天雪地的阴暗中。

望着云皎愤愤不平、一副伤心得快要死了的表情，云初末面无表情地扯了扯唇角：“你还要不要看，实在看不下去的话，不若现在就离开长空之境吧？”

云皎还是很生气，微微撇着嘴，很是不乐意道：“要！”

虽然讨厌鬼现在的表现有些气人，不过她还是很想知道关于那支骨笛的故事，霍斩言和萧萧之间，还会发生什么事情呢？为什么霍斩言的手中，会有萧萧的骨做成的笛子？

或许云初末先前说得很对，霍斩言对萧萧还是有些情意在的，不然怎么会在死前将那支骨笛作为陪葬带在身边？明知道不是云初末的对手，还是冒险前来抢夺，精于算计的江月楼主，怎么可能会做这样不划算的事情？

云皎抬头问道：“那我们现在该去哪里？”

云初末想了一下，漫不经心地答：“先跟着那个女人吧。”

“那霍斩言这边怎么办？”云皎随手指了指。

云初末斜睨了她一眼，语气轻飘飘的：“你若是不放心的话，就留在这里看着他好了。”

“不要不要……”云皎赶紧抱住了云初末的胳膊，生怕他会突然消失，把她撇在这里似的。

云初末忍不住笑了一下，抬手敲了敲她的头，没好气道：“走吧。”

第三章

冉冉物华休

三月的龙虎山，丹峰环碧水，候鸟映湖光。

一骑快马穿过山谷，越过河流，马蹄奔腾之间，溅起水花一片。

萧萧单手策着马辔，神情间尽是焦急，此时她的脸上已有几道刮痕，发髻也被风吹乱，原本嫣红的衣衫上脏乱不堪，然而系在腰间的锦袋里，却隐约露出圆鼓鼓的一块。

这就是麦药郎口中的火云芝，生长在龙虎山最为偏僻险峻的山峰上，一百年才有可能成熟一次，这种灵芝药性刚烈，受不得寒气侵袭，但又因灵芝本身的特性，只适宜生在潮湿阴暗之地，所以很难长成。退一万步来说，就算真的在某个地方长出来了，经过百年的风吹雨打、冰封雪冻，也极少有能够撑到成熟的。

多年来，无数人慕名来到龙虎山想要寻找灵药的踪迹，然而真正见到火云芝的人却寥寥无几，究其原因，不过有两种：一自然是火云芝极其珍贵，实在物稀难寻；这二嘛，火云芝大多生长在陡峭险峻之地，而前来寻找火云芝的那些又大都是惜命之人，谁会闲着没事做，为了一棵灵芝去冒生命危险？

离开苦寒沼泽之后，萧萧几乎翻遍了整座山峰，最终在悬崖中央的瀑布边找到一株，这个性情乖戾偏执的姑娘，忍着伤痛和疲惫，连夜狂奔了几百里都没皱一下眉头，然而在摘下火云芝的时候，终于忍不住落下泪来，喃喃自语道：“我就知道，我就知道上天不忍心看着你死的……”

得到火云芝之后，剩下的便只有天狼血和菩提子了。

少林寺的那四位禅僧，皆是上一任住持的师叔，武功修为深不可测，以萧萧现在的状况，若是豁出性命拼死相搏，或许也只能打败其中一个，然而她却选择了距离龙虎山最近的天狼峰。

她记得临行前麦药郎的嘱咐和承诺，现在只剩下不到三天的时间，所以无论如何都要在霍斩言殒命之前，尽快赶回苦寒沼泽。

萧萧甚至还在想，若是最后她实在打不过少林寺的那四位禅僧，在死之前祈求他们把药材交给麦药郎，看在她这个魔教妖女也懂得救人的分儿上，那些人说不定会心软，救霍斩言一命。

她在中途换了三匹快马，连续奔波了数个时辰，终于赶到了天狼峰，此时已近深夜，天狼峰上星辰万点，仿佛唾手可得，一轮盈满的明月悬挂当空，阵阵寒风中，不时还传出几声凄厉的狼嚎声。

萧萧下了马，徒步朝向峰顶走去，遥望远方的天狼峰上，一块巨石突兀地延伸出来，在月光下显得孤寂冰冷，像极了一匹仰天长吼的雪狼。

她此行要寻找的，便是雪狼。这种狼常年生活在天狼峰顶，因生性残暴凶猛，所以又被人们称为“天狼”。据说，一匹雪狼可以轻易捕杀一个武林高手。黑暗之中，萧萧只能听到耳边呼啸的风声，以及令人心悸的狼嚎，她感觉有些发冷，所以抱了抱手臂，借此来维持自己的体温。

大和尚的那一击着实不轻，将近百斤的铜锤直接砸在后背上，若不是她内功深厚，恐怕在当时就已毙命，之后都没来得及看大夫，便带着昏迷的霍斩言辗转奔波到苦寒沼泽，现在又出来寻找能够救他一命的珍稀灵药。

夜晚的寒凉让她清醒了不少，萧萧捂着胸口咳了两声，喉间有些许血腥涌上来，又被她强行压了下去，她放轻了步子行走在幽暗阴森的树林中，只觉五脏六腑都在隐隐作痛。

那一击，只怕是伤及肺腑了吧？萧萧自嘲地心想，行走江湖这么多年，还未曾这样狼狈过！

不远处的灌木丛中，传来几声簌簌的声响，萧萧敏锐地竖起了耳朵，隐约听到野兽低沉压抑的喘息声，她顿住了脚步，下意识地握住了自己的短剑，警惕找寻着声音的来源，她甚至都能感到，那从灌木之后，一定有着恶魔般阴森冰冷的目光。

然而，对峙了一会儿之后，四周又陷入寂静之中，仿佛她刚才听到的声音，只是自己的幻觉而已。萧萧长出了一口气，放松了些许精神，但一想到霍斩言现在的状况，不由得蹙了蹙眉，加快步伐朝向树林深处走去。

夜间紫雾弥漫，笼罩在树木之间，像是一道厚重的屏障，让人感到神秘而危险。不知从何处传来几声凄厉突兀的鸟鸣，紧接着又听到了翅膀急促扑打枝叶的声音，萧萧连忙拔出了手里的短剑，清冷的目光环视着周围的灌木，然而等她看清了隐在黑暗中的东西，竟一时间忘记了反应。

那是一双双闪烁着淡绿光芒的眼睛，幽深而冰凉，加起来总共有十几个，不，数十个之多，它们潜行蛰伏着，以她为中心小心翼翼地靠拢，甚至从那些隐忍的喘息声中，她都能感到喷薄而出、充满贪婪的气息。

萧萧握剑环视了一圈，身上升腾的杀气令那狼群不敢轻易靠近，双方对峙了一会儿，终于有按捺不住的雪狼，朝着她嚎叫一声直直地扑了过来。

萧萧身手敏捷地躲闪过去，泛着阴寒气息的锋利短剑划过那只雪狼的肚子，只听得一声惨叫，那只雪狼被瞬间斩成了两段，尸体在地上挣扎片刻，直挺挺地躺着一动不动，鲜血喷洒一地，腥热的气息弥漫在夜色里，久久不散。

狼群里一阵骚动，它们没有因为同伴的死去而感到哀痛和惧怕，反而更加狂热地注视着眼前的女子，它们在灌木丛中迂回前进，隐忍地低吼嘶叫，不时做出攻击的架势，仿佛下一刻就要一哄而上，用利爪将这个人撕得粉碎。

萧萧持剑侧身而立，血腥的气息令她的紧张缓解了不少，体内的鲜血仿佛要沸腾，方才由于伤重而感到的疼痛，在极度紧张之下缓和不少，她的眼神中充满杀气，以同样贪婪的目光看着它们，紧紧握着手里的短剑，迫不及待将要展开一场殊死搏斗。

几只雪狼长嗥一声齐齐向她扑了上来，萧萧一边躲闪着它们的攻势，一边用短剑阻挡着撕咬，她伸脚将一只雪狼踹飞出去，又有另一只雪狼扑了过来，手起刀落间，那几只雪狼都负了伤，哀嚎嗫嚅地准备下一波攻击。

此时她已然负伤，嫣红的衣裙上，几道触目惊心的爪痕横贯了大半个后背，殷红的鲜血浸湿了衣衫。萧萧单手拄剑，半跪在地上筋疲力尽地喘息着，然而凌厉的眼神，却一直死死盯着周围伺机而动的狼群。

见到她的颓势，那些雪狼终于不再隐忍，纷纷从灌木丛中鱼贯跃出，贪婪地上前撕咬她的身体。萧萧的短剑一挥，将几匹雪狼逼退了好几步，然而就在这个空当，一只雪狼猛得将她扑倒，尖利的牙齿死死咬住了她握剑的那只手。

萧萧疼得脸色惨白，用尽全身力气去推那匹雪狼，手臂疼痛到麻木，她冷汗涔涔，左手接过短剑，找准时机在那匹雪狼的颈间狠狠划下一刀，湿热的血液浸透了她的衣衫，雪狼几乎没做什么挣扎就倒下来，萧萧一阵作呕，用力将雪狼的尸体推到一边，挣扎着跪在地上，手里拄着短剑剧烈喘息着。

经过一番激战，她的身边还包围着十几头雪狼，它们贪婪而忌惮地绕着她来回走动，仿佛在迟疑要不要继续攻击下去。萧萧的唇边荡起诡艳的笑意，近于疯狂一般："来啊，传闻中的天狼也不过如此……"

她剧烈地咳了咳，唇齿间溢出猩红的血迹，缓缓垂下眼帘，喃喃地自语着："我不会死的，我不会死的……"

说到这里，她挣扎着站起身来，右手已经完全没有知觉，只能用左手持剑。她环视着狼群，看着它们畏惧的表现，不由得冷呵了一声，眉目间尽是嘲讽和冰冷。剩余的雪狼迟疑了良久，最终长嗥一声，不甘不愿地结伴朝森林深处逃去了。

萧萧凌厉的眼神慢慢黯淡下来，面容里写满了疲惫之色，在月色下显得有些凄楚。她轻咳了一声，失力跪倒在地上，凌乱的发丝挡住了苍白的容颜，黑暗中，疲倦的眸光忽然闪了一下，喃喃的声音轻念着："斩言，你等着我……"

寂静的树林中，那道身影缓缓站了起来，迈着虚软的步伐踉跄向前走着，很快消失在茫茫夜色之中。

清晨少林寺的古刹中，响起了一阵突兀的敲钟声。

数百个手拿棍棒的僧人鱼贯冲出大殿，朝向寺院中央的广场奔跑出去，住持和几位长老手持念珠，急匆匆地跟随其后，不多会儿，他们便来到了大殿前的阶梯前，垂目望去，只见一个女子站立在广场中间。

这女子年方不过二十岁模样，容颜妖冶艳丽，唇角冷笑嫣然。她的身上满是血污，脸色惨白如纸，看来刚刚经历过一场惨不忍睹的激战，长发凌乱散落在肩上，白净如雪的肌肤在污秽和血腥下显得诡异妖艳。

她的右臂血肉模糊，森白的手指紧紧抓着短剑，即使被手持棍棒的僧侣团团包围在中央，还是临危不乱，恶毒凌厉的目光扫过一圈，冷冽高傲得不可一世。

住持连忙向前走了几步，合手道："阿弥陀佛，女施主不经通传，硬闯我少林为何故？"

萧萧手里的短剑寒芒一闪，持剑指着住持，语气冰寒生冷："我萧萧向来想见谁就见谁，想去哪里就去哪里，值得让我通传的人，只怕这个世上还不存在。"

少林寺的人一听到"萧萧"的名讳，皆是脸色微变，就连包围她的那些僧侣，都不由得倒退了好几步。住持首先镇定下来，还未来得及开口说话，旁边一位长老站了出来，指着萧萧勃然大怒道："妖女，你一个月前灭了苍山派满门，杀害四百三十一口人命，现在竟还敢来少林送死？"

萧萧笑得更是灿烂，侧身捋了捋鬓边的发丝，漫不经心道："那个啊，你不说我倒忘了。"

波光流转的眼眸望向长老，她轻轻念道："你们佛家不是常说，放下屠刀，立地成佛吗？如今我一心向佛，不知少林可愿收容我这等满身杀孽之人？"

"你……"长老被她驳得无言以对，半晌咬牙道，"你这妖女，好生狡诈！"

住持走出来，缓缓道："萧施主肯放下屠刀，诚心改过，这是造福武林和苍生的好事，对我少林来说，也是一桩善事。佛法无边，普度芸芸众生，萧施主自然也在其列。"

萧萧冷笑了一声，挑了挑眉：“诚心改过？我本就无错，何过之有？”

“你这妖女，到现在竟死不悔改！”不知是谁说了一句，其他的僧侣纷纷附和，皆是如临大敌地望着她。

萧萧眸中闪过一抹阴狠之色，沉声道：“成王败寇，自古便是如此。是他们技不如人，死在我的手上，反倒要赖我心肠狠毒。难道别人要来杀我，我站着不动任其砍杀，这就是所谓的仁德侠义了？”

她顿了顿，不屑地冷哼：“若论心狠手辣、鸡鸣狗盗之辈，你们这些所谓的名门正派，也不过如此！”

“你……”那长老气得脸色青黑，一拂衣袖怒声道，“魔教妖女，无须多言！”话音刚落，那些手持棍棒的僧侣便向萧萧攻了过来，棍棒结合阵法，彼此间配合得天衣无缝，连成一个圆环向萧萧压了下来。

萧萧腾身而起，脚尖轻点落在了中间，以内力压制着他们的棍法。她单手持剑，身姿轻盈如燕，望着不远处站着的住持和长老，倾吐的话语冰冷阴寒：“今日胆敢阻我路者，遇神杀神，遇佛杀佛！”

她飞跃在半空中，与此同时，僧侣的棍棒皆是高高扬起，萧萧翩然落在他们中间，短剑在手中转了一圈，周身流动的内力气息瞬间爆满，以她为中心向外扩散，方才还在包围她的僧侣们，连同手中的棍棒一起倒飞了出去，重重摔落在地上，捂着胸口再也起不来。

萧萧脸色沉郁，持剑缓缓向少林古刹逼近，方才的那位长老又站了出来，勃然怒道：“妖女欺人太甚！”他纵身而起，同时手中的念珠被断成十几颗珠子，携着巨大的内劲向萧萧直冲过来，萧萧轻点脚尖升腾在半空中，退出了数十步，以内力化出的气流生生接住了这些念珠，短剑一挥，把它们统统打了回去。

那长老本还想趁此机会补上一掌，一见念珠被打回，连忙闪身躲了过去，那些念珠尽数击打在地面上，顿时出现了一个个深坑。旁边之人见了，不由得脸色一白，眼前这女子尚且不到二十岁，身上还受着重伤，竟会有此功力！

那长老一击未成，又举掌攻了过来，萧萧冷哼了一声，声音亦是冰凉：“来得正好。”

这一次，她没有躲闪，而是以掌力硬生生地接住了这老和尚的力道，双方内力相撞，肆虐的气流以他们为中心瞬间向外扩展，那些躲避不及的僧侣皆被震飞出去，摔倒在几丈之外。

那长老连连倒退了好几步，捂着胸口喷出一口鲜血，显然是受了内伤。而萧萧，喉间一股血腥涌出，又被她强行压了下去，站在原地一动不动，仿佛刚才那一击对她并无影响。

身上的伤口由于刚才那一击，又裂开了许多，殷红的鲜血不断在她身上蔓延，恍若悄然绽放的花儿。她嫣然轻笑着，单手持剑向他们走近，像是从地狱复活归来的恶魔修罗，将死亡的气息笼罩在整个少林。僧侣们被她一步步地逼退，惊恐地望着眼前的女子，如临大敌，却无一人胆敢上前拦她。

慢慢步上石阶，萧萧的脚步轻缓，连语气也淡了下来：“我只是来取菩提子，去救我心爱的那个人，并不想妄造杀孽，你们为什么偏要挡着我的路呢？”

目光扫过那些惊恐的脸庞，声音却格外柔和：“他是这世上最良善之人，不会怕我，不仇恨我，愿意同我说话，答应让我陪他……你们说，若是他死了，我该怎么送你们下地狱？”

望着眼前几近疯狂的女子，住持叹了口气，缓缓道：“萧施主既是为了救人，便随老衲来吧，只是菩提子一直由四位师祖看守，能不能取来，就要看施主你的造化了。”

他们几乎是被萧萧持剑一路威逼到后院的，越过一个拱门，住持向萧萧道：“萧施主，菩提子就在里面。”

萧萧朝向院子里望去，果然见院子中央围着一棵大树，上面郁郁葱葱地长满了枝叶，看上去和普通的槐树没有什么区别，然而就在枝叶之中，掩映着一串串碧绿可人的果实，在阳光下显得晶莹剔透，泛着宁静圣洁的金光。

她面露欣喜，不顾身旁的众多僧侣，纵身朝向那棵菩提树飞了过去，然而在手指差点就接触到果实时，一枚石子飞了过来，她侧身一闪，缓缓落在了树下，下意识地侧首望向了暗算她的那个人。

庭院之中，建着四座土坯搭成的简易小屋，每座小屋只能容纳下一人，四个衣衫褴褛的和尚端坐其中，他们身形枯槁，像是枯坐在油灯中圆寂的禅佛，令人见了便觉得如被佛法洗礼和涤荡。

萧萧警惕地看着他们：“原来传闻中的少林四大禅僧，竟是暗箭伤人的宵小之徒！”

对方丝毫不为所动，其中一人道：“施主若想取得菩提子，便要过了我们四人这一关。”

萧萧闻言冷笑道：“你们不是常说，救人一命，胜造七级浮屠吗，现在却又立下这样的规矩，当真让人觉得可笑！”

那黄衣禅僧答道：“只因这菩提子是救人性命的紧要之物，所以才要小心看护，不然人人趋之若鹜，反倒会耽误了真正需要之人的性命。”

“如此说来，你们非要动手不可了？”萧萧的声音冷厉，早已将手里的短剑握紧。她知道自己现在的状况，想要打败这四位禅僧几乎是不可能的事，但是，近在眼前的希望，又如何能让她放弃？

挥剑向其中一人攻去，那人纵身一跃，剑势的力道击打在土坯之上，那土坯瞬间裂开了好几块，萧萧脚尖点地，轻盈的身躯反而一折，短剑朝着那人又刺过去，招式凌厉狠辣，却都被对方轻而易举地化解。

她的短剑一划，剑势携着内力冲向对面土坯里坐着的禅僧，那禅僧也一样飞了出来，两人共同牵制住萧萧，衣衫褴褛的身形飘在半空中，犹如鬼魅一般，虽未使出全力，却令她一路败退到拱门边。

萧萧心中大急，心知再如此打下去只是白白耽误时间，对方未下杀手，但她却没有这样的善心，于是躲过一方攻击的同时，使出全身的内力朝着另一方狠狠打了出去。

那禅僧躲闪不及，只能硬接她的掌力，强劲的力道令他连连倒退了好几步才稳住身形，而萧萧却如断了线的风筝，被震得倒飞了出去，重重摔在了地上。

萧萧侧躺在地上，再也承受不住喷出一口鲜血，她的脸色苍白，唇边染着血迹。不管眼前这位女子是何来历，又是何身份，也不管她曾经做过什么，将来又会做什么，但凡见到她这般浑身血污、满是伤痕的模样，都会心生不忍。

那位与她接掌的禅僧合上了双掌，无可奈何地叹息道："施主即使不受重伤，也非我们四人的对手，还是快快下山去吧。"

"不！"萧萧挣扎着要从地上站起来，却因牵动到伤口，又虚弱无力地倒下去，她捂着伤口艰难道，"我不会离开的，就算死，我也要得到菩提子！"

她半跪着起身，近于祈求地问道："既然菩提子是救人之物，大师为何不肯交与我？"

那两位禅僧相视了一眼，似乎有所动，萧萧见此大喜，恍惚看到了希望，刚想要说话，就听一人断然喝道："师祖万不可心软！"

方才与她打斗的长老站了出来，向那两位禅僧施礼道："师祖有所不知，这女子乃魔教妖女萧萧，手段向来阴毒狠辣，一个月前竟下毒手杀害了苍山派数百条人命，此番来讨要菩提子，必是救哪位为祸苍生的魔头，若我们一时心软，将菩提子交与这样的人手上，岂不是害了更多人的性命？"

萧萧的手紧紧握着，咬牙道："人是我杀的，你们要报仇，只管冲我来便是，斩言他不是魔头……"

见无人相信她的话，萧萧手足无措看向了那两位禅僧，喃喃道："斩言他不是魔头，他是这世上最善良的人，甚至……都不知道我的身份……"

那位禅僧望着她，叹了一声，还是道："萧施主，贵教势力发展宏大，教众遍布山川各处，能救人性命的宝物亦是数不胜数，你又何必执着于我少林？此番寻药之行，我们不会为难于你，却也不会冒险给予你灵药，还请你下山去吧。"

"不，"萧萧向前走了几步，语气里尽是哀求，"麦药郎说过，要治好斩言的病，非麒麟角、火云芝、天狼血和菩提子不可。"

她急忙取下腰间的锦袋，双手摊开，呈到那位禅僧面前："你看，火云芝和天狼血已经有了，现在就只剩下菩提子了……"她说到这里，突然顿住，呆呆地望着那只锦袋，容颜苍白如雪，然后朝着那位禅僧缓缓地跪了下来。

寂静的后院中，顿时升起了一阵细碎的议论声，那些僧侣惊愕地望着眼前这一幕，不由得瞪大了眼睛，几乎不敢相信。传闻中那位嚣张乖戾、杀人不眨眼的魔教圣姑，为了得到菩提子，居然肯忍受屈辱向人下跪！

萧萧忍着伤势，向那禅僧缓缓道：“我萧萧不跪天，不跪地，甚至连师父都未曾跪过，现在我求你，求你救救斩言，求你救他……”

禅僧同情地注视着眼前的女子，望着她身上的累累伤痕，最终还是叹了一声，看向自己的师兄，见对方无可奈何地点了点头，方道：“罢了，念在你一番诚心，若施主肯在佛祖面前起誓，今生不再犯杀戒，那么我便会将菩提子交与你。”

萧萧脸上露出笑容，并指举起了手：“我萧萧今日在佛祖面前起誓，今生绝不会再犯杀戒，如若不然……”她顿了顿，还未想到誓言的代价，那禅僧缓缓补充道：“如若不然，你救的那个人，便会再次陷于今日这样的危难，你可愿意？”

萧萧瞬间怔住，她垂下头思考片刻，郑重点了点头：“好……”

青山古刹之间，那个重伤狼狈的女子收敛了所有的暴戾与阴狠，虚弱的身形恍若一片纤细的苇叶、一只断了线随风而逝的纸鸢，她忍着身上的伤势和痛楚，在少林数百僧侣充满戒备的目光中离开。

每走几步，身旁的僧侣就会持着棍棒忌惮地后退，望着他们的恐惧和憎恶，萧萧的神情有些悲凉，悲凉中又带着若隐若现的暖意。她要回到苦寒沼泽去，去见她心心念念着的那个人，站在他的身边，静静注视着他温柔浅淡的眉眼。

她知道霍斩言一定不会像这些人这般嫌恶她的，他会同她说话，对着她笑。

在他面前，她可以不必做神龙教的圣姑萧萧，在他面前，她只是一个悄悄爱慕着他的女子。局促笨拙，遮遮掩掩，生怕这个病弱温柔的书生一旦发现她身上的血腥和残忍，会吓得却步逃走；生怕自己的身份和过往，会带给他无尽的烦忧和灾难。

然而，这番玲珑心思，即使她不曾对他说出口，霍斩言不会不懂吧？

她从小就不知道该如何掩饰自己的内心，有些东西，有些人，一旦爱上了，便是轰轰烈烈，恨不得把整颗心都掏出来呈到人家的面前，甚至会觉得只是这种程度到底够不够。那些缱绻在心头的爱恋，总是不自觉地倾泻而出，要如何才能收敛隐藏得了呢？

她记得很久以前，曾听师父说过这么一个故事，他说有两条鱼，被困在车辙里面，为了生存，两条小鱼彼此用嘴里的湿气来喂对方。然而，这样的生活总归是不对的，遨游河川大海，才是鱼儿的宿命，水漫上来了，这两条鱼儿也终将回到属于它们各自的天地。

现在想来，她与霍斩言之间不也是如此？萍水相逢的初见，惊鸿照影的结伴而行，本就是两个不同天地的人，闲庭落花、云卷云舒，才是属于他的生活和人生，然而她，注定要在这人情稀薄的江湖上，风雨飘摇、踏血前行。

是谁说过，相濡以沫，不如相忘于江湖？能够做到的人，一定不曾有过铭心刻骨的眷恋和不舍，就连师父那样的人，都会沉沦在情网之中挣脱不得，她又为何不可？

江湖人人都说神龙教教主萧孟亏终日闭关修炼邪功，可曾知道他只是将自己关在冰室之中，同他心爱的那个女子躺在繁花似锦的冰床上，在只有他们的世界里，静静陪着她，不厌其烦地与她说话，即使那个女子已然死去了二十几年……

她从不觉得这是痴，是傻，因为在这红尘之中、茫茫人海里，能够遇上一个令自己心动的人，是多么幸运的一件事。倘若真的遇上了，便是要将那人长长久久地放在心间，就像被她爱着的霍斩言，纵世间百媚千红，从此以后，她也只看得到他的身影。

几天之后，西北沼泽之地，大雪纷纷下了好几夜。

一位年轻公子站立在窗边，静静望着远方银装素裹的天地，他的眉目浅淡温柔，身上系着狐裘披风，白皙修长的手指隐在云袖之中，像是一幅绝尘临仙的水墨画，身后的架子上摆着古朴破旧的竹简，还有一层层盛放风干药材的簸箕，几个药炉中咕咚咕咚地冒着热气，满屋尽是药香。

萧萧迈步走近了他，站在他的身后，良久才道："斩言，你的身体好些了吗？"

霍斩言闻言转过身，望着她静静笑了，精致如画的眉眼越发显得清俊温柔。他点头淡淡嗯了一声，不紧不慢答："多谢姑娘舍命相救。"

萧萧站在他的身边，明艳的容貌中有些羞涩，故作若无其事道："什么舍命不舍命的？你不要听那麦药郎胡说八道，不过几味药材而已，对我来说又不是什么大事。”

她顿了顿，见霍斩言眉目中的担忧与哀伤，不由得慌神劝慰道：“麦药郎说，只要你留在这里再多修养几日，便可大好了。”

她在欺骗霍斩言，同时也在欺骗她自己。当日麦药郎所说，纵使她费尽心力取回了那几味药材，霍斩言也不可能活长久。

她不知道霍斩言的来历背景，也不知道他家中还有何亲朋好友，更不知道自己现在在他心中究竟占据着什么样的位置，却自私贪心地想要将他留下，甚至妄想着，在他生命最后的这段时间里，由她陪着他，就在这个冰天雪地的地方，没有尘世，没有江湖，只有他们。

然而霍斩言却微微顿首，声音听起来清淡而温柔：“姑娘和神医的好意，在下心领了。”

萧萧听到他的话，焦急走上前去，不悦地皱眉：“怎么，你要走？”

霍斩言点了点头，不紧不慢道：“此次离家，本是打算去洛阳处理一些私事，如今已耽搁太长时间了。”

闻言萧萧陷入了一阵沉默，是啊，他们本来就是毫不相干的两个人，霍斩言原是要去洛阳的，因被她连累辗转来到苦寒沼泽，不仅受了伤，还耽搁了行程，如此算起来，终究是她对不住霍斩言，现在又怎可痴心妄想地把他留下？

只是此次离去，便后会无期了吧。从此以后，他们便是不同世界的两个人，走着不同的路，看着不同的风景，也终将会走向不同的结局。

只是不知，在他闲敲棋子落灯花之时，可会偶尔想起她，想起他们的初遇，想起她曾经送给他的那枝桃花？那么她呢？江湖儿女，四海为家，注定如柳絮般漂泊流浪，当她走遍天涯、行遍绿水之时，寻寻觅觅中，可会再一次见到他的身影？

萧萧依依不舍，却又不知该如何挽留，想了许久，方道：“你……你还没有吹笛子给我听呢！”

霍斩言一怔，向来清淡的眼眸中恍惚闪过了不明的神色，片刻之后，又缓和下来，眼波潋滟婉转，像是融化成两泓清泉，里面流动着些许温柔，他转过身平静地望着外面的风景，良久才道：“姑娘，你先转过身去。”

他的声音清浅，恍若一缕单薄的轻烟，一出口便已消散在空气之中，然而却可以令听到它的人刻骨铭心，一字一句，犹若玉珠落盘，甚至在很久之后，都忍不住回想起他当时的语气，以及他说出这句话时的神情。

萧萧眸中闪过一丝诧异，还是按照他的意思老老实实转过了身，背对着霍斩言，等候他接下来的话。然而片刻之后，婉转悠扬的笛音响了起来，从木屋一直传到远方的天际，合着外面纷飞的大雪，竟是极为静谧美好的画面。

霍斩言的神情依旧平静，唇瓣几乎没有什么血色，白皙细腻的手指轻轻敲着孔洞，如玉雕琢般的脸上更多的是落寞和孤独。他在望着远方飘摇的大雪，亦是在注视着自己冰封已久的内心。

萧萧一直背对着他，听着他的笛音，一时间所有的酸楚和喜悦都涌上心来。初遇时惊鸿照影的温暖，患难中生死相依的眷恋，以及离别前想留不能留的凄然……她红了眼眶，却倔强地抬起了头，坚决不让眼泪滴落下来。

此时此刻，整个天地似乎都安静了下来，他们之间从未如此地接近，没有木屋，没有大雪，甚至连绵延数十里的沼泽都已消失了踪影，这个世上只剩下他们，她在背对着他，听着那首专门为她吹奏的笛音，想回身抱一抱她爱着的那个霍斩言。

良久之后，笛音终于落了尾声。霍斩言轻轻咳了两声，淡淡道：“抱歉，我已习惯一个人吹笛子了，所以……”

他顿了顿，垂眸望着手里的那支笛子，修长的手指微微收紧，转过身对萧萧温言道：“与姑娘萍水相逢，斩言身上别无长物，这支笛子，便赠与姑娘吧。”

萧萧怔了片刻，下意识地伸手接了过来，紧紧地抓在了手里，却又生怕太用力而把它捏碎。

这是一支白玉笛子，通体晶莹剔透，竟无一点瑕疵和杂色，笛子的两端以金线缠绕，右侧挂着两枚玉坠，看上去精巧无比，价值连城。

萧萧有些无措地看向霍斩言，复又展颜笑了：“你等着，总有一日，我会寻这世上最好的笛子来谢你！”

霍斩言慢慢垂下眼帘，平静地答：“多谢姑娘。”

萧萧握着笛子背过了身体，不满地咕哝道：“我说过，不用跟我客气的。”

她顿了顿，小心翼翼地试探道：“我……我可以……我是说万一我路过洛阳，可以去看你吗？”

霍斩言清俊温雅的眸子倏忽闪了一下，很快又被他掩藏在如止水的淡漠中，声音听起来有些凉薄：“姑娘……要去洛阳吗？”

萧萧不安地低着头，注视凝望着手里的那支玉笛，说话时有些忐忑：“也许呢。”

此话一落，木屋中便陷入了一阵寂静，良久之后，才听到霍斩言云淡风轻的声音：“好啊。”

这是他们最后的对话，萧萧不知道他那时的迟疑究竟是为何，所以直到送霍斩言离开时，都不再主动与他说话，而霍斩言也没有再开口，两个人就一直沉默，或是一前一后，或是并肩走在纷飞的大雪中。

苦寒沼泽的边界，萧萧伫立在寒风漫雪之中，遥望着早已空无一人的小路失神，不知为何，她现在感觉心里很空，酸酸的、涩涩的，竟是这般沉重，好像他走了，也将她所有的期盼和欢乐一并带走了。

“你也该闹够了吧？”身后有个平淡威严的声音传了过来。

萧萧回身看时，只见一个紫衣墨发的中年人负手站在不远处，她扯出一丝苦笑，还是朝着那人走了过去，半跪在那人的身下，垂首恭敬道：“师父……”

当日萧萧离开苦寒沼泽之后，麦药郎担心她会遇到什么危险，回头萧孟亏找他索命，于是战战兢兢地给神龙教传了一个消息，不过他又怕透露的内情太多，萧萧也会反过来取他老命，所以在信中只提到萧萧要去取药，而把霍斩言的事情给含含糊糊地瞒了过去。

萧孟亏伸手拍了拍她的头，语气淡淡道：“闹够了，就回去吧。”

萧萧闻言仰起脸，很是不解：“师父既然都下山了，难道不去找卓鼎天报仇吗？”

萧孟亏的脸上没有丝毫的表情，他侧身重新背上了手，望着远方静静道：“即使我不去找他，他也会来找我的。”

萧萧站了起来，眉目中似乎有些疑惑：“近日江湖上不知是何人散布消息，提起了祖师婆婆和卓鼎天当年的事。不过这样也好，卓鼎天这个道貌岸然的伪君子，一刀杀了倒是便宜了他，不让他身败名裂，失去所有，又怎能让他为当年的事赎罪？”

萧孟亏的目光有些茫然，赎罪吗？

他还记得卓鼎天当初拜入师门的场景，谁会想到那个满身正气，慷慨俊逸的少年，会是那般狼心狗肺、心怀鬼胎的人？碎云渊的雪至今还在下着，然而住在里面的人却已不在了。

她死于二十五年前的那场背叛中，那个她引以为豪的弟子，那个她深爱着的男人，为了学到更高一乘的武功暗算了她，将她毕生的功力窃走，挑断了她的手脚筋，刺瞎了她的双眼，还将她推下了万丈悬崖。

那会是多么刻骨铭心的一种痛啊？这么多年，他一直在想，该如何才能让罪孽之人为当年的事付出代价呢？这么多年，他也一直在想，然而，当恨已达到极致之时，恨与不恨，就没那么重要了。

因为无论他怎么想、怎么做，好像都不能令自己感到满意，在仇恨和痛苦中挣扎了这么多年，最后他恍然发现，把那个人千刀万剐也好，把那个人剁成肉泥也罢，她都回不来了。

那个教他武功，给他擦汗，为他做饭洗衣的女子，再也回不来了。

洛阳城外，因即将举办的英雄大会，来往的人顿时增加了好几倍，朝廷为了避免这段期间发生意外，守卫城门的官兵也增加了许多。

一辆马车跟着形形色色的人群，不紧不慢驶过了城门，在宽阔熙攘的大街上平稳前行着，不多会儿，就来到了古城中央的一座山庄前。

陆剑山庄里，卓鼎天和庄主陆九卿正在客厅中陪客人饮茶，忽见江昊阔步进来禀报：“师父，霍师兄到了！”

卓鼎天立即搁下杯子，站起身来惊喜地问：“当真？”

江昊用力点头，可能是觉得自己跟霍斩言见过一次，所以欣喜异常，沉声答道：“霍师兄现今已经到山庄门口了。”

旁边的陆九卿疑惑地看向了卓鼎天，问道：“这位贵客，莫不就是卓兄口中的江月楼主？”

卓鼎天哈哈一笑，广袖一拂：“可不就是他吗，走，随我一同去迎一迎他！”

能让武林盟主屈尊纡贵亲自迎接的人，身份地位果真不一般，客厅中的那些人皆是相视了一眼，不约而同地对这位贵客产生了好奇，更重要的是，他们也很想知道这位传闻中避世不出的江月楼主究竟是何模样，于是也都纷纷跟了出去。

陆剑山庄外，一辆马车就停在不远的地方，装扮虽不铺张奢华，但不知为何，一眼望去就能看出主人的尊贵与不凡，马车下面早已安置了脚踏，一位年过六旬的老者首先走了下来，侧身伸手撩开了布帘，随后从中缓缓露出一阕素白的衣袖来。

众人凝神望去，只见一位素衣狐裘的年轻公子从中出来，眉目清俊温雅，气质月白风清，他扶着那位老者的手从马车上缓缓走了下来，还不时止不住地轻咳几声，身形单薄如纸，脸色苍白病弱，气息奄奄若有若无，看上去竟像是患有不治之症。

他落在地上站定了脚步，望见山庄外等着的众人，只是云淡风轻地一笑，不紧不慢地朝门口走了过来，素白的衣袂随风微微动着，像是一朵悄然绽放的雪莲，浑身上下透露着纯净的书卷气，举止之间，亦是风流绝艳。

门口等着的人们都屏住呼吸仔细打量着这个人，没有开口说话，因为他们对这位江月楼主的印象，说不上好，也说不上不好。

倘若此人只是一个普通的书生，那么他们肯定会觉得这个人饱读诗书，谦和有礼，行动之中无不令人感受到如沐春风的气质和风华。然而，顶着江月楼主的身份，再是这般病弱模样的话，就不能不令人产生怀疑：这个人，真的就是江月楼的楼主吗?

霍斩言走到门旁，向卓鼎天拱手施礼，娓娓道来：“未能先行拜访卓师叔及各位英雄，反倒劳累诸位等候于此，是斩言冒昧了。”

卓鼎天哈哈一笑，伸手拍了拍他的肩膀，亲和道：“斩言，我这些天可就盼着你呢，来了就好，来了好啊。”

霍斩言轻轻顿首，白皙微凉的手指掩在素袖之中，如玉雕琢的脸上保持着温和淡漠的浅笑，看不出有多亲近，也感觉不到有多疏离。他跟随卓鼎天及众人的脚步很快来到了客厅，在卓鼎天的左手边落座，有侍女端来一盏茶，放在了他的身侧。

卓鼎天在位子上坐定，侧身询问道：“我听昊儿说，斩言你前些时日病了，现在可好些了？”

霍斩言微微一笑，不紧不慢地答：“多谢卓师叔挂怀，现今已经没事了。”

卓鼎天捻着胡须点了点头，似是欣慰叹息道：“可惜霍师弟英年早逝，留你一人独撑江月楼，也是辛苦。”

厅中的人，听到卓鼎天提起前任楼主，无不露出敬佩倾慕之色，同时他们也惊奇地发现了一件怪事：不只是前任楼主，江月楼的历代楼主似乎都活不长久，甚至霍斩言的伯父霍孟荀，那位传说中少年绝艳的武学天才，没活到二十岁便莫名其妙地死在了山庄的那座石塔中。

关于霍孟荀的死因，武林中众说纷纭，甚至还有人传言说霍家兄弟为争夺楼主之位，自相残杀。不过江月楼却放出话来，说霍孟荀是身患急症而死，后来也证实霍家兄弟的感情一向要好，不可能发生兄弟阋墙之事，这件事也就不了了之。如今再看这位江月楼主，只怕霍孟荀突发急症去世的说法，有八九成是真的吧。

霍斩言欠着身子，举止之间优雅风流，他的声音温凉：“如今江东形势平静，百姓安居乐业，江月楼中又有老洪他们处理事务，倒真没有什么事可令我费心的了。”

正说着话，又有人进来禀告道：“盟主，庄主，门外来了两个人，说要求见盟主。”

“哦？可知来者是何人？”卓鼎天奇怪地询问道。

那护院有些迟疑，慢吞吞地答：“是一个胖和尚和一位瘦书生。”

客厅内，霍斩言云淡风轻地端起杯子，闻言仅顿了一下，随即掀开杯盖拂了拂水面的茶叶，不咸不淡地抿了一口，就听卓鼎天道：“只要志同道合愿为我武林效力，便都是我卓某的朋友，快快请进来吧。”

不多会儿，一个肥和尚和一个酸腐书生跌跌撞撞地跑进来，跪在客厅中央拱手道：“卓盟主，您可一定要救我们啊！”

卓鼎天挥了挥衣袖，连忙道：“二位英雄快快请起，有什么话坐下来说。”

那大和尚和酸腐书生站起身来，正想说话，抬眼突然见到卓鼎天旁边坐着的霍斩言，均吓得脸色一白，大惊失色道：“你你你……”

霍斩言不紧不慢地放下了杯子，静静地望着他们并未开口，倒是卓鼎天比较疑惑，开口问道：“二位英雄，可是见过霍贤侄？”

当日那酸腐书生对霍斩言痛下毒手，原以为这人必死无疑，没想到今日会在陆剑山庄再一次见到他，更没想到，这个人跟卓鼎天的关系这般亲密。他们这件事做得本就不光彩，若是说了，不但会得罪卓鼎天，得不到他的庇护，还会令在场的英豪所不齿，于是大和尚和穷书生相视了一眼，会意地点了点头，达成了共识。

那书生站出来道：“回禀盟主，我二人并未见过这位少侠，只是觉得……这位少侠与先前认识的一人很像。”

他顿了顿，悄悄望了一眼霍斩言，心里有些发虚，还是道：“不瞒盟主，我二人前来洛阳参加英雄大会途中，遇上了那魔教妖女萧萧，还……出手重伤了她，那妖女临行前说，誓要取我们性命，寻我们报仇雪恨。”

客厅中的人，一听这话都交头接耳地议论了起来，显然不大相信他们的话，卓鼎天意外地挑了挑眉：“哦？两位英雄是说……你们重伤了那魔教妖女萧萧？”

大和尚一见他们不信，顿时有些急了：“是真的……”

还未说完便被那酸腐书生拦了下来，穷书生拱手道：“这事说来惭愧，我二人之所以能赢得了那妖女，全赖侥幸。”

他又试探地看了看霍斩言，见对方没有什么反应，便继续道：“那妖女当时负伤在身，我等作为正道之人本不该乘人之危，然而那妖女却对盟主你和中原武林口出不逊，所以我二人才忍不住与她打了起来。”

卓鼎天若有所思地捻着胡须，点头道：“两位英雄也算是为我武林做了一件好事，你们尽管放心，相信有众位豪杰在，那妖女若是胆敢追到洛阳闹事，便是自投罗网，必死无疑。”穷书生和胖和尚忙不迭跪了下来，对卓鼎天千恩万谢地磕头，随即跟着下人出去了。

然而刚才那两人见到霍斩言时的反应，却引起了卓鼎天的怀疑，他是什么人，混迹江湖这么多年，怎么可能会被那等拙劣的说法轻易蒙混过关？于是他沉吟片刻，开口问道：“斩言，按说你前些时日便可到达洛阳的，怎会耽搁这样长时间？”

霍斩言没有开口，旁边的老洪笑着回答：“卓爷，是这样的，楼主多年未曾离开山庄，一出门难免对什么事都觉着新奇，起初以为时间尚早，便在路上多玩了几日，没想到这一玩，竟把时间都给忘了。”

客厅内，众人哄堂大笑，没想到神秘莫测的江月楼主，竟还有贪玩误事的时候！

霍斩言常年在山庄养病的事，卓鼎天自然是知道的，此番听到老洪的话，便将怀疑消去了大半，笑着道：“近日江湖不大太平，那魔教妖人四处作乱，斩言你很少涉世，日后要小心些才是啊。”

霍斩言侧身低首，静静地答：“多谢卓师叔关怀。”

卓鼎天拂了拂衣袖，又道：“你一路奔波，想必也该累了，陆庄主已经为你准备好了庭院，先去歇息歇息吧。”

霍斩言缓缓站起身来，对陆九卿拱手答谢道：“有劳陆庄主费心。”随后向厅中的人点头示意，跟着小厮不紧不慢地走了出去。

霍斩言的落榻之处，是一处环境清幽的荷风小院，现下还未到五月，荷花尚未开放，池子里只点缀着片片青翠的荷叶，微风袭来，尽是沁人心脾的清香。

长夜未央，黑蓝的夜空上澄明如洗，深沉如一方化不开的墨砚，几点星子挂在遥远的天际，伴着点点虫鸣，静静闪烁。

霍斩言端坐在莲池中央的亭阁里，老洪恭恭敬敬地站在旁边，见他不紧不慢地伸手，在石桌上排出几个杯子，不由得疑惑道：“楼主，为何要摆三个杯子？”

霍斩言侧手拎起小炉上的茶壶，很有耐心地倾倒着热茶，抬首微微笑了：“待会儿有客人要来……”

说着，他侧了一下眼眸，唇角勾起些许冷淡的笑意：“你看，他们来了。”

他伸手端起一个杯子，将里面的茶水缓缓倾倒在地上，漫不经心道：“老洪，你去把屋顶和树上的那几位朋友请走，不要让他们打扰了我的客人。”

老洪抬头看了看小亭对面的那几棵树，以及主屋的房顶，不由得在心中恼火，这卓鼎天既然邀请楼主参加英雄大会，现在又派人来监视，究竟是什么意思？凭这几个小贼，也想瞒天过海地看住他们，当江月楼是吃素的吗？

他领命转身退了下去，不一会儿，从庭院的拱门处果然探头探脑走进来两个人，他们一路摸索到院子中，看到亭阁里的霍斩言均是一愣，顿时站住了脚步。

霍斩言清淡温和的目光注视着他们，似乎在微笑：“两位深夜造访，怎么也不事先知会一声？”

大和尚显然对他有些忌惮，要知道对方虽然是个手无缚鸡之力的书生，到底还是江月楼的楼主，单是这尊贵显赫的身份，就能压得他们抬不起头来。

酸腐书生显然比他有胆色得多，向前迈了几步，笑嘻嘻地向霍斩言躬身施了一礼，却带着不怀好意的算计：“霍公子，深夜独身一人在此赏月，当真是好风雅。”

霍斩言抬手倾倒着热茶，心平气和地问：“那么，两位是来陪霍某赏月的吗？”

大和尚和酸腐书生相视了一眼，似乎在犹豫着什么。他们还未回答，就听霍斩言静静地笑了一声：“原来不是……”

亭阁中挂着几只琉璃灯盏，灯光映在他的脸上，显得那张脸越发精致温柔，霍斩言正襟危坐，娓娓道来：“两位既然不愿多说，便让霍某猜一猜吧。”

他的语气轻缓，恍若微风划过耳畔：“你们逃到此地，原是打算投靠卓鼎天，但见他今日对你们虚与委蛇，并无长久收容之意，是以觉得此人终究靠不住，而我也未见得会放过你们，所以打算趁夜离开洛阳吧？”

那两人均是一愣，望着霍斩言温柔英俊的脸庞，越发心悸胆寒。霍斩言起身迈着步子向他们走了过来，不紧不慢道：“可是你们也知道从此处离开后，必会遭到神龙教追杀，若要保得性命，就得让自己强大起来。那么，该如何做……才能让自己强大起来呢？”

他的声音一如既往地轻柔，仿佛要融化在夜色里，然而在这两个人听起来，却是冷冽如刀锋，一点一点凌迟着他们的内心，将掩藏在其中的丑恶揭开，暴露在日光下，无处遁形。

大和尚恼羞成怒，铜锤指着霍斩言：“姓霍的，识相的快快把江月楼的武功秘籍交出来，不然我们一定杀了你！”

霍斩言负手站在亭阁前，望着他们，语气甚是云淡风轻：“如果我交出了秘籍，你们便不会杀我了吗？”

酸腐书生冷笑道：“你说得没错，就算你交出了秘籍，我们还是会杀你，不过可以让你死得痛快点，如若不然……”

他的眼神骤然阴狠，面目狰狞：“我有几百种方法，让你求生不得，求死不能！”

霍斩言也不见气恼，只是静静道：“江湖传言，得到江月楼武功者便可独步天下，不过……这种武功却不是任何人都能练得起的。”

那两个人一听他这样说，便知霍斩言敬酒不吃吃罚酒，酸腐书生不由得冷笑道：“这么说，霍公子是非要动手不可了？”

他将铁扇拿出来，脸色阴沉地靠近：“霍公子，你不要怪我们，要怪……就怪你放着好好的武功不学，偏要去嚼那破书本吧！”

霍斩言负手站在原地，狐裘披风映衬下越发显得清贵逼人，他微微颔首，目光冰凉而幽静：“我从不与人动手……”

“哦？”酸腐书生挑了挑眉，冷嘲热讽道，“霍公子倒是个文雅的人，不过，你的死期到了，还是到阴曹地府里文雅去吧！”

他的话音未落，便举扇朝着霍斩言攻了过来，大和尚也拎起铜锤配合他的行动，两道身影夹着冷冽的杀气，从前方直冲过来，然而霍斩言依旧站在那里，注视着他们逼近，一动不动，清冷的神色中，不见惧怕，也感受不到任何杀意。

大和尚飞跃而起，举起铜锤奋力向他的左肩砸去，几乎是一瞬间，霍斩言的身侧顿时起了一阵狂风，内力的气流肆意环绕在身体周围，将他紧紧地护在其中。酸腐书生见到这番景象，顿时吓得脸色发白，大喝了一声："不好，回来！"

然而那大和尚已收不住自己的攻势，只能眼睁睁看着自己的那条臂膀被卷入肆虐的气流中，顷刻间鲜血飞溅，手臂从身体上脱离出去，溅出的血花散成一团红雾，随即又被狂风吹散，不见了踪影。

大和尚震惊得瞪大了眼睛，那一刻竟连疼痛都感受不到，他甚至来不及逃脱，内力的气流陡然扩增了好几倍，将他整个人硬生生拖了进去。大和尚仰天惨叫了一声，只听内脏中传来几声沉闷的断裂声，喷出一口鲜血，肥胖的身体被撕碎在半空，朝着四面八方摔了出去。

片刻之后，肆虐的狂风渐渐止息，霍斩言静静地站在那里，依旧是月白风清的容颜，依旧是清俊温雅的身姿，宁静祥和得有点诡异。穷书生面目狰狞惊惧地望着他，对于方才所看到的一切，仍不敢相信，却早已吓得肝胆俱裂："你……你……"

霍斩言缓步向他走近："我说的吧，我从不与人动手。"

那书生踉跄着脚步往后退，低声祈求着："你别过来，别过来……"

面对他的恐惧和哀求，霍斩言恍若未闻，他的步子轻缓，恍若闲庭信步一般："你以为我身上，没有半分内力的气息，便是不懂武功吗？"

书生骤然一惊，他到现在才明白自己的愚蠢，觉察到霍斩言身上没有武功的气息，又看到对方那般病弱的模样，他便以为这个人丝毫不会武功，可是这怎么可能！

眼前这个人，他是江月楼的楼主啊！拥有天下第一的武功秘诀，也拥有着天下第一的内功心法，他不是没有内力，也不是没有杀气，而是这个人太过强大了，强大到可以将那些气息随心所欲地掩饰过去，即使像萧萧那样的绝顶高手，都看不出他的破绽来，还以为此人仅是一个手无缚鸡之力的书生！

他哆嗦着倒退，一种绝望感从心底升了上来，他甚至觉得，霍斩言其实一直都在等着他们，等着他们自己来送死。霍斩言的微笑很温柔，声音淡淡的："其实我该谢谢你，若非你那一击，我到现在还使不出功力来。"

见到书生满是惊愕的神情，他轻轻勾唇："你不知道吗？我早说了，江月楼里的武功不是谁都能练得起的，就连我伯父那样的惊世之才，都会因为承受不了它的力量而亡，你们……为何偏要妄想自己根本配不上的东西？"

酸腐书生哆哆嗦嗦地跪了下来，趴在霍斩言的脚边："我求……求你，饶我一命吧。"

霍斩言温柔的唇角勾起些许冷淡，他缓缓接近这人："知道我江月楼这样大的秘密，还想全身而退吗？"

"不不不……"书生额上满是冷汗，他口不择言地说道，"我……我可以吞炭自哑，可、可以刺瞎自己的眼睛，从此隐居塞外，求霍公子饶命……"

霍斩言站直了身体，居高临下平静地看着这人："知道吗，这世上只有死人，才是最牢靠的。"

他微微伸出手去，白皙细腻的手指如玉雕琢，那书生的头顶流出了鲜血，尸体倒在地上，瞪大了眼睛死不瞑目。

老洪此时站在不远处，向霍斩言躬身道："楼主，夜深了，该歇息了。"

霍斩言转身朝他走了过去，淡淡的声音吩咐道："这屋子脏了，明日让他们换一处吧。"

老洪闻言，恭敬地低身答道："是。"

浓重的夜色，那道月白风清的身影不紧不慢地走进了屋中，荷风小院，微风拂过碧莲的叶子，散发出淡淡的清香，然在那清香之中，却夹杂着些许温热的血腥气，经久不散。

陆剑山庄内，一座擂台建在山庄的广场上，红毯铺地，擂台边还摆了八面竖鼓，面对擂台的空地上暂时搭了一个棚子，江湖上大多有名望的豪侠名士都在里面落座，卓鼎天被众星拱月般簇拥在最中央，而霍斩言的位子，就安置在他的旁边。

擂台下面，已经聚集了数百位从各地赶来的江湖人士，他们手中都拿着各式各样的兵器，交头接耳地说着话，不时还往棚子里指指点点，似乎在议论着什么。

“诸位……”卓鼎天首先站了起来，伸手示意平息了议论声，方道：“如今江湖高手辈出，群雄并起，身怀绝技者亦是数不胜数，为了替我中原武林选拔出绝艳之秀，也为了能联络各大门派共同抵御邪教，感谢诸位赏脸，齐聚洛阳参加这五年一度的英雄大会。”

他顿了顿，不紧不慢道：“相信大家都清楚，往年的英雄大会皆是以武会友，点到即止，重在切磋武艺，而今年……却是有些不同。”

他的话音刚落，就有人站出来拱手道：“敢问盟主，今年有何不同？”

卓鼎天微微笑了，摆了摆手道：“你们日后，便不要再唤卓某为盟主了，卓某已然决定不再担任武林盟主一职。”

擂台下面顿时升起了喧哗声，众人叽叽喳喳地讨论着，显然对此消息感到极大震惊，一个衣衫褴褛的丐帮长老站出来，高声喊道：“盟主武功高强，义薄云天。论品行、论能力，纵观整个中原武林，哪还有比您更适合当盟主的？”

他的话一说出，大家纷纷点头附和，卓鼎天无可奈何地苦笑，走上前一步：“诸位听我说，卓某担任武林盟主多年，全赖大家的厚爱和支持，才能走到今日。不过卓某自认已经老了，再难有什么作为，所以想在卸任之前，为大家再选出一位德才兼备的盟主来，由他带领大家铲除邪教，光大我中原武林。”

陆九卿此时站了出来，微笑着面对大家：“既然卓兄已做决断，我们大家便尊重他的选择吧。”

在场的人，哪个不知道那个关于卓鼎天的谣言？见卓鼎天不愿再担任盟主一职，知道他是为了避嫌，便不再坚持，于是把目光转移到新任盟主的选拔上。

一个蓝衫剑客站出来，躬身施礼道：“但不知选拔盟主的规则是什么？”

卓鼎天捻着胡须笑了笑，缓缓道：“这个正是卓某要说的，此次英雄大会，不仅以武会友，切磋武艺，还会从优胜者中选出品行与武功绝艳者，担任盟主一职。”

此话一落，几乎有一半的人双眼放光，要知道以前的武林盟主，皆是由少林、武当等几大门派推举选出，那些默默无名的人根本就没有机会参与其中。而现在，他们每个人都有机会争夺盟主之位，成功与否且不论，单是站在那个擂台上就觉得光荣无比。

很快，就有一个鲁莽大汉走到擂台上，虎背熊腰，说起话来瓮声瓮气，甚至走在台上都能听到咚咚的声响，众人都被他这憨劲儿逗笑了，不由得纷纷摇头，心想道：让这样的人担任武林盟主，岂不是要天下的英雄都笑掉大牙？

好在这大汉没撑多久就被一位瘦弱年轻人打了下去，紧接着，方才那位蓝衫剑客也飞到擂台上，双方切磋了几十招，以那位年轻人的落败而告终。不断有人上前挑战，那蓝衫剑客一开始还能支撑，将挑战之人一一败退下去，然而打斗的时间久了，不免会损耗体力，最终一招惜败在武当派的弟子手里。

擂台上的打斗进行得如火如荼，棚子下，霍斩言不紧不慢地端起杯子，掀起杯盖拂了拂上面的茶叶，云淡风轻地抿了一口。

“斩言，这场比试，你觉得如何？”卓鼎天侧过身子，倾身问道。

霍斩言的手一顿，望向他微微一笑：“好与不好，斩言是看不明白，不过……这样的比试似乎不太公平吧？”

卓鼎天先前之所以会有此问，不过是想旁敲侧击地试探霍斩言究竟会不会武功，现在听他这样说，知道他由于身体虚弱而荒废了武功，随即将心中的疑虑散去了大半：“哦？贤侄有话不妨直说。”

霍斩言将目光转移到擂台的打斗上，语气平静地道：“如此比试下去，优胜者只能没完没了地接受挑战，即使武功确实高强，最终还是会败在体力不支上。”

卓鼎天闻言看向别处，神情似乎有些尴尬，并未接话，旁边的陆九卿对他笑笑道：“霍楼主有所不知，这种比试体制是从英雄大会最初开始就已设立的，所以并无不妥。”

霍斩言静静颔首，清俊温雅的眉目中有些淡淡的笑意：“原来是这样，恕斩言冒昧了。”

再将目光转向擂台上时，擂主已然换成了左岳盟的江昊，他站立在台上，持剑拱手对被打下擂台之人施了一礼，身姿挺拔坚毅，颇有卓鼎天当年的遗风。

主持比试的是少林寺的禅智长老，见许久都未有人上台挑战，便站出来道：“江少侠少年英雄，着实令人佩服，若今日……”

他的话还未说完，棚中便响起了一声清脆的断喝：“我来！”

众人循声望去，只见一位紫衣少年负剑站了起来，面目英俊，衣着华贵，只是神情之中多了几分骄奢倨傲之色。此人一直拖着未上台打擂，然而在江昊即将夺得盟主之位时，才半路杀将出来，显然是与左岳盟过不去。

那少年走到棚前，纵身一跃飞到擂台上，面上闪过些许凉薄阴毒的微笑，对着江昊施礼道：“龙家堡龙懿文见过江少侠。”

众人一听是龙懿文，心下便了然，龙家堡与左岳盟虽表面看起来风平浪静，实际之间的矛盾冲突从无间断。特别是近几年来，龙家堡的老堡主因急症病故，少堡主龙懿文继承家业之后，便一直与左岳盟过不去，甚至前段时间，那段关于卓鼎天欺师灭祖杀害恩师的传闻，也有他煽风点火、添油加醋的功劳。

这次卓鼎天为了避嫌不再担任武林盟主，却有意推举自己的弟子江昊出任，作为左岳盟死对头的龙家堡，当然会第一个站出来反对了。

江昊站在擂台上，不紧不慢地施礼道：“龙堡主有礼。”

双方在擂台上动起手来，而且看样子皆是使出全力，以性命相搏，招式一个比一个阴狠，力道一次比一次强劲，就连擂台上的竖鼓也都跟着遭殃，被长剑划出了一道道深痕，擂台上铺着的红毯，更是被撕裂成了好几块。

棚子下，霍斩言有些疲惫地低着头，饶有兴致地注视着擂台上的两个人，唇角逐渐勾起些许冷淡的微笑，目光也是越发幽凉。一个拼尽了全力，招招想置对方于死地，一个看似毫不示弱反攻，实际剑势却没有任何杀气，只是摆摆样子，做一出戏给大家看罢了。

双方交战数百招后，江昊的动作果然迟缓了下来，一剑划出落空之后，被龙懿文抓出机会，飞跃而起，朝着胸口狠狠踢了一脚。江昊顿时像断了线的风筝倒飞出去，摔在了擂台下面的土地上，看样子败得一塌糊涂，狼狈不已。

龙懿文的长剑一甩，看着江昊似乎在笑：“江少侠，承让了。”

江昊从地上挣扎着站起来，俊逸的眉目中露出微笑：“龙堡主的武功果然厉害，在下佩服。”

龙懿文居高临下冷冷地注视着江昊，不屑地冷哼了一声，竟然倨傲地侧过身去，不理会江昊的回礼。对于他的傲慢无礼，擂台下的众人虽然心生不满，不过也不好明着说什么，要知道这个人已经在英雄大会的比试上胜出，很有可能会是未来的武林盟主。

卓鼎天望着擂台上的龙懿文，不动声色地捻了捻胡须，片刻之后，站起身来道：“龙堡主既然已经赢得比武，按照规定便是我中原武林的盟主，我左岳盟日后势必以盟主马首是瞻。”

说着，还真迈步走下棚子，站在擂台下，对龙懿文躬身施礼道：“左岳盟卓鼎天拜见武林盟主。”

龙懿文刚刚赢得江昊，此番见到一向强势的卓鼎天都向自己施礼，原就骄奢的性子，差点就傲上了天。他挑了挑眉，抬手缓缓道：“卓盟主不必多礼，日后龙某还有许多事要劳烦卓盟主呢。”

此话一出，擂台下顿时起了一阵喧哗，那些人原本就是以卓鼎天马首是瞻，现在看到龙懿文竟不知好歹地羞辱前任盟主，心里当然更是不服。然而卓鼎天却丝毫不在意，恭恭敬敬施礼道：“是，盟主有任何吩咐，我左岳盟一定义不容辞。”

山庄的众人皆以一种崇敬的神情看着卓鼎天，不禁被他的胸怀所感染，良久的一阵寂静，忽然听到天空中传来轻灵的女声——

“这样的热闹，差点被我错过了。”

众人抬头望去，只见一个女子凌空而来，嫣红的衣裙，鲜艳明亮，衬着雪白肤色显得灵动逼人，短衫的衣摆和精致的锦靴上坠着一排银铃，伴随着踏风而来的动作，发出一阵阵清脆的声响。

她从陆剑山庄外飞跃而起，掠过高墙和屋顶，在擂台之上缓缓落了下来，飞扬的衣摆像是悄然绽放的幽兰，目光冷冷扫视过擂台下的众人，红唇嫣然虽含着笑意，却令人感到不怒自威的寒意。

她顺手捋了捋鬓边的长发，目光虽未看着众人，却对着他们发话：“你们有没有见过一个书生，高高瘦瘦的，温和有礼，嗯……长得也很好看。”

面对突然出现的陌生女子，擂台下的人们都有些忌惮，只是窃窃私语地打量着她，并未回答她的问题，还是卓鼎天首先反应过来，缓缓问道：“我们这里少说也有几百人，不知姑娘要找的是谁？”

萧萧的双手背在身后，偏过头居高临下地看着他，语气冷冽傲慢：“我来找我的心上人，关你什么事？他的名字，也是你配知道的吗？”

“你……”擂台下，陆九卿顿时怒了，忍不住上前几步，抬手指着她，“你是何人？竟敢如此放肆无礼！”

卓鼎天及时伸手拦住了他，不让陆九卿再说下去，故作温和地笑了笑：“这位姑娘的性情倒是十分豪爽，方才的轻功亦是精妙非常，不知师承何门何派？”

萧萧恍若未闻，根本没有理会他的话，漫不经心的目光扫过山庄里的人，然而等瞧见了棚子里的那道身影，她顿时一愣，脸上露出惊喜的笑容，几乎是立刻，翩然飞跃到霍斩言的身边，伸手拉住了他的衣袖：“斩言，你怎会在这里？”

自从跟随萧孟亏离开苦寒沼泽后，她便一直念着霍斩言，之后好不容易寻了一个借口溜出来，便一路赶到了洛阳。她知道洛阳正在举办英雄大会，那些所谓的名门正派，侠义之士都聚集在这里，她也知道即使来到了洛阳，也没多少可能会见到霍斩言，但是想到他们的约定，想到霍斩言说的那句“好啊”，她还是义无反顾地来了。

此刻，她没有想到霍斩言区区一个书生为何会出现在江湖人士云集的英雄大会上，也未曾怀疑眼前这位看起来病弱温雅的书生究竟是何身份，整颗心全都被异地重逢的喜悦占据着。她甚至觉得，这是老天赐予她的机会，茫茫人海里，让她再一次找到了霍斩言。

霍斩言默默注视着她，不紧不慢地拂下了她的手，淡淡道：“萧姑娘，别来无恙。”

萧萧一愣，对于霍斩言的冷淡和疏离有些不知所措，她局促地低下了头，低声嗫嚅道：“斩言，我来洛阳是为了找你……”

她的话还未说完，擂台上传来一声断喝，禅智长老拄着禅杖怒声道：“你这妖女，竟敢追到洛阳来！”

山庄内的众人均是一愣，卓鼎天连忙问道：“长老何出此言？”

禅智长老合掌向卓鼎天施了一礼，道：“盟主有所不知，这妖女是神龙教的妖女萧萧，前些时日为求菩提子打上少林，伤了我少林不少弟子，最后败在看守庭院的两位师祖手下，这妖女非但没有得到教训离开少林，还不依不饶跪在地上苦苦哀求，两位师祖慈悲心怀，见这妖女可怜便将菩提子赐予了她，并且与她约定今生不可再犯杀戒，没想到她竟然胆大包天，来到英雄大会上捣乱！”

山庄里的人一听说她就是魔教妖女萧萧，纷纷警觉地提起了手上的兵器，面对着她皆是一副如临大敌的模样，嘈杂的人群朝棚子中涌过来，一步一步地逼近，隐约还能听到愤怒仇恨的声音：“不能让她跑了，妖女，还我徒弟命来……”

卓鼎天站在众人的前面，转身制止了人群的暴动，看向霍斩言问道：“霍贤侄，这究竟是怎么一回事？”

面对多如潮水的死敌，萧萧没有丝毫的惧色，试探的目光看向了霍斩言，神情中有期许，也有忐忑。霍斩言偏过视线不去看她，望向下面的人群微微颔首，声音幽凉浅淡：“斩言……不知。”

听到他的回答，萧萧顿时愣住了，她不可置信地看着霍斩言，倏地又笑了，迈步走到他的面前，仰头望着他：“霍斩言，你连看都不肯看我一眼，枉费我是那么在乎你……你敢说你不认识我？”

是啊，她怎么忘了，从初见时霍斩言就说过要来洛阳，本该有些警觉的她，却被感情蒙住双眼，一心只当他是普通过路的书生。麦药郎早就提醒过，一个不会武功的书生，是不可能在伤重的情况下，撑到苦寒沼泽的。是她笨，是她傻，死心塌地地护着霍斩言，将那些话统统都抛到脑外。

如果说，他一早就知道了她的身份，却还若无其事地与她结伴而行，这般周密的算计与安排，到底是为了什么？萧萧不敢再往下想，只是怔怔地望着霍斩言，等候他的回答。

“霍公子常年避世在江月楼中，当然不会晓得魔教妖人的卑劣行径，被你这妖女花言巧语蒙蔽了也不一定！”不知从何处传来一个声音，像是一道闪电瞬间击中了萧萧的身躯。

她的脸色惨白，定定望着霍斩言，似乎在不确定地重复：“江——月——楼。”

良久的沉默之后，霍斩言的目光终于看向了她，声音娓娓道来，一如既往地清润温柔，却不带任何感情：“萧姑娘，你我萍水相逢，本就不该有任何交集，现在明知彼此各为其主，便更不可能再有深交，姑娘……还是请离开吧。”

萧萧闻言，冷冷笑了两声，她往后退了几步，阴寒挑着眉：“萍水相逢？霍斩言，这是你送给我的，还记得吗？苦寒沼泽之地，你为我吹笛奏曲……那时我以为你对我……终究还是有些情谊的……”

她将那支笛子拿出来，呈到霍斩言的面前，喃喃道：“霍斩言，我救过你的命，你便是我的人，现在我只问你一句，你到底……喜不喜欢我？”

“呸！怎么会有这么不知羞耻的女人？”

“魔教的女子，一个个当真是没脸没皮，没有教养！”

……

耳畔传来不堪入耳的辱骂声，萧萧恍若未闻，只是定定地望着霍斩言，手里拿着那支玉笛，等候他的回答。然而，霍斩言却退后了一步，不紧不慢垂下眼帘：“姑娘……请自重。”

萧萧的心里猛地一沉，忍不住呵了两声。她为他千里奔波，几经生死取来救命的灵药，现今手臂上雪狼的牙印还在隐隐作痛，身上的伤痕依然累累，可是，她爱着的这个人却对她说：姑娘，请自重。

萧萧笑了，轻轻地开口：“曾经，我是很自重……”

她的容颜如雪，美得诡异妖娆：“我曾奔波三千里去追杀一个刺客，只因他斩掉了我的铃铛，我曾孤身灭掉苍山派满门，因为他们说我与师父有私情……没错，我就是这么狭隘又狠辣的女人，可是霍斩言，现在我把心都掏给你，你不要就不要了，为什么还要把它丢掉，任人糟蹋？”脸上有温热的泪水划过，她慌忙伸手去擦，动作局促生疏，竟有些不知所措。

她记得师父曾经说过，想要变得更强大，就要练就和狼一样的残忍和野性，于是那时候的她被丢进铁笼里，跟一群野狼拼杀。她还记得自己被咬得遍体鳞伤，差点就成了野狼的食物，她很痛、很害怕，最终还是把那些野狼全都杀了，等铁笼再次打开的时候，为了生存，她已经吞咽了整整半个月的狼肉。

即使她现在早已习惯了杀戮，那样的血腥和腐臭，却是一辈子都烙印在心底，刻骨铭心，再也无法忘记。

从小到大，从没有人给过她温暖，那些出现在她身边的人，只会对她拔出各种各样的刀锋，或者是冲过来杀她，或者是让她去杀别人，她的世界一片灰暗，充满了死亡和绝望的气息。

她以为，至少霍斩言是不一样的……

是了，从遇到霍斩言开始，她便学会了流泪，学会了害怕和恐惧。

她忘记了自己的身份，也忘记了一直以来自己赖以生存的原则，甚至天真地以为在霍斩言的面前，她可以做回一个普通的姑娘，可以哭，可以笑，甚至在痛的时候，还可以委屈地向他撒娇，可是她却忽略了，原来有种温情，里面藏着冰针，看似温良无害，却扎得人心疼。

“萧施主，今日是我中原武林的盛会，各位英雄豪杰都齐聚于此，再纠缠也是讨不到便宜的，还是速速离开吧。”少林寺的方丈宅心仁厚，不忍心地提醒了一句。

萧萧环视过虎视眈眈、杀气凌然的众人，唇边勾起嘲讽的笑意，缓缓倾吐着：“我偏不！”

她右手持着短剑，一步一步走下了台阶：“你们不是正在争夺武林盟主吗？那好，今日我萧萧也来凑个热闹，争一争。”

“呸！魔教妖女也想当我们的武林盟主，痴人说梦！”一个头戴斗笠的墨衣剑客，愤愤地咬牙道。

随即，一个看上去温文尔雅的中年人站了出来，向萧萧抱拳施礼道：“萧姑娘，我中原武林与你们神龙教向来不睦，今日本着江湖道义，我们不会为难于你，若姑娘再苦苦相逼，就别怪我们这些人得罪了。”

萧萧望着他冷笑，声音沉着硬朗：“武林盟主之位，自是有能力者居之，你们这些人向来以名门正派自居，然这世上哪来的正，哪里来的邪？是非好坏，岂是你们只言片语就能分得清楚？”

“你这妖女好生放肆！”擂台上传来暴怒的声音，龙懿文这个本该受众星拱月的武林盟主，却因萧萧的出现被抢了风头，心里当然不痛快，再加上自己现在刚刚继任盟主之位，若不能趁此机会扬名立威的话，日后还有何人肯服从于他？

萧萧挑眉望着他，语气傲慢而不屑：“我就是放肆了，怎么，你不服？”

龙懿文顿时大怒，立即拔出手里的长剑，大喝道：“好，今日你自己前来送死，我便为武林除了你这祸害！”他说着话，脚步一点，从擂台上飞跃下来，长剑直直地朝着萧萧刺了过来。

萧萧见龙懿文攻来，站在原处一动不动，丝毫看不出如临大敌的紧张来，待到长剑距离仅有一寸之时，她倏忽腾空而起，身姿轻盈如燕，翩然向后退着，望着龙懿文微笑：“嗯？所谓的武林盟主，似乎很弱呢。”

她手里的短剑一划，将龙懿文的长剑拨开，趁此机会躲开了对方的攻击，转身从龙懿文的身侧飘了过去，缓缓落在地上。龙懿文一击未成，又听到她如此的奚落，不由得大怒：“你说什么？”

萧萧捋了捋鬓边的长发，笑得很是诡艳：“没有听到吗，我说……你很弱呢！”

“你……”龙懿文气得咬牙，再次举剑，“妖女，我杀了你！”

萧萧的剑未出鞘，与龙懿文打斗了百招，竟有越来越占据上风的势头。龙懿文大急，一开始是想借萧萧此事立威扬名，没想到这妖女的武功这样厉害，若是他在此输给了萧萧，岂不是让天下的英雄都笑话他无能？

想到此，他加快了进攻的节奏，剑光如雨铺天盖地地向萧萧压了过来，只听得兵器相交的鸣金声，双方的动作越来越阴狠凶猛，每战到一处，围观的众人都纷纷向后退出好几十步，为他们腾出空余的地方打斗。

最后萧萧一招虚剑划出，龙懿文下意识往后一躲，被她得到机会脱身而出，再想直追过去的时候，萧萧已然站在了擂台之上，单手持剑环视着众人。

她的语笑嫣然，态度却很傲慢：“听说武林盟主之位，对你们来说是很了不得的东西，今日我萧萧便要抢来耍玩一番，好让你们这些名门正派看一看，你们争得头破血流的东西，在我们这些邪教妖人的手上，是怎么被弃之如敝屣，轻贱为粪土的！”

说完，她看向了龙懿文，缓缓拔出了自己的短剑：“本姑娘没有闲心与你纠缠，你……去死吧。”擂台之下，顿时起了一阵狂风，携着凛冽杀气的短剑直直朝向龙懿文刺了过来，萧萧的身形犹若鬼魅，上下翻跳，缠绕在龙懿文的周围。

这种近身搏战，对于使用长剑的龙懿文最是不利，招式还未施展开，对方就灵敏地换了另一种招式，且招招阴毒致命，泛着森寒光辉的短刀像是贴近他的身体般，如何也赶不走，只能手忙脚乱地躲开，每一次都是险险地避过刀锋，十分危急。

只听得几道裂帛的声音，龙懿文身上被短剑划出了几个口子，殷红的鲜血渗了出来，看似触目惊心，却只是皮外伤，没有什么大碍。

萧萧手上用力，短剑将他的兵器打飞，一脚将龙懿文踹飞出去，摔在了几丈开外的平地上，她正想上前进攻，忽听一声怒喊：“妖女，休要猖狂！”

几枚念珠朝她打了过来，萧萧连忙挥剑去挡，只感觉手上被震得发麻，一时间竟没有了知觉。她稳住身形，朝龙懿文那边看时，只见一个老和尚挡在他的前面，另有两个老和尚也缓缓走了过来。

方才动手的，便是少林寺的禅智长老，而站出来与她说话的，却是少林寺的那位方丈。

他双手合掌，对萧萧缓缓道：“萧施主，当日我少林赐予你菩提子之时，意在结一段善缘，希望萧施主能够放下屠刀，不再为祸武林。然你却不知悔改，今日大闹英雄盛会，还意图加害新任武林盟主，我少林不能放任不管。”

萧萧微微挑眉，轻笑道：“哦？老和尚，这么说你们非要与我过不去了？”

见少林寺方丈合掌闭目，萧萧眸中闪过一抹阴狠：“那你们都去死吧！”

她飞身跃起，朝着方丈打了过去，然而护在两边的长老却挡在前面，携着内力气流的掌力阻拦住她，萧萧连忙偏过刀锋，侧身闪了过去。少林三大高手同时夹击，将她逼退到擂台之上，掌风霍霍，震碎了几只竖鼓，剑锋如雨，搭在擂台上的红绫被削成一段段，如同半空中飞舞的蝴蝶，随着那道嫣红身影缓缓落了下来。

萧萧半跪在擂台之上，唇边染着血迹，却又不甚在意地笑了：“三个人对付我一个姑娘家，这便是你们作为正派的道义吗？”

“我们正派跟你们魔教中人，有什么道义可讲！”一个衣着破旧的瘦弱小伙子喊道，其他人也都纷纷跟着附和。

少林寺方丈叹了口气，双手合十：“萧施主，如果你现在回头，还来得及。”

萧萧持剑站了起来，不由得冷笑道：“路我既然走了，又何来回头之说？”

目光环视众人，短剑指着他们，语气傲慢得不可一世：“你们不是想杀我吗？就要看看你们有没有这个本事了！”

她的话音刚落，果然有几个人飞上擂台，与她打斗了起来，眼见着那几个人渐落下风，越来越多的人上去帮忙，一群人刀锋凌厉地围攻萧萧，誓要将这位魔教妖女凌迟了才甘心。

萧萧的唇边染着血迹，后背的伤痕因为打斗的动作裂开，殷红的鲜血渗透了衣衫，五脏六腑都隐隐疼了起来，甚至喉间还有些许血腥之气。

脸色苍白，冷汗涔涔，连动作都迟缓了下来，一招不慎，还被人刺中几刀，招式越发凌乱，只凭着感觉阻挡着漫天而来的刀剑和杀招。她在心里冷笑，没想到满怀期待地千里而来，换来的却是这样的结局，可若是今日战死在这里，倒真让人不甘心。

萧萧的剑只是将那些人伤退，却没有真的下杀手，她还记得和少林寺禅僧的约定，为了不让她心上的那个人再次陷入绝望的境地，今生今世都不可再动杀戒，虽然心知自己为那个人所骗，终究还是下不去手。

但那些人见她的体力渐尽，不由得变本加厉地朝她攻去，人群像潮水一般涌了上来，围堵着她，比天狼峰上的雪狼群还要贪婪，还要可怕。就在萧萧以为自己必死无疑之时，一道身影倏忽闪过人群，紧接着有人揽住了她的腰身，腾空飞跃而起，一下子退出了数丈。

几乎是落地的瞬间，那人素白的衣袍一甩，那些如同潮水般涌上来的人惊呼一声，又被强劲的力道打飞出去，横七竖八躺在地上呻吟着，萧萧跌坐在地上，望着眼前的霍斩言有些发愣：“你……”

霍斩言侧目小心翼翼地看了她一眼，却并未与她说话，随即转身面对着那些江湖人士拱手道："萧姑娘此行是为霍某而来，先前还曾救过霍某的性命，希望诸位能卖给江月楼一个薄面，今日之事，到此为止。"

山庄里一片寂静，众人满是惊愕地望着霍斩言，方才那一瞬间的诡异身法，迅如雷电，翩若惊鸿，他们虽然没有看清楚，但是再看看地上躺着的众人，也大致能猜出此人的武功到底如何，明明看上去那么病弱的一个年轻人，身上却负着滔天的气势与武功，江月楼以及执掌着它的楼主，果真如传言般神秘莫测，危险强大。

"斩言……"萧萧站了起来，望着他的背影唤了一句。

霍斩言转过身来，面无表情地注视着她，语气里冷淡而疏离："萧姑娘，在下已经说得很清楚了，请离开吧。"

"你……"萧萧见他还是这般拒人于千里之外的模样，不由得上前一步急切道，"你答应过我，我可以来洛阳找你。"

霍斩言负手而立，颀长的身姿依旧那么优雅温柔，他别过视线看向别处，淡淡道："那时候在下并不知晓姑娘的身份，若是早有预料，在下宁可死……也不要姑娘相救。"

萧萧闻言收紧了指尖，几次欲言又止，有许多话压在喉间却说不出口，恍惚觉得自己面前站着的其实是一个陌生人，她从不知道他的背景，也未曾看清过他的内心。

犹记得不久之前，苦寒沼泽的木屋里，他们背对着站立在窗前，他为她吹奏了一曲，曲音羞涩而温柔。那时候，她甚至在想，其实霍斩言是喜欢她的吧，只是良好的教养和内敛的性格，令他不好意思开口。

那又有什么关系呢？他说不出口的，就让她来说就好了，神龙教的儿女，向来重情重义，豪放不羁，喜欢一个人，就会义无反顾地对人家好，不喜欢一个人，只会拿着刀子跟人家拼命，哪里有那么多的繁文缛节，又哪有那么多的虚与委蛇？

她以为霍斩言是不会嫌弃她的，因为他曾说过她不拘小节，他说她脱俗立新，还说能够与她相识，是他的荣幸。可是现在她明白了，那些所谓的不拘小节，脱俗立新，不过是他推脱敷衍的虚词，一个姑娘家被人说成那样，那不是赞美，而是丑陋，是不知羞耻。

她像废弃的棋子般被他丢在一边，他拒绝她，不肯承认她，冷淡疏离地将她推开，仅仅是因为她的身份，尽管他们曾经出生入死，尽管他们曾经有过那么多快乐的时光……

她握紧了手，强忍着涌出的泪水，声音冰凉而倔强："没错，我是妖女，人人都恨我，怕我，躲着我，我以为，只要全心全意对待一个人，结局会不一样，原来你与他们并没有什么不同……"

她遥望着霍斩言，就像在遥望着自己逐渐沉寂冰冷的内心，语气却轻描淡写般平静："我可以为你放弃所有，甚至可以为你去死，我从来都没求过什么，只是想让你看清楚我的心，你连这点……都做不到吗？"

霍斩言侧身保持沉默，视线低垂着没有去看她的眼睛，淡然的身姿遗世独立，竟像是无动于衷。萧萧悲凉自嘲地笑了两声，黯然的眼帘低垂下来："我可真傻，像你们这样的人，哪里会懂得人心的可贵，霍斩言，我以真情待你，你便是这般辜负我的……"

"霍公子，这等妖女不要同她多言！"陆九卿站在不远处，冲着霍斩言高声喊了一句。

"是啊霍公子，你怎么可以跟这样的人纠缠不清？"围观的人们交头接耳地说着话，不时还对他们指指点点，望着萧萧的目光亦是充满了鄙夷和敌意，霍斩言并没有开口回答，然而脚步却迈了起来，朝着他们走了过去。

"霍斩言——"萧萧一声断喝，阻止了他离开的脚步，紧接着听到裂帛的声音，一阕嫣红的衣袂随风轻舞，缓缓飘荡下来，落在了他们的中央。

霍斩言顿住脚步，背对着萧萧的神情孤独寂静，耳畔传来她冰冷狠绝的声音："你记着，今日割袍断情，从此你我之间再无半分情意在，再见之时，不是你死，就是我亡！"

他微微勾唇，一如既往地心静如水，慢慢说着："在下……也希望如此。"

数日之前，湖光山色之间，两个人并肩站在船头，男的清贵优雅，女的古灵精怪，神仙眷侣般的一对璧人，羡煞旁人的风景。

然而这一切，都在那一声断袍裂帛中消失殆尽，她有她的坚持，他有他的苦衷，她有她的信念，他有他的打算，飘飘荡荡的衣袂，阻隔在不到七尺的中间，将他们生生隔成了两岸。

夜晚的庭院中，霍斩言凭栏看着远方的风景，神情越发清俊孤独，像是一尊伫立在寒风中的雕塑。老洪默默地走到他的身后，几次欲言又止，还是轻唤了一声：“楼主……”

霍斩言一动不动，淡淡地答了一句：“你来了。”

老洪向前走了几步，望着自家楼主的目光竟是疼惜的：“那支笛子您从不离身，今日那位姑娘，楼主……其实很喜欢吧。”

霍斩言清润温和的眼眸中，映着夜色，映着月光，显得潋滟而温柔。他容色淡淡，身姿病弱不堪却依旧支撑着屹立不倒，冷傲孤独犹若遗世独立的谪仙。闻言，他微微垂下眼帘，幽凉浅淡的眉目里，流露出点点落寞与伤情。

喜欢吗？他不知道。

只是时常会想起，湖光山色之中，那个艳丽夺目的女子笑着送给他一枝桃花；只是时常会记起，大雪纷飞里，那个坚强不屈的女子背着他跋涉了几十里沼泽；只是时常会听到，那个坚定不移的声音对他诉说着“我一定会救你的，就算死，我也会救你的”。

本以为他们之间不过是一场算计与利用，却没料到，这盘自以为精妙的珍珑棋局不仅害苦了别人，也将他自己困在其中，他忘不掉雪地里萧萧抱着他取暖的紧张，忘不了她带着灵药回来时浑身血污的模样。

原来一个人即使冷了感情，硬了心肠，还是会被这般炽烈的情感重新温暖起来，整个世界都会跟着明亮。

一泓碧水，一叶扁舟，一个对着他笑的明媚女子，睁眼是她，闭眼是她，就连夜半之时的睡梦中，都能听到她银铃清脆的叮当声……

霍斩言皱眉合上了目，似是极力隐忍着什么，清淡的语气里有些威严：“不要再说了。”

老洪果然闭口不再多言，站在霍斩言身边，望着他的侧脸，隐约中似乎看到了时光的另一边。

良久之后，霍斩言缓缓睁开眼睛，平静地望着外面的风景，再度换上了那一副不咸不淡的模样。他呢喃着开口：“我答应过父亲，要改变我们霍家人的命运，要将江月楼带到武林至尊的位置，这条路既然已经开始走了，不达目的，便永不回头。”

想起纠缠霍家几代人的噩梦，即使是身为外人的老洪都心生痛楚，霍家先辈机缘巧合创制的绝世神功，却因力量太过强大而无法被人修炼，但是为了守护江月楼以及跟随江月楼的众人，明知道会有此宿命，每代楼主还是义无反顾强行修炼，以凡人之躯承受神功赐予的力量，同时也在忍受着它所带来的痛苦。

他在江月楼里待了几十年，见证了一位又一位楼主的死亡，记忆中那个武功艳绝的少年天才，十八岁便已败退少林四大禅僧，绯色蜀锦的衣袂，爽朗放肆的笑容，却在十九岁那年的雷雨交加中，阴了天，蒙了尘，染上了血红。

还有那个纵横天下的英雄剑客，眉目俊毅，身姿挺拔，总在武林危难之时力挽狂澜，终其一生都在奔波劳碌救万民于水火。千里风云独臂持，留却身后功与名，如今的江湖还流传着他的传说，然而传说里的那个人，却也没能逃脱厄运，不到三十岁便死在了病痛之中。

噩梦终归是噩梦，江月楼里却一日都不可缺少楼主，前任楼主死后，少主尚且年幼，江月楼里人心惶惶，外有宿敌虎视眈眈。就是在这样内外交困的情况下，年不过十岁的少主霍斩言接管了江月楼，为寻求破除厄运之法，终日隐居在山庄内闭门谢客，到如今，已过了十多个年头，好在上天眷顾，寻寻觅觅之中，他们终于在神龙教中找到了答案。

于是，一张精心编织的巨网，正在缓缓展开……

第四章

心似双丝网

清晨的庭院，霍斩言刚喝下半杯早茶，便有小厮过来请他，因英雄大会已经结束，那些江湖人士大多已辞行离开洛阳，所以山庄内一下子变得冷清许多。霍斩言跟随小厮的脚步，很快来到了客厅，只见卓鼎天和龙懿文坐在首座，陆九卿与少林的那几位大师陪坐在两边。

他迈步走了进去，不紧不慢施礼道："不知卓师叔，唤斩言来何事？"

卓鼎天尚未说话，倒是龙懿文首先冷冷道："霍楼主，只怕还欠我们一个解释吧？"

霍斩言对上他的目光，静默微笑着："盟主有话不妨直说。"

龙懿文冷哼一声，语气甚是尖酸刻薄："霍楼主身为正派中人，却私自放走了魔教的妖女，此等做派，当真让人看不透呢！"

当日他败退左岳盟的江昊取得武林盟主的位置，本可以借着那个扬眉吐气的机会，趁机羞辱卓鼎天和左岳盟一番，没想到被人莫名其妙搅乱了计划不说，还在天下的英雄面前，败给一个魔教的女子，险些丧命，可谓把龙家堡的脸都给丢尽了。

之后，霍斩言又在那么多人手中救下了萧萧，不仅如此，那一招反击携着滔天的气势，是个人都能看出霍斩言的武功远远在他之上。所以，只要有霍斩言在，他这个武林盟主的位子便坐得不舒服，自负骄傲如他，当然不愿同辈之中出现像霍斩言这样的人物，令人觉得武林盟主的位子是别人让给他的。

厅中的人怎会不知道他的心思，少林寺的方丈与禅智长老相视了一眼，不动声色地摇头叹息，新任武林盟主心胸狭隘如此，性情为人又自负傲慢，真不知再如此下去，将会给武林带来怎样的浩劫。

霍斩言负手而立，声音不咸不淡："萧姑娘是为霍某而来，若是在英雄大会上发生意外，旁人只会指责我江月楼有违侠义，更何况她还曾救过霍某的性命，忘恩负义这种事……相信盟主也是不齿的。"

他的唇角勾起浅淡的笑意，缓缓道："再说，即使萧姑娘是魔教中人，我等身为正派，凭着人多便仗势欺人，恐怕只会被人诟病吧。"

"你……"龙懿文脸色阴寒，隐忍怒气不发。

"好了好了，"卓鼎天见此连忙站出来打圆场，接声道，"斩言执掌江月楼，一直是我中原武林的砥柱，自是以盟主为尊，听从武林盟主的调令，岂敢与那魔教妖人纠缠，做出损害武林的错事？"

他顿了顿，看向霍斩言道："斩言，今日请你来，不是为了萧姑娘之事，盟主他只是随口问问，你也不要放在心上。"

霍斩言默默颔首，语气温浅："是。"

他抬起头注视着卓鼎天，缓缓说道："卓师叔即使没有邀请，斩言也是要来辞行的。"

卓鼎天听着他的话，不由得皱眉道："怎么，你要走？"

霍斩言静静点头，不紧不慢道："离开江月楼已久，斩言也该回去了。"

客厅内，除了龙懿文，所有人的神情都有些怪异，卓鼎天和陆九卿相视了一眼，略微尴尬道："斩言，其实今日请你来，是有件大事与你商议。"

他挥手，示意霍斩言到旁边的椅子上坐下，接着道："你也知道，近日魔教中人越发猖狂，若是不加整治的话，恐怕会危及中原武林的安全。"

霍斩言正襟危坐，温淡地开口："卓师叔想让斩言做些什么？"

卓鼎天见他默许答应，心下掠过一抹算计，接着道："盟主打算联合我们几大门派攻打神龙教，剿灭了那一帮魔教教徒，不知道江月楼可否助我们一臂之力？"

霍斩言缓缓颔首，平静的面容里看不出任何破绽："盟主既然有这样的高瞻远瞩，我江月楼自然义不容辞。"

"不用了！"龙懿文见他真的答应，不由得在心中恼怒，此次计划是他建功立业的好机会，若是被霍斩言抢去了功劳，岂不是日后人人都在称颂江月楼，还有什么人肯把他这位武林盟主放在眼里？

正所谓一山不容二虎，他不是傻子，自然懂得这个道理。卓鼎天之前的那位武林盟主，便是在霍斩言父亲的光环下碌碌无为，苟安一生，然而他龙懿文是什么人，岂能甘心被埋没在霍斩言的威风之下？

见龙懿文反对，卓鼎天一惊："盟主，您这是……"

龙懿文阴毒自负的目光看向了霍斩言，语气亦是冰寒："霍楼主与那位魔教妖女的关系匪浅，此役关乎整个武林的安危，兹事体大，我不能冒险。"

霍斩言并不在意，唇角勾起清淡的笑意："盟主是不相信霍某的为人吗？"

龙懿文对上他的目光，毫不掩饰："是，不过霍楼主若是肯将那妖女的首级提到我们面前来，或许本盟主会相信你一些。"

霍斩言的眉目清浅，语气云淡风轻："恩将仇报的事，霍某不会去做。"

龙懿文扯出一个阴毒的冷笑："那便没什么好说的了！"

少林寺方丈看着霍斩言，越发觉得此人耿直不阿，谦和有礼，是个难得的正人君子，而且他的武功和心智都远在龙懿文之上，若是这样的人担任武林盟主，必是江湖的一大幸事。可惜啊可惜……

他注视着霍斩言，苍老浑浊的目光中，竟隐隐浮现出另一个人的身影来，当初那个人便是这样优秀绝艳，却死活都不肯担任盟主之位，还说自己有难言的苦衷，如今斯人已逝，他的儿子就在自己的面前，虽有千般的苦楚和万般的无奈，却只能掩藏在心中无法说出口。

许多年前的禅寺竹林中，那段关于世间生死的对话还在耳畔回响，那个纵横

江湖的大英雄，竟也有对于生死的执念，负手而立的身姿中隐约透露着落寞和寂然，之后不久，他便真的悄然离世了。

出家之人，向来心静止水，无欲无求，然每每想起挚友的英年早逝，即使是身为方丈的他，都难免会有一丝悲恸。方丈细不可闻地叹了一声，缓缓道：“少林乃出家之地，向来不问世俗纠葛，更何况是这等杀孽之事，请恕少林不能参与其中了。”

他顿了顿，话锋一转：“不过霍施主的为人，老衲倒是十分相信的。”

霍斩言侧身，向他微微躬身，举止间皆是尊崇之色：“多谢方丈。”

见龙懿文没有搭话，方丈叹了口气，向霍斩言点头示意他不要多礼，然而对于龙懿文刻意限制霍斩言之事，却也无可奈何。如今的江湖，已是别人的江湖。少林清净地，佛门慈悲处，当年的意气风发能有几时?

见客厅中的气氛越发凝重了起来，卓鼎天轻咳了一声，首先打破沉寂，向霍斩言道：“斩言，你难得出门一次，正好此处离左岳盟不远，不如随我到左岳盟小住几日吧，也让师叔尽一尽地主之谊。”

“这……”霍斩言有些犹豫，紧接着又听江昊道，“是啊霍师兄，师父都这样诚心邀请你了，你便到我们那儿住上几天吧。”

霍斩言微微笑了，缓缓颌首：“那好吧，斩言恐怕要叨扰师叔和师弟几日了。”

卓鼎天连连摆手，笑道：“自家人，什么叨扰不叨扰的，师叔我可是巴不得你在左岳盟常住呢！”

霍斩言正襟危坐，保持着完美的礼数和浅淡的微笑，好像对于龙懿文刻意的针对没有任何介怀，对于卓鼎天故作的亲近也没有太多回应。

在客厅说了一会儿话，因他们几人还要商谈攻打神龙教一事，霍斩言作为被怀疑的人，自是识相地起身离开。只是在跨过门槛的瞬间，他的动作顿了一下，不动声色地侧首片刻，清淡温润的唇角隐约勾起些许冰冷的微笑。

不过是说出了一个多年前的真相，不过是散布了萧孟亏要夺取武林盟主的谣言，卓鼎天便急着要剿灭神龙教。不过这位混迹江湖数十年的前任武林盟主也算不错，精心安排了英雄大会上的这一出好戏，拉出龙懿文来当挡箭牌，既除掉了神龙教，还能拔掉龙家堡这一颗眼中钉。

而龙懿文呢？傲慢自负的新任堡主，终究还是嫩了点，忘记了自己与左岳盟的交锋中，何曾占过上风。如今从卓鼎天手中夺了点甜头，就不顾昔日的疼，竟还真的以为自己可以担任武林盟主。

所以说这世上大多数的人，最敌不过一个贪字，趋利避害是人人生而具有的本性，甚至有时候，为了得到所谓的“利”，可以甘愿冒些风险。把握住这一点，只要略施小技，那些他想要的、势必得到的，总会有人争着抢着为他拿来。

鹬蚌相争，渔翁得利的事情，谁不愿去做呢？只是谁是鹬蚌，谁是渔翁，却容不得他们自己做主，中了他的连环计，入了他的生死局，一切，便只由他说了算。

左岳盟昏暗的地牢里，破旧的油灯正跳动着微弱幽凉的火焰，在上方的土墙上熏出一道道乌墨漆黑的痕迹，浓烟夹杂着酸臭腐朽的气息，弥漫在夜晚的寂静中，沉闷而又令人心悸。

通往地牢的铁门吱呀一声开了，一个人手举油灯摸索着走下石阶，很快来到了地牢的中央，寂静的地牢里回荡着他的脚步声，这个人目标明确地走到一间铁牢前，阴毒的目光望着里面那位被折磨得人不像人、鬼不像鬼的囚犯，细不可闻地冷哼了一声。

“玉娆，你可想清楚了？”这个人不厌其烦开口，油灯昏暗的光线下，映出他狰狞可怖的脸，竟是左岳盟主卓鼎天。

里面被关押的人听到声音，艰难缓慢抬起了头，她的四肢被固定在四条粗重的铁链上，整个人以一种诡异的姿势被吊在半空中，浑身血污，指甲都在流着鲜血，脖子上禁锢的铁链伴随着她的动作发出呼啦呼啦的声响。她抬眸注视着铁牢外的人，死寂的眼睛中恍惚看到了生的希望。

“爹……爹……”她大口喘息着，用虚弱的声音喊着不远处的男人。

卓玉娆努力挣扎着，奈何手脚根本没有力气，铁链被晃动得发出声响，随即又沉寂了下去。她祈求地望着自己的爹爹：“爹，女儿知错了，再也……再也不敢了……”

她虚弱不堪地轻念着，仿佛每一个字都说得极为艰难，面容苍白如雪，在血污之下犹若寂静的死灵，铁链深可见骨地困住她的手脚，结痂的伤口又因方才的动作裂开，磨出鲜血来。

卓鼎天闻言冷哼地笑了两声，将铁牢的门打开，站在卓玉娆的面前，居高临下望着她，阴狠狰狞的脸上竟无一点怜惜之色：“这就对了，乖乖听话，这才是我的好女儿。”

他伸出手去，想去摸摸自己女儿的头，但发现触手可及皆是血污和肮脏，不由得顿住了手，将那只手背在后面，望着她用幽凉的语气道：“早知道会有今日，当初又何必要偷为父的武功秘籍呢？我就你这么一个女儿，我的东西以后不就是你的？”

听到他这样说，卓玉娆惊恐地瞪大了眼睛，慌忙摇头：“不不不……玉娆不敢……”

她止不住地轻咳了两声，望着卓鼎天的目光尽是祈求：“爹爹，玉娆再也不敢了，您放了玉娆吧，玉娆以后再也不敢了……”

卓鼎天负手站在那里，紫黑的衣袍显得华贵尊崇：“你犯了这样的大错，若是不做点儿什么将功折罪，为父又怎么能放了你？”

卓玉娆听此，死寂的眉目中闪过一抹希冀，血污肮脏的脸上含着些许欣喜：“女儿愿意，无论爹爹要玉娆做什么，玉娆都愿意。”

卓鼎天阴冷的唇角闪过一抹笑意，他的目光狠厉，却长叹了口气惋惜道：“女儿大了，终究是要嫁人的……”

他顿了顿，语气似一个慈父般：“山庄里来了一位客人，为父打算把你许配给他。”

卓玉娆一愣，下意识地问：“谁？”

然而对上卓鼎天幽凉的目光，顿时吓得心里一惊，垂首连忙道：“玉娆全听爹爹的，任凭爹爹做主。”

卓鼎天绕着她迈步，目光打量着眼前被折磨得面目全非的女儿，似乎在笑着：“你怕什么，我卓鼎天的女儿自然要嫁这天底下最好的男儿，不仅如此，爹爹还会为你准备好嫁妆，把你风风光光地嫁出去，你不是一直想学爹爹的武功吗？好，爹爹全都给你。”

卓玉娆吓得几乎魂飞魄散，连忙挣扎着摇头：“不……女儿不敢……”

卓鼎天终于笑了起来，阴寒入骨的笑声回荡在寂静的地牢中，犹如沉睡经年的冤魂厉鬼，令人听了便觉得胆战心惊。卓玉娆下意识地挣扎着，手腕上深可见骨的伤痕流出黏腻的血，她却已经疼痛到麻木了。

见到卓玉娆吓得魂飞魄散的模样，卓鼎天终于止住了笑，靠近了卓玉娆，声音仿佛是企图将人拉入地狱的恶鬼：“女儿，那些东西，我给你，你才能拿，知道了吗？”

他顿了顿，阴毒的目光打量着卓玉娆身上的伤痕，又接着道：“如果我没有给你的，你却自作主张拿了，爹不会杀你，但会给你一些教训，让你明白做人的道理。”

卓玉娆强忍着身上的疼痛，声音几乎哽咽，她艰难地点了点头：“是……”

卓鼎天这才满意地笑了，他站直了身体，不紧不慢道：“那个人是江月楼的楼主，我要你嫁给他，然后找机会向他下毒。嗯……孔雀翎的毒，你该知道吧？”

卓玉娆闻言瞪大了眼睛，她早知道卓鼎天会借这桩婚事谋求什么，但是怎么也想不到，自己的爹爹竟叫她下毒谋害未来的夫君！

孔雀翎，孔雀翎……天下奇毒之首，无色无味，但凡中了孔雀翎之毒的人，即便天仙下凡，华佗再世，也无生还的可能。

她在心里掀起惊涛骇浪，然而又听见卓鼎天阴挚狠毒的声音：“你不要觉得为父心狠，那个人病恹恹的，反正早晚都会死，倒不如现在死了，还能成全我的大业。”

卓玉娆的眼波闪了一下，几乎是立刻，她就明白了爹爹的计划。

把她嫁给江月楼的楼主，那她便是江月楼的当家主母，若是将来那位江月楼主发生意外死去，那么整个江月楼便都会在她的掌控之下，而作为她的爹爹，义薄云天的左岳盟盟主，替不更事的女儿管理江月楼也是顺理成章的事，他打着这样的如意算盘，不过是想夺取江东的那座江月楼。

她沉默良久，有万般的苦楚压在喉间，心里冰凉一片，还是艰难地启唇，细不可闻地说了一句："是……"

"哈哈……"卓鼎天闻言又笑了两声，亲切道，"这才是我的好女儿，吊了这么久，你疼不疼？爹爹现在就把你放下来……"

昏暗寂静的地牢中，传来一阵铁链的声音，卓玉娆只感觉手脚一松，整个人摔在地上，久违的触地感让她欣喜而悲凉，差点激动难持哭出声来，她挣扎了一下，发现手脚被吊得太久，浑身酸痛根本站不起来，只能强忍着重伤向不远处的那个人爬过去，匍匐在他的脚下，虚弱的声音道："谢谢……爹……"

卓鼎天负手嗯了一声，又道："你先在此歇息一夜，等明日伤好些了再出去。"

"不……"卓玉娆下意识地脱口而出，紧咬牙关道，"女儿……女儿还撑得住……"

她努力地撑着身子跪了起来，四肢传来锥心的疼痛，每动一下都如刀刺骨髓般止不住颤抖，苍白的脸上渗出冷汗，却还在咬牙坚持着。

卓鼎天冷眼望着她："出去若是见到昊儿，你应知道该说些什么吧？"

卓玉娆点头，沉重地应了一声："女儿明白。"

阴暗潮湿的地牢中，卓玉娆迈着蹒跚艰难的步子跟在卓鼎天的身后，不时踉跄几步，伸手扶着两边森寒的铁牢，然而手指在触及到铁牢的瞬间，听到里面若有若无的呻吟声，又剧烈地颤了一下，受到某些刺激般下意识地退缩回去。

这是建在卓鼎天房间下的地牢，在左岳盟里这么多年，从小到大，她进出过那个房间无数次，却都没有发现这个地牢的存在。她知道自己的爹爹不是什么慈眉善目的好人，但也未曾想过他居然残忍到如此地步，若不是她一时好奇，偷了那本武功秘籍，被卓鼎天关押在这里，受尽非人的折磨，可能她永远都只会觉得他仅是个严厉的父亲。

卓玉娆恍惚想起早逝的母亲，心里陡然一震，会不会她也曾来过这里，或者说这数十间地牢里关押着的，正在痛苦呻吟着的人，其中一个便是她的母亲……

她不敢再往下想，下意识地抓紧了指尖，紧紧抿着唇瓣将啜泣声吞咽下去，眼眶里的热泪却顷刻落了下来。夜色浓黑，笼罩着层层的雾霭，她迈着踉跄的脚步跟着前方的人影，走进了更加深沉的黑暗之中。

霍斩言住在左岳盟的这几日，都是江昊陪着他逛东逛西，大致将陌陵山上的景色都游览了一遍。接连辛劳了好几日，霍斩言的气色愈加不好，江昊见此便不再勉强他，只陪着他在庭院中下棋看书，倒也不觉得无聊苦闷。

这日，他望着刚刚惨败的一盘棋，大受打击："霍师兄，你倒让一让我啊。"

霍斩言不紧不慢地收拾着棋子，唇角泛着微笑："江师弟是这般徇私的人吗？"

江昊飞快地将棋盘上的棋子捡回去："话是这样说，可是你可不可以给我留点面子，不要让我输得这样惨？"

霍斩言捻着棋子的指尖一顿，思考片刻点了点头："好啊。"

听到他的回答，江昊顿时哭笑不得，不由得咕哝道："你这江月楼主，真是……"

旁边站着的老洪见此笑了，乐呵呵地道："我们楼主心实，江少侠可不要欺负我们楼主。"

江昊差点闪了舌头，目瞪口呆："就他这样的还心实？那我……算什么？"

"呃……"老洪语塞了一下，尴尬地接腔，"应该是……木吧。"

此话一出，连江昊自己都跟着笑了起来，霍斩言微微侧目，语气里温和却也清淡："老洪……"

老洪立即识相地闭口不言了，握着双手站立在他们的旁边，见不远处的拱门前有个人急急忙忙跑来，随即躬身道："楼主，有人来了。"

霍斩言和江昊均把目光投向跑来的那个人，待那人走近了，江昊站起来道："薛师弟，怎么了？"

这位姓薛的弟子平复了好一会儿，方道："师兄，师父请师兄到前厅去。"

江昊一阵疑惑，问道："可知是为何事？"

那弟子脸上露出笑容，灿烂无比："是玉娆师姐回来了！"

江昊听此眼前一亮，转向霍斩言拱手道："霍师兄，我先去见一见师妹，这盘棋暂且下到这里吧。"

霍斩言点了点头，江昊正要走时，又被那弟子拉住了，这人终于喘过气来："师父说，还请霍师兄一起到前厅去。"

霍斩言微微颔首，淡淡地笑了："听闻卓师叔有位掌上明珠，我倒从未见过。"

一行人跟在那弟子的身后，来到了左岳盟的前厅，江昊首先迈步走过去，拱手施礼道："师父。"

"师兄……"耳畔传来甜甜的声音，江昊下意识地抬头，见自家师妹已经跑过来站在自己跟前，不由得笑了："你这丫头，这阵子跑去哪里了？让师父好生着急。"

卓玉娆的脸色骤然一白，很快掩饰了过去，嘟着嘴不乐意道："哎呀，我待在庄里觉得无聊，就出去散散心呗。"

江昊白了她一眼，没好气道："近日江湖上不太平，以后不要再乱跑了。"

正说着话，霍斩言已经走到厅中，看了一眼江昊和他身边的那个女子，随即将目光转向卓鼎天："这位便是卓师妹了吧，卓师叔好福气。"

卓鼎天哈哈一笑，站起来走到他们中间，引荐道："玉娆，这是你霍师兄，还不快快行礼？"

这是卓玉娆第一次见到霍斩言，眼前这位男子虽生得病弱，然而瘦削苍白的身姿里，却是带着冰心、带着玉骨，宛若夕阳下伫立的瘦梅，静默之中令人感到傲骨铮铮的寒意，在见到他之前，从未觉得这世间的男子竟还可以长得这般好看。

她愣了片刻，倏地回过神来，连忙低首道："霍师兄……"

霍斩言只是默默点头回礼，并未做出太多的回应，温浅的眉目中见不到有多热忱，也看不出有多疏离。卓鼎天见两人也熟识得差不多了，便出言道："好了，我与你们霍师兄还有事商量，你们先下去吧。"

卓玉娆和江昊都走了出去，霍斩言侧了一下首，不紧不慢道："老洪，你也去吧。"

老洪躬身施了一礼，也迈着步子退了下去。一时间左岳盟的前厅里，就只剩下霍斩言和卓鼎天两人，卓鼎天侧了侧手，示意他在旁边坐下，首先开口道：“斩言，对于攻打神龙教之事，你有何看法？”

霍斩言沉默了一会儿，顿首道：“盟主已将斩言排除在外，这件事……斩言不好回答吧。”

卓鼎天摆了摆手，不甚在意道：“此处只有你我二人，再说，龙懿文不相信你，难道师叔我还不相信你的为人吗？”

他顿了顿，继续道：“此次龙家堡、左岳盟、陆剑山庄以及盟主召集的华山、嵩山二派，加起来总共有数千人，相信一定可以铲除神龙邪教，只不过我这心里……却总是不大宽心……”

霍斩言温和浅淡的眉目中，没有任何的异色，他依旧不咸不淡地问：“师叔请说。”

卓鼎天顺势拂了拂衣袖，继续道：“正邪两派以实力硬拼，势必会伤亡惨重，这绝非是上上之策，只不过盟主他一意孤行，我等也没有办法。”

他摇头叹了口气，做出无可奈何的样子，看向霍斩言期许道：“若是霍贤侄肯出手相助，剿灭神龙教一事，必会事半功倍。”

霍斩言正襟危坐，轻缓地笑了：“卓师叔莫不是忘了，盟主他不许斩言插手神龙教一事吧？”

卓鼎天见他搬出来龙懿文，正色道：“这个我当然知道，只不过为大局考虑，还请贤侄你能够不计前嫌，助我们一臂之力。”

“这……”霍斩言迟疑了一下，温吞道，“好吧，只不过江月楼与左岳盟不同，无法调出众多的弟子来，只能暗中命人打探神龙教的地形，斩言会尽快将天水涯的图纸交与卓师叔。”

天水涯，便是神龙教的总坛所在，山峰险峻无比，易守难攻，可谓一夫当关，万夫莫开。这么多年，也正是由于这个原因，神龙教才可以不受外界骚扰，迅速发展壮大起来。

这正是卓鼎天的头疼之处，因为天水涯上密林毒瘴遍布，若是一个不小心误入毒林之中，不等与魔教妖人动手，他们这边就已然折损了大半兵力。经过这几年观察，他发现天水涯上其实有一条道路，可以避过毒林到达神龙教的总坛中，可惜神龙教的防备实在森严，他派出去的人几乎都死在毒林里，没有一个回来的。

此番他向霍斩言开口，一是希望霍斩言能够被他劝服，答应出兵相助左岳盟，这样一来，便能将左岳盟的伤亡降到最低；二是希望借助江月楼的力量，查探进入神龙教的安全之路，要知道江月楼向来擅长追踪和收集消息，只要霍斩言肯出面，不消几日便能拿到天水涯的图纸。

没想到他的如意算盘，被霍斩言不咸不淡给挡了回来，不过还好，至少他达到了第二个目的，只要取得天水涯的路线图，灭掉神龙教便指日可待。

卓鼎天点了点头，算是答应了下来，宽厚仁和的笑容中，掩藏着一抹算计和阴狠。

他想起数十年前拜入师门时的情景，没想到当年那位青涩懵懂的小师弟，竟也会有今日的作为。只是这个人，早就该死在二十多年前的那场拼杀屠戮中，如今还苟延残喘地活在世上，究竟是为了什么呢？

他好不容易才有了今天的成就，强大的左岳盟、武林盟主的地位，以及足以匹敌江月楼的盖世神功，这些都是他应得的，怎么可能随随便便就被人夺走？谁，都不能夺走他的东西，否则，便只有死路一条。

从左岳盟的前厅出来，霍斩言回到了居住的庭院，老洪站在他的旁边，见他从袖中取出一支竹筒，打开塞子，从中嗡嗡地飞出一只蜂来，他瞪大了眼睛：“楼主，这是……”

这是江月楼特有的引路蜂，若是在人身上留下独特的味道，引路蜂便会循着气息找出那个人的所在，霍斩言的声音和缓：“找人跟着它，三日后，把天水涯的图纸交给我。”

老洪反应了一会儿，终于明白自家楼主的打算，他早就计划好要利用那位萧萧姑娘寻找进入神龙教的路，他望着霍斩言，神情之间有些不忍：“楼主既然喜欢萧姑娘，又何必……为难自己……”

霍斩言闻言，抬眸看向了老洪，眉目中有些茫然。

喜欢吗？

嗯，是喜欢的吧。

可是，又有什么关系呢？

他淡淡地开口，语气悲凉而和缓：“喜欢，是什么……这种东西，我从来就不想懂……”

他喃喃地说着，似乎在确认着什么：“从决定接管江月楼开始，我的人生便由不得自己做主，答应了父亲的事，便是死了，也会拼尽最后一丝力气去完成的。霍家人的噩梦终将散去，等拿到萧孟亏手里的灵珠，我会带着江月楼，带着你们走向那至尊之位。”

霍斩言的神情落寞而孤独，十岁，在其他的孩子还躺在父母的怀里撒娇之时，他便已肩负起这样的责任，以及这样绝望的人生。他也曾有过稚嫩，也曾有过胆怯，但这些懵懂无知在整个江月楼面前，就显得那么渺小而卑微。

是谁说人这一生，经历过沿途的风雨，悟开了，看淡了，走着走着便老去了。可是对他而言，一个人若是开始懂得自己肩上的责任，便是成长和衰老的起点了。恍惚中，他的心，好像已经苍老了许多年。

三日之后，江月楼的人果然将天水涯的图纸送了过来。左岳盟的客房中，霍斩言手里握着那张图纸，视线打量过笔墨勾勒的路线，温淡的唇角逐渐勾起冰凉的笑意。

原来想要进入天水涯，除了丛林中的那条主道外，还另有一条险峻之路，可以穿过山崖直接到达神火宫。这样一来，在龙懿文和卓鼎天攻打神龙教的时候，他只需要从小路先行进入神火宫，杀了萧孟亏取来灵珠，不仅可以掩人耳目，瞒过那些所谓的名门正派，还可以避免跟守卫神龙教的教众冲突，一举两得。

他走到书案前，抬笔润墨，仅在图纸上勾勒几笔，便将那条小路给遮掩了过去。

“霍师兄，”卓玉娆的声音传了过来，她拎着食盒走进屋中，将食盒放在桌子上，“我做了一些点心，爹爹说味道很好，可以拿来给霍师兄尝尝。”

旁边的老洪见此，不由得调侃道：“到底是卓盟主要姑娘送来的，还是姑娘自己愿意送来的？”

卓玉娆羞得脸色一红，低声道：“自然是爹爹要我送来的。”

老洪做出恍然大悟的样子，还意味深长地哦了一声："原来卓姑娘这么不待见我们楼主，楼主，我看我们还是走吧。"

"不是的……"卓玉娆矢口否认，一时间不知该从何解释起，只得看向霍斩言嗫嚅道，"霍师兄，玉娆不是这个意思……"

霍斩言不紧不慢地走到桌子边，微微侧目，语气里透着威严："老洪……"老洪立即站直了，神色俨然，握着双手不说话。

霍斩言瞥了一眼桌子上的食盒，颔首淡淡道："多谢师妹。"

卓玉娆有些不好意思地笑了，小心翼翼抬首看他，转身将食盒打开，捏出一块枣糕："霍师兄，你尝一尝，若是喜欢，玉娆明儿再送些来。"

注视她紧张试探的神情，霍斩言不动声色地蹙起了眉，缓缓垂眸望着那块枣糕，不紧不慢捏在手里，片刻道："我一个人也吃不下，恐怕会糟蹋了师妹的一番好意。"

说着，他将糕点送到卓玉娆的唇边，语气清淡而温柔："不如师妹和我一起吃吧。"

老洪瞪大了眼睛，一副出门遇见鬼的模样，要知道他家的楼主可是从未亲近过姑娘，如今竟然拿着糕点去喂人家，而且明明是那么放肆无礼的动作，搁在楼主的身上，竟也有着无比优雅的意境。

卓玉娆一愣，随即反应过来，下意识地往后退了一步："不……"

霍斩言平静地看向了她，声音温雅又有疑惑："怎么了？"

卓玉娆极力掩饰着惊慌，尴尬解释道："我……我刚用过午饭，现在还不饿。"

霍斩言闻言，若有所思地点了点头，卓玉娆目送他把那块糕点送到唇边，她黯淡下目光，侧过头看向别处。忽然听到一阵剧烈的咳嗽声，在糕点触及到唇瓣的瞬间，霍斩言又迅速地移开手去，倒退了几步坐在木桌的凳子上，偏过身子掩唇咳嗽了起来。

他的气息奄奄，因为呼吸不畅，所以脸色有些病态的绯红，一只手按在膝盖上，另一只手极力掩着咳嗽，孱弱的身体微微轻颤着，令人看了便觉得心酸。

老洪吓得魂飞魄散，连忙上前一步："楼主，你怎么样……"

霍斩言抬手制止了他，摇头示意老洪自己没事，经过一番撕心裂肺的折腾，才终于好了一些，却还是虚弱无力地轻咳着。卓玉娆蹲在他的身边，抬头注视着霍斩言，神情之间隐约有些担忧："霍师兄，你……现在感觉好些了吗？"

霍斩言微微喘息着，望着她的目光清淡，平复了一下呼吸，随即疲惫地合目点了点头。他的眼眸低垂，视线触及卓玉娆手腕露出的伤痕，顿了顿，淡淡开口："老洪，把书案上的那个玉瓶拿过来。"

老洪连忙哎了一声，阔步走过去，将玉瓶拿过来躬身呈到霍斩言的面前。霍斩言伸手接过，望着卓玉娆浅淡地微笑着："这是百花谷的谷主送给江月楼的礼物，可以疗伤去疤，我一直带在身边却没有什么用处，便转送给师妹吧。"

卓玉娆一愣，呆呆地望着那个玉瓶，小巧精致，通体晶莹剔透，甚至透过圆润的玉质，可以看到里面淡紫的药汁。

百花谷向来擅长调制伤药，据说用他们的药汁涂抹在伤口上，不仅可以迅速疗伤，甚至连疤痕都不会留下，不过调制这种药汁极费工夫，也因此，许多人都是求之不得。既然是百花谷的谷主亲自送给江月楼的，其珍贵程度可见一斑。

她不动声色地扯了扯衣袖，将锁链的伤痕掩饰过去，默默垂首："这样珍贵的东西，霍师兄还是自己留着吧。"

霍斩言微微地笑了，苍白的容颜倒映在目光里，像是一吹即散的云雾："我不经常在江湖上走动，这种东西留着也没有什么用处。"

他将玉瓶放在卓玉娆的手里，声音温凉无力："好了，你去忙自己的事情吧，不要在我这里耗着了。"

卓玉娆心知他体虚气亏，需要多加休养，于是站起身来，轻声道："霍师兄，你好好歇息，玉娆过几日再来看你。"

霍斩言温和地点头，侧过首来："老洪，你代我送一送卓师妹吧。"

老洪哎了一声，走上前伸手引路："卓姑娘，这边请。"

卓玉娆望了望霍斩言，又看了看放在桌子上的食盒，神情之中虽有不舍，却还是转过了身，手里紧紧握着那个玉瓶，迈步离开了房间。

老洪回来的时候，已见自家的楼主负手站在窗边，面对着窗外的鱼池失神，霍斩言觉察到他的动静，没有回身，语气淡淡道：“老洪，把食盒拿过来。”

老洪走到桌子边，把食盒拿了过去，不明所以地问道：“楼主，怎么了？”

只见霍斩言伸手接过去，将里面的糕点尽数倒在了鱼池之中，色香味俱全的点心，立即引来鱼儿的争食，平静的水面上荡起阵阵涟漪，不多会儿，那些糕点便只剩下一些残渣，漂在水面上，被调皮的小鱼不时争抢着。

老洪瞪大了眼睛，有些愕然，反应了一会儿方道：“这点心里有毒！”

他顿了顿，不由得怒道：“卓鼎天竟如此胆大妄为，在自己的地方下毒，也不怕招来武林非议吗？”

最危险的地方，也是最安全的地方，他们当初便是料想到这点，所以才会跟卓鼎天到左岳盟里来的。若是回到江月楼中，难保不会被人暗中下毒，到时候想找卓鼎天讨要说法都难，既然他们要利用卓鼎天灭掉神龙教，现在还不宜与他正面交锋，不得已才出此下策，没想到卓鼎天竟如此肆无忌惮，胆敢在自己的地盘上谋害江月楼主！

霍斩言容颜里荡开些许苍白的笑意，温凉的声音缓缓响起：“你也知道在自己的地方下毒，会惹人怀疑了？”

他淡淡说着，仿佛事不关己似的：“毒确实是他所给不假，不过有些人太心急罢了。”

老洪闻言思索片刻，回想起卓玉娆方才一系列的反应，不由得皱了皱眉：“没想到卓姑娘看起来这样良善的人，竟也会同卓鼎天做出这样伤天害理的事。”

“伤天害理？”霍斩言平淡的语气轻轻念着，自嘲般冷笑一声，“在这江湖上，到底什么才算是伤天害理之事？有时候，连正邪都无法分得清楚，不过都是在为自己活罢了。”

他静静说着，好像在叙述一件与自己无关的故事：“有时候想想，我与卓鼎天也没什么不同，为达目的，不择手段，即使在深爱之人的心上扎刀，都没有关系。”

老洪听他这样说，顿时急了：“卓鼎天那样的人，连自己的亲生女儿都要利用，怎配与楼主相提并论？楼主这样做，都是为了江月楼，为了我们……”

他说到这里，声音渐渐低了下来，望着霍斩言的目光满是疼惜，轻声问了一句："楼主，我们一路走来，好不容易才熬到今日，您……已经累了吗？"

霍斩言的神情孤独，温雅淡漠的眉目中，有落寞，也有无奈。

累了吗？

这个问题，还容不得他去想。

江月楼发展至今，霍家的子孙已近消亡殆尽，如今到他这一辈，就再无一人可以继任楼主之位。总怕哪一日，他会像伯父一样，毫无征兆地死在某个角落里，留下整座江月楼群龙无首，在江湖的血雨腥风中被人瓜分蚕食，最后满门覆灭。

想起未来的局势，想起自己对父亲的承诺，他缓缓蹙起了眉，脸色苍白，身子歪了一下，伸手扶着旁边的窗户咳嗽了起来。老洪见此，连忙说道："楼主，您还是先去歇息吧。"

霍斩言侧过头，淡淡地望了他一眼，虚弱疲惫地点了点头。没想到霍斩言这一睡，竟然睡到了傍晚。卓鼎天不知有何要事，差人来邀请过许多次，不过都被老洪婉言回绝了。

昏暗的内室中，霍斩言缓缓睁开眼睛，下意识地问："老洪，现在什么时辰了？"

老洪站立在屏风外面，躬身恭敬答："楼主，现在已经申时了。"

他顿了顿，提醒道："卓鼎天差人来过几次，因楼主还在睡着，都被我回绝了。"

内室中，霍斩言淡淡地嗯了一声，已经起身走到书案旁，将那张图纸拿在手中："走吧，看来有人已经等不及了。"老洪哎了一声，连忙跟在他的身后。

两个人很快来到了左岳盟的前厅中，只见卓鼎天来回踱步似乎在焦急着什么，霍斩言迈步走了过去，声音不咸不淡道："卓师叔在为何事忧心？"

卓鼎天听到他的声音，连忙迎了上去："斩言，你可来了。"他顿了顿，问道，"听玉娆说你病了，现今身体可好些了？"

霍斩言颔首，慢慢答："有劳卓师叔挂心，斩言已经无碍了。"

卓鼎天长舒了一口气，方道："天水涯之事，你可有些眉目？"

霍斩言点了点头，将图纸交给卓鼎天："这是今日刚送来的图纸，我已派人沿着这条路走过，没有错的。"

卓鼎天连忙接在手里，神情激动地注视着它，看了许久也未看出破绽，只道霍斩言当真没有任何防备，费尽心机地为他取来了图纸，于是笑着道："辛苦你了。"

霍斩言的语气沉静，听不出一丝波澜："能够为中原武林效一点力，是斩言的荣幸。"

卓鼎天将图纸收好，瞥了一眼老洪，接着道："斩言，今日请你来，还有一件事要同你商议。"

霍斩言眉目中闪过一丝疑惑："事关神龙教吗？"

卓鼎天摇了摇头，神情间有些尴尬："是关于卓霍两家的私事。"

他说着，再一次看向了老洪，意思已经非常明显，想让这屋子里唯一的外人出去。霍斩言顿时了然，不紧不慢地道："老洪在江月楼里数十年，也算是我们霍家的人，卓师叔有话就请说吧。"

卓鼎天见此也不再坚持，于是侧了侧手示意霍斩言坐下，他在首座上坐定了，倾身问道："斩言今年年方几何？"

霍斩言静默了一会儿："二十三。"

卓鼎天从旁边的案上端过一杯茶水，方道："可曾立有婚约？"

霍斩言一愣，沉吟思忖卓鼎天的意图，就在这愣神的工夫，便听老洪冷笑着答："老楼主去得早，山庄里自然没人替楼主张罗，卓盟主有此问，可是想给我家楼主安排一门婚事？"

卓鼎天听此，纵声笑了："我正有此意呢，霍师弟英年早逝，我也算是斩言的半个长辈，理应为他的婚事操心。"

卓鼎天要打什么如意算盘，老洪岂能不知，只是那卓玉娆今日刚下毒谋害过霍斩言。这才过去几个时辰，卓鼎天就来为自己女儿提亲，他自然心里不痛快，于是忍不住抢白了一句："不知卓盟主要替我家楼主，给哪位姑娘提亲？"

卓鼎天果然侧身看向霍斩言，试探地问道："斩言觉得我家玉娆如何？"

霍斩言的目光平静，语气淡淡的："卓师妹知书达理，又是师叔你的独女，自然与众不同。"

卓鼎天听此，显得很是欢喜："这便好了，师叔有意把玉娆许配给你，你可愿意？”

“这……”霍斩言迟疑了一下，似乎在斟酌什么。

“怎么，”卓鼎天见到他的迟疑，神色俨然，“难道霍贤侄觉得我家玉娆配不上你？”

霍斩言微微笑了，不紧不慢道：“卓师妹聪明过人，能够娶她为妻自是几世修来的福分，只是……斩言怕自己会误了卓师妹的终身。”

“哎，这是哪里话……”卓鼎天摆了摆手，满不在乎道，“斩言你性情沉稳，实乃人中龙凤，把玉娆托付给你，我也就放心了。”

霍斩言还是有些迟疑，试探地问：“但不知卓师妹是何意愿？”

卓鼎天听此，觉得这门婚事已经成了大半，随即笑道：“若不是怕失了女儿家的礼数，那丫头巴不得每日都往你那里跑呢，难道斩言还看不出她的心思？”

老洪担忧地望向了自家的楼主，只见他顿了顿，微微轻笑道：“如此，斩言便要高攀了。”

“楼主……”老洪大惊失色，卓鼎天企图将女儿嫁进江月楼，肯定是不怀好意，楼主不会不懂这一点。可明知道是这样，他还是答应了这门婚事，即使是在身边伺候多年的他，都不能理解自家楼主到底想要做什么了。

霍斩言不冷不热地看了他一眼，制止了老洪的失态，转身就听见卓鼎天哈哈笑道：“好，等剿灭了神龙教那帮妖人，师叔就替你们准备婚礼！”

霍斩言静默地颔首，微微欠着身子：“多谢师叔。”

左岳盟的门外，云皎愤愤地望着霍斩言，蹭了蹭旁边的云初末：“你说讨厌鬼为什么要答应这门婚事啊？”

云初末懒洋洋地打了一个呵欠，没好气地回答：“我怎么知道？”

云皎转过身，水灵灵的大眼睛望着他，甚是可爱动人：“你不是男子吗？一个男子为什么要娶一个女子，你难道不知道？”

云初末面无表情地扯了扯唇角：“明月居对面那条街上，有个土财主的儿子去年刚抢了一个姑娘成亲，今年又娶了三个小妾，你可以去问问他。”

云皎不满地撇了撇嘴，轻哼了一声，立即指责道：“你们男人最是可恶，贪财好色，饥不择食！”

听到“饥不择食”这几个大字，云初末很不是滋味，他轻飘飘地斜了斜眼睛：“谁说我饥不择食了？”他的眼里带着笑意，望着云皎戏谑嘲讽道，“但凡像你这样的，我就从来不择。”

“你你你……”云皎见他又在拐弯抹角地打击自己，简直愤怒得跳脚，抬眼看他漫不经心地转身走了，手指哆嗦着指他，“云初末你给我站住，我到底哪里不好了！”

不远处的云初末，闻言脚步一顿，不由得又是抿唇一笑，轻轻的声音念着：“果然，还是笨蛋……”

站在左岳盟门外的云皎，看了看屋子里的霍斩言，又看了看走远的云初末，很不乐意地哼了几声，屁颠屁颠地迈着步子跑向云初末了。

“云初末云初末……”云皎从他的旁边凑了出来，这一百年来，被某人的傲娇毒舌打击过太多次，她已经练就了瞬间消气的本事。

云初末斜斜地瞥了她一眼，神情间显得很嫌弃：“干吗？”

云皎微微嘟着嘴，不乐意地问道：“你都还没有告诉我，现在要去哪里？”

云初末的脚步一顿，沉吟了一会儿答：“方才路过左岳盟的后山，那里的湘妃竹长得很好。”

“嗯？”云皎脑中的某根弦突然颤了一下，顿时觉得自己表现殷勤的机会到了，于是她紧赶慢赶地跟上云初末的脚步，仰天笑道，“砍竹子啊，砍竹子这种事既简单，又不花费什么力气，最适合我这种……温和柔弱的小姑娘了。”

云初末头疼地揉了揉太阳穴，语气甚是无力：“云皎……”

云皎立即顿住脚步，僵硬迟疑地转过身，无辜水灵的眼睛望着他：“你怎么了，看上去好像很累呢，要不要休息一下？”

云初末露出阴森森的笑容，一步一步接近她，淡淡地嗯了一声：“我现在确实很累，不过在休息之前，有一件事没有做，我始终不大甘心。”

云皎不由得心虚地往后退了几步，警惕地问：“你要做什么？”

云初末站在离她不远的地方，语气冷淡：“云皎，你过来。”

云皎下意识地往后缩了缩，小心翼翼望着他，低声嗫嚅道："我觉得我现在站的位置就很好，可以听得到。"

云初末的表情严肃，语气威严："那你是要我过去了？"

云皎激灵了一下，虽然她绞尽脑汁也想不出自己到底哪里做得不好，惹得云初末如此生气，不过为了保住小命，她还是乖乖地往前迈了一步，可怜巴巴地望着云初末。

无视她无辜的表情，云初末淡定地点头："你还可以再过来一点。"

云皎顿时不乐意地噘起嘴，神情凄楚地向云初末接近，见他缓缓抬起了手，她的瞳孔一缩，赶紧扑到跟前抱住云初末的腰，差点痛哭流涕："我错了，我再也不砍竹子了，看我这么多年跟着你，费心尽力照顾你，给你做饭，帮你施法，哦，最近还一直给你煎药！求求你不要割我的舌头……"

云初末任她抱着，不可忍受地闭了闭眼，长长地叹了口气："云皎。"

云皎眼泪哗哗地看向了云初末，要多可怜就有多可怜："我在呢，云初末。"

云初末温柔地笑着，慢慢抚上了她的头："天黑之前，扛三十棵竹子过来见我，不然……"他的脸色一绷，话锋陡转，"我一定把你的舌头割掉！"

云皎连忙屁颠屁颠地跑到后山砍竹子了，同时还在愤愤地想，云初末这个厚颜无耻又猥琐的人，一点都不懂得她的可爱！

目送云皎远去的背影，云初末脸上的微笑逐渐收敛，左岳盟的广场上，他云淡风轻地背起手，望向远方天际的夕阳，潋滟温柔的目光中，竟生出一丝落寞和自嘲。

又是这般绝望的残阳，赤红蔓延了整个天际，如同记忆里的那个诀别，美丽得像血一样……

第五章

心愿与身违

天水涯的山林里，黑压压的人群潜伏在灌木丛中，小心翼翼地向前行进着。

卓鼎天走在前头，警惕地向四周查探着，微微躬着身子侧头提醒旁边的人：“小心点，可能有埋伏。”

陆九卿跟在他的身边，压低了声音问道：“盟主，霍斩言那小子可信吗？”

陆九卿到现在还称呼卓鼎天为盟主，身为武林盟主的龙懿文当然不高兴，这次围攻神龙教，他几乎将整个龙家堡的精兵都带来了，不知道比左岳盟强了多少倍，于是心里不由得硬气了许多，冷冷哼道：“若是那姓霍的，同魔教妖女勾结，坏了我们的大事，卓盟主你也脱不了干系。”

黑暗中，卓鼎天的瞳孔中漆黑点点，他捻着胡须微笑着：“霍贤侄的为人，卓某敢以性命担保，盟主请放心好了。”

龙懿文见他这样说，心知现在赚不到便宜，于是又哼了一声，不再多言。

其实他心中巴不得霍斩言给的图纸出错，这样一来，由他带领大家冲出险境，剿灭了神龙魔教，到时候武林中人哪个不会唾弃霍斩言和卓鼎天，而把他当成神灵一样供奉着？

可惜，霍斩言给的图纸显然是没错的，他们走了大半夜，都未出现任何异常，偶然遇到几个魔教中人，也被他们不动声色地解决掉了。

一行数千人，悄悄地潜伏在密林中，按着图纸有条不紊地向前走着，天水涯地处偏僻，风景环境亦是怪异无比，甚至他们还曾看到过一团浓白的瘴气飘在不远处，距离主道仅有几丈远，却好像凝固了一般，没再向道路这边扩散，透过昏暗的月光，依稀能看到瘴气里的树木已然枯死，伫立在那里像是引路的死灵。

这些人的额上均渗出了冷汗，嘴上虽然没说，心里却在想着：幸好有霍斩言给的图纸，不然就是再来几千人，也得困死在这密林中，即使死了都不见天日。

他们大约走了半夜，途中歇息了一会儿，龙懿文又指挥着众人继续走，卓鼎天及时制止了他，斟酌着说道："盟主，你可曾想过，若是那魔教妖人在神火宫中设下陷阱，我们这群人贸然地闯进去，岂不是要吃亏？说不定他们现在就在某个地方等着我们呢！"

龙懿文冷笑道："卓盟主也太抬举那些妖人了，除非有人通风报信，不然他们又怎么会知道我们的计划。"

他顿了顿，阴阳怪气道："我想在场的各位也都是深明大义，对我中原武林忠心耿耿。"

众人一听他这样说，脸色都有些尴尬，在场的人对中原武林忠心耿耿，不会做出通风报信的事，不过不在场的人就不一定了，说来说去，龙懿文还是在针对霍斩言。

卓鼎天心知如此，也不愿与他争辩，他本来就没打算为了一个霍斩言得罪龙懿文，于是故作温和地笑了笑，躬身道："盟主说得是。"

"我觉得卓盟主说得有理。"陆九卿接过话，看向龙懿文施礼道，"盟主，为了安全起见，我看还是留些人在此接应吧。"

龙懿文何尝不知这个道理，只不过这个建议是卓鼎天提出来的，若是他答应了，岂不是让在场的人觉得他这个盟主年轻气盛，思虑不周?

于是他冷笑了一声，对陆九卿道："陆庄主，难道要留下来当接应吗？"

陆九卿心中负气，强忍着怒意施礼道："陆某不是这个意思，盟主误会了。"

他顿了顿，看向华山、嵩山两派的掌门，缓缓道：“不如让华山派和嵩山派留在此处吧，万一神火宫发生异变，也好照应我们。”

龙懿文思索片刻，觉得这样安排也在理，只要卓鼎天和陆九卿没当缩头乌龟，跟着他一起拼刀挨剑，其他的人可有可无，于是他转过头向华山和嵩山二派的掌门道：“有劳两位掌门在此等候，准备接应我们吧。”

盟主发话，那两人当然遵从，都是躬身抱拳道：“是。”

见到这种情景，卓鼎天和陆九卿均是相视了一眼，老奸巨猾的脸上，不动声色地闪过一抹阴毒的笑，把华山和嵩山两派留在山下接应，那么，无论山上发生什么，他们都看不到了。

比如，新任武林盟主在剿灭神龙教一役中，带着龙家堡的手下英勇奋战，结果全军覆没于魔教妖人的手中，而他们，历经九死一生，带着余下的众人拼死杀出了一条血路，虽剿灭了神龙教，却还是没能抢回新任武林盟主的尸身，让他永远地葬身在神火宫的火海里。

到时候，只要在天下英豪的面前做出痛惜自责的样子，对死去的新任武林盟主说上几句赞美崇敬的话，若是还能流下几滴眼泪，便不会有人怀疑他们的说法了。

再比如，神龙教教主萧孟亏在死前，选择与他们玉石俱焚，带着镇教至宝圣灵珠一同毁灭，那颗据说承载着强大力量的邪恶灵珠，终于可以从这世间消失，不再危害世人。

想到圣灵珠，卓鼎天狰狞的脸上满是贪婪，他都没有想到，当年那个女人竟然还对他留了一手，她不是说爱他吗？不是说为了他可以献出一切吗？有这么好的东西，怎么可以藏着掖着瞒着他呢？

不过这些都不重要了，因为属于他的东西，他终将会拿来，就像当初他挖了她的眼睛，挑断她的手脚筋，把她的功力全都吸来一样。

萧孟亏自恃有了圣灵珠，武功比从前大进，便可无所忌惮了吗？要知道他现在可是身负那个女人所有的功力，别说萧孟亏，就是当年叱咤江湖的江月楼主，站在他的面前也有可能不是对手吧？

他狰狞阴森地笑着，圣灵珠会是他的，神龙教会是他的，龙家堡会是他的，江月楼也会是他的，卓鼎天的目光投向了身边神情专注的陆九卿，思绪微微一顿，露出了邪恶的算计，或许哪一日，连陆剑山庄也会是他的。

他们一路来到了神龙教的总坛外，远远望去，一座城池巍峨矗立在陡峭的山崖上。

一轮明月遥映九州，月光下的神龙教总坛，神秘而古老，像是祭祀邪神的原始村落，用几面高墙隔绝了与外界的联系，然而宏伟的城墙下却有一扇大门可以直通外面，如今城门已关，只有几个巨木削成的防护孤独死寂地矗立在那里。

城门之中，一片寂静，甚至都能听到巡逻护城教众的脚步声，人们都陷入了深沉香甜的美梦中，丝毫没有察觉到灾难和死亡的气息正在降临……

神火宫的冰室中，一个紫衣男子凝望着冰床上的女子，神情专注而痴迷。那个女子已经死去了好些年，二十几岁模样，身体僵硬如冰，脸色苍白得像一张纸，眼窝深陷显然是被人剜去了眼睛，不过时隔久远，早已看不出当时血肉模糊的模样，只剩下一团淡黑丑陋的疤痕，在美丽苍白的容颜中显得触目惊心。

“师父……”萧孟亏侧身坐在冰床上，注视着眼前的女子，喃喃地轻念着，散落的墨发垂在冰雪中，竟有一种凄然绝美的意境。他在那个女子的身边缓缓躺了下来，侧过头注视着她，眉目温柔，生怕惊扰了这个女子的美梦一般。

片刻之后，他转过头，淡淡的目光看着冰室的洞顶，在夜明珠的照耀下，整个冰室都映着冰冷的光芒，萧孟亏的唇角勾起些许温暖的笑意，恍若在回忆着什么，失魂落魄地呢喃着：“很快……我就可以见到你了……你会不会开心呢？”

他的眸光寂静地闪烁在午夜里，温凉寂寞：“不仅是我，还有那个人，我答应过你的，一定要把他带到你的跟前来谢罪，明明你那么爱他……”他神情黯然，不厌其烦地轻声说道，“只是……你想见到的……究竟是他……还是我呢……”

萧孟亏慢慢闭上了双眼，即使躺在冰床之上，也不觉得寒冷，良久之后，他听到外面传来急促细碎的脚步声，而且越来越近，似乎将要闯入冰室中。他不悦地皱了皱眉，睁开眼睛，缓身站了起来，迈步向冰室的石门边走去。

冰室外，萧萧神情紧张地向石门走，正巧迎上了出来的萧孟亏，连忙半跪下来道："师父。"

萧孟亏不悦地皱眉，语气威严："萧儿，我有没有告诉过你，任何人都不得接近冰室，即使是你也不能吗？"

萧萧连忙垂首，呼吸有些紊乱，显然是一路急赶过来的："师父，不好了，卓鼎天带着人攻上来了！"

萧孟亏的神情一顿，静默了片刻，方道："萧儿，你跟我进来。"

萧萧一愣，还是站起来跟着萧孟亏走了进去，她是萧孟亏从一群孤儿中挑选出来的，自小便在神龙教中走动，连萧孟亏闭关修炼的地方她都去过，却从未走进过这间冰室。

从前她只知道自己的师父每隔一段时间就会待在这间冰室里，一连好几天都不出来，起初她也以为师父是在里面修炼武功，后来麦药郎告诉她，这间冰室里藏着一个女子，藏着师父的一个梦，他走进这间冰室不是为了练功，而是躲在那个梦里不愿意出来。

走进冰室中，萧萧忍不住打了个寒战，几乎是瞬间，她看到了冰床上躺着的那个女子，萧孟亏站立在冰床的旁边，语气威严道："跪下。"

萧萧看了萧孟亏一眼，紧接着神情肃穆地跪了下来，呆呆望着那个女子，想着师父这么多年的苦苦相思，一时间心中又是酸涩，又是悲痛。

萧孟亏也缓缓转身，朝着那个女子跪了下来，身姿颀长而又决然："师父，弟子即将为您清理门户，诛杀叛徒，此战生死未知，您好好看一看萧儿，在天之灵请保佑她……"

萧萧闻言瞪大了眼睛，向前跪了两步："师父，您是什么意思？难道要我在这个时候，抛下您，抛下神龙教不管？"

萧孟亏没有回答，站起身来居高临下地看着她，仿佛下定了决心一般："萧儿，今日一战，在所难免，我已做好玉石俱焚的准备。"他的声音渐渐低了下来，注视着萧萧震惊的表情，继续道，"只是有一件事，我还放心不下……"

萧萧听此静默了下来，她自小在神龙教长大，自然知道师父的性子，不只是师父，神龙教的众多教众中，哪一个不是宁为玉碎、不为瓦全的人？既然师父早就有此决断，她便没有阻拦的资格，只得强忍着心中的悲痛，郑重点头道："师父，你说吧。"

萧孟亏转过身，身姿背对着萧萧，目光静默地望着那个女子，淡淡的声音说道："碎云渊的冰雪崖上，种着一株红梅，她生前最是喜欢，你好生照看，不要让它……枯死了……"

萧萧皱起了眉，温热的泪水从眼眸中流了出来，她抬首望着站在面前的人，哽咽着向萧孟亏深深叩了一首："是，徒儿拜别师父……"

萧孟亏负手背对着她，终于合上了双眸，叹了口气，声音听起来有些疲惫："去吧。"萧萧依依不舍地站起身来，注视着师父的背影，一步一步退着走出了冰室。

冰室中，萧孟亏又睁开了眼睛，呆呆地看了那个女子许久，他缓步走到她的身边，沿着冰床坐了下来，凝眉注视着她，温柔轻声地开口："你等一等我……"

他伸向了那个女子的手，将她手里握着的灵珠拿了出来，这是一颗淡金的灵珠，澄明剔透，在冰室中散发着圣洁温暖的光芒，单是拿在手里，便能令人感受到其中充溢着蓬勃的生息和汹涌而出的力量。与此同时，那个女子像是失去了所有的生机与活力一般，尸体迅速凋萎下去，最后变作白衣中的一堆尘灰。

萧孟亏不再回头，手里握着那颗灵珠迈步走到石门边，微微侧首，又阔步走了出去。

神龙教的总坛中，此刻燃起了熊熊的烈火，旷野的风，无止息地吹着，好像想同这滔天的烈火般，将这座城池吞噬侵蚀殆尽。火海之中人们奋力厮杀着，嘶喊声，惨叫声，烈火燃烧的噼啪声，以及大刀砍杀血肉发出的狰狞声……

萧孟亏站在神火宫的宫殿前，目光清冷地望着眼前这一片杀戮，身形伫立在空旷的长阶上，落寞而孤独，紫色的长袍在火光的映衬下显得妖艳诡异，未绾的墨发在狂风中肆意飘着，犹若一个气势滔天却茫然空虚的邪神。

他望着血海滔滔，唇角勾起几近疯狂冰冷的笑意。杀吧，杀吧，这只是他与卓鼎天两个人的恩怨，这么多人过来凑热闹做什么?

反正来再多的人，也只是平添他的杀孽而已，圣灵珠的力量加上他的武功，别说这几个愚蠢无知的江湖匹夫，就连整个神龙教总坛都会沦为一片废墟。到时候，所有该死的人，所有该了结的事，都将会在这场杀戮之中，随着他，永远地埋藏在神火宫的往事里。

他的目光静静地注视着下面黑压压的人群，恍若在他们之中看到了卓鼎天的身影。

碎云渊的雪，现在还在下着吗?

在那山崖下面平坦的山谷中，是不是还建着几间简陋的木屋，木屋之中，会不会还住着一位白衣俏丽的女子和一个老实木讷的孩子?他们相依为命，年龄相差不大，却一直以师徒相称。是不是有一天，忽然有个浑身血污的少年突然闯入他们的生活，打破了那里的寂静?

如果是这样，可千万不要给他开门啊……他们看不到那个少年英俊爽朗的外表下，掩藏着狼子野心的丑恶狰狞，他们也感觉不到那个少年温和正直的背后，那柄森寒阴毒的刀锋……

他们收留了那个人，给他食物，为他疗伤，击退了那些追杀他的刺客，甚至还把他留了下来，教他武功，跟他一起生活，天真地幻想着三个人可以彼此依靠，相伴到老，如此地推心置腹，如此地深信不疑。

于是，悲剧就这么发生了。一群黑衣人突然闯进木屋，掳走了那个少年，他们一直追到碎云渊上，那时候天空还飘着雪花，双方对峙，激战一触即发，她能抵挡过敌人招招致命的攻击，也能挡得了铺天盖地的铁箭，却终究没能躲得过身后心爱之人藏在袖中的短刀……

碎云渊的风，还真是冷啊，她像一只断了线的风筝，被人推下万丈悬崖，无论他怎么努力地伸出手，始终都触不到她的一片衣角。他看到她手腕上流淌着鲜血，染红了素白的衣袖，他看到她的眼睛紧闭着，血肉模糊，那时候他想，她的心一定很痛吧，因为再也流不出眼泪，所以只能把它吞回到心里。

之后呢?又发生了什么?

萧孟亏的目光静静地注视着火光，映在眼眸中无比幽凉。

是的，二十多年前，也是这样月高风黑的夜，也是这样罪恶滔天的血海，他屠戮了一个山寨，在那些人的手中抢来麒麟角，抱着她千里跋涉去求麦药郎。麦药郎告诉他，她还有些气息，大概能够救活，不过需要这天下至珍至贵的宝物。

于是，他便开始了那场漫长而又痛苦的旅程，不断地找人挑战，伤痕累累，不断地杀人，杀到麻木，尽管在这之前，他连杀一只鸡都会觉得不忍心。

善良木讷的孩子，总是不懂得该怎样才能表达自己的感情，却是一直都记在心里的。正是因为把什么都埋在心里，所以日积月累才会那样沉重，沉重到有一天，连他自己都负荷不了，当那个人不在了，他的世界便也就崩塌了，一个迷了路的孩子，一个即将失去世界的疯子，总会轻易地走上歧途，步入绝路。

那又有什么关系呢？只要能够挽救回她，即使这双手上沾满血腥，身负罪恶和杀孽堕入修罗地狱之中，又如何呢？

可是，那个该死的庸医却骗了他，他明明都把圣灵珠拿回来了，她却死了。

他没有杀了麦药郎，因为知道即使杀了人家，她也活不过来了。他要带着她，到天涯海角去，在那里，没有漫天飞舞的冰雪，没有浑身血污的少年，更没有处心积虑的算计和冷酷残忍的背叛。

天水涯上匆匆二十年，再度回首那些过往，一切恍若云烟。

是谁说过，从前种种，譬如昨日死；从后种种，譬如今日生。可知枯骨蜉蝣，朝生暮死之中，唯有心中的一点回忆是永恒？正如那个人活在风华正茂的年代，而他，也从未曾离开。

月色的银灰，洒满了天地，霍斩言行走在山林之间，步调不紧不慢，素白的衣袂泛着淡淡的月华，在这幽静诡异的山林中，犹若午夜中盛放的白莲。此刻，他的腰间系着一把长剑，身姿清冷，举止优雅，却也终究有点江湖人的样子。

他走在天水涯后山的那条小路中，举头便能看到那座巍峨高耸的宫殿，上方的天空已经被火光映得通红，宛若朝霞一般，甚至侧耳细闻时，还能听到神龙教总坛传出的厮杀声，那样嘈杂，那样混乱，一定死了不少人。

他的唇角勾起些许冰冷的笑意，迈着步子好像闲庭信步一般，朝着山顶的那座宫殿缓步接近，衣袖和衣襟处的银线流云，在月光的照耀下折射出森白阴冷的光辉，映衬着白玉雕琢的脸庞和精致好看的眉目，清贵逼人。

过了今晚，他便离自己的目标又近了一步，神龙教的圣灵珠，以及整个武林的至尊之位，那些他答应父亲的，身为楼主应该带给江月楼的，终将会实现。每当想起这些，冰冷的血液都会跟着沸腾起来，死寂的人生中，顷刻划过足以耀亮世界的火焰。

霍斩言想到此，一向清冷的眸光中染上了些许热切，他微微顿首，加快了脚步沉默地向前走着。仿佛前方正在等待着他的，不是那个武林中数一数二的高手，不是那场注定你死我活的拼杀，而是被他魂牵梦萦已久的冒险挑战，以及深切渴望的凯旋之音。

耳畔传来清脆的银铃声，他的脚步一顿，下意识地循声望去，只见一个女子坐在不远处的树枝上，望着他妖娆美艳笑着，她的身上穿着嫣红的衣衫，裙摆的薄纱随风微微飘着，晚风拂过，脚上的银铃丁零作响，容颜在月光下显得清丽决然，像是一个坠落凡尘的仙子。

她望着霍斩言，幽幽开口："这些天，我想了很多事，关于你，还有我。"

霍斩言淡淡地打量着她，又偏过头去，声音温柔却没有感情："哦，萧姑娘想到什么了？"

萧萧倾身飞跃下来，翩然落在他的身边，迈步走到他的面前，流光潋滟的眼眸注视着霍斩言，嫣然的红唇轻笑着，似是故意逗弄般："霍公子，为何不敢看着人家？"

霍斩言不动声色地避过她的目光，将视线别过一边，一言不发没有吭声，又听萧萧轻笑了一声，暧昧地凑近他的耳边："还是霍公子到现在都对人家念念不忘，想看，却又不敢看？"

女子幽香的气息划过耳畔，呵气如兰，霍斩言下意识地退后了一步，平静无波的脸上闪过些许不自然的神色，甚至连躲避的动作都有些局促。萧萧望着他的失态，扑哧轻笑了一声，不紧不慢走上前，悠然道："没想到霍公子害羞的时候，竟是这般模样。"

霍斩言又躲避了一下，侧对着萧萧蹙眉道："萧姑娘，请自重。"

"自重？"萧萧挑了挑眉，语气故意勾了一下，望着他缓缓道，"我早说过，你的命是我救的，那你便是我的人，我为什么要自重？"

她的语气冰凉，像是午夜中勾人心魄的狐仙："霍斩言，其实受伤是假的吧，你不过是想利用我取来救命的药材……"她说到这里顿了一下，手指抵着下巴，似乎在反思，"不对，麦药郎早就说过，即使取来那些药材，你也活不长久。那么，你想要的究竟是什么呢？"

"如果不是陆剑山庄那一战，我都不知道你原来还会武功，霍公子的武功一定很高吧，只是迫于一些原因不敢轻易施展出来，直到用那些灵药恢复了身体……不过以江月楼的实力，若要取来那些药材想来也不是难事，你做了这么多，这般处心积虑地谋划，真正的目的又是什么呢？"

她嫣然地微笑着，美艳之中又带着一丝诡异的幽凉，慢悠悠道："霍公子，看在你我曾经相好一阵的分儿上，可否跟人家说说呢？"

霍斩言终于不再躲避她的目光，平静地望着她，语气甚是清淡："萧姑娘已经猜到了，在下又何必多言。"

萧萧扑哧一声笑了，刚想伸手去摸他的脸，却被霍斩言敏捷地躲了过去。调戏不成，她不满地撇了撇嘴，显得失望至极："不错，从前我是不明白的，不过现在在这里看到你，大概也就猜出来了。"

她顿了顿，潋滟的目光望着霍斩言，明艳的容颜邪魅如午夜绽放的玫瑰："其实你一开始，就是冲着神龙教来的吧。"

今晚她奉师命离开神龙教，由于前山总坛处，神龙教的教众正在和卓鼎天他们激战，所以她选择从后山的小路下山，走在路上越想越觉得不对。

卓鼎天背叛师门的事，不是神龙教散布的，而她的师父萧孟亏也从未曾想过要夺取武林盟主之位，那这些消息究竟是从哪里传出来的？隐隐地，她感到幕后似乎有一只手，一直在推动着中原武林和神龙教的矛盾激化，最终导致卓鼎天那帮人按捺不住攻入天水涯，两派鹬蚌相争，好让旁人坐收渔翁之利。

那么，这个在背后操纵一切的人，会是谁呢？

这时候，她想到了霍斩言，身为江月楼主，明明有着足以颠覆江湖的力量，却一直避世隐居在江东之地，明明与外界断了来往，从不问红尘之事，为什么偏偏挑在这个时候出来，跑到洛阳参加什么英雄大会?

回想这一路走来的情景，她竟有些发冷，恍惚感觉到，霍斩言编了一张巨大的阴谋之网，把大半个江湖都困在其中。

他想借助卓鼎天的力量灭掉神龙教，也想借助神龙教的势力毁掉左岳盟，如今卓鼎天已经中计从前山攻入总坛，霍斩言不可能不过来看看自己的杰作，以他的深沉心思，绝不会跟着卓鼎天他们来蹚这一场浑水，那么，唯一的可能就是后山的这条路了。

霍斩言微微颔首，声音清淡温浅：“既然萧姑娘已经知道在下心中所想，就请让开吧。”

他说话的时候，萧萧已经迈步挡在了前方，容颜妖娆美艳，望着他蛮横仰着脸，像是淘气撒娇的小女孩：“我偏不。”

她的手不紧不慢地捋着鬓边的发丝，唇角勾着嫣然的笑意，语气骤然冰冷道：“江月楼楼主，我奉师父的命令，前来取你的性命。”

她望着霍斩言的目光漠然而绝情，像是一个前来完成任务的杀手，唯一想做的便是将眼前的猎物杀掉，拿着他的头颅回去复命。此情此景，果然如在陆剑山庄里所说，割袍断情，他们之间便再无情意，那些缠绕在她与霍斩言之间的丝丝缕缕，终于在那一剑中，断得干干净净，断得彻彻底底。

眼见着时间流逝，霍斩言终于不再云淡风轻，甚至心静止水的神色中还有些焦急，他的声音低沉了下来，却还是淡淡的：“我不想伤你，你也不是我的对手。”

萧萧拿起手中的短剑，缓缓抽了出来，光滑如镜的刀锋在月光下映射出阴寒的光，一如她现在的语气：“霍斩言，你还记不记得陆剑山庄里我曾说过的话，再见之时，不是你死，就是我亡。我现在……真的迫不及待地想看着你去死！”

她举剑向霍斩言刺了过来，霍斩言侧身避开，正想钻这个空子甩下她飞到前方去，不料萧萧在半空中轻盈地转身，将短剑换到左手横在他的面前，硬生生地把他逼了回去。霍斩言的身体在半空中翩然回转，缓缓落在地上，目光清冷地望着她："萧姑娘，你非要动手不可了？"

萧萧依旧嫣然地轻笑着："你若是有本事，便杀了我，否则，就休想踏入神龙教一步。"

月光下，树林的风簌簌地拂过枝叶，发出沙沙的声响，霍斩言颀长的身姿伫立着，伸手缓缓覆上了腰间的剑柄，他将长剑拔了出来，指着萧萧："那便没什么好说的了。"

萧萧的眸光中倒映着霍斩言的身影，一如既往遗世独立，一如既往沉静优雅，像是记忆深处镌刻的温柔，却带着刺痛人心的冰凉。她细不可闻冷哼了一声，喃喃地念着："是没什么好说的了。"

萧萧首先发起攻击，身形诡异阴辣携着滔天的杀气，衣袂在晚风中伴随着清脆的银铃声猎猎作响，剑锋相击，发出铮铮的颤音。短兵交接，每一次交锋便传来刺耳尖锐的金戈之声，两道翩然若鸿的身影穿梭在丛林之中，衣袂翻飞，你追我赶，更像是共舞丛间的蝴蝶。

霍斩言显然是不想伤及萧萧性命的，所以并未使用内力，仅用剑术压制着萧萧，企图在招式上将她打败。而萧萧似乎觉察到了这一点，每到即将落败之时，都会主动迎上他的剑锋，跟自杀差不多，硬逼着霍斩言收回剑势，一来二去，双方交战了数十招，竟还没有分出胜负。

霍斩言蹙眉，思索着目前的情况应该怎么办，现在他被萧萧软磨硬拖着，短时间内根本脱身不得，卓鼎天眼看着就要攻入神火宫，若是被他们抢占先机夺去灵珠，他还得费心再夺回来。

他的剑迎面刺向萧萧，被对方横剑挡住了锋芒，倾城绝艳的容颜倒映在他的目光中，依旧轻笑着："霍公子，你还说不喜欢人家，这般处处手下留情，为的是什么？"

霍斩言双眉蹙得更紧，负气般带了些内力，反手挥剑企图将萧萧的短剑打飞出去，不料对方却身形诡异，敏捷地将剑收回，还轻盈地转身直接靠在了他的怀里，含情脉脉地抬眸望着他，银铃般咯咯轻笑着。

霍斩言刚想伸手把她推开，萧萧却先行一步，踮起脚尖在他的唇瓣上轻吻了一下，蜻蜓点水般一擦而过，随即身姿轻盈地转了个圈，从他的怀中逃了出来。

望着对方幸灾乐祸、终于得逞的邪笑，霍斩言皱了皱眉，握紧了手里的长剑，剑锋的冷光一闪，他的声音不紧不慢，却温凉入骨："萧姑娘，得罪了。"

萧萧终于收敛了笑，沉默地注视着他，神情冰冷严肃，仿佛也拿出了十二分的认真。

霍斩言的剑势明显凌厉了许多，因携着内力，所以力道也比从前大了起来，双剑交接时，萧萧只能听到耳畔呼啸而过的风声，以及自己短剑的铿锵悲鸣，手被震得发麻，甚至都感觉不到自己正握着兵器，然而已经没有知觉的手，却还凭着强大的意志紧紧抓着剑柄，死都不肯让出一步。她的武功显然在霍斩言之下，眼见着对方的招式越来越迅速，她只能下意识地阻挡着。

山顶的喊声震天，卓鼎天那一行人越来越逼近神火宫，霍斩言清冷的目光中终于掩饰不了焦急，他望着这个拼着性命也要阻拦自己的女子，终于不再留情，使出全力想要尽快解决她，赶在卓鼎天之前到达神火宫。

萧萧明显地感觉到了他剑招的变化，一个躲闪不及，被霍斩言削去了半截衣袂，嫣红的轻纱荡荡地飘着，像是断了线的风筝，缓缓落了下来。

萧萧的目光冰冷，语气依旧漫不经心："霍公子，还真是不会怜香惜玉呢！"

已然使出全力的霍斩言，岂是萧萧所能敌的？两剑相交，拼死抵抗，萧萧咬牙注视着霍斩言："只要我还活着，你就休想踏入神火宫一步。"

霍斩言蹙眉，长剑反手一划，只听得一声裂帛声，剑锋划过萧萧的身体，在她的身上留下一条触目惊心的血痕，剑势的力道携着杀气扩张出去，萧萧倒飞着摔在前方的土地上。

霍斩言迈步走了过去，只见萧萧又拄着剑艰难地站了起来，及腰的墨发凌乱散落在肩头，神情苍白凄楚，却依旧美得惊心动魄，美得妖艳诡异。她的唇边渗出阴毒的冷笑，仿佛带着玉石俱焚的勇气与决心："我说过，只要我还活着，你就休想……踏入神火宫一步。"

霍斩言终于被她激怒，他不明白，明知道不是他的对手，萧萧这般苦苦地纠缠究竟是为什么？不过，圣灵珠就在眼前，得到它，他便能解开困扰霍家人数百年的噩梦，得到它，他便能带领江月楼走上至尊之位，在这些东西面前，连他自己的生命都显得那么渺小，更何况萧萧？

他的剑法凌厉，神情是从未有过的绝情和冷酷，这么多年来，带着温润贵公子的面具生活，对亲人微笑，对敌人微笑，所有人都觉得他温和沉静，他们都愿意亲近他，相信他，依靠他，甚至连他自己都忘了，原来他的心，跟他这个人一样，一直都是冷着的。

他不曾爱过谁，一颗心总是茫然彷徨于冰天雪地中，唯一能令他感觉到自己还活在这个世间的，便是父亲临死前的遗愿。这是他的责任，也是他毕生追求的目标，若是有天这个目标达成，他都不知道自己接下来应该再做些什么……

江月楼楼主，生来便是为责任而活，他得守护江月楼百年来的荣耀与繁华，他得守护所有聚集在江月楼门下的人们。从十岁开始，这种责任便已根深蒂固地镌刻在他的生命中，不容他迟疑，尽管他不曾爱过那些人，有时候，甚至连他自己，他都未见得是爱着的。

萧萧的短剑刺向了霍斩言，霍斩言迎身而上，看似是双方以全力硬拼的局面，然而在近身不到一尺的时候，霍斩言突然背转过去，长剑在手中反转，身体微侧轻易躲过了萧萧的短剑，与此同时，长剑毫不留情地刺入她的腹中。

萧萧闷哼了一声，几乎是立即，又咬紧了牙关不让自己的痛苦溢出。她皱了皱眉，不可置信地垂眸望着刺入腹中的长剑，全身由于疼痛都在发抖，却还是凄然笑了，声音虚弱荒凉，被吞入夜色的浓黑中：“霍斩言，你果然……是没有心的……”

山上的火光照亮了天空，紧接着听到一声惊天动地的巨响，整个神火宫似是承受了某种奇异强大的力量般，从中央开始裂出深壑的巨纹，裂纹如一条条巨蛇很快盘踞在整座宫殿，巍峨矗立在天水涯峰顶数年的神火宫，就这样顷刻崩塌在他们的面前，悲壮而又惨烈，那一瞬间就连始作俑者的霍斩言都有些许动容。

大地摇晃，废墟中升起的浓烟遮掩了大半个天空，甚至距离如此遥远的他们都能感受到一阵阵扑面而来的强劲的狂风，神火宫的废墟中，顿时起了大火，在山顶之上热烈地燃烧着，疯狂而又寂寞。

萧萧默默抬头，呆呆地注视着顷刻毁于一旦的神火宫，仿佛从烈火的燃烧中看到了那个紫衣的男子，如烈火一样疯狂，像烟花一样寂寞，他负着手，伟岸的身姿逐渐湮灭于跳动的火焰里，她再也看不到他的容颜，因为最后的记忆中，他只留给她一个苍凉决然的背影。

萧萧终于流下热泪，细不可闻地哽咽了一声：“师父……”一行清泪划过，她望着霍斩言的背影悲凉地笑了两声，轻轻念着，“怎么办呢？你，好像晚了一步……”

霍斩言面无表情，脸色却冷到了极致，他缓缓站起身来，与此同时，那柄剑也逐渐从萧萧的腹中抽离，原先冷白的剑锋因染上了血红，显得妖艳而诡异。

短剑当啷一声掉在了地上，萧萧的唇边溢出血迹，又被她硬生生地吞了下去，虚弱的身形晃了一下，失力跪了下来，长剑终于从她的腹中抽离，她甚至都能感觉到那柄玄铁末端的冰凉。

她的视线开始模糊，注视着霍斩言渐渐远去的背影，腹中的鲜血源源不断地涌出，染红了她的衣衫，浸湿了周围的土地。萧萧悲凉地笑了一声，从前杀过那样多的人，她都不知道原来一个人还可以流这么多血的。

只是，她的血还是热的吗？

萧萧垂着头，墨发被冷汗浸湿黏在脸上，更显得容颜苍白凄然，望着地面的视线越发模糊不清，她在微微苦笑，喃喃道：“斩言，直到最后，你都不愿……看我一眼……”

她缓缓倒了下来，躺在自己的血泊之中，呆呆凝望着远方墨黑的天空，狂风还在刮着，吹散了遮掩天空的灰尘，皎洁的明月再度朗照着九州，像是记忆中霍斩言的一阕衣袂，一袭素衣，明明那么温柔的月色，却阴寒入骨，凉透人心。

她想起了师父曾经说过的那个故事，两条鱼被困在车辙里面，为了生存，它们彼此用嘴里的湿气来喂对方，然而这样的生存方式总是不对的，遨游河川大海才是鱼儿的宿命，等海水漫上来，两条小鱼也终将会回到属于它们自己的天地。

相濡以沫，不如相忘于江湖。

相濡以沫，终究，不肯相忘于江湖。

神火宫中，一片废墟，霍斩言缓步行走在其中，入眼处皆是狼藉不堪的碎石和焦木，脚边的断肢残骸上还有温热的血腥，然而这些残肢的主人都已血肉模糊，根本辨别不出容貌，大火由于方才的强力冲击湮灭了许多，只剩下点点火光寂静跳跃在夜色中，像是黄泉路上指引方向的死火。

除了死寂，还是死寂，偌大的神火宫中竟无半点生息，霍斩言一袭白衣纤尘不染，犹若坠落凡尘的谪仙，皎洁的蜀锦靴子上沾染了血迹，惊心动魄的妖艳冰凉，他在一摊血渍前顿步，瞥了一眼脚边的尸体，那是龙懿文的尸身。

龙懿文已经死了，在萧孟亏玉石俱焚的爆破之下，尸体被碎成了好几块，仅剩一颗头颅和小半个上身侧躺在废墟之中，内脏散落一地，触目惊心地血腥和恶心。此刻他瞪大了眼睛，脸上满是惊恐和惧色，似乎在临死前见到了无比可怕的东西。

霍斩言的脚步仅顿了顿，又面无表情地绕开尸体，向神火宫更深处走去，越往里走，他的神情就越是清冷，他看到了陆九卿的尸体，虽然比龙懿文要好一些，但也被拦腰斩成了两段，斜躺在神火宫的阶梯上，眼神空洞死寂，面如土灰，墨发已经散落下来，黏腻着血污遮掩了大半个头颅。

逃掉了吗？霍斩言的唇角泛起冰冷的笑意，他果然还是小瞧了卓鼎天，不过承受了萧孟亏这样玉石俱焚的一击，即使不死，也得去掉半条命吧？

他迈步走向神火宫的废墟，在距离废墟不到十尺的地方停了下来，垂眸便看见半掩在土灰中的圣灵珠，这是一颗泛着淡金光芒的珠子，澄明纯净的珠体中倒映着寂静燃烧的烈火，即使现在被埋在土灰中，置身在杀戮的修罗场里，依旧掩不住它的璀璨和光华。

他走了过去，蹲下身来将那颗珠子拿在手里，一股暖流从珠子中汹涌而出，从手心一直蔓延进四肢，宛若一条温暖的小溪，逐渐滋养着他由于承受自身武功强大力量，早已支离破碎、疲惫不堪的身体。

耳畔有急促的脚步声传来，他微微侧过头，只见一群人正慌慌忙忙地赶来，总共有几百人，他们穿着两种门派的服饰，皆是手持长剑，满脸警惕环视着四周，生怕有神龙教的余孽出来似的。

华山派掌门走在前头，依稀看到废墟前那道白色的身影，他试探地迈步走了过去，辨识出霍斩言的模样，不由得奇怪问道："霍公子，你怎么会在这里。"

霍斩言闻言站了起来，望着他们神情淡淡的，语气温凉："原来是你们。"

华山派掌门一边环视着四周，一边向他走过来道："霍公子可知这里发生了何事，方才我们看到了盟主和陆庄主的尸体，卓盟主呢？"

霍斩言的声音清浅，似乎在闲话家常般："我也没有看到，想必是离开此处了吧。"

他的话音刚落，就听见一声断喝："霍斩言，你这武林的败类！"

霍斩言温淡的目光转向嵩山派的掌门，语气不咸不淡："郝掌门何出此言？"

嵩山派掌门郝大通持剑指着他，怒道："盟主先前明明禁止你插手神龙教一事，你为何会出现在这里？"

霍斩言默默颔首，声音听起来没有一丝波澜："因为想来，便来了。"

"你……"郝大通顿时大怒，转向华山派掌门道，"肖师兄，依我看，我们中原武林会经此浩劫，与这姓霍的脱不了干系。"

他满怀敌意地望了霍斩言一眼，重重地哼了一声，补充道："说不定就是他通风报信，魔教妖人才有所察觉，事先设陷阱与我们同归于尽的。"

华山派掌门听此一阵为难，要知道江月楼在江湖上那可是鼎鼎大名，在前任楼主的带领下，早已成了江东百姓心目中的神，而龙懿文针对霍斩言的事，他也早有耳闻，所以要是真论起来，他还是相信霍斩言比较多一些。

就在他为难之时，又听见霍斩言不紧不慢道："现在才觉醒好像已经晚了！"

华山派掌门一愣，惊奇地看向霍斩言："霍公子，你这话……是什么意思？"

霍斩言微微笑着，白皙的手掌摊开，那颗淡金的圣灵珠此刻静静地躺在他的手心里，他的面容清俊温雅，举止之间氤氲着绝代的风华，然而说出的话却令人心悸胆寒："谢谢你们，拼了命帮我拿到了灵珠。"

他的手轻轻扬着，平静如水的目光注视着灵珠，似乎在欣赏一件价值连城的宝物，银白的月光下，如玉雕琢的脸庞看不出一点杀气，语气和缓轻柔，恍若一片轻鸿羽毛，悠然划过人们的心间："所以……为了表示感谢，我会让你们选一种死法。"

那两个掌门听此均是一惊，此时两大门派的弟子们都集中在自己师父的身后，手持刀剑如临大敌般戒备着霍斩言，好像眼前这位看起来芝兰玉树的温润公子，是地狱归来的玉面修罗一般。

嵩山派掌门首先站出来，指着霍斩言大骂道："霍斩言，你身为正派中人，居然勾结魔教暗害我武林同众！"

"勾结？"霍斩言的语气淡淡，他的唇角含着春暖花开的笑意，眼眸里却没有丝毫感情，声音平静如水，"这群乌合之众，也配我勾结吗？"

他缓步向那群人接近，对方却因他的靠临而惊恐地连连后退着，听到他喃喃说着："世有阴阳，然后滋生善恶，何为正？何为邪？对于霍某而言，保护被自己守护的人不受伤害，便是正，胆敢阻我路者，便是邪。"

他的目光幽凉，骤然阴狠许多，唇边泛着冷淡的笑意，徐徐的声音轻念着："你们自以为是正者吗？这些教众何其无辜，不过于乱世中寻一安身立命之所罢了。哼，诛杀魔教，替天行道，不过是冠冕堂皇的借口罢了。"

他的手里托着那颗灵珠，像是蛊惑人心的恶魔般："想要吗？看你们有没有这个本事了……"

望着那颗灵珠，两大门派的掌门相视了一眼，他们的脸上闪过些许贪婪的异色，像是被人看穿心事，揭开了秘密一般，恼羞成怒地拿剑指着他："无耻恶贼竟不知悔改，在此妖言惑众！"

"大家上，把这恶贼杀了，为死去的武林同人报仇！"嵩山派掌门的手一挥，几百个弟子如潮水般汹涌而出，围绕着霍斩言不停地奔跑着，一个人影刚刚退出，几乎是瞬间，又有另一个人迅速地替补上来，身形交替，宛若游荡的鬼魅，长剑结出的剑阵，传来阴冷森寒的杀气，将霍斩言严密困在其中。

霍斩言的身姿颀长，站立在剑阵之中，如玉雕琢的脸上竟无一点惧色，他浅淡地微笑着，旁若无物般迈步前行着，周身内力的气流紧紧环绕着他，肆虐的风骤然变强了许多倍，强大的冲击力将包围在他身边的人震飞出去，数百道身影齐齐地摔落在地上，哀号声此起彼伏。

他的脚步未停，声音不咸不淡，没有一丝感情："别挡路。"

那两个掌门见此，脸色吓得发白，连连向后退着："你你……"

还没有说完，几乎不约而同地拔腿就往后跑，企图逃脱霍斩言的追杀，可惜刚跑出十几步，只觉得眼前白色的身影一闪而过，再抬头看时，霍斩言已经站在前方，挡住了他们的去路。

华山派掌门哆哆嗦嗦地往后退着，望着霍斩言满脸惊惧："霍楼主义薄云天，怎会……怎会有你这样阴毒的后人！"

霍斩言清润的唇角泛着微笑，淡淡的声音道："不知道呢，或许是看够了你们这些伪君子的嘴脸，觉得恶心了，总想要教训一下。"

那么，父亲也是这样的吧。

因为看不惯现在的武林，现在的江湖，所以才在临死前，嘱咐他登上那至尊之位。

他迈着步子向这两个人接近，一直把他们逼退到那些弟子中，看着他们踉跄了一步，跌坐在地上，却还在惊恐地往后退着，狼狈不堪，难看至极。

霍斩言静静地注视着他们，淡淡道："我没有很好的耐心听他们说话，你们是他们的师父，在替自己选择之前，也可以为他们选择一种死法。"

两个门派的掌门现在哪里顾得上他在说什么，只是不停地往后躲着，想要退到人群中去，这样的话，待会儿霍斩言大开杀戒的时候，总不会拿他们先开刀。

霍斩言见此，细不可闻地冷哼了一声，语气不变道："如此，便是要我任选一种了。"

他的手缓缓覆上了剑柄，剑锋划过剑鞘的声音冷冽决然，由于先前沾染了萧萧的血迹，所以原本清亮的剑身显得有些黯淡。

霍斩言默默地注视着自己的长剑，这柄剑，是父亲临终前赠给他的，从他成为这柄剑的主人开始，便一直将它奉在江月楼的剑阁内，直到今日才真正拔出剑鞘，也直到今日，才让它沾染上人类的血腥。想到这里，他的神思一顿，望着剑锋上的血迹，突然间，很不想再用它。

于是他的手仅顿了一刻，又将剑缓缓插入了剑鞘里，那两个掌门见此，还以为霍斩言就此放过他们了，惊惧惨白的脸上流露出些许欣喜，恍若看到了生的希望，然而下一刻，他们又看到霍斩言微微低下身，将地上的一柄弃剑捡了起来，皎白若莲的身影一步一步地接近……

一个月后，左岳盟中，卓鼎天端坐在前厅的首座，侍女给他上了一杯茶搁在旁边的桌案上。

当日天水涯一役，他觉察到萧孟亏要跟自己同归于尽，于是佯装使出全力向萧孟亏攻去，实际却是早就做好了逃跑的准备，在那场大战中，他虽受了些伤，却不是很重，不过左眼却被萧孟亏的力量震伤，就是华佗再世都难以医好了。

“各位……”卓鼎天站了起来，神情悲痛难以自持，“想必大家都已知晓，天水涯的那场惨事了吧？”

他叹了口气，自责道：“都怪卓某不才，未能救出盟主和那些兄弟，让他们遭到妖人的残害。”

他的话音刚落，满室都是叹息声，少林寺方丈道：“事实已然如此，卓盟主就不要自责了，唯愿那些死去的人在天之灵，能够安息吧。”

卓鼎天点了点头，又继续道：“今日召集大家到左岳盟来，其实是卓某有两件事情想要告知大家，同大家商议。”

旁边一人接道：“但不知卓盟主所言，是哪两件事呀？”天水涯一役，除了少林寺和江月楼外，各派都派了本门的精英前去助阵，没想到竟然全军覆没于神火宫中，导致现在满室都是陌生的年轻面孔。

卓鼎天微微一笑：“如今武林刚经过一场浩劫，时局动荡不安，不知诸位有何高见，能够解决眼前的困境？”

这话一说出，所有人都沉默了下来，少林寺方丈微微思考片刻，方道：“天水涯一役，武林盟主不幸战死，江湖群龙无首，自然会生出祸乱。”他顿了顿，方道，“还请卓盟主能够重任武林盟主，解决武林目前的争端。”

卓鼎天听此，连连摆手：“我早已退出武林盟主之选了，不过我这里倒是有一个人选……”

方丈听此，疑惑问道：“不知卓盟主指的是谁？”

卓鼎天回答道：“如今的江月楼楼主，霍斩言霍贤侄。”

闻言，大家都将目光集中到霍斩言的身上，此刻他端坐在卓鼎天的旁边，衣袂素白，气质温和，若不是早先在陆剑山庄里见识过他的武功，大家肯定会不服，还有霍斩言与魔教妖女勾结一事，也随着神龙教的覆灭逐渐被大家遗忘。

整个江湖风雨飘摇，满是疮疤，如今最重要的事就是选出一位大家都心服的武林盟主来，有谁还会去在意一件没有意义的事情呢？神龙教已毁，更何况这里面还有霍斩言的莫大功劳。

然而，面对武林盟主之位，霍斩言却微微顿首道：“卓师叔抬举了。”他顿了顿，又继续道，“斩言从未曾行走过江湖，对门派之事亦是知之甚少，如今的武林，正是需要一位德高望重的人来担任盟主，因此斩言以为，盟主之位，非卓师叔不可。”

厅中的人听此，皆是点头赞同。霍斩言目光温和，微微轻笑着，不冷不热，他是很想快点取得盟主之位，不过他也很清楚时局，更何况让江月楼花费人力和财力来收拾武林的烂摊子，他还没有这样的耐心和好心，既然卓鼎天如此眷恋那个位子，他就暂且拱手送给他好了。

少林寺方丈见此，缓缓道：“霍楼主说得没错，还请卓盟主就不要推辞了。”

“这……”卓鼎天掩饰着狂喜的神情，做出迟疑的样子。

“是啊，卓盟主，你还是答应了吧！”厅中的人此起彼伏地接声，劝说道。

卓鼎天长长叹了口气，无奈道：“好吧，既然诸位如此看得起卓某，卓某便先暂代武林盟主之位吧。”

少林寺方丈点了点头：“卓盟主深明大义，顾全大局，老衲代武林同人先谢过卓盟主了。”他顿了顿，问道，“方才盟主说有两件事，不知另一件事是什么？”

卓鼎天闻言，哈哈大笑了几声，向少林寺方丈拱手施礼道：“不瞒大师，第二件是一件喜事。”

少林寺方丈一阵疑惑：“哦？但不知喜从何来？”

卓鼎天看了霍斩言一眼，缓缓道：“半个月后，便是小女和斩言贤侄的婚期，到时候还请诸位多来捧场贺喜啊。”

方丈听此，由衷地笑了，点头道：“果然是一件喜事，少林先在此恭贺盟主与霍楼主了。”

客厅内又是一阵恭维之声，自从天水涯一役之后，龙家堡名存实亡，华山和嵩山两派遭到重创，而陆剑山庄由于庄主已死，庄内的事务由陆九卿的挚友卓鼎天暂为管理，纵观整个武林，能够数得上的也就左岳盟、江月楼和少林寺了，少林寺不问俗事，因此对于这些人而言，卓鼎天和霍斩言无疑是他们巴结和攀附的对象。

傍晚，霍斩言负手站在庭院里，他的身姿清雅，微微仰头望着面前的一株花树，小小的花朵簇拥成雪白的一团，显得煞是可爱好看。

他伸出手轻轻折下了一朵，娇嫩的花瓣伴着他的动作簌簌地掉落下来，最后只剩下稀疏的几朵，在花梗上孤零零地开放着，霍斩言的手一顿，望着这株花的目光落寞而幽凉，之后便又陷入了良久的沉默。

老洪从屋中走出来，见到自家楼主这副模样，忍不住叹了口气，不知道为什么，自从从天水涯回来之后，楼主便越发地喜欢发呆，再不然就是拿着手帕擦拭老楼主临逝前遗赠的那把剑。

他走了过去，躬身施了一礼：“楼主。”

霍斩言没有反应，只是望着手里已经凋落得不成样子的花朵失神，呼吸浅淡，神情孤独。老洪顿时慌神，走到他跟前又唤了一句：“楼主……”

霍斩言恍然回神，不动声色地将那株花掩藏在袖中，淡淡的声音道：“有事吗？”

老洪望着自家楼主，迟疑地问道：“楼主当真要娶那卓姑娘？”

霍斩言点头，淡漠地嗯了一声，却并未多言。老洪欲言又止，还是说道：“楼主的决定，必是为了整个江月楼好，只希望日后回想起来，您……不会后悔……”

霍斩言的唇间泛起些许自嘲苦涩的笑意，后悔吗？好像已经后悔了呢！

不过卓鼎天以为将女儿嫁给他，再置他于死地，便可以名正言顺地执掌江月楼了吗？要知道卓玉娆可是卓鼎天唯一的女儿，若是哪天卓鼎天先死了，由他来接管左岳盟，似乎会更名正言顺许多……

江月楼中，锣鼓喧闹声响彻云霄，前来贺喜的客人络绎不绝。

从山庄门口到江月楼的大厅中，一袭织锦的红毯覆地，道路两旁的汉白玉和树木上挂着软红，入眼处皆是一番喜气洋洋的景象，秀女灵仆脸上露出灿烂的笑容，双手端着托盘穿梭在来来往往的客人中间，美酒佳肴琳琅满目摆了数百桌。

一对新人在众人的注视下缓缓走向了江月楼的正厅，因霍斩言的父母早亡，所以江月楼邀请了少林寺的方丈来主持婚礼，此刻的霍斩言身着一袭新郎服，缓步走在前头牵着手里的喜绸，锦红的缎带束发，神情沉静温和，波澜不惊的面容下，看不出一丝少年人娶亲的欢喜。

新人走进喜堂，众人簇拥在两边观礼，正要行跪拜之时，忽然听到外面传来冷厉的声音——

“霍楼主在此娶亲，怎么也不通知故人？”

众人循声望去，只见一个瘦骨嶙峋、年过六旬的老头站在不远处的空地上，他负手而立，衣衫褴褛，污秽不堪，像是大街上讨饭的老乞丐，然而这身行头却遮掩不住他周身氤氲的气势，此刻望着霍斩言的神情竟像是在冷笑着。

霍斩言的身子仅顿了一下，随即缓缓转过来，眉目淡淡，清俊的唇角勾起温润的微笑：“原来是麦前辈……”

他迈着脚步走出了正厅，来到麦药郎的面前，向他躬身施了一礼道：“麦前辈于斩言有救命的恩情，娶亲一事江月楼自然应该邀请前辈，不过念及前辈避世在沼泽之中，已有多年不问世事，斩言不敢扰了前辈的安宁。”

麦药郎只看着他冷笑，提高了声音道："霍楼主客气了，我麦药郎区区一个江湖庸医，怎敢救霍楼主的性命，又岂敢担这'前辈'二字？"

前来贺喜的客人听到"麦药郎"的名讳先是一愣，随即交头接耳地谈论了起来，要知道麦药郎隐居在苦寒沼泽二十几年都未曾在中原露面，也从不施医救人，如何能救得了霍斩言的性命？再看麦药郎现在的神情，似乎和今日的新郎有仇，于是他们都望着对话的这两个人，不知道自己来参加的这个婚礼还能不能顺利进行下去。

听到对方的奚落，霍斩言却没怎么在意，他从容不迫，声音缓缓道来："斩言有做得不对的地方，麦前辈尽管指正便是，如今却说出这样的话来，倒让斩言摸不着头脑。"

对于他的回应，麦药郎只是冷笑："指正鼎鼎大名的江月楼楼主，在下还没有这个胆子，不然霍楼主哪天不高兴了，在下恐怕连活命的机会都没有了。"

麦药郎为何会来到江东，霍斩言自然明白，当日在天水涯的山林中，他不得已出手伤了萧萧，下手虽然重了些，但也不至于置她于死地，想来萧萧已经逃到苦寒沼泽，把他利用中原武林灭掉神龙教的事跟麦药郎说了，因此麦药郎才会气不过，跑到江东来质问他。

对于此事，霍斩言的心中早有一番计较，因此并不怕麦药郎会当着众位宾客的面，将他先前的谋划算计给抖了出来。相反，此刻见到这个人，他这些天的苦闷和怅然，竟然莫名地安慰了许多。

他微微颔首，态度温和却也清淡，声音听起来颇有涵养："前辈说笑了。"

麦药郎站立在他的面前，想起惨死的好友和覆灭的神龙教，心中不由得升起阵阵怒火，冰冷的目光死死盯着霍斩言，仿佛下一刻就要冲上去将这个罪魁祸首大卸八块，不过他也知道自己根本不是霍斩言的对手，又心知此人诡诈多辩，再继续周旋下去，也占不了多少便宜。

于是他将一个锦盒拿了出来，呈到霍斩言的面前："有一位故人听说楼主成亲的消息，非要嘱托在下给霍楼主送一件贺礼。"

听到他提起那位"故人"，霍斩言的目光一顿，随即看向了那个锦盒，迟疑了一会儿，才缓缓道：“多谢前辈。”

他不紧不慢伸手接了下来，扣在手中却没有打开，麦药郎见此，冷着声音提醒道：“霍楼主不打开看看是什么吗？”

霍斩言的眼眸幽凉，似是掩藏着秋水，他的声音温浅，听起来娓娓动听：“既是故人所赠的礼物，斩言自会好好珍惜，若是当着众人面前打开，未免会失了礼数。”

见到他这般虚与委蛇的模样，麦药郎不住冷笑：“霍楼主可是怕那位故人趁机报仇，暗算于你？”他顿了顿，缓步向霍斩言接近，语气冰凉，不带丝毫感情，“霍楼主敬请放心好了，如今她的人都握在你手上，又如何来得及找你报仇？”

霍斩言一愣，下意识地反问：“前辈……什么意思？”

见霍斩言终于有些异动，麦药郎瞬间有了报复的快感，他死死盯着霍斩言，语气不变：“那位故人说，她曾答应过霍楼主，要为霍楼主找到这天下最好的笛子，来报答你当日的赠曲之意。不过她想了很久都想不出，这天下第一的笛子到底要去哪里寻，所以只能把她自己送给你了。”

闻言，霍斩言抓着锦盒的手一颤，他静默了半晌，才浅淡地开口：“前辈说笑了。”

麦药郎依旧盯着他：“有没有说笑，你自己心里清楚。”

他迈步向霍斩言逼近，对方却神色淡淡，不动声色地向后退着，江月楼里，寂静无声，只能听得到麦药郎冰冷质问的声音：“她曾为你连夜奔波数百里，翻遍整座山头找来火云芝；她曾为你孤身潜入天狼峰，斩杀十几头雪狼取来天狼血；她曾为你持剑打上少林寺，跪求四大禅僧赠予菩提子，她也曾为你千里赴洛阳，一人独战天下群雄。她为你受了多少苦，又忍了多少罪，霍斩言，你真的明白吗？”

说到这里，麦药郎苍老浑浊的眼眸中氤氲着泪花，想起在沼泽药庐中惨死的萧萧，不由得声音哽咽，几乎说不出话来：“你可知道，她忍着重伤不眠不休跋涉了多少个日夜，又可曾知道，你的那一剑，到底伤得她有多深？如果这样还能活着的话，霍斩言，你当她是神吗？”

霍斩言的表情木然，平静缓慢地眨着眼睛，看上去似乎无动于衷，然而抓着锦盒的手却不动声色地收紧了力道，他抬眸看向了麦药郎，声音听起来不咸不淡：“麦前辈代送的贺礼，斩言先收下了，江月楼已备下喜宴，不知前辈可否留下来喝一杯水酒？”

“你……”麦药郎见他如此绝情，气得浑身发抖，咬牙沉声道，“姓霍的，当初我真应该刨出你的心肝，看一看里面到底是怎样一副狼心狗肺！”

“你说什么？”一直隐忍不发的老洪终于看不下去旁人对自家楼主的侮辱，上前厉声呵斥道。

“老洪……”霍斩言微微侧目，声音里带着些许威严，“退下。”

“可是……”老洪看了看麦药郎，着急着向霍斩言分辩，但见到少主人周身冷厉的气势，最终还是强忍着怒意，不情不愿地退下去了。

霍斩言的容色平静，他缓缓转过身体，背对着麦药郎，伫立的身姿越发地清冷孤独，然而声音却是从未有过的冷淡和疏离：“今日是斩言的成亲之礼，麦前辈若无心留下贺喜，便请离开吧。”

闻言，麦药郎仰天大笑了几声，神情悲哀：“好，霍斩言，你真是好样的……”他踉跄着倒退了几步，继续说着，“她的尸骨已被我撒入江中，这是她死前唯一的要求，霍斩言，日后便是你想找，也找不到她了。”

霍斩言的眸光淡淡，容颜中是一如既往的清浅温雅，他恍若未闻地迈着步子走进了喜堂，走到自己的新娘身边，向少林寺方丈拱手施了一礼。少林寺方丈会意，回应地点了点头，不过回想起萧萧当日浑身血污打上少林寺的情景，如今又听到她已亡故的消息，不由得心中悲悯，细不可闻地叹息了一声。

江月楼中，锣鼓喧闹的声音几乎惊动了大半个江东，听到江月楼楼主成亲的消息，人人脸上挂着喜气，纷纷捧着礼物前来相贺，霍斩言身着大红的衣袍，站在众人中间，不时施礼向客人答谢，神情沉静，如玉雕琢的容颜里看不出一丝悲痛和欢喜的神色……

夜晚，九重红帐里，卓玉娆端坐在床沿边，静默守候着夫君的到来，她的头上蒙着锦绣鸳鸯的喜帕，在昏暗的烛光下艳丽迤逦，恍惚是天女下凡，白皙细嫩的手在喜服的映衬下，显得更加娇柔纤细，她坐在那里一动不动，手指却止不住地绞着，看起来紧张而又欢喜。

耳畔传来推门的声音，霍斩言走到新房的木桌旁，隔着鸳鸯戏水的云纱屏障，目光静静地望着内室中，自己的新婚妻子。他迈步走了过去，蜀锦的衣摆顿在卓玉娆的眼前，缓缓伸出手去，想要掀开她头上的喜帕。然而手指刚触碰到红色的流苏，却又停了下来，一直顿在她的面前，迟迟没有动作。

卓玉娆觉察到他的动静，不动声色低下了头，喜帕下，目光潋滟望着霍斩言精致的衣摆，羞涩紧张地抿了抿唇。良久都没等到霍斩言接下来的动作，她微微皱了皱眉，觉察到霍斩言手已经缩回去，转过身似乎要离开新房，她站起身来，跟上他的脚步，轻柔的声音里带着祈求："霍师兄……"

霍斩言的身子一顿，烛光之下，精致好看的眉目里仿佛有一些苍茫，倒映着烛光显得落寞幽凉，声音听起来淡淡的："我有些累了，你早些睡吧……"

听着他的声音，卓玉娆的心逐渐坠入冰渊之中，她的身体轻颤，喜帕之下，一滴泪从脸庞缓缓划过，坠落在绣花鞋上，晕开一圈浅淡的痕迹，她张了张口，将压在喉间的哽咽硬吞了下去，艰难沉重地向后退了一步。

霍斩言迈步走出了新房，锦绣的衣摆绝尘而出的瞬间，卓玉娆踉跄了一步，倾身跌坐在床榻边的地上，大红的喜帕翩然落下，露出了艳丽秀致的脸庞，白皙的容颜在泪痕中，美得惊心动魄，带着几分诡异和妖娆，她呆呆地盯着早已空无一人的新房，缓缓收紧了手指，用力握着手中润白的玉瓶。

江月楼的阁楼中，霍斩言站在雕花的木窗前，望着外面的月色寂静发呆，他的手中握着一支骨笛，神情落寞孤独，在银灰的月光下显得有些清冷，晚风清凉，拂起了皎白若莲的衣衫，侵入瘦削的身形镌刻下刺痛人心的寒凉，他却一动不动，伫立在那里，周围的空气与他都仿佛凝固了一般。

老洪顿步在门口，望着他的背影满是痛惜，已经整整两天了，霍斩言不吃也不喝，甚至连少夫人来了也不愿意见，只是把自己关在阁楼里望着窗外发呆，他迈步走了过去，站在霍斩言的身后轻声提醒道："楼主，夜里风凉，还是把窗户关上吧。”

霍斩言没有转身看他，片刻之后，淡淡地回答：“我没有大碍，你去歇着吧。”

老洪紧紧皱着眉，几次欲言又止，还是垂头丧气地退了下去，还没走出多远，便听霍斩言低低咳嗽了几声，转身时只见他的身子一歪扶在了旁边的窗户上，老洪赶紧走回来，伸手扶着他关切问道：“楼主，你怎么样了？”

霍斩言的脸色苍白，他平复了一会儿，摇了摇头，声音听起来没有什么力气：“我没事，你去吧。”

老洪望着自家楼主现今的模样，苍老浑浊的眼眸中含着泪花，他退后一步，向霍斩言跪了下来，匍匐在地上号啕大哭：“楼主，是我对不起你……”

霍斩言闻声转过身来，望着他勉强地扯出了一个笑容，轻咳着缓缓说道：“你这是在做什么？我何曾怪过你，你又何曾做过对不住我的事了？”

老洪哽咽着抬头看向了霍斩言，又愧疚低下了头，用犹豫的语气说道：“其实……其实老楼主死前说的那些话，并非他真正的意愿……”

霍斩言的表情怔住，向来波澜不惊的眼神有些无措和惊慌，试探地问道：“你……说什么？”

老洪抬头望着他，早已泪流满面，又倾身叩首匍匐在地上，向他缓缓道来十几年前的那段往事。

原来江月楼前任楼主死前，身为少主的霍斩言还未到十岁，老楼主担心年幼的稚子即使接管了江月楼，也没有坚韧不拔的意志去支撑起它，于是才在临逝前嘱咐霍斩言完成他的两个遗愿：一是找到破解霍家人活不过三十岁厄运的方法，还有就是带领江月楼走上武林至尊之位。

他在临死前告诉跟随多年的忠仆老洪，待到霍斩言长大，成为能够独当一面的江月楼主之时，便将这一番安排和苦心解释与他听，那时的老楼主以为，留下这样的遗愿能够激励幼子励精图治振兴江月楼，却没想到，这件事会成为日后诱使霍斩言走上歧途的诱因。

霍斩言接管江月楼之后，果然没有辜负父亲的希望，年纪轻轻便已练成江月楼中的武功，心智意志在残酷的历练中亦超乎常人，但是为了能够完成自己的使命，他几近将自己逼到绝路，常年忍受着非人的折磨和痛楚，日积月累达到身体难以承受的顶峰，一副血肉之躯也被他折腾得支离破碎，虚弱至极。

把这一切都看在眼里的忠仆老洪，有好几次都想告诉霍斩言事情的真相，然而在看到少主人殷切专注的神情，每每话到嘴边，又强忍着给咽了下去，直到他们找到了破解霍家人噩梦的方法，老洪才下定决心要将这个秘密永远地掩藏在心底，一心只想帮助少主人夺取神龙教的圣灵珠。

他曾目睹过三位楼主的死亡，那般撕心裂肺，像是天塌了一般，是以每日跟在霍斩言的身边，看着少主人日渐衰弱的身体，他的心也跟着沉了下去，他知道，如果少主人死了，那么江月楼的天，便是真的塌了，所以为了一直追随的老楼主，为了看着长大的少主人，也为了摇摇欲坠的江月楼，他决定忤逆一回，将老楼主当年的嘱托一天天瞒了下去。

可是没想到，幼年时期的无依无靠，再加上外界江湖中人对江月楼的虎视眈眈，一天天的霜刀冷箭，在激励霍斩言不断强大的同时，也让他的内心越发偏激阴暗，最后竟然把父亲临死前的遗愿，当成人生中豁出性命也要完成的信念。

从小到大，唯一支撑他活着的，便是这个信念，倘若这个信念不在了，他的人生便也没有意义了。就这样，一步错，步步错，发展到现在，竟不是遗愿在激励着他前行，而是他被困在那个遗愿里不愿出来。

这究竟是怎样一种执念，唯有跟随在霍斩言身边，默默注视着始末的老洪才能够明白，一个不到十岁的孩子，他的肩膀还能够扛得起多少东西呢？

日日月月，岁岁年年，漫天的风霜之中，他便是这样一路走过来的。

步步惊心，步步艰难，倘若不把自己逼到死路，又哪来的绝处逢生？

可是注视着现在的霍斩言，老洪才恍然明白，这么多年，看着霍斩言一路披荆斩棘，他便真的以为自己的少主人无所畏惧，可是却忘记了，一个再怎么强大的人，也会有自己的弱点和缺陷，更何况他还那么年轻，总会遇到那些无法过去的坎。

寂静的阁楼中，只能听得到老洪低低的啜泣声：“其实以当时老楼主的心性，生死早已看透，更不会去在意什么武林至尊的名声……”

他到现在都还记得，十多年前的那个竹林中，老主人和少林寺的方丈有过这样一段对话——

人，为何而生？

为生而生。

人，为何而死？

为死而死。

倘若……倘若一个人从出生便已注定了死亡，那他的人生……还有意义吗？

每个人从出生都已注定了死亡，万物灵长，皆有其生存的意义。

最后，那段对话以老主人的沉默和大笑而告终，回到江月楼中，没到一个月，那位曾经叱咤江湖的绝世英雄便真的去世了。

他不知道从那段对话里，老主人到底领悟出了什么，不过从老主人死前释然超脱的神情中，老洪可以看出，他是真的看开了，顿悟了，放下了，即使性命短暂，但他的人生却是曾经无与伦比的辉煌，就像烟花般，冰凉易逝，却留给世人繁华炫目的精彩一瞬间。

霍斩言的脸色煞白，他怔怔地注视着老洪，满脸震惊和不可置信，指尖紧扣手心，仿佛要把它们捏碎了一般。

那些他从前确信的、坚持的执念，曾经他把它看作比命还重，现在却有人告诉他，他由始至终所追寻的，都是一场浮华，一场空。

镜花水月，寻寻觅觅之中，他已错过了人生中最美好的风景，擦肩而过的风，黯然凋萎的花儿和滔滔逝去的东水，又该怎么样挽留？

睁眼闭目之间，耳畔清脆的银铃声从未止息过，然而银铃的主人却已消逝在这天地之中，是他杀了她，他杀了自己最爱的那个女子……

人这一生，不过是一个起点和一个终点，他的生命开始于希望和绝望之中，也将终结于早已注定的宿命里，在这起点和终点的中间，他以为的过程是苍茫和空白，一个为使命而活的人，要该如何才能看得到他自己？他时常感到自己行走于一片黑暗之中，而他抹杀的，是最后一缕炙热的光明。

注视着霍斩言的静默，老洪很是担忧，他朝霍斩言面前跪了跪，仰头期盼地望着他："楼主，老楼主的一番苦心，只希望您能坚强起来，老奴欺骗楼主，辜负老楼主的重托，罪该万死，只希望楼主您能够保重身体，好好活着……"

霍斩言温淡的目光看向了他，良久之后，勉强扯出了一个笑，声音嘶哑而疲惫："出去吧。"

老洪面带急色，朝他身边跪了跪："楼主……"

霍斩言缓缓地转过了身子，注视着窗台倾洒的月光，神情之间悲凉而落寞，他微微合上了眼眸，体会着夜晚的寒凉，好像在这冰凉中，才能感觉到活在人世的温暖，他叹了口气，声音依旧淡淡的，没有一丝波澜："出去吧。"

老洪的眼角通红，苍老浑浊的目光中倒映着霍斩言素白如仙的背影，他跪在地上，恭恭敬敬地向霍斩言叩了一首，像是最后的诀别般，神情肃穆而认真，艰难缓慢地站起了年迈的身躯，依依不舍向门外走了出去。

阁楼中的霍斩言，表情木然地望着窗外的黑暗，心，好似坠入地狱般幽凉，他湿了眼角，喉间刺痛，滚烫的热泪顷刻掉落下来。

夜晚的寂静中，人们早已陷入了梦乡，而守护着他们的那个人，那位年轻的楼主却紧紧握着手里的骨笛，冰凉而绝望地笑着，终于哽咽着哭出了声。

黑蓝的夜空里，晚风透露着沁人的冰凉，在远方的山川草木之中，逐渐升腾起紫色的云雾，弥漫在夜色中，慢慢遮掩住月的光华。

江月楼的清晨，树枝上还凝着露水光，微风阵阵清凉，几个奴仆急色匆匆地向内宅跑去，跪倒在卓玉娆的面前，失声痛哭道："少夫人，不好了，洪管家自杀了……"

卓玉娆的心头一跳，脸色顷刻煞白，不可置信地颤声问："你说什么？"

那说话的奴仆俯在地上叩首，哽咽道："洪管家……跳水自杀了……"

霍斩言身体虚弱，在膳食方面需要多加小心，因此老洪这些年来有个习惯，每天不到五更便起来，到厨房仔细检查过霍斩言这一天的食材，确认没有问题后，才吩咐厨子应该给楼主准备一些什么样的早点。

但是昨天晚上，老洪从霍斩言的阁楼回来之后，一反常态把他们都叫了过去，只说自己最近要出一趟远门，楼主日后的膳食要他们谨慎小心，接着将楼主的喜好和忌讳嘱咐了一遍又一遍，确认厨子们都记住了，才肯放他们离去。

但是今天早上，由于送蔬菜的小贩家里出了点事儿，没有送新鲜的食材到江月楼，厨子们不敢私自决定楼主的早膳，只能去找老洪请他定夺，可是在到达老洪的住处时，才发现他已经连夜走了，而且衣被折叠整齐，没有带走任何东西。

厨子生怕老洪出事，于是连忙叫人出山庄去寻找，最后在江边的渡口旁发现了老洪的尸体，因霍斩言这两天一直关在阁楼中不见任何人，他们也不敢去打扰楼主，只能来找身为少夫人的卓玉娆。

卓玉娆听此，身体不受控制地晃了一晃，被身边的侍女连忙扶住了，那侍女亦是眼睛通红，小心翼翼提醒着："少夫人，这件事……要不要告诉楼主……"

卓玉娆的脸色发白，她知道老洪跟在霍斩言身边多年，他们之间看似主仆，实际却比家人还要亲近几分，此番老洪出了这样的事情，对霍斩言来说一定是个不小的打击。

她摇了摇头，掩饰着内心的震惊："你们，先带我去看看。"

他们匆匆忙忙离开了山庄，很快就来到了江边的渡口，远远看见一群人正围观在那里，家奴在两边拨开人群，卓玉娆得出空子缓步向那具尸体接近。

老洪此时已经断气，身体冰冷僵硬，手脚被江水泡得灰白浮肿，右边的脸颊上粘着浮萍和灰土，额上还有些瘀青。他的身上绑着几块巨石，花白的头发湿漉漉的，用深褐的布条绑着，松松垮垮地斜在一边，几根发丝凌乱地散落着，与记忆中那个精神矍铄的身影一点也不相符。

卓玉娆望着他，下意识地捂住了唇，手指止不住地发颤，这时候，一个渔夫模样的人跪在她的前面，向卓玉娆说起了今天早上的事。

这一带位处江边，靠打鱼为生的人家也不少，今天五更这渔夫撒网打鱼时，发现渔网被什么东西钩住，怎么拉都拉不动，生怕维持生计的渔网被扯坏，他只能潜下水去查看钩住渔网的东西到底是什么，结果竟然在江底发现了一具尸体，而且看腐坏程度，应该是刚死没多久。

被吓得魂飞魄散的渔夫赶紧叫来了几个人，众人合力把那具尸体捞了上来，仔细辨认时，才认出此人是江月楼的管家老洪。因为事关江月楼，他们更是不敢怠慢，连忙请人去通知这个消息，正好遇上了前来寻找管家的霍家家奴。

卓玉娆站在那里，目光触及老洪尸体上的几块巨石，不由得心中沉痛，她不知道老洪为什么选择自尽，但是她知道，这位慈祥善良的老人即使在死前，还是在心心念念着自家楼主的，因为怕见到自己的尸体，霍斩言会心疼难过，甚至不惜让自己的尸体永远沉在江水中。

她缓步走了过去，蹲在老洪的身边，伸手不紧不慢地为他解着身上的绳索，与此同时，那些家奴也都纷纷跪了下来，垂头低声啜泣着。

他们将老洪的尸体带回，以霍家人的礼仪将他安置在江月楼的大厅中，此时距离霍斩言和卓玉娆成亲还不到三天，大厅中的喜字和红绸还未来得及拆下，原先欢天喜地的一家人被这突然的噩耗打击住，家奴侍女满满跪了一室，啜泣声此起彼伏，繁华之中，更显悲凉。

卓玉娆站在大厅的中央，望着老洪的尸体发呆，不知道为什么，一种不好的预感渐渐萦上她的心头，望着偌大的江月楼，恍惚之中，竟感觉某种绝望的气息正在靠临。

她转身离开了大厅，步伐有些虚脱和踉跄，想起霍斩言，美丽的眉目中不由得浮现出悲痛和哀愁，如果让他知道了这件事，又会是怎样沉重的打击？

此时的霍斩言站在内室的勾栏前，手里握着那支骨笛，望着对面碧绿的池水，一动也不动，透过微风浮动的轻纱，身形清冷而孤独。

卓玉娆迈步走了过去，迟疑了片刻，轻声唤道：“斩言……”

霍斩言恍若未闻，也没有回头看她，表情木然恍若凝固了一般，没有一丝回应，眼眸像是一潭死水，绝望而幽凉。

卓玉娆的声音哽咽，她向前走了一步，咬着牙艰难道：“斩言，老洪死了……”

轻纱后的霍斩言一愣，凝固的表情终于有了些许触动，他的双手轻颤，用力握紧了手里的骨笛，眼睛眨也不眨地望着对面的池水，张了张口，似乎想要说些什么，片刻之后，还是寂静地沉默了下去。

卓玉娆站在阁楼良久，注视着霍斩言一动也不动的背影，终于忍不住哭出声来，声音里满是哀求："斩言，难道你真的站不起来了吗？老洪就在那里，你去见一见他啊……"

霍斩言的身体轻颤，他微微侧首，神情落寞而哀伤，止不住轻咳了几声，最终缓缓转过了头，绝望地闭上了眼睛，一滴清泪无言地划过脸庞，被吞没于悲伤的寂静中，良久之后，他终于开口，声音无力而嘶哑，像是垂暮之人用尽了最后一丝力气："把他……安葬了吧……"

老洪死了，带着无尽的悔恨和自责，他以为自己对不住老楼主的嘱托，对不起少主人的厚爱，唯有一死，方能成全自己对江月楼的赤胆忠心。

可是他没有想到，自己的死会成为压垮霍斩言的最后一根稻草，这个满腹心事的少年，从很小的时候便跟他相依为命，早就将他当成生命中最重要的那个人，他不曾怪过他，不曾怨过他，即使知道了十几年前的那个真相，也从来都没有要责怪他的念头。

萧萧的死，将他的心伤了大半，信念的垮塌，让他的世界都跟着沦陷，然而这个少年总是那样坚强，在巨大的苦痛面前依旧能勉强支撑着站起来，因为他知道，这个世上还有需要自己守护的人，他们爱戴他，拥护他，誓死追随着他，只要这些人还在，他便没有退缩的理由。

可是，如果一个人连他的至亲至爱都保护不了，他还有什么勇气，去守护所有的人？

霍斩言疯了，就在老洪死去的第二天，这个沉静温雅的贵公子，跌跌撞撞闯入繁华热闹的街头，见到一个姑娘便死死地拉着人家不松手，面容里含着痴痴傻傻的笑容，深情凝望着面前的姑娘，就像在看着挚爱的那个女子，嘴里还在喃喃念着她的名字。

过去的时光，终如逝水一般，滔滔流过，永不回头。回首自己曾经走过的路，他发现自己的过去竟然一片空白，唯有记忆中那道明媚的身影还会时常浮现在眼前，即使现在精神混乱，他不记得自己是谁，也不知道自己的身份，还是无比清晰地记得那个女子的名字。

“萧萧……萧萧……”他握着手里的骨笛，将那个女子紧紧抱在了怀里，力道之大，仿佛要将人家揉进自己的身体里去，这样他们就能血肉相连，不再会分开，再也不会分开了。

被他拉住的那个姑娘，满脸惊恐，望着霍斩言的眼神像是在看一个疯子，街上来往的人不认识江月楼主，只将他当作光天化日之下强抢民女的宵小之徒，几个人上前将他拉开，推倒在地上，拳脚相加地打了起来。

等江月楼的人匆忙赶到时，只见到一地的尸体和浑身狼狈、唇角流血的霍斩言，他的身上污秽不堪，发丝凌乱，目光呆呆傻傻的，缓步朝着那个姑娘走近，喃喃地轻念着：“萧萧……萧萧……”

世间之大，他的眼里容不下任何人，只看得到她妖娆灵动的眉眼；江湖之远，爱恨情仇，关于他的故事那么多，他却只记得自己曾爱过……

卓玉娆站在街边，注视着不远处的霍斩言，良久之后，缓缓握紧了手，嘶哑着艰难开口：“把他……锁在江月楼里吧……”

夜晚，卓玉娆站在楼阁的木栏边，一只信鸽扑闪着翅膀悄然落在她的身旁。

她迟疑了一会儿，伸手把那只信鸽拿在手中，将它脚上的纸笺取了出来，手掌大小的纸笺上，密密麻麻写着蝇头小楷，她的视线轻颤着划过字里行间，握着纸笺的手止不住轻颤，脸上闪过茫然无措的惊慌。

她将那张纸笺紧紧地攥在手里，不带迟疑连忙下了阁楼，脚步匆忙紊乱，跌跌撞撞地向江月楼石塔走去。高大的石塔伫立在山庄中间，总共有十二层高，里面漆黑一片，冰冷的巨石回应着夜的森寒，令人见了便不寒而栗。此刻，它的主人便被锁在石塔的最高一层。

江月楼的楼主霍斩言突然发疯，在大街上意外打死了十几个路人，这个消息一经放出，便震惊了整个江东。官府对于此事甚为头疼，要知道江东这些年能够安和平静，全靠江月楼在此坐镇支撑，从某些意义上说，在江东百姓的心目中，江月楼甚至比朝廷还要令人敬畏。

可霍斩言杀人一事，人证物证俱在，若是顾及江月楼的地位，而将杀人者放了，任其逍遥法外，不免会损了官府的威严，坏了朝廷的法度。就在州衙左右为难之时，江月楼的少夫人卓玉娆出面，主动赔偿受害者家眷钱财银两，并且向官府禀报说自家的夫君因受了刺激，已经神志不清，并非是故意杀人。

州衙一听说这个消息，连忙到江月楼查证，结果发现霍斩言真的被锁在石塔之内，表情痴呆，神色木然，话都不肯说一句，甚至连自己的夫人都不认识了。考虑到霍斩言并非故意，州衙便折中做了判决，让江月楼好生看管霍斩言，不要让他有机会逃出石塔，危及旁人的性命。

对于这个判决，江月楼上下自然感激涕零，然而霍斩言发疯这件事，很快便传到了左岳盟中，一直对江月楼虎视眈眈的卓鼎天，如今没了霍斩言这个心腹大患，终于按捺不住自己的野心，飞鸽传书给自己的女儿，企图里应外合，把江月楼迅速收入囊中。

三更时分，明月爬上西楼，照耀在江月楼的石塔上，蚀人心肺的寒凉，卓玉娆登上高塔，入眼便看见了黑暗中的霍斩言。

此刻，他的身上锁着铁链，蜷缩着坐在石塔的一角，透过狭小的木窗望着外面的光亮，瘦削的身姿皎白若莲，月光倒映在他的脸上，映出温柔俊雅的面庞，然而精致的眉目间却没有一丝表情，只是呆呆傻傻地坐着，望着石塔外，像是被关在牢笼中渴望自由的鸟儿。

这些天，来往江月楼的人络绎不绝，表面上说是来看望楼主，实际都是来看霍斩言是否真的疯了，以及来确认江月楼有没有把这个不定时的祸害锁好。时到今日，不管江月楼曾经为他们做过什么，也不管他们曾经在江月楼里受过怎样的恩惠，面对足以危及性命的危险，人们的选择总是残酷而现实的。

为了让大家能够安心，从而放过霍斩言一条性命，身为少夫人的卓玉娆一直睁一只眼闭一只眼，而江月楼的家仆和侍女虽然恼怒，但想到自家楼主现在的处境，以及卓玉娆少夫人的身份，都不甘不愿地把心中的怒气咽下去了。

于是这些天，昔日清贵尊崇的江月楼楼主霍斩言，像一个怪物般被人们围观着，指指点点羞辱着，也在这样的环境中，日益沉寂了他喃喃自语的声音，到如今，他只会躲在角落中，握着手里的骨笛，无声沉浸在自己的世界里。

卓玉娆迈步走了过去，凝眉注视着他，轻柔的声音呼唤着：“斩言……”

霍斩言一愣，听到有人的动静，受到惊吓般往角落里挪动，手臂努力地遮挡着自己的脸，将身体蜷缩成一团，好像要把自己掩藏在石塔的黑暗中。卓玉娆的泪水落了下来，她倾身跪倒在霍斩言的身边，紧紧地拥抱着他，声音哽咽："斩言斩言……是我……不要怕……是我……"

霍斩言根本听不到她的话，只是惊慌失措地往角落里移动，拼命地挣扎着要从她的拥抱中脱离出来，手腕上的铁链伴随着他的动作，发出呼啦呼啦的声响，他的墨发凌乱，散落在肩头，遮挡住了白皙英俊的面容，以及眸色中闪过的阵阵恐惧和茫然。

卓玉娆跪在地上，身体因为心疼和苦楚忍不住颤抖，她用力拥抱着他，泪水顷刻湿了脸颊，手轻轻地抚摸着他的墨发，柔声安抚道："不要怕，那些人不会来了，再也不会有人来了……"

霍斩言在她的安抚中，逐渐平息了方才的惊惧，却还是沉默地坐在地上，平静缓慢地眨着眼睛，任卓玉娆抱着自己，听她喃喃自语，脸上始终面无表情。

卓玉娆觉察到他的顺从，于是轻轻地将霍斩言放开，跪在他的面前，伸手抓着他的衣袖，试探地问道："斩言，你看一看我，我是谁？"

霍斩言微微偏着头，呆呆地盯着一个地方，始终都不曾看过她一眼，好像面前这个正在对自己哭泣哀求的女子，如空气不存在一般。卓玉娆皱了皱眉，美丽的面容里闪现出焦急的神色，她伸出手捧过霍斩言的脸，让他看着自己，再次轻声提醒道："我是玉娆，玉娆啊，还记得吗？"

她顿了顿，取出一个玉瓶，塞进霍斩言的手心里："你看到没有，这是你送给我的，我一直都留着，原本……原本打算新婚那天交给你的……"

一个女子的人生，到底有多长呢？豆蔻年华，红颜转瞬即成枯骨，在这一生中，对于一个女人来说，最幸福和重要的时刻，莫过于嫁与心爱男子的那天。

曾经，她是怀着多么忐忑而欢喜的心情，期待着她与霍斩言的这场婚礼，虽然知道这场婚事的本身便是一个阴谋，但她还是鬼迷心窍地爱上了，浑然不觉地陷下去了。

在噩梦尚未来临之前，她为自己编织了一个关于执子之手、与子偕老的美梦，甚至在父亲和夫君中间，她可以毫不犹豫地牺牲自己，去保全霍斩言。

昔日赠药之情，他不以为意，然而她，却是一直都记在心里的。

治疗伤疤的药已经用完，这个玉瓶她却始终都舍不得丢，外伤易好，心绪难平，百花谷的药汁医好了她的伤疤，然而却在她的心里镌刻上一个人的影子。这个人总是温柔淡漠地注视着自己，负手而立的身影恍若一朵孤独的花儿，就连低首浅笑的容颜里，总也带着心静止水的优雅。

其实那天他是知道的吧，那盒下了毒的点心，他没有吃下，却也没有戳穿，在自己的父亲交给她毒药去谋害别人的时候，那个人却给了她治伤的良药，如此对比鲜明，便换来如此的情深义重。

卓玉娆刚刚松开，霍斩言握着玉瓶的手便垂了下来，玉瓶也应声滚落在地，现在除了手里的那支骨笛，他当真什么都看不进眼里了。她的眼泪止不住落下，拿起霍斩言的手，贴在自己的脸颊边，语气里满是祈求："斩言，你醒一醒，爹爹就要攻来了，他要夺取江月楼，我害怕，你醒一醒好不好？"

温热的泪水滴落在霍斩言的手背，晕开一圈水痕，他的眼眸始终波澜不惊，恍若一潭死水，再也找不回一丝生机。他呆呆地注视着卓玉娆，片刻之后，又蹙了蹙眉，侧过身子趴在地上剧烈地咳嗽了起来，心口忽然一热，一股血腥的气息涌上喉间，喷出一大口鲜血来。

卓玉娆吓得脸色发白，连忙跪在他的身旁，轻轻拍着他的背，焦急问道："斩言斩言，你怎么了？"

颤抖的手胡乱擦拭着他的唇角，殷红的血迹染在他白皙如雪的脸上，触目惊心、妖艳诡异，卓玉娆忍不住发抖，惊恐地将霍斩言揽在自己的怀抱里，紧紧地拥抱着他："斩言……你不要吓我……不要吓我啊……"

霍斩言虚弱地躺在她的怀里，不时轻咳几声，遥望着夜空的眼神越发游离，呼吸浅淡而无力，仿佛在静静地等候那一刻的来临。

整整三天，卓玉娆就这样抱着他，在这座石塔里，极有耐心为他梳发，喂他米粥，不厌其烦地与他说着话，最后口干舌燥，声音嘶哑得几乎说不出话来，可霍斩言还是死了。

卓玉娆抱着他的尸体坐了一天，一动也不动，连眼睛都不曾眨一下，她的身形悲痛，像是一座破败的雕塑。

直到有侍女过来送饭，看到霍斩言冰冷僵硬的身体，小心翼翼去试探他的呼吸，纷纷痛哭着跪倒在地上，卓玉娆这才反应过来，哽咽着悲凉地笑了几声，抵着霍斩言的脸颊放声大哭了起来，夕阳初下，染红了半边天，映衬着那张苍白冰冷的容颜，依旧是那么安详年轻的模样。

霍斩言被安葬在霍家的祖坟中，陪葬的东西只有三样，神龙教的圣灵珠，萧萧的骨笛，以及卓玉娆的玉瓶。

江月楼自霍斩言死后，便再也无人能够担任楼主，偌大的家业落到卓玉娆一人的手上，那些觊觎江月楼的人，都开始蠢蠢欲动，暗地里联合起来准备侵吞霍家的产业，然而面对外面的风雨欲来，卓玉娆却一点儿都不心急，整日关在屋子里临帖摹字，连山庄内的事情都已经放手不管了。

这天，卓玉娆正在阁楼中练字，似血的残阳透过纱窗倾洒在书案旁，恍若温和静美的好时光，满满几十张宣纸，全都写着一个人的名字，笔笔如刀，深深刻在谁的心上。

“小姐，盟主来了。”一个侍女走了进来，小心翼翼提醒道。

卓玉娆的手一顿，微微抬起头，静默地笑了：“爹爹来了，我们应该出去迎一迎他才是啊。”

这侍女是她出嫁时从左岳盟中带来的，从小伺候她十几年，对卓玉娆忠心耿耿，堪称半个姐妹，见到卓玉娆要出去迎接卓鼎天，不由得担忧地拉住了她的衣袖，迟疑道：“小姐，真的……要这样做吗？”

卓玉娆的笑容很浅，像是要散在空气中，声音亦是平静如水：“既然爹爹想要江月楼，我给他便是了。”

她顿了顿，望着这个侍女，语气淡淡道：“你若是怕，便离开吧，我也……不愿连累你……”

侍女一听她这样说，慌忙跪了下来，仰头望着卓玉娆道：“奴婢誓与小姐共存亡，岂敢贪生怕死？”

卓玉娆凝眉注视着她，倏忽笑了：“好啊，我们现在就去吧，把爹爹接到江月楼里来……”

侍女点了点头，望着卓玉娆的神情，不忍心地别过头去，因为这不是小姐的笑容，记忆中灿烂温暖的脸庞，何时也染上了这样的幽凉和悲伤？她们将卓鼎天迎到山庄的大厅内，卓玉娆低声施礼，缓缓说道：“爹爹来到江东，怎么也不事先通知女儿一声？”

侍女给卓鼎天上了茶，不过他只是做做样子，将杯子拿在手中，温声答道：“一个月前漠北出了一帮流寇，我和你师兄率人前去剿匪，没想到却听到了斩言去世的消息，这才匆匆忙忙赶回来，可惜还是错过了他的丧礼。”

卓玉娆见他并未喝茶，她的眸光微动，唇角缓缓扯出一个笑来：“难怪我看山庄外驻扎着许多人……爹爹事务繁忙，那时身处千里之外，自然赶不回来的。”

卓鼎天听到女儿这样说，面容里闪过一丝尴尬，他去没去漠北，卓玉娆和他都心知肚明，而山庄外的那些人，亦不是他从漠北带回来的。一个月前，确实有一支人马从左岳盟出发，前往漠北剿匪，不过领头的人却是左岳盟的大弟子江昊。

那时卓鼎天听说霍斩言疯魔的消息，迫不及待地想联合女儿侵吞江月楼，但是他又怕江昊留在身边会碍手碍脚，因此才编了这么一个理由将他打发出去，后来听到霍斩言去世的消息，他之所以没有前来江东吊唁，是怕霍斩言诡计多端，利用诈死的假象引他来江东。

不过，经过后来几天的观察，他发现心腹大患霍斩言确实已经死了，便急急忙忙地赶到江东，找女儿来实现自己的计划。

卓玉娆坐在下座，目光平淡地望着自己的爹爹，缓缓说道：“爹爹为什么不喝茶呢？是怕江月楼的茶水比不上左岳盟吗？”

卓鼎天不是滋味地清了清嗓子，不知道怎么了，从他再次见到女儿开始，就隐约觉得现在的玉娆有些奇怪，他本来就不相信任何人，即使是对亲生女儿都抱有警惕和提防，又怎么可能在心腹大患的家里喝茶？

他故意笑了笑，客气道："你这丫头，说什么傻话？"

这时候，一个人影犹犹豫豫地从门口探出头来，似乎有话想对自家的小姐说，卓鼎天认出这个便是左岳盟里的侍女，于是提醒卓玉娆道："玉娆若是有事，便先下去忙吧，不必在此陪我。"卓玉娆循着他的目光看去，微微一笑，转过头向卓鼎天点了点头，迈步走了出去。

见卓玉娆的身影消失在大厅内，卓鼎天迅速地换了他和卓玉娆的杯子，紧接着正襟危坐等候女儿回来，好像什么事都没发生一般。不消片刻，卓玉娆果然回来了，闲话家常般问道："爹爹此番回来，怎么不见师兄？"

卓鼎天见她掀开杯盖喝了一口茶，便放下心来，也装模作样地抿了一口，搁在桌子上，回答道："漠北那边的事还没有解决，你师兄现在还在漠北。"

卓玉娆的神情间看不出一点破绽，语气清淡地道："是吗？那真是可惜了……"她顿了顿，不紧不慢地继续道，"女儿在石塔内发现了江月楼的武功秘籍，本想邀爹爹和师兄一同看看。"

卓鼎天一听江月楼的武功秘籍，剩下的那只独眼中闪过一抹炙热的光芒，他朝向卓玉娆那边倾了倾，询问道："什么样的秘籍？"

卓玉娆望着他微微笑了，缓声答道："女儿也不知，那些秘籍刻在顶层的石壁上，晦涩难懂，实在令人看不明白。"

卓鼎天眸中的贪婪更甚，他咽了咽口水，极力掩饰着内心的狂喜："既然你看不懂，为父帮你看看便是，兴许能看出些什么。"

卓玉娆顺从地点头，站起身来道："女儿这就带爹爹去。"

此时已近夜晚，整座江月楼都笼罩在朦胧的夜色中，卓鼎天行走在其中，不由得皱了皱眉，不知道为什么，他总觉得这个山庄里，似乎太安静了一些。

他们很快就来到了石塔的顶层，昏暗的塔内燃着灯火，像是跳动在幽冥之畔的鬼灵，卓鼎天迫不及待地抢先一步走进了塔内，狰狞的面容里尽是贪婪，他瞪大了眼睛仔细去看岩壁，然而看了半晌也没有看到卓玉娆所说的武功秘籍。

他疑惑地看向卓玉娆，问道："玉娆，这……秘籍呢？"

卓玉娆的身姿站立在入口，在月光下更显得清冷决然，她缓缓问道："爹爹，玉娆一直想问您一句话，您可曾……真正拿玉娆当过女儿？”

卓鼎天显然不耐烦，但是为了武功秘籍，又不得不与卓玉娆周旋，他故作温和地笑着，俨然一个慈父般：“当然了，你是我唯一的女儿，我现在做的一切还不都是为了你好？”

冰冷的月光下，卓玉娆凄然地笑了，她郑重地点了点头，淡淡道：“女儿明白了。”

见卓玉娆被自己糊弄过去，卓鼎天也跟着笑了，他向卓玉娆走了几步，带着几分诱哄：“乖，乖女儿，你知道就好了，来，快告诉爹爹，秘籍在哪里？”

卓玉娆静静注视着自己的爹爹，唇角勾起浅浅的笑意，她的声音温凉幽静，恍若来自地狱一般：“江月楼的武功秘籍已被我烧了，爹爹……你永远都得不到了……”

卓鼎天闻言一愣，皱眉：“烧了？”

他慈祥温和的面容顿时变得狰狞，身形一闪，顷刻来到卓玉娆的面前，狠狠地掐着她的脖子，阴毒地威胁道：“你再说一遍？”

泪水从脸庞缓缓滑下，卓玉娆目光平静望着自己的爹爹，由于脖子被掐住，所以呼吸不畅，说话也断断续续：“……爹爹……不是……说做的这一切……都是为了……女儿吗……”

卓鼎天的脸上满是扭曲，因为缺了一只眼睛，所以更是显得狰狞：“为了你？哈哈哈，我卓鼎天只要这一生权压四海，哪管以后洪水滔天？”

他死死掐着卓玉娆的脖子，眼珠里满布血丝，阴狠道：“看在你我父女一场的分上，我再给你一个机会，乖女儿，快告诉爹爹，秘籍在哪里，江月楼的神功秘籍在哪里啊？”

卓玉娆的脸色通红，她艰难地咳了咳，几乎喘不上气来，清丽的眉目中尽染悲凉：“……爹爹，你不要……怪女儿了……”

卓鼎天一愣，下意识地问：“你说什么？”

看着卓玉娆清凉绝望的笑容，卓鼎天脸上终于流露出惧色，他侧过头惊慌失措地思考着到底哪里不对，然而下一刻，腹中突然猛烈地绞痛起来，他往后踉跄了一步，同时松开了卓玉娆，颤着手捂着自己的小腹，面目狰狞死死盯着卓玉娆："你……你竟敢……"

江月楼的火，顷刻升了起来，大火像是一条巨龙般迅速蔓延在整座山庄，与此同时，杀戮的嘶喊声顿时响彻云霄，从江月楼的每个房间内，都冲出严阵以待的守卫之人，此时无论侍女还是家奴，就连年过半百、打扫庭院的老奴都拿着兵器，和左岳盟的弟子拼杀起来。

卓玉娆的脸，在火光的映衬下忽明忽暗，她站立在江月楼的顶层，语气清淡而缓慢："这是您曾经交给我的孔雀翎，现在……我把它还给你。爹爹，你明白了吗？江月楼，是不容任何人玷污的……"

她的眼帘低垂，恍惚想起了几天前的情景，那时她将山庄内的钱财散尽，留下的那些准备给江月楼的侍女奴仆们，让他们带着银两各自回乡避难，却没想到，整整六百三十二袋银子，没有一个人站出来拿走。

这些人大都是因为灾荒战乱家破人亡，流落到江东投靠江月楼，他们在这个世上已无亲人，是江月楼给了他们一处安身之所，给他们住宿银两和安宁的生活，因此，对于他们而言，江月楼不仅仅是一个山庄，一个江湖组织，更是与他们息息相关的家。

平常的时候，这些人和普通的侍女家奴没有区别，但是当江月楼受到外敌攻击，他们便是守卫江月楼最坚实、可靠的铁壁，如此忠心耿耿，如此碧血铮铮，可惜身为楼主的霍斩言，却再也看不到了。

可是，即使那个人已经死了，追随着他的人还是会坚守在江月楼里，不让外敌侵犯这里一丝一毫，即使那个人已经死了，江月楼却还矗立在这里，一如历代楼主傲骨铮铮的灵魂和身躯，永远不倒。

可是那个人已经死了，她苦苦守护着这座空楼已再也没有什么意义，人的欲望永无止境，杀戮也永无止境，即使暂时击退了这个，还是会有人源源不断找上门来。

那么，她已无力守护的东西，便让它彻底毁灭吧。

属于她的江月楼，她宁愿亲手将它毁掉，也不要任何人得到。

只是……只是斩言，会不会原谅她呢？她便是这样爱着他的，热烈而疯狂，丝毫不输给任何人，也不愿同任何人比较，她只是想保存好他留在这个世上的最后一点气息，那般纯净美好，不容许有丝毫侵占和玷污。

杀戮的声音此起彼伏，鲜血浸湿了脚下的热土，刀剑撕碎了血肉的身躯，可是斩言，他会不会看到，他曾经不顾一切保护的那些人，他们现在正在用生命保护着他？就像她愿意为他献出自己的生命和所有的深爱，只求他能够再回头看她一眼……

人的一生，其实可以很短的，时光在贪执和怀恋中，匆匆一别，也就结束了。

因为承受不了失去他的痛，所以她将整个天地丢弃，将自己的爱恋和性命埋藏在江月楼的往事中，寻寻觅觅，千山暮雪去追随他的身影。

烈火吞噬着江月楼，熊熊的火光耀亮了整个天空，卓玉娆望着石塔下的人们，近于疯狂地大笑着，她踉踉跄跄地走着，努力地向夜空伸出手去，似乎竭尽全力想要抓住什么。

“斩言……斩言……”她心心念念地呼唤着那个名字，绕着石塔的边沿跌跌撞撞地跑着，然而在走到石塔门口的时候，不可置信地转过头，呆呆地望着正在燃烧的烈火，恍若从跳动的光明中看到了霍斩言的身影。

“斩言？”她微微偏着头，小心翼翼地试探问了一句，随即带着小女儿家的娇羞和喜悦，灿烂明亮地笑了，幸福满足地走向了滔滔的火海之中。

云皎和云初末站在山庄外，望着里面的滔滔火海，陷入了沉默之中，晚风清凉，拂起了他们的衣衫。

云皎下意识抬头看着云初末，此刻，他正注视着江月楼，眸光清淡，阴柔精致的面容在火光的映衬下忽明忽暗，但是温浅的眉目中却没有一丝一毫的怜悯之色。不知道为什么，每当这个时候，她都会觉得无比安心，同时还会有隐隐的害怕。

她知道云初末不是人类，所以即使面对人类的死亡也不会有怜惜的感情，或许芸芸众生对他来说，不过是衣袂间轻轻拂过的一缕清风，他从不曾在意过，更没有把他们放在心上。但是何其有幸，云初末此刻就站在她的身边，又何其有幸，她能够陪在云初末的身侧，作为一个人，在这个风雨飘摇的人世间，相依相伴走过了百年。

然而即使身为异类，看到这样残酷的杀戮和血腥，也会有些许动容的吧，在此情此景下，还能做到无动于衷的人，是真的没有怜悯之心，还是对于这样的事，早就已经习惯到麻木？

她不再往下去想，走过去拉着云初末的衣袖，撒娇般摇了一摇，仰头望着他："云初末，我不要再看了，我们走吧。"

云初末转过头瞥了她一眼，随即精神困顿地打了一个呵欠，垂下眼帘没好气道："你不早说，困死了。"

他几乎不带迟疑地迈步往回走，刚走了几步，觉察到自己的身边似乎太静了一些，下意识地回头看了一眼，见云皎还站在原地望着他发呆，不由得皱了皱眉："你还站在那里做什么？"

云皎激灵了一下，顿时回神，向他露出了一个很讨人喜欢的笑脸，立即屁颠屁颠地跟上云初末，小心嗫嚅地问："云初末，我们什么时候去找讨厌鬼？"

云初末漫不经心地打了一个呵欠，懒洋洋地答："……我现在比较想回去睡觉。"

云皎跟着他的脚步，喋喋不休地道："那你打算怎么取来讨厌鬼的灵珠？其实我倒是觉得你一开始就不应该放他走的，直接抢来岂不是更省事省力？也不用绕这样大的弯子，跑到幻梦长空之境里来。"

她顿了顿，觉察到自己方才的那段言论有些不妥，在机智进言的同时，还反面表现了云初末思虑不周，于是话锋一转，斩钉截铁道："自然，以你的智慧肯定能想到这一点的，但是又觉得这样做有违道义，所以才准备换一种方法，让讨厌鬼心甘情愿地交出灵珠来，要知道云初末你的修为向来高深莫测，武功更是登峰造极，无论用什么方法，都一定是所向无敌的！"

"云皎……"云初末等她发挥完，缓缓顿住了脚步，甚是无力地揉了揉太阳穴，颇为无奈地合上了双目，"你看起来好像很想留在这里呢！"

云皎一愣，脑袋里的警铃顿时大作，立即捂住了自己的嘴巴，可怜巴巴地望着他："云初末，我再也不会跟你说话了，你千万不要把我丢在这里！"

云初末直想叹气，耐着性子解释道："我不是不让你跟我说话，是……"

他说到这里突然顿住了，注视着云皎的脸，又摇头叹了口气："算了。"

云皎望着他远去的背影，不由得撇了撇嘴，什么嘛！明明就是这个意思！

他们在半夜回到了小船上，江面漆黑幽静，唯有船头的一盏孤灯闪烁着羸弱的光辉，透过竹帘，在舱内透下斑驳的暗影，考虑到云初末一天都没有吃东西，于是云皎很是殷勤体贴地询问："云初末，你饿不饿，要不要煮夜宵？"

云初末端坐在船舱内，闭着双目似乎在疗伤，闻言他睁开了眼睛，漫不经心地答："你若是觉着饿，做自己的就好。"

云皎已经把船舱内的行李收拾整齐，转头看了他一眼，近于讨好地笑了："我是特意问你的，反正我又不觉得饿。"

此时云初末已经疗伤完毕，他将衣摆放了下来，又顺手整了整，缓缓说道："那好，过来睡觉吧。"

云皎收拾东西的手一抖，身子一歪，脑袋差点磕到船舱上，她连忙稳住了身形，看向云初末露出了最单纯无辜的笑脸："你你……你睡吧，我一点都不困！"

云初末不明所以地望了她一眼，随即缓缓笑了："你到底在怕什么？"

他上下打量了云皎几眼，流光潋滟的眼眸中带着笑意，身子顺势倚靠在船舱上，一条腿弯曲着竖起来，将手臂搭在上面，风流绝艳中又显得痞气十足："你放心好了，我就当自己身边多放了一个枕头，不会嫌弃你的。"

云皎简直恨到咬牙，望着云初末的目光差点喷出火来，为什么云初末想的跟她差了那么多，那么多！就在她郁结愤怒的时候，忽然听到云初末不紧不慢的声音："你还不过来，是打算今晚去外面睡吗？"

云皎一怔，立即换上了一副笑脸，跌跌撞撞地朝着云初末扑过去，没想到脚下一个不稳，竟直接趴在了他的怀里，撒娇耍赖地翻了个身，躺在他的腿上讨好道："哎呀，我不是正在想事情吗？"

云初末调整了一下姿势，让她躺得更舒服些，阴柔精致的眉目中含着温暖的笑意，就连语气里也带着宠溺：“你又在胡思乱想些什么，嗯？”

云皎微微嘟起了嘴，不乐意地反驳道：“我才没有胡思乱想！”

黑暗中，云初末的臂肘撑着船板，另一只手摸索着找到她的一缕发丝，漫不经心把玩着，侧身垂眸望着她，轻着声音问：“那你在想什么？”

云皎慢慢眨着眼睛，不知道为什么，眼前明明一片黑暗，她却能清楚感知到云初末唇角泛着的温柔，她小心翼翼地嗫嚅道：“可是你都不让我跟你说话……”

云初末闻言沉默了良久，无可奈何地叹了口气：“云皎，我不是不要你跟我说话，是……只愿听你说真心的话。”

云皎还没来得及反驳，又听云初末飞快道：“还是算了，反正你从来连一句真话都没有。”

听到这样的评价，云皎简直怒不可遏，她挣扎着要爬起来跟云初末好好探讨这个问题，要知道这对她的人格是多么严重的误解啊！不过云初末很快伸手将她按了下去，他侧了侧身，直接躺到她的身边来，撑着身子在她的耳边轻声喊了一句：“小皎。”

云皎只觉得后背僵硬，一动都不敢动，哆嗦着声音：“做……做什么？”

觉察到她的紧张，云初末倏忽笑了：“你这样怕做什么，我还没那么……饥不择食。”

云皎一听他这样说，气得咬牙切齿，反身挥手就要去打他，不过被对方很有先见之明地避开了，云初末捉住她的手腕，片刻又放开了，语气淡淡道：“好了，别闹了，睡吧。”

云皎背对着他，感觉到云初末似乎挨着她躺了下来，她郁闷纠结了好一会儿，才试探道：“云初末，你觉不觉得那些人很可怜？”

云初末沉默了下来，黑暗之中缓慢地眨着眼睛，神情之间带着些许落寞和孤独，良久才道：“我曾遇见一人，因为孤独执念成恨，最后杀死了自己最爱的男子，她自己也因伤重而消亡，直到死前才明白她对那个人并非是恨，只是太想念，太想得到他的爱了。”

云皎皱着眉，显然不大相信：“……这世上居然有这样傻的人？”

云初末的苦涩在黑暗中无声放大，他勾着唇扯出悲凉的笑意，轻着声音试探地问：“你说，如果她的人生可以重来，还会不会做这样傻的事？”

手臂被压得发麻，云皎动了几下，调整好睡姿，满不在乎地咕哝道：“我又不是她，这种事情我怎么可能知道？”

云初末的眸光淡淡，眉目中似乎染着哀伤，连语气也跟着低沉起来：“如果……你是她呢？”

“嗯……”云皎手指抵着唇瓣，稍微思考了一会儿，才道，“我记得银时月曾经说过，人死了，灵就散了，纵使还能轮回转世，也不再是从前的那个人，所以如果是我的话，一定会把那个人忘得干干净净，好好过完这一生。”

船舱之内，云初末幽凉的目光微微动着，潋滟的流光中似乎掩着欢喜和温柔，片刻之后，他的眼神又黯淡了下来，轻轻叹了口气：“你啊，就知道口是心非。”

“我才没有！”云皎转过身，抬头望着他气呼呼地分辩。

云初末单手撑着头，居高临下默默注视着她，唇角瞬间勾起温暖的笑意，精致好看的眉目亦是越发温柔，他喃喃地开口，似乎寂静欢喜般：“好啊，若是到时候你欺骗了我，我一定会把你打死的……”

云皎的脸皱成了苦瓜，顿时觉得跟在云初末身边，她的小命总是堪忧！

第六章

情有千千结

再次找到霍斩言，他正在树林中坐着发呆，一袭墨色的衣袍随风微微荡着，长发散落在肩头，遮挡住精致好看的眉眼，他握着手里的骨笛，身子靠在树枝上，凝望着不远处的湖水出神，神情专注而温柔，好似从潋滟的波光中看到了那道明媚的身影。

觉察到有人在接近，他缓缓回过神来，不动声色地蹙起了眉，似乎对于别人的打扰有些不悦，他循着动静朝向远方望去，只见两个人正朝这边走过来。

身着素白衣袍的男子风流绝艳地走在前头，手中漫不经心地把玩着折扇，迈着懒散的步伐不紧不慢地走着，他旁边那位穿着碧绿衣裙的姑娘，跌跌撞撞地跟着他的脚步，不时凑上去说些什么，引得那白衣男子鄙夷一瞥，随即折扇一扬，没好气敲在了她的头上。

待那两个人走近，霍斩言才认出这位男子便是当日在江上同他动手的人，而这个人旁边站着的则是那位手持骨笛的小姑娘，他微微蹙眉，坐在树枝上警惕敌意地注视着他们，却没有开口说话。

云皎首先走了出来，笑嘻嘻地对霍斩言福了福身子：“霍公子，我们家公子想见你。”

霍斩言的警惕没有放低，语气却甚是平静："我并不认识你们。"

云皎的眼波一划，手指抵着唇瓣斟酌片刻，又道："你虽然不认识我们，我们却认识你，或者说，认识过去的你。"

霍斩言将头偏过去，显然不大想与她说话，良久之后，才缓缓道："你的眼睛……很像她。"

云皎一愣，倏忽反应过来霍斩言口中的那个"她"是谁，于是她的脸上顿时绽放出最讨人喜欢的笑容，再接再厉地套近乎："是吗？大家都说我的眼睛很好看，嗯……清澈见底，唯美动人！"

旁边的云初末不可忍受地闭了闭眼睛，耐着性子道："你到底在废话些什么？"

云皎愤愤地瞪着他，显然对于云初末不能欣赏自己才智这件事很是不满，要知道她一向最讨人喜欢，也最容易找人说话！瞪完了云初末，她又转过头来说道："我们公子很有意愿跟霍公子交个朋友，不知道霍公子……呃，能不能下来说话，这样仰着头还是挺累的。"

霍斩言恍若未闻，散落的墨发挡住了他的侧脸，也挡住了落寞孤独的神情，他的头靠在身旁的树枝上，平静的目光遥望着那湖水，眼眸中掩藏着无尽的哀伤与怀恋。

见云皎还想废话，云初末不耐烦地把她扯到一边，态度很恶劣地开口道："霍公子，不如你我做一笔交易，你把灵珠交给我，我让你见到想见的那个人。"

云皎听此，简直大惊失色，看现在的情景，云初末是打算带霍斩言进幻梦长空之境了，可是那个异域一旦进入，就不只是交出灵珠那样简单了，霍斩言还得献出他的灵魂，而且云初末的伤还没完全好，现在没了明月居结界的保护，怎么可以再贸然施法替人画骨重生？

她连忙阻止云初末，将他拉到一边，小声嘀咕着："喂，你不要命了，虽说霍斩言先前是个人，但那反噬之力也不是你现在能承受得了的！"

云初末幽幽地注视着云皎，直到把她看到心里发毛，讪讪地放开了他的衣袖，才缓缓道："再说废话就把你的舌头割掉！"

云皎很受打击地退了回去，凄凄惨惨站在边上，又听云初末道："我可以让你复活三个月，去见这支笛子的主人。”

霍斩言一愣，不可置信地转头望向了云初末，片刻之后，又细不可闻地轻哼了一声，语气里不带任何感情：“你觉得这样的谎话，能够骗得了我？”

云初末挑了挑眉：“你觉得我现在的样子，是在说谎话？”

他满不在乎地哼了一声，侧了侧身子，悠然负上了双手，颀长的身姿显得慵懒无比，就连说话时的语气也是漫不经心：“你该知道，若是我想要，就算你不给，我也自有别的办法。”

旁边的云皎听此，不由得在心中疑惑，以云初末的恶劣本质，若是从前肯定早就下手抢夺了，哪里会管什么江湖道义之类的，之所以费这样大功夫，难道是为了霍斩言的灵魂？他一开始就盘算好了，利用画骨重生之术取得霍斩言的灵魂以及他的灵珠。

霍斩言沉默了下来，似乎在思考着云初末的话，良久之后才道：“三个月后，我会如何？”

云初末倒是不打算隐瞒，而且对于这件事，明月居向来童叟无欺，他语气不变道：“三个月后，你将会魂飞魄散，永远地消失在这世间。如何，霍楼主？”

霍斩言的头微微低着，散落的墨发随风轻舞，一派寂静美好的场景，他的神情孤独，靠着背后的树枝，喃喃道：“我只想见她一面，并不想……让她知道我……”

云初末听此，顿时展颜笑了，手里的折扇啪啪敲了两下，一副出门捡到金子的模样：“这个好办，你本来就是鬼魂，若是不肯现身，她是见不到你的。”

云皎听此，再也忍不住插话：“可是即使这样，你还是会消亡的……”

云初末忽然扭头瞪了她一眼，警示的意味非常明显，云皎被他看得心虚，很不服气地又退了回去，不满地噘着嘴，在心里暗暗嘀咕着。

云初末为了挽回生意，对霍斩言笑得纯良无比，他敲着手里的扇子斟词酌句，慢慢道：“其实在下还有一项异能，能够帮助死去的鬼魂画骨重生，送他们回到过去的人生里，弥补从前留下的遗憾。”

霍斩言闻言，淡然的眸光一闪，他望向云初末，表情中染上了些许热切，极力压制着内心的欢喜：“若……若是我肯拿魂魄来交换，是不是就可以……救回她？”

云初末摇了摇头，声音娓娓道来："每个人从他出生时起，便已注定了结局，即使回到过去，也无法改变。"

霍斩言眸中因欣喜而绽放的光彩逐渐黯淡下来，他抚摸着手中的骨笛，细不可闻地勾唇笑了，清浅的声音缓缓道："过去的人生，我已不愿再去纠缠，唯愿能够看她一眼，陪她走完人生的最后一程，也就罢了。"

云初末默默注视着他，片刻之后，由衷道："霍楼主，你是我见过的最聪明的人。"

霍斩言自嘲般冷哼了一声，聪明吗？有时候，正是聪明的人，才会做出愚蠢而悔恨终生的事……

云皎的神情惋惜凄楚，她看向了霍斩言，既有同情又有感叹，其实云初末说得很对，在这一百多年来，霍斩言确实是他们见过的最聪明的人。

从前来找他们画骨重生者，大多是想借助重生回到过去，弥补人生中未了的遗憾，可是宿命的结局不可更改，那些人即使回到过去，也终究无法从头再来，不过是将绝望的人生再次走了一遍，殊途同归，不一样的路，却推向了相同的结局。

其实那样的人生，他是不想再经历了吧。从出生时起，便注定了绝望而短暂的人生，他的每一天都是在为了别人而活，活在刀光剑影里，活在阴谋算计中，脑中时刻绷着紧紧的弦，一刻也不曾放松。

可是，这般坚忍不懈，换来的却是一场空无的镜花水月，而他的人生，也在这样的寻寻觅觅中，在这样的苍茫无措里，画上了最终的句点。蓦然回首，一切恍如幻梦，浮生幻梦，到底什么才是所谓的永恒？

一场精妙绝伦的算计，他将所有人都拉进了棋局之中，信手拈来，自以为是地掌握全局，却不承想，人人生而有情，就连冰冻雪藏了真心的他也不能例外，谁能在那般疯狂的爱恋中保持冷静，谁能在那般不顾一切、无私无求的深情中，始终无动于衷？

有时候她甚至想，或许霍斩言不是无情，反而是太有情了，所以才会被执念困在其中，动弹不得，最终走上歧途，酿成不可挽回的大错。

天地不仁，以万物为刍狗，人生本身就是一盘棋局，每个人都是上面的一小粒尘，算计了别人的同时，自己又怎么可能置身事外？不过是演了一场可悲可笑的折子戏，害苦了自己，还连累了别人，留在命盘之上不过寥寥数笔。

佛家常说，有因才有果，某些时候，这句话也算有些道理，你是什么样的人，便会遇到什么样的人，身处怎样的环境，就会容易导致怎样的选择，从而走向怎样的人生。

所以人这一生，最难克服的敌人是自己，正如霍斩言，得到灵珠又怎样，天下无敌又怎样，最后不还是死在了自己的执念之中？他那么多阴谋诡计，却终究逃不过一颗爱她的心。

金光粼粼的江面，流水依旧潺潺，霍斩言站在岸边，握着手里的骨笛沉默无言。云皎见此迈步走了过去，迟疑了一会儿问道：“江月楼里发生的事情，你都知道了吗？”

霍斩言侧首看了她一眼，默默地点了点头。云皎微微蹙眉，又问：“既然知道为什么不回去呢？他们……一直都在等你……”

人一旦死了，魂魄便会归于忘川，而那些对现世有着深深眷恋的人，因对某个人或某件事，无法放下心中的执念，灵魂便会滞留在阳世，就像霍斩言，就像江月楼里的所有鬼魂，以一缕孤魂飘荡在人世间。

可是，异世中的鬼魂想要留在阳世，是多么艰难的一件事，若不是感知到霍斩言的存在，江月楼的那些人是撑不到今日的吧，他们死守着山庄的每一片废墟，不过是想让自家楼主回去看上一眼。

霍斩言闻言，黯然转过了身，他的头微微低着，声音温凉如墨：“是我对不起他们，没能带给他们安宁的生活，还将杀戮引至江月楼里去……”

他顿了顿，唇角勾起清淡的笑意，似是自嘲悲凉般：“不过，再多的是非恩怨，很快就能解开了吧。”

云皎望着霍斩言，顿时明白了他的意思，他的灵魂终究会消散在幻梦长空之境里，倘若这世间没有了他的气息，江月楼的那些鬼魂自会散去。他不是不愿意回江月楼，而是因为愧疚不敢回，身为楼主没能保护好江月楼里的每一个人，却还将灾难祸事招引回去，就这样一边翘首以盼，一边避之不及，整整三十年，执念依旧。

“可是……”想起玉娆当日陷身火海的场景，云皎不由得心中悲悯，“你想过玉娆没有？”

霍斩言一愣，他只怔了片刻，又静默地垂下头去，缓缓拿出一个玉瓶来，转身交给了云皎：“待我消亡后，烦请姑娘将此物还给她吧。”

云皎哑然一笑，伸手将玉瓶接了回来，迟疑片刻问道：“你难道……没有什么要跟她说的吗？”

霍斩言的眉目清淡，似乎在思考着什么，最终还是摇了摇头，绕过云皎朝向树林里走去了。

进入幻梦长空之境，正是找到霍斩言的第二天，按照霍斩言的要求，他会以鬼魂的身份出现，陪伴萧萧走完最后一段人生。

天水涯匆匆一战，萧萧并没有死，而是忍着伤势去了碎云渊，那是位于西北的一座山峰，陡峭险峻，人迹罕至，山林中尽是野兽虫鸣之声。

当日卓鼎天率人攻上神火宫时，萧孟亏在决定玉石俱焚之前，曾经嘱咐过她，说那座山崖之上长着一株红梅，他心上的那个女子最是喜欢，所以让她好生照看，千万不要让它枯死了。

于是萧萧辗转数百里，从山脚下浑浑噩噩地走了好几天，终于来到了碎云渊的峰顶，然而到达峰顶之时，她却扑通一声跪在了地上，望着光秃秃的山崖哽咽出了声。

阴寒湿冷的碎云渊之巅，到处皆是玄青如铁的岩石，哪里有什么红梅？萧孟亏，她的师父，那个为武林正道唾骂的恶魔，在临死之前却编出了那样的谎话，将她骗出神火宫，从而保全了她的性命，即使他曾经残忍冷酷地对待过她，却在人生的尽头，向她流露出了最为真挚的温情。

望着不远处痛哭的女子，云皎不忍心地皱了皱眉，由于他们都隐去了身形，所以就连声音也不会被人听到，她走到霍斩言的身边，迟疑了片刻，还是道：“其实神火宫覆灭的那天，萧姑娘是准备来碎云渊的，并不是奉命杀你……”

霍斩言听此一愣，精致清冷的眉目中似乎掩藏着愕然和震惊，他没有说话，却转过头注视着萧萧，神情中的悲凉和忧伤更甚。

面对这样的情景，云皎更是忍不住叹息。其实以霍斩言的智谋，若当时不是情况紧急的话，他一定能看出其中的破绽吧。

神龙教教主从来都没有见过他，也从来都不知晓他的那些阴谋算计，即使他是威震江东的江月楼楼主，对于神火宫存在一定的威胁，可是当时中原武林联合攻打，神火宫岌岌可危，神龙教覆灭已成定局，在那样的情况下，萧孟亏又怎么可能派萧萧去刺杀于他?

可是那时候，霍斩言眼里、心里全是圣灵珠，费尽计谋盘算着的，也是如何赶在卓鼎天之前到达神火宫，他只知道萧萧不知好歹拦住了他的去路，殊不知她不顾生死地与他动手，为的却是在萧孟亏爆出玉石俱焚的力量之前，救下他的一条性命。

这个性情偏执的姑娘，即使知道先前被欺骗，即使知道自己不是霍斩言的对手，还是豁出性命地拖延时间，她没有告诉霍斩言神火宫将要发生的巨变，也没有告诉他，这般的苦苦纠缠究竟是为了什么，或许对那时的她来说，爱或不爱，救或不救，都只是她一个人的事，再也与霍斩言无关。

可惜她处心积虑地救赎，换来的却是霍斩言冷漠绝情的回应，他毫不留情地给了她一剑，冷冽的剑锋刺入她的身体，鲜血流了满地，她跪在地上濒临死亡，而她心爱的那个人，她拼了命救下来的那个人，却始终都未回头看过她一眼。

萧萧在碎云渊的峰顶坐了一天，瘦削的身形满是血污，在寒风中显得狼狈不堪，神龙教已经毁了，师父也死了，天下之大，竟然没有一个地方，可以作为她的容身之处。

这时，她想起了麦药郎，那个隐居在沼泽中的死老头，肯定还不知道神龙教覆灭的事吧。

于是她决定动身去找麦药郎，苦寒沼泽还和从前一样没有什么分别，大雪依旧漫天飞舞着，寒风如刀，割破了她的脸颊，她却感受不到半分痛楚。

她行走在雪地中，步履蹒跚，每一步都走得极为艰难，霍斩言静静地跟在她的身后，望着她虚弱无力却依旧坚强不屈的背影，沉俊的面容平静，一如既往地波澜不惊，他不紧不慢地迈着步子，两道身影一前一后，却已是阴阳两隔中，生死永别时……

沼泽中的北风呼啸，麦药郎正在屋中忙着整理药材，忽然听到一阵微弱的敲门声，刚打开门，一道身影就扑了过来，萧萧失力跪倒在地上，被麦药郎连忙扶住，见到她浑身狼狈的模样，不由得一阵紧张："小丫头，这是怎么回事？"

麦药郎手忙脚乱地把她扶到内室，搬来了所有的棉被和炉火，还将炉子上煮着的姜茶喂给她喝，忙活了大半天，萧萧才稍微缓和了一些，她靠在被褥上，脸色苍白如纸，望着眼前的麦药郎，眼泪顷刻落了下来："麦爷爷，神龙教……没了……"

麦药郎听此一愣，这些年他发誓不再给人看病，却还能在沼泽中安然无事地过日子，全赖有神龙教的庇护，因此对于神龙教多少有些感情，猛然听到神龙教覆灭的消息，一时间竟然有些错愕，他怔了好一会儿，才急忙问道："你师父呢？他在哪里？"

想起师父，萧萧顿时泪流满面，哽咽得几乎说不出话来："师父他……也没了……"

麦药郎心中如受到沉重一击，眼中含着热泪，他缓缓转身望向了窗外，想起那位逝去的好友，不由得仰天合上了双目，怅然叹了一声："孟亏啊……"

他到现在都还记得萧孟亏第一次去药王谷的场景，那时候萧孟亏还很小，不过十七八岁的少年，稚嫩生涩，却染着一身血污，而他背上的那个女子也才不过二十岁，被人挑断了筋脉，剜去了双眼，濒临死亡，萧孟亏叫她师父，后来他才知道那个女子的名字，叫作萧孟君。

明明花一样的年纪，明明玉一般的璧人，却不得不面对死亡的绝望，她伤得那样重，就连身为药王弟子的他都没有十成的把握，但是看到天下至宝麒麟角，以及萧孟亏满怀期待的表情，他还是答应了下来，最后的结果没有出乎他的意料，萧孟君死了，与她一同死去的还有那个善良木讷的少年。

这么多年来，他躲在这苦寒沼泽中，一是因为想起妻子和未来得及出世的孩子，便不愿为人治病，还有就是觉得愧对萧孟亏，他欠这个人的实在太多，倘若此次不能治好他的徒弟，只怕日后死了，也无颜再去见他吧。

可惜萧萧的伤势极不稳定，时而清醒，时而昏迷，麦药郎虽花了大力气去挽救，却还是药石无效。萧萧连吐了好几天的血之后，整个人都瘦得不成样子，气息奄奄地靠在病榻上，望着霍斩言曾经站过的那个窗边发呆，望着望着便又昏了过去，每次都得以银针刺穴才能清醒过来，清醒之后，还是怔怔地注视着那个窗口，以及外面纷飞的大雪，短短几个月，物是人非事事休，再无岁月可回头。

萧萧在清醒的时候，将霍斩言利用中原武林灭掉神龙教的事，断断续续地告诉了麦药郎，麦药郎获知真相后虽然恼怒，却还是忍着怒气，潜入附近的集镇上打听神龙教的现状，不过神龙教的消息没打听到，却听到了卓霍两家准备联姻的消息。

初听霍斩言即将成亲，萧萧仅是愣了一下，却也没再多说什么，倒是麦药郎还是很担心，一刻不离地守在药庐里，就怕她一个想不开会殉情自杀，不过观察了几天之后，见萧萧除了比从前更加沉默外，也没有别的异常，便稍稍放了心，整日在外奔忙寻找为她疗伤的药材。

萧萧先前在酒楼中被铜锤砸中后背，虽有内力保护，还是伤及了肺腑，来不及调养就四处奔波，之后又在少林和陆剑山庄里与人动武，导致伤势越来越严重，到现在竟硬生生地拖成了恶疾，霍斩言的那一剑，确实不至于要了她的命，却成了压垮她最后、也是最沉重的一击。

病来如山倒，即使她是神龙教的圣姑也不例外，在麦药郎离开的那几天，木屋中无人照顾，她连喝水都极其困难，霍斩言一直陪伴在她身边，看着她病困潦倒的模样，看着她拖着沉重虚软的步伐来到了窗边，他也迈步跟了上去，站在她的身后，良久朝着她的背影缓缓伸出了手。

然而，手指触碰到她肩膀的刹那，又恍若无物地穿了过去，他现在已是鬼魂，不愿现身在她的面前，所以萧萧看不到他，听不到他，也感觉不到他。她的唇瓣干裂，几乎要流出血来，望着外面纷飞的大雪，瘦削的身形像是随风飘摇的风筝，一旦断了线，便要朝着死亡的深渊，永远地坠落下去了。

大雪接连下了好几天，终于停了下来，冬日的暖阳照耀在沼泽雪地里，映出刺目的光芒。

云初末正斜躺在外屋闭目养神，素白的衣袂顺着姿势垂了下来，若不是跷腿的动作太过猥琐，绝对是一副风流绝艳的好模样，而萧萧站立在窗前，望着漫无边际的雪地，神情落寞孤独，似乎在等待麦药郎的归来。

不过她终究没能等到他回来，待麦药郎风尘仆仆地赶回木屋时，萧萧已然死去多时了，当时她咳嗽了一阵，只觉得头晕眼花，于是一路扶着桌椅想回到床榻边，刚走了几步，便踉跄了一下摔倒在地上，再也没有力气站起来。

云皎、云初末和霍斩言站在木屋里面，看着她一路爬到床榻边，靠着床榻虚弱无力地低咳了一阵，游离茫然的眼神忽明忽暗，像是一团即将湮熄的死火，单薄的身体因为寒冷瑟瑟发抖，脸上却因高烧渗出了汗珠，她的脸色惨白，微微仰头望着木屋的房顶，神情沉寂渐渐没有了生气。

良久之后，她的身子歪了一下，似乎是想从地上站起来回到床榻上去，却因为失力，整个人都摔倒趴在了地上，萧萧目光呆滞地望着地面，片刻忽然笑了起来，衬着苍白虚弱的容颜，显得凄楚决然。

她微微抬手，用力咬破了手指，颤颤巍巍地在地上写着什么，殷红的鲜血从手指渗出，一笔一画勾勒出几行小字。写完之后，她的眼帘慢慢低垂下来，向地面上的几个字缓缓伸出手去，轻颤的手指小心翼翼地覆上了“霍斩言”这个名字后，干裂的唇角逐渐勾起一丝苦涩凄惨的笑意，凝望着血字的眼神似乎在看着记忆里的那个人，一滴清泪缓缓划过了脸颊，瞬间荡开了若有若无的笑容。

她目光呆滞地望着他的名字，片刻之后，轻轻地念着：“斩言斩言，他现在在做什么呢？”

她的表情怔怔的，眼眸里尽是死寂，语气也黯然了许多：“是了，他要娶那位姓卓的姑娘，看着他们有情人终成眷属，我这心里可真是不甘心。可是……又能怎么样呢？斩言不爱我，而我……就快要死了……”

她又咳了几声，一口鲜血顺着唇角流出，映衬着苍白的容颜，依旧美得惊心动魄，她无力地趴在了地上，目光迷离直勾勾地望着眼前的土地，血迹在地上蔓延，染脏了她的脸颊，落在视线中一片殷红，她在若有若无地喘息着，亦在静静等候那一刻的来临。

她的手指轻轻动了动，片刻之后又平静了下来，眸中的神情越发虚散，最终垂下头，永远地闭上了眼睛。霍斩言一直站在木屋中，望着她逐渐冰凉的身体，从早上到日落黄昏，一动不动，没有说话，也没有流泪，只是静静望着她的尸体发呆，就在云皎想上前叫醒他的时候，云初末及时伸手拉住了她，把她拽到身边来，又狠狠地按了按她的脑袋。

云皎气鼓鼓地瞪了云初末一眼，再看向霍斩言的时候，只见他倾身跪了下来，跪在萧萧的身边，望着她近在咫尺的脸，神情落寞而哀伤，喃喃的声音轻念着："是你……一直都是你……我心里的那个人……一直都是你……"

可惜，这场迟来的告白，霍斩言心知，而萧萧却是永远都听不到了。

他的身上开始泛着奇异的光芒，灵魂如移动的流萤般迅速游走着，一点一点散开在空气中，与此同时，他的身体亦是越来越淡，从手指沿着手臂开始变得透明，最终整个人都消失殆尽，化作一缕皎白的光辉绕着木屋和萧萧的尸体转了一圈，顷刻就消散在半空之中。

云皎见到这个情景，不由得惊奇地瞪大了眼睛，虽说霍斩言没有经过画骨重生，但是以他的修为，至少也能撑得过一个月才是，怎会在这时候就被幻梦长空之境吞噬了灵魂？

她将疑惑的目光投向了云初末，只见他正欣赏着手里的圣灵珠，双眼放光的模样看起来有些熟悉，云皎稍微回忆了一下，顿时想起长安街头永安当的老板每次赚到黑心钱的时候，都会露出这样的表情，同样猥琐，同样恶劣，简直是一个模子刻出来的！

她气得咬牙切齿，在心里暗骂了几句，跺了跺脚就往屋外走，还没走两步又被云初末揪住衣领给拎了回来："你去哪里？"

云皎不满地噘着嘴，很不客气地说："你都拿到人家的灵珠和魂魄了，还留在这里做什么？"

云初末咂了咂嘴巴笑得心花怒放："你不是很想知道，到底是谁那么残忍，居然拿人骨来做笛子吗？"

想起那支人骨做的笛子，云皎简直恶心到汗毛直竖，她气得跺脚，对云初末一字一顿地大吼出声："我才不要！"说完，气颠颠地跑出了屋子。

萧萧临死前在地上留下血书，让麦药郎将她的一截人骨取出，做成笛子送给霍斩言，麦药郎回来之后，见到萧萧冰冷僵硬的尸体，伤心消沉了好半晌，还是照着她的话去做了，然后江月楼婚礼，霍斩言发疯，卓鼎天谋取江月楼，卓玉娆率江月楼众人与左岳盟同归于尽，一切都没有改变，唯一变更的，不过是现世中少了一个孤独飘荡的鬼魂和一支赋予了所有深情与血泪的骨笛罢了。

这次的施法，他们甚至连画骨重生都给省去了，便取得了霍斩言费尽心机得到的圣灵珠，以及他的魂魄，云皎心里到底有些过意不去，倒是云初末，丝毫没有亏心的感觉，还理所应当、厚颜无耻地说这叫一个愿打，一个愿挨，听得云皎咬牙切齿，特别想朝着他那张比城墙还坚实的厚脸皮上狠狠揍一顿才甘心。

想到霍斩言先前的嘱托，于是趁着某人还沉浸在得到灵珠的喜悦中，云皎赶紧拖着那个某人又来到了江月楼的废墟中，可能是感觉到自家楼主的魂息已经消失在天地间，所以这里的冤魂散去了不少，山庄内的环境也轻松了许多。

再次找到卓玉娆，她正坐在石塔顶层的角落里发呆，三十年前，霍斩言便是在这里死去的，不只是霍斩言，之后的卓鼎天和卓玉娆也在此丢掉了性命，可是斯人已逝，有的人魂飞魄散了，有的人堕入轮回了，只余下她自己还死守着过去的恩怨不肯放开。

觉察到有人的动静，卓玉娆冰冷地抬眸，不过眼神之中已经没有了从前的冷冽和杀气，她只看了云皎和云初末一眼，又收回视线，沉默望着墙角发呆。云皎想起她曾把云初末错认成霍斩言，想必是由于太过思念了吧，相思成痴，落寞成劫，才导致了今日的局面。

她的心里很不是滋味，向前走了几步，轻声唤道：“卓姑娘……”

她还未来得及说完，卓玉娆便低低冷笑了一阵，黯然垂了下头，声音悲凉：“其实我早知道，他若是想回来，早就回来了……”

云皎握着手里的玉瓶，声音听起来有些紧张：“卓姑娘，就是霍公子让我们来的。”

卓玉娆听此一愣，她连忙站了起来，急切地问：“真的？那……他在哪里？”

望着卓玉娆满是期待的脸，云皎心里越发不是滋味，她定了定心神，将玉瓶拿出来，呈到卓玉娆的面前：“霍公子嘱托我们把这个交给你。”

卓玉娆呆呆地看向了玉瓶，良久之后才伸手接了过去，脸上的神情晦暗不明，语气里却带着一丝落寞和黯然：“他……可有话，与我说？”

云皎一时语塞，绞尽脑汁斟酌了一会儿，才心虚答道：“霍公子说，能够认识姑娘是他的荣幸，可若是他的存在成了姑娘的不幸，这辈子都会愧疚于心，不敢见你了。”

不远处的云初末很是恶劣地轻嗤了一声，被云皎恶狠狠瞪了一眼之后，满不在乎侧过身，靠在石塔的墙壁上打了一个呵欠，厚颜无耻的模样特别有种欠揍的气质。

卓玉娆的神情恍惚，她轻轻摇头，喃喃地自语道：“这一切皆是我心甘情愿，又哪里来的不幸呢？我……我只想再见他一面而已……”

云皎顿时哑然，她继续心虚道：“你很想见到他吗？可，可他已经堕入轮回了啊。”

卓玉娆听此抬起头来，她也感觉到了霍斩言气息的消失，可是怎么也不愿意相信他已经放下执念堕入了轮回，所以在大家都伤心绝望地离开时，她选择留在这里，独守着江月楼的一片废墟，痴心妄想地以为还可以见到霍斩言，明明她就在这里等他，他为何不来？

为何不来，为何不来，因为那个叫作霍斩言的人，同样对他们有着深深的执念，愧疚煎熬于心，他们都已经死了，再回来又有什么意义呢？不过平添一缕伤情罢了。

他不是没有话对卓玉娆说，反而是有太多的事情需要解释清楚，从他们最初的相识，到那场戏剧的婚礼，错综复杂，盘根错节，怎么理也理不出头绪。他说不出口，因为无论怎么说，都会伤了她的心，辜负了人家的一番深情和挚真。

他不爱她，这是唯一的解答。所以回头想想，他们之间，不如沉默。

霍斩言的心思，卓玉娆终是不会懂得，所以她不明白，既然知道大家都在心心念念等他，他怎么可以一声不响地离开，将前尘往事忘得干干净净，转身投入轮回之中？

然而事实摆在眼前，她最终还是接受了这样的现实，语气平静地问：“他，可还有别的话？”

云皎一呆，暗自腹诽地斟酌，小心翼翼地望了卓玉娆一眼，继续心虚地说：“霍公子说，往事已矣，过去的事就让它过去吧，他现在只想忘掉一切，重新开始。”

云初末又扑哧了一声，抿着唇在心里憋笑，肩膀笑得一抖一抖的，显得很是猥琐，外加龌龊恶劣兼具厚颜无耻。她在这里如履薄冰，备受煎熬，某人却总是使坏捣乱，云皎只觉得一股怒气从脑门直烧到脚指头，她转头瞪着云初末，牙根咬得咯咯响，愤愤指责道：“你可以不说话！”

云初末清澈水灵的眼睛望着她，无辜地努了努嘴巴，甚是纯良地耸肩：“我没说话啊。”说完，又立即侧过身去，仰头望天，手里的扇子摇得哗啦啦，一副幸灾乐祸、等着看好戏的死模样。

云皎气得差点跳脚，很是不满地哼了一声，转过头对卓玉娆道：“姑娘，既然霍公子都能放下执念，你为什么不能呢？”

卓玉娆静静地听着，片刻之后，突然摇了摇头，她垂下了眼帘：“姑娘，你不要再骗我了。”

云皎瞪大了眼睛，一副偷东西被人捉在当场的心虚模样：“我……我没有。”

卓玉娆笑得有些悲凉，语气轻轻道：“他若是能看得开，早就已经放下了。更何况……斩言是不会说出这样的话的……”

见到谎言被拆穿，云皎垂死挣扎地想要辩解，却被人拎着衣领拽到后面去，她抬起头见云初末已经挡在了前面，不待她开口说话，某人便赶在前头，气定神闲地点头：“你说得不错，他确实不会说出这样的话。”

他顿了顿，慢悠悠补充了一句：“因为他对你，连一句话都没有。”

云皎抓着他衣袖的手抖了一抖，望着眼前品质恶劣的人，一股愤怒感油然而生，眼神里简直可以喷出火来，她正咬着牙要说话时，突然听到卓玉娆黯然平静说了一句：“这样啊……”

云皎充满正义感的身子一歪，惊奇愕然地看向了卓玉娆，她先前费了这样大力气，不过是想劝说卓玉娆放下过往，回归到忘川之海去，对方不仅没有被说动，还将她的谎言指了出来，没想到她绞尽脑汁都没做成的事，居然被云初末三言两语摆平了！

双方对比这样明显，当真让云皎饮恨懊悔，早知道她也说实话了，白白浪费了这么多口舌，自讨苦吃还招人嫌弃！

卓玉娆看向了云初末，显然是相信了他的话，她轻声问道："他……真的轮回去了吗？"

"呃……"云初末咬着指甲思考了一下，他不容置疑地点了点头，又觉得只是这样的程度，还不足以令人相信，于是厚着脸皮补充道，"他找到了一个姑娘的踪迹，于是追随人家投胎去了。"

卓玉娆的神情凄楚，却也有了些许释然，唇边泛着苦涩："原来他是为了这个……"

云初末见她这副模样，趁机建议道："其实在下懂得一些法术，能够……"

他还没有说完，就被云皎踮起脚捂住了嘴巴，云皎扭头对卓玉娆飞快道："事情大致就是这样了，我原先那样骗你，无非是不想你知道真相之后伤心难过，现在你既然都知道了，也该明白霍斩言的选择和我的一番苦心。"

她一边说着，一边奋力把云初末往外拖，卓玉娆注视着他们，片刻之后低下头苦笑了一声，淡淡叹息着："罢了。"她的身上泛起淡金的光辉，与先前的戾气不同，这种光辉宁和而圣洁，令人感到无比温暖和舒服。

云皎捂着云初末的嘴巴，不让他开口说话，注视着卓玉娆的身体化成一缕金光，回归到属于她的地方去，不由得松了一口气，连扯着云初末的手也松了下来。云初末扭头愤怒地望着云皎，语气沉郁顿挫："你可知道，你放过了一笔很好的交易！"

云皎先前理直气壮的神情顿时蔫了下来，小身板往后缩了缩，微微嘟着嘴，低声嗫嚅着："对不起……"

云初末的俊眉紧锁，大哼了一声，转身就朝石塔外走去，愤怒的身影一颠一颠的，连脚步都快了许多，看上去真的很生气。

云皎赶紧跟上他的脚步，凑到他的旁边："云初末云初末……"

云初末居高临下，懒洋洋地瞥了她一眼，语气还是很嫌弃：“干吗？”

云皎的眼珠一转，顿时觉得这是她拍马屁的好时机，于是笑嘻嘻道：“你这么容易就骗过了卓玉娆，真是让人佩服佩服。”

云初末斜睨了她一眼，折扇啪的一声敲在了她的头上：“在这世上，只有真话才最容易哄骗人心。”

云皎很受启发地思索了一会儿，顿时领悟了云初末话里的意思，她立即学以致用地道：“云初末，我有话想对你说。”

云初末的脚步不变，语气更干脆：“说！”

“你看你行为猥琐，态度恶劣，对人一点也不温柔，还不懂得怜香惜玉……”云皎正打算吧嗒吧嗒说一大堆，但见到云初末逐渐沉郁下来的脸和向她缓步走近的身影，不由得瞳孔一缩，连忙分辩道，“是你说这世上只有真话才能哄骗人心的！”

云初末将折扇别在腰间，捋了捋袖子，咬牙切齿道：“你确定方才说的是真话，嗯？”

云皎赶紧蹲在地上，小手抱着头，惨兮兮的模样差点哭了：“不要打我，不要割我的舌头，我再也不敢了……”

云初末重重地哼了一声，揪着云皎的衣领将她拎了起来，一边走着，一边道：“既然你这么了解我，我不给你机会体验一下，倒枉费了你的一番苦心。”

被拎着的云皎简直涕泪横流，连声求饶的同时，还忍不住在心里腹诽，云初末这个行为猥琐，态度恶劣又不温柔的人，一点都不懂得怜香惜玉!

傍晚时分，落日的余晖金灿灿，为天际的流云描上了些许金边。云皎抱膝坐在船头，望着前方流过的碧波发呆，回想起这些时日的遭遇，心里不由得生出一些慨叹，唉声叹气了好一会儿，才将下巴搁在膝盖上，继续消沉。

云初末打着呵欠从船舱内走出来，看到云皎凄然惨淡的背影一怔，随即淡定地把呵欠打完，还饶有兴致地伸了伸懒腰，迈着步子朝她走了过去。

脑袋上忽然传来沉痛的一击，云皎捂着头下意识地抬头看去，果然见云初末收回手，站立在她的旁边，阴柔精致的脸上带着些许坏笑，态度很恶劣转着手里的扇子，像极了在大街上调戏良家妇女的纨绔贵公子。

云皎捂着头，愤怒地咬着牙："你可不可以不要敲我的头？"

云初末的表情甚是无辜，他努了努嘴，倾身挨着她坐了下来，与此同时，云皎很有先见之明地挪了挪位置，保持在安全的距离，与他划清界限。

受到冷遇的云初末表情更是无辜，他含情脉脉注视着云皎，清澈纯良的小眼神像是要糖吃的小孩："皎，你有没有发现自己最近有生病的迹象？"

云皎甚是嫌弃地瞥了他一眼，又往旁边挪了挪，揶揄问："什么病？"

云初末漂亮的眼睛缓缓眨着，望着她似乎在笑，不紧不慢缓缓道："一种会使人反应迟钝、发呆抑郁的病，且随着年龄的增长，症状会越发严重。"

云皎一呆，她下意识地挠了挠头，转过头傻傻地问："这是什么病，为什么我都没有听说过？"

云初末笑得很灿烂，跟朵太阳花儿似的，偷偷瞄了云皎一眼，幽幽补充道："俗称老年痴呆。"

"你你你……"云皎气得脑门充血，扑过去伸手就要打他，可惜云初末的身手太好，轻而易举就躲了过去。

他敏捷地转了一圈，从地上倾身站起来，阴柔精致的眉眼中含着笑意，手里悠然地转着折扇，居高临下地望着她："即使心里感激，也不用行如此大礼，在下实在不敢当啊！"

由于一扑落空，云皎整个人都趴在他的脚下，气得直捶船板，偏偏又拿他无可奈何，只得恨恨地坐起身来，双臂抱膝，侧脸枕着手臂不理他。

经过这些年的相处，她早就摸清了云初末的一些习惯，如果他想同她玩闹，就一定会想尽办法地惹她发怒，看着她气得跺脚的模样偷偷发笑，这时候若是不理他，他顶多会再逗弄一阵也就索然无味地去做自己的事了，可若是理会他，只会助长云初末嚣张的气焰，让他越来越恶劣！

见到云皎不理会自已，云初末果然默默爬了过来，从旁边探头望着她："云皎？"云皎很不乐意地看了他一眼，负气轻轻哼了一声，又扭过头去，枕着手臂看向了另一边。

受冷落的云初末扯了扯唇角，身体半跪在船板上，又从她的另一边爬了出来，手指捏着她衣服上的一点布料，小心翼翼试探地摇了摇，阴柔精致的眉目中含着潋滟的温柔，语气近于讨好般："小皎？"

云皎换了一个姿势，双手郁闷地撑着下巴，想起那颗已经失去灵性变成废物的灵珠，很是消沉地问道："云初末，你的伤是不是好了？"

云初末盘腿坐在她的身边，笑得很是灿烂："是啊，你怎么知道？"

云皎顿时被打击得抬不起头来，她又凄然惨淡地站了起来，头也不回地朝着船舱里走了，背影要多荒凉就有多荒凉，要多消沉就有多消沉。这种事情……还用得着想吗？

云初末望着她满受打击的背影，不明所以地侧过头思索了片刻，立即杀气腾腾地站起身来，冲着船舱内的云皎喊道："云皎！你过来！"

云皎已经回到船舱内坐好，臂肘搁在膝盖上，双手撑着望着面前炉子上的茶壶发呆，听到云初末叫自己，不由得郁闷地回答："干吗？"

云初末走了过去，微微倾着身子，伸手扳过云皎的脸，居高临下望着她的神情，阴柔精致的眼眸中闪过某些威胁的意味："我的伤好了，你看起来好像很不高兴呢！"

云皎的心情惨淡，云初末的伤好了，她看起来……当然很不高兴了！要知道他的身体好了，这就意味着他又有足够的时间和精力来对付她了，哦……光是想想就觉得好难过！

注视着云初末近在咫尺的俊脸，她淡定地抬眸，水灵灵的大眼睛跟他对视，脸上自认没有一点破绽："没有，我很高兴。"

"没有？"云初末挑了挑眉，微凉的手指捏着她的下巴，"笑一个给我看看。"

云皎很愤怒，云皎很苦恼，云皎很想哭，这诸多复杂的情绪混杂在一起，表现在脸上顿时绽放出一个很讨人喜欢的笑脸，十七八岁且模样很好看的小姑娘，白皙的皮肤在碧绿衣衫的映衬下更是显得灵气逼人，可爱至极，眼角弯弯像月牙，甜腻腻地迷死人，任谁见了都会喜欢得合不拢嘴。

云初末的唇角不动声色地上扬，幽凉的目光注视着她，眼里似乎也带着笑意，手指却划过她的脸，没好气地打击道："比哭还难看！"

云皎顿时不乐意地嘟起了嘴，要知道这可是她最好看的笑脸了！

她转过头来，趴在自己的膝盖上，盯着小炉上的炭火，慢慢道："云初末，我想家了。"

云初末一愣，顺势挨着狐裘躺了下来，背对着云皎眸中的神色晦暗不明，唇角却扬起些许笑意："那我们就回去好了。"

"真的？"听到云初末说要回去，云皎赶紧放下了手，扭过头看他。

云初末淡淡地嗯了一声，又继续道："回去住几天也没什么打紧，以后再出来就是了。"

云皎听此，连忙站了起来，屁颠颠道："我这就去收拾行李！"

云初末细不可闻地笑了，没好气地道："我们是回家，又不是出远门，收拾行李做什么？"

云皎顿时站住了，僵硬的身体看向云初末，有些尴尬地挠了挠头，还未说话，就听云初末又喊了她一声："云皎。"

"嗯？"云皎望着他，见云初末侧躺在狐裘之上，素白的衣摆散成了白莲花，优雅的身姿风流绝艳，不知道是在闭目养神，还是准备睡觉。隔了一会儿，只见他反手递过来一样东西，语气平静地道："送给你。"

云皎一呆，望着云初末手中的锦盒，回味着他刚才说的话，一时间竟忘了去接。良久都未见回应，云初末的手动了动，要将锦盒收回来，闷闷咕哝了一句："不要算了。"

"要！"云皎立即扑上去，把锦盒夺在手里，喜气洋洋道，"当然要了！"她欢天喜地地把玩着那个锦盒，却没有着急着打开，看向云初末问道，"云初末，你晚上想吃什么？"

云初末的唇角泛起些许微笑，他合上了双目，漫不经心答："随便吧。"

"嗯……"云皎手指抵着下巴，思索了一会儿，才道，"那就做砂锅煮鱼好了，我这就去捉鱼。"

黄昏的夕阳下，云初末缓缓睁开了眼睛，淡淡说了一句："你决定就好。"

船舱内回归了寂静，他下意识地转头看了一眼，见云皎不知何时已经拿着网兜出去了，无可奈何地笑了一下，随手扯过狐裘闭眼睡了。

船舱外，云皎双腿耷拉在船头，手里把玩着那个锦盒，看了好一会儿才小心翼翼地打开，一支精巧的竹笛呈现在她的眼前，这支笛子通体呈黄褐色，上面还有斑斑点点的痕迹。

她知道这种竹子叫作湘妃竹，因竹节上分布着紫褐色的斑点，所以又叫斑竹，用它制作的笛子，声音浑厚高亢，可称得上是值得珍藏的佳品，云初末的书房里原本就有许多，可惜经过银时月那次的破坏后，都已毁去了。

她将笛子从锦盒中拿了出来，这时才发现笛子的一头还挂了一枚坠子，素色的流苏像是云初末的衣角，上面编织着精巧细致的梅花络，中间以银线固定着一枚白色圆润的石头，仔细一看竟然是天下至宝轮回石！

她伸手捋了一把流苏，将轮回石拿在手里，发了好一会儿呆，恍惚回想起前几日他们在陌陵山上砍竹子的情景，又想到云初末这几天背着她偷偷摸摸地倒饬着什么东西，莫不就是在雕刻这支笛子吧？

云皎欢天喜地地把笛子放了回去，将锦盒放在一边，拿起网兜开始专心致志捉鱼，不一会儿就有一条不大也不小的鱼儿落网了。她屁颠屁颠地跑回到船舱里，连忙向云初末献宝道："云初末云初末，你看，我网了一条很大的鱼呢！"

云初末闻言，缓缓睁开了眼睛，望着她似乎在笑，轻轻地念道："好啊，今晚这条大鱼就赏给你吃了。"

云皎顿时不满地嘟起了嘴，不乐意地道："一条鱼根本不够好不好，我今晚……今晚要吃两条！"

望着她将小鱼放在木盆里，又拿着网兜出去了，云初末的笑意顿时在脸上荡开，跟朵太阳花儿似的，尽是温暖。